de Bibliothe

D1145982

Verborgen gebreken

Ook van Sophie Hannah:

Kleine meid
Gevarenzone
Moederziel
De andere helft leeft
De lege kamer

SOPHIE HANNAH

Verborgen gebreken

 DE KERN

Eerste druk november 2012

Oorspronkelijke titel *Lasting Damage*
First published in Great Britain in 2011 by Hodder & Stoughton, an Hachette
UK Company
Copyright © 2011 by Sophie Hannah
The right of Sophie Hannah to be identified as the author of this work has
been asserted by her in accordance with the Copyright, Designs and Patents
Act 1988
Copyright © 2012 voor deze uitgave:
De Kern, een imprint van Uitgeverij De Fontein, Utrecht
Vertaling Anna Livestro
Omslagontwerp De Weijer Design BNO BV
Omslagillustratie Imagedock
Auteursfoto omslag © Mark Mather
Opmaak binnenwerk ZetSpiegel, Best
ISBN 978 90 325 1273 6
ISBN e-book 978 90 325 1356 6
NUR 305

www.dekern.nl

Alle personen in dit boek zijn door de auteur bedacht. Enige gelijkenis met
bestaande – overleden of nog in leven zijnde – personen berust op puur
toeval.

Alle rechten voorbehouden. Niets uit deze uitgave mag worden verveelvoudigd
en/of openbaar gemaakt door middel van druk, fotokopie, microfilm, elektro-
nisch, door geluidsopname- of weergaveapparatuur, of op enige andere wijze,
zonder voorafgaande schriftelijke toestemming van de uitgever.

Voor 7GR

Bentley Grove 11, Cambridge

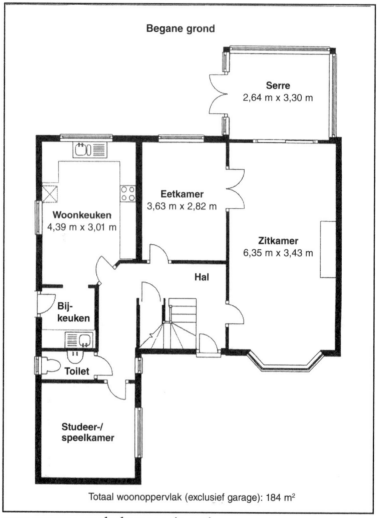

Begane grond

Serre
2,64 m x 3,30 m

Woonkeuken
4,39 m x 3,01 m

Eetkamer
3,63 m x 2,82 m

Zitkamer
6,35 m x 3,43 m

Hal

Bij-keuken

Toilet

Studeer-/ speelkamer

Totaal woonoppervlak (exclusief garage): 184 m²

NIET OP SCHAAL: **slechts ter oriëntatie**

Hoewel wij deze plattegronden zo accuraat mogelijk trachten weer te geven, zijn de afmetingen van deuren, ramen en kamers slechts bij benadering aangegeven; wij aanvaarden geen enkele aansprakelijkheid voor eventuele fouten of omissies. De plattegronden zijn uitsluitend bedoeld voor de doeleinden als omschreven door de Beroepsvereniging van Makelaars in hun Gedragscode Metingen en dienen derhalve door de mogelijke koper als zodanig te worden gebruikt. Eventueel aanwezige systemen, diensten of installaties zijn niet getest en wij kunnen geen enkele garantie bieden ten aanzien van hun werkzaamheid dan wel efficiency.

Bentley Grove 11, Cambridge

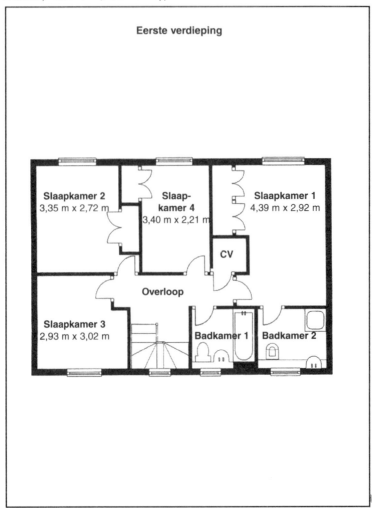

Eerste verdieping

Slaapkamer 2
3,35 m x 2,72 m

Slaap-
kamer 4
3,40 m x 2,21 m

Slaapkamer 1
4,39 m x 2,92 m

CV

Overloop

Slaapkamer 3
2,93 m x 3,02 m

Badkamer 1

Badkamer 2

NIET OP SCHAAL: slechts ter oriëntatie

Hoewel wij deze plattegronden zo accuraat mogelijk trachten weer te geven, zijn de afmetingen van deuren, ramen en kamers slechts bij benadering aangegeven; wij aanvaarden geen enkele aansprakelijkheid voor eventuele fouten of omissies. De plattegronden
zijn uitsluitend bedoeld voor de doeleinden als omschreven door de Beroepsvereniging
van Makelaars in hun Gedragscode Metingen en dienen derhalve door de mogelijke
koper als zodanig te worden gebruikt. Eventueel aanwezige systemen, diensten of installaties zijn niet getest en wij kunnen geen enkele garantie bieden ten aanzien van hun
werkzaamheid dan wel efficiency.

Zaterdag 24 juli 2010

Ik word vermoord vanwege een familie Gilpatrick.

Ze zijn met zijn vieren: moeder, vader, zoon en dochter. 'Elise, Donal, Riordan en Tilly.' Kit noemt hun voornamen, alsof ik de formaliteiten zat ben en hen graag beter wil leren kennen, terwijl ik alleen maar gillend de kamer uit wil rennen. 'Riordan is zeven,' zegt hij. 'Tilly is vijf.'

Hou je mond, wil ik in zijn gezicht schreeuwen, maar ik ben te bang om mijn mond open te doen. Het lijkt wel alsof iemand mijn kaken op elkaar heeft geklemd en mijn mond op slot heeft gedraaid; er komen geen woorden meer uit. Nooit meer.

Nu gaat het gebeuren. Dit is het moment en de plek en de reden waarom ik ga sterven. Maar ik begrijp het nu tenminste. Eindelijk.

Kit is net zo bang als ik. Banger. Daarom blijft hij praten, omdat hij weet, zoals alle mensen die in doodsangst afwachten, dat als de stilte samenvalt met de angst ze een verbinding vormen die duizendmaal angstaanjagender is dan de som der delen.

'De Gilpatricks,' zegt hij, en de tranen trekken sporen over zijn gezicht.

Ik kijk via de spiegel boven de haard naar de deur. Hij lijkt kleiner en verder weg dan als ik me om zou draaien en er direct naar zou kijken. De spiegel heeft de vorm van een grote grafsteen: drie rechte zijden met bovenop een boog.

Ik geloofde niet in hen. De naam klonk als een verzinsel. Kit lacht en verslikt zich in een snik. Hij trilt over zijn hele lichaam, zelfs zijn stem trilt mee... *Gilpatrick is echt zo'n naam die je verzint als je een per-*

soon bedenkt. De heer Gilpatrick. Had ik maar in hem geloofd, dan was dit allemaal nooit gebeurd. Dan waren we veilig. Had ik maar...

Hij stopt, en loopt weg van de gesloten deur. Hij hoort dezelfde voetstappen als ik – snel, als een stormloop. Ze zijn binnen.

Een week eerder

1

Zaterdag 17 juli 2010

Ik lig met mijn ogen dicht op bed te wachten tot Kits ademhaling omslaat. Zelf veins ik het diepe, trage ademen dat ik van hem wil horen voor ik uit bed stap – *adem in en hou vast, adem uit en hou vast* – en ik probeer mezelf ervan te overtuigen dat het onschuldig bedrog is. Ben ik de enige vrouw die dit weleens doet, of gebeurt dat in andere huishoudens ook? Als dat zo is, hebben die andere vrouwen daar vast andere redenen voor. Gewonere redenen dan die van mij: een overspelige vrouw of vriendin die ongezien haar minnaar wil sms'en. Of iemand die nog stiekem een laatste glas wijn wil, boven op de vijf die ze die avond al achterover heeft geslagen. Gewone dingen. Een normale drang.

Geen enkele vrouw ter wereld heeft ooit in de situatie verkeerd waar ik mij nu in bevind.

Doe niet zo idioot. Je 'verkeert' helemaal niet in een situatie, los van de situatie die je zelf hebt bekokstoofd, met als ingrediënten: toeval en paranoia.

Wat ik mezelf ook probeer voor te houden, niets werkt. Daarom moet ik het checken, om mezelf gerust te stellen. En checken is niet raar; het zou juist vreemd zijn om niet de kans te grijpen het te checken. En als ik dadelijk kijk en ik zie niets, kan ik het verder vergeten en accepteren dat het zomaar een hersenspinsel was.

O ja?

Het duurt vast niet lang meer. Meestal is Kit meteen buiten westen zodra het licht uitgaat. Als ik tot honderd tel... maar het lukt niet. Ik kan me niet concentreren op iets wat me niet interesseert. Anders pakte ik het wel omgekeerd aan: dan bande ik Bentley Grove 11 uit mijn gedachten. Zou me dat ooit nog lukken?

Terwijl ik afwacht, repeteer ik voor de taak die me wacht. Wat zegt deze slaapkamer over mij en Kit, als ik ons niet zou kennen? Gigantisch bed, smeedijzeren haard, identieke nissen aan weerszijden van de schoorsteen met daarin onze identieke kledingkasten. Kit houdt van symmetrie. Een van de bezwaren die hij had tegen het kopen van het allergrootste bed dat we konden vinden, was dat er dan geen plaats meer zou zijn voor onze twee bijpassende nachtkastjes. Toen ik zei dat ik best zonder het mijne kon, keek Kit me aan alsof ik een anarchistische oproerkraaier was die de wereldorde omver wilde werpen. 'Je kunt niet maar aan één kant van het bed een nachtkastje hebben,' zei hij. Uiteindelijk gingen ze allebei de deur uit. Ik moest Kit bezweren dat ik het nooit aan iemand zou vertellen, maar hij vond het irritanter om een slaapkamer te hebben die 'niet klopte', dan dat hij nu zijn boek, horloge, bril en mobieltje onder het bed moest leggen.

'Weet je zeker dat je honderd procent hetero bent?' zei ik toen om hem te plagen.

Hij grinnikte. '*Of* ik ben hetero, *of* ik doe net alsof zodat iemand anders elk jaar mijn kerstkaarten schrijft en op de post doet. Helaas zul jij nooit weten hoe het precies zit.'

Crèmekleurige zijden gordijnen tot op de grond. Kit wilde liever rolgordijnen, maar daar heb ik mijn veto over uitgesproken. Vanaf dat ik klein was, wilde ik al zijden gordijnen, dus het was zo'n 'als ik later mijn eigen huis heb'-belofte aan mezelf. En ik vind dat gordijnen in de slaapkamer op de grond moeten vallen – dat is dan weer een van mijn regels. Iedereen heeft toch wel zulke dingen; dingen die voor ons volkomen logisch zijn, terwijl een ander ze volkomen belachelijk vindt?

Boven de schoorsteenmantel hangt een ingelijst wandkleed van een rood huis met een groene rechthoek eromheen die de tuin moet voorstellen. In plaats van bloemen, wordt het groene blok onderbroken door geborduurde woorden: 'Melrose Cottage, Little Holling,

Silsford'. De woorden zijn oranje, en eronder staat in kleinere gele letters: 'Connie en Kit, 13 juli 2004'.

'Maar Melrose is helemaal niet rood,' protesteerde ik altijd voordat ik de moed opgaf. 'Het is gebouwd met brokken witte kalkrots. Denk je dat mama de boel in bloed gedrenkt voor zich zag?' Toen we het kochten, kortten Kit en ik ons huis af tot 'Melrose'. Nu we hier al jaren wonen en we het kennen als onze broekzak noemen we het 'Mellers'.

Wat zou een onafhankelijke toeschouwer van het wandkleed vinden? Zou die denken dat Kit en ik bang waren dat we onze eigen namen zouden vergeten, en dat we ze daarom als geheugensteuntje aan de muur hadden gehangen? Of zouden ze wel raden dat het een housewarmingcadeau was van Connies moeder, en dat Connie het zoetsappig en suf vond en dat ze er alles aan had gedaan om het ding op zolder te parkeren?

Kit vond dat we het op moesten hangen, uit loyaliteit aan ons huis en aan ma. Hij zei dat de slaapkamer de perfecte plek was, omdat onze gasten het daar nooit zouden zien. Ik denk dat hij het zelf nooit meer echt zag hangen. Ik wel – elke avond voor ik ga slapen en elke ochtend als ik wakker word. En er zijn talloze redenen waarom ik er depressief van word.

Iemand die een blik in onze slaapkamer zou werpen zou dat allemaal niet zien – de twistpunten, de compromissen. Ze zouden Kits ontbrekende nachtkastje niet zien, of de foto die ik graag op de schouw had willen hangen als dat afzichtelijke rode huis er niet zou hangen.

Wat bewijst dat je geen enkele conclusie kunt verbinden aan een enkele blik in een kamer in andermans huis, en dat het totaal geen zin heeft dat ik ga doen wat ik van plan ben, nu ik weet dat Kit vast in slaap is. Ik zou zelf ook moeten gaan slapen.

Zo zacht mogelijk vouw ik mijn kant van het dekbed open, glip uit bed en sluip naar de tweede slaapkamer waar we een kantoortje van hebben gemaakt. We runnen ons bedrijf vanuit huis, wat absurd is, want het huis is piepklein. Net als in onze slaapkamer is er een gietijzeren haard. We hebben er twee bureaus in weten te proppen, voor elk een stoel en drie archiefkasten. Toen we officieel een bv werden heeft Kit de akte van oprichting laten inlijsten en die hangt nu aan de muur tegenover de deur. Dat is dus het eerste wat je ziet als je binnenkomt. 'Het is een wettelijk vereiste,' zei hij toen ik klaagde dat het er weinig inspirerend en bureaucratisch uitzag. 'Je moet het zichtbaar ophangen op je hoofdkantoor. Wil je soms dat Nulli als criminele organisatie van start gaat?'

Nulli Secundus Ltd. Dat is Latijn voor ongeëvenaard, letterlijk: aan niemand de tweede. Kits idee. 'Als je het lot wilt tarten, zijn we met zo'n naam meteen al gedoemd te mislukken,' zei ik toen we een naam voor de zaak bedachten. Met zo'n verwaande naam was het vast nog veel erger om failliet te gaan. Dus ik opperde: 'C & K Bowskill Ltd'. 'Maar zo heten *wij*,' zei Kit fel, alsof dat mij was ontgaan. 'Heb jij dan helemaal geen fantasie? En een beetje zelfvertrouwen kan ook geen kwaad. We beginnen toch geen eigen bedrijf om failliet te gaan? Ik weet niet hoe het met jou zit, maar ik ben van plan om er een succes van te maken.'

Waar heb jij nog meer een succes van gemaakt, Kit? Wat heb je allemaal nog meer bij me weggehouden?

Doe niet zo belachelijk, Connie. Jouw belachelijkheid is ook ongeëvenaard.

Ik klik op de touchpad van mijn laptop en hij komt tot leven. Het Googlescherm verschijnt. Ik typ 'huis te koop' in, druk op enter en wacht. Het eerste zoekresultaat is roundthehouses.co.uk, dat zichzelf de grootste huizensite van de UK noemt. Als ik erop klik bedenk ik dat die mensen van Roundthehouses eerder Kits gedachtegang zullen aanhangen dan die van mij: ze maken zich niet druk om de extra vernedering mochten ze ooit failliet gaan.

De homepage wordt geladen: foto's van huizen die te koop staan onder een donkerrode rand met heel veel piepkleine vergrootglazen, elk met een paar ogen erin. Het zijn enge, vreemde ogen die me doen denken aan mensen die zich hebben verstopt in het donker en elkaar bespioneren.

Is dat niet precies wat je aan het doen bent?

Ik typ 'Cambridge' in en klik op 'te koop'. Er komt een nieuw scherm op, dat me nog meer keuzes biedt. Ongeduldig werk ik ze af – zoeken binnen: 0 km; type woning: eengezinswoning; aantal slaapkamers: 1+; prijsklasse: alle; toegevoegd aan website... Wanneer zou Bentley Grove nummer 11 zijn toegevoegd? Ik klik op 'de afgelopen 7 dagen'. Het bordje TE KOOP dat ik vandaag in de voortuin zag staan, enfin, gisteren, aangezien het nu kwart over een 's nachts is, stond er vorige week nog niet.

Ik klik op 'zoeken', tik met mijn blote voeten op de grond, en doe heel even mijn ogen dicht. Als ik ze weer open, is het scherm gevuld met huizen: een van vier miljoen pond op Chaucer Road, eentje op Newton Road voor 2,3 miljoen. Ik ken allebei die straten – ze zijn vlak bij Bentley Grove, en komen uit op Trumpington Road. Ik heb ze gezien tijdens mijn vele tripjes naar Cambridge waar niemand iets van weet.

Bentley Grove nummer 11 is het derde huis op de lijst. Het staat te koop voor 1,2 miljoen pond. Het verbaast me dat het zo duur is. Het is best een groot huis, maar niet spectaculair. Dat deel van Cambridge is uiteraard erg gewild, maar ik vind het niets bijzonders, en het verkeer op Trumpington Road staat vaker vast dan dat het beweegt. Er is een Waitrose in de buurt, en een Indiaas restaurant, een wijnspeciaalzaak en een paar makelaars. *En heel veel gigantische, dure stadsvilla's.* Als de vraagprijs voor alle huizen in dit deel van de stad in de miljoenen loopt, zijn er dus genoeg mensen die dat kunnen betalen. Wie zijn dat dan? Sir Cliff Richard, waarschijnlijk. Geen idee hoe ik daarop kom. Wie nog meer? Mensen die voetbalclubs kopen, of oliebronnen in hun achtertuin hebben? In elk geval heel andere mensen dan Kit en ik, en wij doen het toch heel aardig, zakelijk gezien...

Ik schud deze gedachten van me af. *Je zou nu ook kunnen slapen, gek. Maar nee, jij moet zo nodig in het donker over je computer gebogen zitten en je ondergeschikt voelen aan Cliff Richard. Doe toch eens normaal.*

Om alle details te kunnen bekijken, klik ik op de foto van het huis dat ik zo goed ken, en toch ook helemaal niet. Ik geloof niet dat er iemand is die zo vaak naar de buitenkant van Bentley Grove 11 heeft zitten staren als ik; ik ken elke steen in de gevel. Het is vreemd, choquerend bijna, om er nu een foto van op mijn computer te kunnen zien – in mijn eigen huis, waar het niet hoort.

De vijand binnenlaten in je eigen woning...

Er is geen vijand, hou ik mezelf streng voor. *Doe toch eens praktisch, zoek op wat je weten wilt en ga naar bed.* Kit snurkt inmiddels. Mooi. Ik zou niet weten wat ik moest zeggen als hij me hierbij zou betrappen; hoe ik hem duidelijk zou moeten maken dat ik echt nog wel bij mijn verstand ben.

De pagina is geladen. Ik ben niet geïnteresseerd in de grote foto links, die vanaf de overkant van de straat is genomen. Het gaat mij om het interieur. Dat moet ik zien. Een voor een klik ik de kleine plaatjes rechts in het scherm aan, om ze te vergroten. Als eerste zie ik een keuken met een houten aanrecht, een dubbele wasbak, blauwe kastdeurtjes en een kookeiland, ook blauw en ook met een houten werkblad...

Kit haat kookeilanden. Hij vindt ze lelijk en pretentieus – uit Amerika geïmporteerde aanstellerij. De avocadogroene badkamers van de toekomst, noemt hij ze. Binnen twee weken na de verhuizing had hij het kookeiland in ons eigen huis gesloopt, en had hij een plaatselijke timmerman opdracht gegeven een grote, ronde, eiken eettafel voor ons te maken.

De keuken waar ik nu naar kijk kan niet van Kit zijn, niet met dat kookeiland erin.

Natuurlijk is hij niet van Kit. Kits keuken is beneden – toevallig ook jouw keuken.

Ik klik op een foto van de zitkamer. Ik heb de zitkamer van Bentley Grove nummer 11 al eerder gezien, al was het maar kort. Tijdens een van mijn bezoekjes was ik zo dapper – of zo gestoord, hoe je het ook maar wilt zien – om het hek open te doen en het lange pad af te lopen dat aan beide kanten omzoomd is door lavendelstruiken, en door het raam aan de voorkant naar binnen te gluren. Ik was bang dat iemand me zou betrappen, dus kon ik me niet echt concentreren. Een paar seconden later kwam er een oude man uit het huis ernaast naar buiten, die mij overdreven verbaasd aankeek. Ik ben toen vlug weer naar mijn auto gelopen, voor hij me kon vragen wat ik daar deed. Achteraf kon ik me niet zo veel herinneren van de kamer die ik had gezien, los van de witte muren en een grijze L-vormige bank met ingewikkeld rood borduursel.

Ik kijk nu naar diezelfde bank op mijn computerscherm. Hij is niet echt grijs, eerder een soort gewolkt zilver. Hij ziet er duur uit. Uniek. Ik kan me niet voorstellen dat bij iemand anders precies zo'n bank staat.

Kit houdt van uniek. Hij mijdt massaproductie zo veel mogelijk. Alle bekers in onze keuken zijn speciaal gemaakt en beschilderd door een pottenbakker in Spilling.

Elk meubelstuk in de zitkamer van Bentley Grove 11 lijkt me uniek: een stoel met enorme, gebogen houten armleuningen die lijken op de onderkant van een roeiboot; een bijzondere salontafel met een glazen blad en onder het glas een constructie met zestien vakjes, zodat het lijkt op een vitrine. In elk vakje zit een kleine bloem binnen in een rode cirkel. De blauwe bloemblaadjes wijzen omhoog, naar het glas.

Kit zou dit allemaal prachtig vinden. Ik slik, en bedenk dat dit nog niets bewijst.

Er is een betegelde haard. Daarboven hangt een grote lijst met een kaart. Aan weerszijden van de haard zijn twee identieke nissen. Een symmetrische kamer, een typische Kit-kamer. Ik voel me een beetje misselijk.

Dit is waanzin. Hoeveel zitkamers in het hele land zijn niet gebouwd volgens precies hetzelfde principe: haard, schouw, nissen links en rechts daarvan? Het is een klassieke bouwstijl, die je over de hele wereld terugvindt. En Kit vindt het mooi, net als drie miljard andere mensen.

En je hebt toch zijn jasje niet over de trapleuning zien hangen, of zijn streepjesdas over de rugleuning van een stoel...?

Ik wil deze taak, die ik mezelf heb opgelegd, zo snel mogelijk af-handelen – ik merk nu dat ik me er slechter door ga voelen in plaats van beter – en dus werk ik alle andere kamers in hoog tempo af door de foto's te vergroten. De hal en de trap, met beige vloerbedekking. Een dikke trapleuning van donker hout. Een bijkeuken met licht-blauwe kastjes, net zoals die in de keuken. Honingkleurig marmer op het toilet – strak en duidelijk heel duur.

Ik klik op de foto van wat de achtertuin moet zijn. Die is een heel stuk groter dan ik me had voorgesteld; ik kende het huis alleen maar vanaf de voorkant. Ik scrol omlaag naar de tekst onder de foto en zie dat de tuin ruim vierduizend vierkante meter groot is. Zo'n tuin zou ik dolgraag willen hebben: een veranda met een tafel en stoelen, een tweezits schommelbankje met een luifeltje, een enorm gazon, met achteraan bomen, en daarachter weelderige landerijen. Een idyllisch, landelijk plaatje, op nog geen tien minuten lopen van het centrum van Cambridge. Ik begin dat prijskaartje van 1,2 miljoen te begrij-pen. Ik probeer de tuin niet te vergelijken met mijn eigen tuin rond-om Melrose Cottage, want die is zo groot als een halve garage. Net groot genoeg voor een gietijzeren tafel, vier stoelen, een paar planten in terracotta potten, maar verder niets.

Dat was het. Ik heb alle foto's bekeken, alles gezien wat er te zien viel.

En je hebt niets gevonden. Nou goed?

Ik gaap en wrijf in mijn ogen. Ik wil de website net afsluiten en weer naar bed gaan als ik een rijtje knoppen zie onder de foto van de achtertuin: 'straat', 'plattegrond', 'virtuele rondleiding'. Bentley Grove hoef ik niet te zien – daar ben ik het afgelopen halfjaar al vaak zat geweest – maar ik kan net zo goed even de plattegrond van num-mer 11 bekijken, nu ik toch bezig ben. Ik klik op de knop en sluit het scherm bijna meteen als het opkomt. Ik heb er niets aan om te weten welke kamer waar precies is; dan kan ik beter die virtuele rondlei-ding doen. Zou ik dan het gevoel krijgen alsof ik er zelf rondloop, en een kijkje kan nemen in alle kamers? Dat zou ik namelijk graag willen.

Dan is het pas goed.

Ik klik op de knop en wacht tot de rondleiding is geladen. Er verschijnt weer een knop: 'Afspelen'. Ik klik hem aan. Ik kom eerst in de keuken en zie wat ik ook al op de foto heb gezien, en dan nog meer als de camera 360 graden draait om de rest van de kamer te tonen. Dan draait hij nog eens rond, en nog eens. Ik word er duizelig van, alsof ik in een draaimolen zit die niet wil stoppen. Ik doe mijn ogen dicht, want ik moet even pauzeren. Ik ben zo ontzettend moe. Die reis op en neer naar Cambridge, bijna elke vrijdag, doet me geen goed. En het is niet de fysieke inspanning, maar het feit dat ik het stiekem doe dat me zo uitput. Ik moet verder, ik moet het loslaten.

Ik doe mijn ogen open en zie een heleboel rood. Eerst begrijp ik niet waar ik naar kijk, en dan... *O god. Nee! O fuck, o god.* Bloed. Midden in de kamer ligt een vrouw met haar gezicht op de grond, en er is bloed, een heel meer van bloed op de beige vloerbedekking. In mijn paniek denk ik heel even dat het mijn bloed is. Ik kijk naar omlaag. *Geen bloed.* Natuurlijk niet – het is niet mijn vloerbedekking, niet mijn huis. Het is Bentley Grove 11. De ronddraaiende zitkamer. De haard, de ingelijste kaart erboven, de open deur naar de hal...

De dode vrouw, met haar gezicht in een zee van rood. Alsof al haar bloed tot de laatste druppel uit haar is geperst...

Ik maak een geluid dat een schreeuw zou kunnen zijn. Ik probeer Kits naam te roepen, maar het lukt niet. Waar is de telefoon? Niet op de lader. Waar is mijn BlackBerry? Moet ik het alarmnummer bellen? Hijgend grijp ik om me heen; naar wat, geen idee. Ik kan mijn ogen niet van het scherm afhouden. Het bloed en de vrouw draaien nog steeds rond. *Ze is vast dood; het is vast haar bloed. Rood aan de buitenkant, in het midden bijna zwart. Zwartrood, dik als teer. Hou op met dat gedraai.*

Ik sta op en gooi mijn stoel om. Hij valt met een doffe plof op de grond. Ik deins terug van mijn bureau, wil alleen nog maar vluchten. *Weg, weg!* schreeuwt een stem in mijn hoofd. Ik struikel de verkeerde kant op, weg van de deur. *Niet kijken, hou op met kijken.* Maar ik moet wel kijken. Ik val met mijn rug tegen de muur. Er drukt iets hards in mijn huid. Ik hoor iets vallen, en stap op iets wat kraakt onder mijn voeten. Stekende pijn in mijn voetzolen. Ik kijk omlaag en zie gebroken glas. Bloed. Mijn bloed, dit keer.

Op de een of andere manier slaag ik erin weg te komen uit deze kamer. Ik trek de deur achter me dicht. Beter; nu is er een barrière tussen dat wat daar is en mij. *Kit.* Ik moet naar Kit. Ik loop onze slaapkamer in, doe het licht aan en barst in tranen uit. Hij slaapt; hoe durft hij? 'Kit!'

Hij kreunt. Knippert met zijn ogen. 'Licht uit,' mompelt hij slaap-dronken. 'Wat is er? Hoe laat is het?'

Ik sta daar te huilen, met bloedende voeten op het witte kleed.

'Con?' Kit zit ineens rechtop en wrijft in zijn ogen. 'Wat is er ge-beurd?'

'Ze is dood,' antwoord ik.

'Wie is er dood?' Hij is inmiddels klaarwakker. Hij grijpt onder het bed naar zijn bril en zet die op.

'Weet ik veel! Een vrouw,' snik ik. 'Op de computer.'

'Wat voor vrouw? Waar heb je het over?' Hij gooit de dekens van zich af en stapt uit bed. 'Je... wat is er met je voeten? Ze bloeden.'

'Ik weet niet.' Meer komt er niet uit. 'Ik heb een virtuele...' Het lukt me niet om te praten en adem te halen tegelijk.

'Is alles wel goed met iedereen? Je zuster, Benji...'

'Wat?' *Mijn zusje?* 'Die hebben hier niks mee te maken. Het is een of andere vrouw. Ik kan haar gezicht niet zien.'

'Je ziet lijkbleek, Con. Heb je soms een nachtmerrie gehad?'

'Op mijn laptop. Ze staat op mijn laptop,' snik ik. 'Ze is dood. Dat kan niet anders. We moeten de politie bellen.'

'Liefje, er is helemaal geen dode vrouw op jouw laptop,' zegt Kit. Ik hoor het ongeduld door zijn geruststelling heen. 'Je hebt gewoon naar gedroomd.'

'Ga dan kijken!' schreeuw ik tegen hem. 'Het is geen droom. Ga maar kijken, dan zie je het zelf.'

Hij kijkt naar mijn voeten, en naar het spoor van bloed op het kleed en de planken – een rode stippellijn tot aan de slaapkamerdeur. 'Wat is er met je gebeurd?' vraagt hij. Ik vraag me af hoe schuldbewust ik eruitzie. 'Wat is er aan de hand?' De bezorgde toon is weg; zijn stem klinkt nu hard van achterdocht. Zonder mijn antwoord af te wachten loopt hij naar het kantoortje.

'Nee!' schreeuw ik uit.

Hij blijft staan op de overloop, draait zich om. 'Nee? Ik dacht dat jij wilde dat ik naar je computer ging kijken.' Nu is hij kwaad op me. Alles wat hem stoort in zijn slaap maakt hem kwaad.

Ik kan hem niet naar binnen laten gaan als ik het niet eerst heb uitgelegd, althans, als ik niet eerst probeer om het hem uit te leggen. 'Ik heb een virtuele rondleiding gedaan door Bentley Grove nummer 11,' zeg ik.

'*Wat?* Jezus, Connie!'

'Luister. Luister nou, oké? Het staat te koop, dat huis aan Bentley Grove.'

'Hoe weet je dat?'

'Ik... dat weet ik gewoon.' Ik veeg mijn gezicht af. Als iemand me aanvalt, kan ik niet huilen. Ik moet me concentreren op mijn verdediging.

'Dit is... Connie, jij bent echt gestoord, weet je dat? Hoe haal je het in je...' Kit duwt me opzij en wil weer in bed stappen.

Ik grijp zijn arm om hem tegen te houden. 'Straks mag je kwaad zijn, maar eerst moet je naar me luisteren. Oké? Dat is alles wat ik vraag.'

Hij schudt me van zich af. Ik vind het vreselijk hoe hij me aanstaart. *Wat verwacht ik dan van hem?*

'Ik luister,' zegt hij zachtjes. 'Ik luister nu al een halfjaar naar die verhalen van jou over Bentley Grove nummer 11. Wanneer hou je er nou eens over op?'

'Het staat te koop,' zeg ik zo kalm mogelijk. 'Ik heb het opgezocht op Roundthehouses, een huizensite.'

'Wanneer?'

'Net, vlak... hiervoor.'

'Dus je hebt gewacht tot ik sliep?' Kit schudt vol walging zijn hoofd.

'Ze hadden een virtuele rondleiding, en ik... ik dacht dat ik...' Ik kan hem beter niet vertellen wat ik dacht. Hoewel hij het zo wel kan raden. 'Er was een vrouw, in de zitkamer, met haar gezicht op de grond, met overal bloed, een enorme plas...' Terwijl ik deze omschrijving geef, heb ik het gevoel alsof ik moet overgeven.

Kit doet een stap naar achteren en kijkt me aan alsof hij me nog nooit heeft gezien. 'Dus, voor mijn begrip: jij bent op de site van Roundthehouses gegaan, hebt daar een virtuele rondleiding gedaan door Bentley Grove nummer 11, want je wist toevallig dat dat nu te koop staat, en toen heb je een dode vrouw zien liggen in een van de kamers?'

'In de zitkamer.'

Hij lacht. 'Dat is wel erg vergezocht. Zelfs voor jou,' zegt hij.

'Het staat nog op mijn scherm,' zeg ik tegen hem. 'Ga maar kijken als je me niet gelooft.' Ik sta te trillen en heb het ineens ijskoud.

Hij wil niet. Hij negeert wat ik hem heb verteld en hij gaat gewoon weer slapen. Om mij te straffen, en omdat het onmogelijk waar kan zijn. Er kan geen dode vrouw in een zee van bloed te zien zijn op de website van Roundthehouses.

Kit zucht. 'Goed,' zegt hij, 'dan ga ik wel kijken. Kennelijk ben ik zo gek als jij denkt dat ik ben.'

'Ik verzin dit niet!' schreeuw ik tegen hem. Ik wil met hem meegaan, maar mijn lichaam verroert zich niet. *Hij krijgt dadelijk te zien wat ik heb gezien.* Ik weet wat er gaat gebeuren, en ik kan niet meer wachten.

'Geweldig,' hoor ik Kit tegen zichzelf zeggen. Of misschien ook wel tegen mij. 'Dit vind ik nou echt leuk: andermans afwasmachine bekijken in het holst van de nacht.'

Afwasmachine. De rondleiding is in mijn afwezigheid waarschijnlijk van voren af aan begonnen. 'Het verplichte kookeiland,' mompelt Kit. 'Waarom gaan mensen daar toch altijd voor?'

'De zitkamer komt na de keuken,' zeg ik tegen hem. Ik dwing mezelf om naar de gang te lopen; verder wil ik niet gaan. Ik krijg geen lucht. Ik haat het idee dat Kit te zien krijgt wat ik zelf heb gezien – niemand zou zoiets mogen zien. Het is te verschrikkelijk. Toch moet hij...

Moet hij wat? Moet hij bevestigen dat het echt zo is, dat je het je niet hebt ingebeeld?

Ik beeld me geen dingen in die er niet echt zijn. *Echt niet.* Ik pieker weleens over dingen waar ik niet over hoef te piekeren, maar dat is wat anders. Ik weet wat waar is en wat niet. Mijn naam is Catriona Louise Bowskill. *Waar.* Ik ben vierendertig jaar oud. *Waar.* Ik woon in Melrose Cottage in Little Holling, Silsford, met mijn man Christian, die Kit genoemd wordt, zoals ze mij altijd Connie noemen. We hebben een eigen zaak, en die heet Nulli Secundus. We zijn datamanagementconsultants, althans, Kit is datamanagementconsultant. Mijn officiële titel is Business and Financial Director. Kit werkt fulltime voor Nulli Secundus. Ik parttime: drie dagen per week. Op dinsdag en donderdag werk ik in de meubelzaak van mijn ouders, Monk & Sons Fine Furnishings, en daar heb ik een veel ouderwetsere functietitel: boekhouder. Mijn vader en moeder heten Geoff en Val Monk. Ze wonen verderop in de straat. Ik heb een zusje, Fran, en die is tweeëndertig. Zij werkt ook voor Monk & Sons; ze runt de afdeling raambekleding. Ze heeft een vriend, Anton, en ze hebben een zoontje van vijf, Benji. Al die dingen zijn waar, en wat ook waar is – precies even waar – is dat ik nog geen tien minuten geleden een virtuele rondleiding heb gemaakt door Bentley Grove nummer 11, Cambridge, en dat ik een dode vrouw op de met bloed doordrenkte vloerbedekking heb zien liggen.

'Bingo: de zitkamer,' hoor ik Kit zeggen. Zijn toon doet me huiveren. Hij kan altijd zo luchtig doen, behalve als... 'Interessante salontafel. Tikje vergezocht, dat wel. Maar geen dode vrouw, geen bloed.'

Wat? Waar heeft hij het over? Dat kan niet. Ik weet wat ik gezien heb.

Ik duw de deur open en dwing mezelf de kamer binnen te gaan. *Nee. Onmogelijk.* De zitkamer van Bentley Grove 11 draait langzaam rond, maar er ligt geen lichaam in – geen vrouw met haar buik op de grond, geen rode poel. De vloerbedekking is beige. Als ik dichterbij kom zie ik een vage vlek, ergens in de hoek, maar... 'Het ligt er niet,' zeg ik.

Kit staat op. 'Ik ga weer naar bed,' zegt hij, en zijn stem klinkt ijzig van woede.

'Maar... hoe kan dat nu ineens verdwenen zijn?'

'Hou op.' Hij heft zijn vuist en beukt hem tegen de muur. 'We gaan het er nu niet over hebben. Of wacht, ik heb een beter idee: we gaan het er nooit meer over hebben. Laten we maar gewoon doen of dit nooit is gebeurd.'

'Kit...'

'Ik kan zo niet doorgaan, Con. *Wij* kunnen zo niet doorgaan.'

Hij duwt me opzij. Ik hoor de deur van onze slaapkamer dicht-slaan. Ik ben te geschokt om te huilen, ga zitten in de stoel die nog warm is van Kits lichaam en staar naar het scherm. Als de zitkamer verdwijnt, wacht ik tot hij weer terugkomt, voor het geval ook de dode vrouw en het bloed weer in beeld verschijnen. Het lijkt me niet waarschijnlijk, maar wat er eerder gebeurde was ook niet waarschijnlijk, en toch gebeurde het.

Ik zit de hele rondleiding door Bentley Grove nummer 11 vier keer uit. Telkens als de keuken vervaagt, hou ik mijn adem in. Uiteindelijk, omdat ik niets beters weet, klik ik op het kruisje rechts boven in het scherm om de rondleiding te sluiten.

Onmogelijk.

Nog één keer, helemaal vanaf het begin. Ik klik op het icoontje van de virtuele rondleiding, ga terug naar Roundthehouses en neem de-zelfde stappen die ik net ook nam: ik zoek Bentley Grove op, klik op de knop voor de virtuele rondleiding, en wacht af. Er is geen vrouw. Geen bloed. Kit heeft nog steeds gelijk. Ik heb nog steeds ongelijk.

Ik klap mijn laptop dicht. Ik zou het gebroken glas op moeten rui-men, en de echte bloedvlekken uit mijn eigen tapijt moeten poetsen. Ik staar naar Nulli's akte van oprichting die nu in een gebroken lijst op de grond ligt. Die heb ik waarschijnlijk van de muur gestoten toen ik zo schrok van die dode vrouw. Daar zal Kit ook wel kwaad om zijn. *Alsof hij al niet genoeg heeft om kwaad over te zijn.*

Het opnieuw laten inlijsten van de akte is geen punt. Maar beslissen wat je moet doen met een verdwenen dode vrouw die je misschien toch zelf hebt verzonnen – dat is minder eenvoudig.

Ik heb, denk ik, twee opties. Of ik probeer het te vergeten en probeer mezelf wijs te maken dat ik dat afschuwelijke tafereel niet echt heb gezien. Of ik bel Simon Waterhouse.

PRODUCTIE: CB13345/432/19IG

BASISSCHOOL CAVENDISH LODGE
BULLETIN NR. 581
Datum: maandag 19 oktober 2009

Herfstgedachten uit de klas van juf Kennedy

Kastanjes zijn...
Superglad
Net fluweel, en zo bruin als chocola
En roestbruin aan de buitenkant.
Hun glimmende jasjes zijn dik
En ze voelen zacht en koel aan.
Ik hou van de herfst omdat
Kastanjes dan van de bomen vallen.
Ik hou SUPER veel van kastanjes!

Door Riordan Gilpatrick

<u>**Kastanjes**</u>
Ze vallen van de bomen
Boven op je hoofd.
Je kunt er kettingen mee maken
En je kunt er een kastanjegevecht mee houden
Je kunt ze verzamelen
En op je plank leggen.
Groen-bruin-oranje-rood, dat is de kleur van...
Kastanjes!

Door Emily Sabine

**Heel mooi, Riordan en Emily – met jullie gedichten hebben
jullie de herfst echt tot leven gebracht voor ons!
Bedankt!**

2

17/07/2010

Omdat hij een gokker was, zou rechercheur Chris Gibbs er flink wat om hebben verwed dat het Olivia niet zou lukken de conciërge over te halen hen nog een borrel in te schenken, ook al was de bar van het hotel officieel allang gesloten. Maar dan had hij ernaast gezeten.

'Nog een *piepklein* afzakkertje,' zei ze zwoel, alsof ze hem een geheim vertelde. Waar kwam die stem ineens vandaan? Die had ze niet van nature; maar niets aan haar leek natuurlijk.

'Of nou ja, misschien niet piepklein,' zei Olivia vlug zodra de deal rond was. 'Een dubbele Laphroaig voor Chrissy en een dubbele Baileys voor mij. We hebben namelijk iets te vieren.'

Gibbs verstarde. Niemand had hem ooit 'Chrissy' genoemd. Hij hoopte vurig dat het ook nooit meer zou gebeuren, maar hij wilde er nu niet moeilijk over doen. *Fuck.* Dacht de conciërge nu soms dat hij zichzelf Chrissy noemde? Hij hoopte maar dat zijn uiterlijk wat dat betrof boekdelen sprak.

Olivia drapeerde zich over de bar terwijl ze stond te wachten, waarbij ze nog meer van haar superieure decolleté prijsgaf. Gibbs zag dat de conciërge er een steelse blik op liet vallen. Dat deden alle mannen altijd, maar niemand was er zo bedreven in als Gibbs zelf, naar zijn eigen niet-zo-nederige overtuiging.

'Allebei geen ijs,' zei Olivia. 'O, en neem zelf ook iets – we mogen jou natuurlijk niet vergeten! Iets lekkers, en dan dubbel; iets met een *gigantische* hoeveelheid alcohol!'

Gibbs was blij dat ze zo dronken was. Toen ze eerder die dag nog nuchter was, kon hij haar niet aan, maar met dronken vrouwen wist hij wel raad. Oké, de meeste dronken dames droegen niet zo'n rare gouden jurk van meer dan tweeduizend pond. Want dat had hij volgens Olivia gekost. Hij was verbijsterd en zei dat hij dat niet geloofde, en toen had ze hem uitgelachen.

'Heel vriendelijk van u, mevrouw, maar ik bedank,' zei de conciërge.

'Zei ik al dat ik geen ijs wilde? Ik weet niet meer of ik het al heb gezegd, of dat ik het alleen maar dacht. Dat heb ik nou altijd. We houden allebei niet van ijs, toch?' Olivia keek Gibbs aan, en nog voor hij de kans kreeg om te reageren, wendde ze zich weer tot de conciërge: 'We wisten niet of we überhaupt iets gemeen hadden – ik bedoel, moet je ons nou eens zien! Zo totaal verschillend! – maar toen bleek dus dat we allebei een hekel hebben aan ijs.'

'Dat hebben veel mensen,' zei de conciërge met een glimlach. Misschien vond hij het wel lekker om de hele nacht op te moeten blijven in een butlerpak uit de jaren twintig, en drankjes te serveren aan een luidruchtige chique dame en een norse diender die al veel te veel gedronken hadden. 'Maar aan de andere kant zijn er ook heel veel mensen die er geen hekel aan hebben.'

Geef ons die drankjes nu maar en bespaar ons je stomvervelende observaties. Gibbs had zijn Laphroaig gepakt en was op weg naar hun tafeltje, toen hij Olivia ineens hoorde zeggen: 'Wil je niet weten wat we te vieren hebben?' Hij wist niet of het onbeleefd was om haar daar in haar eentje te laten staan, en of hij nu terug moest lopen. Maar hij besloot dat ze het zelf maar moest uitzoeken. Als zij en de butler elkaar zo nodig dood wilden vervelen, was dat hun probleem. Gibbs had zijn borrel, het extra drankje waar hij niet meer op gerekend had; meer had hij niet nodig.

'We hadden vandaag een bruiloft, en weet je...' schalde Olivia's stem achter hem. 'Er was verder helemaal niemand! Los van de bruid en de bruidegom, bedoel ik. Chris en ik waren de getuigen, en de enige gasten.'

Geen 'Chrissy' meer. Godzijdank.

'Ze hadden allebei één getuige,' ging Olivia verder. 'Charlie koos mij, en Simon koos... Sorry, heb ik het al over Simon gehad? Dat is de man van mijn zusje – vanaf vandaag! Simon Waterhouse. De bruidegom.' Ze zei het op een manier alsof ze dacht dat de conciërge vast weleens van hem had gehoord.

Het irriteerde Gibbs dat ze haar zin niet afmaakte, waarschijnlijk omdat hij zelf ook al zo'n eind heen was. *En Simon koos Chris.* Het lag voor de hand. Als elk van hen één getuige uit mocht kiezen, en Charlie koos Olivia, dan moest Waterhouse Gibbs wel hebben gekozen. Niet dat de conciërge van het hotel dat nou per se moest weten. Het was zo, of hij het nu wist of niet.

Gisteren, voor ze naar Torquay vertrokken, had Gibbs aan zijn vrouw Debbie gevraagd waarom Waterhouse hem zou hebben gevraagd. 'Waarom niet?' had ze geantwoord zonder haar blik af te wenden van het overhemd dat ze aan het strijken was, duidelijk niet geïnteresseerd in een verdere discussie. In haar hoofd was momenteel geen ruimte voor iets anders dan haar ivf. Ze was dinsdag naar het ziekenhuis geweest voor een embryotransfer – er waren er twee geplaatst, de twee gezondste exemplaren. Gibbs hoopte bij god dat ze geen tweeling zouden krijgen. Eentje was al...

Erg genoeg? Nee, niet erg, maar wel zwaar. En als de embryo's niet zouden aanslaan, en als Debbie na al dat gedoe en al dat geld dat ze eraan hadden besteed nog steeds niet zwanger zou zijn, werd het helemaal zwaar. Het ergste waren die eindeloze gesprekken over moeten leven zonder baby, terwijl het Gibbs totaal niet meer boeide. Maar dat kon hij natuurlijk niet zeggen. Het kon hem niets meer schelen. Hij vond het zelf best een goed idee om aan een kind te beginnen toen hij nog dacht dat het allemaal vanzelf zou gaan. Maar nu het niet vanzelf ging, was het een nachtmerrie waar maar geen eind aan kwam. En waarom zou je dat willen? Wat was er nu zo bijzonder aan zijn genen, of aan die van Debbie, dat ze die zo nodig moesten doorgeven?

Olivia plofte naast hem neer. 'Hij heeft de flessen op de bar laten staan, voor het geval we nog een borrel willen. Mogen we morgen betalen. Wat een dotje!'

Eerder die avond wenste Gibbs nog vurig dat ze op zou houden met dat gedweep en dat ze haar volume wat zou temperen. Nu zij de enigen in de bar waren, deed dat er niet meer toe. De muziek was al ruim een uur geleden uitgezet. Rond datzelfde moment ging ook de sfeerverlichting uit en waren de felle plafonnières aangegaan. Er hing een morning-aftersfeertje in de bar van het hotel, ook was het wat Gibbs betrof nog altijd de avond daarvoor.

'Nou, ga je het me nog vertellen of hoe zit het?' vroeg hij.

'Wat moet ik je vertellen?'

'Waar ze nu zijn. Waterhouse en Charlie.' Als Olivia het wist, had hij ook het recht om het te weten, vond hij. Als getuigen hadden ze evenveel recht op alle relevante informatie.

'Als ik je dat om tien uur, en elf uur en middernacht niet wilde vertellen, waarom denk je dan dat ik het nu wel wil?'

'Omdat je nu meer drank achter je kiezen hebt. Je schild is gezakt.'

Olivia trok een wenkbrauw op en lachte. 'Mijn schild zakt nooit. Mijn schild blijft altijd keurig op zijn plek.' Ze leunde voorover. *Decolletéalarm.* 'Waarom noem jij hem eigenlijk altijd Waterhouse?'

'Omdat hij zo heet.'

'Waarom noem je hem geen Simon?'

'Weet ik veel. We noemen elkaar allemaal bij onze achternaam: Gibbs, Waterhouse, Sellers. Allemaal.'

'Sam Kombothekra anders niet,' zei Olivia. 'Hij noemt jou Chris – heb ik zelf gehoord. Hij noemt Simon Simon. En Simon noemt hem Sam, alleen jij niet. Jij noemt hem nog altijd Stepford. Dat was eerst jullie bijnaam voor hem, en die gebruik jij nog steeds.' Ze kneep haar ogen tot spleetjes. 'Jij bent bang voor verandering.'

Gibbs vroeg zich af waar die dronken losbol was gebleven met wie hij nog maar een paar minuten geleden had zitten slempen. Ze was duidelijk niet zo ver heen als hij dacht. 'Het is een prima bijnaam,' zei hij tegen haar. 'Voor mij blijft hij altijd Stepford.' Als hij zijn borrel ophad, ging hij naar bed, of die fles nu op de bar stond of niet. Een vrouw als Olivia Zailer had toch geen enkele interesse in wat hij zoal te melden had. Die wetenschap maakte een gesprek met haar er niet gemakkelijker op.

'Verbaast het je niet dat ik precies weet hoe iedereen elkaar noemt, terwijl ik helemaal niet bij jullie werk?'

'Niet echt, nee.'

'Hm.' Dat antwoord stelde haar blijkbaar niet tevreden. 'Waarom denk jij dat Simon jou heeft gevraagd, en niet Sam? Als getuige?'

Gibbs deed zijn best om niet te kijken alsof deze vraag hem boeide. 'Ik heb geen flauw idee. Jij mag het zeggen.'

'Het lijkt me duidelijk waarom hij Colin Sellers niet wilde, want die heeft het vreemdgaan zo ongeveer uitgevonden,' zei Olivia. 'Simon dacht waarschijnlijk dat het ongeluk zou brengen als zo'n viezerik een rol zou spelen op hun bruiloft.'

'Wat een onzin,' zei Gibbs. 'Wat Sellers uitspookt moet hij lekker zelf weten.' The Penetrator, *met in de hoofdrol rechercheur Colin Sellers. Rechercheur Colin Sellers is terug in* The Penetrator II. Gibbs glimlachte. Ineens zag hij allerlei nieuwe mogelijkheden om Sellers in de zeik te nemen. Dat hij daar niet eerder op gekomen was.

'Colin was sowieso geen optie, en dus kon Simon kiezen tussen jou en Sam,' zei Olivia. 'Ik vroeg me eerst nog af of hij Sam soms niet wilde omdat die altijd zijn mond voorbijpraat. Hij wist dat Charlie en hij hem halverwege de avond zouden smeren, zodat hij alleen achterbleef met mij – de andere getuige en ik. Simon zou het vreselijk vinden als Sam en ik over hem zouden roddelen.'

'Stepford roddelt niet,' zei Gibbs.

'Normaal gesproken niet, misschien, maar reken maar dat hij met mij zou roddelen, vooral na een paar borrels. Dan zou hij zichzelf wijsmaken dat hij niet roddelde, maar dat hij Simon *besprak*. Dat doen mensen namelijk.'

'Dus je denkt dat ik ben uitverkoren omdat ik niet aan roddelen doe?'

'Roddelen?' grinnikte Olivia. 'Je praat al nauwelijks. Je maakt er een sport van om zo weinig mogelijk je mond open te doen. Maar nee, dat was alleen in het begin mijn theorie.' Ze nipte van haar Baileys. 'Mijn tweede theorie was dat Simon Sam er niet bij wilde omdat hij zijn baas is – misschien zou Sam denken dat Simon zich wilde inlikken door hem als getuige op zijn huwelijk te vragen, ook al bedoelde hij dat niet zo. Simon is het minst slijmerige mens dat ik ken, en hij zou het verschrikkelijk vinden als iemand dat anders zag.'

Dus Sellers en Stepford waren allebei uit den boze. Dan had je alleen Gibbs nog over.

'Maar toen bedacht ik – mijn derde theorie – dat Simon jou liever had omdat hij voor jou meer respect heeft dan voor Sam, ook al vindt hij Sam *aardiger*. Hij vindt jou intelligenter. Of je lijkt meer op hem, misschien is dat het. Jij bent raadselachtig, terwijl Sam een open boek is.'

Gibbs begreep niet helemaal wat het haar kon schelen. Ze leek er al evenveel over na te hebben gedacht als hij zelf, alleen had zij er meer van gebakken: zij had maar liefst drie antwoorden, en hij geen.

'Ik wilde het graag weten, dus toen heb ik het Charlie laten vragen,' zei ze.

Gibbs greep zijn glas wat steviger vast. 'En?'

'Simon zei dat hij zich aan jou meer verwant voelt dan aan Colin of Sam.' Olivia schoot in de lach. 'Dat vond ik *hilarisch*, want ik durf te wedden dat jullie het nog nooit over iets anders hebben gehad dan over het werk.'

'Klopt,' bevestigde Gibbs. Hij dronk zijn glas leeg en liep naar de bar om het nog eens vol te schenken. Hij had geen zin om stil te staan bij de vraag waarom hij zich ineens zoveel beter voelde. 'Zeg, aangezien jij zo praatgraag bent: vertel eens waar het gelukkige paartje nu is?' vroeg hij. 'Ik zal het echt niet aan de moeder van Waterhouse verklappen.'

'Ik beantwoord alle vragen, behalve die,' zei Olivia spijtig. 'Dat heeft Charlie me laten bezweren.'

'Ik stel je geen andere vragen. Alleen deze, en ik blijf het vragen. Hoewel ik denk dat ik wel weet waar ze uithangen. Daar hoef je geen genie voor te zijn.' Gibbs grinnikte, ingenomen met zijn theorie.

'Dat kun je helemaal niet weten, behalve als je helderziend bent.' Olivia keek bezorgd.

'Je zei dat ze "weggevlogen" waren, om mij op een dwaalspoor te zetten. Ze zijn helemaal nergens heen gevlogen. Ze zijn nog gewoon hier.' Gibbs grijnsde, want hij was in zijn schik met deze theorie.

'Hier? In Torquay, bedoel je?'

'Hier: in het Blue Horizon Hotel – de laatste plek waar ik aan zou denken, nadat ze een paar uur geleden met veel tamtam zijn vertrokken.'

Olivia rolde zogenaamd wanhopig met haar ogen. Of misschien was de wanhoop wel echt. 'Ze zijn niet hier, en dit is niet het Blue Horizon Hotel,' zei ze. 'Het heet Blue Horizon.'

Nam ze hem nou in de zeik? 'Dat zei ik ook.'

'Nee, jij zei het Blue Horizon Hotel.'

'Het heet Blue Horizon en het is een hotel,' zei Gibbs ongeduldig. 'Dus is dit het Blue Horizon Hotel.'

'Niet, dus.' Olivia bestudeerde hem alsof hij van een andere planeet kwam. 'Blue Horizon is de naam van een topklasse hotel, wat dit dus ook is. Als je dit het Blue Horizon Hotel noemt, klinkt het ineens als een mottige B&B.'

'Aha. Ik ben waarschijnlijk zelf te mottig om dat verschil te kennen.'

'Nee, ik bedoelde niet... O god, wat ben ik toch ook stom! Nu heb ik je beledigd en klap jij weer dicht, terwijl je net lekker loskwam.'

'Ik ga naar bed,' zei Gibbs. 'Ik heb hier geen zin meer in. Je bent net het weekendkatern bij de krant – vol met gelul.'

Olivia keek verbaasd en staarde hem zwijgend aan.

Fuck. De dag eindigen met gepraat op zo'n toon.

'Ik wilde niet...'

'Laat maar. Ik zal het wel verdiend hebben,' zei Olivia monter. 'Zal je net zien – de man die nooit zijn mond opendoet, zegt één ding, en dat is dan meteen iets vreselijks over mij waar ik me minstens een jaar rot door voel.'

'Ik bedoelde het niet vervelend,' zei Gibbs. 'Het was maar een observatie.'

'Wil je echt zo graag weten waar Simon en Charlie zijn? Nou goed. Ik kan het je vertellen, maar ik weet nog iets veel beters – ik kan je een foto laten zien van hun villa.' Olivia trok haar mobieltje uit haar handtas en begon te typen. Had ze soms gedacht dat Gibbs nu zou zeggen: 'Nee, joh, laat maar, wat maakt het uit'? Dan had ze mooi pech. Als hij het net nog wilde weten, waarom nu dan ineens niet meer: omdat zij overstuur was en boos op hem?

Toen ze klaar was met het vinnige toetsen, duwde Olivia haar telefoon in zijn gezicht. 'Hier. Los Delfines – de honeymoonvilla.'

Gibbs keek naar een klein fotootje van een lang, wit gebouw met twee verdiepingen, waar wel twintig man in pasten. De meeste ramen hadden een balkon. Prachtig vormgegeven tuinen, een buitenbar en een barbecuehoek, een zwembad dat groot genoeg leek voor een olympische zwemwedstrijd, en dat alles overgoten door zon.

'Spanje?' giste Gibbs.

'Puerto Banus. Vlak bij Marbella.'

'En dat is alleen voor hen tweeën? Niet verkeerd.'

'Geluk gegarandeerd,' zei Olivia. Ze klonk nog steeds geïrriteerd. 'Voor het luttele bedrag van vijftienduizend ruggen. Op zo'n plek moet het wel onmogelijk zijn om je ongelukkig te voelen, denk je ook niet?'

'Waarom zouden ze ongelukkig zijn? Dit is hun huwelijksreis.'

Gibbs had niet gedacht dat ze daar antwoord op zou geven. Toen zei ze: 'Het feit dat ze Simon *niet* kon hebben, in alle betekenissen van het woord, was jarenlang haar voornaamste voortstuwende grief. Nu ze getrouwd zijn, heeft ze hem. En soms wil je iets niet meer als je het eenmaal hebt.'

'Soms wil je het al niet eens meer voordat je het krijgt,' zei Gibbs.

'Echt? Dat heb ik nou nooit.'

'Bij Debbie, mijn vrouw, is de voornaamste voortstuwende grief, zoals jij dat noemt, het feit dat ze geen kinderen kan krijgen. Ik wil al niet eens meer een kind.'

'Zij ook niet?'

Was het maar waar. 'Zij nog wel.'

'Nou, daar heb je het dus. En jij wilde waarschijnlijk überhaupt niet zo nodig een kind.'

'Ga mee naar boven,' zei Gibbs.

'Naar boven?'

'Naar mijn kamer. Of de jouwe.'

'Waarom?' vroeg Olivia.

'Waarom denk je?' *Wat doe je nou, eikel? Dit is een heel slecht plan.*

'Waarom?' herhaalde ze.

'Ik zou kunnen zeggen: "Omdat ik voor de verandering weleens naar bed wil met iemand die niet geobsedeerd is door zwanger worden." Of ik zou kunnen zeggen: "Omdat ik dronken ben, en geil." Of: "Omdat dit een bijzondere gelegenheid is en omdat morgen het leven weer zijn normale gang gaat." Of wat vind je hiervan: "Omdat ik nog nooit zo'n mooie, sexy vrouw als jij heb ontmoet"? Dat is een riskante – misschien geloof je me niet.'

Olivia fronste. 'Idealiter gaat een man al die keuzemogelijkheden in stilte af, in de privacy van zijn eigen hoofd. Niet hardop.'

In de privacy van zijn eigen hoofd. Het zat hem in de dingen die ze zei. Maar dat zou hij haar nooit aan haar neus hangen.

Hij pakte het glas uit haar hand en zette het op tafel. 'Zeg nou maar ja,' zei hij. 'Zo moeilijk is dat niet.'

3

Zaterdag 17 juli 2010

'Waarom wilde u Simon Waterhouse spreken?' vraagt de rechercheur die Sam heet. Zijn achternaam is lang en vreemd, iets met een K – hij heeft hem voor me gespeld toen hij zich aan me voorstelde. Ik heb het niet meegekregen, en ik vind dat ik er niet nog een keer naar kan vragen. Hij is lang, knap, met zwart haar en een getinte huid. Hij draagt een zwart pak en een wit overhemd met dunne onderbroken lila streepjes, als stippellijntjes. Geen das. Ik kan mijn ogen niet van zijn adamsappel afhouden. Die lijkt scherp genoeg om door zijn huid te prikken. Ik stel me voor hoe het ding door zijn nek snijdt, en hoe er dan een boog bloed uit spuit. Ik schud mijn hoofd om die morbide fantasie uit te bannen.

Moet ik het hem nog een keer vertellen? 'Ik heb een vrouw zien liggen die –'

'U begrijpt me verkeerd,' valt hij me in de rede en hij glimlacht om duidelijk te maken dat hij het niet onbeleefd bedoelt. 'Ik bedoel, waarom juist Simon Waterhouse?'

Kit is in de keuken om thee te zetten voor ons allemaal. Gelukkig. Als hij erbij was zou ik het lastig vinden om die vraag te beantwoorden. Dit zou vast heel grappig, als een vreemd toneelstuk zijn, als ik me niet zo afschuwelijk voelde: *De politieman die op de thee kwam.* Het is pas halfnegen; we zouden hem eigenlijk een ontbijt moeten geven. Heel aardig dat hij zo vroeg langs wilde komen. Misschien doet Kit wel een croissantje bij de thee. Maar als hij dat niet doet, ga ik het niet aanbieden. Ik kan nergens anders meer aan denken dan aan die dode vrouw. Wie was zij? Weet iemand dat ze vermoord is, en is er iemand die dat iets kan schelen, behalve ik?

'Ik ben de afgelopen zes maanden onder behandeling bij een homeopaat. Ik heb wat problemen met mijn gezondheid, niets ernstigs.' Waarom moet hij dat weten? Ik vertel hem niet dat die problemen mijn emotionele gezondheid betreffen, en dat mijn homeopaat ook mijn therapeut is. Mijn verlangen om die waarheid uit de weg te gaan maakt me kwaad – op mezelf. Op Kit, op Sam K, op iedereen. Er is niets beschamends aan om de behoefte te hebben met iemand te praten.

Waarom schaam je je dan toch?

'Alice – dat is mijn homeopaat – opperde dat ik eens met Simon Waterhouse moest gaan praten. Ze zei...' *Niet zeggen. Dan raakt hij bevooroordeeld.*

'Toe maar.' Sam K doet zijn uiterste best om vriendelijk en nietbedreigend over te komen.

Ik besluit om zijn pogingen te belonen met een eerlijk antwoord. 'Ze zei dat hij heel anders was dan andere politiemensen. Ze zei: "Als hij het ongeloofwaardige gelooft, dan is het waar." En het *is* waar. Ik heb echt een dode vrouw gezien in die kamer. Ik weet niet waarom het... waarom zij er niet meer lag toen Kit ging kijken. Ik kan het niet verklaren, maar dat wil niet zeggen dat er geen verklaring *is*. Er moet een verklaring zijn.'

Sam K knikt. Zijn gezicht verraadt niets. Misschien vindt hij het leuk om gestoorde mensen aan te moedigen. Als hij denkt dat ik gestoord ben, had ik liever dat hij recht voor zijn raap zei: 'U bent niet goed snik, mevrouw Bowskill'. Ik zei dat hij me Connie moest noemen, maar dat wil hij volgens mij niet. Sinds ik dat voorstelde, heeft hij me helemaal niets meer genoemd.

'Waar is Simon?' vraag ik. Toen ik gisteravond zijn mobiele nummer belde, hoorde ik zijn stem op de meldtekst zeggen dat hij niet kon opnemen – niet voor hoelang, of waarom niet – en hij noemde een nummer voor noodgevallen. Dat bleek het nummer van Sam K te zijn.

'Hij is op huwelijksreis.'

'O.' Ik wist niet dat hij ging trouwen. Waarom zou ik ook? 'Wanneer is hij weer terug?'

'Hij is veertien dagen weg.'

'Het spijt me dat ik u vannacht om twee uur heb gebeld,' zeg ik. 'Ik had tot vanochtend moeten wachten, maar... Kit was weer naar bed, en ik kon niet niks doen. Ik moest iemand vertellen wat ik heb gezien.'

Veertien dagen. Natuurlijk – zo lang duurt een huwelijksreis. Die van Kit en mij zelfs nog langer: drie weken in Sri Lanka. Ik weet nog dat ma vroeg of die derde week 'wel echt nodig' was. Toen heeft Kit haar beleefd duidelijk gemaakt dat dat inderdaad echt nodig was. Hij had alles geregeld en vond het niet prettig dat zij gaten in zijn plan wilde schieten. De hotels die hij had uitgekozen waren allemaal zo prachtig dat ik nauwelijks kon geloven dat ze echt waren, en niet iets uit een droom. We verbleven steeds een week in drie verschillende hotels. De laatste in het rijtje noemde Kit 'Hotel Echt Nodig'.

Simon Waterhouse heeft recht op zijn huwelijksreis, net zoals Kit recht heeft op zijn slaap. Net zoals Sam K alle recht heeft om mijn zorgen snel de kop in te drukken, zodat hij van de rest van zijn vrije zaterdag kan gaan genieten. Maar het kan toch niet zo zijn dat iedereen met wie ik in contact kom mij teleurstelt? Ik doe vast iets verkeerd.

'Hij noemde uw naam niet in zijn meldtekst – hij gaf alleen uw telefoonnummer,' zeg ik. 'Ik dacht dat het een soort centrale was, zoals een dokterscentrale.'

'Geeft niet. Geen probleem. Ik vond het wel een prettige afwisseling om eens een ander noodtelefoontje te krijgen dan van Simons moeder.'

'Gaat het niet goed met haar?' vraag ik. Dat verwacht hij vast.

'Dat hangt ervan af hoe je daarnaar wilt kijken.' Sam glimlacht. 'Ze heeft me al twee keer huilend opgebeld sinds Simon weg is. Sinds gisteren dus. Ze wilde hem per se spreken. Hij heeft haar gewaarschuwd dat Charlie en hij hun mobieltjes niet mee zouden nemen, maar ik denk niet dat ze hem gelooft. En nu gelooft ze mij ook niet, want ik zei dat ik niet weet waar ze zijn. Terwijl ik dat echt niet weet.'

Ik vraag me af of de Charlie met wie Simon Waterhouse op huwelijksreis is een man of een vrouw is. Niet dat het mij iets uitmaakt.

Kit komt binnen met de thee en een schaaltje chocoladekoekjes op een houten dienblad. 'Neem lekker,' zegt hij tegen Sam K. 'Hoever zijn we inmiddels?' Hij wil vooruitgang, oplossingen. Hij wil van de deskundige horen dat die zijn vrouw in de tien minuten dat hij in de keuken bezig was van haar waanideeën heeft genezen.

Sam K gaat rechtop zitten. 'Ik wachtte op u, want ik wilde uitleggen...' Hij wendt zich van Kit tot mij. 'Ik wil graag doen wat ik kan, en ik kan u met de juiste persoon in contact brengen als u hiermee door wilt gaan, maar... dit is niet iets waar ik u direct mee kan helpen. Simon Waterhouse ook niet, overigens, al was hij nu niet op huwelijksreis, en zelfs al...' Hij weet niet meer wat hij moet zeggen, en bijt op zijn lip.

Zelfs al was dit niet het meest vergezochte verhaal dat ik ooit heb gehoord en dat waarschijnlijk compleet uit de duim gezogen is. Dat is wat hij niet wilde zeggen.

'Als er een gewonde of dode vrouw in een huis in Cambridge ligt, moet u daarvoor bij de politie in Cambridgeshire zijn,' zegt hij.

'Ze was niet gewond,' zeg ik tegen hem. 'Ze was dood. Als je zo veel bloed verliest, overleef je dat niet. En het maakt mij niet uit wie ik daarvoor moet spreken – geef me zijn naam en telefoonnummer, dan bel ik hem.'

Zucht Kit nou, of verbeeld ik me dat?

'Goed.' Nadat hij een kop thee voor zichzelf heeft ingeschonken, haalt Sam K een notitieblok en een pen tevoorschijn. 'Laten we eerst een paar gegevens doornemen. Het huis in kwestie ligt dus aan Bentley Grove, nummer 11. Klopt dat?'

'Bentley Grove 11, Cambridge, CB2 9AW.' *Ja, Kit, ik ken zelfs de postcode uit mijn hoofd.*

'Vertel me nu eens heel precies wat er is gebeurd, Connie. In je eigen woorden.'

Wiens woorden zou ik anders moeten gebruiken? 'Ik zat op een huizensite. Roundthehouses.'

'Hoe laat was dat?'

'Laat. Kwart over een.'

'Mag ik vragen waarom zo laat?'

'Ik kan soms niet slapen.'

Heel even vertrekt Kits gezicht honend; ik merk het maar vluchtig. Hij vindt dat het mijn eigen schuld is. Moet ik me maar niet door mijn paranoia laten meeslepen. Ik heb zelf gekozen om mezelf te kwellen met ingebeelde problemen. Hij heeft gezond verstand, en dus slaapt hij prima.

Hoe is het mogelijk dat ik hem zo goed ken dat ik zijn gedachten kan lezen, terwijl ik tegelijkertijd zo bang ben dat ik hem helemaal niet ken? Als ik een röntgenfoto van zijn persoonlijkheid onder ogen zou krijgen, zou ik daarop alleen de delen zien die ik ken – zijn overtuiging dat thee uit een theepot beter smaakt en dat je eerst melk in je kopje moet doen, en dan pas de thee, in plaats van andersom, zijn ambitie en perfectionisme, zijn bizarre gevoel voor humor – zou er ergens in het midden een onbekende zwarte vlek zitten, iets kwaadaardigs en angstaanjagends?

'En waarom een huizensite, en waarom Cambridge?' vraagt Sam K aan mij. 'Willen jullie verhuizen?'

'Absoluut niet,' zegt Kit uit de grond van zijn hart. 'We hebben net pas de laatste hand aan dit huis gelegd, zes jaar nadat we het hebben gekocht. Ik wil er minstens even lang van genieten. Dat heb ik ook tegen Connie gezegd: als wij de komende zes jaar aan een kind beginnen, dan moet dat maar in een la van de archiefkast slapen.' Hij grijnst en pakt een koekje. 'Ik heb niet al dat werk gedaan om de boel te verkopen en iemand anders ervan te laten genieten. Bovendien hebben we een bedrijf dat we vanuit huis runnen, en Connie is losgegaan toen ze ons briefpapier bestelde, dus we kunnen pas verhuizen als we minstens vierduizend brieven hebben verstuurd.'

Ik weet al wat er nu gaat gebeuren: Sam K gaat ons vragen naar Nulli. En Kit gaat uitgebreid antwoord geven. Je kunt ons werk niet even snel uit de doeken doen, en mijn man houdt van details. Ik zal dus moeten wachten voor ik het weer over de dode vrouw kan hebben.

Connie is losgegaan.

Zei hij dat nou expres, om Sam K het idee te geven dat ik iemand ben die snel de grenzen uit het oog verliest? Iemand die zes keer zoveel briefpapier bestelt als ze nodig heeft, hallucineert misschien ook sneller over een lijk in een plas bloed.

Ik luister terwijl Kit ons werk beschrijft. De afgelopen drie jaar werkten de ruim twintig fulltimers van Nulli bij de London Allied Capital Bank. De Amerikaanse regering vervolgt de bank die, zoals veel Britse banken, een lange historie kent van schending van de Amerikaanse regels, omdat hij zaken doet met lieden die terrorisme sponsoren. En omdat de bank, zonder het te weten, mensen die op een zwarte lijst staan in de VS bedragen over laat boeken in dollars. London Allied Capital wringt zich nu in allerlei bochten om dat recht te zetten. Zij proberen in het gevlij te komen bij de Office of Foreign Asset Control van het Amerikaanse ministerie van Financiën, om zo de schade te beperken, want er hangt hen een boete van miljoenen dollars boven het hoofd. Nulli is ingehuurd om een datafiltersysteem te bouwen waardoor de bank alle historische transacties kan opdiepen, zodat de Amerikaanse justitie precies geleverd kan krijgen wat die nodig heeft.

Zoals iedereen aan wie Kit dit vertelt, lijkt ook Sam K zowel onder de indruk als verward. 'Dus jullie hebben ook een kantoor in Londen?' vraagt hij. 'Of reizen jullie elke dag heen en weer?'

'Connie werkt hier, ik voor de helft hier, en voor de helft daar,' zegt Kit. 'Ik huur een appartement in Limehouse – een hok met een bed, meer is het niet. Wat mij betreft heb ik maar één thuis, en dat is Melrose Cottage.' Hij kijkt me even aan als hij dit zegt. Verwacht hij nu applaus of zo?

'Tja, een klein appartementje kan natuurlijk niet opboksen tegen dit huis.' Sam K kijkt onze zitkamer door. 'Dit heeft zo veel karakter.' Hij draait zich om en bestudeert de ingelijste foto op de muur achter hem – het is een foto van King's College Chapel, met een lachend meisje op de trap ervoor. Weet hij niet dat hij nu naar een foto kijkt die in Cambridge is gemaakt? Hij zegt er in elk geval niets van.

De foto was een cadeau van Kit, en ik heb er altijd al een hekel aan gehad. Onder op het passe-partout heeft iemand '4/100' geschreven. 'Ook geen goede beoordeling,' zei ik toen Kit hem aan me gaf: 'Maar vier procent.'

Hij lachte. 'Het is de vierde in een serie van honderd afdrukken, domkop. Er zijn hier maar honderd afdrukken van op de hele wereld. Vind je hem niet schitterend?'

'Ik dacht dat jij niet van massaproductie hield,' zei ik, vastbesloten om ondankbaar te zijn.

Hij was gekwetst. 'Het is juist uniek door dat handgeschreven "4/100". Daarom worden de afdrukken ook genummerd.' Hij zuchtte. 'Je vindt het niks, hè?'

Ik realiseerde me hoe egocentrisch ik was, en deed net of ik het mooi vond.

'Mijn vrouw noemt huizen zoals dit "fotogeniek",' zegt Sam K. 'Zodra ik over jullie drempel stapte, voelde ik me al onwaardig.'

'Je moet eens zien hoe onze auto's er vanbinnen uitzien,' zegt Kit. 'Je kunt beter zeggen: onze rijdende afvalbakken. Ik heb weleens overwogen om ze naast de kliko aan de straat te zetten, met de deuren open – misschien dat de vuilnismannen ons dan genadig zijn.'

Ik sta op. Het bloed stijgt me naar het hoofd en de kamer begint te draaien en te vervagen. Ik heb het gevoel alsof verschillende delen van mijn lichaam zich van elkaar losmaken en wegdrijven. Een wollig gebons vult mijn hoofd. Dit overkomt me steeds vaker. Mijn huisarts heeft geen idee wat het kan zijn. Ik heb bloedonderzoek gehad, scans, de hele mikmak. Alice, mijn homeopaat, denkt dat het een lichamelijke manifestatie is van emotionele pijn.

Het duurt een paar seconden voor de duizeligheid voorbij is. 'Ga maar naar huis,' zeg ik tegen Sam K zodra ik weer kan praten. 'Het is wel duidelijk dat je me toch niet gelooft, dus waarom zouden we allebei onze tijd verdoen?'

Hij kijkt me bedachtzaam aan. 'Waarom denk je dat ik je niet geloof?'

'Ik heb misschien waanideeën, maar ik ben niet gek,' zeg ik snibbig. 'Je zit hier een beetje koekjes te eten, en te kletsen over kliko's en ons interieur...'

'Dat doe ik om wat achtergrondinformatie te krijgen over jou en Kit.' Hij laat zich door mijn uitbarsting niet uit het veld slaan. 'Ik wil weten wat jullie hebben gezien, maar ook wie jullie zijn.'

De holistische aanpak. Alice zou het roerend met hem eens zijn.

'Ik heb niets gezien,' zegt Kit schokschouderend.

'Wel,' zeg ik. 'Je hebt niet *niets* gezien – jij zag een kamer zonder het lijk van een vrouw erin. Dat is niet niets.'

'Waarom zat je op die huizensite, Connie?' vraagt Sam K nog eens. 'En vanwaar Cambridge?'

'Een paar jaar geleden wilden we daar naartoe verhuizen,' zeg ik, maar ik kan hem niet in de ogen kijken. 'Dat hebben we uiteindelijk niet gedaan, maar... ik denk er nog weleens aan, en... Ik weet niet, het kwam zomaar bij me op – ik had er eigenlijk geen reden toe. Ik kijk naar de vreemdste dingen op internet als ik niet kan slapen.'

'Dus gisteravond logde je in op Roundthehouses, en toen? Vertel het me maar stap voor stap.'

'Ik heb gezocht op huizen in Cambridge, en toen zag ik Bentley Grove nummer 11, en daar heb ik op geklikt...'

'Heb je nog andere huizen bekeken?'

'Nee.'

'Waarom niet? Waarom koos je nu juist dat huis aan Bentley Grove uit?'

'Ik weet niet. Het was het derde huis op de lijst. Het zag er mooi uit, vond ik, en dus klikte ik het aan.' Ik ga weer zitten. 'Eerst heb ik de foto's van de kamers bekeken, en toen zag ik dat er ook een virtuele rondleiding was, dus toen dacht ik dat ik die net zo goed ook maar kon doen.'

Kit steekt zijn arm uit en knijpt in mijn hand.

'Voor hoeveel stond het te koop?' vraagt Sam K.

Waarom wil hij dat weten? '1,2 miljoen.'

'Zouden jullie dat dan kunnen betalen?'

'Nee, absoluut niet,' zeg ik.

'Dus jullie zijn niet van plan om naar Cambridge te verhuizen, en Bentley Grove nummer 11 valt buiten jullie bereik wat prijs betreft, maar je was toch zo geïnteresseerd dat je de virtuele rondleiding wilde doen, ook al had je de foto's al gezien?'

'Je weet toch hoe dat gaat.' Ik probeer niet defensief te klinken. 'Je klikt het een na het ander aan. Gewoon, zomaar...'

'Ze zat te wilfen,' zegt Kit tegen Sam K. 'Wilfen, als in "What was I Looking For?" – doelloos surfen. Doe ik ook de hele tijd, als ik eigenlijk moet werken.' Hij dekt me in. Denkt hij soms dat ik dankbaar ben voor zijn steun? Het is zijn schuld dat ik een verhaal moest verzinnen. *Ik ben niet degene die hier zit te liegen.*

'Oké,' zegt Sam K. 'Dus je deed de virtuele rondleiding door Bentley Grove nummer 11.'

'Ik kwam eerst in de keuken. Het beeld bleef maar ronddraaien – mijn ogen werden er moe van, dus ik deed ze even dicht, en toen ik ze weer opendeed zag ik allemaal... rood. Ik realiseerde me dat ik naar de zitkamer zat te kijken, en er lag een lichaam van een vrouw –'

'Hoe wist je dat het de zitkamer was?' valt Sam K me in de rede.

Ik vind het niet erg, die onderbreking. Ik kalmeer erdoor, het trekt me uit dat afschrikwekkende dat nog zo sterk leeft in mijn hoofd, en het bepaalt me bij het moment. 'Die had ik al op een van de foto's gezien – het was dezelfde kamer.' Had ik net niet verteld dat ik eerst de foto's had bekeken? Probeert hij me soms uit?

'Maar op de foto was geen lijk van een vrouw, en er was ook geen bloed, toch?'

Ik knik.

'Als we dat bloed en het lichaam nog even buiten beschouwing laten. Die zitkamer in de virtuele rondleiding was verder in alle opzichten gelijk aan de zitkamer op de foto?'

'Ja, dat weet ik bijna zeker. Ik bedoel, voor zover ik daar zeker van kan zijn, ben ik daar zeker van.'

'Beschrijf eens?'

'Wat heeft dat voor zin?' vraag ik gefrustreerd. 'Je kunt gewoon inloggen op Roundthehouses, dan zie je het zelf. Waarom vraag je me niet om die vrouw te beschrijven?'

'Ik weet dat dit moeilijk voor je is, Connie, maar je moet erop vertrouwen dat ik een goede reden heb voor alles wat ik je vraag.'

'Dus je wilt dat ik de zitkamer beschrijf?' Ik heb het gevoel alsof ik op een kinderfeestje ben en stomme spelletjes moet spelen.

'Graag.'

'Witte muren, beige vloerbedekking. Een haard in het midden van de muur. Ik kon de tegels niet in detail zien, maar volgens mij hadden ze een soort bloemenpatroon. Ze waren te ouderwets voor die kamer.' Ik besef dit pas nu ik het mezelf hoor zeggen, en het lucht me op. Kit zou zulke tegels misschien wel kiezen voor ons huis, dat in 1750 is gebouwd, maar nooit voor een modern huis als dat aan Bentley Grove, dat hooguit tien jaar oud is. Hij is van mening dat nieuwe gebouwen vanbinnen en vanbuiten modern moeten zijn.

Dus heeft hij niets te maken met Bentley Grove 11.

'Ga verder,' zegt Sam K.

'Nissen aan weerszijden van de schoorsteenmantel. Een zilverkleurige L-vormige bank, met rood borduursel, een stoel met vreemde houten armleuningen, een salontafel met een glazen blad en bloemen in een soort horizontale vitrine onder het glas – blauw met rode bloemen.' *Ze passen precies bij de tegels.* Er was nog iets, maar ik kan er niet opkomen. Wat was het nou? Wat heb ik nog meer gezien terwijl de kamer langzaam ronddraaide? 'O, en er hing een kaart boven de haard. Een ingelijste kaart.' Dat was niet waar ik naar zocht, maar ik kan het beter wel noemen. *Wat nog meer?* Moet ik Sam K vertellen dat er nog iets was, maar dat ik dat even ben vergeten? Wat voor zin heeft dat?

'Een kaart van wat?' vraagt hij.

'Kon ik niet zien – het was te klein op die foto. Linksboven stond een aantal schilden – een stuk of tien, denk ik.'

'Schilden?'

'Ze leken op omgekeerde grafstenen.'

'Je bedoelt familiewapens?' vraagt Kit.

'Ja.' Dat was het. Ik kon niet op het woord komen. 'De meeste waren gekleurd met allerlei patronen, maar eentje was helemaal leeg – alleen een kader.'

Is dat lege wapen het detail waar ik naar zoek? Ik kan wel doen alsof, maar dan zou ik mezelf voor de gek houden. Mijn brein heeft iets anders opgepikt in die kamer, iets wat het niet meer terug wil zetten.

'Nog iets?'

'Een dode vrouw in een plas bloed,' zeg ik, en ik haat de oorlogszuchtigheid in mijn eigen stem. Waarom ben ik zo boos? *Omdat je machteloos bent,* zou Alice zeggen. *We roepen boosheid op om onszelf de illusie te geven dat we macht hebben als we ons zwak en hulpeloos voelen.*

En dan hoor ik eindelijk de woorden waar ik op heb zitten wachten: 'Beschrijf die vrouw eens,' zegt Sam K.

De woorden beginnen uit me te stromen in een onbeheerste stortvloed. 'Toen ik haar zag, en al dat bloed, toen ik me realiseerde waar ik naar keek, keek ik eerst omlaag, naar mezelf – dat was het eerste wat ik deed. Ik raakte in paniek. Ik dacht even dat ik naar een foto van mezelf keek – ik keek dus omlaag om te checken of ik niet bloedde. Achteraf begreep ik dat niet – waarom zou ik dat doen? Ze lag op haar buik – ik kon haar gezicht niet zien. Ze was klein, slank, even lang als ik, dezelfde bouw. Ze had donker haar, precies mijn kleur, ook steil, net als ik. Het zat... rommelig. Het lag in een waaier, alsof ze was gevallen, en...' Ik huiver en hoop dat ik het niet verder hoef uit te leggen: een dode vrouw kan haar haren niet meer netjes schikken.

'Ik kon haar gezicht niet zien, en heel even, tot ik weer bij mijn positieven was – dacht ik dat ik het zelf was, dat ik degene was die daar lag. Stop met schrijven,' hoor ik mezelf zeggen. *Te hard.* 'Kun je niet gewoon luisteren, en achteraf aantekeningen maken?'

Sam K legt zijn notitieblok en pen terzijde.

'Ik wil er niet meer van maken dan het was,' zeg ik. 'Ik wist heus wel dat ik die vrouw niet was, maar... het leek net of mijn ogen een truc met me uithaalden. Het kwam vast door de schok. Ze lag in een plas bloed; zo veel bloed heb ik nog nooit gezien. Het leek wel een enorm rood kleed waar ze op lag. Eerst dacht ik nog dat het geen bloed kon zijn, omdat het zo veel was. Het bestreek ongeveer een derde van de hele kamer, maar toen bedacht ik me... Nou ja, dat weet jij vast wel. Je hebt vast weleens dode mensen in hun eigen bloed gezien. Mensen die doodgebloed zijn.'

'Jezus, Con,' mompelt Kit.

Ik negeer hem. 'Hoeveel bloed is er dan normaal gesproken?'

Sam K schraapt zijn keel. 'Wat jij beschrijft klinkt niet onmogelijk, in een scenario waarbij iemand leegbloedt. Maar ik heb het nog nooit met eigen ogen gezien. Hoe groot is die zitkamer?'

'Die is 6,35 bij 3,43 meter,' antwoord ik.

Hij kijkt verbaasd. 'Dat is wel heel precies.'

'Het staat op de plattegrond.'

'Op de website van Roundthehouses?'

'Ja.'

'Ken je de afmetingen van alle kamers uit je hoofd?'

'Nee. Alleen die van de zitkamer.'

'Vertel hem maar wat je gisteravond hebt gedaan, toen ik naar bed was,' zegt Kit.

'Ik heb eerst Simon Waterhouse gebeld, en toen ik die niet te pakken kon krijgen, belde ik jou,' zeg ik tegen Sam K. 'Nadat ik jou had gesproken, ben ik teruggegaan naar mijn laptop, en toen heb ik de plattegrond bestudeerd. Ik heb de rondleiding nog een heleboel keer bekeken.' *Ja, dat hoor je goed. Hierbij verklaar ik dat ik obsessief en gestoord ben.*

'Dat heeft ze zes uur achter elkaar gedaan, tot ik wakker werd en haar achter de computer vandaan heb gesleept,' zegt Kit zachtjes.

'Ik bleef de internetverbinding steeds maar weer afsluiten en opstarten. Ik heb zelfs de laptop nog een paar keer uitgezet, de stekker uit het stopcontact gehaald, en toen opnieuw opgestart. Ik... ik was doodmoe en ik kon niet meer helder denken, en... ik had het idee dat ik het weer zou zien als ik maar volhield – het lichaam van die vrouw.'

Ben ik nu te eerlijk? Nou en, dan heb ik me vannacht vreemd gedragen – wat maakt het uit? Luistert de politie dan alleen naar mensen die om tien uur 's avonds met een beker warme melk onder de wol kruipen en de rest van de nacht lekker slapen in hun flanellen pyjama's? 'Ik heb nog nooit een lijk gezien. Het lichaam van iemand die *vermoord* is, dat vervolgens verdwijnt. Ik was in shock. Ben ik waarschijnlijk nog steeds.'

'Waarom zeg je "vermoord"?' vraagt Sam K.

'Ik kan me niet voorstellen dat ze door een ongeluk zo aan haar eind gekomen is. Ze kan misschien zelf een mes in haar buik hebben gestoken, om vervolgens op de grond te gaan liggen wachten op de dood, maar dat lijkt me niet waarschijnlijk. Het is niet de meest voor de hand liggende methode om zelfmoord te plegen.'

'Heb je dan een buikwond gezien?'

'Nee, maar het bloed leek rond haar middel het dikst. Bijna zwart. Ik nam aan dat...' *Een intens, teerachtig zwart, dat rood uitliep naar de zijkant. Een klein raampje, rechthoeken licht die op het donkere oppervlak vielen...*

'Connie?' Kits gezicht komt voor het mijne dansen. 'Gaat het wel?'

'Nee. Nee, niet echt. Ik zag het raam...'

'Probeer even niet te praten tot de duizeligheid voorbij is.'

'...in het bloed.'

'Waar heeft ze het over?' vraagt Sam K.

'Geen idee. Con, doe je hoofd eens tussen je knieën, en dan diep ademhalen.'

'Er is niks aan de hand.' Ik duw hem weg. 'Het gaat prima. Als ik jullie niet heb weten te overtuigen met wat ik tot nu toe heb verteld, dan moet dit jullie toch overtuigen: terwijl de kamer ronddraaide, draaide het bloed rond, en dat raampje ook. Dat bewijst dat ik het me niet heb ingebeeld! Niemand zou zo'n dom, pedant detail verzinnen. Ik *moet* het wel echt gezien hebben. Het moet wel echt geweest zijn.'

'Godallemachtig.' Kit bedekt zijn gezicht met zijn handen.

'En haar jurk – waarom zou ik zo'n jurk verzinnen? Hij was lichtgroen met lila, en de stof had een patroon van allemaal zandloperfiguren die in verticale lijnen langs haar lichaam liepen. Gekromde lijnen die steeds van binnen naar buiten liepen, in en uit.' Ik doe het voor met mijn handen.

Sam K knikt. 'Droeg ze schoenen, had ze een panty aan? Zijn je nog sieraden opgevallen?'

'Geen panty. Ze had blote benen. Ik geloof ook niet dat ze schoenen aanhad. Ze droeg een trouwring. Haar armen lagen omhoog, boven haar hoofd. Ik weet nog dat ik naar haar vingers keek en... Ja. Ze had absoluut een trouwring om.'

En nog iets, iets waar mijn hersens per se niet op willen focussen. Hoe harder ik mijn best doe en hoe langer het me niet lukt om mijn vinger erop te krijgen, des te sterker word ik me bewust van die verborgen aanwezigheid, als een donkere schaduw die van de rand is gevallen en uit het zicht is verdwenen.

'Wat gebeurde er toen je dat lichaam op je laptop zag?' vraagt Sam K. 'Wat deed je nadat je had gecontroleerd of je niet zelf bloedde?'

'Toen heb ik Kit wakker gemaakt en heb ik hem laten kijken.'

'Toen ik de kamer in kwam, draaide er een keuken rond op het scherm,' zegt Kit. 'Vervolgens kwam de zitkamer in beeld, en er lag geen vrouw in, en er was geen bloed. Dat zei ik tegen Connie, en die kwam toen zelf ook nog eens kijken.'

'Het lichaam was weg,' zeg ik.

'Ik heb de rondleiding niet opnieuw opgestart,' zegt Kit. 'Hij liep nog toen ik de kamer in kwam, dezelfde die Connie had gestart, hij zat in een herhaalloop. Ik zeg niet dat er geen veranderingen kunnen worden aangebracht aan een virtuele rondleiding door een huis – natuurlijk kan dat – maar die hebben geen effect op een rondleiding die al loopt. Dat kan gewoon niet –'

'Natuurlijk kan dat wel,' onderbreek ik hem. 'Wil jij beweren dat iemand een virtuele rondleiding niet zo kan instellen dat eens in de honderd of duizend keer een ander beeld van de zitkamer wordt getoond?' *En, Kit, ben je niet trots op je leerlingetje? Dankzij jou onderschat ik nooit meer wat er allemaal technisch mogelijk is. Een computer kan bijna alles, mits de juiste persoon hem heeft geprogrammeerd.*

'Nou?' vraag ik dwingend. 'Wou je beweren dat het echt onmoge-lijk is?'

Kit geeft met tegenzin toe dat ik gelijk heb. 'Maar ga nou niet de hele dag achter die rondleiding zitten wachten op die duizendste keer,' zegt hij. 'Alsjeblieft.'

'Mag ik de laptop even zien?' vraagt Sam K.

Terwijl Kit met hem naar boven loopt, ijsbeer ik door de kamer en probeer ik me de zitkamer van Bentley Grove 11 voor de geest te halen, en dat ene ontbrekende detail. *De vrouw verdween. Het bloed verdween. En nog iets...*

Ik ga zo op in mijn gedachten dat ik niet merk dat Kit weer terug is, en ik schrik op als hij zegt: 'Ik weet dat iedereen een hekel heeft aan makelaars, maar jouw haat kent een heel nieuwe dimensie. Wat je niet doet is stilstaan bij het waarom. *Waarom* zou een door en door slechte makelaar in zijn kantoortje in Cambridge een ongrijpbare dode vrouw compleet met bloedplas willen opnemen in een virtuele rondleiding door een huis dat hij wil verkopen? Is het soms een heel gewaagde nieuwe marketingtechniek? Misschien moet je even kijken bij welke makelaar het huis te koop staat, dan kun je bellen en vragen hoe het zit.'

'Nee,' zeg ik, en ik voel me kalmer worden terwijl hij zijn geduld verliest. 'Dat moet de politie doen.' Ik sta niet toe dat hij dit als een lachertje afdoet.

'Je zei dat ze was vermoord. De meeste moordenaars willen juist hun sporen wissen, in plaats van ze op een van de populairste web-sites van het land tentoon te spreiden.'

'Daar ben ik mij van bewust, Kit. Maar ik weet ook wat ik heb ge-zien.' Ik moet hem iets vragen, maar elke vraag die ik stel, biedt hem de gelegenheid met een nieuwe leugen op de proppen te komen. 'Waarom heb je het hem niet verteld?'

'Wat zou ik hem moeten vertellen?'

'Waarom heb je niet aan Sam verteld dat ik al heel lang geobse-deerd ben door Bentley Grove nummer 11. Het hele verhaal.'

Kit kijkt betrapt. 'Waarom heb *jij* het hem niet verteld? Ik nam aan dat je niet wilde dat hij dat wist, omdat...' Hij valt stil en kijkt weg.

'Omdat?'

'Je weet donders goed waarom! Als ik hem vertel wat hier al sinds januari aan de hand is, zou hij geen seconde verspillen aan die dode vrouw van jou – dan zou hij meteen aannemen dat het verdwenen lijk aan jouw fantasie was ontsproten, zoals al het andere!'

'O ja? Misschien zou hij juist precies het tegenovergestelde aannemen – dat er wel iets aan de hand moet zijn, iets wat met Bentley Grove 11 en met jou te maken heeft.' Maar ik wilde het risico niet nemen. En Kit misschien ook niet.

Zijn ogen vullen zich met tranen. 'Ik trek dit niet meer, Con. Ik blijf het maar herhalen, maar je luistert niet.' Hij zakt in een stoel en wrijft met zijn vingers over zijn slapen. Hij ziet er veel ouder uit dan zes maanden geleden. Er zitten nieuwe rimpels in zijn gezicht; en er is meer grijs in zijn haar; zijn ogen staan doffer. Heb ik hem dat aangedaan? De alternatieven zijn te vreselijk om bij stil te staan: of hij is de lieve, geestige, trouwe, integere man op wie ik verliefd werd en ik ben hem langzaam maar zeker kapot aan het maken, of hij is een vreemde die al maanden, misschien zelfs jaren een dekmantel draagt – een vreemde die mij uiteindelijk kapot zal maken.

'Ik hou van je, Con,' zegt hij met holle stem. Ik begin te huilen. Zijn liefde voor mij is zijn meest doeltreffende wapen. 'En ik zal altijd van je blijven houden, zelfs al lukt het je uiteindelijk mij uit dit huis en uit jouw leven te verjagen. Daarom heb ik hem niet het hele verhaal verteld.' Hij gebaart naar boven. 'Als jij wilt dat de politie je serieus neemt, als je wilt dat ze naar Bentley Grove 11 gaan om te checken of er een dode vrouw op de grond ligt, dan wil ik dat ook, al vind ik het nog zo belachelijk. Ik wil dat jij je beter voelt.'

'Dat weet ik wel,' zeg ik, murw vanbinnen. Ik weet niet meer wat ik weet.

'Heb je enig idee hoe moeilijk het is om voortdurend onder verdenking te staan als je niets hebt misdaan? Je denkt toch zeker niet dat ik niet weet wat jij denkt? "Kit is een computernerd. Die kan best binnen een paar seconden een lichaam laten verschijnen en verdwijnen. Misschien heeft hij die vrouw zelf wel vermoord."'

'Dat denk ik helemaal niet!' snik ik. *Omdat ik niet zover wilde gaan.* 'Ik vind het vreselijk dat ik zo achterdochtig ben. Echt *vreselijk.* Als Bentley Grove 11 nou maar ergens anders was, en niet in Cambridge...'

Sam K is weer terug en staat in de deuropening. Wat heeft hij allemaal gehoord? 'Ik zal zelf contact opnemen met de politie in Cambridge. Die zullen hier meer aandacht aan schenken als ik het contact leg.'

Mijn hart maakt een sprong. 'Heb je...?' Ik wijs naar boven, doelend op ons kantoortje.

'Ik heb geen lichaam gezien, nee. En ook geen bloed.'

'Maar...'

'Het is waarschijnlijk zo dat je moe was en dat je... een soort tijdelijke hallucinatie hebt gehad. Hoe noemde je dat zelf net? Een truc van je ogen. Maar tegelijk wil ik niets afdoen aan wat je me hebt verteld, omdat...' Hij zucht. 'Omdat je Simon Waterhouse hebt gebeld. Niet mij. Je wilde Simon spreken. En ik ben Simon niet, maar ik kan wel doen wat hij vast en zeker ook zou doen: jou serieus nemen.'

'Dank je wel,' zeg ik.

'Je moet mij niet bedanken – ik ben maar een stand-in.' Sam K glimlacht. 'Bedank Simon maar als je hem weer ziet.'

Pas als hij weg is, dringt het tot me door wat die woorden betekenen: hij weet dat ik Simon al eens heb ontmoet.

PRODUCTIE: CB13345/432/20IG

BASISSCHOOL CAVENDISH LODGE
BULLETIN NR. 586
Datum: maandag 30 november 2009

Kittens op Cavendish Lodge!

Afgelopen woensdag hadden we een heel bijzonder kringge-sprek in Klas 1! Marcus' kat Bess had vijf kittens gekregen, en zijn papa en mama hadden ze allemaal mee naar school geno-men! We hebben veel plezier gehad tijdens het spelen met dit schattige, harige bezoek, en na afloop hadden we een heel interessant gesprek over huisdieren en hoe je die moet verzor-gen. Dus Marcus en familie: heel erg bedankt voor deze super-verrassing! Hieronder volgen twee mooie verslagen van kin-deren uit Klas 1...

Gister waren de kittens van Marcus op school. Ze zagen er lief uit ze waren zwart met witte vlekken. Ik mogt eentje vasthouden en die was lekker zacht maar die had wel sgerpe rooze nagels. Eentje was achter de bloemen gerent. Ik hoor-de eentje spinen. Ze hadden kleine blauwe oogjes. Het was een fijne middag.

Door Harry Bradshaw

Gister brachten Marcus en zijn mama een paar kit-tens mee voor ons kringgesprek en toen hadden we het over hoe je huisdieren moet versorgen ze waren zo lief een paar waren zwart met witte flekjes. De mamapoes Bess was er niet bij. Ik heb er vier vast-gehouden en ze waren heel zacht, net als veertjes.

Door Tilly Gilpatrick

4

17/07/2010

Charlie wist niet was ze aan moest met haar achternaam. Het was nooit bij haar opgekomen dat het wel een discussiepunt zou kunnen zijn, totdat Simon erover was begonnen op het vliegveld. Hij had naar haar paspoort geknikt en gezegd: 'Ik neem aan dat je nu een nieuw gaat aanvragen.' Ze wist niet wat hij bedoelde, en was er kennelijk niet in geslaagd haar shock afdoende te verhullen toen hij het uitlegde. Simon had naar haar gelachen. 'Maak je maar geen zorgen,' zei hij. 'Ik ging ervan uit dat je mijn achternaam zou aannemen, maar als je dat niet wilt, vind ik dat niet erg.'

'Echt?' had Charlie gevraagd, meteen bang voor haar geluk, dat ze toch altijd al als broos en vergankelijk beschouwde. Ze had juist het tegenovergestelde gedacht: dat zij Charlie Zailer zou blijven. Eerlijk gezegd vond ze het verbijsterend dat Simon dat niet ook zo zag. Het irriteerde haar dat ze niet voorbereid was op zo'n belangrijke discussie, en ze besloot ter plekke dat ze zou doen wat hij wilde. Er waren wel ergere namen dan Waterhouse.

Simons kijk op deze zaak was voor de verandering eens niet zo moeilijk. 'Echt,' verzekerde hij haar. 'Wat maakt het uit hoe je heet? Het is maar een etiketje, toch?'

'Precies,' had zij met een uitgestreken gezicht geantwoord. 'Ik bedoel, ik zou net zo goed door het leven kunnen gaan als agent nummer 54.437, of niet?'

De kwestie van haar achternaam had haar sindsdien erg beziggehouden. Wat deden andere getrouwde vrouwen? Charlies buurvrouw Marion Gregory, Kate Kombothekra, Stacey Sellers, Debbie

Gibbs – ze hadden allemaal de naam van hun man aangenomen. Olivia, Charlies zusje, die volgend jaar ging trouwen, probeerde Dominic, haar aanstaande, over te halen om samen de Zailer-Lunds te vormen. 'Of hij houdt zijn eigen naam, en dan word ik zelf wel Zailer-Lund', had ze opstandig tegen Charlie gezegd. 'Als Dom zo nodig in de ver-stikkende ketenen van een antieke traditie wil gaan hangen, moet hij dat zelf weten. Maar hij kan mij niet tegenhouden als ik het progres-siever wil aanpakken.' Olivia kennende, vermoedde Charlie dat deze vastberadenheid niet bijster veel met principes te maken had, maar dat ze vooral graag een dubbele achternaam wilde.

Charlie Zailer-Waterhouse. Nee, dat was uit den boze. In tegen-stelling tot Liv, hunkerde Charlie niet naar zo'n aristocratisch air. Ze zou zich rotschamen om zo'n dubbele achternaam, en de rest van het bureau zou haar er genadeloos mee pesten.

'Waarom kiezen we geen nieuwe naam uit?' riep ze naar Simon, die in het zwembad lag – of liever: op het zwembad, op een opblaas-bootje dat al op het water dobberde toen ze aankwamen. Zijn armen en benen sleepten door het water terwijl hij doelloos ronddreef. Soms gebruikte hij zijn armen als peddels om rond te draaien of om zich voort te duwen; hij zette zich een paar keer af van de kant om te zien of hij dan helemaal naar de andere kant kon komen. Dat lukte niet; het zwembad was te groot.

Charlie sloeg hem stiekem gade terwijl ze net deed of ze las, bijna anderhalf uur lang. Wat ging er om in zijn hoofd? 'Simon?'

'Hm?'

'Je bent zo ver weg.'

'Zei je iets?'

'Waarom kiezen we geen nieuwe naam voor ons allebei, in plaats van dat ik jouw achternaam aanneem.'

'Doe niet zo raar. Dat doet niemand.'

'Charlie en Simon Herrera.'

'Heet Domingo niet zo van achteren?'

'Precies. We kunnen een nieuwe traditie starten: de eerste persoon die je tegenkomt op je huwelijksreis, diens achternaam neem je aan als je getrouwde naam.' Domingo was de huisbewaarder van de villa: een jonge, gespierde kettingroker met een diepbruine huid, die nauwelijks Engels sprak en die kennelijk in een klein houten chaletje woonde, achter in de tuin. Hij had Simon en Charlie van de luchthaven opgepikt en hen naar Los Delfines gereden, waar hij hen door het huis en de tuin had rondgeleid zonder te vragen – misschien omdat zijn woordenschat niet toereikend was – of ze dat niet liever de volgende ochtend pas wilden doen. De rondleiding duurde bijna een uur; Domingo wilde per se elk apparaat in het huis demonstreren, terwijl hij ondertussen geen woord sprak.

Het kon Charlie niet schelen. Ze was door de houten poort in de hoge witte muur met dakpannen langs de bovenkant gestapt, had de warme, kruidige geuren van de tuin ingeademd, zag het zwembad liggen als een gigantische, oplichtende aquamarijn en was ter plekke verliefd geworden op Los Delfines. Als ze moest aanzien hoe Domingo zogenaamd sleutels omdraaide voor sleutelgaten en voordeed hoe je het inbraakalarm moest instellen en uitschakelen om hier twee weken te mogen verblijven, dan was dat een prijs die ze van harte bereid was te betalen.

Alles was hier even perfect. Zo perfect dat Charlie bang was dat zij en Simon er schraal bij afstaken. Stel nu dat zij het enige waren wat hier niet perfect was? Ze wist dat het nergens op sloeg om jezelf met anderen te vergelijken – om zichzelf en Simon te vergelijken met andere getrouwde stellen – maar het viel niet mee om dat niet te doen. Charlie kende geen andere pasgetrouwde stellen die hun huwelijksreis begonnen alsof ze voormalige maffialeden waren die een nieuwe identiteit aangemeten kregen. Kathleen, Simons moeder, was bang voor vliegen, zoals ze voor de meeste dingen in het leven bang was, en ze zou het niet aankunnen als haar zoon op een vliegtuig stapte. Dus had Simon haar wijsgemaakt dat Charlie en hij op huwelijksreis gingen naar Torquay – met de trein. Kathleen had gevraagd waar ze dan logeerden, voor als ze hem in geval van nood moest bellen. Hij had een hotel in Torquay kunnen noemen, een echt of een die hij had verzonnen, maar hij wist dat Kathleen hem dan binnen een paar dagen al zou bellen, en dat ze er dan achter kwam dat hij had gelogen. Daarom had hij geen keus en moest hij wel weigeren het haar te vertellen. 'Er is helemaal geen noodgeval,' zei hij stellig. 'En anders moet dat noodgeval maar even wachten.'

Kathleen had gepruild, gehuild en gesmeekt. Op een gegeven moment, na een van haar overbekende zompige zondagse maaltijden, was ze zelfs op haar knieën gevallen en had ze Simons benen omklemd. Hij had haar van zich af moeten trekken. Charlie was geschokt, en nog wel het meest doordat het Simon klaarblijkelijk helemaal niet verbaasde. Michael, zijn vader, keek er ook niet van op. Zijn enige verbale bijdrage was dat hij af en toe 'Toe nou, jongen' mompelde. *Toe nou, jongen, vertel haar nou waar ze je kan bellen. Maak mij het leven een stukje gemakkelijker.*

Tot Charlies opluchting had Simon voet bij stuk gehouden. Maar tot haar stomme verbazing had hij wel haar uitnodiging om de zondag daarop te komen lunchen geaccepteerd. 'Ben je niet goed bij je hoofd?' had Charlie hem verweten. 'Dan doet ze het weer – net als vorige week.' Maar Simon had zijn schouders opgehaald en gezegd: 'Dan loop ik weg, net als vorige week.'

Hij mocht graag doen alsof zijn moeder niets over hem te zeggen had, maar toch deed hij ook dingen als erop staan om helemaal in Torquay te trouwen – 'Dan is de leugen tenminste een beetje waar' had hij gezegd, en hij wilde niet inzien hoe irrationeel dat was. Charlie was veel liever op het gemeentehuis van Spilling getrouwd. Ze vond het een rotidee dat zijn moeder iets te zeggen had over hun huwelijk. Simon had haar terechtgewezen: 'Ik dacht dat jij zo dol was op Torquay. Dat is toch de reden waarom we net doen alsof we daar op huwelijksreis zijn?'

Gek genoeg had Kathleen niet geprobeerd om hen een kerkelijk huwelijk door de strot te duwen, zoals Charlie had gevreesd. Ze protesteerde niet toen Simon haar had verteld dat hun bruidsgezelschap slechts uit twee getuigen zou bestaan, en dat Kathleen daar niet toe zou behoren. 'Ze is opgelucht,' verklaarde hij. 'Zo wordt er niets van haar verwacht. Ga maar na: op de meeste bruiloften moet de moeder van de bruidegom de hele dag aardig en hartelijk doen tegen de gasten. Dat kan mijn moeder helemaal niet. Ze had zich ongetwijfeld ziek gemeld, en dan moest mijn vader thuis blijven om haar bij te staan.'

Charlies ouders waren ook blij te horen dat hun aanwezigheid niet verlangd werd. Haar vader speelde het liefst golf, en verder niets. Hij zou omwille van Charlie heus wel een dagje vrij hebben genomen, en hij had ook wel zijn best gedaan om van haar bruiloft te genieten, maar hij zou ook al snel een excuus hebben gevonden om in chagrijn te verzinken. Een dag niet gegolfd was een rampzalige dag, wat Howard Zailer betrof, en wat iedereen betrof die de pech had hem in zijn golfloze staat mee te maken.

'En Melville, wat vind je daarvan?' riep Simon vanuit het zwembad.

'Huh?'

'Als nieuwe achternaam?'

'Waarom Melville?'

'Als in Herman Melville.'

'Waarom dan niet Dick?'

Simon maakte een obsceen handgebaar. *Moby Dick* was zijn lievelingsroman. Hij las het elk jaar een keer en had het meegenomen naar Spanje. Waarom las hij er dan niet in? Waarom dreef hij liever doelloos rond alsof hij nergens anders zin in had? De bloemblaadjes en groene bladeren op het wateroppervlak leken nog meer inspanning te leveren dan hij.

Waarom had hij geen seks met zijn vrouw?

Hoorde je je huwelijksreis niet voor het grootste deel in bed door te brengen? Of was dat alleen als je voor het huwelijk nog niet met elkaar naar bed was geweest?

Charlie zuchtte. Verwachtte ze te veel van hem? Na jarenlang elk fysiek contact met haar te hebben gemeden, had Simon verleden jaar besloten dat het tijd was om hun relatie ook van de lichamelijke component te voorzien. Sindsdien was alles prima. Althans, zo'n beetje. Charlie durfde nog altijd niet het initiatief te nemen. Ze had het gevoel dat Simon dat niet op prijs zou stellen. En het was ook wel duidelijk dat praten – tijdens, vlak na en over seks – verboden was. Of zag Charlie hobbels die er niet waren? Misschien wilde Simon wel niets liever dan dat zij zou zeggen: 'Vind je het prettig om met mij te vrijen of doe je het alleen omdat je denkt dat het moet?' Fysiek leek het wel te werken bij hem, maar hij was zo afstandelijk – ogen dicht, stil. Soms leek hij wel een robot.

De middagzon was schroeiend heet. Charlie overwoog Simon naar binnen te sturen om zich nog eens in te smeren. En dan zou ze achter hem aan lopen en... Nee. Die regel van nooit het initiatief nemen werkte prima, en ze was vastbesloten zich eraan te houden. Een keertje – jaren geleden, op een feestje, lang voordat ze officieel een stel werden – had Simon op een wel heel brute manier haar avances afgeslagen. Charlie wilde dat nooit meer meemaken.

Ze hoorde een geluid achter zich – voetstappen. Domingo. Ze verstarde, en ademde opgelucht uit toen ze zag dat hij een hark en een schoffel in zijn handen had. Hij was dus alleen hier om te werken. De tuin rondom Los Delfines was duidelijk iemands trots – misschien wel die van Domingo zelf, of die van de eigenaren. Hij stond vol knallende kleuren. Zo veel kleur had Charlie nog nooit bij elkaar gezien: vurig rood, diep donkerrood, lila, pauwblauw, oranje, geel en alle tinten groen. Vergeleken hiermee leek menige Engelse tuin aan bloedarmoede te lijden. Wat Charlie het allermooist vond was wat zij de 'omgekeerde lelieboom' noemde; een boom waaraan witte lelies groeiden als kleine lampenkapjes.

Ze legde haar boek neer en liep naar het zwembad. Niet omdat ze dichter bij Simon wilde zijn, maar omdat het zo heet was en omdat ze dus moest afkoelen. Ze liep de brede marmeren trap af, het water in. 'Precies de goede temperatuur,' zei ze. 'Niet koud, en ook niet warm. Als een warm bad dat iemand twee uur geleden heeft laten vollopen.'

Simon reageerde niet.

'Simon?' Waar was hij zo mee bezig dat hij haar niet eens hoorde als ze pal naast hem stond?

'Hm? Sorry. Wat zei je precies?'

Het was nauwelijks de moeite van het herhalen waard. Maar het leek haar zo'n verspilling om deze gelegenheid niet te baat te nemen. Ze moest iets zeggen dat van groter belang was, nu ze zijn aandacht had. 'Telkens als ik Domingo onze kant op zie komen, raak ik in paniek.'

'Ben je bang dat hij ons nog meer lichtschakelaars wil laten zien?'

'Nee, dat niet, het is omdat... Zijn mobiele nummer staat op de website. Dus dat betekent dat mensen ons via hem kunnen bereiken, toch?'

Simon kwam moeizaam overeind in zijn bootje. 'Ben je bang voor mijn moeder? Die weet niet waar we zitten. Niemand weet het.'

'Olivia wel.' Zou hij boos zijn dat ze het aan haar zusje had verteld, terwijl het eigenlijk helemaal geheim had moeten blijven? Daar had ze anders niets van gemerkt. Charlie vocht tegen de drang om hem te vragen of ze wel zijn volledige aandacht had. 'Toen ik Liv vertelde hoeveel deze hut kostte, wilde ze per se foto's zien. Dus toen moest ik haar de website wel laten zien.'

'Zij gaat het toch niet aan mijn moeder vertellen?'

'Over Kathleen maak ik me geen zorgen,' zei Charlie. 'Maar wel over het werk.'

Simon liet een smalend geluid horen. 'Het Buurtpreventieprogramma kan wel een paar weekjes zonder jou.'

'Ik bedoel *jouw* werk. Dat ik er niet ben kan niemand iets schelen.'

'Wat, de Sneeuwman? Nadat hij zich eerst maanden heeft verheugd omdat hij een poosje van mij verlost zou zijn? Zijn Waterhouse-sabbatical, zo noemt hij het. Ik denk niet dat die naar mij op zoek gaat. Weet je wat hij tegen me zei, vlak voordat ik wegging? "Laten we allebei met volle teugen van deze weken genieten, Waterhouse. Ik ga dan wel niet naar een of ander exotisch oord, maar zonder jouw tergende aanwezigheid heb ik hier vakantie in mijn hart."'

'Geloof me, Proust kan niet *wachten* tot je er weer bent. Hij telt de dagen.'

'Zeg dat nou niet,' waarschuwde Simon. Hij vond het een vreselijk idee dat zijn baas iets anders voor hem zou voelen dan weerzin.

'We hebben Liv en Gibbs samen achtergelaten,' zei Charlie. 'Stel nou dat als Liv nog heeft zitten doortanken en ze het aan Gibbs heeft verteld, en als...?' Ze wilde het niet hardop zeggen, voor het geval het dan juist zou gebeuren.

'Gibbs?' lachte Simon. 'Gibbs praat al niet eens met me als ik pal naast hem zit. Laat staan dat hij de moeite neemt om me op te speuren in Spanje. En waarom zou hij?'

'Er hoeft maar iets te gebeuren wat niet tot hun gewone takenpakket behoort en iedereen denkt: "Goh, was Simon er maar, dan konden we die naar zijn mening vragen..."'

'Welnee. Ze denken juist: "Godzijdank is Waterhouse er niet om alles nog complexer te maken dan het al is."'

'Je weet best dat dat niet waar is. Sam Kombothekra vindt dat niet. En als Gibbs –'

'Jezus, Charlie! Olivia gaat niet aan Gibbs vertellen waar we zitten, en Gibbs gaat het niet aan Sam vertellen, en Sam komt de komende veertien dagen heus geen probleem tegen waar hij mij voor nodig heeft. Oké? Relax.'

Hij had gelijk; de kans dat ze door iemand van thuis gestoord zouden worden, was heel klein. Dus waarom kwam Charlie dan maar niet af van de angst die zo veel ruimte innam in haar longen, ruimte die ze nodig had om te kunnen ademen?

'Ik sta de komende veertien dagen geheel tot jouw beschikking, dus prijs je gelukkig,' zei Simon. 'Hoe zei Mark Twain het ook weer? "Ik heb me tijdens mijn leven over duizend dingen zorgen gemaakt, en maar een paar van die dingen zijn daadwerkelijk gebeurd." Zoiets. Kijk.' Hij wees door het gat tussen twee bomen naar de grote berg in de verte.

'Waar moet ik naar kijken?' vroeg Charlie.

'De berg. Zie je dat gezicht?'

'Het vergezicht?'

'Nee, een echt gezicht. Het lijkt net of die berg een gezicht heeft.'

'Ik zie niks. Hoe bedoel je, een gezicht met ogen, een neus en een mond?'

'En wenkbrauwen. En ik zie volgens mij ook een oor. Zie jij dat dan niet?'

'Nee.' Charlie probeerde niet boos te klinken. 'Ik zie geen gezicht in de berg. Is het een mooi gezicht?'

'Het is vast een speling van het licht, maar... Ik vraag me af of het er anders uitziet als de zon beweegt. Het heeft vast iets te maken met de schaduwen van de rotspunten.'

Charlie staarde er een hele poos naar, maar ze kon er geen gezicht in zien. Het sloeg nergens op, maar ze voelde zich buitengesloten. Simon en zijn bootje waren naar de andere kant van het zwembad afgedreven. Ze kon net zo goed een paar baantjes trekken, besloot ze, om in vorm te blijven. Ze nam zich voor om niet in paniek te raken toen ze Domingo haar kant op zag komen, ook al had ze een gruwelijk beeld in haar hoofd dat hij hen zou overvallen met de woorden: 'Telefoon. Engeland.'

'Charlie?'

'Hm?'

'Wat zou jij doen als...?' Simon schudde zijn hoofd. 'Laat maar.'

'Wat zou ik doen als wat?'

'Nee, niks, vergeet het maar.'

'Dat kan ik nu dus niet meer, dat weet je best,' zei ze. 'Vertel op.'

'Er valt niets te vertellen.'

'*Vertel!*'

Wat zou je doen als ik wilde scheiden? Wat zou je doen als ik in aparte slaapkamers wilde slapen?

'Ik haal me allerlei vreselijke dingen in mijn hoofd. Dus wil je me alsjeblieft uit mijn lijden verlossen?'

'Het is niets ergs,' zei hij. 'Het heeft niets met ons te maken.'

Wat betekende dat: dat het niet erg was *omdat* het niets met hen te maken had?

Hou op met problemen zien waar ze niet zijn, Zailer.

Charlie vloekte zachtjes. Ze wist dat ze nu minstens twee uur lang zou proberen hem zo ver te krijgen dat hij het haar vertelde, en ze wist ook dat het geen zin had.

'Je moet *weg*,' zei Olivia tegen Gibbs, en ze duwde met haar handen tegen zijn ribben. Ze was al een uur aan het proberen hem het bed uit te werken, maar hij was sterker en hij verzette zich.

'Ik moet helemaal niet weg.' Hij lag op zijn rug, met zijn armen achter zijn hoofd.

'Jawel! We moeten doen alsof we geen goddeloze, verdorven en ontaarde geesten zijn. Als we daar nu mee beginnen, hebben we onszelf binnen een mum van tijd overtuigd – als we mazzel hebben geloven we het zelfs vanavond al.' Gibbs moest bijna glimlachen, maar hij verroerde geen vin. Het was twee uur 's middags, volgens Olivia's telefoon. In haar hotelkamer was het nog net zo donker als toen ze er twaalf uur geleden binnen strompelden. De lichtwerende rolgordijnen en de dikke overgordijnen deden beter hun werk dan wat voor andere raambekleding Olivia ooit had meegemaakt, en samen weerden ze zich kranig tegen het daglicht.

'Moet jij dan niet naar huis, of zo? Heb je geen leven, geen plannen, word je nergens verwacht? Ik namelijk wel.' Ze gaf het duwen op. Het werkte toch niet, en het deed pijn aan haar handen.

Gibbs rolde op zijn zij, zodat hij haar aankeek. Het was wel grappig: ze noemde hem dan wel Chris, maar in haar gedachten bleef hij Gibbs, omdat Simon hem zo noemde. Zou dat veranderen? In stilte gaf ze zichzelf een uitbrander omdat ze over hem dacht in de toekomende tijd. Ze moest zichzelf nu weer in het gareel zien te krijgen, maar hoe moest dat nu hij naast haar hitte lag uit te stralen?

'Probeer je me te dumpen?' vroeg hij.

'Ja, maar... niet op een lullige manier.'

'Bestaat er dan een niet-lullige manier?'

'Ja, tuurlijk. Zo veel zelfs. Bijvoorbeeld: ga en red jezelf nu het nog kan, die is heel zelfopofferend. En je hebt...' Olivia zweeg, omdat ze zich herinnerde dat hij haar met het weekendkatern had vergeleken, en waarom hij dat had gedaan. 'We moeten hier om drie uur uit,' zei ze kordaat, om haar gêne te verbloemen. 'Ik kan niet nog een keer bellen of we langer mogen blijven.'

'Wat zijn de andere niet-lullige manieren?' vroeg Gibbs. Zou het hem echt iets kunnen schelen?

Ze kon hem de waarheid niet vertellen. Ze had net seks met hem gehad. Drie keer. Als er ooit een situatie vroeg om het tegenovergestelde van de waarheid, dan was deze het wel.

'Ik sta niet op als jij het me niet vertelt,' dreigde hij.

'Godsamme! Nou, goed dan, misschien dat dit beter helpt dan je uit bed proberen te duwen. Een andere niet-lullige manier is: "Je moet nu weg zodat ik de rest van de dag alleen nog maar aan jou kan denken, en alles wat je hebt gezegd kan herkauwen, van nu tot in de eeuwigheid.'

Gibbs grijnsde. 'Maar je kunt toch veel makkelijker aan me denken als ik hier ben?'

'Fout. Zolang je hier bent, heb ik het veel te druk met me afvragen wat jij allemaal denkt. Dus dan kan ik zelf helemaal niet denken.'

'Ik denk niks, behalve dan dat ik zin heb om je nog een keer te neuken. Ik ben alleen te moe.'

'Ik hoor niks! Ik hoor niks!' Olivia deed haar handen over haar oren. 'Geen woorden meer, ik heb al zo veel om over na te denken. Dat moet ik eerst maar eens verwerken. Niet lachen – ik meen het. Ga nou, alsjeblieft. En niks meer zeggen.'

'Ga jij dan aan mij denken?'

'Ja.'

'En verder nergens aan?'

'Nee, tenminste, tot ik alles heb verwerkt niet, nee.'

Gibbs knikte alsof het een volkomen redelijk verzoek was. Hij ging zitten en begon zijn kleren bij elkaar te zoeken. Olivia wierp weer een blik op haar telefoon. Vijf over twee. Bij het vooruitzicht dat hij zou vertrekken, voelde ze een golf van opwinding. Er waren twee dingen die ze dringend moest doen. Allereerst moest ze op een hoogst onwaardige manier stoom afblazen: rondjes rennen door de kamer onder het gillen van *'Oh my god, oh my god, oh my god!'* Het tweede was voor de passpiegel staan om haar gezicht en lichaam te bestuderen alsof ze die voor het eerst zag; dit omdat ze zichzelf wilde zien zoals Gibbs haar had gezien. Daarna zou ze Charlie bellen. Althans, de man die voor Los Delfines zorgde, de man wiens nummer op de website stond, en die zou ze vragen of hij Charlie een boodschap wilde geven. Dat ze haar terug moest bellen. Elke fatsoenlijke zus – en dat was Charlie over het algemeen – zou dit nieuws meteen willen horen. *Raad eens wie er een enorme slet is? Ik!*

Sommige roddels waren zo waanzinnig dat ze totaal geen rekening hielden met de privacy van pasgehuwden; en dit was toevallig zo'n roddel. Olivia wist dat ze het even heerlijk zou vinden om over zichzelf te roddelen als over anderen. Nog heerlijker, zelfs. Ze deed maar zo zelden iets wat anderen choqueerde. Wat verfrissend om een schandaal te veroorzaken op haar leeftijd – om zoiets ongehoord stompzinnigs te doen terwijl niemand dat nog van haar, met haar eenenveertig jaar, had verwacht.

Zou ze Charlie vragen om het niet aan Simon te vertellen? Sommige mensen hielden niets geheim voor hun echtgenoten. Zou haar zusje ook zo fanatiek worden en alles willen delen met haar man? Simon zou het afkeuren, zoals mensen zonder levenservaring altijd de avonturen afkeuren die ze zelf nooit hebben beleefd. Hij zou vinden dat zijn huwelijksdag nu verpest was, bezoedeld, doordat hun twee getuigen met elkaar in bed waren beland.

Olivia zuchtte terwijl dit soort gevolgen tot haar doordrong. Om Simon te sparen, zou Charlie woedend en gekwetst moeten reageren. Ze zou Olivia's onenightstand met Gibbs niet zien als iets wat alleen Olivia aanging, maar als iets wat haar o-zo-belangrijke echtgenoot was aangedaan. Misschien zou ze ook zelf bezwaar maken, en zou ze Olivia ervan beschuldigen dat ze te ver was gegaan. Gibbs was een politieman, en dus hoorde hij bij Charlie en Simon, en niet bij Olivia. Olivia had het recht niet om een wereld in te stormen die de hare niet was, en waar ze alleen heel af en toe mocht komen, als Charlie haar daartoe uitnodigde.

Had zij de belangrijkste dag in het leven van haar zusje gekaapt? Was het onvergeeflijk om ongevraagd in de rol van rivaliserende hoofdrolspeelster te kruipen? Olivia wist niet precies of ze Charlie iets verschrikkelijks had aangedaan of niet. Ze zou er ook nooit achter komen, behalve als ze Charlie zou vertellen wat er was gebeurd.

Maar dat kon ze niet in haar eentje beslissen, zonder te weten wat voor reactie ze kon verwachten.

Ik zou me schuldig moeten voelen ten opzichte van Dom, dacht ze, en ten opzichte van Debbie Gibbs. Dat zijn hier de lijdende partijen.

Gibbs had zijn kleren aangetrokken. 'Ik ga ervandoor,' zei hij. 'Kun jij beginnen met aan me denken.'

'Jij ook,' zei Olivia, want ze wilde hem op de een of andere manier aan zich binden nu hij weg zou gaan. 'Aan mij, bedoel ik.'

'Alleen nog maar aan jou, van nu tot in de eeuwigheid,' zei hij.

Dat klonk als een citaat. Dat was het ook, realiseerde Olivia zich. Hij citeerde haar.

Sam Kombothekra voelde zich anders nooit schuldig, maar nu hij aan een tafeltje bij het raam van café Chompers zat te wachten op Alice Bean, was dat juist precies wat hij voelde. Dit was – als ze überhaupt kwam opdagen – een volkomen overbodige ontmoeting, en toch had Sam hier de voorkeur aan gegeven boven een middag thuis met zijn gezin. Hij wist nu al wat Alice zou gaan antwoorden op de vragen die hij haar wilde stellen. Hij had het haar ook aan de telefoon kunnen vragen, maar hij wilde haar graag in levenden lijve zien, liever dan hij bij zichzelf wilde toegeven. Er waren maar weinig vrouwen die de legendarische status van Alice hadden bereikt binnen het kleine wereldje van het politiebureau in Spilling. Sam had uit minstens tien verschillende bronnen vernomen dat Simon Waterhouse een aantal jaren geleden obsessief verliefd op haar was geweest. Toen heette ze nog Alice Fancourt.

Sam wist dat haar relatie met Simon (die volgens Colin Sellers 'seksloze tijdverspilling' was) dramatisch was geëindigd, en dat ze elkaar niet meer spraken. Wat zou Alice hem hierover vandaag vertellen? Die ochtend aan de telefoon had ze binnen een paar tellen nadat Sam had gezegd wie hij was, gevraagd of hij soms met Simon werkte. Ze had Chompers geopperd als locatie voor de ontmoeting van vanmiddag. 'Daar spraken Simon en ik altijd af,' had ze erbij gezegd. Daar voelde Sam zich ook al schuldig over: niet alleen liet hij zijn gezin in de steek op zijn vrije dag, hij ging ook wroeten in de pijnlijke herinneringen van iemand die hij niet kende, alleen maar omdat hij zijn eigen ongezonde nieuwsgierigheid wilde bevredigen.

Hij keek op zijn horloge. Ze was tien minuten te laat. Moest hij haar bellen? Nee, hij gaf haar nog tot kwart over. Misschien zou hij aan iemand van het personeel vragen of de muziek wat zachter mocht. Waarschijnlijk was die harde muziek bedoeld om het lawaai in de hoek van de zaak te maskeren, waar allerlei speelgoed lag en het vol zat met gillende peuters, en een handjevol moeders wier kramp-achtige glimlach stijf stond van de onderdrukte blinde woede. Er stonden tafeltjes en stoeltjes in de vorm van paddenstoelen, en di-verse onherkenbare plastic objecten in primaire kleuren. Sam kon het die kinderen niet kwalijk nemen dat ze zo tekeergingen; als hij nog veel langer naar Def Leppard-hits uit de jaren tachtig moest luis-teren, zou hij zelf ook gaan gillen.

Hij staarde uit het raam naar de parkeerplaats. Het kon niet lang meer duren of Alice zou haar auto daar neerzetten. Misschien was zij dat wel, die vrouw die de achterklep van haar rode Renault Clio dicht-gooide. Zonnebril, schoenen met hoge hakken... Nee. Simon zou nooit voor zo'n vrouw vallen. Sam vroeg zich af of Alice op Charlie zou lijken. *En wat dan nog?* Waarom was hij toch zo gefascineerd door alles wat met Simon te maken had? Hij zou nooit afspreken met een vrouw op wie Chris Gibbs ooit verliefd was geweest, of Colin Sellers. Sterker, hij zou een flinke omweg maken om de vrouw te zien in wie Colin Sellers *geen* been zag, aangenomen dat die al bestond.

Sam geneerde zich voor zijn morbide interesse, en probeerde zich in plaats daarvan op Connie Bowskill te concentreren. Binnen de kortste keren zat hij weer aan Simon Waterhouse te denken. Mocht best, vond hij, tenminste, binnen deze context. Simon was de beste rechercheur die Sam kende; hij was überhaupt de beste rechercheur, hoewel de meeste mensen dat niet graag toegaven, en hem liever afdeden als een onbehouwen en onvoorspelbare onruststoker. Op 1 januari van dit jaar, om vijf over twaalf 's nachts, had Sam zich iets voorgenomen: in plaats van zich altijd maar inferieur te voelen aan

Simon en steeds meer weerzin tegen hem op te bouwen, zou hij proberen om van hem te leren. Hij zou zijn ego opzijschuiven, en hij zou proberen om zich door Simon te imiteren – door zijn gedrag en standpunten te bestuderen alsof hij er ooit examen in moest doen – een fractie van zijn genialiteit eigen te maken.

Simon zou Connie Bowskill niet zomaar afwijzen, dat wist Sam zeker. Maar zou hij haar ook geloven? Als Simon in Sams schoenen zou staan, en hij Connie had ontmoet en haar verhaal had aangehoord, zou hij dan ook geneigd zijn te denken dat ze aan stress leed en dingen zag die er niet waren, of zou hij ervan overtuigd zijn dat ze loog? Misschien zou hij wel denken dat haar verhaal klopte juist omdat het zo onwaarschijnlijk leek, omdat maar weinig mensen de moed hadden om zo'n krankzinnige leugen op te dissen.

Jij bent Simon niet – dat is juist het probleem. Je hebt geen idee wat hij ervan zou denken.

Nee, dat was niet zo. Je kon niet jarenlang nauw samenwerken met iemand en dan geen flauw idee hebben hoe zijn brein werkte. Simon zou denken dat er op zijn minst kans bestond dat er een misdaad was gepleegd. Als hij die ochtend met Sam mee was gegaan naar de familie Bowskill, zou hij na afloop zonder meer het gevoel hebben dat er iets ernstigs aan de hand was in dat huis – Melrose Cottage, welteverstaan, niet Bentley Grove nummer 11 in Cambridge. Daar was Sam het mee eens, voor zover je het met de denkbeeldige mening van een niet-aanwezige ander eens kon zijn. Er was iets mis: Connie en Kit Bowskill hadden hem niet alles verteld, bij lange na niet. Hij had genoeg meegekregen van het gesprek dat hij niet had mogen horen om zeker te zijn dat ze iets voor hem verborgen wilden houden.

Het idee dat iemand een filmpje van een lijk op een huizenwebsite zou zetten was lachwekkend. Meer dan krankzinnig. In gedachten hoorde Sam Simon zeggen: 'Dat het krankzinnig is, wil nog niet zeggen dat het verzonnen is. Krankzinnig is even echt als normaal. We hoeven iets niet te begrijpen, wil het levens overhoop kunnen halen en vernietigen – het hoeft alleen zichzelf maar te begrijpen. En soms is dat zelfs niet eens nodig.' Sam had er meteen spijt van dat hij aan die opmerking terugdacht; want met die gedachte kwam de herinnering aan alweer een geval waarin Simon gelijk bleek te hebben en hij ongelijk, ondanks zijn veel zinvollere geloof in wat veel waarschijnlijker had geleken.

Hij zuchtte. Als Simons tijdelijke vervanger zou hij er alles aan doen om een dode vrouw te vinden in wie hij niet geloofde – een vrouw in een groen met lila jurk. Hij had de politie in Cambridge al gebeld en hij had hun duidelijk gemaakt dat hij verwachtte dat die direct in actie kwam, toen ze eenmaal uitgelachen waren.

'Sam?'

Hij keek op en zag een vrouw met kortgeknipt, geblondeerd haar, een bordeauxrood brilmontuur en glimmende, dubbeldekkerrode lippenstift. Ze droeg een lange, roze jurk zonder mouwen, en platte, gouden sandaaltjes, en ze had een tas met gaten in haar hand die aan elkaar leek te hangen van allemaal overgeschoten stukjes touw; de gaten hoorden bij het ontwerp en waren niet het gevolg van intensief gebruik. Sam zag door de gaten heen iets van de inhoud van de tas: een rode portemonnee, een envelop, sleutels.

'Alice Bean.' Ze glimlachte en stak haar hand uit. 'Je hebt geen idee hoe vreemd dit is voor mij. Ik ben hier al bijna zeven jaar niet meer binnen geweest. Dus als ik raar doe, weet je hoe dat komt.'

'Wil je misschien iets drinken?' vroeg Sam terwijl hij haar de hand schudde.

'Een glas limoensiroop, graag. Met veel ijs. Ik weet best dat het een kinderdrankje is, maar met deze hitte is dat het enige waar ik zin in heb. Ik heb alleen in de auto op weg hiernaartoe al een liter gezweet.'

Sam bekeek haar vanuit een ooghoek terwijl hij in de rij voor de bar ging staan. Ze was ontegenzeglijk aantrekkelijk, maar dat haar verbaasde hem – zowel de lengte als de kleur. En die bordeauxrode bril, maar vooral die lippenstift. Hij had nooit gedacht dat Simon... Maar nu ging hij ervan uit dat ze er zeven jaar geleden ook zo uitzag, en dat Simons smaak wat vrouwen betreft zo makkelijk te volgen was. Terwijl niets aan Simon makkelijk te volgen was. Hij had Charlie ten huwelijk gevraagd terwijl ze nog niet eens zijn vriendin was.

'Dus je hebt mijn telefoonnummer via Connie?' vroeg Alice terwijl Sam haar drankje op tafel zette en aanschoof.

'Nee. Ik heb er niet om gevraagd. Ik heb je opgezocht in de *Gouden Gids*, onder "Alternatieve Gezondheidszorg – Homeopaten". Er stond niemand bij die Alice Fancourt heette, maar ik dacht dat je misschien inmiddels Alice Bean zou kunnen heten, en dat bleek zo te zijn.'

'Bean is mijn meisjesnaam. Ik heet al jaren geen Fancourt meer.'

'Werk je altijd op zaterdag?'

'Nee. Ik ben vandaag vrij. Maar ik was even op het gezondheidscentrum om wat homeopathische korrels op te halen voor mijn dochter, Florence, want die heeft een buikgriepje. Je had geluk dat ik er net was. En ik hoop dat jij het virus niet van ons overneemt, want dat zou zomaar kunnen. Je bent gewaarschuwd. Ik heb het zelf ook al gehad, en iedereen bij mij op het werk ook. Het is verschrikkelijk besmettelijk. Maar het goede nieuws is, je bent het zo weer kwijt. Vierentwintig uur overgeven en diarree en dan trekt het verder naar het volgende slachtoffer.'

Geweldig. Echt iets om me op te verheugen.

'Ik zal je niet lang ophouden,' zei Sam tegen haar. 'Als je dochter ziek is.'

'Dat zit wel goed. Mijn vriendin Briony is bij haar, en dat is net haar tweede moeder. Dus hou me maar zo lang op als je wilt. Ik beloof je dat ik het je niet lastig maak door vervelende vragen te stellen.'

Sam probeerde zijn verbazing niet te tonen. Was hij hier niet degene die de vragen zou stellen? 'Zoals?' vroeg hij.

'Over Simon. Hij wil vast niet dat je het met mij over hem hebt – dat weet ik zeker.' Alice pakte haar tas en haalde de envelop tevoorschijn die Sam al door de gaten had zien zitten. Hij zag Simons naam voorop staan, in het blauw en onderstreept. 'Zou jij dit aan hem willen geven?'

Sam wilde de envelop liever niet aannemen, en aanvankelijk begreep hij niet waarom. Maar toen haalde zijn verstand zijn buikgevoel in. *Nee, bedankt.* Wat er zich ook voor een drama mocht afspelen, hij wilde er geen enkele rol in hebben. Hij liet zijn handen waar ze waren: om zijn beker koffie geslagen. Uiteindelijk stak Alice de envelop terug in haar tas, en hij voelde zich kleinzielig en pedant, in de wetenschap dat hij zich niet door haar en Simon liet leiden, maar door zichzelf en zijn scrupules. Moest hij haar niet vertellen dat Simon gisteren getrouwd was, en dat hij nu op huwelijksreis was? Was het erger omdat het pas gisteren was gebeurd? Sam vond zelf niet dat het enig verschil zou uitmaken, maar toch dacht hij dat zij er anders over zou denken.

Hij deed zijn mond open om uit te leggen waarom hij het geen goed idee vond om als postduif te fungeren, maar Alice praatte eroverheen, en glimlachte om hem te tonen dat ze er niet door beledigd was. 'Wat wilde je me vragen over Connie? Gaat alles wel goed met haar?'

'Wanneer heb je haar voor het laatst gesproken?'

'Ik zie haar eens in de veertien dagen. De laatste keer was... Wacht even, dat kan ik je precies vertellen.' Ze trok een klein roze agendatje uit haar minivissersnet. 'Afgelopen maandag, om vier uur.'

'Dus dat was 12 juli?'

Alice knikte.

'En heb je daarna nog telefonisch contact met haar gehad? Of per e-mail of sms?'

'Nee, helemaal niet meer.'

'En ze heeft jou dus ook vanochtend vroeg niet gebeld?'

Alice keek bezorgd. Ze leunde voorover. 'Nee? Hoezo? Is er iets gebeurd?'

'Alles is in orde met haar, voor zover ik dat kan beoordelen,' zei Sam. Meer wilde hij er niet over zeggen.

'Maar hoezo vanochtend vroeg?' drong Alice aan. 'Waarom wil je dat weten?'

Omdat er op dat moment een dode vrouw op haar computerscherm verscheen en toen weer verdween. En omdat zij mij heeft verteld dat jij haar hebt aangeraden om contact op te nemen met Simon Waterhouse, die het onwaarschijnlijke zou geloven, als het waar was. Alleen kun jij hem niet vannacht om twee uur hebben aangeraden, omdat Connie jou

toen niet belde. Ze heeft je niet meer gesproken sinds ze het lijk van die
vrouw heeft gezien. Behalve als ze heeft gelogen over wat ze precies zag.

'Heb jij Connie aangeraden om met Simon te gaan praten?' vroeg
Sam.

'Ik kan het echt niet met je hebben over wat ik tegen mijn patiënten zeg, of wat zij tegen mij zeggen, het spijt me.'

'Ik vraag niet of je me wilt vertellen wat ik al van Connie zelf heb
gehoord. Ze zei dat jij Simon had aanbevolen omdat hij anders is dan
andere rechercheurs, aangezien hij bereid is te geloven wat de meeste
anderen onwaarschijnlijk vinden.'

Alice knikte. 'Dat klopt. Dat heb ik gezegd, bijna letterlijk.'

'Klopt het dan ook – en ik hoef geen details – dat Connie een soort...
probleem had, en dat ze bang was dat niemand haar zou geloven?'

'Ik kan echt niet ingaan op de details, maar... Connie kwam oorspronkelijk bij me omdat ze in shock was – ze wilde niet geloven dat
iets het geval was, en toch was ze bang dat het wel zo was.'

'Wanneer was dat?' vroeg Sam.

'In januari, dus... zes maanden geleden.'

'En jij hebt haar gezegd dat ze ermee naar Simon moest? Was er
dan sprake van een misdrijf?'

Alice fronste en dacht hierover na. 'Er was geen bewijs van iets on-
wettelijks, maar... Connie dacht dat er misschien sprake was van een
misdrijf, ja. Maar tegelijkertijd was ze bang dat zij gestoord was, dat
ze zoiets kon denken.'

'Wat dacht jij?'

'Ik had werkelijk geen idee. Ik wist alleen dat het haar absoluut
geen goed deed om zowel psychologisch als emotioneel verscheurd
te zijn. Ik dacht dat Simon er wel achter zou kunnen komen hoe het
zat, als ze het aan hem zou vragen.'

'Je bedoelt, of er inderdaad een misdrijf is gepleegd?'

Alice glimlachte. 'Ik snap best dat er niet een soort lijst is van alle
misdrijven ooit gepleegd, maar dit specifieke geval zou wel ergens
geregistreerd staan. Simon zou het bewijs hebben kunnen vergaren
op een manier die voor Connie zelf onmogelijk was.'

'Weet je nog wanneer je zijn naam voor het eerst hebt genoemd?' vroeg Sam.

'O, niet meteen. Ongeveer een maand geleden, of misschien zes weken. Ik heb natuurlijk eerst zelf geprobeerd om haar te helpen, zoals ik bij al mijn patiënten doe, maar wat ik ook zei of deed, niets leek te werken bij Connie. Het ging eerder nog slechter met haar naarmate de tijd verstreek. Toen begon ik in te zien dat ze wel iets meer nodig had dan Anacardium of Medorrhinum. Sorry, dat zijn homeopathische middelen – ik wil nog weleens vergeten dat niet iedereen daar even vertrouwd mee is als ik.'

'Nam Connie je advies ter harte?' vroeg Sam. 'Heeft ze haar probleem voorgelegd aan Simon?' *Was dat soms de reden waarom hij een paar weken geleden ineens twee dagen vrij nam?* Hij had iets vaags gemompeld over 'voorbereidingen voor de bruiloft' en hij had alle oogcontact gemeden. Sam had dat toen toegeschreven aan gêne; Simon vond het ongetwijfeld gruwelijk om een relatie te hebben, om onverklaarbare redenen, en hij had het er nooit over.

Alice keek verontschuldigend. 'Dat moet je Connie vragen,' zei ze. 'Ik weet zeker dat ze je het hele verhaal zal vertellen, als je bereid bent om echt naar haar te luisteren.'

'Had haar onwaarschijnlijke en wellicht strafrechtelijke probleem te maken met een virtuele rondleiding door een huis op een huizensite?' vroeg Sam. De uitdrukking op Alice' gezicht sprak boekdelen: ze had geen idee waar hij het over had.

Dus Connie Bowskill had twee nauwelijks te geloven problemen, eentje al sinds januari en eentje sinds dertien uur geleden. Interessant. *Nauwelijks te geloven.*

'Heb je Connie geadviseerd om met Simon te gaan praten omdat je oprecht van mening was dat ze hulp van de politie nodig had, of omdat je hoopte dat hij contact op zou nemen met jou om navraag te doen over haar?' Zodra die woorden uit zijn mond waren gerold, wist Sam dat hij te ver was gegaan. 'Sorry,' zei hij, en hij stak zijn handen in de lucht. 'Dat had ik niet mogen vragen. Laat maar.'

'Hoezo? Hier kan ik gelukkig wel antwoord op geven,' zei Alice. 'Ik geloof oprecht dat Simon kennis moest nemen van Connies probleem, omdat... nou ja, omdat het zo vreemd was, zo ongebruikelijk. Het was iets wat ofwel echt heel afschuwelijk was, of er was niets aan de hand. Ik...' Ze zweeg en staarde naar het tafelblad. Sam vroeg zich af of hij haar moest aanmoedigen om door te praten, maar zij zei: 'Ik realiseer het me nu pas, maar ik heb haar aangeraden om met Simon te gaan praten omdat ik *zelf* met Simon wilde praten. Ik wilde het hierover hebben met hem. We hebben elkaar sinds 2003 niet meer gesproken en – door dit probleem... Connies probleem, wilde ik dat contact vreselijk graag weer herstellen. Ik *miste* hem, ook al heb ik hem nooit echt gekend. O, het is ook belachelijk! Het rare is, ik heb altijd honderd procent zeker geweten dat hij op een dag weer in mijn leven zou verschijnen. En toen jij vanochtend belde...' Ze schudde haar hoofd en keek langs Sam uit het raam.

Hij kon wel raden wat er nu zou komen. Toen hij die ochtend belde en met haar wilde afspreken, had ze haar zieke dochtertje overgelaten aan een vriendin en was vervolgens twee uur bezig geweest om de brief te schrijven die ze al zeven jaar had willen schrijven. De brief die Sam niet aan Simon wilde overhandigen.

'Luister, het spijt me van –'

'Dat hoeft niet,' zei Alice. 'Ik moet jou ook niet misbruiken als postduif. Hij zou het je bepaald niet in dank afnemen. Het was niet netjes van me. En onnodig – ik kan het ook wel zonder jou af. Ik weet waar Simon werkt – dus ik kan de brief best op de post doen. Maar dat doe ik niet.' Ze knikte, alsof ze haar beslissing wilde bekrachtigen. 'Ik geloof heel sterk in het lot, en het lot van vandaag heeft me duidelijk gemaakt dat dit niet het juiste moment is. Je hebt jezelf vast nog nooit gezien als handlanger van het lot, hè?' grinnikte ze.

'Nee, nog nooit.' Colin Sellers zou nu een grappig antwoord paraat hebben gehad, maar Sam schoot niets te binnen.

Alice deed haar ogen dicht en nam een slok van haar limonade. 'Het juiste moment komt nog wel.'

5

Zaterdag 17 juli 2010

'1,2 miljoen pond? Jeetje... au!' Mijn moeder heeft de vijf bekers die keurig in een rijtje op het aanrecht staan gemist en giet het hete water over haar linkerhand in plaats van in de bekers. Expres, maar dat kan ik niet bewijzen. Ze heeft zich gebrand, en het is mijn schuld, omdat ik haar te veel kopzorgen geef. *Zoals altijd.* Ze wil dat iedereen het ziet, en dat ze mij allemaal de schuld geven. Als dat gebeurt, als Fran of Anton of pa zegt: 'Kijk nou wat je hebt gedaan, Con', zal ma het voor me opnemen, maar haar verdediging is een verkapte aanval: 'Het was Connies schuld niet – ik had ook niet weg moeten kijken, met een ketel heet water in mijn hand, maar ik was ook zo geschokt! Ik kon er niets aan doen.'

Gebeurt dat niet altijd als iemand je zo dicht op de huid zit? Dat je hun beperkingen, hun grootheidswanen en egocentrische rotstreken even goed kent als die van jezelf? Dat je kunt voorspellen hoe ze zullen reageren, wat hun gezichtsuitdrukking zal zijn, tot op het woord en de grimas nauwkeurig, zodat teleurstelling en een misselijkmakend gevoel van voorspelbaarheid je de adem benemen zodra je ze aankijkt, nog voor iemand een woord heeft gezegd? Kit zou zeggen dat het een te pessimistische analyse is, maar ja, hij was al nooit zo close met zijn ouders, en inmiddels ziet hij ze helemaal nooit meer. Hij zegt altijd dat hij zo jaloers is op mijn lidmaatschap van wat hij de 'Monk clan' noemt. Ik durf hem de waarheid niet te vertellen; hij zou me een ondankbaar nest vinden. En dan heeft hij waarschijnlijk nog gelijk ook.

De waarheid is namelijk dat ik liever een stuk minder close met mijn familie zou zijn, zodat ze me af en toe nog eens zouden verrassen. Zodat hun misprijzen niet zo diep in me zou graven en geen zaadjes van twijfel aan mijzelf zou planten, geprogrammeerd om uit te groeien tot forse eikenbomen. Kit is tenminste vrij.

'Kom op, Benji,' fluistert Fran. 'Nog één hapje broccoli en dan mag je een koekje. Alleen de roosjes, het steeltje hoeft niet. *Toe nou.*'

'Kom op, Benji, – laat papa en mama eens zien hoe dapper je bent, kerel. Net als een superheld!' Anton past het volume van zijn stem niet aan. Het komt helemaal niet bij hem op dat er vandaag weleens iets belangrijkers gaande zou kunnen zijn in de keuken van zijn schoonouders dan Benji's oorlog tegen groente; hij heeft totaal niet het gevoel dat de onderhandelingen over broccoli wat meer op de achtergrond moeten plaatsvinden. Hij maakt een toeter van zijn handen en zegt met een harde basstem: 'Kan dit jongetje het broccolimonster verslaan? Is Benji dapper genoeg om... zijn... broccoli... op te eten? Als hij even dapper is als een superheld, zal hij worden beloond met twee... chocoladekoekjes!'

Ben ik soms gek aan het worden? Heeft Anton dan helemaal niets meegekregen van wat ik net heb gezegd over de vermoorde vrouw die ik heb zien liggen in een plas bloed, en dat ik vanochtend met een rechercheur heb gepraat? Waarom zegt niemand dat hij zijn klep moet houden? Heeft niemand me soms gehoord? Dat geen van hen hier iets over te zeggen heeft, lijkt me even onwaarschijnlijk als wat ik vannacht op mijn laptop heb gezien – onmogelijk, en toch is het echt zo, behalve als ik niet meer in staat ben het onderscheid te maken tussen wat echt is en wat het tegenovergestelde van echt is.

Kit denkt dat dat zo is. Misschien denkt mijn familie het ook, en negeren ze me daarom.

'Zeg nou niet dat hij er twee mag,' zegt Fran tegen Anton, op zangerige maar bestraffende toon, en met een overdreven brede glimlach, waarschijnlijk om te voorkomen dat hun zoon zich zorgen maakt over het emotionele slagveld dat hem thuis wacht. 'Eentje is genoeg, toch, Benji?'

'Ik wil twee koekjes!' jammert mijn vijfjarige neefje met een rood hoofd.

Ik doe mijn mond open, en weer dicht. Waarom zou ik nog moeite doen? Ik weet wat ik hier kwam doen: mijn familie vertellen wat ze moesten weten. Ik kijk uit het raam naar de schommel, de glijbaan, het klimrek, de boomhut, de zandbak en de twee trampolines in de achtertuin van mijn ouders, zodat ze niet denken dat ik verwacht dat ze met vragen komen. Het is Benji's privéspeeltuin. Kit noemt het 'Neverland'.

'Au,' zegt mijn ma nog een keer, en ze inspecteert de rode huid op haar hand omstandig. Wat Fran en Anton betreft, verspilt ze daarmee haar tijd; ze zou moeten weten dat de strijd om Benji's avondeten alle verdere gedachten en opmerkzaamheid verdrijft.

'Goed dan, twee chocoladekoekjes,' zegt Fran vermoeid. 'Sorry, jongens. Kom op, Benji – eet dit eerst op.' Ze pakt de vork uit zijn hand, rijgt de broccoli eraan en houdt hem voor zijn mond, zodat de groente zijn lippen raakt.

Hij trekt zijn hoofd sputterend opzij, en valt daarbij bijna uit zijn stoel. Als ingespannen cheerleaders joelen Fran en Anton tegelijk: 'Pas op! Val niet uit je stoel!'

'Ik haat broccoli! Het lijkt wel een vieze snotboom!'

Kit en ik noemen hem stiekem Benjamin Rigby. Kit is ermee begonnen, en na wat halfhartige protesten ben ik erin meegegaan. Zijn volledige naam luidt namelijk Benji Duncan Geoffrey Rigby-Monk. 'Dat meen je niet,' zei Kit toen ik hem dat voor het eerst vertelde. '*Benji?* Dus hij heet niet eens Benjamin?' Duncan en Geoffrey zijn de voornamen van zijn twee opa's – en Kit vindt ze burgerlijk en ouderwets; niet iets om de volgende generatie mee op te zadelen – en Rigby-Monk is een fusie van de achternamen van Fran en Anton. 'Wat mij betreft heet hij Benjamin Rigby,' zei Kit nadat we hem voor het eerst hadden gezien. 'Hij lijkt me een fatsoenlijk kind, en hij heeft recht op een fatsoenlijke naam. Niet dat zijn vader er eentje heeft, dus het zou me niet eens moeten verbazen.' Kit zegt altijd: 'Het is alleen acceptabel om je Anton te laten noemen als je Spaans, Mexicaans of Colombiaans bent, of als je werkt als kapper of professioneel ijsdanser.'

Hij vindt dat ik dankbaar moet zijn voor mijn familie, en hij vindt het fijn dat we zo dicht bij hen wonen, maar hij drijft genadeloos de spot met hen, mijdt hen zo veel mogelijk, en stuurt mij er in mijn eentje op af. Ik klaag nooit; ik voel me schuldig omdat hij door mij ook verstrikt is geraakt in mijn familie. Ik zou het zelf vreselijk vinden als ik met iemand getrouwd was die uit een gezin kwam dat zo overweldigend en altijd aanwezig is als het mijne.

'Laat dat arme kind met rust, Fran,' zegt mijn moeder. 'Het is de moeite niet waard, voor een miezerig stronkje broccoli. Ik maak wel wat ki–'

'Nee!' Fran onderbreekt haar met een driftig armzwaaien vóór de fatale woorden 'kipnuggets met frites' hardop uitgesproken worden. 'Het gaat prima zo, toch, Benji? Jij eet lekker al je groente op, hè, lieverd? Want jij wilt een grote, sterke jongen worden, of niet soms?'

'Net als papa,' voegt Anton eraan toe, en hij toont zijn spierballen. Hij werkte vroeger als personal trainer in Waterfront, maar sinds Benji er is, is hij daarmee gestopt. Nu doet hij nog aan gewichtheffen om zijn spieren te stroomlijnen, of hoe mensen die dat soort dingen belangrijk vinden het ook mogen noemen, en hij traint op allerlei vreemde apparaten bij hen in de garage, waar hij een fitnessruimte van heeft gemaakt. 'Papa at vroeger ook altijd al zijn groente op, en moet je nou eens zien!'

Dit is het moment waarop mijn vader normaal gesproken een duit in het zakje doet door te zeggen: 'De enige manier om ervoor te zorgen dat kinderen normaal eten is door ze een heel duidelijke keuze te geven: ze eten wat de rest eet, of ze krijgen niks. Dan leren ze het snel genoeg. Bij jullie tweeën heeft dat ook gewerkt. Jullie eten allebei alles. Jullie zouden je eigen moeder nog opeten als die op je bord lag!' Dat, of een variatie daarop, heeft hij al minstens vijftig keer gezegd. Zelfs als Fran er niet bij is, zegt hij nog 'jullie tweeën', en nooit 'Fran en jij', omdat hij er zo aan gewend is dat we er altijd allemaal zijn, zoals nu: met hem en zijn *Times* aan de wankele grenen schragentafel die al sinds voor mijn geboorte in de keuken van Thorrold House staat. Mijn moeder rent rond om eten en drinken te maken en iedereen te bedienen en weigert alle hulp, zodat ze kan zuchten en over haar rug wrijven als ze eindelijk klaar is met het inruimen van de afwasmachine. Anton leunt diagonaal tegen de ijzeren stang van de Aga – hij is namelijk te cool om rechtop te staan. Die Aga was ooit rood, maar vertoont nu zilveren vlekken door het jarenlange gebruik. Fran maakt zich druk om Benji, en probeert een spruitje, een blaadje spinazie of een doperwt bij hem naar binnen te werken, in ruil voor het vooruitzicht op een vat chocolademousse, een berg chips en een eindeloze hoeveelheid snoep.

En ik zit in de schommelstoel bij het raam, en fantaseer over een dikke deken die ik om mijn hoofd zou willen wikkelen om mezelf te smoren, en ik verbijt de drang om te zeggen: 'Denk je niet dat het beter voor hem is om vis, aardappelen en géén courgette te eten dan vis, aardappelen, een beetje courgette, en twintig sigaretten, een fles wodka en een lijntje coke? Zomaar een vraag.'

Als ik met mijn familie ben, ben ik op mijn gemeenst. *Een heel goede reden waarom ik niet op honderd meter bij hen vandaan zou moeten wonen.*

'Denk je dat ik hem onder de koude kraan moet houden?' vraagt mijn moeder aan mijn vader. 'Dat moet je toch doen met brandwonden? Of moest je er nu boter op smeren? Ik heb al in geen jaren een brandwond gehad.' Ze heeft de hoop opgegeven dat Fran of Anton aandacht aan haar zal schenken, maar ze is gek als ze niet ziet dat pa te kwaad op mij is om naar haar te luisteren. Uit zijn hele houding kun je aflezen hoe kwaad hij is: zijn hoofd gebogen, zijn voorhoofd een strakke frons, zijn schouders gekromd, zijn handen tot vuisten gebald. Hij draagt een blauw met geel gestreept hemd, maar ik weet zeker dat Alice het met me eens zou zijn dat de energie die hij uitstraalt loodgrijs is. Hij heeft zich al een kwartier lang niet verroerd; die grijnzende, joviale vader die hij was toen hij me binnenliet is verdwenen en zijn plaats is ingenomen door een standbeeld. Als ik de beeldhouwer was geweest, had ik deze sculptuur 'Woedende man' genoemd.

'Ben jij soms niet helemaal goed snik?' Hij spuwt de woorden uit. 'Je kunt helemaal geen huis van 1,2 miljoen betalen!'

'Dat weet ik ook wel,' zeg ik tegen hem. Maar er zit hem meer dwars dan alleen mijn eventuele financiële roekeloosheid. Hij neemt het me kwalijk dat ik onrust breng in zijn leven zonder hem daar eerst over te raadplegen. We waren altijd een gezin waarin geen van de leden ooit een vermoorde vrouw had gezien die op onverklaarbare wijze was verdwenen. En nu, dankzij mij, ging dat niet meer op.

'Als je weet dat je je geen huis van 1,2 miljoen kunt veroorloven, waarom kijk je er dan naar?' vraagt ma, alsof ze me tuk heeft met een wel heel slim staaltje logica. Ze schudt haar hoofd van links naar rechts, langzaam, ritmisch, alsof ze er nooit meer mee wil stoppen, alsof ik haar meer dan genoeg redenen heb gegeven voor haar eeuwige wroeging. Wat haar betreft heb ik mezelf nu al een faillissement op de hals gehaald, en mijn familie te schande gemaakt. Ze heeft het vermogen om een dimensie te betreden die voor de meeste gewone stervelingen niet toegankelijk is: tien jaar in de toekomst, in het allerergste geval. Het voelt voor haar even tastbaar als het hier en nu; het is zelfs zo levendig dat het heden er doorgaans niet tegen opgewassen is.

'Kijken jullie dan nooit naar dingen die jullie je niet kunnen veroorloven?' vraag ik aan haar.

'Nee, hoe kom je erbij?' *Einde gesprek.* Het is als de metalen sluiting van een ouderwetse portemonnee die dicht knipt. Ik had het kunnen weten. Mijn moeder doet alleen maar verstandige dingen. 'En dat zou jij ook niet moeten doen, en je *zou* het trouwens ook niet doen als je niet in de verleiding was om jezelf tot de nek in de schulden te steken voor het –'

'Ma, ze kunnen helemaal niet zo'n hoge hypotheek krijgen,' zegt Fran. 'Je maakt je druk om niks, zoals gewoonlijk. Ze gaan dat huis niet kopen, want dat kan helemaal niet. In de huidige economische toestand mag je blij zijn als je Melrose Cottage voor drie ton kwijtraakt, en dat gaat voor het grootste deel terug naar de Rawndesley and Silsford Building Society. Zelfs al zouden Kit en Connie er al hun spaargeld insteken, dan is nog geen enkele geldverstrekker zo gek om hen meer dan een miljoen te lenen.'

Het feit dat mijn zusje even goed op de hoogte is van onze financiën als Kit en ikzelf is om gek van te worden. Als ze het heeft over ons 'spaargeld' heeft ze een precies bedrag in gedachten – het juiste bedrag. Zoals ik ook precies weet hoe zij en Anton er financieel voor staan: ik weet wat er op hun privéspaarrekeningen staat, hoe hoog hun hypotheek is, wat er precies maandelijks binnenkomt nu Anton is gestopt met werken, hoeveel ze bijdragen aan Benji's schoolgeld (bijna niks), hoeveel pa en ma daaraan meebetalen (het overgrote deel). 'Ik snap niet waarom ze in sommige gezinnen zo geheimzinnig doen over hun financiële zaken,' beweert ma al zo lang ik me kan herinneren. 'Waarom zou je de mensen die je het meest nabij zijn als vreemden behandelen?'

Toen ik twaalf was en Fran tien, heeft ma me het blauwe spaarboekje van hun spaarrekening laten zien, zodat wij konden zien dat ze vierhonderddrieënzeventigduizend pond en tweeënvijftig pence hadden gespaard. Ik weet nog dat ik naar het blauwe, handgeschreven bedrag staarde en dat ik onder de indruk was, en een beetje verbluft, en dat ik dacht dat mijn ouders wel geniaal moesten zijn, en dat ik zelf nooit zoiets zou bereiken. 'Wat er ook gebeurt, het komt goed met ons, want wij hebben dit geld als buffer,' zei ma. Fran en ik zijn allebei in die propaganda getrapt, en in onze puberteit spaarden we al ons zakgeld, terwijl onze vriendinnen elke cent die ze kregen verbrasten aan lippenstift en cider.

'Als jij denkt dat je moeder en ik jullie geld lenen zodat jullie ver boven je stand kunnen gaan wonen, dan heb je het mooi mis,' zegt pa. In de ogen van mijn ouders staat het boven je stand wonen ethisch gezien gelijk aan baby's uit het raam gooien.

'Dat denk ik helemaal niet.' Ik zou nog geen honderd pond van mijn ouders lenen, laat staan een miljoen. 'Al had ik tien keer dat bedrag en stond er verder geen enkel huis op de hele wereld te koop, dan nog zou ik dat huis aan Bentley Grove nooit willen kopen.' Ik leg niet uit waarom niet. Dat moet toch wel duidelijk zijn.

'Denken jullie nou echt dat dit gaat om mijn hypothetische extra-vagante uitgeefgedrag? Wat dachten jullie van die dode vrouw in een plas van haar eigen bloed? Waarom hebben we het daar niet over? Waarom mijden jullie dat onderwerp allemaal? Ik heb het duidelijk genoeg verteld, dacht ik zo. Ik zou toch zweren dat ik jullie net heb verteld wat ik heb gezien op Roundthehouses, en over de recher-cheur die bij ons langs is geweest...'

'Je hebt helemaal geen dode vrouw gezien op Roundthehouses of waar dan ook,' onderbreekt mijn vader me. 'Zulke lariekoek heb ik in mijn leven nog niet gehoord. Je hebt zelf gezegd: toen Kit kwam kijken, was er geen lijk. Of niet soms?'

'Dat heb je gezegd,' zegt ma gespannen, alsof ze vreest dat ik een ongeleid projectiel ben en dat ik mijn verhaal elk moment weer kan omgooien.

Ik knik.

'Dus er was helemaal geen lijk – dat heb jij je alleen maar inge-beeld,' zegt pa. 'Je zou die agent moeten bellen en hem je excuses aanbieden omdat je zijn tijd hebt verdaan.'

'Ik weet zeker dat ik ook zou hallucineren als ik tot zo'n goddeloos tijdstip wakker bleef,' stelt mijn moeder. 'Ik blijf het zeggen, ook al luister je nooit: jij moet beter voor jezelf zorgen. Kit en jij werken veel te hard, en jij gaat veel te laat naar bed, je eet slecht...'

'Laat nou maar, ma,' zegt Fran. 'Wat schiet je hiermee op? Kom op, Benji, mond open, in godsnaam. Mond wijd open!'

'Denk jij ook dat ik maar wat verzin, Fran?'

'Weet ik veel,' antwoordt ze. 'Niet echt. Misschien. Drie chocolade-koekjes, Benji, als je nu je mond wijd opendoet en die lekkere... Goed zo! Ietsje wijder...'

'En wat denk jij, Anton?' vraag ik aan hem.

'Ik denk dat je het niet gezien had als het er niet was,' zegt hij. Ik over-weeg uit mijn stoel te springen en mijn armen om hem heen te slaan, maar dan zegt hij: 'Het klinkt alsof iemand een geintje heeft willen uit-halen. Ik zou er verder niet zo mee zitten.' Dat is maar een fractie min-der badinerend dan: 'Sorry, ik heb geen tijd voor dit soort onzin.'

'Je moet überhaupt niet in Cambridge naar huizen kijken, wat ze ook kosten,' zegt ma. 'Niet naar villa's en niet naar arbeiderswoningen. Ben je soms vergeten wat er de vorige keer is gebeurd toen je je zoiets in het hoofd had gehaald?'

'Jemig, ma!' zegt Fran.

'Toen was er tenminste nog een reden voor – toen hadden ze Kit die promotie aangeboden.'

Die hij niet aan kon nemen omdat ik alles voor hem verpestte. Fijn dat je me daaraan herinnert.

'Waarom nu ineens?' vraagt mijn moeder op het toontje dat zij waarschijnlijk het liefst gebruikt van al haar toontjes: het ijle, piepende gekwetter van een gebroken vrouw. 'Jij en Kit hebben een bloeiende zaak, een schitterend huis, wij wonen allemaal praktisch om de hoek, je zusje, die lieve schat van een Benji – waarom zou je dan *nu* naar Cambridge willen verhuizen? Ik bedoel, als het nu Londen was, dan kon ik het nog begrijpen, nu Kit daar zo vaak zit – al mag Joost weten waarom iemand in zo'n lawaaiige, smerige rotstad wil wonen – maar Cambridge...'

'Omdat we in 2003 hadden moeten verhuizen, en we dat niet gedaan hebben, en ik daar altijd spijt van heb gehouden.' Ik ben gaan staan, al weet ik niet waarom. Wil ik soms de keuken uit stormen? Het huis uit? Pa en ma staren me aan alsof ze niet begrijpen wat ik net zei. Pa keert zich van me af, en maakt een hijgerig, grommend geluid dat ik nog nooit eerder heb gehoord. Het maakt me bang.

'Hoera! Benji heeft zijn broccoli opgegeten!' juicht Anton, alweer door roeptoeterhanden. Hij is zich blijkbaar niet bewust van de onzichtbare draden spanning die van de ene kant van de keuken naar de andere lopen. Misschien lijd ik inderdaad aan een ziekte waar je van gaat hallucineren. Ik zie die draden letterlijk lopen, alsof ze er echt zijn; draden met onuitgesproken bedreigingen en gloeiende stukken wrok eraan, als kerstversierselen.

'Benji is de kampioen!' brult Anton, terwijl Fran triomfantelijk met de lege vork zwaait.

'Benji is vijf, geen twee,' zeg ik snibbig. 'Praat toch eens normaal tegen dat kind. Jullie lijken wel een stel goedkope clowns op een kinderfeestje.'

Anton zegt met dezelfde bulderstem: 'Wij praten zo omdat Benji alleen zijn *broccoli* opeet als papa zo praat en hij Benji aan het *lachen* maakt!'

Benji lacht niet. Hij probeert niet te kokhalzen van het eten dat hij zo smerig vindt.

Antons onverstoorbare opgewektheid ontketent een stroom van scheldwoorden in me die ik naar zijn hoofd wil slingeren. De enige keer dat ik ooit een piepklein fronsje bij hem heb gezien was toen een klant van Monk & Sons hem 'huisman' noemde. Fran verbeterde de klant op een manier die geforceerd en uit het hoofd geleerd klonk. Ik maakte de fout om dat verhaal aan Kit te vertellen, die onmiddellijk een Pavlovreflex ontwikkelde bij het horen van Antons naam: 'Anton – geen huisman, maar een personal trainer met een carrièrebreuk voor onbepaalde tijd.'

'Goedkoop!' Mijn moeder verslikt zich bijna in het woord. 'Ja, jullie zijn natuurlijk chique mensen, hè, met je huis van 1,2 miljoen?'

'Met je volkomen onbetaalbare huis van 1,2 miljoen,' zegt Fran snel. Het zit haar dwars dat Kit en ik meer te besteden hebben dan zij en Anton, hoewel ze dat waarschijnlijk nooit zou toegeven. Het is erger geworden sinds Kit weg is bij Deloitte en we ons eigen bedrijf zijn begonnen. Als het niks was geworden, zou Fran meelevend hebben gedaan en verdrietig zijn, maar ook opgelucht. Dat weet ik zeker, al kan ik het niet bewijzen. Er is tegenwoordig zo veel dat ik niet kan bewijzen.

Fran en Anton wonen in een cottage genaamd Thatchers; het is kleiner dan ons huis, en dichter bij mijn ouders – het ligt zowat recht tegenover Thorrold House, aan de overkant van het parkje. Net als Melrose Cottage heeft het twee verdiepingen, maar de keuken is een piepkleine pijpenla aan de ene kant van de zitkamer, en de slaapkamers hebben een schuin plafond en je kunt er nauwelijks rechtop staan. Anton en Fran hebben geen last van dat ruimtegebrek, omdat ze sinds de geboorte van Benji praktisch bij pa en ma inwonen. In Thatchers, dat ze hardnekkig 'thuis' noemen, is meestal geen kip.

Waarom wijst niemand hen erop hoe belachelijk het is om een huis te hebben en er niet te wonen. *Veel belachelijker dan huizen in Cambridge bekijken op het internet. Veel belachelijker dan overwegen om naar een van de mooiste, meest bruisende steden van Engeland te verhuizen in plaats van de rest van je leven te slijten in Little Holling, Silsford, met zijn ene pub en nog geen duizend inwoners.*

'Let maar niet op Connie, Anton,' zegt ma. 'Ze ziet het niet zo scherp meer.'

'Ze kan het wel goedmaken,' zegt Anton met een knipoog. 'Door wat extra op te passen, Con, oké?'

Ik probeer te glimlachen, hoewel het vooruitzicht van nog meer oppassen de weerzin in mij aanzwelt. Ik pas elke dinsdagavond al op Benji. Als iets één keer gebeurt en het bevalt, wordt zoiets binnen mijn familie al snel tot traditie verheven.

'Een chocokoekie, *twee* chocokoekies, *drie* chocokoekies!' Fran betaalt Benji zijn buit uit, en onderstreept haar steun voor Anton en zijn rare stemmetjes. Zij staat aan zijn kant, pa en ma staan aan elkaars kant en niemand staat aan de mijne. Prima; alles waardoor ik minder tot de Monks uit Little Holling lijk te behoren is mij dierbaar.

'Ik zie het heel scherp,' zeg ik tegen ma. 'Ik weet wat ik heb gezien. Ik heb een dode vrouw gezien, in die kamer, in een plas van haar eigen bloed. De rechercheur die ik vanmorgen heb gesproken, neemt dit serieus. En als jullie dat niet doen, moeten jullie dat zelf weten.'

'Ach, Connie, moet je nou toch eens horen wat je allemaal zegt!' zegt ma bedroefd.

'Verspil er maar geen energie aan, Val,' mompelt mijn vader. 'Alsof zij ooit naar ons luistert.' Hij tilt zijn rechterarm op en bestudeert de tafel eronder alsof hij verwacht er iets aan te treffen. 'Wat is er gebeurd met die thee die jij zou zetten?'

'Het spijt me, liever, maar het slaat echt nergens op,' zegt ma fluisterend tegen mij terwijl ze de waterkoker vult, en ze werpt een schuldige blik richting mijn vader, in de hoop dat hij niet merkt dat zij er toch over doorpraat terwijl hij net heeft gezegd dat ze zich die moeite kan besparen. 'Ik bedoel, denk nou eens even na; je ziet toch zelf ook wel dat het grote onzin is? Waarom zou iemand het lijk van een vermoorde vrouw op een huizensite zetten? Een moordenaar zou zoiets nooit doen, want die wil dat niemand weet wat hij heeft gedaan. Een makelaar zou het ook nooit doen, want die wil het huis verkopen, en niemand koopt een huis waar...'

'Behalve mijn oudste dochter,' verkondigt pa met luide stem. 'Die niet alleen mijn dochter is, maar ook mijn boekhouder, en dat is nog veel zorgwekkender. Ja, zij stort zich lachend in de hypotheekschuld en koopt een huis des doods voor 1,2 miljoen pond!' Ik snap niet waarom hij Benji zo kwaad aankijkt terwijl hij dit zegt; alsof die er iets aan kan doen.

'Pa, ik wil dat huis aan Bentley Grove helemaal niet kopen. Ik kan het me niet veroorloven. Je luistert niet.' *Zoals gewoonlijk*. En wat bedoelde hij met die opmerking over zijn boekhouder? Dat hij bang is dat ik Monk & Sons ga bestelen? Dat mijn spilzucht tot het bankroet van het familiebedrijf zal leiden? Ik heb altijd uitstekend werk voor hem geleverd, maar dat telt ineens niet meer. Ik had me de moeite kunnen besparen.

Nu denk ik zelf ook als een martelaar. Ze zeggen toch dat alle vrouwen uiteindelijk op hun moeder gaan lijken?

Zeg dan dat je weggaat bij Monk & Sons. Neem ontslag. Ga fulltime voor Nulli werken – dat wil je toch zo graag? Waarom kun je het niet opbrengen om tegen deze mensen te zeggen wat je echt wilt?

'Je spreekt jezelf tegen,' zeg ik tegen mijn vader. 'Als ik me dat lijk heb ingebeeld, kan het namelijk nooit een huis des doods zijn.'

'Dus je wilt het *wel* kopen! Ik *wist* het!' Hij slaat met zijn vuist op tafel, zodat die schudt.

'De verkoper zou het ook nooit doen,' sputtert ma bij zichzelf terwijl ze haar verbrande hand in een stuk keukenpapier wikkelt, ondertussen wachtend tot het water kookt. 'Want die wil het huis waarschijnlijk even graag verkocht zien als de makelaar.'

'Hou alsjeblieft op iedereen op te noemen die geen lijk op een huizensite zou zetten, ma,' kreunt Fran. 'Je punt is wel duidelijk: geen mens zou zoiets doen.'

'Nou, als niemand zoiets zou doen, kan Connie het dus niet gezien hebben.' Ma knikt triomfantelijk, alsof hiermee de kous af is.

Waarom geeft mijn familie mij altijd zo'n gevoel? Telkens als ik hun iets vertel, eindigt het ermee dat ik wanhopig op zoek moet naar wat lucht, terwijl zij alle zuurstof langzaam uit het gesprek persen.

Ik trek het niet meer om hen om me heen te hebben. Maar ik trek het ook niet om terug te gaan naar Kit, die me zal vragen hoe het ging, en dan lacht alsof het om een sitcom gaat als ik hem verslag doe op de manier die hij van me verwacht: alsof ik een cabaretier ben en mijn familie opvoer als onschuldige, grappige wezens. Er is nu maar één iemand met wie ik wil praten, en het is dan wel zaterdag, maar het is ook een noodgeval.

O ja? Weet je dat heel zeker?

Wanneer wist ik voor het laatst iets heel zeker?

Ik haal mijn mobiel uit mijn tas en loop de keuken uit. Mijn moeder roept me achterna: 'Je hoeft niet weg te lopen, hoor! We luisteren heus niet mee.'

'En het krankzinnige is dat ik het bijna niet had gedaan. Ik dacht: maar dit is geen echt noodgeval – je bent niet aan het doodbloeden, en je hangt niet met je nagels aan een rotspunt. Dus bewaar je toestemming om te bellen in een noodgeval voor een levensbedreigende situatie, in plaats van hem hieraan te verspillen. Maar waarom zou ik? Ik bedoel, dit is een levensbedreigende situatie, althans: de vrouw die ik heb gezien, was vermoord – dat kan niet anders. En hoe kwam ik erbij dat het iets eenmaligs was, en dat ik daarmee mijn enige mogelijkheid om te bellen-in-geval-van-nood had verbruikt? Zou je kwaad worden als ik je buiten werktijd zou bellen, over een paar maanden, of zelfs een jaar, als ik de pech had dat ik me dan weer zo vreselijk voelde?'

'Is het je opgevallen welke woorden je gebruikt?' vraagt Alice. '"Bewaren", "verspillen"?'

Nee, het was me niet opgevallen. Het zou te deprimerend zijn om dat toe te geven. Toen ik voor het eerst bij Alice kwam, vond ik de lange stiltes ongemakkelijk. Nu ben ik er aan gewend. Ik vind ze zelfs prettig. Soms tel ik hoelang ze duren: *een-en-twee-en-drie*. Soms raak ik in een soort trance; dan staar ik naar de doorzichtige glazen kralen aan de zoom van het crèmekleurige rolgordijn, of naar de roze kroonluchter met vlinders.

'Waarom heb je je familie verteld dat je die vrouw en het bloed hebt gezien?' vraagt Alice uiteindelijk.

'Dat vroeg Kit ook al. "Waarom zou je het hun vertellen?" zei hij. "Ze maken je het alleen maar lastig, en dan voel je je nog honderd keer beroerder." Ik wist best dat hij gelijk had, maar ik ben toch langsgegaan en in de vuurlinie gaan staan.'

'Je beschrijft je ouders vaak als verstikkend.' Alice herinnert zich elk woord dat ik sinds ons eerste gesprek in haar aanwezigheid heb uitgesproken, zonder aantekeningen te raadplegen. Misschien zit er wel opnameapparatuur verstopt in de roze vlinders. 'Waarom ben je er naartoe gegaan om verstikt te worden, terwijl je niet had geslapen en nadat je de ergste schok van je leven had gehad?'

'Ik moest het ze vertellen. Er is een rechercheur langs geweest om me te ondervragen. Het was... te groot om voor hen te verzwijgen, te belangrijk. Ik kan niet met de politie in aanraking zijn geweest en dat achterhouden voor mijn familie.'

'O nee?'

Geen geheimen tussen mensen die van elkaar houden. Dat is er mijn hele leven ingeramd. Ik weet niet of ik wel kan uitleggen hoe dat soort programmeren werkt aan iemand die het zelf nooit heeft meegemaakt.

'Je hebt nog niets gezegd over dat andere grote, belangrijke ding in je leven,' zegt Alice. 'Het probleem dat je al sinds januari bezighoudt.'

Ik lach, ook al wil ik eigenlijk huilen. 'Dat is iets anders. Dat is misschien niets. Het is zelfs waarschijnlijk niets.'

'De dode vrouw die je hebt gezien is misschien ook niets, als jij je haar hebt ingebeeld.'

'Maar dat heb ik niet. Dat weet ik zeker.'

Alice zet haar bril af en laat die in haar schoot vallen. 'Wat er in januari is gebeurd, heb je je ook niet ingebeeld,' zegt ze. 'Je weet niet wat het betekent, maar je hebt het je niet ingebeeld.'

'Ik kan niet aan mijn vader en moeder vertellen dat ik bang ben dat Kit er een heel ander leven op na houdt waar ik niets van weet,' zeg ik, en ik walg van de klank van die woorden. 'Dat is gewoon geen optie. Je snapt het niet. Ik heb dan wel een andere achternaam aangenomen, maar ik ben nog altijd een Monk. En in de familie Monk is alles altijd gezellig en normaal. Dat is geen toeval, zo zijn de regels. Er zijn geen problemen, nooit, behalve dat Benji zijn vervloekte broccoli nooit wil eten – dat is het ergste wat ze ooit hebben toegestaan. Het is uit den boze, absoluut verboden, dat er ooit iets vreemds gebeurt – iets akelig vreemds, bedoel ik. Grappig vreemd kan nog, zolang het een goede anekdote oplevert.'

Ik wrijf over mijn gezicht en probeer te bedaren. 'Het enige wat nog erger is dan akelig vreemd, is onzekerheid. Mijn ouders accepteren geen enkele vorm van dubbelzinnigheid – letterlijk, zodra dat de kop opsteekt, zetten ze het onverbiddelijk buiten de deur. En ja, dat formuleerde ik expres zo. Alles wat mijn vader en moeder doen, doen ze onverbiddelijk. Onzekerheid is de vijand. Een van de vijanden,' verbeter ik mezelf. 'De andere vijand is verandering. En dan heb je nog spontaniteit, en risico; er is een hele zwik vijanden.'

'Geen wonder dat je ouders bang zijn,' zegt Alice. 'Je zegt het zelf al: ze worden achtervolgd door een hele troep vijanden.'

Geeft ze me straks hetzelfde middel mee als de vorige keer? Kali Phos heette het. Voor mensen met een aversie tegen hun eigen familie. Kit dreigde het flesje voor zichzelf te jatten toen ik hem dat vertelde.

'Kit is heel erg ongelukkig,' zeg ik tegen Alice. 'En dat is *mijn* schuld. Hij begrijpt niet waarom ik hem maar niet wil geloven. Ik begrijp het zelf ook niet. Waarom kan ik niet accepteren dat er af en toe rare dingen gebeuren, en het verder naast me neerleggen? Ik *weet* dat Kit van me houdt, en ik weet dat hij niets liever wil dan dat alles weer wordt zoals vroeger. Hij heeft verder niemand en... ik hou van hem.

Het zal wel idioot klinken, maar ik hou nu meer van hem dan ooit – ik ben woedend, voor hem.'

'Omdat hij waarschijnlijk onschuldig is en zijn eigen vrouw hem niet gelooft?' raadt Alice.

Ik knik. 'Hoe kan ik zoiets nou aan mijn vader en moeder en aan Fran vertellen zodat zij hem ook gaan verdenken, terwijl ik nooit een eind aan die verdenking kan maken? Heb ik hem dan niet al genoeg aangedaan?'

'Dus je verzwijgt het voor je familie om Kit?'

'Ja, om Kit en om hen. Pa en ma zouden er niet mee kunnen leven – dat weet ik zeker. Ze zouden er alles aan doen opdat ik er ook niet mee hoef te leven. Ze zouden een privédetective in de arm nemen... nee, dan zouden ze moeten toegeven dat ze bij iets onsmakelijks betrokken zijn, als ze zoiets zouden doen. Ik weet al wat ze zouden doen.' Het voelt als een openbaring, hoewel ik ergens wel weet dat ik het uit mijn duim zuig. 'Ze zouden me onder druk zetten om weer in Thorrold House te komen wonen. Voor het geval dat. Ze zouden zeggen: "Als je niet honderd procent zeker weet dat hij te vertrouwen is, kun je niet bij hem blijven."'

'Is dat zo vreemd?'

'Ja. Ik laat liever mijn leven verpesten door verdenkingen waar je niks voor koopt dan dat ik wegga bij de man van wie ik hou en die waarschijnlijk niets misdaan heeft.'

Alice zet haar bril weer op en leunt voorover. Haar leren draaistoel kraakt. 'Dat moet je me toch eens uitleggen,' zegt ze. 'Je zegt dat er nooit een eind aan de verdenking kan komen, helemaal nooit, maar je zegt er meteen achteraan dat je een privédetective zou kunnen inhuren. Dat wil je misschien niet doen, en dat begrijp ik wel, maar denk je niet dat je via een detective eens en voor altijd te weten kunt komen of Kit liegt?'

'Zeg je nou dat jij vindt dat ik een privédetective in de arm moet nemen?' Als ze nu ja zegt, kom ik hier nooit meer terug. 'Zou het niet gevaarlijk zijn voor iemand die zo paranoïde is als ik om te denken dat ik kan betalen voor de zekerheid die ik nodig denk te hebben?

Zou het niet veel beter voor me zijn als ik probeer om vertrouwen te kweken? Stel nu dat de detective een maand achter Kit aan zit en niets vindt? Zou ik dan eindelijk accepteren dat er niets aan de hand is, of zou ik dan denken dat die detective er de kantjes vanaf heeft gelopen en iets over het hoofd heeft gezien?'

Alice glimlacht. 'En toch heb jij vanochtend nog met een rechercheur gesproken over de dode vrouw die je op het internet hebt gezien. Die loopt misschien ook de kantjes ervanaf – die kan ook best iets missen.'

'Dan ga ik wel naar Cambridge om een plichtsgetrouwere rechercheur te zoeken, en dan zorg ik dat die wel naar me luistert,' zeg ik fel.

'Omdat je de waarheid wilt weten.'

'Het gaat niet om mij, het gaat om die vrouw die ik heb gezien, wie ze ook mag zijn. Iemand heeft haar vermoord. Ik kan toch niet zomaar –'

'Je wilt de waarheid weten,' herhaalt Alice.

'Ja, als je dat zo nodig horen wilt! Ik heb een dode vrouw op de grond zien liggen, in *dat* huis. Zou jij niet willen weten wat de waarheid is, als je in mijn schoenen stond?'

'Mag ik eerlijk zijn, Connie? Als het om die dode vrouw gaat heb je een heel sterke waarheidsenergie. Ik voel het – het is tastbaar hier in deze ruimte. Normaal zou dat helpen om de waarheid naar je toe te trekken. Als we ons concentreren op iets wat we met al onze energie willen, als we geloven dat het ons op een dag ten deel zal vallen en als we er heel erg vastberaden achteraan gaan, dan komt datgene wat wij zoeken meestal vanzelf naar ons toe – het kost alleen wat tijd voor het ons kan bereiken. In jouw geval is er een complicatie: op een ander gebied in jouw leven ben je doodsbang om achter de waarheid te komen en straal je een even sterke waarheids*werende* energie uit.' Ze vouwt haar armen over elkaar en wacht mijn reactie af.

'Heb je het nu over Kit? Dat is niet eerlijk. Je weet hoe hard ik daar mijn best voor heb gedaan.'

'Dat heb je helemaal niet,' zegt Alice vriendelijk. 'Je liegt tegen jezelf als je dat echt gelooft.'

In dat geval moet ik wel heel erg overtuigend zijn geweest. 'Dus jij wilt beweren dat die elkaar tegenwerkende energieën met elkaar in de knoop komen en een verstoord signaal uitzenden? Dat mijn angst om achter de waarheid over Kit te komen zo ver gaat dat ik weerstand bied aan *alle* waarheid?'

Alice zegt niets.

'Degene die gaat over al die energie en aantrekkingskracht daarboven in de cockpit van het universum – God, of het Lot of hoe je het ook wilt noemen – is wel een tikkeltje bijziend, vind je ook niet?' vraag ik geïrriteerd. 'Hij kan zijn boodschappenlijstje *net* niet helemaal goed lezen – 1: waarheid over dode vrouw; 2: geen waarheid over mogelijk overspelige echtgenoot. Dus dat loopt in elkaar over, zeg jij, zodat hij niet precies weet wat hij naar mij moet sturen? Kan hij zich niet even heel goed concentreren zodat er een fatsoenlijke leesbril op hem af komt? Want dat lijkt me toch niet te veel gevraagd voor de almachtige heerser van het universum.'

'Er loopt niets in elkaar over,' zegt Alice. 'Die twee dingen zijn nooit gescheiden geweest. Ze zijn aan elkaar verbonden door een adres: Bentley Grove nummer 11 in Cambridge.'

Ik voel me alsof ik moet overgeven.

Kit heeft haar niet vermoord. Dat kan niet. Hij is geen moordenaar. Ik zou nooit kunnen houden van een moordenaar.

'Wil je maar een deel van de waarheid weten, of wil je alles weten?' vraagt Alice. 'En als het een keuze is tussen alles of niets? Wat zou je dan kiezen?'

'Alles,' fluister ik. Mijn maag keert zich om.

'Goed. Je telefoon gaat.'

Ik had het niet gehoord.

'Wat is er beter dan direct resultaat om een gestaalde scepticus te overtuigen,' zegt Alice.

'Vind je het erg als ik...? Hallo?'

'Spreek ik met Connie Bowskill?'

'Ja.'

'Met Sam Kombothekra.'

'O,' mijn hart maakt een sprongetje. *Kombothekra, Kombothekra.*
Ik probeer de naam in mijn geheugen op te slaan.

'Zou je maandagochtend om halftien op het politiebureau in Spilling kunnen zijn?'

'Ik... is er iets gebeurd? Heb je de politie in Cambridge gesproken?'

'Ik wil je graag persoonlijk spreken,' zegt hij. 'Maandagochtend,
halftien?'

'Goed. Kun je zelfs niet –'

'Tot dan.'

Hij heeft al opgehangen.

Alice heft haar glas water alsof ze wil proosten. 'Goed zo,' zegt ze
stralend. Ik heb geen idee waar ze me mee feliciteert.

PRODUCTIE: CB13345/432/21IG

> *D,*
>
> *Vergeet niet even bij de supermarkt langs te gaan.*
>
> *Pittabroodjes, passata, zak sla, lamsgehakt, feta, kaneel, gegrilde artisjokken (in olie, in potje, staat bij de delicatessen – GÉÉN BLIK artisjokken bij de blikgroenten!). Nieuw etui voor Riordan, iets voor Tilly zodat die zich niet tekortgedaan voelt – Barbie-tijdschrift of zo. Thx!*
>
> *E xx*

6

19/07/2010

'Oké. Dus je hebt je huis te koop gezet...'

'Welnee,' zei Gibbs.

'Laten we aannemen dat je dat hebt gedaan. Je wilt verhuizen en je hebt je huis in de verkoop gedaan,' zei Sam. 'Waarom zou je dan in een hotel gaan logeren?' De afgelopen tien minuten had hij rondjes gedraaid om Gibbs' bureau – zo nu en dan keek hij hem even aan, om meteen weer weg te kijken, alsof hij iets kwijt wilde maar niet precies wist hoe hij het aan zou pakken.

Gibbs zat al een poosje te wachten voor hij ermee voor de draad kwam, wat het ook was. 'Als ik zin had in vakantie, en een huisje huren leek me te veel gedoe...'

'Nee, niet voor vakantie. Je zou toch nooit een hotel nemen dat op loopafstand van je eigen huis lag, of wel? Sorry, ik leg het niet goed uit.'

Je legt het helemaal niet uit.

'Waarom zou je in een hotel willen zitten wachten tot je huis verkocht is? Joost mag weten voor hoelang?'

'Dat zou ik nooit doen,' zei Gibbs, en het irriteerde hem dat Stepford zijn baas was, want nu kon hij niet zeggen dat hij op moest rotten met die lulkoek. 'Ik zou in mijn huis blijven wonen tot het verkocht was, en dan zou ik in mijn nieuwe huis trekken. Dat doen de meeste mensen, lijkt me.'

'Klopt. Precies.'

'En zelfs als je mazzel hebt, en je oude huis is snel verkocht, dan heb je het toch algauw over een week of zes, zou ik zeggen. Zes

weken in een hotel is voor de meeste mensen onbetaalbaar – tenminste, voor mij wel.'

'Laten we zeggen dat je het je wel kunt veroorloven – je verdient
veel, of je bent economisch onafhankelijk.'

'Dan zou ik het nog niet doen. Niemand zou zoiets doen. Waarom
blijf je niet gewoon in je eigen huis?'

'Stel dat je het een vreselijk idee vindt dat de kijkers en makelaars
je de hele tijd voor de voeten lopen, en in en uit lopen terwijl jij net
gasten te eten hebt. Dat ze op zaterdagochtend al om negen uur aan-
bellen terwijl je net lekker wilde uitslapen? Zou het dan niet handi-
ger zijn om naar een hotel te verkassen?'

'Nee,' zei Gibbs kortaf. Gasten? Debbies vriendinnen kwamen af
en toe weleens langs voor een kop thee – telde dat als gasten? Wie
dacht Stepford wel dat Gibbs was – Nigella Lawson?

Colin Sellers kwam binnensjokken, en hij zag er nog beroerder uit
dan vorige week, iets wat Gibbs niet voor mogelijk had gehouden als
hij het bewijs niet voor zich zag. 'Je haar lijkt wel een door de kat uit-
gekotste haarbal,' riep hij hem toe. Geen reactie. Hij probeerde het
nog eens. 'Er is vast wel ergens een kapper die je de keel wil door-
snijden voor de prijs van een knipbeurt – zijn meteen al je problemen
opgelost.'

Sellers gromde en liep naar zijn bureau. Suki, met wie hij al jaren
een relatie had, had hem twee weken geleden aan de dijk gezet. Gibbs
had eerst nog geprobeerd om hem op te vrolijken door hem erop te
wijzen dat hij altijd zijn vrouw nog had, Stacey, en dat die gelukkig
nooit achter zijn overspel was gekomen, maar Sellers liet zich niet zo
eenvoudig troosten. 'Ik heb een groot gapend gat waar eigenlijk een
minnares hoort te zitten,' had hij somber gemompeld. 'Als je me zo
nodig wilt helpen, zoek dan een nieuwe vrouw voor me. Weet je niet
iemand?' Gibbs wist niemand. 'Het maakt me niet uit hoe ze eruitziet,'
had Sellers mismoedig gezegd. 'Oud, jong, kwabbig, graatmager, desnoods is ze spuuglelijk, als je niks beters kunt vinden – als het maar iets
nieuws is.' Het idee dat er vrouwen waren met wie hij misschien nooit
seks zou hebben: dat was de grief die Sellers voortstuwde.

Gibbs vond het een fijne uitdrukking. Heel bruikbaar om mensen in gedachten in een hokje te duwen. Bij Stepford was het lastig: die had geen enkele reden om ongelukkig te zijn, voor zover Gibbs wist. De Sneeuwman had er juist veel te veel. Gibbs vroeg zich af of het pas telde als er een grief was die je nog veel ongelukkiger maakte dan alle andere grieven. Of kon je ook een heel cluster van zulk soort grieven hebben?

'Arme Colin,' mompelde Stepford. 'Hij heeft het er echt moeilijk mee, hè?'

'Hoe groot is dat huis van mij?'

'Geen idee, ik ben toch nog nooit bij jou geweest?'

'Dat huis dat ik in de verkoop heb gedaan,' verduidelijkte Gibbs.

'O, sorry. Vrij groot voor een man alleen. Vier slaapkamers, een zitkamer, een speelkamer, een serre, een eetkamer, een behoorlijk grote keuken. Gigantische tuin.'

'Dan ben ik dus gewend aan ruimte om me heen. Dan zou ik nooit in een hotelkamer wonen tot ik mijn hut verkocht had. Ik zou claustrofobisch worden.'

'En stel je eens voor dat je een vrouw bent...'

'Sst, zachtjes,' zei Gibbs met een knikje richting Sellers. 'Straks word ik nog besprongen door de Penetrator.'

'Je bent sentimenteel. Je verhuist omdat je voor je werk naar een ander deel van het land moet, maar je houdt heel erg van je huis. Je vindt het een vreselijk idee dat je erin moet blijven wonen in de wetenschap dat je er binnenkort uit moet – dan trek je er liever meteen uit en... Nee?'

Gibbs schudde zijn hoofd. 'Dat zou ik hooguit doen als ik mijn huis *haatte* en er geen seconde langer zou willen blijven wonen. Als ik daar jarenlang met een kerel had gewoond die me lens sloeg, of als er iets walgelijks was gebeurd – mijn kinderen omgekomen bij een brand, of als ik door een stel inbrekers was verkracht...'

Hoofdinspecteur Giles Proust stampte voorbij zonder op te kijken. Toen hij aankwam bij het glazen hok in de hoek van de ruimte waar hij kantoor hield, stak hij zijn koffertje in de lucht en zei: 'Let maar niet op mij, Gibbs. Ga vooral door met je verheffende en stichtelijke conversatie. Echt heel inspirerend voor de maandagmorgen.' Hij liep naar binnen en smeet de deur achter zich dicht.

Krijg de tering, kouwe kikker.

Stepford wreef over zijn voorhoofd en keek bezorgd. 'Niet te geloven dat ik me in deze situatie bevind,' zei hij. 'Er komt zo meteen een vrouw langs, ene Connie Bowskill, en die gaat me hoogstwaarschijnlijk een bak leugens op de mouw spelden, of een mengeling van leugens en halve waarheden, en ik weet niet of ze wel of niet liegt, omdat ik Simon Waterhouse niet te pakken kan krijgen. Ik zou niet weten hoe ik hem kan bereiken. Echt geen idee. Als ik hem hooguit twee minuten – of zelfs maar eentje – aan de lijn kon krijgen, wist ik tenminste waar dit heen moet.'

Gibbs wist waar Waterhouse was. Hij had alleen geen toestemming om die kennis door te spelen.

De deur van het kantoortje van de Sneeuwman ging open en hij stak zijn kale hoofd naar buiten. 'Verwacht u bezoek, inspecteur? Er stond een vrouw bij de receptie op u te wachten. Jong, donker, aantrekkelijk. Ik meen dat ze Connie Bowler heette. Ik heb haar gemeden.'

'Connie Bowskill,' zei Stepford. Gibbs hoorde de tegenzin in zijn stem; hij twijfelde er niet aan dat Proust het ook hoorde.

'Ik ben anders heel goed met namen, maar deze komt me niet bekend voor. Wie is zij?'

'Connie Bowskill?' Sellers keek op van de Marsreep die hij aan het uitpakken was. 'Nooit van gehoord.'

Maar je zou haar graag een veeg geven, of niet soms? Ongezien.

Stepford verplaatste zijn gewicht naar zijn andere voet, en meed Prousts blik.

'Wie is dat, inspecteur? Een helderziende? Je dwarsfluitlerares? Ik kan hier de hele dag staan raden, maar je kunt het ons allebei ook een stuk gemakkelijker maken door de vraag te beantwoorden.'

'Ze is... iemand die ik probeer te helpen. Het is een lang verhaal, meneer, en het wordt dadelijk nog een heel stuk langer, vrees ik. Het gaat om een mogelijke moord.'

'Net als de plannen die ik voor mijn medewerkers bedenk, vlak voor ik ga slapen. Als het om moord gaat, waarom weet ik er dan niets van?'

'Omdat het niet binnen onze regio valt.'

'Wat doet dat mens hier dan? Waarom zit ze niet in St.-Anne's-On-Sea? Of in Nether Stowet, in Somerset?'

'Ik heb nu geen tijd om het uit te leggen, als ze al bij de receptie staat,' zei Stepford. 'Laat me eerst met haar praten, en dan zal ik het u uit de doeken doen.'

Een mogelijke moord. Hield dat in dat Gibbs wel verplicht was om Stepford te vertellen waar Waterhouse uithing? Misschien. Waarschijnlijk.

'Dit bevalt me helemaal niet,' blafte Proust. 'In de toekomst moet je toch maar eens wat minder behulpzaam worden – behalve voor mij. Dan worden je verhalen een stuk korter en heb je ook heel wat minder uit de doeken te doen.' Hij stapte zijn kantoor weer in en deed de deur dicht. Maar in plaats van meteen terug te lopen naar zijn bureau, zoals hij anders altijd deed, bleef hij door het glas naar buiten staren, met zijn koffertje in de hand, uitdrukkingsloos – als iets heel ouds en heel lelijks in een museumvitrine. Gibbs besloot te proberen om er een staarwedstrijdje van te maken. Maar na een paar seconden boeide het hem al niet meer, en gaf hij het op.

Agent Robbie Meakin verscheen in de deuropening van de rechercheruimte. 'Er zitten een meneer en mevrouw Bowskill voor u te wachten in de kantine, baas.'

'De kantine?' Stepford klonk teleurgesteld, en dat was in zijn geval net zoiets als boos.

'Sorry, baas, er was niks anders vrij. Alle verhoorkamers zijn bezet.'

'Je kunt natuurlijk een vergaderruimte huren bij de Blantyre, verderop in de straat,' opperde Gibbs. Moest er wel een lidwoord voor 'Blantyre'? Of moest hij voluit 'The Blantyre Hotel' zeggen? Hij vroeg zich af hoeveel nachten hij met Olivia in Blue Horizon kon doorbrengen voor het geld op was. Best veel, als ze die jurk van tweeduizend pond zou verkopen.

Hij zou haar eigenlijk eerst moeten bellen, voor hij Stepford vertelde waar Waterhouse uithing. Dat was wel zo eerlijk. Hij had haar telefoonnummer. Charlie moest haar dat van hem ook hebben gegeven, want ze had hem verleden week een sms gestuurd om te zeggen dat ze zich erop verheugde om samen met hem te mogen 'getuigen'. Achteraf, nu Waterhouse' bruiloft voorbij was, realiseerde Gibbs zich dat hij zich er ook op had verheugd. Wat had het leven voor zin als je niets had om je op te verheugen?

Hij besloot om Olivia niet meteen te bellen. Dat kon best een uurtje wachten.

Waar hing hij uit? Toen Charlie Los Delfines reserveerde, dacht ze dat het opwindend en weelderig zou zijn om twee weken in zo'n enorm huis te logeren. Maar het bleek eerder een bron van frustratie. Als Simon thuis verdween, had ze hem binnen een paar seconden gevonden. Maar hier was dat niet zo eenvoudig; het laatste waar Charlie zin in had was om alle dertig kamers door te hollen, met deze hitte. 'Simon?' riep ze langs de witmarmeren trap naar boven. Zat hij op de plee? Toch zeker niet zo lang? Niet zonder *Moby Dick* met zich mee te nemen, en die had ze net nog bij het zwembad zien liggen. En in bed kon hij ook niet liggen; dat was wel de laatste plek waar hij zich door haar zou laten betrappen. Misschien in de keuken, om de lunch te maken? Gisteren had Charlie geklaagd dat ze de garnalen moest pellen die ze in de supermarkt iets verderop hadden gekocht. Misschien had Simon besloten om dat vandaag vast voor haar te doen. Ze lachte zichzelf uit. *Geloof je het zelf?*

Ze trok haar bikinitopje recht en liep naar de keuken, toen ze ineens iets zag liggen: een stuk papier op een halltafel waar iets in hoofdletters op stond geschreven. Was hij weggegaan en had hij een briefje voor haar neergelegd? Nee, dat had ze moeten zien terwijl ze op haar zonnebed lag te bakken. Dan was hij vlak langs haar gelopen.

Ze pakte het op. Het was geen papiertje. Het was Simons vliegticket. 'BENTLEY GROVE 11, CAMBRIDGE, CB2 9AW' had hij erop geschreven. Charlie fronste. Wat was dat voor adres? Wilde hij dat zelf uitzoeken, of was het een geheugensteuntje? Wie kende hij in Cambridge? Niemand, voor zover zij wist.

Ze hoorde voetstappen op de trap.

'Riep je me?' vroeg Simon. 'Ik zat op het dakterras naar de berg te kijken. Kom eens boven – dan zie jij het ook meteen.'

Ging hij hier nu nog steeds over door? 'Het kan mij niet schelen dat ik het gezicht niet kan zien.'

'Ik wil dat je het ziet,' drong Simon aan. Hij liep de trap weer op.

'Wat is er op Bentley Grove nummer 11 in Cambridge?'

'Hm?'

'CB2 9AW?'

Simon keek verward. 'Waar heb je het over?'

'Hierover?' Charlie zwaaide naar hem met zijn vliegticket.

'Laat eens zien.' Hij kwam naar haar toegelopen, staarde eerst naar het papier, en toen naar haar. 'Ik heb geen flauw idee,' zei hij. 'Is dat jouw vliegticket?'

'Nee, het is jouw ticket,' antwoordde ze. 'Mijn ticket ligt bij het zwembad – dat gebruik ik als bladwijzer. Jij hebt jouw ticket in je zak gestopt toen we aan boord gingen – dat heb ik zelf gezien. Ergens tussen vrijdag en vandaag heb je het uit je zak gehaald om dit adres op te schrijven, en toen heb je het hier op tafel gelegd.' Dat hij zich dat niet kon herinneren.

Hij schudde zijn hoofd. 'Nee, dat heb ik niet gedaan. Heb jij het niet zelf gedaan?'

'Ik?' lachte Charlie. 'Nee, natuurlijk niet, anders zou ik jou toch niet vragen waarom jij het hebt gedaan?'

Simon leek niet overtuigd. Hij keek precies zoals hij altijd keek als hij een verdachte ondervroeg, realiseerde Charlie zich ongemakkelijk: op zijn hoede. Afstandelijk. 'Wie woont er op Bentley Grove nummer 11?' vroeg hij.

'Simon, dit is het belachelijkste gesprek dat we ooit hebben gevoerd – en laten we wel zijn: we hebben al heel wat belachelijke gesprekken gevoerd. Ik weet niets over dat adres. *Jij* wel, want jij hebt het opgeschreven dus jij mag zeggen wie daar woont.'

'Cambridge. Jij hebt vroeger lesgegeven in Cambridge.'

'Hoe durf jij zo achterdochtig te zijn! Vertel me nu maar snel wat er aan de hand is, anders...'

'Ik heb dit niet geschreven, Charlie. Ik ken niemand in Cambridge.' Hij keek nu niet meer achterdochtig; hij keek kwaad. 'Wat is hier verdomme aan de hand? Je hoorde dat ik naar beneden kwam en je had geen tijd meer om dit te verstoppen, dus toen verzon je dit belachelijke verhaal en nu beschuldig je mij ervan dat ik dit heb geschreven. Reuzeslim. Maar je snapt toch zeker wel dat het niet gaat werken? Ik *weet* namelijk dat ik dit niet heb geschreven. Dus dan houden we jou over. Tenzij je Domingo wilt beschuldigen – misschien heeft hij dit wel genoteerd.'

'Hé, ho!' Charlie stak haar handen in de lucht. 'Dit slaat nergens op, Simon. Doe even rustig, oké? Ik heb dit niet geschreven. En Domingo heeft dit ook niet geschreven, want hij spreekt nauwelijks Engels. *Jij* hebt dit geschreven. Dan kan niet anders.'

'Niet, dus.' Ze bevroor bij het zien van zijn gezicht. 'Als er iets aan de hand is waar ik niets van afweet, kan je het me maar beter nu vertellen. Hoe erg het ook is.'

Charlie barstte in tranen uit. Ze voelde de paniek kolken in haar maag, en ze had overal kippenvel. Wat moest je zeggen als je de waarheid sprak en degene die het belangrijkst was in je leven geloofde je niet? 'Ik heb dat niet geschreven!' schreeuwde ze in zijn gezicht. 'Als jij beweert dat jij het ook niet hebt gedaan, nou goed, dan geloof ik je – maar jij zou mij ook moeten geloven.'

'Wil je soms dat ik het huis doorzoek naar indringers met blauwe inktvlekken op hun handen?' vroeg Simon ijzig. 'Of kan ik beter in jouw handtas op zoek naar een blauwe pen?'

'Mijn handtas doorzoeken?'

O god, maak hier alstublieft een eind aan. Wat kon Charlie zelf nog doen om te voorkomen dat dit helemaal uit die hand liep? Er zat een blauwe pen in haar tas, en als Simon die zou vinden... Maar zij had het niet gedaan. En hij kon net zo goed een pen uit haar tas halen als zij. Als hij zo precies wist met welke pen die woorden waren geschreven... Nee, dat mocht ze niet denken. Ze moesten elkaar vertrouwen. 'Domingo moet het hebben gedaan,' zei ze. 'Engels of geen Engels – hij zal wel... weet ik veel... een boodschap hebben aangenomen van iemand – misschien wel van de eigenaren, misschien zijn dat wel Britten. En misschien wonen ze wel in Cambridge, of logeren ze daar of weet ik wat.' Kon dat? Het moest wel zo zijn, als Simon tenminste de waarheid sprak.

'Zoek hem maar, en vraag het hem.'

'Doe het lekker zelf,' viel Charlie uit. 'En als hij zegt dat hij het niet heeft gedaan, is hij een vuile leugenaar!'

'Je staat te trillen,' zei Simon terwijl hij op haar afliep. Ze zette zich schrap voor nog een verbale aanval, maar hij gaf alleen een klopje op haar arm en... was dat nou een grijns? 'Oké, game over,' zei hij. 'Ik heb het geschreven.'

'Pardon?' Charlie had het gevoel of ze in steen veranderde.

'Ik heb het geschreven en ik heb het daar laten liggen, zodat jij het zou vinden.'

Begrijpelijke taal waar ze geen touw aan vast kon knopen.

'Ben je aan het... *experimenteren* op mij?'

'Ik wist dat ik de rest van de dag op mijn knieën zou moeten, dus dat zal ik dan maar doen,' glimlachte Simon, met zichzelf ingenomen. Hij had het allemaal prima op een rijtje.

'Dit heeft zeker met werk te maken, hè? We zijn op huwelijksreis en jij bent verdomme aan het werk! Ik wist wel dat je ergens op zat te broeden!'

'Het is niet echt werk,' zei hij. 'Je mag me later nog weleens vertellen welke gedachten men wel en niet dient te hebben op zijn huwelijksreis, maar ik moet het je nu vragen, nu het nog vers in je geheugen staat...'

'Over twintig jaar zal het nog vers in mijn geheugen staan, Simon.' *Net als al die andere keren dat je mij hebt gekwetst in het verleden: zo vers als een veld vol madeliefjes, een bloem voor elke wond.*

'Geloofde jij me? Dat ik het niet had geschreven? Vroeg je je af of ik het misschien wel had gedaan maar het misschien zelf niet meer wist?'

Charlie huiverde; de adrenaline racete nog door haar lijf. 'Ik haat jou,' zei ze. 'Je bent een engerd.'

'Je geloofde me, maar alleen omdat je zo graag wilde dat ik jou geloofde,' zei Simon. 'Dus daarom bood je me een deal aan: wederzijdse immuniteit van twijfel. En dat zou gewerkt hebben, dankzij Domingo. Hij is hier de enige andere aanwezige, en hij betekent niets voor ons. Als hij had gezegd dat hij dit niet had geschreven, zouden wij gewoon gezegd hebben dat hij een leugenaar is, want dat maakt ons niet uit, omdat wij geen relatie met hem hebben. Maar wat nu als Domingo er niet was geweest? Als jij wist dat jij het niet had gedaan, en ik bleef zweren dat ik er ook niets mee te maken had. Wat had je dan gedacht? Zou je je dan afvragen of je aan het doordraaien was? Zou je dat liever denken dan concluderen dat ik een leugenaar ben? Iemand uit wie je nooit de waarheid krijgt?'

'Als ik jou was, zou ik nu meteen maar vertellen waar dit over gaat,' zei Charlie, die stond te trillen op haar benen. 'Ik ben niet van plan de rest van mijn huwelijksreis...'

'Relax,' zei Simon. 'Ik wilde het je allang vertellen.'

'Waarom heb je het me dan niet gewoon verteld toen we onderweg waren, in het vliegtuig? Waarom spin je het zo lang uit, waarom moet je mij zo nodig kwellen? Ik *wist* dat je ergens mee bezig was. En jij ontkende het. Je bent dus wel degelijk een leugenaar.' Maakte ze van een mug een olifant? Zou ze er eigenlijk om moeten lachen?

Simon deed zijn best om dat laatste te doen. 'Ik dacht: ik laat haar nog een poosje wachten,' plaagde hij. 'De spanning opbouwen, zodat je interesse echt gewekt was...'

'Aha, hetzelfde principe dat je ook aanhangt wat ons seksleven betreft, dus.'

En de glimlach verdween van zijn gezicht.

7

Maandag 19 juli 2010

Kit houdt mijn hand onder tafel vast terwijl Sam Kombothekra de laptop omdraait en ons aankijkt. Ik krimp ineen; ik wil die kamer niet nog eens zien. 'Maak je geen zorgen,' zegt Sam als ik me omdraai en tegen Kit aan leun. 'Je krijgt niets akeligs te zien – alleen een doodgewone zitkamer, een die je al eerder hebt gezien, maar er is niets wat daar niet thuishoort. Je moet even kijken. Ik wil je iets laten zien.'

'Moet dat hier?' vraag ik. Het voelt verkeerd. Sam had weer naar Melrose Cottage moeten komen. We zitten nu in een kantine zo groot als een gymzaal, met overal om ons heen het gekletter van dienbladen, zoemende vaatwasmachines en luide gesprekken aan weerszijden van het buffet. Twee oudere dames die het eten opscheppen en die eruitzien als vogelverschrikkers staan onbedaarlijk te giebelen om een grap van een jonge politieman in uniform. Langs een andere muur staat een rij gokmachines en flipperkasten met flikkerende lampjes en toeters en bellen.

Ik voel me onzichtbaar. Mijn keel doet nu al pijn van het schreeuwen om boven al dat lawaai uit te komen. Ik word misselijk van de combinatie van de intense hitte in deze ruimte en de geur van worstjes en gebakken eieren.

'Connie?' zegt Sam in alle redelijkheid. Iedereen is ontzettend redelijk, behalve ik. 'Kijk eens naar de foto?'

Wil je maar een deel van de waarheid horen, of alles? Stel dat het alles of niets was?

Ik dwing mezelf om naar het scherm van de laptop te kijken. Daar is hij weer: de zitkamer van Bentley Grove nummer 11. Geen dode vrouw op de grond, geen bloed. Sam leunt voorover en wijst naar de hoek van de kamer, bij het erkerraam. 'Zie je die kring op het tapijt?'

Ik knik.

'Ik zie niks,' zegt Kit.

'Een heel vage bruine vorm – bijna een cirkel, maar hij wordt onderbroken,' zegt Sam. 'Binnen die kring heeft het tapijt een iets afwijkende kleur – zie je wel?'

'Die lijn zie ik wel, ja,' zegt Kit. 'Nog net. Maar wat mij betreft is de kleur binnen en buiten de kring precies hetzelfde.'

'Het is donkerder binnen die lijn,' zeg ik.

'Klopt,' knikt Sam. 'Die kring komt van een kerstboom.'

'Een kerstboom?' Maakt hij soms een geintje? Ik veeg het zweet van mijn bovenlip.

Sam klapt de laptop dicht en kijkt me aan.

Zeg nou maar wat je te zeggen hebt. Vertel maar hoe je aan het bewijs bent gekomen dat ik alles verkeerd zie en dat ik gestoord ben.

'De politie van Cambridge is heel bereidwillig geweest,' zegt hij. 'Boven verwachting. Dankzij hun inspanningen kunnen we jouw zorgen hopelijk wegnemen.'

Ik hoor Kits zucht van verlichting. In mij verhardt mijn weerzin. Hoe kan hij zo zuchten voor hij nog maar iets heeft gehoord? Alsof het allemaal al voorbij is? Nog even en hij trekt zijn BlackBerry uit zijn zak en begint te mompelen dat hij weer aan het werk moet.

'De eigenaar van Bentley Grove nummer 11 is dokter Selina Gane.'

Dus zo heet ze. Sam heeft binnen 48 uur al meer nuttige informatie gekregen dan ik in een halfjaar.

'Ze is oncoloog, en werkt in Addenbrooke's Hospital.'

'Dat ken ik goed,' zegt Kit. 'Ik heb zelf in Cambridge mijn bachelor gedaan en in Addenbrooke's hebben ze toen mijn etterende blindedarm verwijderd, ongeveer een uur voor hij me anders de das had omgedaan.'

Meer dan een bachelor heeft Kit niet gehaald. Maar hij weet het zo te brengen dat Sam Kombothekra denkt dat hij daarna nog flink doorgestudeerd heeft.

Als de Universiteit van Cambridge een master in 'Altijd het Slechtste in de Medemens Zien' aanbood, zou ik cum laude afstuderen.

'Dokter Gane heeft het huis in 2007 gekocht, van een familie die
Beater heette. Zij hebben het in 2002 laten bouwen. Voor die tijd
bestond Bentley Grove nog niet. De Beaters hebben de verkoop aan
dokter Gane geregeld via een makelaar die Lorraine Turner heet.
Lorraine is toevallig ook de makelaar die nu de verkoop doet.'

'Dat is helemaal niet zo toevallig,' wijst Kit hem terecht. 'Als je je
huis wilt verkopen is het normaal dat je dat laat doen door degene die
het de vorige keer met succes heeft verkocht – aan jou. Dat zou ik
tenminste doen als ik Melrose Cottage zou verkopen.'

'Jij zou Melrose Cottage helemaal niet verkopen,' zeg ik onwillekeurig. *Wij* zouden het verkopen.' Ik wil me verontschuldigen omdat
Kit Sam onderbrak; ik haat het als hij zo opschept.

'De politie in Cambridge heeft gisteren met Lorraine Turner gesproken. Ik heb haar vanochtend zelf ook aan de telefoon gehad. Je
zult gerustgesteld zijn als je hoort wat ze mij vertelde. In december
2006 besloten de Beaters om hun huis aan Bentley Grove in de verkoop te doen – ze wilden naar het platteland verhuizen.'

Waarom in godsnaam?

'De dag waarop zij besloten hun huis in de verkoop te doen, was
ook de dag waarop mevrouw Beater meneer Beater erop uitstuurde
om een kerstboom te gaan kopen.'

'Zal ik anders een kop warme chocolademelk voor ons halen?'
zegt Kit. 'Dit klinkt namelijk als het begin van een sprookje voor het
slapengaan.'

'Je zult zo wel begrijpen waarom het relevant is,' zegt Sam tegen hem.

Met andere woorden: hou je snavel.

'Ze was nog niet thuis toen hij terugkwam, en dus kon ze hem er
niet aan herinneren iets onder de pot van de boom te leggen om het
tapijt te beschermen. En in die pot zaten gaten, en natte aarde...'

'Wat een sufferd,' lacht Kit. 'Ik durf te wedden dat mevrouw Beater
meneer Beater flink de oren heeft gewassen.'

'Dat lijkt me niet onwaarschijnlijk,' zegt Sam.

Waarom vindt iedereen dit zo lollig, behalve ik? Ik kan dit allemaal niet serieus nemen – al die triviale kerstboomzaken en mensen die mij niets zeggen; en ik snap ook niet wat er te lachen valt. Ik zie een weerzinwekkend beeld voor me: dat ik mijn gezicht krab tot er geen huid meer op zit en er alleen een rauwe, rode, vormeloze klomp vlees overblijft op de plek waar ooit mijn gezicht was.

'Toen Lorraine Turner langskwam om het huis te taxeren, heeft mevrouw Beater haar meteen die vlek in de zitkamer laten zien. Ze klaagde enorm over de onhandigheid van haar echtgenoot: "Echt iets voor een man – net op de dag dat wij het huis in de verkoop willen doen..." Enzovoort. Je weet hoe dat gaat. Mevrouw Beater heeft een professionele tapijtreiniger ingehuurd, maar de vlek is er nooit meer helemaal uit gegaan. Er zat een bruine kring, en die zit er nog steeds.'

Sam wendt zich nu niet meer tot Kit, maar tot mij. 'Afgelopen maandag is Lorraine naar Bentley Grove nummer 11 gegaan om het voor dokter Gane te taxeren. Drieënhalf jaar nadat ze er voor het eerst binnenkwam, zat die vlek er nog altijd. Ze maakte er een grapje over, kennelijk, maar ze had meteen spijt, omdat dokter Gane het verkeerd opvatte – alsof Lorraine wilde zeggen dat ze een slons was omdat ze het tapijt van de vorige eigenaren niet had vervangen. Lorraine zei dat het een nogal ongemakkelijke situatie was.'

Moet ik nu medelijden hebben met een makelaar die ik nog nooit heb ontmoet? Kit grinnikt: hij is de perfecte toehoorder.

'Ze heeft het huis en de tuin gefilmd voor de virtuele rondleiding, en ze heeft foto's genomen voor in de brochure en op de website van haar kantoor,' vertelt Sam verder. 'Een foto van de zitkamer, waarop de kerstboomvlek duidelijk zichtbaar is – dat is de foto die we net hebben bekeken.'

'Nou en?' vraag ik, en het klinkt onbeschofter dan ik het bedoelde. 'Wat bewijst dat? Wat heeft dit te maken met de dode vrouw die ik heb gezien?'

'Connie,' mompelt Kit.

'Het geeft niet,' zegt Sam tegen hem. Hij heeft met hem te doen, denk ik. *Het is vast niet makkelijk om zo'n gestoord mens als vrouw te hebben.* 'Afgelopen zaterdagmiddag, dus bijna twaalf uur nadat jij die dode vrouw op het kleed hebt zien liggen bij de virtuele rondleiding, liet Lorraine Turner het huis aan Bentley Grove zien aan een jong stel. Ze heeft hun ook het verhaal van de kerstboom verteld, en hun de vlek laten zien. Het was dezelfde vlek, Connie – daar durft Lorraine haar hand voor in het vuur te steken. De rest van de vloerbedekking was smetteloos. Geen bloed.' Hij wacht tot ze dit heeft laten bezinken. 'Begrijp je wat ik daarmee wil zeggen?'

'Je wilt zeggen dat er geen bloed op die vloerbedekking gezeten kan hebben. Maar hoe weet je dat zo zeker? Ik heb vaak zat bloedvlekken uit kleding gewassen, en die vlekken zijn allemaal verdwenen.'

'Connie, is dit nu echt nodig...?' Kit wil me het zwijgen opleggen. Ik praat over hem heen. 'Makkelijk zat: koud water, zeep...'

'Geloof me, als er iemand doodgebloed was op beige vloerbedekking, zou je dat echt nog wel zien,' zegt Sam. 'Hoeveel zeep en koud water en Vanish je er daarna ook tegenaan gooit.'

Ik laat mijn handen door mijn ongeborstelde haar glijden en vecht tegen de neiging om op de plakkerige vloer van de kantine te gaan liggen, mijn ogen te sluiten en de strijd op te geven.

'Connie, toen jij die vrouw zag liggen, zag je toen ook deze vlek in de hoek van de kamer, op dezelfde foto?' vraagt Sam. 'Deze kerstboomvlek?'

'Ik weet het niet.' *Nee. Ik denk het niet.* 'Het is me niet opgevallen, maar...' Ik zoek wanhopig naar een plausibele verklaring. 'Misschien is die foto van de dode vrouw wel jaren geleden genomen, voor meneer Beater zijn boom op die plek neerzette. Heb je daar al aan gedacht?'

Sam knikt. 'Je beschreef een kaart aan de muur – weet je nog?'

'Ja, natuurlijk weet ik dat nog. Hoezo zou ik me dat niet herinneren? Zaterdag is nog maar twee dagen geleden. Ik ben niet seniel.'

Hij trekt een notitieblok uit zijn borstzakje, slaat het open en begint te lezen: 'Comitatus Cantabrigiensis Vernacule Cambridgeshire, 1646. Jansson, Johannes. Ook wel bekend als Janssonius.' Hij kijkt op. 'Ik neem niet aan dat je weleens van hem hebt gehoord.'

'Is hij een vriend van de Beaters?' vraag ik sarcastisch. Ik kan er niets aan doen.

'Hij was een beroemde Nederlandse cartograaf – een kaartenmaker. De kaart boven Selina Gane's schouw is een originele Janssonius. Dat ding is goud waard. Lorraine Turner heeft hem nog staan bewonderen toen ze het huis voor dokter Gane kwam taxeren. O, en je zei nog iets over die familiewapens – dat zijn de wapens van de colleges in Cambridge: Trinity, St.-John's...'

'Vergeet vooral het beste college niet,' zegt Kit. 'King's.'

'Volgens mij krijg jij ruim voldoende kans om op te scheppen tegen die hielenlikkers van je in Londen,' zeg ik bits. 'Waarom moet je je dan hier ook weer zo nodig op de borst slaan?'

'Dat lege wapen was opzettelijk leeg gelaten – zodat degene die de kaart kocht er zijn eigen familiewapen in kon laten tekenen,' gaat Sam verder alsof ik niet net tegen mijn man was uitgevallen. 'Dokter Gane heeft Lorraine erover verteld. Het is een van haar dierbaarste bezittingen, dat begrijp je wel. Het was een geschenk van haar ouders, toen ze naar Cambridge verhuisde, van Dorchester, waar ze hiervoor woonde.'

Mazzelkont. Sommige mensen krijgen antieke Nederlandse kaarten, en anderen krijgen foeilelijke borduurwerkjes. Selina Gane's moeder heeft duidelijk meer smaak dan die van mij. Je moet er niet aan denken hoe het wapen van de familie Monk eruit zou zien, als we er eentje hadden. Een afbeelding van de keuken in Thorrold House; generaties provinciale tuttebellen gekluisterd aan een gammele Aga.

Sams blik vangt de mijne. Ik weet wat hij me nu gaat vragen.

'Connie, toen jij die dode vrouw zag tijdens de virtuele rondleiding, heb je toen die kaart ook zien hangen? Heb je die twee dingen tegelijk in dezelfde kamer gezien, op dezelfde foto?'

'Ja. Maar dat bewijst nog niet dat ik me het lijk van die vrouw heb ingebeeld,' zeg ik er snel achteraan. Ik heb tijd nodig om te bedenken wat het betekent, zonder dat Kit en Sam naar me kijken.

'O nee?' vraagt Sam. 'Laten we aannemen dat jij gelijk hebt, wanneer is die foto van de dode vrouw dan gemaakt? Voordat Selina

Gane het huis aan Bentley Grove kocht? Maar wat doet haar kaart dan aan de muur? Nadat ze het huis had gekocht? In dat geval zou het bloed de vloerbedekking hebben verpest en zou zij – of iemand anders – die hebben vervangen. En we weten via Lorraine Turner dat dat niet is gebeurd, want de kerstboomvlek van de Beaters zit er nog steeds.'

'Kom op, Con, daar valt geen speld tussen te krijgen,' zegt Kit, die de zaak graag snel wil afwikkelen.

'O nee?' *Heb ik er iets tegen in te brengen? Iets plausibels?* Waarom wil ik dat eigenlijk zo vreselijk graag? Waarom ben ik niet blij dat ik het bij het verkeerde eind heb? 'Ik neem aan dat je een stuk uit de vloerbedekking kunt snijden,' zeg ik monotoon. 'Als er een lijn door de kamer loopt waar het ene stuk tapijt eindigt en het andere begint, in precies dezelfde kleur, zou Lorraine Turner dat dan hebben gezien? Heb je haar dat gevraagd?'

'Dit slaat nergens op,' mompelt Kit. 'Straks beweer je nog dat Selina Gane een ander stuk vloerbedekking over het oorspronkelijke tapijt heeft gelegd, iemand heeft vermoord, en vervolgens het bebloede stuk weer heeft weggehaald, zodat alles eronder nog tiptop was, en wonderbaarlijk smetteloos.'

'Dat zou belachelijk zijn, ja,' kaats ik terug. 'Wat ook belachelijk is, is net doen alsof iets niet is gebeurd terwijl je weet dat het wel is gebeurd – je eigen ogen wantrouwen.' Ik kijk Sam aan. 'Wat gaat de politie in Cambridge nu verder doen?'

Zijn gezicht spreekt boekdelen. Ik doe mijn mond open om te protesteren, maar ik ben mijn grip kwijt op de woorden die ik wilde gebruiken. Alles vervaagt. Sam is een wazige roze vlek.

'Con?' hoor ik Kit zeggen. Het lijkt alsof zijn stem van de andere kant van de wereld komt. 'Ben je aan het flauwvallen?'

Mijn brein krimpt en drijft in stukken uit elkaar. Ik kan hele delen van mijn lichaam niet meer voelen. Kan niet meer praten.

'Zal ik iets te drinken voor haar halen?' vraagt iemand – Sam, geloof ik.

'Water,' probeer ik te zeggen.

Je moet eigenlijk je hoofd tussen je knieën houden – Kit wil altijd dat ik dat doe – maar het voelt beter als ik mijn rug recht en niets anders doe dan in- en uitademen, totdat het voorbij is. Volgens Alice is dat prima. 'Luister naar je lichaam,' zegt ze. 'Dat vertelt je wat je moet doen.'

Heel langzaam komen al mijn delen bij elkaar, alsof iemand me in elkaar breit. *Goddank*. Telkens als dit gebeurt, vraag ik me af of ik er nog wel uitkom. Als mijn gezichtsvermogen weer in orde is, zie ik Sam bij het buffet in de rij staan.

'Waarom dringt hij niet voor?' vraagt Kit zich af. 'Jij hebt dringender water nodig dan die vent met dat vette haar zijn gebakken eieren met spek.'

'Ik weet niet of dat water wel echt helpt,' zeg ik.

'Als die Kombo Nogwat ons meteen iets te drinken had aangeboden, was er nu niets aan de hand. Het is hier bloedheet – je bent waarschijnlijk uitgedroogd. Hoe kun je nu iemand ontvangen in een kantine zonder hem iets te drinken aan te bieden?'

'Alice denkt dat die duizelingen met stress te maken hebben,' zeg ik. Dat heb ik hem al eens verteld.

'Geweldig. Dus is het mijn schuld, zoals altijd.'

'Zo bedoelde ik het niet.'

'Connie, luister.' Kit pakt mijn beide handen in de zijne. 'Dit is een keerpunt in ons leven. Dat zou het kunnen zijn, als jij dat wilt.'

'Je bedoelt als ik vergeet dat ik die dode vrouw op Roundthehouses heb gezien – als ik net doe alsof ik het me maar heb ingebeeld.'

'Je *hebt* het je ingebeeld, lieveling. Je snapt toch zeker wel dat het niet allebei kan: als je flauwvalt en duizelig wordt van de stress, kan het ook goed zijn dat je dingen ziet die er niet zijn, 's nachts om een uur, als je uitgeput bent.'

Hij heeft gelijk.

'Je bent geen freak als je dingen ziet die er niet zijn, Con. Je hebt het hier tegen de man die ooit dacht dat een hoop gras in een gigantisch grasmonster was veranderd dat zijn voeten aanviel, weet je nog wel?'

'Toen was je straalbezopen. En stoned.' Met tegenzin glimlach ik bij de herinnering. Een paar weken nadat we elkaar hadden leren kennen, maakte Kit me midden in de nacht huilend wakker en wilde dat ik zijn schoenveters inspecteerde, omdat die volgens hem gerafeld waren door de aanval van het grasmonster. Het kostte me bijna een uur om hem ervan te overtuigen dat er geen monster was en dat zijn veters helemaal heel waren. De volgende ochtend verklaarde hij dat marihuana de wortel van alle kwaad was. Hij heeft het daarna nooit meer aangeraakt.

'Ik heb tegen je gelogen,' zeg ik tegen hem. 'Ik ben naar Cambridge geweest. Bijna elke vrijdag.' Ik kijk omlaag naar het formica tafelblad. Het liefst zou ik ter plekke oplossen.

Kit zegt niets. Hij zal me wel haten.

'Ik ga altijd met de trein,' zeg ik, want ik wil mijn biecht afmaken nu ik er eenmaal aan begonnen ben. 'De eerste paar keer ben ik met de auto gegaan, maar toen vroeg ma waarom de auto twee vrijdagen achter elkaar niet op de oprit stond, terwijl ik thuis zou moeten werken. Ik wist niet wat ik moest antwoorden, totdat het tot me doordrong dat ik kon zeggen dat ze zich met haar eigen zaken moest bemoeien.'

'Dat vond ze vast leuk,' zegt Kit. Tot mijn opluchting klinkt hij niet boos.

'Daarna besloot ik met de trein te gaan, wat twee keer zo lang duurt. Er is geen directe verbinding – je moet overstappen op King's Cross. Eén keer was ik nog maar net op tijd, vlak voordat jij thuiskwam. We zaten allebei in de trein van 17.10 uur van Londen naar Rawndesley. Jij hebt mij niet gezien, maar ik zag jou wel. Het was de angstigste reis van mijn leven; ik wist dat ik niet kon liegen – als jij mij zag zitten, zou ik het er allemaal uitgegooid hebben. Toen jij uitstapte op Rawndesley zat je in je BlackBerry te praten. Ik bleef achter, en wachtte af of je op het perron bleef hangen om je telefoontje af te handelen. Gelukkig deed je dat niet. Je liep naar de parkeerplaats. Zodra je weg was, ben ik als een dolle naar de taxistandplaats gerend. Ik was een paar minuten eerder thuis dan jij. En een andere keer –'

'Connie.' Kit knijpt me in mijn hand. 'Die dienstregelingen boeien me niet. Het gaat mij om jou, en om ons, en... wat dit betekent. Waarom ben je bijna elke vrijdag in Cambridge geweest? Wat doe je daar dan?'

Ik kijk hem even vlug aan, en zie alleen maar treurigheid en onbegrip. 'Dat kun je wel raden, toch? Ik zoek jou.'

'Mij? Maar ik zit op vrijdag in Londen. Dat weet je best.'

'Soms zit ik op een bankje aan het eind van Bentley Grove, bij Trumpington Road, en dan zit ik uren te staren naar nummer 11. Dan wacht ik totdat jij de voordeur opendoet.'

'Jezus.' Kit bedekt zijn gezicht met zijn handen. 'Ik wist dat het erg was, maar dat het *zo* erg was.'

'Soms sta ik aan de andere kant achter een boom te wachten tot jij aan komt rijden. Maar dat gebeurt nooit. Soms loop ik door de stad in de hoop dat ik je daar met haar zie – in een restaurantje, of dat jullie uit het Fitzwilliam Museum lopen.'

'Haar?' vraagt Kit. 'Wie is haar?'

'Selina Gane. Hoewel ik haar naam pas sinds vandaag ken, toen Sam ons over haar vertelde. Soms sta ik op de parkeerplaats van het ziekenhuis en dan...' Ik zwijg abrupt. *Selina Gane, Selina Gane...* mijn keel trekt dicht als ik het verband zie. Dat ik daar zo lang over gedaan heb! Ik heb meteen spijt dat ik Kit in vertrouwen heb genomen en hem alles heb verteld. 'Laat me je agenda eens zien,' zeg ik.

'Wat?'

'Doe nou maar niet net alsof je die niet bij je hebt. Je hebt hem altijd bij je.'

'Ik was niet van plan te doen alsof ik hem niet bij me had. Connie, wat is dit? Je ziet eruit alsof je net een geest hebt gezien.'

'Geef op.' Ik hou mijn hand op.

Met een rood hoofd haalt hij zijn agenda uit zijn zak en geeft hem aan mij. Ik blader door de pagina's. Ik weet dat het in mei was, maar ik kan me de precieze datum niet meer herinneren. Daar is het. Ik leg de agenda open op tafel, zodat we allebei het bewijs kunnen zien. '13 mei 2010 – 15.00 uur. SG.'

Kit kreunt. 'Dit is de grote opbaring? Dit is het bewijs dat Selina Gane en ik samen achter jouw rug vader en moedertje hebben gespeeld aan Bentley Grove? SG staat voor Stephen Gilligan, een advocaat bij Allied Capital. Die heb ik op 13 mei om drie uur ontmoet, op kantoor in Londen. Bel Joanne Biss. Dat is zijn secretaresse, vraag het haar maar.' Hij geeft me zijn BlackBerry. 'Nu meteen, dan heb ik haar niet kunnen vragen voor mij te liegen.'

'Je weet donders goed dat ik niemand ga bellen.'

'Nee, want straks heb je het mis, hè?' Kit leunt voorover en dwingt me om hem aan te kijken. 'Jij houdt je liever vast aan je verdenkingen, en aan de denkbeeldige wereld die jij hebt gebouwd.'

'Wat er in januari is gebeurd heb ik me niet ingebeeld, en dat lijk van die vrouw ook niet,' zeg ik bevend.

'Je hebt mijn agenda gezien. Als je het verdomme hebt over laag gedrag...' Kit grijpt me bij mijn armen en trekt me naar zich toe. Zijn nagels priemen in mijn vel. 'Ik ken geen Selina Gane,' zegt hij woest fluisterend. Hij wil dat verder niemand zijn woede ziet behalve ik. 'Sinds de laatste keer dat wij samen in Cambridge waren, ben ik daar niet meer geweest. En dat was in 2003. Ik ben nog nooit van mijn leven in Bentley Grove nummer 11 geweest. Ik leid geen dubbelleven, Connie – ik heb een heel eenzaam, heel ongelukkig huwelijk met een vrouw die ik nauwelijks nog herken.' Hij laat me los als hij ziet dat Sam terugkomt met mijn water. Staat hij al die tijd in de rij, komt hij terug met een piepklein glaasje, dat maar halfvol is. Als dit hier doorgaat voor een glas water had ik er beter zeven kunnen vragen. Ik heb een droog, branderig gevoel in mijn keel, alsof ik een jaar heb staan schreeuwen.

'Connie? Gaat het?'

'Nee,' zegt Kit. '*Het* gaat helemaal niet. En *ik* ga naar mijn werk.'

Als hij weg is en ik weer wat gekalmeerd ben, zeg ik: 'We hadden ruzie. Ik neem aan dat ik je dat niet hoef te vertellen. Jij bent hier tenslotte de rechercheur.'

Sam tikt met zijn vingers op het tafelblad, alsof hij pianospeelt. 'Ik zou graag willen weten wat je me niet vertelt.'

'Wat vertel jij *mij* niet!' kaats ik terug. 'Dat van die vlek in het tapijt had je me ook wel aan de telefoon kunnen zeggen. Je hebt het vast druk, en toch zit je je tijd te verdoen met mij en mijn rare verhaal. Waarom?'

Sam kijkt betrapt. 'Lorraine Turner vertelde me iets wat me niet lekker zat,' zegt hij.

Ik leun voorover en mijn hart slaat bijna over.

'Selina Gane woont niet meer aan Bentley Grove. Direct nadat ze het huis te koop heeft gezet, is ze in het D– in een hotel in de buurt getrokken.'

Ik bedenk dat ik straks alle hotels in Cambridge die met een D beginnen moet opzoeken. Of misschien was het wel 'Du'. The Duchess? The Duxford? Is er niet een plaats vlak bij Cambridge die Duxford heet?

'Waarom zou iemand dat doen?' vraag ik.

Sam kijkt weg. We denken allebei hetzelfde, althans, dat denk ik. Hij wil het alleen niet zeggen.

Gelukkig ken ik geen scrupules op dit gebied. 'Dat zou je doen als je wist dat er iemand was vermoord in je huis. Of als jij die moord zelf had gepleegd.'

'Ja,' zegt Sam instemmend. 'Dan zou je zoiets doen. Maar, Connie, je ziet zelf toch wel in dat...'

'Ik weet het: het bewijst niets. Weet de politie in Cambridge dit ook?'

'Dat weet ik niet zeker. Waarschijnlijk niet. Lorraine Turner merkte het toevallig op toen we het over de landkaart hadden – ze maakte zich zorgen dat er nog zoiets kostbaars hangt in een leegstaand huis – dat wil zeggen, een huis waar niemand in woont. De meeste spullen van dokter Gane staan daar nog, volgens Lorraine. Haar meubels, haar boeken, cd's...'

'Heeft ze Lorraine verteld waarom ze uit het huis is getrokken?'

'Nee, en daar heeft Lorraine ook niet naar gevraagd. Ze vond het niet gepast om daarnaar te informeren.'

Ik klok het water in één keer naar binnen. 'Je moet het de politie daar vertellen,' zeg ik.

'Dat zal niets uitmaken.'

'Als ze het tapijt analyseren, vinden ze misschien bloedsporen, of DNA.'

'Ze gaan er niets aan doen, Connie. Er is geen bewijs. Het feit dat Selina Gane nu al uit haar huis is getrokken, is verwonderlijk, dat ben ik met je eens, maar mensen doen zo vaak vreemde dingen. De man met wie ik in gesprek was, rechercheur Grint, nam genoegen met dat wat Lorraine hem heeft verteld.'

'Dan is hij een waardeloze rechercheur! Lorraine is degene die de foto's voor die virtuele rondleiding heeft genomen, dus dan is zij wel de laatste die hij op haar woord zou mogen geloven. Heeft hij de Beaters gebeld, of Selina Gane? En als dat hele verhaal over die kerstboom gelogen is?'

'Luister nou eens naar jezelf en ga na wat het betekent,' zegt Sam. 'Lorraine Turner zou dus een psychotische moordenaar zijn die haar slachtoffers vermoordt in de huizen die ze probeert te verkopen, en die vervolgens de afbeeldingen van hun lijken op het internet zet. Klinkt jou dat waarschijnlijk in de oren?'

'Hoezo slachtoffers, meervoud? Misschien is er maar één slachtoffer: de vrouw die ik heb gezien. En dat zou je van elke misdaad kunnen zeggen, op die ongelovige toon, zodat het onwaarschijnlijk lijkt: "Heeft hij zijn slachtoffers soms allemaal opgelost in een bad vol zuur?", "Heeft hij de lijken van die jongens soms in stukken gehakt en in een vrieskist gestopt?"'

'Lees jij soms veel misdaadboeken?' vraagt Sam.

Ik schiet onwillekeurig in de lach. 'Ik lees nooit misdaadboeken,' zeg ik. 'Maar dat zijn verhalen die iedereen kent. Het is gemeengoed. Wat wil je nu precies zeggen: dat ik een morbide, bloeddorstige freak ben? Wat nu als Lorraine Turner de freak is, of Selina Gane, of misschien allebei? Waarom ben ik de freak?'

Omdat jij degene bent die keihard staat te gillen in een overvolle kantine, idioot.

'Ik heb je vraag beantwoord,' zegt Sam kalm. 'Ga jij nu mijn vraag ook beantwoorden?'

Hoe weet hij nou dat ik iets achterhou? Omdat Kit en ik net ruzie-maakten? Hij kan de details nooit gehoord hebben; hij stond te ver weg.

'Ik heb Alice Bean gesproken,' zegt hij.

Ik probeer niet te laten blijken hoe kwaad ik ben. Alice is van mij; soms heb ik het gevoel dat ik alleen haar nog maar heb, dat zij de enige is die echt om mij geeft. Hoe durft Sam in mijn leven te peuren? Waarom heeft Alice mij niet verteld dat ze hem heeft gesproken?

'Je hebt me verteld dat Alice jou adviseerde om contact op te nemen met Simon Waterhouse, maar je hebt haar pas zaterdagoch-tend vroeg gesproken. Je hebt haar toen niet verteld van de dode vrouw.'

'Ik heb haar later op de dag gesproken en toen heb ik het haar verteld.'

Sam wacht af.

'Je hebt gelijk,' zeg ik. 'Toen ik jou zaterdagochtend sprak, had ik het haar nog niet verteld.'

'Dus ging het om iets anders toen ze jou adviseerde om contact op te nemen met Simon.'

Ik zeg niets.

'Ik zou graag willen weten wat dat precies was.'

'Het is niet echt iets anders. Ik bedoel, het is wel anders, maar... het heeft met elkaar te maken. En het verband is Bentley Grove nummer 11.' Ik haal diep adem. 'Weet je nog dat het zo sneeuwde in januari?'

Sam knikt. 'Ik dacht dat er nooit een eind aan zou komen,' zegt hij. 'Ik was bang dat we aan het begin van die nieuwe ijstijd stonden waar je klimaatwetenschappers steeds over hoort.'

'Op 6 januari ging ik naar Combingham om tien grote zakken met kolen te kopen. Kit is gek op echt vuur en we hadden bijna geen kolen meer. Hij kon zelf niet – hij zat in Londen. Als je me nu wilt vragen waarom ik niet gewoon naar de dichtstbijzijnde garage ben gegaan: Kit wil alleen maar kolen van Gummy in Combingham. Zo heet hij niet echt, maar zo noemt iedereen hem. Ik vind hem een griezel, omdat hij geen tanden meer in zijn mond heeft, maar Kit beweert dat zijn kolen de beste zijn. Ik heb er geen verstand van en ik vind het niet de moeite om erover in discussie te gaan.'

Sam glimlacht, maar hij hoort niet te glimlachen. Dit is geen lollig verhaal.

'Ik was met Kits auto, omdat die lekkerder rijdt in de sneeuw dan de mijne – het is een fourwheeldrive. Ik was nog nooit in mijn eentje bij Gummy geweest, en mijn richtinggevoel is hopeloos, dus gebruikte ik Kits gps.'

'Dus hij was niet met de auto naar Londen?' vraagt Sam.

'Dat doet hij nooit. Hij parkeert meestal bij het station in Rawndesley, maar die ochtend was het zo vroeg nog veel te glad om te rijden. De strooiwagens waren nog niet langs geweest. Kit was dus helemaal naar Rawndesley Road gelopen, en daar heeft hij de bus gepakt naar het station.'

Had hij de auto maar gepakt. Had zijn auto maar op het parkeerterrein naast het station gestaan in plaats van naast het huis, waar hij me zoveel veiliger en aantrekkelijk leek dan de mijne.

'Ik heb de kolen gekocht, en ik had waarschijnlijk best zelf de terugweg kunnen vinden, maar ik wilde niet het risico lopen dat ik verkeerd zou rijden, en dus gebruikte ik de gps weer. Ik drukte op "Thuis".' Ik haal diep adem. 'Het eerste wat me opviel was de rijtijd: twee uur en zeventien minuten. Toen zag ik het adres.'

Sam weet het. Ik kan aan zijn gezicht zien dat hij het weet.

'Volgens Kits gps was "Thuis" Bentley Grove nummer 11 in Cambridge. Niet Melrose Cottage in Little Holling, Silsford.' Ik begin te huilen; ik kan er niets aan doen. 'Het spijt me. Ik kan alleen... ik kan niet geloven dat ik dit verhaal een halfjaar later vertel en ik nog steeds niet weet wat het betekent.'

'Waarom heb je me dit zaterdagochtend niet verteld?' vraagt Sam.

'Ik dacht dat je het niet zou geloven van de dode vrouw als ik je alles vertelde. Als je wist dat ik daarvoor al geobsedeerd was door Bentley Grove...'

'Was je dat dan?'

Heeft het nog zin om het te ontkennen? 'Ja. Totaal.'

'Omdat Kit het in zijn gps had ingevoerd als zijn thuisadres.'

Ik knik.

'En je wilde weten waarom. Heb je het hem gevraagd?'

'Meteen toen hij thuiskwam. Hij beweerde dat hij niet wist waar ik het over had. Hij ontkende alles. Hij zei dat hij überhaupt nooit een thuisadres had ingevoerd – niet het onze, en ook geen adres in Cambridge waar hij nog nooit van had gehoord. We hebben ongelofelijk ruziegemaakt – urenlang. Ik geloofde hem niet.'

'Dat begrijp ik best,' zegt Sam.

'Hij heeft de gps nieuw gekocht – dus wie zou dat thuisadres anders ingevoerd kunnen hebben? Dat zei ik, en toen zei hij: "Dat lijkt me duidelijk. Dat zul jij wel gedaan hebben." Ik kon het niet geloven. Waarom zou ik zoiets doen? En als ik het al had gedaan, waarom zou ik hem er vervolgens van beschuldigen?'

'Probeer eens te kalmeren, Connie.' Sam steekt zijn hand naar me uit en geeft een klopje op mijn arm. 'Wil je iets anders drinken?'

Ik wil een ander leven – maakt me niet uit van wie, ik heb liever andermans problemen dan de mijne.

'Nog wat water graag,' zeg ik terwijl ik mijn ogen afveeg. 'En kun je vragen of ze het glas dit keer helemaal vullen?'

Hij komt een paar minuten later terug met een groot, vol glas. Ik neem een slok die pijn doet in mijn borst.

'Vermoedde je dat Kit een ander gezin had in Cambridge?' vraagt Sam.

'Dat was wel het eerste wat bij me opkwam, ja. Bigamie.'

Het is voor het eerst dat ik dat woord hardop uitspreek. Zelfs bij Alice draai ik eromheen. 'Het klinkt melodramatisch, maar het komt voor. Er zijn mannen die bigamie plegen.'

'Zeker,' zegt Sam. 'En vrouwen, denk ik. Heb je het met Kit gehad over je vermoedens?'

'Hij ontkende het – keihard, het hele verhaal. Hij ontkent het nu al zes maanden. Ik geloofde hem niet, en dat was weer een reden om ruzie te maken – het gebrek aan gelijkwaardigheid. Ik vertrouwde hem niet zoveel als hij mij.'

'Dus hij geloofde jou wel toen jij zei dat jij het niet had gedaan?'

'Hij beschuldigde mijn familie – mijn moeder, Fran, Anton. Hij herinnerde me aan al die keren dat zij in de buurt waren terwijl zijn gps in huis lag.'

'Wie zijn Fran en Anton?' vraagt Sam.

'Mijn zusje en haar man.'

'Had Kit gelijk? Kan het zijn dat iemand in jouw familie het adres heeft ingevoerd?'

'Het had gekund, maar ze hebben het niet gedaan. Ik ken mijn familie uit-en-te-na. Mijn pa is doodsbang voor alles wat modern is en op een gadget lijkt – hij weigert het bestaan van iPods en e-readers te erkennen – zelfs een dvd-speler is hem al te moeilijk. Fran en Anton hebben er niet genoeg fantasie voor en ze zijn ook niet vals genoeg. Mijn moeder heeft wel fantasie en ze is heel vals, maar... geloof me, zij zou dat adres nooit in Kits gps hebben ingevoerd.'

Ze zou nog liever vuur vreten. Ik heb haar zien verstijven en van onderwerp veranderen als Cambridge ter sprake kwam, in welk verband dan ook: de regatta, Stephen Hawking en zijn zwartegattheorie. Ze wil niet eens dat ik het over Oxford heb, of wat voor andere universiteit dan ook, want het zou me aan Cambridge kunnen herinneren. Eerst dacht ik dat ze niet wilde dat ik verdriet had, maar toen drong het tot me door dat ze er een egocentrische reden voor had: ze wilde dat ik dat hele Cambridge vergat, omdat ze niet wilde dat Kit en ik die kant op zouden verhuizen. Haar grootste angst is dat ik ooit wegga uit Little Holling.

Mijn grootste angst is dat ik er nooit wegga.

'Kit heeft dat adres ingevoerd,' zeg ik tegen Sam. 'Dat kan niet anders. Tenminste, dat denk ik nu. Ik heb het al duizend keer gedacht, en dat gooi ik hem weer voor de voeten en weer bezweert hij me dat hij nergens over liegt. Hij is ook zo... *overtuigend.* Ik wil hem zo graag geloven, dat ik me uiteindelijk altijd afvraag of ik het misschien toch niet zelf heb gedaan, en dat ik toen de herinnering uit mijn geheugen heb gewist. Misschien is dat wel echt zo. Hoe moet ik het weten? Misschien heb ik Bentley Grove 11 ingevoerd in de gps, en misschien heb ik een lijk gezien dat er niet was omdat ik hallucineerde. Misschien ben ik wel knettergek.' Ik haal mijn schouders op, en schaam me ineens omdat mijn verhaal zo vreemd en hopeloos moet klinken. 'Zo ziet mijn leven eruit sinds januari,' zeg ik. 'Ik draai in kringetjes rond: geloven, niet geloven, me afvragen of ik geestelijk wel in orde ben, en nergens antwoord op krijgen. Het is geen pretje.'

'Voor jou niet, en voor Kit niet,' zegt Sam. Bedoelt hij dat hij denkt dat Kit de waarheid spreekt?

'Hij heeft zelfs een keer gezegd dat iemand in de winkel waar hij de gps heeft gekocht het adres heeft ingevoerd.' Ik dacht dat ik uitgepraat was, maar ik kan er niet over ophouden. 'Hij wilde er samen met mij heen, om al het personeel te ondervragen.'

'Waarom heb je dat niet gedaan?'

'Omdat het bullshit was,' zeg ik kwaad. 'Ik had geen zin om een spelletje met me te laten spelen. Ik was bijna gegaan, maar toen zag ik ineens het licht. Dat overkomt me weleens, en dan zie ik in dat ik mezelf niet hoef te kwellen met mijn gespeculeer. Ik *weet* hoe het zit: dat winkelpersoneel heeft het niet gedaan, ik niet, en mijn familie niet. Het was Kit. Ik weet zeker dat hij het heeft gedaan.' Zodra ik hier weg ben, ga ik London Allied Capital bellen om te vragen of ik de secretaresse van Stephen Gillian kan spreken. Misschien had die inderdaad een afspraak met Kit op 13 mei, om drie uur 's middags. Maar misschien ook niet. Ik moet het weten.

'Kit vertelt jou dus al een halfjaar dat hij dat adres niet heeft ingevoerd,' zegt Sam. 'Waarom weet jij zo zeker dat hij het toch heeft gedaan?'

'Drie dingen,' zeg ik. Ik word overspoeld door uitputting en kan nauwelijks de energie opbrengen om door te praten. 'Ten eerste: het is zijn gps. Hij had geen enkele reden om aan te nemen dat ik die ooit zou gebruiken, en dus geen reden om aan te nemen dat ik erachter zou komen.' Ik haal mijn schouders op. 'De simpelste oplossing is vaak de juiste. Ten tweede: toen ik hem er voor het eerst naar vroeg, voor hij de kans kreeg om een verwonderde blik op te zetten, zag ik iets in zijn ogen, iets... ik weet niet hoe ik het moet omschrijven. Het duurde maar heel even: schuldgevoel, schaamte, angst. Hij keek als iemand die ergens op betrapt was. Als je me nu wilt vragen of ik me dat niet heb ingebeeld: ja, soms denk ik dat zelf ook. Maar meestal weet ik zeker van niet.' Ik wil Sam uitleggen hoe beangstigend het is als het verhaal van je leven telkens een andere wending neemt als je net dacht dat je wist hoe het zat, maar ik denk niet dat het in woorden te vangen is. Zou Sam zelfs maar bij benadering begrijpen hoe het is om in zo'n onstabiele werkelijkheid te leven? Hij lijkt me iemand die met zijn voeten stevig in een stabiele wereld staat, iemand die dag in dag uit dezelfde vorm en betekenis behoudt.

Ik heb het gevoel alsof ik twee levens heb: het ene wordt gevormd door hoop en het andere door vrees. En als allebei die levens door iemand worden gevormd, waarom zou ik er dan überhaupt in geloven? Ik heb geen idee hoe mijn leven er feitelijk uit zou zien als ik de emoties weg zou laten.

Maar dat kan ik beter niet tegen Sam zeggen. Ik heb hem al genoeg last bezorgd, dus ik kan hem nu niet ook nog in een debat over de aard van de werkelijkheid betrekken.

Je denkt te veel, Con. Dat zegt Fran al tegen me sinds we tieners waren.

'En wat is de derde?' vraagt Sam.

'Pardon?'

'De derde reden waarom jij er zeker van bent dat Kit dat adres heeft ingevoerd?'

Ik zal het moeten vertellen – er moet nog een laag weg, ik moet nog verder terug. Als ik wil dat hij me begrijpt, heb ik geen andere keus. Het hangt allemaal samen. Wat er in de vroege uren van afgelopen zaterdag is gebeurd kun je niet los zien van wat er in januari is gebeurd. En wat er in januari is gebeurd is verbonden met wat er in 2003 is gebeurd. Als ik wil dat Sam me helpt, moet ik bereid zijn om hem alles te vertellen wat ik ook aan Simon Waterhouse heb verteld.

'Cambridge,' zeg ik. 'Ik weet het zeker omdat Bentley Grove 11 in Cambridge is.'

8

17/07/2010

Olivia Zailer bladerde door haar agenda en zuchtte luid bij de aanblik van elke pagina die ze opsloeg. Ze had de komende weken te veel afspraken gepland, en ze wist dat ze de meeste weer af moest zeggen. De lunch met Etta van het tijdschrift MUST om te praten over een column over beroemde boeken en wat voor maaltijden die boeken zouden zijn, in het onwaarschijnlijke geval dat ze plotseling in voedsel zouden veranderen – *Wuthering Heights* is bijvoorbeeld yorkshirepudding, had Etta als voorbeeld genoemd. Snelwandelen in Hampstead Heath met Sabina, Olivia's personal trainer. Theedrinken in de British Library met Kurt Vogel, die wilde dat ze plaatsnam in de jury voor een Engels-Duitse journalistiekprijs waarbij alle deelnemers tussen de elf en dertien jaar oud waren.

Olivia vroeg zich af of zij de enige was die op het moment zelf vol overtuiging plannen maakte met zowat iedereen met wie ze in aanraking kwam, terwijl ze donders goed wist dat ze die uiteindelijk toch weer af moest zeggen. Waarom was het toch zo moeilijk om meteen te zeggen: 'Sorry, Kurt, maar ik heb geen tijd voor die jury'? Waarom voelde het zo goed om te zeggen: 'Wow, dat lijkt me *geweldig*!' om later met een 'kan toch niet' op de proppen te komen? Olivia had het graag met Charlie besproken; ze wist dat verder geen mens bereid was om het hier met haar over te hebben. Dom zou er in elk geval geen trek in hebben. Ze vermoedde dat het iets te maken had met het feit dat ze graag anderen een plezier deed, maar dat ze nog veel liever zichzelf een plezier deed.

Haar mobieltje ging over, en ze nam op, vastbesloten om geen afspraak te maken met wie het ook maar was, ook al was het een afspraak waar ze echt zin in had, die ze dus niet zou afzeggen. Ze moest eens flink met de bezem door haar agenda en eerst maar eens al die nepafspraken doorhalen voor ze er nieuwe echte afspraken in zette.

'Met mij. Chris Gibbs.'

'Hallo, Chris Gibbs. Nou, dat bewijst het! Je moet nooit blijven staan kijken tot water aan de kook komt. En dat jij nu belt komt alleen doordat ik dacht dat jij Kurt Vogel was van de Dortmund British-German Society. Steeds als ik verwachtte dat jij het was, was het iemand anders – en nu ben jij het dus wel.'

'Heb jij de sleutel van Charlies huis?'

'Hoezo, is er iets gebeurd?' vroeg Olivia benauwd.

'Niet dat ik weet.'

'Waar heb je die sleutel dan voor nodig?'

'Het leek me wel een goede plek om af te spreken,' zei Gibbs.

'Jij en ik?'

'Nee, jij, ik, Waterhouse en Charlie als ze terugkomen. Voor hun bruiloftsreünie.'

Hoe moest ze daar in godsnaam op reageren? 'Zou dat niet een beetje... ongemakkelijk zijn?'

Ze hoorde hem snuiven. 'Geintje,' zei Gibbs. 'Ja, jij en ik. Ik heb je nu al...' Er viel een stilte terwijl hij rekende. '...ruim achtenveertig uur niet gezien. Ik overweeg om het uit te roepen tot mijn voortstuwende grief.'

'Maar je ziet me meestal ruim achtenveertig uur niet,' zei Olivia. 'Je hebt me praktisch je hele leven niet gezien, en toen was er niets aan de hand.'

Hij maakte een grap, een heuse grap. En hij citeert me. Alweer.

'Dat is maar hoe je het bekijkt,' zei Gibbs.

Ze kon niet bij Charlie thuis met hem afspreken. Seksen in het bed van Charlie en Simon? Verschrikkelijk. Ze pakte een pen en schreef: 'Olivia Gibbs' op de plek waar 'Naam:' stond op de bladzijde met personalia. Zag er goed uit, in balans: de ronde hoofdletter O en G...

Moest ze het doorkrassen? Ze wilde alleen weten hoe het voelde om het op te schrijven. Dus nu moest ze het weer doorhalen. Aan de andere kant zou Dom toch nooit kijken, al hield iemand de agenda voor zijn neus. Wat vreemdgaan betrof was het geweldige aan Dom dat hij bijna nergens in geïnteresseerd was.

'Nou?' zei Gibbs.

'Nee. Geen sprake van.' Was ze ook maar zo pertinent tegen Etta van MUST.

Olivia had totaal geen wilskracht, en vond mensen die het wel hadden en het tegen zichzelf gebruikten maar vreemd. Gelukkig beschikte ze daarentegen wel over ruim voldoende angst en vrees. Ze zou nooit op Gibbs' voorstel zijn ingegaan zonder het gevoel te hebben dat ze een grens overging waar ze als de dood voor was, ook al kon ze altijd nog afzeggen.

'Goed, dan maar in een hotel,' zei hij.

'En je werk dan? En Debbie?' Ze bladerde naar het kopje 'Notities', achter in haar agenda, en noteerde nog eens 'Olivia Gibbs'. Dit keer schreef ze netter. Daaronder herhaalde ze de naam in hoofdletters.

'Mijn probleem, niet het jouwe,' zei Gibbs. 'Als jij niet naar Spilling wilt komen, kom ik wel naar Londen.'

'Als je een... vriendinnetje wilt, kun je er beter eentje zoeken die dichterbij woont,' zei Olivia, en ze bad dat hij haar advies niet zou opvolgen. *Waarom geef je het hem dan?*

'Waarom zou ik?' zei Gibbs. 'Ik heb tot nu toe nog maar twee mensen ontmoet die me niet vervelen: Simon Waterhouse en jij. En met Waterhouse wil ik niet naar bed – dus dan blijf jij over.'

'Ik dacht dat ik je wel verveelde,' voelde Olivia zich verplicht te vermelden, voor het geval hij dat vergeten was. 'Je vond me net een weekendbijlage.'

'Dat meende ik niet. Ik wist alleen niet wat ik met je aan moest.'

Ze hoorde gekauw. Zat hij een appel te eten? 'Dat Los Delfines,' zei hij. Olivia was even bang dat hij wilde voorstellen om een seksafspraak te maken in de honeymoonvilla van Charlie en Simon. 'Ik moet Stepford vertellen waar Waterhouse is. Er is iets gebeurd.'

'Wat? Nee, Chris, dat kan absoluut niet. Als jij het hem vertelt dan...'
Ze kon niets bedenken om mee te dreigen. 'Wat is er aan de hand?'

Nog meer gekauw. En toen: 'Als ik het aan Stepford mag vertellen,
zal ik het je zeggen.'

'Nee! Jij gaat Charlies huwelijksreis *niet* verpesten door Sam te
vertellen waar ze zitten, zodat Simon naar huis wil. Ik word al misselijk als ik eraan denk.'

'Hij hoeft helemaal niet thuis te komen – Stepford wil hem even
spreken, meer niet. Ik kan hem het nummer van die website geven –
Domino's Pizza, of hoe hij heten mag. Dan belt Stepford hem op,
duurt hooguit een minuut of vijf – en daarna kan Waterhouse weer
terug naar zijn dekstoel.'

Olivia trok een gillend gezicht naar haar telefoon. 'Hoe belangrijk
is het precies?' Ze kon de verleiding niet weerstaan om eraan toe te
voegen: 'En bij een luxe villa staan loungestoelen, geen dekstoelen.'

'Er is mogelijk een moord gepleegd.'

'O fuck. Fuck, fuck, fuck. *Waarom* moest ik jou zo nodig vertellen
waar ze zitten?'

'Wil je echt niet dat ik iets zeg?'

'Dat kan toch niet, als er iemand vermoord is?'

'Maar degene, wie het ook mag zijn, is over twee weken nog steeds
dood, en dan is Waterhouse weer terug.'

Olivia hoorde het schouderophalen in zijn stem. 'Wat is dat nou
weer voor een houding?' bitste ze. 'Wil je indruk op me maken door
de dissident uit te hangen? Zo werkt dat niet, vriend. Het handboek
met alle regels verscheuren en je eigen koers varen is cool. Maar geen
moer geven om een willekeurige moord op onschuldige burgers is
ronduit onacceptabel.'

'Ik weet niet eens zeker of er wel iemand is vermoord. Je verneukt
mijn plan.'

'Wat?'

'Je zou me moeten smeken om het niet door te vertellen,' zei Gibbs.
'En dan zou ik uiteindelijk instemmen, op voorwaarde dat je met me
wilde afspreken.'

'Ja, ja, *tuurlijk* was je dat van plan,' zei Olivia. 'Als je geen bosje bloemen bij de hand hebt, kun je het altijd nog met chantage proberen.'

Stilte.

Ze hoopte dat ze hem niet tegen de schenen had geschopt, hoewel hij zonder meer een flinke schop had verdiend. Uiteindelijk zei hij: 'Met jou praten is heel anders dan praten met andere mensen. Bij anderen zeg ik wat ik bedoel, en zij zeggen wat zij bedoelen. Bij jou is het... ik weet niet of ik de klootzak uithang, of dat ik de tekst oplees van een toneelstuk waar ik niets van begrijp.'

'Dat heet meisjes-plagen-kusjes-vragen.'

'Aha.' Stilte. 'Dan zal ik het maar niet meer over dekstoelen hebben,' zei Gibbs.

Olivia zuchtte. Dat was al het tweede grapje – in zijn hele leven, waarschijnlijk. Hoe kon ze weigeren? 'Kom jij maar naar Londen,' zei ze. 'Ik betaal het hotel wel. Dan... dan leveren we allebei een bijdrage.' Olivia stak altijd al liever ergens geld in dan energie.

'Ik kom era–' zei Gibbs en hing op voor hij 'eraan' had gezegd.

Olivia staarde naar de naam die ze nooit zou dragen, alle verschillende versies ervan. Ze vloekte zachtjes toen het tot haar doordrong wat ze had gedaan: ze had haar eigen achternaam weggelaten, en dat terwijl ze zo'n toestand had gemaakt over het aannemen van Doms achternaam. Ze wilde per se door het leven gaan als Zailer-Lund in plaats van alleen Lund, want... ze kon zich niet meer herinneren wat ze daarvoor als reden had opgegeven.

Was ze misschien niet honderd procent zeker van haar huwelijk met Dom?

Als ze met iemand anders zou trouwen – niet noodzakelijk Chris Gibbs, maar... enfin, hij kon best dienen als willekeurig voorbeeld, ook al was het idee natuurlijk volkomen belachelijk, want ze hadden niets gemeen, en hij was duidelijk een dekstoeltype – zou ze zich dan anders voelen?

Olivia maakte zichzelf wijs dat dat niet zo was. Maar in haar agenda stond iets heel anders.

Onderwerp: Bentley Grove 11, CB2 9AW
Van: Ian Grint (iangrint@cambs.police.uk)
Datum: 19 juli 2010 00:10:53
Aan: Sam Kombothekra (s.kombothekra@culvervalley.police.uk)

Sam,

Ik probeer je steeds te bellen en ze zeggen dat je al die tijd in de kantine zit. En je mobiel gaat meteen over op voicemail. Kun je ajb je neus uit de trog halen en mij even terugbellen. Snel zou fijn zijn.

Groet,

Ian (Grint)

PRODUCTIE: CB13345/432/22IG

> **Belangrijk** – Dit document is nodig bij het taxeren van uw auto. Bewaar het daarom zorgvuldig.

Wheel Women
Wayman Court, Newmarket Road
Cambridge, CB5 9TL

Datum van uitgifte: 08/11/2009

Dit Certificaat dient als bewijs dat u verzekerd bent overeenkomstig de wettelijke vereisten. Het Certificaat verliest zijn geldigheid indien het op enigerlei wijze wordt aangepast. Voor de volledige details omtrent uw dekking verwijzen wij u naar de algemene polisvoorwaarden van uw autoverzekering en uw polisbijlagen.

Certificaat Autoverzekering
Certificaat- en polisnummer: 26615881
Kenteken van het voertuig: MM02 OXY
Naam van de polishouder: Elise Gilpatrick
Ingangsdatum verzekering: 06/11/2009 om 00:00 uur
Vervaldatum verzekering: 06/11/2010 om 00.00 uur
Personen of persoonscategorieën die het voertuig mogen besturen:
Elise Gilpatrick, Donal Gilpatrick

(mits de persoon die het voertuig bestuurt in het bezit is of is geweest van een geldig rijbewijs en indien een dergelijk rijbewijs deze persoon nooit is ontzegd)

De polishouder, Elise Gilpatrick, mag tevens, met toestemming van de eigenaar, enig motorrijtuig besturen dat niet in haar bezit is en dat niet aan haar is verhuurd middels een huur- of leaseovereenkomst.

Beperkingen wat betreft werkingssfeer: uitsluitend voor privégebruik

Hierbij garandeer ik dat de polis waar dit certificaat op van toepassing is, voldoet aan de vereisten van de relevante wetgeving in Groot-Brittannië, Noord-Ierland, The Isle of Man, The Island of Jersey, The Island of Guernsey en The Island of Alderney.

Rosemary Vincent

Rosemary Vincent, gevolmachtigd ondertekenaar

9

Maandag 19 juli 2010

Ik begin Sam Kombothekra te vertellen over de eerste ruzie die Kit en ik ooit hadden. Die ging over Cambridge. We waren toen bijna een maand bij elkaar.

Kit zocht helemaal geen ruzie; hij wilde me juist een compliment maken. Strikt genomen was ik waarschijnlijk degene die de ruzie begon, hoewel het op dat moment niet zo voelde. We liepen terug van Thorrold House naar Kits appartementje in Rawndesley; we hadden bij mijn ouders geluncht. Het was iets van de vijfde of zesde keer dat Kit mijn familie zag. Het kostte hem negen jaar om de moed te verzamelen mij te vragen of hij niet meer mee hoefde als ik geacht werd bij mijn ouders langs te gaan.

Mijn vader, die indruk wilde maken op Kit, had voorgesteld een bepaalde fles wijn open te trekken die hij twee jaar daarvoor van een dankbare klant had gekregen. Ik weet niets van wijn, en pa ook niet, maar de klant had de indruk gewekt dat het een heel bijzonder flesje was – heel oud, of heel kostbaar, of allebei. Mijn ouders konden zich de details niet meer precies herinneren, maar de klant had hun wel te verstaan gegeven dat het dom zou zijn de wijn meteen al te drinken, en dus hadden ze hem veilig weggelegd – zo veilig, dat toen mijn vader vond dat een welbespraakte, universitair geschoolde mogelijke schoonzoon aan zijn dis een perfecte aanleiding was om de magische krachten van de antieke wijn los te laten, noch hij, noch mijn moeder wist waar ze de fles hadden gelaten. Kit probeerde hun duidelijk te maken dat het niet uitmaakte, en dat hij liever water of appelsap dronk, aangezien hij moest rijden, maar mijn pa wilde die bij-

133

zondere fles per se vinden, zodat mijn moeders eten koud werd terwijl ze eerst de kelder en vervolgens de rest van het huis uitkamde. Wij deden wat mijn vader deed: dooreten. 'Valerie vilt je levend als je je eten niet opeet nu het nog warm is,' zei pa tegen Kit, die niet zonder mijn moeder wilde beginnen. Fran, Anton en ik waren er al aan gewend. Mijn pa besloot zo vaak dat ma iets voor hem moest halen als ze net aan haar eten wilde beginnen. Ik denk dat hij dan naar haar bord kijkt en lichtelijk in paniek raakt omdat het wel een poos kan duren voor ze weer vrij is om naar zijn pijpen te dansen, en dat hij dan besluit om meteen maar met zijn meest prangende verzoek te komen.

Terwijl wij zaten te eten, hoorden we luid gehijg en een reeks korte kreuntjes vanachter de keuken komen; ma wilde onderstrepen hoeveel moeite zij deed om het heilige bocht te vinden. Ik zag dat het Kit op de zenuwen werkte, en dat hij zich verantwoordelijk voelde, ook al was hij dat niet. Toen riep ma: 'Ach jeetje! Dat heb je met die wattige hersenen van mij. Ik weet alweer waar ik hem gelaten heb!' We hoorden een deur krakend opengaan. Het was een kraken dat Fran en ik even goed kenden als we elkaar kenden; dit hoorde al sinds onze jeugd bij de soundtrack van Thorrold House. Pa lachte en zei tegen Kit: 'De trapkast – ik snap niet dat ze daar niet meteen heeft gekeken. Daar zou ik zelf het eerste zoeken. Ligt toch voor de hand?'

'Jammer dat je dat inzicht niet met ma hebt gedeeld,' zei Fran nadrukkelijk, 'dan had je haar een halfuur van haar leven bespaard – ze heeft er immers maar één.' Ik weet nog dat ik me afvroeg of Fran kwaad was omdat pa zo dweepte met Kit en Anton links liet liggen, omdat die niet gestudeerd had en omdat zijn ouders in een stacaravan woonden aan de rand van Combingham.

Een paar seconden later klonk er een doffe plof gevolgd door een gesmoorde kreet. De speciale wijn was niet het enige wat mijn moeder in de trapkast had gevonden. We stormden allemaal de gang in. Ze zat op handen en knieën, en leunde over een kartonnen doos. In die doos zat een zwarte klonterige massa, deels vast maar voornamelijk vloeibaar. De geur was overweldigend; ik moest ervan kokhalzen. 'Wat mag dat voorstellen?' vroeg pa, en hij boog zich voorover om de heilige fles op te rapen die ma in haar schrik had laten vallen.

'Ik denk dat dit een kool was,' zei ze. 'Ik weet nog dat ik hier een keer een kool heb neergelegd, in een doos...'

'Nou, dat is dus geen kool meer,' zei pa, en hij gaf Kit een por in zijn ribben, alsof hij wilde zeggen: 'Alweer zo'n hilarische gebeurtenis in het leven van de familie Monk!'

'Laat mij hem maar even weggooien, Val,' zei Anton. Hij schoof mijn moeder aan de kant alsof hij lid van de explosievenopruimingsdienst was en hij de boel kwam redden.

'Ja, laat dat maar aan Anton over,' zei pa tegen Kit, alsof Kit niet doorhad wat er aan de hand was. 'Anton is de man, in geval van crisis.'

'Yep,' mompelde Fran. 'Als het gaat om het wegwerken van rotte groente kan niemand aan hem tippen.'

Ik keek naar Kit, en vreesde de walging die ik op zijn gezicht verwachtte te lezen. Maar hij keek me grijnzend aan en trok zijn wenkbrauwen op alsof het een geheim teken was, waarmee hij wilde zeggen: 'We hebben het er straks wel over.' Ik glimlachte, en was dankbaar, omdat hij me het gevoel gaf dat wij samen buitenstaanders waren, en geen deel uitmaakten van de waanzin in Thorrold House. Wij hoorden hier niet bij.

We keken allemaal toe terwijl Anton de voordeur opende en de doos met de voormalige kool erin naar buiten droeg. 'Mooi.' Pa klapte in zijn handen. 'En dan nu belangrijker zaken: eten en wijn.'

We aten onze koude lasagne – al beweerde mijn vader dat die nog steeds 'gloeiend heet' was toen mijn moeder dreigde hem in de magnetron te doen – en we dronken de wijn, die best lekker was, maar niets bijzonders. Toen het opgehemelde spul op was, trokken we nog een gewone fles open. Pa gaf ma een veeg uit de pan omdat ze de fles op de grond had laten vallen, rotte kool of geen rotte kool, want die had 'makkelijk kunnen breken', ook al was hij niet gebroken. Kit probeerde pa steeds tegen te houden als die zijn glas weer bijvulde, en pa verveelde mij en Fran en schokte Kit met zijn visie op drank in het verkeer: 'Ik zeg altijd maar zo, als je niet verantwoord kunt rijden met een paar glaasjes op, hoor je sowieso niet thuis achter het stuur. Een goede chauffeur is een goede chauffeur, of hij nu aangeschoten is of niet.'

Vervolgens begon mijn moeder zomaar te huilen en holde de kamer uit. Geschrokken hoorden we haar jammeren terwijl ze doorrende naar boven. Pa keek Fran aan: 'Wat is er met haar? Te veel vino?'

'Weet ik veel,' zei Fran. 'Laat haar anders een paar uur over de A1 op en neer rijden. Als ze crasht, is ze dronken en zo niet, dan niet. Of andersom, als we jouw theorie mogen geloven.'

'Ga eens even bij haar kijken,' zei pa. 'Een van jullie. Connie?'

Ik staarde naar mijn bord en negeerde hem resoluut. Fran zuchtte en ging op zoek naar ma.

Pa zei: 'Dan nemen we zo nog een lekker kopje thee bij het toetje – ik geloof dat er appel-rabarbercrumble op het menu staat.' Hij bedoelde dat mijn moeder dat zou zetten als ze weer naar beneden kwam. Ik onderdrukte de neiging om tegen Kit te zeggen: 'Mijn pa zit dan wel tegen jou te slijmen met zijn beste wijn, maar hij zal nooit van zijn leven een kop thee voor je zetten, hoeveel jaar je ook aan zijn keukentafel blijft zitten, en hoeveel dorst je ook hebt.'

Op dat moment leek het me een vorm van wreedheid: iemand te kennen en zogenaamd van haar te houden – je eigen dochter – en haar toch in geen vierendertig jaar een kop koffie of thee te hebben aangeboden, behalve als je zeker wist dat niemand anders het zou regelen.

Fran kwam terug en keek geïrriteerd. 'Ze zegt dat ze zo beneden komt. Ze is overstuur vanwege de kool.'

'Waarom in 's hemelsnaam?' vroeg pa ongeduldig.

Fran haalde haar schouders op. 'Ik kreeg er niet veel uit. Als je het zo precies wilt weten, moet je het zelf maar vragen.'

Een paar minuten later schreed mijn moeder de keuken weer in met bijgewerkte make-up. Manisch vrolijk begon ze over de crumble en de vanillesaus. Over de rotte kool werd met geen woord meer gerept.

Twee uur later, na het toetje en de thee, konden we eindelijk ont-

snappen. Zo diplomatiek mogelijk maakte Kit mijn vader duidelijk
dat hij niet naar huis zou rijden met vier flinke bellen wijn op. Hij liet
de auto bij Thorrold House staan – hij was het natuurlijk volkomen
eens met mijn vaders idee over met drank op achter het stuur, maar
ja, je moest toch rekening houden met die mietjes van verkeersagen-
ten. We liepen terug naar Rawndesley, waar we anderhalf uur over
deden. We merkten er nauwelijks iets van; we hadden het veel te druk
met het roddelen over mijn familie.

'Fran bleef je vader maar aanvallen en hij reageerde totaal niet,' zei
Kit geanimeerd en vol levenslust nu we weer vrij waren. 'Hij merkte
het niet eens. Het was hilarisch. Ze is de Dorothy Parker van Culver
Valley. Als ik zulke dingen tegen mijn vader zou zeggen, al was het
maar een keertje, dan zou hij me uit zijn testament schrappen.' Kit
zag zijn ouders toen nog wel.

'Wie is Dorothy Parker?' vroeg ik.

Kit lachte; hij dacht kennelijk dat ik een grapje maakte.

'Nee, serieus,' zei ik. 'Wie is dat?'

'Een beroemde, heel erg grappige vrouw,' zei Kit. '"Als het gaat
om het wegwerken van rotte groente kan niemand aan hem tippen."
Zoiets zou Dorothy Parker ook zeggen in zo'n situatie. Je pa had het
helemaal niet door – dat Fran hem in de zeik nam omdat hij zoiets
lulligs over Anton zei, zogenaamd als compliment: "Anton is de man,
in geval van crisis". Dat zal best, als hij daarvoor alleen maar je be-
dorven etenswaren naar de vuilnisbak hoeft te brengen. Dat was de
enige keer dat hij Anton leek op te merken, want voor de rest had hij
het te druk met slijmen tegen mij. Geen wonder dat Fran zo pissig
was.'

'Het spijt me van die stinkende kool,' zei ik plechtig, en toen barst-
ten we allebei in lachen uit. Het was een koude dag in februari – het
was al bijna avond – en het begon te regenen, zodat we alleen nog
maar harder moesten lachen: dankzij pa en zijn bijzondere wijn zouden wij nu doorweekt raken.

'Het is wel duidelijk waarom je ma zo overstuur was door dat wat
ooit een kool was,' zei Kit en hij probeerde bloedserieus te kijken.

'Ze haat verspilling,' legde ik uit. 'Dus die kool, dat was twintig pence die ze verleden jaar had kunnen uitsparen.'

'Ze vond het verschrikkelijk dat dit gebeurde waar ik bij was. Als ze nu maar iets had gezegd, dan had ik kunnen zeggen dat het mij geen bal kon schelen. Ik zou nooit kwaad denken over iemand die een ranzig, vloeibaar organisch materiaal bewaart in een...' Hij kon zijn zin niet afmaken; hij stikte bijna van het lachen.

Toen we wat tot bedaren gekomen waren, zei ik: 'Daar was het niet om. Ja, ze zal zich gegeneerd hebben, maar daarom had ze niet zo'n idiote huilbui. Mijn moeder geeft om schone schijn, maar controle is haar alles. Ze doet zo haar best om elk aspect van haar leven en de rest van de wereld onder controle te hebben, en meestal slaagt ze daar nog in ook. Voor haar staat de tijd stil, en is de wereld gekrompen tot de keuken van Thorrold House. Dat is waar alle energie in het universum stokt – die weet wel beter dan in discussie gaan met Val Monk. En dan vindt ze een kool die daar al maanden, of misschien zelfs jaren ligt – die buiten haar medeweten heeft liggen rotten en stinkend en zwart geworden is. En die kool maakt zijn ongeplande opwachting op een middag als ze gasten heeft. Ze probeert net te doen alsof haar dat niet dwarszit, maar ze kan zich er niet overheen zetten. Die kool was bewijs – bewijs dat zij de touwtjes niet in handen heeft. De machten van dood en verderf zijn bezig aan hun opmars; zij zijn de baas. Ze zijn het huis al ingeslopen, en zelfs mijn verstandige moeder, met haar notitieboekje vol "recepten voor de komende week" en haar nauwkeurig bijgehouden verjaardagskalender kan ze niet op afstand houden.

Kit staarde me aan. Hij lachte niet meer.

'Sorry,' zei ik. 'Als ik te veel drink, praat ik te veel.'

'Ik wil de rest van mijn leven naar je luisteren,' zei hij.

'Echt? In dat geval: wat Fran betreft zit je er ook naast.'

'Is zij niet Culver Valley's antwoord op Dorothy Parker?'

'Ze viel niet uit naar mijn vader, hoewel ze waarschijnlijk zou zeggen dat ze dat deed, als ik haar ernaar zou vragen. Zij was degene die Anton te kakken zette met haar zogenaamde compliment. Ze houdt van hem, begrijp me goed, maar soms denk ik weleens dat ze wilde dat hij... Ik weet niet, dat hij iets meer te bieden had.'

'Waarom heb jij eigenlijk niet gestudeerd?' vroeg Kit.

Hij verraste me door zo plotseling op een ander onderwerp over te stappen. 'Dat heb ik toch al eens uitgelegd: geen van mijn vrienden ging studeren, en pa en ma boden me goedbetaald werk in de zaak aan.'

'Je bent ongelofelijk slim en opmerkzaam, Connie. Als je zou willen, zou je veel meer kunnen dan boekhouden bij je ouders. Je zou het ver kunnen schoppen – heel ver. Verder dan Little Holling, Silsford.' Hij stond stil en hield mij ook staande. Ik vond het geweldig romantisch om samen stil te staan in de regen, omdat hij mij wilde vertellen hoe briljant ik was en wat ik allemaal in mijn mars had.

'Mijn leraren op school hebben me op hun knieën gesmeekt of ik niet wilde overwegen om toch naar de universiteit te gaan, maar... ik denk dat ik zo mijn bedenkingen had. Nog steeds. Waarom zou je drie jaar lang boeken lezen die mensen je voorschrijven terwijl je ook zelf kunt uitkiezen wat je leest en je zonder hulp van een ander van alles kunt leren – en zonder ervoor te hoeven betalen?'

Kit veegde een druppeltje regen uit mijn gezicht. 'Dat is nu precies het soort barbaarse gedachten dat ik verwacht van iemand wiens opleiding op haar achttiende voortijdig is afgekapt.'

'Zestiende,' zei ik. 'Ik heb ook geen eindexamen gedaan.'

'Godsamme,' zei hij. 'Straks vertel je me nog dat je door wolven bent grootgebracht.'

'Weet jij hoeveel boeken ik verleden jaar heb gelezen? Honderdtwee stuks. Ik schrijf alle titels op in een klein notitieboekje...'

'Je moet gaan studeren,' praatte Kit over mij heen. 'Nu, in deeltijd. Connie, je zou het geweldig vinden, dat weet ik zeker. Cambridge was het beste wat mij ooit is overkomen – het waren zonder meer de beste drie jaren van mijn leven. Ik...' Hij zweeg.

'Wat? Kit?'

Ik zag dat hij mij niet meer aankeek. Hij keek langs me heen, naar een andere tijd en een andere plaats. Hij keerde zich van me af, alsof hij niet wilde dat mijn aanwezigheid zich zou vermengen met zijn herinnering. Toen drong het waarschijnlijk tot hem door hoe het moest overkomen op mij, want hij deed verwoede pogingen om weer bij te draaien. Ik zag die blik in zijn ogen, dezelfde blik die ik tien jaar later, in januari, weer zag toen ik hem vroeg waarom Bentley Grove 11 in zijn gps stond als zijn thuisadres: schuldgevoel, schaamte, angst. Ik had hem betrapt. Hij probeerde het af te doen met een grapje. 'Het op één na beste wat me ooit is overkomen,' zei hij snel en zijn gezicht werd rood. 'Want het beste ben jij, Con.'

'Hoe heette ze?' vroeg ik.

'Er was niemand. Dat was niet... er was niemand.'

'Had je geen vriendinnetjes toen je studeerde?'

'Zo veel, maar nooit een echte vriendin.'

De week ervoor had ik hem gevraagd hoe vaak hij al verliefd was geweest vóór mij, maar hij had die vraag ontweken door dingen te zeggen als: 'Wat bedoel je precies met verliefd?' en 'Over wat voor soort liefde hebben we het dan?' terwijl zijn ogen door de kamer schoten en die van mij ontweken.

'Kit, ik heb je gezicht gezien toen je zei dat je in Cambridge de beste drie jaar van je leven hebt beleefd. Je dacht aan een liefde.'

'Nee, dat is niet zo.'

Ik wist dat hij loog, althans, dat dacht ik. Vanbinnen betrok en ver-zuurde er iets. Ik besloot iets gemeens te zeggen, want dat kan ik heel goed als ik me rot voel. 'Dus die melancholieke blik kwam doordat je zat te denken aan al die colleges en werkgroepen? Je droomde van je dictaten?'

'Connie, doe niet zo belachelijk.'

'Was ze soms een van je docenten? Of de vrouw van een van je docenten? Of de vrouw van je decaan, misschien?'

Kit bleef ontkennen. En ik bleef doorgaan met de inquisitie tot we bij zijn appartement waren – was het anders een man? Was het een minderjarige: de dochter van je decaan die nog net geen zestien bleek? Ik weigerde die nacht om met Kit in hetzelfde bed te liggen en trapte een zeer onwaardige scène, waarbij ik dreigde om een eind aan onze relatie te maken als hij me de waarheid niet vertelde. Toen ik inzag dat hij het toch nooit zou opbiechten, stelde ik mijn dreigement bij: hij hoefde me niet te vertellen hoe het zat, maar hij moest toegeven dat er inderdaad iets was wat hij me niet wilde vertellen, zodat ik op zijn minst wist dat ik niet gek was, en dat ik me die hartstocht in zijn blik niet had ingebeeld. Of dat schuldgevoel. Uiteindelijk gaf hij toe dat hij misschien wat schaapachtig had gekeken, maar dat was alleen uit irritatie over zichzelf, omdat hij zo stom was geweest – ten onrechte, zo verzekerde hij mij – om mij te doen geloven dat zijn universitaire opleiding meer waard was dan ik.

Ik wilde hem geloven. Dus ik besloot hem te geloven.

De volgende keer dat het onderwerp Cambridge ter sprake kwam was in 2003, drie jaar later. Ik was toen bij Kit ingetrokken in het appartement in Rawndesley, en mijn moeder had de gewoonte aangenomen om me elke ochtend als ik op het werk kwam te begroeten met een opgewekt: 'Zo, wereldreiziger!' Ik negeerde het, en liet mijn verdediging aan Fran over: 'Godsamme, ma! Rawndesley is nog geen vijfentwintig minuten rijden van hier. Je ziet Connie *elke* dag!'

Mijn hele leven was ik ervan uitgegaan dat mijn familie was getroffen door een ziekte waar verder niemand last van had, met als belangrijkste symptoom een extreem beperkt blikveld. Maar op een dag waren Kit en ik op weg om ergens te gaan eten, en liepen we een stel buren tegen het lijf, Guy en Melanie. Terwijl de mannen het over hun werk hadden, bekeek Melanie mij van top tot teen en werd ik door haar ondervraagd: wat deed ik voor werk, was mijn haar zo donker van zichzelf, waar kwam ik vandaan? Toen ik zei dat ik uit Little Holling kwam, in Silsford, knikte ze alsof ze daarmee het bewijs rond had. 'Ik kon al aan je stem horen dat je niet van hier bent.'

Later, in Isola Bella, de betere van de twee Italiaanse restaurants in Rawndesley, zei ik tegen Kit dat ik gedeprimeerd raakte door die opmerking van Melanie. 'Hoe kan Silsford nou niet tellen als "van hier" als je in Rawndesley bent?' klaagde ik. 'De mensen in Culver Valley zijn zo kleingeestig. Ik dacht dat alleen mijn ouders zo waren, nou, mooi niet. Zelfs in Rawndesley, wat toch moet doorgaan voor een stad...'

'Het is een stad,' zei Kit.

'Maar geen echte. Het is hier niet kosmopolitisch en bruisend, zoals in Londen. Er is geen... vibe. De meeste mensen wonen hier niet omdat ze dat zo graag willen. Je wordt hier geboren en bent niet fantasierijk genoeg om hier weg te gaan, of je bent zoals ik – geboren en getogen in Spilling of Silsford, en zo beschermd opgevoed dat het idee dat je vijftig kilometer verderop woont in de metropool Rawndesley even opwindend is als naar Manhattan verhuizen, of zoiets – totdat je hier daadwerkelijk woont. En dan heb je nog mensen die hier wonen omdat het moet, vanwege hun werk.'

'Zoals ik, bedoel je?' grijnsde Kit.

Gek genoeg dacht ik daarbij niet aan hem. 'Waarom *ben* jij hier eigenlijk komen wonen?' vroeg ik hem. 'Vanuit Cambridge nog wel? Dat is vast wel een bruisende, levendige stad.' Het was de eerste keer dat een van ons het woord Cambridge in de mond nam sinds die enorme ruzie.

'Dat is het ook,' zei Kit. 'Het is ook nog eens een prachtige stad, in tegenstelling tot Rawndesley.'

'Dus waarom heb je dat allemaal ingeruild voor het verstikkende Culver Valley?'

'Anders had ik jou nooit ontmoet,' zei Kit. 'Connie, ik wil je iets vragen. Daarom wilde ik ook uit eten.'

Ik ging meteen rechtop zitten. 'Of ik met je wil trouwen? Wil je dat vragen?' Waarschijnlijk zag ik er heel opgewonden uit.

'Dat was het niet, nee, maar nu je het er toch over hebt... Wil je dat?'

'Laat me er even over denken. Oké, ik heb er over nagedacht. Ja.'

'Geweldig.' Kit knikte fronsend.

'Je kijkt bezorgd,' zei ik, 'terwijl je nu juist dolgelukkig zou moeten zijn.'

'Ik ben dolgelukkig.' Hij glimlachte, maar achter zijn ogen hing een schaduw. 'Maar ik ben ook bezorgd. Het is een ongelofelijk toeval, maar ik moet het met je hebben over mijn werk, en... nou ja, over Cambridge.'

Ik hield mijn adem in, en dacht dat hij me nu het verhaal uit de doeken zou doen dat hij me drie jaar eerder niet wilde vertellen. In plaats daarvan stak hij van wal over Deloitte. Hij had de kans om een nieuw team te leiden op het kantoor in Cambridge; hij zou er nieuw en spannend werk gaan doen, en de vooruitzichten op verdere promotie waren geweldig. Mijn hart begon luid te bonzen, terwijl Kit steeds sneller begon te praten. Ik kon de details allemaal niet in me opnemen, en ik begreep niet alles wat hij zei – dingen als 'client-facing' en 'granulariteit' – maar de grote lijnen kreeg ik wel mee. Kits werkgever wilde dat hij naar Cambridge zou verhuizen, wat inhield dat ik, degene die net nog had ingestemd met een huwelijk, ook al had ik het min of meer zelf geopperd, eindelijk de kans kreeg om te ontsnappen aan mijn familie en aan Culver Valley.

'Je moet het doen,' siste ik tegen Kit toen de ober onze tiramisu kwam brengen. 'We moeten hier weg. Wanneer hebben ze je dit gevraagd?'

'Twee dagen geleden.'

'Twee dagen geleden? Dat had je me toch meteen moeten vertellen? Wat nu als ze het aanbod intrekken?'

Kit pakte mijn handen vast. 'Dat gaan ze niet doen, Con.'

'Hoe weet je dat nou?' vroeg ik paniekerig.

'Het is een van de grootste accountantsbedrijven in het land, geen stel hysterische pubers die maar wat roepen. Ze hebben hun aanbod op tafel gelegd – een heel genereus aanbod – en nu wachten ze mijn reactie af.'

'Bel ze meteen op,' gebood ik.

'Nu? Het is kwart over negen.'

'Denk je dat ze al naar bed zijn? Natuurlijk niet! Als ik een van de grootste client-facing granulerende accountantsbedrijven van het land was, zou ik tot halfelf opblijven om naar *Newsnight* te kijken.'

'Rustig, Con,' zei Kit, die verbouwereerd was omdat ik het zo wanhopig graag wilde. 'Wil je er niet eerst even over nadenken? Geef het even de tijd, laat het bezinken.'

'Nee. Waarom, wil jij er nog over nadenken?' Wat als Kit niet wilde verhuizen? Hij had al op allerlei plekken gewoond: hij was in Birmingham geboren, was op zijn tiende naar Swindon verhuisd, en op zijn vijftiende naar Bracknell. Toen naar Cambridge voor zijn studie, en daarna Rawndesley. Hij zat niet gevangen, zoals ik. Hij deelde dus mijn drang om te ontsnappen niet.

'De baan is een hele stap vooruit, dat zeker,' zei hij. 'En je hebt gelijk, Cambridge is een geweldige stad. En Rawndesley... niet. Maar... weet je het zeker, Con? Ik had het niet eens te berde willen brengen. Gisteren stond ik nog op het punt om het aanbod af te slaan zonder jou te raadplegen. Ik had niet gedacht dat jij bij je familie weg zou willen, want jullie zijn zo...'

'Ongezond afhankelijk van elkaar?' opperde ik.

'En jouw werk dan?' vroeg Kit.

'Ik vind wel ander werk. Maakt me niet uit wat – desnoods ga ik grasmaaien, of kantoren schoonmaken. Vraag maar of Deloitte nog een poetsvrouw kan gebruiken.'

Toen we het restaurant uit liepen voelde Rawndesley al als een plek waar we vroeger woonden. Wij waren schimmen die ons eigen oude leven najoegen, en we bestonden alleen nog uit de hoop op dat nieuwe leven.

Ik vertelde het mijn ouders en Fran en Anton de volgende dag. Ik was bang dat ze een reden zouden bedenken om me tegen te houden, ook al had Kit me nog zo verzekerd dat dat onmogelijk was, dat ik vrij was om te doen en laten wat ik wilde.

Na mijn aankondiging volgde een lange stilte. Ik keek naar hoe mijn ouders hun gezicht weer in de plooi trokken na de schok, en ik had het gevoel alsof ik net zeven ton onzichtbare psychische ballast midden in de kamer had gestort die iedereen de adem had benomen.

Fran was de eerste die reageerde. 'Cambridge? Daar ben je nog nooit geweest. Misschien vind je het er wel vreselijk.'

'Ik heb nog nooit zo'n dom plan gehoord,' zei mijn vader smalend en hij wuifde mijn woorden weg door met zijn krant te wapperen. 'Weet je wel hoelang je dan elke dag in de auto zit om op je werk te komen? Twee uur heen, en twee uur terug, minstens.'

Ik legde uit dat ik dan ook weg zou gaan bij Monk & Sons, dat Kit en ik van plan waren om te trouwen, en dat hij wel gek zou zijn als hij het aanbod van Deloitte zou weigeren. Ma keek verslagen. 'Maar Kit heeft *hier* toch een baan,' zei ze met onvaste stem. Ineens was Rawndesley 'hier' in plaats van 'daar', nu wij naar Cambridge wilden verhuizen. '*Jij* hebt hier een baan,' zei ma. 'Als je naar Cambridge verhuist, word je werkloos.'

'Ik vind wel iets,' antwoordde ik.

'Wat dan? Wat wil je dan precies gaan doen?'

'Ik weet het nog niet, ma. Ik kan niet in de toekomst kijken. Misschien ga ik wel stud... een cursus volgen aan de universiteit.' Ik durfde het woord 'studeren' niet in de mond te nemen.

'Dat zal allemaal wel met die cursus, maar dat is nog geen baan,' zei ma. 'Daar kun je je rekeningen niet van betalen.'

Fran, Anton en mijn vader keken naar haar en wachtten af hoe zij deze dreigende calamiteit zou afwenden. 'Nou,' zei ze uiteindelijk en ze draaide zich van me af. 'Dat zal dan wel goed nieuws zijn voor Kit – zo'n promotie. De een zijn dood is de ander zijn brood.'

In mijn moeders dramatisering van de situatie was Kit de winnaar en waren Fran, pa en zijzelf de verliezers. Ik deed er niet toe.

'Gefeliciteerd met jullie verloving,' zei Anton.

'Ik dacht dat je trouwen zo ouderwets vond, en te veel gedoe,' viel Fran naar hem uit. Zij feliciteerde me niet. En mijn ouders ook niet.

De volgende ochtend vroeg sprong ik uit bed en holde naar de badkamer om over te geven. Kit vroeg of ik soms zwanger was, maar ik wist zeker van niet. 'Het is puur psychologisch,' zei ik tegen hem. 'Zo reageert mijn lichaam op hoe mijn familie reageert op onze verhuizing. Maak je geen zorgen, het gaat wel over.'

Het ging niet over. Kit en ik gingen elke zaterdag naar Cambridge om huizen te bekijken. We wilden allebei liever kopen dan huren – Kit omdat hij huren weggegooid geld vond, en ik omdat ik me wettelijk wilde binden aan een huis dat niet in Little Holling stond, zodat de kans dat ik terug zou gaan kleiner was. Telkens als we op huizenjacht gingen, moest Kit de auto minstens een keer stilzetten zodat ik aan de kant van de weg kon overgeven. 'Ik weet het niet, Con,' zei hij steeds. 'Voor we besloten te verhuizen was er niets aan de hand. We kunnen niet in Cambridge gaan wonen als jij allergisch bent voor de afkeuring van je ouders.' Hij probeerde er een grapje van te maken: 'Ik wil niet dat je een bedlegerige victoriaanse neurotische dame wordt, in een witkanten nachtgewaad en met vlugzout.'

'Ik kom er wel overheen,' beweerde ik stellig. 'Het is maar een fase. Het komt goed.' Mijn haar begon uit te vallen, maar het viel nog niet op. Ik probeerde het voor Kit te verbergen.

We vonden een schitterend huis: Pardoner Lane 17 – een victoriaans herenhuis, met drie verdiepingen, hoge plafonds en originele schouwen in alle kamers, inclusief de slaapkamers, een zwart smeedijzeren hek aan de voorkant en een trap naar de voordeur, en een dakterras met een panoramisch uitzicht over de stad. Vanbinnen was het schitterend onderhouden, met een nieuwe keuken en nieuwe badkamers. Kit was er meteen weg van. 'Dit is het,' zei hij zachtjes tegen mij zodat de makelaar het niet zou horen.

Het was met afstand het duurste huis dat we hadden bezichtigd, en het grootste. 'Hoe kunnen we dit betalen?' vroeg ik achterdochtig. Het leek me te mooi om waar te zijn.

'Er is geen tuin, en het huis staat pal naast een school,' zei hij.

Ik herinnerde me het bord op het gebouw naast het huis. 'Is het Beth Dutton Centre dan een school?'

'Nee, niet echt een school,' zei Kit. 'Ik heb het gecheckt. Het is de zesde klas van een privéschool, dus er zijn nooit meer dan achtentwintig kinderen tegelijk in het gebouw. Die zullen misschien hun fietsen aan ons hek vastmaken, maar verder zijn ze vast heel beschaafd. In Cambridge is bijna alles heel beschaafd.'

'En de bel?' zei ik. 'Gaat die niet na elke les? Dat kon weleens irritant zijn – dat horen we dwars door de muur heen.'

Kit fronste. 'Ik dacht dat jij snakte naar de levendigheid van de stad. We kunnen ook een huis kopen in Little Holling, naast je ouders, als je graag alleen het groeien van de plantjes wilt horen, en af en toe wat poetsgeluiden als iemand zijn Aga onder handen neemt.'

'Nee, je hebt gelijk,' zei ik. 'Ik vind het ook een geweldig huis.'

'Denk eens aan al die ruimte. Je kunt hier je eigen verduisterde victoriaanse ziekenkamer inrichten, helemaal voor jou alleen.'

'Ik denk dat we die mensen van het Beth Dutton Centre best kunnen vragen of de bel wat zachter mag, mocht het een probleem worden.'

'Die bel is het probleem niet,' verzuchtte Kit. 'Jouw angst is het enige probleem.'

Ik wist dat hij gelijk had, en dat er maar één manier was om het op te lossen: ik moest datgene doen waar ik zo bang voor was, en mezelf bewijzen dat de wereld niet zou vergaan. Pa en ma zouden uiteindelijk ook wel bijtrekken; ik zou gewoon vaak bij ze langsgaan. Drie jaar eerder was ma op bezoek geweest bij een vriendin in Guildford. De tweede dag van haar bezoek kreeg ze een paniekaanval en pa werd opgetrommeld om haar te komen halen. Sindsdien was ze niet verder van huis geweest dan tot het centrum van Silsford.

'Dus, wat doen we?' vroeg Kit. We zaten in zijn auto, die voor het kantoor van de Cambridge Property Shop op Hills Road geparkeerd stond. 'Kopen we het huis, ja of nee?'

'Absoluut,' zei ik.

De rest van de bezichtigingen die we voor die dag hadden afgesproken, zegden we af. Kit deed een bod op Pardoner Lane 17, en de makelaar zei dat ze erop terug zou komen zodra ze de verkoper had gesproken.

Toen ik de volgende ochtend wakker werd, kon ik een helft van mijn gezicht niet bewegen. Ik kreeg mijn rechteroog niet meer dicht – ik kon alleen het bovenste ooglid nog als een rolgordijntje naar beneden trekken en het zo laten hangen. En als ik mijn tong uitstak, zakte hij naar links in plaats van recht vooruit te steken. Kit was bang dat ik een hersenbloeding had, maar ik verzekerde hem dat dat niet zo was. 'Het is wat jij gisteren zei,' zei ik. 'Stress. Angst. Gewoon niet op letten – dat ben ik zelf ook van plan.' Gelukkig was het niet meteen zichtbaar als mensen naar mijn gezicht keken. Kit zat er meer over in dan ik. Ik beloofde hem dat mijn symptomen vanzelf zouden verdwijnen zodra we verhuisd waren en we gesetteld waren in wat we inmiddels 'ons huis' waren gaan noemen. 'Je kent mij niet zo goed als ik mijzelf ken,' bleef ik maar herhalen. 'Dit is de laatste wanhopige poging van mijn gehersenspoelde onderbewuste om te zorgen dat ik de rest van mijn leven de God van de Angst blijf aanhangen. Ik moet me daartegen verzetten. Al vallen mijn benen eraf, al word ik blind, al verander ik in een mestkever – we kopen dat huis.'

Het duurde even voor de makelaar Kit terugbelde. Toen dat uiteindelijk gebeurde, nadat ze vier dagen lang zijn telefoontjes niet had beantwoord, zei ze dat er een andere koper interesse had in het huis aan Pardoner Lane, en dat die hoger had geboden dan wij. Hij was zelfs boven de vraagprijs gaan zitten. 'We kunnen nog wel meer bieden,' zei Kit tegen mij terwijl hij door de zitkamer van ons huis in Rawndesley ijsbeerde. 'Maar dan kunnen we niet meer uit eten, of op vakantie...'

'Laten we het dan maar niet doen,' zei ik. En na de eerste teleurstelling voelde ik hoe de knoop in mijn maag loskwam.

'Ik wil best offers brengen en de broekriem aanhalen als jij dat ook wilt,' zei Kit. 'We eten best vaak buiten de deur, en het eten smaakt de helft van de tijd toch al teleurstellend.'

'Dat komt doordat de restaurants waar wij naartoe gaan in Rawndesley zijn. In Cambridge ligt de lat veel hoger. Alles is daar beter.'

'Dus dan kunnen we een keer in de zoveel maanden uit eten, in plaats van een keer per week,' zei Kit. 'Maar het zal het offer waard zijn, Con. We worden niet zo snel nog een keer zo ontzettend verliefd op een huis. Ik ga ze bellen en bied nog vijfduizend pond hoger.' Vijfduizend pond meer dan de andere partij had geboden, bedoelde hij, en dat was twintigduizend meer dan ons oorspronkelijke bod.

'Nee.' Ik hield hem tegen terwijl hij naar de telefoon liep. 'Ik wil niet dat deze verhuizing nog griezeliger wordt dan hij al is. Laten we op zoek gaan naar een goedkoper huis, iets wat we ons wel kunnen veroorloven.'

'Waar heb je het over?' Kit was boos. 'Geef je Pardoner Lane zo snel al op? Ik dacht dat je het zo geweldig vond?'

'Dat is ook zo, maar...' Ik viel stil toen Kit naar me wees.

'Je gezicht,' zei hij. 'Het is weer normaal.'

Hij had gelijk. Ik had het zelf niet eens gemerkt. Voorzichtig raakte ik mijn wenkbrauw aan, en toen mijn wang. Ik stak mijn tong uit. 'Helemaal recht,' zei Kit. 'Wat het ook was, het is er niet meer. Je denkt twee seconden dat het allemaal niet doorgaat, en het is al verdwenen.' Toen schudde hij zijn hoofd. 'Ongelofelijk.'

'Dat kan het niet zijn,' protesteerde ik. 'Want zelfs al kopen we dat huis niet, dan nog verhuizen we naar Cambridge.'

'In theorie,' zei Kit. 'De theorie kun je nog wel aan. Maar de realiteit – dat we bieden op een huis, dat het bod geaccepteerd wordt, dat het dus ook echt gaat gebeuren – dat heeft jou letterlijk verlamd van angst.'

Ik voelde diepe minachting voor de vrouw die hij daarmee omschreef. Het idee dat ik die vrouw was, maakte me zo woedend dat ik mijn eigen ogen wel kon uitsteken. 'Bel die makelaar,' zei ik. 'Ga er tienduizend pond boven zitten, en ik zweer je dat er niets aan de hand is – helemaal niets. Ik ben niet meer misselijk 's ochtends, en mijn gezicht zal niet bevriezen...'

'Hoe weet je dat?' vroeg Kit.

'Omdat ik dat heb besloten. Het is allemaal voorbij. Ik heb er schoon genoeg van om zo... zwak te zijn. Van nu af aan heb ik een wil van staal, en die zal die bange schijter van een alter ego van mij elke minuut van de dag op zijn sodemieter geven. Geloof me – het komt goed.'

Kit staarde me een hele poos aan. 'Goed dan,' zei hij. 'Maar ik ga geen tienduizend pond extra bieden als dat niet nodig is. Want voor hetzelfde geld is vijfduizend genoeg.' Hij belde de makelaar, die zei dat ze hem terug zou bellen.

De volgende dag was ik op kantoor bij Monk & Sons toen Kit onverwacht langskwam. 'Waarom zit jij niet op je werk?' vroeg ik, en toen vroeg ik ademloos: 'Hebben we het? Hebben we het huis?' Dit keer voelde ik geen enkele angst; het woord 'maar' kwam niet meer in me op. Ik wilde het huis aan Pardoner Lane, punt uit. Ik was opgewonden; zo opgewonden was ik nog nooit geweest.

'De verkoper heeft ons bod geaccepteerd,' zei Kit. Ik wilde mijn armen om zijn nek slaan, maar hij hield me tegen. 'Maar toen heb ik het bod ingetrokken.'

'Wat heb je gedaan?' Ik begreep het niet.

'Het bod. We gaan niet verhuizen, Con. Het spijt me, maar... het kan niet.'

'Waarom niet?' De tranen prikten in mijn ogen. *Nee. Dit kon niet waar zijn. Niet nu.* 'Heeft Deloitte...'

'Deloitte heeft er niets mee te maken. Als we dit doorzetten, ben ik bang dat jij... Ik weet niet, dat jij instort.'

'Kit, er is absoluut niets...'

'Er is *wel* iets aan de hand, Con. Gisteravond lag je in je slaap te gillen.'

'Niet waar. Wat zei ik dan?'

Hij meed mijn blik. 'Je haar valt uit en dat heb je voor me verzwegen,' zei hij. 'En... nu we weten hoe jouw ouders het vinden dat wij weggaan, denk ik niet dat we ervan zullen genieten. Het is heel moeilijk om te leven in de wetenschap dat je iemand anders ongelukkig hebt gemaakt, vooral als het om je pa en ma gaat.'

'Wat een lulkoek!' beet ik hem toe, en ik leunde voorover om de deur van het kantoor dicht te gooien zodat de klanten ons niet zouden horen. '*Ik* ben niet degene die hen ongelukkig maakt – zij maken zichzelf ongelukkig omdat ze te *stom* zijn om in te zien dat het geen drama is als je dochter tweehonderd kilometer verderop woont! Ik zou ook liever willen dat ze blij voor ons waren, uiteraard, maar ik ben absoluut niet verantwoordelijk voor het feit dat ze dat niet zijn!'

'Dat ben ik met je eens, je zou je daar niet verantwoordelijk voor moeten voelen,' zei Kit. 'Maar ik weet ook dat je dat toch doet. Jij gaat je schuldig voelen. En dan is alles verpest. Dan hebben we altijd zo'n... schaduw over ons hangen.'

Inmiddels zat ik te snikken, vol afschuw over wat ik hoorde, al vreesde ik dat hij gelijk had. Als ik zou verhuizen, zou er altijd een stemmetje in mijn hoofd fluisteren dat ik mijn familie in de steek had gelaten.

'Ik heb zitten denken,' zei Kit. 'Er zijn manieren waarop we kunnen bereiken wat wij willen zonder dat we hier weg hoeven.'

Was hij soms gek geworden? Hier weggaan was juist precies wat wij wilden. Het was het enige wat wij wilden: in Cambridge wonen. Hoe kregen we dat ooit voor elkaar vanuit ons appartement in Rawndesley?

'We zouden kunnen kopen in plaats van huren – niet in dat lelijke Rawndesley, maar in Spilling, of in Hamblesford, of...'

'*Spilling?*' Ik had zijn hoofd wel van zijn romp willen trekken om het vervolgens door de kamer te schoppen. Had iemand vannacht zijn schedel gekraakt en zijn hersenen verwijderd? 'Oude dametjes die bridgen en bij de Rotary zitten, wonen in Spilling! Ik ben jong, Kit – ik wil een echt leven op een plek die iets te bieden heeft. Hoe kun je dit nu allemaal zeggen?'

Kits blik verhardde. 'Er wonen overal allerlei soorten mensen, Connie. Je mag niet zo generaliseren. Denk je soms dat er in Cambridge geen oude dametjes wonen die bridgen?'

'Ja, misschien wel – tussen de hordes studenten en... andere interessante mensen.' Ik wist dat ik klonk als een naïeve boerentrien. Dat was nu ook precies het probleem dat ik met deze verhuizing hoopte aan te pakken. 'In Cambridge kunnen de saaie ouwe lullen nog zo erg zijn, maar dan nog zullen ze de sfeer niet verzieken met hun saaiheid, omdat er een constante stroom is van nieuwe, boeiende mensen, vanwege de universiteit. Ik dacht dat jij zo graag wilde dat ik ging studeren?'

Kit viel stil, wendde zich af. Na een paar seconden zei hij zachtjes: 'Ik zou het *geweldig* vinden als jij ging studeren, maar... god, dit is zo moeilijk.'

'Maar wat? Denk je dat ik niet slim genoeg ben? Denk je dat Cambridge mij niet hebben wil?'

Hij draaide zich met een ruk om. 'Denk je dat het daarom gaat? Con, ze nemen je meteen aan. Ik zou ook meteen met jou naar Cambridge gaan als ik dacht dat jij het daar zou trekken, maar...' Hij schudde zijn hoofd.

'Wat heb ik vannacht gezegd?' vroeg ik hem.

'Wat?'

'Gisteravond – je zei dat ik in mijn slaap lag te gillen. Daardoor ben je toch van gedachten veranderd? Gisteren was er niets aan de hand – we zouden Pardoner Lane kopen, wat het ook kostte, en we hebben de andere bieder overboden ook al zouden we dan twee jaar lang op een havermoutdieet moeten leven. Weet je nog? Wat heb ik vannacht in mijn slaap geroepen waardoor jij dat nu allemaal bent vergeten en de moed opgeeft? Kit?'

Hij wreef met duim en wijsvinger over zijn neus. 'Je zei: "Dwing me niet."' Diep vanbinnen wilde ik hier blijven, dacht hij, en als we zouden verhuizen en ik ongelukkig was, zou ik hem daarvoor verantwoordelijk houden, omdat hij dit had aangezwengeld, met zijn geweldige baan bij Deloitte. 'Je bleef het maar herhalen,' zei hij. 'Je smeekte het me, Connie. Je had je ogen open, maar je reageerde niet toen ik... Weet je daar niets meer van?'

Ik schudde mijn hoofd. Het licht ging uit in mij. Kit en mijn onderbewuste spanden samen tegen mij. Tegen zulke tegenstanders had ik niets in te brengen. 'En Deloitte dan?' zei ik verslagen. 'Je promotie.'

'Ik ga weg bij Deloitte,' zei Kit. Hij glimlachte. 'Ik zei toch al: ik heb alles nog eens overdacht, en ik heb een nieuw plan. We moeten allebei iets doen om uit de sleur te komen – we moeten iets hebben om naar uit te zien, ook al is dat niet in Cambridge. Dus gaan we ons eigen bedrijf beginnen. Jij kunt parttime bij je ouders blijven werken als je wilt, maar je zult voornamelijk voor mij werken. Je moet onafhankelijker worden van je familie – vijf dagen per week acht uur op elkaars lip is te veel. Je ouders moeten inzien dat jij ook dingen aankunt die niet door hen of een van je voorvaderen voor je zijn bedacht. Zo zullen ze zien wat je werkelijk bent: een slimme, capabele, onafhankelijke vrouw.'

Ik deed mijn mond open om te zeggen dat hij dit allemaal niet kon beslissen zonder mij erin te kennen, maar hij was me te snel af, en hij was al bezig om me het volgende onderdeel van zijn plan te vertellen: 'We gaan op zoek naar een huis dat we leuk vinden – echt heel erg leuk, nog leuker dan het huis aan Pardoner Lane. Dat is niet zo moeilijk. Dat hebben plaatsen als Spilling en Silsford namelijk voor op Cambridge – veel meer bijzondere huizen, meer verscheidenheid. In Cambridge staan bijna alleen rijtjeshuizen.'

'Ik vind Pardoner Lane geweldig,' zei ik zinloos. Nu me werd verteld dat ik het niet kon krijgen, drong het voor het eerst en schrikbarend scherp tot me door dat dat huis het perfecte huis was, het enige huis dat ik echt wilde.

'Het huis dat we in Culver Valley gaan kopen, zul je dan ook fantastisch vinden, dat beloof ik je,' zei Kit. 'Anders kopen we het niet eens. Maar je gaat het hier geweldig hebben. En als ons bedrijf eenmaal een groot succes is, en we een hele zak met geld verdienen, en we jouw ouders hebben laten zien dat jij jezelf prima kunt redden, zonder dat schijntje wat zij jou betalen...'

'Ik dacht dat ik parttime voor hen moest blijven werken,' zei ik. Helemaal weg bij Monk & Sons en verhuizen naar Cambridge was wat mijn moeder betrof allebei even erg.

'De eerste tijd, als jij daar zin in hebt,' beaamde Kit. 'Maar zodra ons bedrijf echt begint te lopen, en we er zo veel mee verdienen dat het eigenlijk van de gekke is als jij nog steeds voor zevenhonderd pond als boekhouder werkt bij Monk & Sons, of weet ik veel hoe weinig het is, dan zeg je gewoon tegen je ouders dat je wel wat beters te doen hebt – dan zeg je: "Sorry, pa, maar als ik vrijwilligerswerk wil doen, ga ik wel naar het Rode Kruis."'

Ik schoot in de lach. 'Wat voor enorm winstgevend bedrijf gaan wij dan opzetten?'

'Geen idee,' zei Kit opgewekt, opgelucht dat ik weer blij keek en klonk. 'Maar ik bedenk wel iets, en het wordt hoe dan ook goed. En over vijf jaar kunnen we het misschien nog eens hebben over verhuizen naar Cambridge, of waar dan ook naartoe – Londen, Oxford, Brighton – en dan zul je zien dat je niet half zo bang bent als nu, omdat je dan al een heel eind op weg bent met je onthechtingsproces.' Hij deed alsof hij iets lostrok van iets anders.

'Daarom is Melrose Cottage ook zo mooi,' zeg ik tegen Sam Kombothekra, die glazig kijkt omdat hij zo lang naar mij heeft moeten luisteren. Hij zal inmiddels wel tot de conclusie zijn gekomen dat een weldenkend mens nooit zo'n melodrama zou maken van een dood-gewoon plan om naar een ander deel van het land te verhuizen. *En dus zal ik wel gestoord zijn, en heb ik hallucinaties over een dode vrouw in een plas bloed op mijn computerscherm.* 'Zo heet ons huis in Little Holling,' voeg ik eraan toe, voor het geval hij het bord op de voor-deur niet had gezien.

'Het is inderdaad een heel romantisch huis,' zegt hij instemmend.

'Dat moest ook wel. Het moest... alles goedmaken.' Het is nu zeven jaar geleden dat Kit en ik dat gesprek hadden in het kantoor van Monk & Sons. Hij heeft het nooit meer gehad over verhuizen naar Cambridge of Londen of Brighton, niet één keer. Londen is so-wieso geen optie; nu hij daar een paar dagen in de week werkt, komt hij steeds thuis met verhalen hoe verschrikkelijk het daar is: overal vuil op straat, het lawaai, zo grauw. Het zijn precies de dingen die mijn moeder, die nog nooit in Londen is geweest, altijd zegt, maar als Kit het zegt, deprimeert het me nog meer. Want hij zou mijn bond-genoot moeten zijn in mijn strijd om vrijheid.

De kerst nadat we in Melrose Cottage trokken, kocht Kit de '4/100', een afbeelding van King's College Chapel voor me. 'Ik vond dat we iets aan de muur moesten hebben dat ons aan Cambridge herinnert, nu we daar niet gaan wonen,' zei hij. Ik kon er niets anders in zien dan een symbool van mijn falen; mijn hele kerst was verpest. Het lijkt net of de lachende vrouw op de trap voor de kapel mij uitlacht.

'Toen ik in januari dat adres in Kits gps vond, begon ik me dingen af te vragen. Bijvoorbeeld waarom hij zo plotseling van gedachten was veranderd,' zeg ik tegen Sam. 'Hij deed net alsof hij zich zorgen maakte over mijn stress, maar stel nu dat er iets heel anders speelde? Stel nu dat hij eigenlijk naar Cambridge wilde verhuizen omdat hij daar een vriendin had?' *Selina Gane.* 'En dat die relatie toen uitging – dat ze heel erg ruzie kregen, en dat zij hem toen dumpte – en dat hij daarom zo plotseling het plan overboord zette. En dat ze later weer contact kregen en weer een relatie begonnen. En dat Kit dit keer een beter idee had dan met mij te verhuizen: dat hij samen met haar een

huishouden begon in Bentley Grove 11, terwijl hij Little Holling aanhield, want dat was veilig ver weg. Hij is gek op Melrose Cottage – en
hij deed precies datgene wat hij in 2003 van plan was: hij vond een
huis waar hij nog verliefder op was dan op Pardoner Lane 17. Hij zou
ons huis nooit hebben opgegeven als het niet hoefde. Een paar weken
geleden heeft hij een plaatselijke kunstenaar opdracht gegeven om er
een portret van te maken, alsof het een mens is.'

Maar zo denk jij er toch zelf ook over?

Ik durf niet toe te geven dat ik mijn eigen huis bijna haat, al is het
nog zo beeldig en heeft het me nooit iets misdaan.

'Kit wil van twee walletjes eten, zoals zo veel mannen,' zeg ik
kwaad. 'Twee levens. Mij en Melrose Cottage aan de ene kant, en
Selina Gane en Cambridge aan de andere. En wat ik wil kan hem
niets schelen. Ik zou nog steeds graag willen verhuizen. Maar hij
vraagt er niet eens meer naar. Hij doet net alsof ik tevreden ben met
de huidige situatie, maar waarom zou ik daar tevreden mee zijn?' Ik
sla een bitse toon aan tegen Sam, terwijl hij mij, net als Melrose Cottage, niets heeft misdaan.

'Je weet niet of Kit iets heeft met Selina Gane,' zegt hij.

'En jij weet niet of hij dat niet heeft.'

*Ja, daar weet je niets op te zeggen, hè? Er valt niets meer te zeggen, je
kunt niets doen, je kunt er ook niet achter komen. Welkom in mijn leven.*

'Heb je dit ook allemaal aan Simon Waterhouse verteld?' vraagt
Sam.

Het was makkelijker om met Simon te praten dan met Sam, veel
makkelijker. Toen voelde ik me niet zo'n freak. Simon vond mijn verhaal niet belachelijk, ook al was het vreemd. Hij knikte bij dingen die
ik zei waar de meeste mensen ongelovig bij zouden kijken, en hij leek
zich eerder te verwonderen over de gewonere details, waar hij steeds
vragen over stelde die nergens verband mee leken te houden. Zo
bleef hij maar vragen naar Kits ouders, en wanneer en waarom hij
het contact met hen had verbroken.

Ik heb Simon niet alles verteld. Ik wilde vertellen dat ik iets had gedaan wat misschien illegaal is, en dus vertelde ik niet van mijn stalk-

gedrag, tijdens mijn vrijdagen in Cambridge. Ik heb hem niet verteld dat ik Selina Gane weleens achtervolgde, op weg naar haar werk, dat ik dan achter haar aan liep, en ook niet dat ze zich een keer omdraaide, bij de receptie van het ziekenhuis, en me vroeg of ze mij ergens van kende.

'Nee,' zei ik vlug, en ik kon wel door de grond zakken. 'Dat denk ik niet.'

'Woont u soms aan Bentley Grove?' had ze gevraagd. Ze moet me daar hebben gezien, misschien zelfs meerdere keren.

Ik had weer gelogen, en gezegd dat ik vrienden had die daar woonden.

Ik had Simon ook niet verteld dat ik Selina, nog geen twee weken na dat ziekenhuisincident, weer tegen het lijf liep – toevallig, in de stad. Ik had besloten dat er in Bentley Grove nummer 11 die dag toch niets meer ging gebeuren, en dus was ik de stad in gelopen om iets te eten. Ik wilde net bij Brown's in Trumpington Street naar binnen gaan, toen ik haar voor me uit zag lopen. Ik wist dat zij het was; ik had mijn auto in het doodlopende eind van Bentley Grove geparkeerd, en had gezien hoe ze die ochtend haar huis uit ging. Toen had ze dezelfde kleren aan: een groen spijkerjasje, een zwarte broek, laarzen met hoge hakken. Zij was het, en zij had mij niet gezien. Het irriteerde me dat ze niet in Addenbrooke's aan het werk was, want ik meende zeker te weten dat ze daar die ochtend naar op weg was, en dat ze daar haar dag zou doorbrengen.

Ik achtervolgde haar over King's Parade en door Trinity Street. Toen ze een kledingzaak in ging, bleef ik buiten rondhangen. Ze bleef een eeuwigheid binnen – zo lang, dat ik bang was dat mijn ogen mij hadden bedrogen. Misschien was ik haar kwijt, en stond ik bij de verkeerde winkel te wachten terwijl zij allang ergens anders zat en mij achter zich had gelaten.

Ik wachtte bijna een uur, en doordat ik zo gefrustreerd raakte deed ik iets doms. Ik kan nog steeds niet geloven dat ik het heb gedaan. Ik ging de winkel in, zo zeker wist ik dat zij er niet meer zou zijn, maar ze was er wel. Zij en de vrouw achter de toonbank staarden mij aan met dezelfde boze, triomfantelijke blik in hun ogen. Ik zag meteen dat het vriendinnen waren. 'Wat is dit?' wilde Selina Gane weten. 'Wie ben jij, en waarom achtervolg jij mij? En ontken het maar niet, anders bel ik de politie.'

Ik zakte bijna door mijn knieën. Ik staarde haar verwilderd aan en wist niet wat ik moest zeggen. Ik zag dat ze geen trouwring droeg, waardoor ik me iets beter voelde, ook al sloeg dat nergens op.

'Doe de deur op slot,' zei ze tegen haar vriendin. En toen zei ze tegen mij: 'Jij gaat antwoord geven – het maakt me niet uit wat ik daarvoor moet doen.'

Maar voordat haar vriendin de kans kreeg om achter de toonbank vandaan te komen, holde ik naar de deur, en rende ik door Trinity Street als een opgejaagd dier dat vreesde voor haar leven. Kilometerslang bleef ik rennen, tenminste, zo voelde het. Toen ik eindelijk durfde te stoppen en me omdraaide, zag ik dat er niemand was, althans niemand die in mij geïnteresseerd was, en ik barstte in tranen uit. Ik was ontsnapt. Ze wist niet wie ik was. Het kwam pas de volgende dag bij me op dat ik heel rustig had kunnen antwoorden: 'Ik ben Connie Bowskill. Ik ben de vrouw van Kit Bowskill.' Hoe zou ze dan gereageerd hebben? Zou ze geen idee hebben over wie ik het had, of zou ze gechoqueerd zijn? Kende ze Kit? Wist ze dat hij getrouwd was?

Haar naam kwam ik die dag ook niet te weten. Die ken ik pas sinds vanochtend, toen Sam Kombothekra hem noemde.

'Connie?'

'Hm?'

'Heb je dit aan Simon Waterhouse verteld?'

'Ja,' zeg ik. 'Ik heb hem alles verteld wat ik jou nu ook heb verteld.'

'En wat zei hij?' vraagt Sam.

10

19/07/2010

'Ik heb haar gevraagd of het mogelijk was dat zij dat adres zelf heeft ingevoerd in de gps van haar man,' zei Simon tegen Charlie. Ze zaten aan de grote houten tafel aan de ene kant van het zwembad – Simon onder de parasol en Charlie vol in de zon. Ze wist dat het slecht voor haar was, maar ze vond het zo lekker: hoe de gloed van de zonnestralen in haar huid brandde en hoe het leek alsof haar hersenen oplosten, zodat ze zich wel in het zwembad *moest* storten.

Wat de lunch betrof was het ondenkbare gebeurd: Simon pelde de garnalen en reikte ze aan, een voor een; zo veel schuldgevoel had ze bij hem losgemaakt. Ze had geen trek meer, maar ze wilde dat hij doorging met pellen. Het leek hem niet te deren, en dat irriteerde haar een beetje, maar hij had er tot nu toe nog maar acht gepeld, en ze dacht dat ze er best vijftig op kon, al zou ze na afloop misschien moeten overgeven. Ze wilde hem pas laten stoppen als de stoom hem uit de oren kwam.

'Waarom zou ze dat adres zelf hebben ingevoerd, om vervolgens haar man ervan te beschuldigen?' vroeg ze aan Simon.

'Omdat ze oprecht gelooft dat hij het heeft gedaan. Als ze de herinnering heeft gewist en dus niet meer weet dat ze het *zelf* heeft gedaan – nou ja, dan moet hij het toch wel zijn geweest? En ze wil weten waarom. Waarom zou hij dat onbekende adres in Cambridge invoeren als "thuis" in zijn gps?'

'Wat een gelul,' zei Charlie. 'Je hersenen wissen geen herinneringen. En waarom dat specifieke adres? Die posttraumatische geheugenstoornistheorie van jou zou hooguit kloppen als ze dat huis aan Pardoner Lane in de gps had aangetroffen.'

'Tenzij Bentley Grove 11 voor haar dezelfde betekenis heeft,' zei Simon. 'En dat zou best kunnen. Als ze zo getraumatiseerd is dat ze de herinnering aan het invoeren van dat adres in de gps heeft gewist, kan ze net zo goed *al* haar herinneringen aan dat huis hebben gewist. Zodat het adres haar niets zegt als ze het ziet staan.'

Charlie kreunde. 'Ik zal je zeggen wat er is gebeurd: die man, die Kit, heeft dat adres ingevoerd. De meest voor de hand liggende oplossing, weet je wel.'

Simon stak een gepelde garnaal de lucht in en staarde ernaar. 'Occams scheermes? Dat is een mythe,' zei hij. 'Als je terugdenkt aan de laatste jaren van onze carrière...'

'Connie Bowskill is geen werk, dus doe nu maar niet net alsof dat wel zo is,' zei Charlie. 'Ze is je nieuwste belachelijke hobby. En *wij* hebben geen carrière. Ik zit al jaren niet meer bij de recherche. Ik heb een betaalde baan bij de politie, naast het onbetaalde werk dat ik doe door jou met je beide voeten op de grond te houden.'

'Oké, mijn carrière,' zei Simon ongeduldig. 'Ik heb nog nooit een zaak meegemaakt waarbij alles zo eenvoudig lag. Dingen zijn altijd anders dan je denkt, niets is voorspelbaar.' Hij zuchtte. 'Misschien is de eenvoudigste oplossing wel telkens de juiste als ik niet in de buurt ben, maar zelf heb ik het nog nooit bij de hand gehad.'

'De man is degene die in Cambridge heeft gestudeerd,' zei Charlie. 'Hij was degene die in 2003 opperde om daar weer te gaan wonen, en het adres stond in *zijn* gps, in *zijn* auto. Ik zou precies hetzelfde redeneren als Connie Bowskill: dat hij wel een andere vrouw en een gezin moet hebben aan Bentley Grove nummer 11 –'

'Dat heeft hij niet,' viel Simon haar in de rede. 'Ik ben naar Cambridge geweest, en ik heb daar aangebeld. De eigenaar van het huis is een vrouw, Selina Gane, een arts. Achter in de veertig, geen kinderen, woont alleen. Ik heb haar gevraagd of zij een zekere Kit Bowskill kende. Ze zei dat die naam haar niets zei. Ze droeg ook geen trouwring, dus...'

'Wanneer heb je dat gedaan?' Charlie griste de garnaal uit zijn hand. 'Wanneer heb jij *aangebeld* bij Bentley Grove 11?'

'Paar weken geleden. Ik had een paar dagen vrij genomen.'

'Tegen mij zei je dat je een nieuw pak en nieuwe schoenen moest kopen voor de bruiloft.'

'Heb ik toen ook gedaan.'

'In Cambridge?'

Hij keek betrapt.

'Jij beweerde dat je die bij Remmick's in Spilling had gekocht.'

'Dat was alleen omdat ik je niet wilde vertellen dat ik in Cambridge was geweest. Dan had je gevraagd waarom. En dan was het allemaal uitgekomen, terwijl ik het je toen nog niet wilde vertellen. Ik wilde het je nu pas vertellen.'

'Ik heb geen trek meer,' zei Charlie toen hij haar nog een garnaal probeerde te voeren. 'Dus je hebt het speciaal voor onze huwelijksreis bewaard?'

Hij knikte. 'Ik heb het allemaal gepland – het adres ergens opschrijven zodat jij het zou vinden, ontkennen dat ik het had opgeschreven... de hele rambam.' Hij probeerde berouwvol te kijken. Toen hij zag dat Charlie haar best deed om niet te lachen, glimlachte hij, en zag ze dat hij met zichzelf ingenomen was omdat zijn reconstructie geslaagd was. 'We zijn nog nooit twee weken met zijn tweeën geweest,' zei hij. 'Ik was bang dat we zonder gespreksstof kwamen te zitten.'

'Dat gaat nooit gebeuren, geloof me. En, is ze knap?'

'Wie, Connie Bowskill of Selina Gane?'

'Allebei.'

'Weet ik veel. Dat vraag je me nou altijd.'

'Niet waar,' protesteerde Charlie automatisch.

'Je vroeg het zelfs over dat gezicht in de berg. Kijk.' Hij wees. 'Je kunt het van hieraf toch zeker wel zien?'

Charlie vroeg zich af of dit soms ook een omslachtig spelletje was. Misschien was Connie Bowskill wel niet de vrouw die hij bijstond in haar nood. Misschien was er nog een andere vrouw met een echtgenoot die beweerde dat hij een gezicht zag in een berg, dat zij nooit zou zien, hoe hard ze ook haar best deed. Misschien zou zij Simon uiteindelijk wel verdrinken in een Spaans zwembad.

'Ik denk dat de meeste mannen Selina Gane wel aantrekkelijk zullen vinden. Glanzend blond haar, redelijk gezicht, bobbelig figuur.'

'*Bobbelig?*'

'Je weet wel.' En hij maakte een figuur met zijn handen.

Charlie kneep haar ogen samen en keek hem aan. 'Dat noemt men doorgaans een "zandloperfiguur",' zei ze. 'Ze is achter in de veertig, zei je toch?'

'Zoiets, ja. En rijk, dat ook nog.'

'Hoe oud is Connie Bowskill?'

'Vierendertig.'

'Aantrekkelijk? Jezus, Simon, zo moeilijk is dat niet: zeggen of iemand aantrekkelijk is, ja of nee.'

'Mager, donker. Jij zou haar heel knap vinden.'

'O ja? Hoe weet je dat Selina Gane zo rijk is?'

'Zo zag ze eruit,' zei Simon. 'Haar kleding, alles. Schatrijk, zou ik zeggen.'

'Dus als Kit Bowskill iets heeft met zowel Connie als Selina, heeft hij van alles wat: een donkere en een blonde, een jonge vrouw en een oude, een rijke en een niet-zo-rijke. Misschien is hij net zoals Sellers – als het een vrouw is, is het automatisch zijn type.'

'Hij heeft niet met allebei iets,' zei Simon. 'Ik heb een paar buren gesproken toen ik Bentley Grove bezocht, en die heb ik gevraagd wie er zoal bij nummer 11 naar binnen gaat en naar buiten komt...'

'Ik neem aan dat je dat in je professionele hoedanigheid hebt gedaan, ook al had het niets met je werk te maken?' zei Charlie spottend, want ze wist dat Simon lak had aan ethische overwegingen. Hij maakte zich alleen druk om wat in zijn optiek goed of fout was; de algemene opvattingen deden er wat hem betrof niet toe. Dat hadden Charlie en hij met elkaar gemeen; als zij in zijn schoenen had gestaan, had ze ook misbruik gemaakt van haar positie.

'Ik heb het gecheckt bij het kadaster. Bentley Grove nummer 11 staat alleen op Selina Gane's naam – er wordt geen Kit Bowskill genoemd. Ik heb de directe buren ook de foto van Bowskill laten zien die Connie me heeft gegeven. Eentje zei dat hij haar niet bekend voorkwam, dat ze hem nog nooit had gezien. Ze zei alleen dat ze soms andere vrouwen en een ouder echtpaar had zien binnengaan bij nummer 11. De andere buurman, een gebochelde vent die wel tweehonderd leek en de langste naam had die ik ooit heb gehoord – Professor Sir Basil Lambert-Wall – zei precies hetzelfde over het bezoek: veel vrouwen, een echtpaar dat hij omschreef als van middelbare leeftijd, maar ik ga ervan uit dat het hetzelfde echtpaar is dat de buurvrouw als oud omschreef – waarschijnlijk Selina Gane's ouders. Lambert-Wall wierp één blik op de foto van Kit Bowskill en zei: 'Natuurlijk herken ik hem. Hij heeft mijn nieuwe inbraakalarm geïnstalleerd.'

'Alzheimer?' vroeg Charlie.

'Dat denk ik niet,' zei Simon. 'Geestelijk leek hij me even scherp als iemand van twintig, ook al leunde hij op een stok die twee keer zo breed was als zijn lichaam. Ik wilde dat wat hij me had verteld niet meteen naast me neerleggen omdat hij stokoud is, dus toen ben ik naar Safe-sound Alarms in Trumpington gegaan...'

'En daar hadden ze nog nooit van Kit Bowskill gehoord,' vatte Charlie samen.

'Nee. Nooit.'

'Dus die ouwe vergiste zich.'

'Hij leek anders heel zeker van zijn zaak,' zei Simon koppig. Hij zuchtte. 'Je hebt gelijk. Ondanks zijn spectaculaire naam moet hij er wel naast zitten. Waarom zou Kit Bowskill alarminstallaties installeren?'

'Als ik zo gek was als jij, zou ik misschien zeggen dat hij twee levens leidt, met in allebei een huis en een vrouw, datasystem blabla in Silsford en alarminstallateur in Cambridge. Misschien heerst er bij Safe-sound Alarms wel een sterke antipolitiecultuur, dus ontkenden ze automatisch toen er een rechercheur op de stoep stond.' Toen ze Simons bezorgde frons zag, gaf Charlie hem een tik op zijn arm: 'Ik maak maar een geintje. Ik hoop dat je Connie Bowskill hebt gemeld dat alles in de haak is met haar echtgenoot.'

'Nog niet. Ik wilde haar geen valse hoop geven. Dat die buren hem nu toevallig nog nooit daar in huis hebben gezien, wil nog niet zeggen dat hij daar nooit is geweest. Misschien zijn Selina Gane en hij wel heel voorzichtig. Nee.' Dat deed Simon altijd als hij weer eens in standje obsessie stond: zichzelf hardop tegenspreken. 'Ze hebben niets met elkaar. Dat kan niet. Dus waarom heeft hij haar adres dan als "thuis" ingevoerd in zijn gps?'

'Hoezo hebben ze niets?' vroeg Charlie.

Ze zag dat het tot Simon doordrong wat hij net had gezegd, en dat hij iets te zeker van zijn zaak had geklonken. Hij keek betrapt.

'Sorry, wilde je me het hele verhaal niet vertellen?' vroeg ze. 'Had je de clou liever willen bewaren voor over een week of twee?'

'Er gebeurde iets vreemds toen ik met Selina Gane sprak,' zei Simon.

'Iets nog vreemders, bedoel je. Ik vind het hele verhaal al vreemd zat.'

'Ik liet haar de foto zien, maar dat leverde niets op. Ze kan niet goed liegen – daar kwam ik een paar seconden later achter – dus ik weet vrij zeker dat het uitblijven van een reactie op de foto oprecht was. Het gezicht van Kit Bowskill zei haar niets. Toen stopte ik de foto weg en vroeg haar of ze de naam kende. "Nee," zei ze. "Wie is dat? Ik heb nog nooit van haar gehoord."'

'Begrijpelijk,' geeuwde Charlie. 'Kit kan net zo goed een vrouwennaam zijn.' De hitte had een bedwelmend effect op haar. Dat iemand in dit klimaat kon werken! Ik zou alleen in Spanje kunnen wonen als ik een kat was, dacht ze.

'Toen ik tegen Selina Gane zei dat Kit Bowskill een man was, gebeurde er iets in haar gezicht,' zei Simon.

Charlie kon de verleiding niet weerstaan: 'Zag je er soms een berg in?'

'Ze was verbaasd – geschokt zelfs. Ze had zo'n... ik weet niet hoe ik het moet omschrijven – maar in haar ogen zag je: nee, dat kan niet kloppen. Ik zag hoe ze haar aannames moest bijstellen. Toen ik haar ernaar vroeg, klapte ze dicht, maar het was volkomen duidelijk dat ze loog.'

'Dat is inderdaad vreemd,' beaamde Charlie. 'Dus...' Ze snapte er niets van. Als je op vakantie was, hoorde je niet zo hard na te hoeven denken. 'Ze kende zijn gezicht niet, en ze kende zijn naam niet. Dus...' Uiteindelijk kwam haar door de zon verpieterde brein met de vraag waar het naar zocht: 'Dus waarom wist ze zo zeker dat Kit Bowskill een vrouw was?'

Toen Sam terugkwam uit de rechercheruimte, waren Sellers en Gibbs nergens te bekennen. Proust zat ook niet in zijn kantoortje.

Sam checkte zijn mail. Hij had zeven nieuwe mailtjes, en vijf daarvan kon hij zo op het oog wel negeren. De andere twee waren van rechercheur Ian Grint en Olivia Zailer, Charlies zus. Sam opende die van Grint, die had geprobeerd om hem te pakken te krijgen. Sam wist niet of hij de energie wel had om hem terug te bellen, na zijn uitputtende sessie met Connie Bowskill; hij voelde zich net een onbetaalde psychiater – nog zo'n gesprek en hij had zelf een psychiater nodig. Grint had waarschijnlijk gebeld met de Beaters, het stel dat in het huis aan Bentley Grove had gewoond voor Selina Gane het kocht. Sam had hem dat gevraagd, omdat hij ze misschien iets had willen vragen over de kerstboomvlek op de vloerbedekking. Hij glimlachte bij zichzelf. Grint zou waarschijnlijk denken dat hij knettergek was, en dat kon Sam hem niet kwalijk nemen.

De mail van Olivia bevatte een hele reeks verwarrende instructies, dubbele ontkenningen en verkapte, in algemene termen gestelde beschuldigingen – 'Ik zeg niet dat je het wel of niet had moeten...', 'doe het alsjeblieft niet, althans, doe het alleen als je echt denkt dat het nodig is...', 'ik heb het heel goed overdacht, en ik heb besloten dat ik het nummer niet kan geven...', 'maar iemand anders kan het je uiteraard niet geven...' – en vervolgens bood ze Sam een mogelijkheid om Simon te bereiken, wat hem in een positie bracht waar hij absoluut niet in wilde verkeren. Het was onvergeeflijk om iemand te storen die op huwelijksreis was, ook al zou hij nog zo kort bellen. En Sam moest toegeven dat het telefoongesprek niet eens kort zou duren. Hij had Simon zo veel te vragen, en te vertellen, hij wist niet waar hij moest beginnen. Tegen de tijd dat hij hem alles uit de doeken had gedaan, zou de huwelijksreis voorbij zijn, en zou Charlie op hoge poten hun kantoorruimte binnen stampen om Sam bewusteloos te slaan met een zware koffer.

De telefoon op zijn bureau ging over. Sam bad dat het Simon was: dat hij zich zat te vervelen terwijl Charlie een middagdutje deed, en dat hij belde in de hoop dat iemand zin had in een praatje pot.

Het was Ian Grint. Hij stak meteen van wal: 'Die dame van jou vertelt blijkbaar de waarheid. Vanochtend stond hier ineens een vrouw voor mijn neus die me precies hetzelfde verhaal vertelde. Geloof jij in synchroniciteit? Ik niet, maar misschien moet ik me er toch maar eens in verdiepen.'

'Dat is...' Wat was hier aan de hand? Sam had geen idee. Hij wist niet wat hij had verwacht, maar dit in elk geval niet.

'Zelfde omschrijving,' zei Grint. 'Van de vrouw en de kamer. Ingelijste kaart, salontafel, de hele mikmak. Vrouw: slank, klein van stuk, groen met lila jurk, donker haar dat in een slordige waaier om haar hoofd lag, grote plas bloed, donkerder van kleur ter hoogte van de maag. De tijden komen ook overeen. Ze moeten binnen een paar seconden na elkaar de virtuele rondleiding hebben geopend. Waarschijnlijk de enige twee mensen in het hele land, aangezien het al na enen was, die nacht.'

'Misschien niet,' zei Sam. 'Misschien zijn er nog wel meer mensen naar jou op weg – of niet, omdat ze niet weten hoe ze moeten bewijzen wat ze hebben gezien.'

'Het is na die twee sessies waar wij nu van weten, van de website verdwenen, dat lijdt geen twijfel,' zei Grint. 'Jackie Napier – dat is mijn dame – zegt dat ze de rondleiding afbrak, en toen nog een keer opstartte en dat het lijk er toen niet meer was. Dat is toch letterlijk wat jouw mevrouw Bowskill overkwam?'

'Klopt,' zei Sam.

'Hoe snel kunnen jij en zij hiernaartoe komen?' vroeg Grint.

'Ik en zij... je bedoelt ik en Connie Bowskill?' Hij had zich nog geen vijf minuten geleden los weten te maken uit haar nauwelijks in toom te houden hysterie, en hij had totaal geen trek om in de nabije toekomst contact met haar op te nemen. Ze had een taxi besteld die haar naar huis zou brengen, aangezien haar man met de auto weg was gegaan en haar zonder vervoer had achtergelaten. Ze was waarschijnlijk allang weg. En Sam zag al voor zich hoe Proust zou reageren als hij nu alles uit zijn handen liet vallen om naar Cambridge te gaan. 'Ik weet niet of dat wel gaat lukken.'

'Ik weet wel zeker dat het gaat lukken.' Grints gegrinnik onderstreepte dat hij er niet om kon lachen. Sam hoorde de onderliggende ernst in zijn stem, de lichte dreiging. 'Er is nog veel meer aan de hand, en ik kan je dat niet allemaal aan de telefoon vertellen – je moet het met je eigen oren horen. Zo'n smerig zaakje hebben we nog nooit bij de hand gehad. Ik in elk geval niet. Ik heb jullie hier allebei nodig, zowel jou als haar.'

Een paar tellen later sprintte Sam de gang door, voor het geval Connie Bowskill nog op de parkeerplaats stond te wachten op haar taxi.

Lieve Elise, Donal, Riordan en Tilly,

Even een kort briefje, wel heel erg verlaat, om jullie héél erg te bedanken voor dat superweekend! Precies wat we nodig hadden na die walgelijke maanden vol stress – we zijn er echt van opgeknapt! Cambridge is precies zo mooi als jullie het hadden omschreven, en we komen dolgraag nog eens logeren! Op de terugweg vroegen we de kinderen wat ze het leukste vonden van het weekend, en ze zeiden: 'Alles' – en dat vat aardig samen hoe we er allemaal over denken. Het punteren over de rivier was super: die schitterende colleges, de zon... O, trouwens, we denken dat we het mysterie hebben opgelost van de punter waar we onder dat bruggetje tegenaan botsten: 'Step to Heaven'. Een vriend van ons heeft aan Trinity College gestudeerd, en hij zegt dat ze hun eigen punters hebben, en dat al die boten zijn vernoemd naar iets drieledigs – er is toch zo'n liedje dat 'Three Steps to Heaven' heet? Van Gene Vincent, of was het Eddie Cochrane? Hoe dan ook, we zaten te verzinnen hoe die andere punters van Trinity zouden kunnen heten: Musketier? Wijze uit het Oosten? Laat even weten als je er zo eentje voorbij ziet varen over de Cam (of de Granta natuurlijk!).

Jullie hebben een fantastisch huis – we zijn zo jaloers! Voelt het al echt als jullie thuis, of voelt het nog steeds maar alsof? Ik weet nog dat jullie dat over je vorige huis ook zeiden, en dat jullie het gevoel hadden dat iemand het huis van jullie af zou kunnen pakken als jullie even niet opletten! Relax, het is echt van jullie! Ik zou best willen dat iemand die bouwval van ons zou afpakken, trouwens – en dat die dan meteen iets doet aan dat lekke dak! Anyway, bedankt voor het warme welkom!

Leigh, Jules, Hamish en Ava

PS Jules vindt dat een van die punters van Trinity 'Drie op een rij' moet heten, maar dat gaat wel erg ver!

11

Maandag 19 juli 2010

Ik loop de hitte in, en blijf staan als de duizeligheid me overvalt. Ik doe mijn ogen dicht, leun tegen de muur van het politiebureau en zoek steun zodat ik niet op de grond val. Een auto toetert. Ik weet niet hoever die bij mij vandaan is. Waarschijnlijk is het mijn taxi. Ik zou op moeten kijken, maar ik weet wel beter nu mijn herseninhoud uiteenvalt in wollige grijze vlokken. Ik doe mijn ogen pas weer open als ik zeker weet dat de wereld er weer normaal uitziet. Het ergste van deze aanvallen is hoe alles om me heen vervormt. Het is doodeng om mijn ogen open te houden – alsof ik steeds dieper terugval in mijn hoofd, alsof ik door een interne stroom bij mijn ogen word weggesleurd. Mijn ogen blijven waar ze zijn terwijl ik afdaal in de diepe krochten.

'Connie!' Weer die toeter. Ik herken de stem, maar kan hem niet plaatsen. Ik leun nog steeds met mijn ogen dicht tegen de muur als ik een hand op mijn arm voel. 'Connie, gaat het wel?'

Mijn zus. Fran.

'Alleen een beetje licht in mijn hoofd,' kan ik uitbrengen. 'Geef me heel even, dan komt het wel goed. Wat doe jij hier? Hoe wist je dat ik...?'

'Ik belde Kit toen jouw telefoon meteen op de voicemail overging. Hij zei dat je een lift naar huis nodig had.'

Omdat ik hem kwaad had gemaakt, en hij me heeft laten zitten.

'Maar ik breng je nog niet naar huis. Stap maar in.'

Niet naar huis? *Waar gaan we dan wel naartoe?* Ik doe mijn ogen open. Frans Range Rover staat half op de invalidenparkeerplaats geparkeerd, dicht bij het gebouw. De beide voorportieren hangen open. Het doet me denken aan een film die ik als kind heb gezien over een magische auto die kon vliegen; de deuren waren vleugels.

Fran draagt een verschoten spijkerbroek en een oranje met wit gestreept rugbyshirt; haar uniform als ze niet werkt. Als ik weleens bij haar thuis ben, en dit zie hangen op het droogrek, overweeg ik soms om het te jatten en weg te gooien, al is er niet echt iets mis mee.

'Ik heb een taxi besteld,' zeg ik. 'Dus ik moet nog even wachten.'

'Laat die taxi maar zitten. Ik heb Diane gebeld of ze mij kon vervangen op haar vrije dag, want ik moet met je praten – nu meteen. Dus je gaat met mij mee, of je het nu leuk vindt of niet.'

'Waar gaan we heen?'

'Naar de tearoom bij Silsford Castle. We gaan theedrinken en kletsen.' Fran klinkt vastberaden. En uit haar toon kan ik opmaken dat het geen gezellig uitje wordt.

Ik laat me door haar in de auto duwen. Het ruikt er naar een mengeling van chips en luierdoekjes, die ze nog steeds overal voor gebruikt, ook al is Benji al vijf en is er geen baby meer aan haar kant van de familie. Ik weet best dat ik het recht niet heb me hieraan te ergeren. Fran gaat achter het stuur zitten, dumpt haar handtas op mijn schoot en rijdt weg zonder haar riem vast te maken.

'Waarom Silsford Castle?' vraag ik. 'Waarom niet ergens op weg naar huis?'

'Naar huis? Waar is jouw huis dan precies?' Fran draait zich half om me aan te kijken, en om te controleren of haar woorden het beoogde shockeffect op mij hebben.

'Wat?' val ik naar haar uit. Ik voel een steek van angst in mijn maag. 'Wat bedoel je?'

Ze schudt haar hoofd alsof ze wil zeggen: 'Laat maar.' 'Staat je telefoon nog uit?' vraagt ze.

'Nee. Die heb ik aangezet toen ik –'

'Zet uit. Niet vragen waarom, gewoon doen. Ik wil niet gestoord worden.'

Ik volg het bevel, al zou ik eigenlijk moeten protesteren; dat zou-

den de meeste mensen doen. Zegt het iets over mij dat ik het gerust-
stellend vind als mensen me opdragen wat ik moet doen, zodat ik
niet zelf hoef na te denken?

Waarom vroeg Fran waar mijn huis is?

'Je moet weer naar de dokter,' zegt ze als we het centrum van Spilling achter ons laten.

'Wat heeft het voor zin? Volgens hem is er niks mis met me.'

'Dan heeft hij niet goed naar je gekeken,' mompelt ze.

De rest van de rit voltrekt zich in stilte. Als Fran parkeert op een
van de vijf parkeerplekken voor invaliden op de kinderkopjes bij
Silsford Castle, kan ik me niet inhouden en zeg: 'Je mag hier niet
parkeren.'

'Het kan me niet schelen of het wel of niet mag. En trouwens,
ethisch gezien zit ik goed, want ik heb jou bij me,' zegt ze. 'Als een
politiebureau uit lopen en zomaar bijna instorten niet telt als invalide, dan weet ik het ook niet meer.'

Ik haat haar omdat ze dit zegt, en ik raak in paniek bij de gedachte
wat er gaat gebeuren als ik dadelijk uit de Range Rover stap. Zal de
duizeligheid dan weer toeslaan? En als ik nu geen tijd heb om iets te
vinden waar ik tegenaan kan leunen?

Fran heeft me niet gevraagd hoe het ging bij de politie, dus ze weet
waarom ik daar was.

Als ik de middagzon in stap, gaat alles goed. Het is dus niet het van
binnen naar buiten gaan waar ik zo akelig van word, en het ligt ook
niet aan het opstaan als ik een poos heb gezeten. Het enige wat ik
heb kunnen vaststellen na mezelf maanden te hebben geanalyseerd,
is dat de duizeligheid op elk willekeurig moment kan optreden, en
dat de omstandigheden er niet toe doen – het valt dus niet te voorspellen. *Of te vermijden.*

De tearoom bij Silsford Castle ruikt naar kaneel, gemberkoekjes
en rozen, zoals het hier al rook toen ik nog een kind was. De dames
achter de toonbank dragen ook nog altijd dezelfde schorten – licht-
blauw, met ruches langs de randen, en bespikkeld met piepkleine
roze roosjes. Zonder me te vragen waar ik trek in heb, bestelt Fran

twee kopjes Earl Grey met lavendel, en gaat dan aan het ronde tafeltje in de hoek bij het raam zitten, hetzelfde tafeltje waar mijn moeder
altijd direct naartoe liep toen ze ons vroeger op zaterdagochtend
meenam op ons 'weekenduitje', zoals ze het noemde, na ons bezoek
aan de bibliotheek.

*Zo, meisjes – zullen we vast een bibliotheekboek lezen bij de chocolade-
taart?*

'Wat doe ik hier?' vraag ik aan Fran.

Ze knijpt haar ogen tot spleetjes en tuurt naar me. 'Komt het door
Benji?' vraagt ze. 'Dat moet haast wel.'

'Komt wat door Benji?'

'Dat jij zo pissig doet tegen mij?'

'Ik doe niet pissig tegen jou.'

'Als jij geen zin hebt om elke dinsdagavond op te passen, hoef je
dat niet te doen – zeg het maar. Eerlijk gezegd vinden Anton en ik het
zelf ook niks. Het lijkt wel of je een timeshare hebt in onze zoon.
Vaak willen we op dinsdag iets met het gezin doen en dan kan dat
niet – omdat het in steen gehouwen staat dat jij Benji hebt, tenminste, zo voelt dat soms.' Fran zucht. 'Ik heb zo vaak op het punt gestaan je te bellen om te vragen of het goed was dat wij hem een keertje thuishielden, maar iedere keer had ik het lef niet, omdat ik je niet
voor het hoofd wilde stoten. Wat belachelijk is. Waarom ben ik bang
om eerlijk tegen jou te zijn? Dat was ik vroeger nooit.' Ik weet niet
precies op wie ze nu boos is: op mij of op zichzelf.

Een timeshare in onze zoon. Die zin heeft ze niet ter plekke zelf bedacht. Ze heeft met Anton zitten afgeven op mij en Kit – waarschijnlijk even veel als wij altijd op hen afgeven.

Het was ma die het opperde, toen ik voor het eerst op Benji had gepast: 'Maak er anders een vaste afspraak van. Dan is hij elke dinsdag
een nachtje bij jou en Kit – dan hebben Fran en Anton lekker hun
handen vrij, en het biedt jullie de kans hem te leren kennen. En om te
oefenen voor als jullie zelf een kind krijgen.' Wat Fran en ik ervan
vonden deed niet ter zake; ma wilde het, en dus gebeurde het.

Dit kan niet de reden zijn waarom Fran me hiernaartoe heeft ge-

bracht, om het over het oppassen te hebben. 'Het kan me niet schelen,' zeg ik tegen haar. 'Ik vind het prima om Benji elke dinsdag te
hebben, of soms op dinsdag, of nooit op dinsdag – wat jij wilt. Het is
aan jou en aan Anton.'

Fran schudt haar hoofd, alsof er een goed antwoord was en ik dat
net niet heb gegeven. Soms heb ik het gevoel alsof ik een andere taal
spreek dan de rest van mijn familie; en bij de vertaling wordt er aan
de woorden een toefje provocatie toegevoegd, een likje belediging,
die ze in de brontaal niet hadden.

'Dat huis in Cambridge, Bentley Grove 11 – dat gaan jullie niet
kopen, hè?'

Waarom klinkt ze zo triomfantelijk, alsof ze mij heeft betrapt? Ik
doe mijn mond open om haar eraan te herinneren dat ik me geen
huis van 1,2 miljoen pond kan veroorloven, maar ze praat over me
heen: 'Jullie gaan het *verkopen*.'

'Wat?'

'Kom op, Connie, nou geen bullshit meer. Het is jullie huis. Jullie
zijn de eigenaren. Jij en Kit. Jullie zijn degenen die het te koop hebben gezet.'

Dit is een van de meest absurde dingen die iemand ooit tegen me
heeft gezegd. Ik zou er bijna van opvrolijken. Ik begin te lachen,
maar stop als ik de serveerster onze kant op zie komen met haar ser-
veerwagentje. Terwijl ze de schoteltjes, kopjes, lepeltjes, het thee-
zeefje, het melkkannetje en de suikerpot neerzet, voel ik Frans ongeduld van de andere kant van de tafel op me afstralen. Ze wil een
antwoord.

'Nou?' zegt ze zodra de serveerster zich heeft teruggetrokken.

'Ik heb nog nooit zoiets krankzinnigs gehoord. Hoe kom je daar
nou toch bij?'

'Lieg niet, Con. Ik weet niet wat die dode vrouw met haar gezicht
in een plas bloed in het verhaal doet – ik ben er niet van overtuigd dat
je die niet hebt verzonnen, al snap ik niet waarom je –'

'Hou je mond nou eens en luister naar wat ik zeg!' snauw ik. 'Ik
heb helemaal niets verzonnen – wat ik jullie heb verteld, heb ik echt

gezien. Denk je soms dat ik voor mijn genoegen de hele ochtend op het politiebureau zit, zomaar, voor niks? Het kan mij niet schelen of jullie mij geloven of niet – het is de waarheid. En ik ben niet de eigenaar van dat huis. Dat is een arts, genaamd Selina Gane. Vraag maar aan de politie als je me niet gelooft.'

'Waarom zat jij dan midden in de nacht op Roundthehouses te kijken, als je niet zelf de eigenaar bent, en je je dat huis niet kunt veroorloven?' vraagt Fran. 'En doe nou maar niet net alsof je maar wat rondkeek. Jij en Kit hebben iets met dat huis te maken.'

'Hoe kun jij dat nou weten?' *Verdomme.* Heb ik laten doorschemeren dat ze gelijk heeft? Zo te zien vindt zij dat wel, te oordelen aan de triomfantelijke glinstering in haar ogen. Waarom kan ik niet wat beter liegen? 'Ineens ben je wel geïnteresseerd in Bentley Grove,' zeg ik bitter. Het is makkelijker om kwaad te zijn op Fran dan op mezelf. 'Op zaterdag boeide het je nog voor geen meter. Ik heb je gevraagd of jij dacht dat ik me maar inbeeldde wat ik heb gezien – weet je nog wat je toen zei: "Weet ik veel. Niet echt. Misschien." Meer woorden heb je er niet aan vuilgemaakt voor je je aandacht weer richtte op Benji's avondeten.'

Fran schenkt ons allebei een kop thee in. Ik wacht op haar verdediging, maar het enige wat ze doet is haar schouders ophalen. 'Wat had ik dan moeten zeggen? Ik wist niet wat ik ervan moest denken – hoe moet ik nou weten of jij echt een dode vrouw op Roundthehouses hebt gezien? Pa en ma trokken op hun geheel eigen wijze van leer – ik nam aan dat je je handen al vol had aan hen, dus heb ik me ingehouden.' Ze zet de theepot neer en kijkt me aan. 'Zodra ik Benji die avond in bed had gelegd, heb ik zelf ingelogd op Roundthehouses. Terwijl jij zat te stomen vanwege mijn gebrek aan belangstelling, en je mij ongetwijfeld hebt zwartgemaakt bij Kit, zat ik te kijken naar de foto's van Bentley Grove nummer 11. Ik heb verder de hele avond niets anders gedaan dan dat, ook al veranderden de foto's nooit. Zo weinig belangstelling had ik dus.'

Er is iets waardoor zij dat huis aan Kit en mij verbindt. Het kost me moeite om de thee die ik in mijn mond heb door te slikken. 'Wat zag je?' vraag ik, en mijn stem kraakt. 'Vertel.' Waarom heb ik het niet gezien, wat het ook mag zijn? Ik heb er uren naar zitten kijken.

'Stel je niet zo aan, Connie,' zegt Fran achteloos, en ze negeert mijn vraag. 'Jij denkt altijd maar het slechtste van mensen, en je zit maar verontwaardigd te doen, en je blaast de stomste dingen op tot gigantische problemen waar je je eindeloos druk over maakt, zonder ooit maar een woord te zeggen over wat je *echt* dwarszit, zodat niemand de kans heeft om uit te leggen dat ze heus niet zo slecht zijn als jij denkt.'

'Wat heb je gezien, Fran?'

'Telkens als ma haar mond opendoet, krimp jij ineen, alsof ze de duivel met ovenhandschoenen is. Ja, ze is soms irritant, maar doe dan wat ik ook doe: zeg dan dat ze normaal moet doen, en dan is het klaar. Zelfde verhaal met pa. Zeg gewoon dat we allemaal op moeten rotten, maar wees in godsnaam een keer eerlijk.'

Ze is slim, Fran. Ze doet het voorkomen alsof het allemaal zo makkelijk is, en zo normaal. Als je haar zo hoort, zou je bijna denken dat de familie Monk een volmaakt onschuldige organisatie is, en dat het de leden toegestaan is om uit Little Holling te vertrekken als ze daar zin in hebben, en dat ze op geen enkele manier hoeven te boeten, mochten ze ooit gebruikmaken van dat recht.

'Vertel me wat je hebt gezien,' herhaal ik nog eens.

'Vertel jij eerst maar,' zegt Fran en ze leunt over tafel naar me toe. 'Alles. Wat is er aan de hand met Bentley Grove nummer 11? Godsamme, Con, zijn wij nou zusjes, of een stel vreemden? Zeg het maar, want ik kan het allebei zijn. Het is aan jou.'

'Ja. Dat is het, hè?' Ze verwacht dat ik weiger, maar dan zal ik haar eens verrassen. Ze wil zo graag alles weten, nou, dan krijgt ze alles te horen ook: niet alleen de naakte feiten, maar alle mogelijke schakeringen, alle gedachten die bij mij zijn opgekomen en waar ik weer van afgestapt ben, soms wel tien of twaalf keer op een dag. Terwijl ik praat, begin ik er lol in te krijgen. Ik weet uit ervaring dat het verhaal dat ik nu vertel geen bevredigende vertelling is, dat het niet meer is dan een reeks onoplosbare problemen. Laat Fran maar mooi net zo

in de war raken als ikzelf. Ik vraag me af of ze het satanische genoegen in mijn stem hoort terwijl ik haar niets bespaar, nog niet het
allerkleinste detail.

Als ik eindelijk uitgepraat ben, ziet ze er niet zo verward uit als ik
had gehoopt. En ook niet verbaasd, of geschokt. 'En, heb je hem gebeld?' vraagt ze.

'Wie?'

'Stephen Gilligan – die vent met wie Kit zogenaamd een afspraak
had op 13 mei. Heb je die secretaresse gesproken, Joan Weetikveel?'

'Joanne Biss. Nee. Ik was het van plan, in de taxi op weg naar huis,
maar toen stond jij er ineens, en ik...'

Fran luistert niet. Ze heeft haar mobieltje tevoorschijn gehaald, en
vraagt al naar het nummer van het kantoor van London Allied Capital in Canary Wharf. Ik doe mijn ogen dicht en wacht, terwijl ik denk
aan wat Alice zei: dat ik de waarheid over Kit niet echt wil weten.
Heeft ze gelijk? Zou ik Stephen Gilligan echt zelf hebben gebeld?
Was dat de reden waarom ik die aanval van duizeligheid had zodra ik
het politiebureau uit stapte: dat ik dan het telefoontje niet hoefde te
plegen?

'Joanne Biss, graag,' zegt Fran. 'Dat geeft niet. Ik wacht wel.'

'Ik zou echt gebeld hebben,' zeg ik tegen haar. 'Als ik weer thuis
was.' Ze werpt me een sceptische blik toe. Ik weet precies wat ze
denkt. 'Waarom zou ik geld verspillen aan een privédetective als ik
zelf gratis kan spioneren bij zijn appartement in Limehouse?' vraag
ik afwerend.

'Heb je dat dan gedaan?' vraagt Fran.

'Ik ben er een paar keer heen gereden, 's avonds, en toen heb ik
daar in het donker gezeten. Kit doet de gordijnen in zijn zitkamer
nooit dicht, en het appartement is op de begane grond. Ik heb hem
gebeld vanaf de parkeerplaats, en net gedaan of ik van thuis belde.
Toen zag ik hem door het raam, met een glas rode wijn, terwijl hij
met me praatte – dezelfde wijn die hij thuis ook drinkt. En er was
nooit iemand bij hem.' *Toen hij glimlachte, was het dezelfde liefdevolle
glimlach die ik altijd zie als hij weet dat ik kijk.* Ik breng het niet op die

feiten met mijn zus te delen; het is belangrijk voor me, en ik vertrouw het haar niet toe.

'Een paar keer bewijst niets,' zegt ze smalend.

'Ik heb ook uren in mijn auto in Bentley Grove gezeten, om te zien of hij uit nummer 11 kwam. Maar dat is nooit gebeurd.' Waarom probeer ik Fran te overtuigen dat er niets aan de hand is, als ik weet dat dat niet klopt?

Ze steekt haar hand op en drukt haar telefoon tegen haar oor. Ik luister naar hoe ze zich aan Joanne Biss voorstelt als iemand van Nulli, en hoe ze informeert naar de bespreking tussen Kit en Stephen Gilligan op vrijdag 13 mei – is die nog doorgegaan, of was hij afgezegd? Ze zegt niets over waarom ze dat wil weten, maar ze klinkt vol zelfvertrouwen, alsof ze het recht heeft om zonder uitleg zoiets te vragen. Mij zou het nooit lukken zo'n toon aan te slaan. Ik zou nerveus en dubieus klinken, en mij zouden ze aan de tand voelen waar ik die informatie voor nodig had over een bespreking van twee maanden geleden. Een paar seconden later bedankt Fran Joanne Biss, en groet haar.

'Kit sprak de waarheid,' zegt ze, en ze legt de telefoon op tafel. Ze klinkt teleurgesteld. 'Hij had inderdaad een bespreking met Stephen Gilligan op 13 mei, om drie uur.'

Het is net of er een donkere wolk optrekt.

'Misschien heeft Kit die Joanne gebeld om te zeggen wat ze moest antwoorden,' zegt Fran. 'Hij heeft meer dan genoeg tijd gehad. En zelfs al heeft hij dat niet gedaan, en is die SG in zijn agenda *daadwerkelijk* Stephen Gilligan, dan sluit dat nog niet uit dat hij een relatie heeft met die Selina Gane.'

'Het betekent juist dat hij dat waarschijnlijk niet heeft,' zeg ik, en zo optimistisch als nu heb ik me al heel lang niet gevoeld. 'Er is niets wat hen aan elkaar verbindt – helemaal niets – los van haar adres in zijn gps als "thuis". En misschien heeft hij dat wel niet zelf ingevoerd. Misschien heeft iemand anders dat wel gedaan.' *Toe maar. Zeg het dan!* 'Misschien heb jij het wel gedaan. Of Anton.' Je krijgt de achterdocht bijna niet meer de deur uit als die eenmaal in je heeft postgevat. Het is veel makkelijker om de focus van die achterdocht te ver-leggen dan om hem weg te jagen.

'Daar reageer ik niet eens op,' zegt Fran ongeduldig. 'Anton of ik,' mompelt ze. 'Waarom zouden we?'

Omdat jullie jaloers zijn. Omdat wij meer geld hebben; omdat Kit suc-ces heeft en Anton niet.

'Waarom denk jij meteen het slechtste over Kit?' Ik zet mijn aan-val door, totdat Fran me wijst op mijn hypocrisie. 'Waarom zeg je niet gewoon wat je me te zeggen hebt?' Zou ze het me niet allang hebben verteld als het de moeite waard was? Is ze slim en geslepen genoeg om zo'n ingewikkeld plan uit te broeden om mijn huwelijk te laten stranden en mijn geestelijke gezondheid te vernietigen; zo'n complex en manipulatief plan dat ik geen flauw idee heb waar het precies om draait?

Kom nou toch, Connie – het is je zusje. Je kent haar al je hele leven. Doe toch normaal.

Fran zou nooit een dode vrouw op mijn computerscherm kunnen laten verschijnen. Ze kan ook niets met Bentley Grove 11 te maken hebben. Ze is nog nooit in Cambridge geweest; ze komt nooit er-gens, behalve bij Monk & Sons, Benji's school, de supermarkt en het huis van onze ouders.

'Je kunt de foto's van Bentley Grove niet beter bestudeerd heb-ben dan ik,' zeg ik bevend. 'Er is geen spoor van Kit te bekennen op die foto's, en er is niets te zien wat hem aan Selina Gane ver-bindt. Helemaal niets. Hij houdt niet eens van zo'n soort huis. Kit zou zo'n huis nooit "thuis" kunnen noemen – zo'n moderne, ka-rakterloze doos omgeven door klonen ervan, ook van die moderne, karakterloze –'

'Denk toch eens na, Connie!' zegt Fran fel. 'Als hij iets heeft met de vrouw die *in* dat huis woont, kan het gebrek aan kroonlijsten en plafondrozetten hem geen moer schelen. Ben je alweer vergeten hoe het is om verliefd te zijn?' Ze trekt een zelfgenoegzame grijns. 'Ik wel bijna, maar nog niet helemaal. Ik geef je op een briefje: als ik hals-overkop verliefd op iemand zou worden, zou ik overal wel kunnen wonen met die ander. In een flat in Brixton, of zoiets treurigs en lelijks.' Ze trekt haar neus vol afschuw op.

Ik moet er bijna om lachen. De meeste mensen in Brixton zouden het een verschrikkelijk lot vinden om zelfs maar een halfuur in Little Holling te moeten verblijven. Dan hadden ze in een kwartier bekeken wat het dorp allemaal te bieden had, en zouden ze zich afvragen waarom de bewoners niet massaal die dodelijk groene stilte ontvluchtten en met honderdvijftig kilometer per uur naar de dichtstbijzijnde lawaaiige stad sprintten.

'Iedereen kan dat adres in Kits gps ingevoerd hebben,' zeg ik tegen Fran. 'Iemand in de winkel, zoals hij zelf al zei.' Geloof ik zelf wat ik zeg, of heb ik nu alles laten varen behalve de wens om deze slag te winnen? Als Fran voor Kit opkwam, zou ik dan juist volhouden dat hij een leugenaar en een bedrieger was? 'Behalve als je kunt bewijzen dat hij tegen me liegt –'

'Dat kan ik niet,' onderbreekt Fran me. 'Luister, ik dacht dat ik iets zag op Roundthehouses, meer niet. Misschien zit ik ernaast, ik weet het niet. Maar je bent blijkbaar niet erg benieuwd.'

'Dit is geen ontkenning, Fran. Ik zie het nu voor het eerst weer helder – en ik probeer mijn huwelijk te sparen, want het afgelopen halfjaar ben ik vooral bezig geweest dat te verwoesten met mijn beschuldigingen en twijfels.' Ik snuif mijn tranen terug. 'Ik heb Kit gemarteld – dat is geen overdrijving, geloof me. Ik heb hem voortdurend ondervraagd, en hem mijn bed uit gezet... Hij is zo geduldig en zo begripvol – een ander was allang bij me weggegaan. Weet je wat ik laatst gedaan heb? Ik kwam thuis van de winkel, en hij was in de badkamer, met de deur op slot. Hij doet anders nooit de deur op slot. Toen heb ik geëist dat hij de deur opendeed. Eerst weigerde hij, want hij zat in bad, zei hij. Maar ik wist dat dat niet zo was, want ik hoorde hem rondlopen. Dus drong ik nog meer aan. Zei dat ik bij hem weg zou gaan als hij me niet onmiddellijk binnenliet. Ik dacht dat hij daar zat om haar te bellen – die Selina Gane, al wist ik toen nog niet hoe ze heette. Toen hij de deur opendeed, verwachtte ik dat hij zijn mobiel in zijn hand had en schuldbewust zou kijken, of dat hij hem

door de wc had gespoeld of zo. Ik dacht, nu gaat het gebeuren, eindelijk – ik grijp zijn telefoon en dan zie ik haar naam en telefoonnummer, en dan heb ik het bewijs. Ik had zijn telefoon al eens bekeken, en toen vond ik niets, maar ik dacht dat ik dit keer misschien...'
Ik zwijg. Het is moeilijk om een gemoedstoestand te beschrijven die
nu zo ver van me af staat. Het is alsof ik het gedrag van iemand anders beschrijf, van iemand die niet goed bij zijn hoofd is.

'Mijn hart ging zo tekeer dat ik dacht dat het zou exploderen. Toen
zag ik "Happy Birthday" staan op een rol inpakpapier aan Kits voeten, met een tasje van Chongololo. En een schaar met plakband...' Ik
sla mijn handen voor mijn gezicht. 'Die arme man was bezig mijn
verjaardagscadeau in te pakken, en er was nergens een mobieltje te
bekennen. Hij was bezig iets heel liefs voor mij te doen, en ik verpestte het. De hele verrassing naar de kloten door mijn achterdocht,
zoals die alles naar de kloten heeft geholpen. In zijn plaats zou ik
woest zijn, maar Kit was niet boos. Hij probeerde me op te vrolijken
– bleef maar volhouden dat ik helemaal niets verpest had, en dat mijn
cadeau nog altijd een verrassing zou zijn. "Je weet alleen dat het van
Chongololo is", zei hij, "en zelfs dat weet je niet zeker. Misschien is
dat tasje wel bedoeld om je op het verkeerde been te zetten. Je weet
helemaal niet zeker of er kleding in zit."'

'Hou in godsnaam op jezelf zo te straffen,' zegt Fran. 'Ik zal je laten zien wat ik op Roundthehouses heb gezien. Als je Kit nog steeds
wilt vertrouwen nadat je dat hebt gezien, moet je het zelf weten.
Kom.' Ze staat op.

Automatisch doe ik hetzelfde. 'Waar gaan we heen?'

'Naar hiernaast, naar de bibliotheek. Daar hebben ze internet.'

Mooi, denk ik als we de stenen wenteltrap afdalen en het kasteel
uit lopen. Dit is een test en ik ga hiervoor slagen. Laat Fran haar troef
maar spelen, wat het ook mag zijn. Ik weet dat er niets te zien valt
aan de foto's van Bentley Grove 11 op Roundthehouses wat naar Kit
verwijst, dus ik heb niets te vrezen.

Niet te geloven dat Fran zo graag het slechtste van hem wil geloven. Hoe durft ze?

'Over Chongololo gesproken, waar is jouw roze jas eigenlijk?' vraagt ze terwijl we over de kinderkopjes naar de bibliotheek lopen.

'Mijn jas? Ik wil niet vervelend zijn, maar het is nogal warm buiten.'

'Waar is hij?'

'Geen idee. Aan de kapstok waarschijnlijk.'

'Dat ding is knalroze, Con. Als hij aan je kapstok hing, zou je hem elke dag zien hangen – hij zou je tegemoet schreeuwen.'

'Misschien hangt hij aan de kapstok bij de achterdeur. Hoezo?'

'Ik wil hem lenen,' zegt Fran.

'In juli?'

'Je draagt dat ding nooit meer,' houdt ze vol, zonder mij aan te kijken. 'Misschien heb je hem zelfs allang de deur uitgedaan.'

'Nee, dat zou ik nooit doen... O, ik weet al waar hij is – in Kits auto, achter de hoofdsteunen van de achterbank. Daar ligt hij nu al een jaar of twee. Ik vis hem er wel uit, als je hem echt wilt hebben. Ik dacht dat je een hekel had aan roze.'

Fran kijkt strak voor zich uit terwijl we de bieb in lopen. Ik wil haar nog meer vragen stellen, maar zij is al bezig de aandacht van de bibliothecaresse te trekken. Rechts van de hoofdingang zijn vier rechthoekige grijze tafels tegen elkaar aan gezet om een groot vierkant te vormen. Daaromheen zitten een stuk of twintig dames van vijftig plus en een jongeman met het allerkleinste baardje dat ik ooit heb gezien knaloranje thee te drinken uit plastic bekertjes. Ze tetteren lustig door elkaar heen. Het zal wel een leesclub zijn; de tafel ligt bezaaid met in plastic gekafte exemplaren van een boek getiteld *If Nobody Speaks of Remarkable Things*.

Ik zou dolgraag bij een leesclub willen, maar niet in Silsford. Misschien in Brixton.

De kinderafdeling zit vol met moeders die hun giebelende en gillende kroost smeken om stil te zijn. Als mijn moeder Fran en mij hier mee naartoe nam, waren we stil vanaf het moment dat we binnenkwamen totdat we weer buiten stonden. We communiceerden door te wijzen en te knikken, als de dood dat het personeel ons eruit zou zetten als we onze mond opendeden. Ma zal ons dat wel wijsgemaakt hebben. Ik weet nog dat ik andere kinderen enthousiast hoorde fluisteren over welke boeken van Enid Blyton ze al hadden gelezen en welke nog niet en dat ik me afvroeg waarom zij niet zo geïntimideerd waren als ik.

Fran wenkt me. Omdat ik weet dat ik Bentley Grove 11 weer te zien krijg, moet ik mezelf dwingen om naar de monitor te lopen. In een ogenblik van waanzin stel ik me voor dat Selina Gane achter een boekenkast vandaan komt om mij te betrappen op virtuele spionage: *Waarom zit je nog steeds naar mijn huis te gluren? Waarom laat je me niet met rust?*

Ik ga achter Fran staan en zet me schrap terwijl ik wacht tot ze op de virtuele rondleiding klikt. In plaats daarvan klikt ze ernaast, op Streetview. Ze klikt nog eens om de foto van de straat te vergroten, tot hij het hele beeld vult. De foto is een klein beetje wazig, alsof de foto is genomen uit een rijdende auto. 'Dat is niet nummer 11,' zeg ik. 'Dat is aan de overkant, verderop in de straat – nummer 20 of zo.' Op de foto staan witte strepen en pijltjes waarmee je de straat door kunt lopen. Ze vallen net over het huisnummer, maar ik weet bijna zeker dat het nummer 20 is. De conformistische kloonhuizen aan Bentley Grove zien er alleen identiek uit voor iemand die niet een halfjaar lang bijna elke vrijdag in die straat heeft rondgehangen; ik ken alle gordijnen tot de voering en de kralensierrandjes aan toe.

'Dan draaien we ons om naar nummer 11,' zegt Fran, en ze manoeuvreert met de muis. Ik zie hoe Bentley Grove begint te draaien. *Een draaiende weg, een draaiende zitkamer. Een draaiende dode vrouw in een plas bloed.*

Ik grijp de rugleuning van Frans stoel en verordineer mezelf niet duizelig te worden. Tot mijn verbazing en opluchting werkt dat.

Nu kijken we de goede kant op. 'Ietsje naar links,' zeg ik tegen Fran, hoewel ze mijn aanwijzing niet nodig heeft; ze moet thuis geoefend hebben. Ze klikt op een witte pijl en we komen bij nummer 9 terecht. De voordeur is open. We zien een waas van wit haar en een rode badjas bij de voordeur; het is de kleine, voorovergebogen man die daar woont. Hij heeft zijn wandelstok in de hand. Ik denk niet dat hij meer dan een paar stappen kan zetten zonder die stok. Ik heb hem vaak gezien, in levenden lijve. Hij hobbelt altijd maar heen en weer tussen zijn huis en de diverse recyclebakken die in een Stonehenge-achtige kring midden in zijn voortuin staan. Alle andere bewoners van Bentley Grove bewaren hun huisvuilbakken in de garage.

Ik wacht tot Fran nog eens op de witte pijl drukt, om verder te gaan, maar dat doet ze niet. Ze draait zich om en kijkt mij aan. 'Dat is nummer 9,' zeg ik. 'Niet nummer 11.'

'Vergeet het huis. Kijk eens naar de auto die daar tegen de stoep geparkeerd staat. Het kenteken is niet leesbaar, helaas, maar toch...'

Een zure smaak vult mijn mond. Ik wil tegen Fran zeggen dat ze niet zo belachelijk moet doen, maar ik kan geen woord uitbrengen; ik heb al mijn energie nodig om de paniek en angst die door me heen gieren weg te duwen. *Nee. Dit klopt niet, Fran.*

'Toen ik dit zag, dacht ik meteen: ze zijn bij dat huis wezen kijken. Ik weet zeker dat ze er een bod op hebben gedaan. Maar toen herinnerde ik me dat jij pa en ma had bezworen dat je het huis niet wilde kopen, en dus vroeg ik me af of jullie soms al de eigenaren waren. Jullie wilden het juist verkopen – daarom was je zo geïnteresseerd in dit huis. Oké, het was een beetje vergezocht. Ik dacht dat jij en Kit misschien al jaren in het geniep miljonair waren, en dat jullie dat voor ons allemaal geheimhielden.' Frans toon is luchtig en gekscherend. Vindt ze dit soms leuk? 'Maar als het jullie huis zou zijn, stonden jullie natuurlijk op de oprit geparkeerd, en niet aan de straat. Ik snap ook niet waarom ik dat niet meteen bedacht. De huizen aan Bentley Grove hebben een enorme oprit. Kit had vlak voor de deur van nummer 11 kunnen parkeren, maar dat kon natuurlijk niet.'

Zeg het. Zeg dat ze haar mond moet houden, dat je genoeg hebt van deze ongein.

'Niet als hij daar helemaal niet hoorde te zijn,' gaat Fran verder, en ze vuurt haar woorden te snel op mij af. 'Hij zou niet willen dat iemand de link tussen hem en Selina Gane zou leggen. Maar als hij nu op de stoep parkeert, bij het huis van de buren...'

'Er is ook geen link,' kan ik nog net uitbrengen voor alles in mijn hoofd begint te vervagen, en de hoekjes van mijn gedachten naar binnen krullen. Ik doe mijn ogen dicht en omarm de afdaling in de gedachteloosheid. *Het moet weg, alles moet weg.* Terwijl het smoeze-lige grijs op me neerdaalt en me mee naar beneden trekt, realiseer ik me dat het geen zin heeft: het werkt niet. Ik heb dat wat ik het liefst achter me wilde laten met me meegenomen: een beeld van Kits auto op Bentley Grove, op de stoep, met duidelijk zichtbaar door de ach-terruit mijn roze jas van Chongololo, die achter de hoofdsteunen van de achterbank is gepropt.

12

19/07/2010

Charlie kon het niet geloven. Daar kwam Domingo over het gras op haar afgehold met zijn vuist tegen zijn oor gedrukt in een gebaar dat maar één ding kon betekenen. Precies zoals ze het zich had voorgesteld, alleen was het in haar worstcasescenario geen avond, maar kwam hij overdag. Ze had Liv nooit moeten vertellen waar ze naartoe gingen. Die kon het natuurlijk niet voor zich houden. Maar goed, het kon maar beter nu gebeuren, nu Charlie alleen was. Simon was een eindje wandelen. Ze zou dit afhandelen voor hij terug was, en dan zou ze Sam of Proust of wie het ook mocht zijn heel duidelijk maken dat Simon niet bereikbaar was, wat er ook mocht zijn – hoe dringend of onvoorzien of ongewoon ook. *Al was heel Spilling tot op de laatste inwoner afgeslacht in zijn of haar slaap.* Charlie had schik in die gruwelijke gedachte.

Ze zou Simon niet vertellen van het telefoontje, en ze zou Domingo liefjes opdragen het er niet over te hebben. Dit was potdomme hun huwelijksreis, ook al wilde haar kersverse echtgenoot er per se in zijn eentje op uit, die avond, en had hij haar huilend en kettingrokend achtergelaten op het terras waar ze hatelijke blikken wierp op die donkere bult van een berg die al dan niet een gezicht had. *Wandelen.* Wie ging er nou doelloos wandelen om tien uur 's avonds? Wie zei nou tegen zijn vrouw, op zijn huwelijksreis: 'Je moet er niets achter zoeken, maar ik heb liever dat je niet meegaat'? Wat voor soort man had Charlie getrouwd? Ze zou wel de rest van haar leven blijven worstelen met die vraag.

'Simon, ben jij daar?' riep Domingo vanaf de andere kant van het zwembad. Charlie had de terrasverlichting uitgedaan, omdat ze niet bijgelicht wilde worden als de tranen over haar gezicht stroomden. Ook al was er niemand die dat zou zien.

'Ik ben het,' zei ze zachtjes, half in de hoop dat hij haar niet zou horen. Ze vroeg zich af wat Domingo zou zeggen als ze aanbood hem te pijpen, en glimlachte om het absurde idee.

'Telefoon. Engeland.' Domingo gebaarde naar zijn houten huisje. 'Jij bellen op mijn huis. Ik heb nummer.'

Zou Simons moeder het loodje gelegd hebben? Niet waarschijnlijk; Charlie had een donkerbruin vermoeden dat Kathleen over dertig jaar nog steeds haar neuroses zou uitleven en op haar geheel eigen wijze uit iedereen om haar heen het leven zou zuigen. Charlie veegde meestal de vloer aan met donkerbruine vermoedens – zowel die van zichzelf als die van anderen – maar nu haar voorgevoel over het telefoontje-uit-Engeland zo perfect bleek te kloppen, dacht ze dat het misschien tijd werd om op haar instinct te gaan vertrouwen.

Ze drukte haar sigaret uit, veegde met haar handen over haar gezicht en stond op. Ze was halverwege de trap voor ze zich bedacht. 'Fuck maar op,' mompelde ze zachtjes. Waarom zou ze al die moeite doen? Ze had er schoon genoeg van om zich altijd in bochten te wringen; nu was iemand anders aan de beurt om te zorgen dat niet alles uit elkaar spatte. 'Simon is er niet, hij is weg,' schreeuwde ze naar de andere kant van het zwembad. Meer hoefde ze niet te zeggen. Als Domingo over een uur terug wilde komen en een nummer aan Simon wilde geven om terug te bellen, moest hij dat zelf maar weten. Als Simon de rest van de huwelijksreis met Sam Kombothekra of de Sneeuwman aan de telefoon wilde hangen, als hij de eerstvolgende vlucht naar huis wilde pakken en vlug weer aan het werk wilde gaan in plaats van met Charlie in een schitterende villa in Spanje te blijven... nou, dan had iemand gelukkig een lumineuze uitvinding gedaan, namelijk: 'de scheiding'.

'Jij telefoon. Niet Simon,' zei Domingo. 'Zus Olivia. Jij nu komen, jij bellen op mijn huis. Zij heel zielig, huilen.'

Charlie begon al te rennen. Al haar gedachten – scheiden van

Simon, van hem houden, hem haten – waren weggevallen, en ze dacht nog maar aan één woord: kanker. Olivia had de ziekte jaren geleden overleefd, maar stiekem was Charlie altijd nog bang dat hij weer terug zou komen, hoe vaak haar zusje haar ook verzekerde dat het zo niet werkte. 'Als het binnen vijf jaar niet terugkomt, dan kan het officieel nooit meer terugkomen,' had Liv beweerd. 'Als ik de pech heb dat ik daarna nog een keer kanker krijg, is het een nieuw soort kanker – dan krijg ik niet nog een keer de ouwe.'

Liv zou nooit bellen als er niet iets ernstigs was, niet nadat ze Charlie had horen omschrijven wat ze zou doen met degene die zo stom was om haar privacy en die van Simon te schenden. *Je mag aan niemand – niemand – vertellen waar we zitten, behalve in geval van leven of dood. Of als iemand ons per se heel veel geld wil geven.*

Leven of dood. Had zij dit over hen afgeroepen door die woorden te gebruiken?

Het lukte haar op de een of andere manier bij Domingo's huisje te komen. Hij moest het nummer voor haar intoetsen en de telefoon in haar hand duwen. Hij raakte even haar schouder aan voor hij de deur achter zich dichttrok. Hij twijfelde er niet aan dat het slecht nieuws was; net als Charlie.

'Liv? Ben jij dat?' Ze hoorde alleen maar gesnik.

'Char?'

'Doe eens rustig. Vertel op.'

'Ik denk dat ik mijn hele leven heb verpest.'

'Wat is er aan de hand? Wat is er gebeurd?'

'Ik moet het uitmaken met Dom. Ik ben met iemand anders naar bed geweest. Een paar keer, zelfs. Niet boos zijn dat ik je bel. Ik *moet* je spreken – anders word ik gek. Denk jij dat ik gek word?'

Charlie wreef over haar gezwollen oogleden en plofte in de dichtstbijzijnde stoel – een rond rieten geval, net een grote picknickmand op pootjes, bedekt met een blauw met rood geruite foulard. Ze wachtte tot haar hartslag haar hersenen had ingehaald. De angst had haar nog steeds in zijn greep – een monster dat ze in bedwang moest zien te krijgen. *Een monster dat je zelf hebt gecreëerd, uit het niets.*

Nodeloos. Had ze dat ook gedaan met Simons wandeling? Hij had zijn best gedaan haar ervan te overtuigen dat het niet was omdat hij geen zin had om bij haar te zijn. 'Ik ben er niet aan gewend helemaal niet meer alleen te zijn,' had hij gezegd. 'Ik heb een halfuurtje nodig, een uurtje, hooguit – dan kom ik weer terug.' Was dat zo onredelijk? 'Ik zal je waarschijnlijk zelfs missen als ik weg ben,' had hij nog gezegd, met tegenzin en met zijn ogen op de grond gericht, alsof die bekentenis hem onder dwang was ontfutseld.

'Luister,' zei Charlie toen ze kalm genoeg was om te praten. 'Ik ga vijf minuten met je praten – en alleen omdat ik zo opgelucht ben. Ik dacht dat je me ging vertellen dat papa en mama dood neergevallen waren op de golfbaan.' *Ik dacht dat jij dood zou gaan. Ik dacht dat mijn huwelijk voorbij was.*

'Jij hebt Dom nooit gemogen, dus je zult wel dubbel opgelucht zijn.'

'Wil je die vijf minuten verdoen met ruziemaken?'

Stilte.

'Hoe bevalt je huwelijksreis?' vroeg Liv uiteindelijk.

'Prima, tot jij belde. Of nou ja, het gaat wel.'

'Hoezo "het gaat wel"?'

Charlie ging zachter praten. 'De seksmeter staat nu op één keer.'

'Is dat zo erg? Het is pas maandag.'

Daar had Charlie zelf ook al over nagedacht. Als het vanavond weer zou gebeuren, was het niet zo erg. Zo niet, dan hadden ze het twee avonden achter elkaar niet gedaan – dat moest wel iets rampzaligs betekenen. Als Simon geen aanstalten zou maken als ze straks in bed lagen, zou Charlie dat niet kunnen verstouwen, zoals gisteravond, toen hij haar zijn rug had toegekeerd en binnen een paar seconden in slaap was gevallen. Was dat misschien de reden waarom ze zo prikkelbaar was en meteen overal het ergste van dacht? Deze dag ging gebukt onder meer druk dan je een doodgewone maandag aan mocht doen.

'Het is net alsof we het wat hem betreft niet horen te doen,' zei ze huilerig. 'Hij... mijdt me na afloop, alsof we iets beschamends hebben gedaan. Dan ligt hij wel naast me, maar toch negeert hij me.' Charlie zuchtte. 'Het is moeilijk uit te leggen.'

'Simon is op alle gebieden een vreemde snuiter. Niet alleen wat seks betreft,' zei Liv, alsof het daardoor geen probleem was. Ze klonk een stuk minder aangedaan dan net. Charlie zag haar zusje ervoor aan om te doen alsof haar leven in puin lag, terwijl ze eigenlijk zin had om te roddelen. 'Jullie slapen nu al een poos samen, en samenwonen doen jullie nog weer veel langer – dat verandert dit soort dingen. Ik wil *nooit* meer seks met Dom. Ik heb een trucje...'

'Ik wil het niet horen,' zei Charlie snel.

'Wat? Nee, het is geen seksding, het is iets psychologisch. Als Dom begint te flikflooien, en ik heb totaal geen zin, laat ik hem uitbundig zijn gang gaan. Als ik dan een keer *echt heel erg* geen zin heb, omdat ik een boek wil uitlezen, hoef ik tenminste niet. Dan kan ik met een schoon geweten nee zeggen, want hij kan me er niet van beschuldigen dat ik nooit wil.'

Charlie staarde naar de telefoon. Lag het soms aan het feit dat dit een internationale verbinding was? Zou ze haar zusje beter begrijpen als ze in hetzelfde land waren? Ze probeerde het beeld van een flikflooiende Dom van zich af te zetten.

'...niet dat ik hem niet aantrekkelijk vind – het is best een lekker ding. Maar... ik weet niet, we hebben het al zo vaak gedaan.'

En dus doe je het nu ook met een ander.

'Is Simon erger geworden sinds de trouwdag?' vroeg Liv. 'Zit er een dalende lijn in, op neukgebied? Dat kun je waarschijnlijk nog niet zeggen, hè?'

Charlie zuchtte. *Gut, wat smaakvol geformuleerd.* 'Moet je horen, ik heb geen zin om het hierover te hebben, vooral niet als ik moet staan fluisteren in het huisje van een Spaanse conciërge. Vertel me maar waarom je bij Dom weg wilt.'

'Ik *kan* niet bij hem weg.'

'Wie is je nieuwe vlam?'

'Ik kan niet bij Dom weg, Char. Hij zou eraan onderdoor gaan. Daar heeft hij zelf geen idee van, maar hij zou het echt niet trekken. En als ik bij hem wegga om die... om die ander – niet dat die dat van me heeft gevraagd, en niet dat we ook maar *iets* met elkaar gemeen hebben – dan verveelt de seks met *hem* me ook binnen de kortste keren. Ook al voelt dat op dit moment niet zo. Dus kan ik net zo goed bij Dom blijven en discreet vreemdgaan tot ik al even beu ben van mijn scharreltje als van mijn man. Niet dat Dom op zich saai is – alleen de seks met Dom. Hoewel het ook weer niet *zo* beroerd is.'

Charlie kon het niet opbrengen hierop te reageren.

'Wat vind jij?' vroeg Liv gretig.

'Dat wil je niet weten.'

'Mijn Nieuwe Seksman gaat me in no time vervelen, zodra de nieuwigheid ervan af is, denk je ook niet?'

'Het verveelt me *nu* al om het over hem te hebben, als dat helpt,' zei Charlie. *Nieuwe Seksman.* Waarschijnlijk was het zo'n spichtige veganistische kunstjournalist of een of andere dikdoenerige schrijver die Olivia voor de krant moest interviewen.

'Het is onvermijdelijk,' zei Liv snuffend. Charlie hoorde dat ze haar neus snoot. 'Het is een natuurwet. Elke grote passie neukt zichzelf op den duur de eentonigheid in.'

'Wat een opwekkende gedachte,' zei Charlie. 'Zeg, je tijd is om.'

'Wacht – ik wilde je nog één ding vragen, heel snel. Simon vindt het toch niet erg dat ik je heb gebeld, hè?'

'Hij komt er nooit achter,' antwoordde Charlie. 'Hij is uit wandelen.'

'In zijn eentje?' Je kon Olivia's verontwaardiging helemaal vanuit Londen horen. 'Waarom heeft hij jou niet meegenomen?'

'Wat was je vraag, Liv?'

'Die heb ik net al gesteld: of Simon het erg zou vinden dat ik gebeld heb. Ik denk het niet. Zou jij het erg vinden als hij even snel belde met... iemand, wie dan ook? Van thuis, of... van het werk?'

Charlie slikte de schreeuw die haar keel blokkeerde door. 'Sam wil zeker met Simon praten?'

'Niet boos worden. Ik heb niet verteld waar jullie zitten, maar... zou Simon hem misschien kunnen bellen? Ik ken de details niet, maar ik geloof dat er iemand vermoord is.'

'Nou en? Dat is net zoiets als de postbode storen op zijn huwelijksreis omdat iemand een pakje naar zijn oma wil sturen. Zeg maar tegen

Sam dat hij een laffe eikel is, dat hij jou gebruikt als doorgeefluik.'

'Niet zo gemeen doen over Sam – het is een lieverd. En hij heeft me niet gevraagd om iets door te geven – ik heb hem al in geen maanden gesproken. Ik weet niet wie er precies is vermoord, maar ik heb het vermoeden dat het iemand is die Simon kent. Of kende. Ach, weet ik veel!'

Iemand die Simon kende? Charlie dacht meteen aan Alice Fancourt. *Als zij het maar niet is, verder maakt het niet uit!* Charlie wist niet of Simon nog weleens aan haar dacht – het onderwerp was taboe, zoals zo veel onderwerpen – maar wat ze wel heel zeker wist was dat Simon weer geobsedeerd door haar zou raken als Alice nu vermoord was.

Charlie voelde haar hersenen worstelen tegen de intense hitte en de rode wijn. Er klopte iets niet. Iets wat eigenlijk voor de hand lag. 'Als jij Sam niet hebt gesproken, hoe weet je dan...' Ze zweeg en zocht driftig naar de rest van de woorden, tot het haar ineens als een kogel te binnen schoot. Hoeveel mannen had Liv kunnen ontmoeten sinds vrijdag? 'Die Nieuwe Seksman,' vroeg ze zo neutraal mogelijk, 'wie is dat, Liv?'

'Niet boos worden.' Liv klonk doodsbenauwd.

'Het is Chris Gibbs, hè?'

'Ik was het niet van plan. Ik wilde niet dat het –'

'Nok ermee.'

'God, zeg dat nou niet! Je hebt geen idee hoe –'

'Nok. Er. Mee. Dat is geen suggestie, dat is een bevel. Stomme trut!'

Charlie liet de telefoon op tafel vallen en rende de warme avond in, tot ze tegen Domingo op botste. Ze was hem helemaal vergeten. En ooit zou ze hem weer vergeten, maar wat ze nooit meer zou vergeten was zijn houten hutje, zijn telefoon, en zijn splinterende picknickmandstoel met de rood met blauwe foulard erover. Voortaan zouden al die dingen haar te binnen schieten als ze dacht aan verraad. En ze dacht heel vaak aan verraad.

'Zus oké?' vroeg Domingo.

'Nee,' zei Charlie tegen hem. 'Zus stomme koe.'

13

Dinsdag 20 juli 2010

'Vertel het hun maar,' zeg ik tegen Kit. 'Mijn gevoelens doen er niet toe. En dat jij mij niet wilt kwetsen ook niet. Zeg nou maar wat je echt denkt. Hoe durf je hier te zitten en te horen hoe ik leugens over jou opdis, als dat zo is?'

We zitten op het politiebureau in Parkside, Cambridge, in een kamer met gele muren, een blauwe linoleum vloer en een groot, vierkant raam dat afgedekt is met een soort kippengaas. *Zodat niemand uit het raam kan springen.* Sam Kombothekra zit aan onze kant van de tafel, tussen Kit en mij in. Dat verbaasde me; ik dacht dat hij tegenover ons zou zitten, naast rechercheur Grint. Is een rechercheur uit Spilling nog steeds een rechercheur als hij in Cambridge is? Heeft Sam iets te zeggen in deze ruimte, of is hij er vandaag alleen bij als chauffeur, als onze zwijgende chaperon?

Kit kijkt Grint aan. 'Ik ben nog nooit op Bentley Grove geweest – ik heb er nooit gelopen, nooit gereden, nooit geparkeerd.' Hij haalt zijn schouders op. 'Wat moet ik er nog meer over zeggen? Er zijn zo veel mensen die in een zwarte sedan rondrijden.' Er staan twee rode strepen in zijn nek waar hij zich vanochtend tijdens het scheren heeft gesneden, en hij heeft blauwige kringen onder zijn ogen. Vannacht hebben we allebei niet veel geslapen, in de wetenschap dat deze beproeving ons vandaag te wachten stond. We hebben geen van beiden een kam door ons haar gehaald voor we naar Cambridge vertrokken. Wat zal Grint niet van ons denken? Hij deed zijn best om niet te reageren toen ik hem uitlegde waar mijn blauwe plekken en de bult boven mijn oog vandaan kwamen, maar ik zie dat hij me afstotelijk vindt, en voor Kit heeft hij waarschijnlijk ook niet veel respect. Welke gek trouwt er nou met een vrouw die een black-out krijgt en met haar hoofd op de tafel in een bibliotheek terechtkomt? Ik heb het gevoel dat ik ons allebei moet verdedigen. Ik wil tegen Grint zeggen dat we betere mensen zijn dan hij denkt.

Ik wil dat dat waar is.

Je weet niet eens meer dat je met je hoofd op die tafel viel. Wat weet je allemaal nog meer niet?

'Die roze vlek in de zwarte auto op Street View is niet hetzelfde roze als Connies jas,' zegt Kit. 'Het is donkerder – het is eerder rood.'

'Connie zegt dat het hetzelfde roze is,' kaatst Grint terug.

Kit knikt. Hij heeft het me horen zeggen.

'Waarom knik je?' val ik naar hem uit. 'Jij vindt het toch niet dezelfde kleur roze? Waarom ga je er dan niet tegenin?'

'Wat heeft het voor zin?' Kit houdt zijn blik op Grint gericht. 'Kunnen jullie niet iets doen aan die foto op Streetview om te zorgen dat het kenteken van die auto er niet meer zo wazig uitziet? Dat is de enige manier om te bewijzen of het mijn auto is of niet. Misschien kunnen jullie dan ook zien wie er achter het stuur zit.'

'Hij bedoelt dat ik dat ben,' zeg ik.

'Tijd en geld,' zegt Grint. 'Als u werd verdacht van een ernstig misdrijf, en als we moesten bewijzen dat u uw auto op Bentley Grove had geparkeerd, zouden we uitzoeken of we iets met die foto konden doen. Is er dan een misdaad gepleegd, meneer Bowskill? Dat u weet?'

'Nee... niet.' Kit slaat zijn ogen neer.

Ik trek dit niet langer. 'Hij wilde eigenlijk zeggen: "Niet door mij", of niet soms? Waarom geef je dat niet gewoon toe! Ik weet heus wel wat je denkt.'

'Meneer Bowskill? Mevrouw Bowskill schijnt te denken dat u ons iets te vertellen hebt?'

Kit drukt zijn vingers tegen zijn ogen. Ik besef dat ik hem nog nooit heb zien huilen. Is dat vreemd? Huilen de meeste mannen weleens?

'Dat het bij me opgekomen is, wil nog niet zeggen dat ik het geloof! Ik geloof het namelijk *niet*!'

'Hij denkt dat ik een vrouw vermoord zou kunnen hebben,' vertaal ik ten behoeve van Grint en Sam. 'In de zitkamer van Bentley Grove nummer 11.'

'Heeft ze gelijk?' vraagt Grint aan Kit. 'Is dat wat u denkt?'

'Het enige wat ik weet, is dat er iets is veranderd.' Kit staart naar zijn handen. 'Gisterochtend vertelde inspecteur Kombothekra ons dat er geen reden was om ons zorgen te maken. En toen werden we ineens hier ontboden. Ineens zijn jullie geïnteresseerd in ons – in de kleur van Connies jas, in waar ik mijn auto wel of niet heb geparkeerd... Je hoeft geen genie te zijn om te weten wat er aan de hand is.'

'Welke conclusie zou een genie trekken?' vraagt Grint, en hij wrijft met zijn wijsvinger over zijn zilveren dasspeld. Hij is lang en slungelig, en heeft lelijke littekens op zijn kin van zijn acne van jaren geleden. Zijn stem past niet bij hem. Die is veel te zwaar en te diep, de verkeerde klankkleur voor een magere vent.

'Jullie geloven dat Connies dode vrouw echt bestaat,' zegt Kit. 'Er is iets gebeurd waardoor jullie zijn gaan geloven dat ze echt bestaat. Anders zouden jullie hier je tijd niet aan verspillen.'

'En wat verandert dat voor jullie? Als ze echt is?'

'Hoe kon mijn vrouw weten dat ze dood was?' vraagt Kit kwaad aan Grint, alsof het allemaal zijn schuld is. 'Er was geen lijk te zien op die virtuele rondleiding, dat zweer ik. Ik heb ernaar gekeken, een paar tellen nadat Connie hem had gezien en er was helemaal niets: een doodgewone zitkamer, niets meer en niets minder. Geen dode vrouw, geen bloed. Op dat moment dacht ik dus dat Connie zich dingen in haar hoofd haalde – ze was moe, gestrest...'

'Ze was gestrest omdat ze erachter was gekomen dat Bentley Grove 11 als uw thuisadres stond voorgeprogrammeerd in uw gps. Toch?'

'Dat dacht ik toen ook, ja.'

Grint leunt over de tafel. 'En wat denkt u nu?'

Kit kreunt. 'Ik begrijp niet waarom u me dat vraagt. Ik *weet* helemaal niets.'

'Maar u hebt wel zo uw vermoedens.'

'Hij vermoedt dat ik een moordenaar ben,' zeg ik om behulpzaam te zijn.

'Connie moet dat adres zelf ingevoerd hebben,' zegt Kit, en hij weigert me aan te kijken. Hij zal wel blij zijn dat Sam tussen ons in zit, ook al zou Sam zo te zien overal liever willen zijn dan hier. Neem het hem naar eens kwalijk. Ik vraag me af of hij weleens een slechter huwelijk in actie heeft gezien dan het onze.

'Ik heb het niet ingevoerd,' zegt Kit. 'Dus dan moet Connie het wel gedaan hebben. Ik heb mezelf voor de gek gehouden door te geloven dat een ander het gedaan kon hebben – iemand in de winkel waar ik de gps heb gekocht.' Hij lacht bitter. 'Ach ja, we geloven toch allemaal wat we willen geloven.'

Sommigen van ons. Anderen slagen daar niet in, hoe hard we ook ons best doen.

'Connie is de weg kwijt. Al maanden,' mompelt Kit.

Toe maar. Ga door. In zekere zin is het een opluchting het hem te horen zeggen. Dan heb ik tenminste eens iets concreets om tegen te vechten.

'Er was helemaal geen dode vrouw op de website van Roundthehouses. Misschien heeft Connie haar wel in levenden lijve gezien. In dat huis, in die zitkamer. Connie kan mijn auto daar op Bentley Grove neergezet hebben. Ze rijdt vaak in mijn auto, en ze is zo vaak in Cambridge...'

'Ik ben daar nog nooit geweest met jouw auto,' zeg ik tegen hem. 'Niet één keer.'

'Vraag het haar maar,' dringt Kit aan bij Grint. 'Laat haar de waarheid maar vertellen – aan mij wil ze het niet zeggen.'

Vraag maar raak, rechercheur Grint. Stel me zoveel vragen als je wilt; ik vertel alleen de waarheid.

'Waarom denkt u dat Connie naar Cambridge ging?' Grint blijft zich op Kit richten.

'Dat heeft ze u zelf al verteld. Luistert u wel? Waarom vertelt u ons niet wat er is gebeurd, wat u weet over die dode vrouw? Is er wel een dode vrouw?'

'Waarom gaat Connie zo vaak naar Cambridge? Ze woont daar niet, ze werkt daar niet...'

Kit gaat in zijn stoel hangen. 'Zoals ze al eerder zei: ze is daar op zoek naar mij.'

'Zij zei dat, ja, maar wat zegt u? Ze beweert dat ze probeert u te betrappen op een buitenechtelijke relatie. Ze beweert dat ze Bentley Grove 11 als uw thuisadres in uw gps heeft zien staan – ze zegt dat u dat hebt ingevoerd. Als *zij* degene is die het heeft ingevoerd, zoals u suggereert, dan weet ze toch zeker dat u het *niet* hebt gedaan? Waarom zou ze dan zo vaak rondhangen in de buurt van Bentley Grove 11, totdat u tevoorschijn komt met uw scharreltje aan de arm? Vindt u dat zelf logisch klinken, meneer Bowskill?'

Kit zegt niets.

'Of heeft ze dat adres juist in uw gps ingevoerd omdat ze vermoedde dat u een affaire had met de vrouw die daar woonde? Was dat haar manier om te zeggen: "Ik heb je door"?'

'Kit?' zegt Sam om hem aan de praat te krijgen.

'Ik weet het niet. Ik weet niet waarom! Ik weet helemaal niets.' Kit maakt een verstikt geluid, en bedekt zijn mond met zijn vuist. 'Connie is geen slecht mens, ze is... ik hou van haar.'

Ik schrik onwillekeurig als het woord 'slecht' door de ruimte weerklinkt. *Als een stoot koude lucht.*

'Zal ik het verder vertellen?' zeg ik kordaat, en ik probeer zo onpartijdig mogelijk te klinken. De enige manier om hier doorheen te komen is door objectief te zijn. Grint moet weten hoe Kit en ik dit zien. Dan kunnen we misschien vooruit. 'Kit denkt dat ik een vrouw heb vermoord. Of misschien was het geen moord – misschien was het doodslag of noodweer, aangezien ik geen slecht mens ben. Hoe dan ook, ik ben zo schuldig en getraumatiseerd dat ik de gedachte eraan niet toelaat. Ik slaag erin om Bentley Grove 11 en de dode vrouw uit mijn bewustzijn te bannen, maar mijn onderbewustzijn is niet zo inschikkelijk. Het schuldgevoel breekt erdoorheen, en dat zorgt voor problemen. Zoals Kit al zegt, ben ik de weg kwijt – dat klopt absoluut. Het is het enige waar we het over eens zijn. Ik programmeer het adres van het huis waar de moord heeft plaatsgevonden in zijn gps. Misschien wil ik diep vanbinnen gepakt en gestraft worden.'

'Connie, hou op,' zegt Sam zachtjes, en hij gaat verzitten. Als hij niet tegen gespannen, onplezierige situaties kan, moet hij niet bij de politie werken.

Ik negeer hem en vervolg mijn verhaal. 'Als het huis op de markt komt, is dat deel van mij dat de waarheid kent doodsbang dat degene die het huis koopt bewijs van mijn misdaad zal vinden. Daarom blijf ik de hele nacht op om naar Roundthehouses te kijken, en staar ik naar de foto's van alle kamers. De dode vrouw en het bloed zijn allang weg – ik heb er wel voor gezorgd dat ik alle sporen heb gewist – maar ik ben paranoïde, en in mijn paniek zie ik de plaats delict precies zoals het was: het lijk, het bloed –'

'Wacht eens even,' valt Grint me in de rede. 'Als je naar dat huis kijkt om te controleren of er geen sporen zijn van de moord die je hebt gepleegd, dan heb je de herinnering eraan dus niet onderdrukt. Je weet dat je het hebt gedaan.'

'Nee, dat weet ik niet,' zeg ik ongeduldig, omdat hij mijn punt mist, terwijl dat zo voor de hand ligt. 'Ik weet het alleen op een onderbewust niveau. Ik heb het uit mijn gedachten verbannen: de moord, het feit dat ik het adres heb ingevoerd in de gps – alles. Wat mij betreft heeft Kit dat gedaan. Maar hij ontkent, dus ben ik natuurlijk achterdochtig. Ik ga zowat elke vrijdag naar Cambridge, omdat ik hem op heterdaad wil betrappen.' Ik krimp ineen als een beeld van bebloede handen mijn hoofd vult. *Van de polsen tot aan de ellebogen onder de rode strepen.*

'Gaat het?' vraagt Sam aan mij. 'Wil je misschien wat water?'

'Nee, het gaat wel,' lieg ik. 'Op een dag – afgelopen vrijdag – zie ik dat er ineens een bord met TE KOOP uit de grond komt in de voortuin van Bentley Grove 11. Die nacht wil ik eens goed de foto's van het huis bekijken op een huizensite, om te zien of ik iets in de kamers zie liggen wat van Kit is. Ik kan niets vinden – nog niet het minste bewijs. Ik wil bijna gerustgesteld naar bed: alles is onder controle. Tot dat moment heb ik mijn bewuste herinnering aan mijn daad met succes weten te onderdrukken, maar het zien van de foto's van dat huis wordt me te veel – de herinnering laait op, en ik zie de...' Ik stop en slik. 'Ik zie de doodsscène zo duidelijk dat het lijkt of hij op de website staat. Ik realiseer me niet dat het een mentale projectie is; ik geloof dat ik het echt op de computer heb gezien.'

Kit zit nu openlijk te huilen.

'Ik vertel hun alleen maar wat jij denkt,' zeg ik tegen hem.

'Dus even voor mijn begrip,' zegt Grint. 'Jij vermoordt een vrouw en je weet de herinnering aan je daad voor jezelf te verbergen, zodat je meestal geen idee hebt dat je het hebt gedaan. Er zijn maar twee momenten waarop jouw schuldbewustzijn aan de oppervlakte komt: die keer dat je het adres in de gps invoert en dan nog eens als je een dood lichaam ziet dat er niet is op Roundthehouses.'

'Dat denkt Kit, ja.'

Grint duwt zijn stoel van tafel en leunt achterover. Hij schopt met de hak van zijn ene schoen tegen de tenen van de andere. 'Dus toen jij op Roundthehouses naar Bentley Grove 11 keek, was je aan de oppervlakte op zoek naar bewijs dat jouw man in dat huis was geweest. Maar tegelijkertijd, zonder dat je het bij jezelf wilde toegeven, was je in werkelijkheid op zoek naar eventueel bewijs dat jij daar achtergelaten zou kunnen hebben dat erop zou kunnen duiden dat jij de moord hebt gepleegd.'

Ik forceer een glimlach. 'Absurd, hè?'

'Wie is die dode dame dan? Waarom heb je haar vermoord?'

'Ik heb haar niet vermoord. Kit denkt dat ik het heb gedaan. Ik hoop dat jullie hem nu kunnen uitleggen dat het scenario dat ik net heb geschetst de grootst mogelijke onzin is die jullie ooit hebben gehoord.'

Grint trommelt met zijn vingers op de armleuning van zijn stoel. 'Posttraumatisch geheugenverlies is een handig trucje in misdaadromans, maar ik ben het in het echt nog nooit tegengekomen,' zegt hij na een korte stilte. 'Hoewel ik wel een aantal misbaksels heb ontmoet die deden alsof ze ermee behept waren.'

'Wat denk jij?' vraag ik aan Sam.

'Jij zegt steeds maar dat dit is wat Kit gelooft...'

'O, hij gelooft het ook echt – moet je hem zien zitten! Heb je het hem horen ontkennen? Of nee, hij wil dat wij allemaal *denken* dat hij dit gelooft. En wat hij nog het liefst wil, is dat *ik* denk dat hij het gelooft – zo is het toch? Jij wilt dat ik doodsbang ben dat ik de controle over mijn eigen verstand kwijt ben – dat ik iemand vermoord zou kunnen hebben en dat ik de herinnering daaraan zo diep heb weggestopt dat ik niet meer weet dat ik het heb gedaan!'

Kit slaat zijn handen voor zijn gezicht. 'Kan iemand zorgen dat dit ophoudt?' mompelt hij.

'Ik denk dat we...' Sam probeert Kit te hulp te schieten, maar Grint steekt zijn vinger op om hem het zwijgen op te leggen. Dus het is Grint en ik tegen Sam en Kit? Twee van ons willen het allerergste horen; twee van ons niet.

'Natuurlijk beweert Kit dat ik een heel sterk onderbewustzijn heb,' zegt ik gemaakt opgewekt. Zo nauwkeurig mogelijk, zonder ook maar een van de gruwelijke details weg te laten, vertel ik Grint over mijn haaruitval, het overgeven, de gezichtsverlamming – hoe, in 2003, al die symptomen samen onze ontsnapping naar Cambridge hebben gedwarsboomd. 'Ik heb al die tijd al spijt dat we niet zijn verhuisd. Ik heb iets met wonen in Cambridge. In mijn gedachten is het een... beschaafd en beeldschoon paradijs, onbereikbaar voor mensen zoals ik. Zelfs hier, op het politiebureau – niet dat ik het hier nu naar mijn zin heb, maar als ik dan toch word verdacht van moord, dan liever hier dan ergens anders.' Stilletjes feliciteer ik mezelf met dit schitterende optreden; degene die ik me nu voordoe te zijn schermt me af tegen de pijn die ik anders zou voelen. Als Grint iets waard is als rechercheur, zou hij het onderscheid tussen waanzin, excentriciteit en gevoel voor humor moeten kunnen maken.

'Dat vat ik op als compliment,' zegt hij.

'Voor mij is Cambridge... dat wat ik bijna had kunnen hebben. Kit noemt het mijn *"land of lost content"*, het land van de verloren voldoening. Dat is een citaat uit een gedicht.'

'A.E. Housman,' zegt Grint glimlachend. '"In mijn hart waait een dodelijke wind/Vanuit dat verre land/Wat zijn die blauwe heuvels uit mijn herinnering/Wat voor torenspitsen en hoeves zijn dat?/Dat is het land van de verloren voldoening/Ik zie het stralend voor me/De blijde wegen die ik ging/Daar zal ik nooit meer komen."'

Ik schiet in de lach. Ik kan er niet meer mee stoppen.

'Connie.' Sam legt zijn hand op mijn arm.

'Wat is er zo grappig?' vraagt Grint aan mij.

'Politiemensen die gedichten citeren: dat kan echt alleen in Cambridge. Jij versterkt al mijn vooroordelen.'

'Hou je nou eindelijk eens je mond?' valt Kit naar me uit, en hij kijkt me voor het eerst sinds we hier zijn aan. 'Je maakt jezelf belachelijk.'

Ik keer me naar hem om. 'Ik maak jou bang, zul je bedoelen. Ik heb je door, en daarom haat je mij nu. Moet je jezelf nou eens zien zitten – je houdt niet eens meer de schijn op! Je hebt al zo veel leugens verteld, dat je geen energie meer overhebt. Al die kleine dingetjes die niet kloppen – als ik in jouw auto naar Bentley Grove ben gereden, dan moet dat toch wel mijn roze jas zijn die daar tegen de achterruit ligt? Waarom beweer je dan dat het een andere kleur roze is?'

'Mevrouw Bowskill –' probeert Grint tussenbeide te komen.

Ik verhef mijn stem om de zijne te smoren, want ik wil Kit pijn doen. Ik wil hem een zo diep mogelijke wond toebrengen. 'Denk je nou echt dat jij mij kunt doen geloven dat ik aan een of andere meervoudige persoonlijkheidsstoornis lijd, en dat Ik de Onderbewuste een misdaad heeft begaan waar Ik de Bewuste geen weet van heeft? Dat is toch volkomen waanzin! Hoe dom denk jij eigenlijk dat ik ben? *Jij* bent degene die zich zou moeten schamen! Er klopt helemaal niets van jouw theorietje. Als ik de herinnering aan de moord op een vrouw zou onderdrukken, dan zou ik nu toch zeker wel weer weten hoe het zat, nu we alle mogelijkheden tot in detail aan het bespreken zijn?'

Grint staat op. 'Zal ik jullie vertellen waarom jullie hier zijn?' zegt hij.

Ik hoor een langgerekte zucht. Ik weet niet zeker of die van Kit was of van Sam.

'Een verdieping lager zit een vrouw in een verhoorkamer. Jackie Napier heet ze. Zegt die naam een van jullie iets?'

'Nee,' zeg ik. Kit schudt zijn hoofd. Misschien is dit wel de oplossing: dat ik ervoor zorg dat hij me haat. Als hij het niet meer zo erg vindt dat hij mij kapotmaakt, vertelt hij misschien eindelijk de waarheid.

'Jackie heeft op bijna hetzelfde tijdstip ingelogd op Roundthehouses als jij, zaterdagnacht.' Grint kijkt naar mij en wacht op een reactie. Ik probeer tot me door te laten dringen wat hij zegt. Wat mij betreft spelen er maar vier mensen een rol in deze nachtmerrie: Kit, Selina Gane, de dode vrouw en ik. Er is helemaal geen Jackie. 'Zij ging ook naar de pagina met Bentley Grove nummer 11,' gaat Grint verder. 'Net als jij, klikte ze op de button om de virtuele rondleiding te starten. En raad eens wat ze zag?'

Er stroomt gal mijn keel in. Ik druk mijn mond stevig dicht, want ik ben bang dat ik moet overgeven.

'Zij heeft gezien wat jij hebt gezien, Connie,' zegt Sam. Hij klinkt opgelucht, alsof hij me dit al de hele tijd wilde vertellen.

'Haar beschrijving klopt precies met de jouwe,' zegt Grint. 'Grote hoeveelheid bloed op de vloerbedekking, een donkerharige vrouw in een jurk met een patroontje, het haar in een waaier om haar hoofd, alsof ze is gevallen. Maar weet je wat ik nog het sterkst vond. Zij vertelde – net als jij, begrijp ik van Sam – dat het bloed ter hoogte van de buik van de vrouw het donkerst was.'

Ik doe mijn ogen dicht en zie alles weer voor me. 'Dat hadden jullie ons meteen moeten vertellen,' zeg ik met moeite.

'O ja, vind je?' antwoordt Grint. 'Dat ben ik niet met je eens. Als ik jou dat meteen had verteld, had ik het aan mensen verteld van wie ik niets wist.'

Wat bedoelt hij daar nou weer mee?

'Jackie kon het niet aanzien, zei ze. Ze heeft de rondleiding afgesloten, en is toen een groot glas gin-tonic gaan halen. Ze dacht erover haar beste vriendin te bellen, maar ze wilde haar niet wakker maken. Tien minuten later was ze weer wat gekalmeerd, en toen is ze nog eens gaan kijken. Die tweede keer was er geen lijk meer.'

'Dus...' Kit zit nu rechtop. 'Als die Jackie heeft gezien wat Connie heeft gezien...'

'Er is nog meer.' Grint loopt naar het raam en omsluit het gaas met zijn vingers. 'Ik heb met iemand van Roundthehouses gesproken. Zij hebben niets te maken met de virtuele rondleiding door Bentley Grove 11 – de verkopende makelaar levert al het materiaal aan – foto's, rondleidingen, de afmetingen van de kamers, alles.'

'Lorraine Turner,' zeg ik, want ik herinner me haar naam uit Sams verhaal over de vorige eigenaren en hun kerstboom, en de vlek op het tapijt.

'Precies.' Grint glimlacht. Hij lijkt ongepast in zijn sas. Ik hoop dat hij alleen geniet van de macht die hij over ons allemaal heeft, en niet van het idee van een dode vrouw met een buikwond. 'Lorraine Turner is de makelaar die Bentley Grove 11 verkoopt, maar met de IT-aspecten heeft zij niets te maken. Wat weten jullie van het hacken van computers?'

'Kit weet alles wat er te weten valt over computers,' zeg ik.

'Ik ben geen hacker.'

'Maar je begrijpt wel hoe hacken werkt.' Het is niet eens een retorische vraag, eerder een feitelijke vaststelling. Grint kijkt mij aan. 'En jij?'

'Geen idee.'

'Dan zal ik je de technische onzin besparen en het simpel houden. Een van de IT-mensen van wie die makelaar gebruikmaakt belde ongeveer een halfuur voordat jullie hier aankwamen. Iemand heeft afgelopen zaterdag vlak voor een uur 's nachts hun website gehackt. Kennelijk hebben ze de virtuele rondleiding vervangen door een andere – die met het lijk van de vrouw kwam in plaats van de officiële versie.'

'Dat slaat toch nergens op?' zegt Kit met een grauw gezicht. 'Toen ik keek, was er helemaal geen lijk, en geen bloed.'

'Om 1 uur 23 heeft de hacker zijn kunstje nog eens uitgehaald,' zegt Grint. 'Of misschien moet ik *haar* kunstje zeggen, want het kan allebei. De oorspronkelijke rondleiding werd weer geïnstalleerd.'

'Toen ik weer keek, was het nog niet zo laat,' zegt Kit. 'Ik weet nog dat ik de klok op de computer zag, en dat ik dacht: waarom ben ik goddomme nog zo laat op? Toen was het precies 1 uur 23. En ik heb de button van de virtuele rondleiding niet nog een keer aangeklikt – ik heb Connies rondleiding bekeken, degene die zij had opgestart. Die stond in een herhaalloop. Dus waarom heb ik dan niet gezien wat zij heeft gezien?' Kits ogen schieten door de kamer, maar blijven op niets of niemand rusten.

'Dat lijkt me duidelijk,' zeg ik. 'In de versie van die hacker, heeft hij het zo ingesteld dat die dode vrouw maar een keer per twintig loops getoond werd, of een keer per vijftig loops.' Dat had ik toch allang uitgelegd? Waarom doet Kit dan net of hij dat is vergeten?

'Zou dat kunnen?' vraagt Grint aan hem. *Omdat Kit hier de computerexpert is, of omdat Grint denkt dat hij degene is die met die virtuele rondleiding heeft gesjoemeld?*

'Alles kan.' Kit haalt zijn schouders op. Hij ademt lang en traag uit. 'Dus dat pleit mij vrij. Ga maar na, Connie. Waar was ik, vlak voor een uur? In bed, naast jou. Ik lag te lezen – jij sliep. Althans, je deed of je sliep,' verbetert hij zichzelf. 'Waar was ik om 1 uur 23? Toen lag ik weer in bed – ik lag wakker te wensen dat ik niet wakker was. Ik lag me af te vragen of ik nog zes maanden door zou gaan met jou en je paranoïde waanbeelden, of dat ik beter de volgende ochtend mijn biezen kon pakken.'

Hij heeft gelijk. Ik zie dat Grint de verslagenheid van mijn gezicht afleest. Hij denkt vast dat ik liever had dat mijn man schuldig was aan computerhacken, of bigamie.

Of moord.

Wat ik wil – het enige wat ik wil – is begrijpen. *Weten.* Nu, op dit moment, kan het me niet schelen wat de verklaring is, zolang er maar eentje is. Als Kit de website van de makelaar niet heeft gehackt...

'Wat gaan jullie hier nu aan doen?' vraag ik aan Grint. 'Hebben jullie – mensen van de forensische politie ingeschakeld om naar het tapijt te kijken? Hebben jullie Selina Gane verhoord?'

Hij negeert mijn vragen, en wijst eerst met zijn vinger naar mij, en dan naar Kit. Met zijn duim in de lucht lijkt het net of hij een pistool imiteert. 'Jullie blijven hier. Sam en ik gaan nu met Jackie Napier praten, en dan komen we weer terug.' Sam springt keurig op. Ik denk niet dat hij zich had gerealiseerd dat zijn aanwezigheid vereist was, maar hij doet er niet moeilijk over; hij volgt zijn leider.

Zodra ze weg zijn, sta ik op, en loop weg.

'Con, wacht...' Kit steekt zijn hand uit.

'Nee,' zeg ik tegen hem. 'Ik wacht niet. Ik heb al veel te lang gewacht.'

Buiten het politiebureau begin ik te rennen. Mijn hoofd bonkt, te vol met bloed, terwijl ik een hoek omsla, en nog een, en nog een. De stoep helt over. Ik knipper met mijn ogen, zuig zo veel mogelijk lucht naar binnen. Mijn benen voelen wankel, niet meer verbonden met de rest mijn lijf. Ik zijg in een hoopje neer op de stoep, met mijn rug tegen een muur. Er loopt een vrouw voorbij met twee kleine jongetjes achter zich, allebei op stepjes die eruitzien als vreemde, hoekige honden. Een van hen zegt: 'Mama, waarom zit die mevrouw op straat?' Ik zie er waarschijnlijk krankzinnig uit, met mijn tas tegen mijn borst gedrukt – alsof ik bang ben dat iemand me wil beroven.

Als je weet dat er een bedreiging is maar je weet niet waar die vandaan komt, is het niet gek dat je overal bang voor bent. Ik denk niet dat de goed geklede moeder van de jongetjes ooit de moeite heeft genomen hun dat uit te leggen.

Als ik weer op adem ben, trek ik mijn telefoon uit mijn tas, bel met de nummerinformatiedienst en vraag naar alle hotels in Cambridge die met 'D' of 'Du' beginnen. Sam zei gisteren dat Selina Gane in een hotel logeerde; dikke kans dat ze daar nu nog zat. Ze wilde die keer met me praten, maar toen liep ik weg. Als ik dat niet had gedaan, was ik misschien een stuk sneller achter de waarheid gekomen.

'Er is een hotel Doubletree by Hilton Garden House aan Granta Place. Is dat het hotel dat u zoekt?'

Zou kunnen.

'Het is het enige hotel in Cambridge dat met een "D" begint.'

'Kunt u mij doorverbinden?' vraag ik. *Ze is er toch niet. Ze zit op haar werk.* Ik blijf aan de lijn. Zelfs al is ze er nu niet, dan nog wil ik weten of dit het juiste hotel is.

Waarom? Wil je soms bij haar op bezoek?

Ik luister naar de instructies van de automatische telefoonbeantwoorder: toets 1 voor vergaderingen en bijeenkomsten, 2 voor groepsreserveringen, 3 voor informatie over de prijs van hotelkamers en individuele reserveringen, 4 voor een routebeschrijving en overige inlichtingen. Ik toets 4 en krijg een mens aan de lijn, een vrouw. Ze klinkt Frans. Ik vraag of er een dokter Selina Gane bij hen logeert, en verwacht een antwoord van één lettergreep: ja of nee.

'Ik verbind u door,' zegt de receptioniste. Mijn hart begint heel snel te slaan. Het enige wat me ervan weerhoudt om het gesprek weg te drukken is de zekerheid dat Selina Gane toch niet in haar kamer zit om halfdrie op een dinsdagmiddag. Misschien heeft ze voicemail op de kamer; ik heb weleens in hotels gelogeerd waar dat kon. Ik vraag me af of ik haar stem te horen krijg. En wat ik dan zou kunnen zeggen.

Laat een boodschap achter na de toon en ja, ik heb inderdaad een affaire met uw echtgenoot.

'Hallo?'

O mijn god. Fuck, fuck, fuck. Wat moet ik nu doen?

Je wilt haar toch spreken?

'Spreek ik met Selina Gane?'

'Ja?'

Ik kan het niet. Ik kan het niet. *Maar het moet.*

'Je spreekt met Connie Bowskill. Ik ben degene die...' Ik stop. Ik ben degene die wat? 'Ik ben de vrouw die –'

'Ik weet wel wie jij bent,' onderbreekt ze mij. 'Hoe ben je erachter gekomen waar ik logeer? En hoe kom jij aan de sleutel van mijn huis?'

'Ik heb geen –'

'Laat me met rust! Jij bent gestoord! Ik weet niet wat er mis is met jou, of wat voor spelletje je precies speelt, en ik wil het ook niet weten. Ik ga nu de politie bellen.'

Er klinkt een klik, en dan een pieptoon.

Ik huiver, en ben ineens ijskoud vanbinnen. Als ik probeer om mijn trillen in bedwang te houden, wordt het erger. Mijn eerste impuls is om Sam te bellen, om de politie eerder te bereiken dan Selina Gane en om hun te vertellen dat het niet waar is – ik heb geen sleutel van haar huis, ik weet niet waar ze het over heeft. Ik kan niet meer normaal nadenken. Als die dode vrouw echt was, word ik dan straks beschuldigd van de moord? Hoe kan dat nou, als ik niets heb gedaan, en als ik niets weet? Misschien liegt Selina Gane niet opzettelijk; misschien vergist ze zich. Ik moet uitleggen...

Nee. Denk na, Connie. Als jij Sam belt, zal hij je overhalen om weer naar het politiebureau te komen, naar Grint. En Grint brengt je niet waar je wezen wilt.

Ik moet in dat huis zien te komen. Dat is de enige optie. Ik heb de foto's eindeloos vaak bekeken, en ik weet nog steeds niet wat dat ontbrekende detail is, de schaduw die elke keer verdwijnt als ik me erop wil concentreren. Ik moet er zelf heen – ik moet in die zitkamer staan, al is dat het laatste waar ik behoefte aan heb, en al word ik al misselijk bij de gedachte. Misschien vind ik dan wel het ontbrekende stukje van de puzzel.

Had ik maar een sleutel van Bentley Grove 11. Als ik die had, zou ik me het telefoontje dat ik nu ga plegen kunnen besparen. Ik rommel in mijn tas en trek er een oud kassabonnetje van Sainsbury uit. Er staat een telefoonnummer achterop geschreven. Ik zag het ongeveer anderhalf uur geleden op Grints computerscherm staan, en vroeg me af waarom ik dat zelf niet eerder had zien staan op Roundthehouses: het nummer dat je kunt bellen voor meer informatie of om een bezichtiging af te spreken. Terwijl Grint, Sam en Kit naar de wazige zwarte auto zaten te staren, ben ik naar het toilet gegaan om het nummer op te schrijven.

Ik toets het nummer in.

'Connie!'

Kit komt op me afgesprint. Ik heb geen tijd meer om weg te lopen. Ik maak een balletje van mezelf door mijn armen om mijn knieën te slaan en ik grijp mijn telefoon stevig vast. Hij kan me niet meer tegenhouden.

'Godzijdank. Ik dacht dat je –'

'Stil.'

'Met wie bel je?'

'*Stil*,' zeg ik. *Neem op. Neem op.*

'Wie bel je, Connie?'

'Lorraine Turner,' zeg ik met scherpe stem. 'Ze heeft een huis in de verkoop en dat wil ik bezichtigen.'

Kit vloekt zachtjes en schudt zijn hoofd. Ik probeer me alleen op het overgaan van de telefoon te concentreren, want dat hoor ik liever dan de walging van mijn echtgenoot. *Neem nou op! Alsjeblieft!*

'Denk je nou echt dat ze het huis laten bezichtigen? Er is daar een vrouw vermoord, dus denk je niet dat de politie tegen de makelaar heeft gezegd om voorlopig even geen bezichtigingen te doen? Ben jij wel helemaal normaal? Moet je jou nou eens zien zitten, ineengedoken op de stoep als een... Heb jij überhaupt enig idee waar je mee bezig bent?'

Hij heeft gelijk. Ik had daar niet bij stilgestaan. Natuurlijk heeft Grint hun gezegd dat ze Bentley Grove 11 door niemand meer mogen laten bezichtigen. Het zal er wel vol zitten met politiemensen. 'Dat weet jij niet,' zeg ik, en ik hou mijn telefoon tegen mijn oor gedrukt. Ik geef niet op, niet zolang Kit naar me zit te kijken.

De telefoon gaat niet meer over. Iemand heeft opgenomen. Een vrouwenstem zegt: '*Lasting damage.*'

Ik kan geen woord uitbrengen. De adem is gestokt in mijn keel, en gestold tot beton.

'Lasting damage,' herhaalt ze, iets harder dit keer. Zangerig. Alsof ze me wil kwellen.

Heb jij überhaupt wel een idee waar je mee bezig bent?

Lasting damage, lasting damage, lasting damage.

Ik schreeuw en gooi mijn telefoon op straat. Ik wil hem niet meer in mijn buurt hebben.

'Con, wat is er?' Kit zakt naast me op zijn hurken. 'Wat is er gebeurd?'

'Ze zei...' Ik schud mijn hoofd. Dit kan niet waar zijn. Maar het was zo. Ik heb het gehoord; twee keer zelfs. 'Ze zei: "*Lasting damage*", die vrouw die opnam. Onherstelbaar beschadigd. Waarom zou ze zoiets tegen me zeggen?'

Ik zie mijn eigen verwarring weerspiegeld in Kits ogen: wezenloos onbegrip. Dan stokt zijn adem en verandert zijn gezicht: 'Ze zei niet "Lasting damage", Connie. Ze zei: "Lancing Damisz" – zo heet dat makelaarsbedrijf.'

Ik sla mijn armen om me heen, en wieg mezelf van voor naar achter om het te stoppen. 'Ze zei: "*Lasting damage*". Ik weet heus wel wat ik heb gehoord.'

'Connie... Connie! Lancing Damisz is de makelaar die Bentley Grove 11 in de verkoop heeft. Dat is het bedrijf waar Lorraine Turner voor werkt: Lancing Damisz.'

Lasting damage. Lancing Damisz. Ik weet niet hoe vaak Kit de namen herhaalt voor ik ze wil horen. 'Hoe weet jij dat? Hoe weet jij hoe dat makelaarsbedrijf heet?'

Hij sluit zijn ogen, en wacht een paar seconden voor hij antwoord geeft. 'Dat *jij* dat niet weet! Het logo staat op die pagina van Roundthehouses. Vlak boven het kopje: "Bentley Grove 11, Cambridge". Zie je dat dan niet meer voor je? We hebben er net een halfuur naar zitten staren, met Grint en Sam. Het stond er in hoofdletters, en de D en L waren krullerig in elkaar gedraaid. Ik vond de naam nog zo ongewoon. Ik dacht: die zijn vast nieuw – in 2003 was er nog geen Lancing Damisz, toen wij hier naar huizen keken.'

De D en de L krullerig in elkaar gedraaid. Ja: donkerblauwe letters.

Die naam had ik niet in me opgenomen, omdat ik niet geïnteresseerd was in het bedrijf dat Bentley Grove 11 in de verkoop had. Ik had het veel te druk met speuren naar mijn man op de foto's.

'Weet je... weet je dat zeker?' vraag ik aan Kit. Dat ik die naam niet ken! Ik heb de makelaar al eens eerder gebeld – afgelopen vrijdag, toen ik voor het eerst het bord met TE KOOP in de tuin zag staan. Toen heb ik gevraagd of er op dat moment iemand aanwezig was die me het huis kon laten zien. Maar er was niemand.

'Bel ze dan terug.' Kit werpt een blik op mijn telefoon die in stukken op straat ligt, en reikt me dan die van hem aan. 'Iemand die je niet vertrouwt moet je nooit op zijn woord geloven.'

'Nee, ik...'

'Bel!' Hij zwaait met zijn mobieltje voor mijn gezicht. 'Dan heb je het bewijs. Misschien dringt het dan eindelijk tot je door dat jij hulp nodig hebt – echte, medische hulp, en niet een of andere kwakzalver van een homeopaat die alleen maar misbruik van je goedgelovigheid maakt.'

En jij dan, Kit? Maak jij dan geen misbruik van mijn goedgelovigheid?

Ik pak het kassabonnetje er weer bij, en toets het nummer in. Er vallen druppels water op het schermpje van de telefoon. Tranen. Ik veeg ze weg.

Dit keer wordt er meteen opgenomen. 'Lancing Damisz'.

Het is dezelfde stem, dezelfde vrouw. Dezelfde woorden. *Waarom verstond ik die verkeerd?* Ik geef de telefoon weer aan Kit, die wacht tot ik mijn fout toegeef en mijn excuses aanbied.

Wat heeft het voor zin? Wat heeft het voor zin dat Kit en ik überhaupt nog iets tegen elkaar zeggen als we allebei niet te vertrouwen zijn?

14

20/07/2010

'Het is pas twee dagen geleden,' antwoordde Jackie Napier op Sams vraag, maar met haar blik gericht op Grint. 'Twee dagen is niet veel. Ik heb het zaterdag gezien, en ik heb de politie meteen op maandagochtend gebeld. Ik heb al uitgelegd waarom.'

'Kunt u het mij misschien nog eens uitleggen?' vroeg Sam. Jackie maakte haar ogen los van Grint om Sam kwaad aan te kunnen kijken. Ze had haar gouden oorbellen uitgedaan en schraapte nu met staafje van een van de bellen onder haar roze gelakte nagels. Wat een vreemd gedrag voor iemand die er zo verzorgd uitziet, dacht Sam. Dat onberispelijke voorkomen en dat nogal onsmakelijke gepulk in het openbaar leken elkaar tegen te spreken. Jackies make-up leek aangebracht door een professional en haar donkere bobkapsel was met architectonische precisie gestyled. Het ging Sams verstand te boven hoe je zo'n strakke driehoekige look voor elkaar kreeg – tenminste, niet zonder een stelling en een stalen balkconstructie.

Hij kon Jackies leeftijd niet schatten, terwijl hij daar meestal zo goed in was – ze kon twintig zijn, maar voor hetzelfde geld was ze vijfenveertig. Ze had een rond, kinderlijk gezicht, maar haar blote benen waren bedekt met een netwerk van blauwe aderen, als van een veel oudere vrouw. Of misschien had dat wel niets met leeftijd te maken. Als Sams vrouw Kate hier zou zijn, zou ze zeggen: 'Die benen, daar kan ze niets aan doen, maar die rok wel. De broek is niet voor niets uitgevonden.' Of iets in die trant. Kate nam aanstoot aan de vreemdste dingen, dingen waar Sam zich niet druk om kon maken: dat mensen kleren droegen die niet bij hen pasten, klokken in openbare ruimtes die de verkeerde tijd aangaven, huizen met bruine kozijnen, heteluchtdrogers in plaats van handdoekjes.

Sam had de indruk dat Jackie Napier verwachtte dat Grint de leiding zou nemen, en dat het haar tegenstond dat de procedure was gekaapt door een nieuwkomer die niet eens van hier was, maar Grint had besloten dat Sam dit verhoor moest leiden, en hij had zelf tot nu toe nog geen enkele bijdrage geleverd. Hij zat in de hoek van de kamer, en gebruikte de radiator als voetensteun. Sam vond deze ongeïnteresseerde-schooljongenshouding ongepast, en had liever gezien dat hij zijn voeten op de grond zette, maar hij koesterde geen illusies over wie hier de baas was. Waar ik ook ben, altijd is iemand anders de baas, dacht hij. Dat baarde hem alleen indirect zorgen: hij dacht er vaak over na of hij zich misschien wat meer moest doen gelden, en altijd kwam hij tot de conclusie dat hij liever geen macht over anderen had, als het niet per se nodig was.

'Het is geen kritiek,' zei hij tegen Jackie. 'U hebt ons nuttige informatie gegeven en zoals u zelf al zegt: twee dagen is niet lang.'

'Inderdaad. Wat had ik dan moeten doen? Had ik de politie moeten bellen om te zeggen: "Sorry, maar ik zag een lijk op een huizensite, alleen, dat is nu weer verdwenen"? Wie zegt dat het er ooit geweest is? Geen mens zou me geloven. Ik zou compleet voor gek staan.'

'En toch hebt u zich gemeld,' zei Sam.

'Nou ja, ik kon het er moeilijk bij laten zitten. Ik bedoel, het kan zijn dat ik het me maar inbeeldde, en dat het er misschien nooit geweest is, maar ik moest het toch aan *iemand* vertellen? Stel nu dat ik het me niet heb verbeeld? Ik piekerde me gek, en ik heb al mijn vriendinnen om advies gevraagd – wat een tijdverspilling; ze gaven allemaal een ander advies. Sommigen zeiden: "Doe niet zo stom, dat kun je nooit hebben gezien", anderen zeiden: "Je moet het aan iemand vertellen". Eerlijk gezegd lachten de meesten me vierkant uit. Maar zo grappig was het anders niet,' zei ze verontwaardigd, alsof Sam had beweerd dat het wel grappig was. 'Maandagochtend werd ik wakker en ik dacht: hier krijg ik last van als ik het niet van me af praat. En het is niet mijn verantwoordelijkheid, toch? Ze betalen mij niet om me druk te maken over vermoorde mensen. Dus toen heb ik de politie gebeld.' Ze praatte een beetje plat, vond Sam.

'U hebt er goed aan gedaan het aan ons te melden,' zei hij.

Jackie knikte. 'Ik zweer het: ik heb het me niet ingebeeld. Zo ben ik gewoon niet, ik heb geen fantasie. Snap je wel?'

Sam snapte het. Er bestond een wereld van verschil tussen Jackie Napier en Connie Bowskill. Ze stonden elk aan het andere eind van de schaal. Met *precies tussen hen in een dode vrouw die midden in haar eigen bloed ligt.*

'Twee dingen die je over mij moet weten...' Jackie telde ze af op haar vingers. 'Ten eerste: ik ben hondstrouw. Als ik aan jouw kant sta, dan kun je altijd op me rekenen. Ten tweede: ik woon in de echte wereld, en niet in een fantasiewereld. Ik haal me nooit rare dingen in mijn hoofd, ik hou mezelf niet voor de gek over mijn leven en ik doe het nooit mooier voor dan het is: ik zie de dingen liever zoals ze zijn.'

Bedoelde ze nu dat ze het niet hoog in haar bol had? vroeg Sam zich af. Dat ze geen vergezochte ideeën had? Of dat ze überhaupt geen ideeën had? Zij had hem wel een idee gegeven: misschien kon hij zijn tekorten verbloemen met wat omgekeerd opscheppen. Hij stelde zich voor dat hij tegen Proust zou zeggen: 'Twee dingen over mij, meneer: als het even kan, mijd ik confrontaties en ik laat mijn rechercheurs hier de boel bestieren.' Ja, dat zou verstandig zijn – ongeveer even verstandig als het feit dat Sam zijn dag besteedde aan het assisteren van Ian Grint bij deze moord die al dan niet gepleegd was, alsof hij zelf geen zaken had lopen.

'Hoe laat was het toen u het lichaam van de vrouw op Roundthehouses zag?' vroeg hij aan Jackie.

'Dat heb ik al tegen rechercheur Grint gezegd: dat was om ongeveer kwart over een, tien voor halftwee.'

En dat had Grint *ook* wel even aan Sam mogen vertellen. Maar Sam was blij dat hij het niet had gedaan, nu hij eenmaal zover was en Jackie hem eindelijk aankeek en geen vermoeid gezicht meer trok bij alles wat hij zei. Toen hij eerder om een briefing had gevraagd, had

Grint grinnikend gezegd: 'Te veel moeite, geen tijd.' Sam was de verhoorkamer in gelopen en wist niet meer dan Jackies naam, en dat ze
beweerde dat ze had gezien wat Connie Bowskill ook had gezien. Hij
kreeg daarom haar verhaal nu uit de eerste hand, niet vervormd door
de eventuele conclusies van Grint op basis van zijn eerdere ontmoe-
tingen met haar.

Grint had gelijk: dit was beter, zo. Sam trapte niet in de uiterlijke
bravoure; Grint zat in over de verdwenen dode vrouw van Bentley
Grove 11. Als je met iemand was die werkelijk ergens om gaf – meer
dan zijn professionele geweten vereiste – voelde je dat in alles wat zo
iemand deed en zei. In Grints gezelschap had Sam dat gevoel ook
– het leek net of er adrenaline in de lucht, de muren en het meubilair
zat – en hij wist dat dit niet van hem zelf afkomstig was. Grint is net
als Waterhouse, vond hij. Hij zou er geld om hebben verwed dat die
twee rechercheurs een bloedhekel aan elkaar zouden hebben.

'Zit u wel vaker zo laat nog op het internet?' vroeg hij Jackie.

'Gut, nee. Ik ben iemand die gewoonlijk met de kippen op stok
gaat. Ik had een jetlag. Ik ben afgelopen donderdag teruggekomen
van vakantie, en dan heb ik altijd een paar dagen last, als ik ver weg
ben geweest.'

'Waar bent u geweest?'

'In Matakana, in Nieuw-Zeeland. Daar heb je waarschijnlijk nog
nooit van gehoord, hè?'

Dat had Sam wel, maar hij deed net alsof dat niet zo was, want Jackie vond het vast fijn om hem het een en ander uit de doeken te doen.

'Mijn zus woont daar. Het is een mooi plaatsje. Ze heeft er een
lunchcafé. Of, nou ja, eigenlijk is het een kunstgalerie – maar ze verkopen er ook taart en koffie en zo. Ze hebben geen duidelijk idee wat
die zaak betreft – anders zou het beter lopen. Ik zeg altijd maar zo:
Matakana is geweldig voor een vakantie, maar ik zou er niet willen
wonen.'

Sam vroeg zich af hoe vaak Jackie dat al had gezegd in het bijzijn
van haar zus, terwijl ze van haar gastvrijheid gebruikmaakte.

'Mag ik vragen wat u voor de kost doet?'

Jackie maakte een hoofdbeweging in de richting van Grint. 'Heeft hij dan helemaal niks verteld?'

'Het is beter als ik dat uit uw mond hoor,' zei Sam.

'Ik ben makelaar. Ik werk voor Lancing Damisz. Wij hebben dat huis aan Bentley Grove 11, waar het lijk lag, in de verkoop. Waarom denk je anders dat ik op Roundthehouses zat?' Ze fronste. 'Ben jij zo iemand die een hekel heeft aan makelaars?'

'Nee, ik...' Sam hoorde een schrapend geluid en draaide zich om; Grint had precies dit moment uitgekozen om zijn stoel te verplaatsen. *Makelaar.* Dat was wel het laatste wat Sam had verwacht, en dat wist Grint maar al te goed. Het verklaarde de flauwe glimlach op zijn gezicht.

'Toen ik vrijdagavond niet kon slapen, dacht ik, ik ga eens even kijken wat er allemaal op de markt is gekomen toen ik weg was,' zei Jackie. 'Ik wist dat Bentley Grove erop zou staan – ik wist dat zij het wilde verkopen, die dokter van wie het is, dokter Gane. Ik zou de verkoop anders zelf gedaan hebben, maar ik ging naar Nieuw-Zeeland, dus toen heb ik het aan Lorraine overgedragen – mijn collega, Lorraine Turner.'

'Dus...' Sam had het gevoel dat hij achter de feiten aan liep. 'Sorry, maar u moet dit toch nog even voor me ophelderen: u zei dat u op Roundthehouses ging kijken wat er allemaal op de markt was gekomen terwijl u in het buitenland zat...'

'Klopt. Om te zien wat er verkocht was, dat ook, en wat er werd aangeboden. De concurrentie in de gaten houden, checken of die niet meer verkopen dan wij. De huizenmarkt is sterk, hier in Cambridge. Wij hebben niet zoveel last gehad van de crisis als sommige andere steden, en op dit moment gaat het helemaal goed. Alles wat hier op de markt komt voor minder dan zes ton is binnen een paar dagen verkocht, behalve als er een hele verbouwing nodig is, of als het huis aan een drukke weg ligt. Het is een kwestie van vraag en –'

'Sorry, mag ik u even onderbreken?' Sam glimlachte om zijn onbeleefdheid te compenseren. 'Waar het dus op neerkomt, is dat u wilde zien wat er momenteel allemaal speelde voor u weer aan het werk ging.'

'Ja. Weet je wat het is, ik ben zo iemand die echt gek is op haar werk – ik zie het eerder als roeping dan als een baan. Ik mis het zelfs als ik weg ben. Ik zou niet weten wat voor baan ik liever zou willen, dat zweer ik.'

'Dat beantwoordt waarschijnlijk de vraag die ik hierna had willen stellen.' *De vraag die ik al een poos geleden zou hebben gesteld als jij jezelf niet zo graag hoorde praten.* 'Waarom speelde u de virtuele rondleiding door Bentley Grove 11 af? Ik neem aan dat u het interieur van het huis wilde zien om te bepalen of er een redelijke prijs was vastgesteld,' beantwoordde Sam zijn eigen vraag, en hij stelde zich voor hoe hij dit zou zien als huizen verkopen zijn passie was.

'Inderdaad.' Jackie knikte enthousiast. 'Zo is het maar net. Maar goed, ik had het huis van dokter Gane natuurlijk al eens vanbinnen gezien. Twee keer zelfs. Ik wilde die virtuele rondleiding alleen bekijken omdat ik zo benieuwd was of ze het huis al uit was, zoals ze had gezegd. Dus eigenlijk was ik gewoon bemoeiziek. Ze had gezegd dat ze daar niet meer wilde blijven na wat er allemaal was gebeurd, en dat ze naar een hotel ging. Ik heb gezegd: "Dat gaat je een smak geld kosten – in een hotel logeren tot je huis is verkocht en je iets anders hebt gekocht." Maar ze heeft het toch gedaan – dat kon ik zien aan die rondleiding. Ze heeft de meeste spullen laten staan, maar er lagen geen tandenborstel en tandpasta in de badkamer en er hing geen pleerol. En ik zag geen stapel boeken en een waterglas op het nachtkastje.' Jackie tikte tegen de zijkant van haar neus. 'Ik heb een instinct, wat huizen betreft – en de mensen die erin leven.'

En de mensen die erin sterven?

'Ik weet nog dat ik dacht: ze heeft het nog gedaan ook – ze is naar een hotel, voor god mag weten hoeveel geld. Dat rare mens! En toen kwam dat beeld van de zitkamer, en zag ik dat lijk daar liggen, en al dat bloed...' Jackie huiverde. 'Ik zou het niet graag nog eens willen zien. Ik dank je feestelijk.'

'U zei: "Na wat er allemaal was gebeurd". Het spijt me, maar u moet echt bij het begin beginnen.' Sam voelde dat Grint naar hem keek.

Jackie lachte honend. 'Dat zal niet meevallen. Zoals ik al zei tegen rechercheur Grint, ik heb geen flauw benul wat er allemaal aan de hand is, dus hoe moet ik weten wanneer het begonnen is?' Ze had er genoeg van om aan haar nagels te peuteren, en stak haar oorbel weer door het gaatje in haar oor.

'Begin maar met het telefoontje van 30 juni,' zei Grint tegen haar. Als Sam een ander soort man was geweest – als hij Giles Proust was, bijvoorbeeld – zou hij zich hebben omgekeerd en hebben gezegd: *'Rechercheur Grint! Wat fijn dat u er ook eindelijk bij bent!'.*

Jackie zuchtte diep. 'Ik was aan het werk. Ik nam de telefoon op,' zei ze op een verveelde toon die suggereerde: 'Zoals ik dus allang heb verteld.' 'Het was een vrouw. Ze zei dat ze Selina Gane heette – *dok-ter* Selina Gane. Dat zei ze er met klem bij. Dat doen mensen nor-maal nooit – wíj vragen daar anders altijd zelf naar. Dus dat je me belt, en zegt dat je naam Sam...' Jackie trok haar neus op. 'Hoe heette je ook weer van achteren?'

'Kombothekra.'

'Dus dan zou jij zeggen dat je Sam Kombothekra heet en dan vra-gen wij: "Is dat meneer, dokter of professor?" En als je een vrouw was, zouden we vragen: "Is dat mevrouw, dokter of professor?"'

'Telefoontje,' zei Grint met vlakke stem achter in de kamer. '30 juni.'

'Ja, nou, ik word gebeld door een dokter Selina Gane. Wil haar huis te koop zetten. Bentley Grove nummer 11. Dus ik maak een af-spraak met haar, later die dag. Ze leek me wel aardig – er was in elk geval niks verdachts aan haar. Ik keek rond, nam wat maten op, had het met haar over de courtage, de marketing, en we kwamen een vraagprijs overeen. Daarna heb ik nog wat foto's genomen voor de brochure...'

'U hebt de foto's gemaakt?' vroeg Sam. 'Toen ik met Lorraine Tur-ner sprak zei die dat zij ze heeft gemaakt.'

'Ja, dat klopt, ik had de mijne namelijk gewist,' zei Jackie, alsof dat vanzelf sprak.

'Lorraine nam de foto's die uiteindelijk in de brochure zijn opgenomen,' droeg Grint vanaf zijn plek op de eerste rang bij. 'Maar laten we niet op de zaken vooruitlopen. Toe maar, Jackie.'

'Die vrouw – degene die zei dat ze Selina Gane was – zei dat ze de volgende dag op kantoor langs zou komen, om het concept voor de brochure door te nemen, en dat heeft ze ook gedaan. Ze heeft hier en daar nog wat veranderd, en ik zei: "Super, bedankt, ik stuur een exemplaar op zodra hij klaar is. Ze zei dat dat niet hoefde – dat ze geen brochure nodig had. Ze gaf mij een reservesleutel en zei dat ik bezichtigingen in kon plannen wanneer ik maar wilde, en dat ik mezelf binnen kon laten. Ze ging weg, zei ze. Ik zei dat ik haar wel zou bellen om aan te kondigen wanneer ik er zou zijn, bij wijze van service, maar zij zei dat dat niet nodig was.'

Sam kon zich slecht concentreren. Hij wist dat er iets aan zat te komen wat hij in geen miljoen jaar kon bedenken. Zou Simon weten welke kant Jackies verhaal op ging als hij hier bij was? Zou hij al een theorie paraat hebben? Sam deed zijn uiterste best om aandachtig te blijven luisteren, maar het feit dat hij zich van die moeite bewust was, weerhield hem daar juist van. Grints dreigende aanwezigheid op de achtergrond hielp ook niet echt.

'Tegen de tijd dat de brochures klaar waren, was ik al een paar keer langs geweest met mensen van onze voorrangslijst,' vertelde Jackie verder. 'Iedereen van wie ik dacht dat ze interesse zouden kunnen hebben. Geen mensen van de universiteit – die willen allemaal in historische gebouwen met originele details, en dat heeft Bentley Grove niet te bieden. Gelukkig boeit dat die lui van het sciencepark en Addenbrooke's niet – die willen vooral veel vierkante meters, alles moet spiksplinternieuw zijn, en ze willen een grote tuin. Er was een gezin dat dolgraag een rondleiding wilde, de familie French – zij waren ook de eersten die belden. Ik wist dat zij perfect zouden zijn voor Bentley Grove 11.'

Wat een vreemde manier van denken, vond Sam. Een huis moet perfect zijn voor de bewoners, en niet andersom.

'Toen ik met de familie French bij het huis aankwam, heb ik opengedaan. Ik liep toen een vrouw tegen het lijf die ik nog nooit had ontmoet. Alleen, ik kende haar wel – ik had een foto van haar gezien, een pasfoto. Ze keek doodsbang, alsof ze dacht dat ik haar zou aanvallen of zo. Ze vroeg me wie ik was, en wat ik in haar huis deed, en hoe ik aan de sleutel kwam. Ze trok helemaal wit weg – ik zweer het, ik dacht dat ze zou flauwvallen. Ik vroeg haar wie *zij* was. Ze zei dat ze Selina Gane was – en dat was ze ook, dat weet ik inmiddels – maar ze was niet de vrouw die *ik* had leren kennen als Selina Gane.' Jackie klopte tegen haar nek, alsof ze haar eigen identiteit wilde benadrukken. 'Ze had geen idee waar ik het over had. Een of ander wijf heeft haar huis te koop gezet zonder het haar te vertellen.'

Charlie nam foto's. Zo veel mogelijk, van alles waar je maar een foto van kon nemen: van het zwembad, uit alle mogelijke hoeken, van haar favoriete bomen en planten in de tuinen, en van hun slaapkamer. *Ook wel bekend als de plek waar slechts één keer de liefde is bedreven.* Gisteravond had hij zijn arm om haar heen geslagen in bed – zoals hij dat wel vaker deed: het gebaar stond stijf van de betekenis en onhandige aanmoediging – maar zij was te overstuur door Liv en Gibbs. En toen Simon het helemaal niet erg leek te vinden dat zij niet wilde, raakte ze nog erger over haar toeren.

Ze nam een foto van alle lege slaapkamers die ze niet hadden gebruikt, een paar van de zitkamer, de keuken, de eetkamer, de verschillende terrassen. God, wat een heerlijk huis was dit. Hoe kon je zo dol zijn op een plek terwijl je er alleen maar verdrietig was geweest? Het was net zoiets als houden van een man die je ongelukkig maakt, vermoedde ze.

Mokkend nam ze een foto van die irritante berg die alleen aan Simon zijn gezicht toonde. Ze had Domingo er vanochtend naar gevraagd; hij zag het er ook niet in. Uit zijn overduidelijke verbijstering kon ze opmaken dat er nog nooit iemand was geweest die hem erop had gewezen. Maar ja, Simon was nu eenmaal een geval apart. Charlie sloot de mogelijkheid niet uit dat hij deed alsof hij iets zag wat er niet was: weer een van zijn gestoorde gedachte-experimenten.

Zou ze een foto nemen van Domingo's houten huisje? Ja, waarom niet. Voor de volledigheid moest ze daar ook een afbeelding van hebben. Als ze ooit nog met haar zus zou spreken, zou ze haar die foto laten zien en zeggen: 'Daar zat ik op het moment dat ik erachter kwam dat jij het met Chris Gibbs deed.'

Toen ze dichterbij kwam, hoorde ze Simons stem. Hij hing al bijna een uur met Sam aan de telefoon. Ze zouden Domingo een bijdrage aan zijn telefoonrekening moeten aanbieden. Charlie luisterde bij de open deur: iets over Roundthehouses, een huizensite. En een moord, of sterfgeval. Connie Bowskill was erbij betrokken; Simon had haar naam in het begin van het gesprek een paar keer laten vallen, voor Charlie besloot dat ze er toch niets van begreep en haar camera was gaan halen.

Ze had het huisje vanuit alle hoeken gefotografeerd. Ze leunde de donkere, bedompte kamer in, die rook naar Domingo's houtachtige aftershave en duwde Simon opzij, zodat ze de rieten stoel door de open deur kon vastleggen, met de rood met blauwe foulard erover.

Daar zat ik op het moment dat jij mijn huwelijksreis verpestte, egocentrisch kreng dat je bent.

'Ik probeer Sam later nog wel te pakken te krijgen,' zei Simon. 'Ik moet naar Puerto Banus, en dan zoek ik daar wel een telefoon om hem te bellen. Ik zit hier niet rustig, want de conciërge wil zijn hut terug. Kan me niet concentreren. Wat? Er zijn geen andere kamers, alleen deze en de plee. Dus zolang ik aan de telefoon zit, moet hij buiten staan.'

Ik probeer Sam later nog wel? Charlie fronste. Maar Simon zei dat hij Sam ging bellen. Had hij daarna nog iemand gebeld? De Sneeuwman? Nee; zijn stem stond niet strak van haat, dus Proust kon het niet zijn. Colin Sellers dan. Dat moest wel.

Simon gromde ten afscheid. Hij legde de telefoon niet meteen op de haak. Charlie nam een foto van hem terwijl hij tegen zijn kin tikte en in zichzelf mompelde – dat was altijd een teken dat zijn obsessie oplaaide tot onvoorstelbare proporties. 'Lachen, gek,' zei ze.

'Ik dacht dat jij pas op de laatste dag foto's zou maken.'

Ze lachte. 'En jij denkt dat dit niet onze laatste dag is? Hou jezelf niet zo voor de gek, man.'

Simon pakte haar de camera af. 'Waar heb je het over?'

'Jij wilt naar huis.'

'Helemaal niet.'

'Je zult het pas over een paar uur toegeven aan jezelf, en dan kost het je nog een paar uur om de moed te vatten mij te vertellen dat we gaan.'

'Wat een gelul. We gaan nergens heen.'

'Sellers heeft je net iets verteld over een dode vrouw. Je wilt erbij zijn, daar waar de actie is. Of de rigor mortis, liever gezegd.'

'Ik wil hier zijn. Bij jou.'

Charlie liet zijn geruststellende woorden niet toe binnen haar muur van wroeging. Het zou te veel pijn doen als ze hem geloofde en hij er weer op terugkwam. 'Waarom zou je niet naar huis willen?' vroeg ze kwaad. 'Je vriendin Connie is getuige van een moord en wil jou er alles over vertellen. Wat een toeval dat zij uitgerekend nu tegen een lijk aan loopt. Is die dode vrouw soms de minnares van haar man?'

'Niemand weet iets,' zuchtte Simon. 'En jij al helemaal niet. Connie Bowskill zag een lijk op haar buik op een stuk bebloede vloerbedekking liggen op de website van Roundthehouses. Op een van de opnames van het interieur van Bentley Grove nummer 11 – het huis dat haar man onder "thuis" in zijn gps had staan.'

Charlie staarde hem aan. 'Je meent het nog ook! Je meent het echt.'

'Vrijdagavond is het gebeurd – in de vroege ochtend van zaterdag.'

'Simon, Roundthehouses is een huizensite,' zei Charlie alsof ze een klein kind of een zwakzinnige iets moest uitleggen. 'Daar staan nooit lijken op, alleen huizen die te koop staan. En te huur – laten we vooral het huurgedeelte van die business niet vergeten. Appartementen, maisonnettes... maar geen dode vrouwen. Heeft Sellers...' Charlie zweeg, en schudde haar hoofd. 'Het is zeker een geintje, hè? Hij is hier vast al maanden mee bezig.'

'Ik heb Sellers niet gesproken. Dat was Gibbs, die ik net aan de lijn had.'

Gibbs. Charlie had het gevoel alsof een onzichtbare hand haar bij de strot greep, zo stevig dat er niets meer uit haar kwam. Dat was maar goed ook; heel verstandig van het menselijk lichaam om een systeem te ontwikkelen waardoor je niet je hele huwelijksreis gillend doorbrengt.

Het was Chris Gibbs die vier jaar geleden de woorden had gesproken waarmee Charlies wereld stil kwam te staan. Hij en hij alleen had de blik op haar gezicht gezien toen ze besefte wat ze had gedaan, terwijl haar hele leven naar de knoppen ging – publiekelijk, op klaarlichte dag, en dan nog wel op dat vervloekte bureau. Misschien had Gibbs het niet door, en wist hij niet dat hij getuige was van de afbraak van datgene wat Charlie het dierbaarst was van alles: het idee dat ze wat waard was. Gibbs kon er niets aan doen; hij had haar alleen de informatie verstrekt waar ze om had gevraagd, meer niet. Logisch gezien wist ze best dat hij niets had misdaan, maar toch nam ze het hem kwalijk. Hij zat vooraan tijdens de scène die haar ondergang inluidde.

'Je zei dat je Sam zou bellen.'

'Die had zijn telefoon niet aan staan.' Simon leunde voorover om Charlies gezicht te kunnen zien. 'Wat nou? Kijk niet zo. Ik heb niets gezegd over Olivia. Je hebt het gesprek toch gevolgd – het ging over Connie Bowskill. Gibbs en ik hebben het nooit over privézaken.'

Jij hebt het überhaupt met niemand over privézaken.

'Je zit een uur aan de telefoon met Gibbs te kletsen over verzonnen lijken op huizensites en het komt niet bij je op om te zeggen dat hij en die verrader van een zus van mij ons huwelijk en onze huwelijksreis hebben vergald?'

Simon zette Domingo's telefoon weer op de lader. 'Ze kunnen niets vergallen,' zei hij. 'Los van hun eigen relaties, en dat is hun probleem.'

'Dan tap je wel ineens uit een ander vaatje! Gisteravond zei je nog dat je onze huwelijksdag altijd zult zien als de dag dat –'

'Nee, dat zei *jij*. En jij zei dat ik me ook zo voelde – teleurgesteld, bezoedeld...'

'En wou je beweren dat dat niet zo is? Het was *onze* trouwdag. Ze hadden het recht niet om die van ons af te pakken.'

Simon liep langs Charlie het zonlicht in. 'De enigen die kunnen vergallen wat van ons is, zijn jij en ik. Als jij niet wilt dat je huwelijksreis verpest wordt, moet je ophouden over eerder naar huis gaan.'

'Dat is... je haalt twee dingen door elkaar die niets met elkaar te maken hebben!'

'O ja?' Simon duwde een overhangende tak aan de kant. Er daalden oranje blaadjes op Charlie neer; ze veegde ze van haar gezicht.

'Gisteravond zei je dat je al je respect kwijt was voor die twee.' Ze moest rennen om hem bij te houden. 'Was dat soms gelogen? Of heb je het ze al vergeven?'

'Het is niet aan mij om al dan niet te vergeven. Ja, ze zijn in mijn achting gedaald. Gibbs is getrouwd, en Liv staat op het punt om te gaan trouwen. Ze hadden het niet mogen doen.'

'Het klonk anders niet alsof Gibbs in je achting was gedaald, net, aan de telefoon. Je klonk precies zoals anders.'

'Is het nodig dat hij weet wat ik denk?' Simon ging op de trap van het zwembad zitten en liet zijn blote voeten tot zijn enkels in het water zakken. 'Ik denk wat ik wil.'

Charlie drukte haar ogen dicht. Het maakte niet uit wat ze zei. Simon en Gibbs zouden doorgaan alsof er niets aan de hand was – praten over het werk, afgeven op Proust, borrelen in de Brown Cow. Wat had ze eigenlijk verwacht: dat Simon zou protesteren? Dat hij zou weigeren om nog met Gibbs te praten tot hij zijn excuses had aangeboden en had beloofd Liv voortaan met rust te laten?

Net als iedereen op het bureau, wist Gibbs wat er was gebeurd op het feestje bij Sellers thuis, die toen veertig werd. Hij wist dat Simon en Charlie in een slaapkamer gezien waren, en dat Simon van gedachten was veranderd en weggerend was, dat hij de deur wijd open had laten staan en dat hij Charlie naakt op de grond had achtergelaten. Stacey, de vrouw van Sellers, stond buiten op de gang met drie vriendinnen; ze hadden alles gezien. Op het werk lachte Charlie alle opmerkingen over die gebeurtenis weg, en buiten het werk had ze het er met niemand over. Liv wist er niets van. *Tot nu toe.*

'Ik geloof niet in collectieve verantwoordelijkheid,' zei Simon.

'Gibbs is degene die Debbie besodemietert. Hij heeft Liv al zo vaak ontmoet. Hoeveel keer zijn ze niet met ons meegegaan naar de Brown Cow, zonder Debbie en die eikel van een Dom Lund? Het had op elk moment kunnen gebeuren – daar hoefden wij niet voor te gaan trouwen.'

'En als Debbie erachter komt dat wij het wisten, en dat wij het haar niet hebben verteld?'

Simon keek op en hield zijn hand boven zijn ogen tegen de zon. 'Waarom zouden wij het haar vertellen? Het zijn onze zaken niet.'

Het leek net of ze aan een buitenaards wezen moest uitleggen hoe het werkte, hier op aarde. Charlie haalde diep adem. 'Liv is mijn zusje. Als dit bekend wordt, denken mensen automatisch dat ik aan haar kant sta.'

'Dan zeg je toch tegen hen wat je gisteravond tegen mij hebt gezegd: dat je die kop van die vieze vuile bedriegster nooit meer hoeft te zien?'

'Heb ik dat gezegd?'

'Ik vond het overtuigend klinken,' zei Simon. 'Dus ik zou niet weten waarom een ander het in twijfel zou trekken.'

Charlie haatte het als iemand haar in herinnering bracht wat ze allemaal over haar zusje zei. Maar wie zijn schuld was dat? Hoe kwam het dat ze zulke dingen zei? 'Debbie is populair,' peinsde ze hardop. 'Al haar vriendinnen zijn getrouwd met politiemensen – de vrouw van Meakin, die van Zlosnik, die van Ed Butler – Debbie is het centrum van dat... netwerkje. Zij en Lizzie Proust gaan naar dezelfde aquafitlessen bij Waterfront. Als het nou om Stacey Sellers ging, maakte ik me niet zo'n zorgen – die vindt iedereen een kreng. En *zij* is niet bezig met ivf, *zij* heeft niet een miljoen tragische miskramen achter de rug. Heb je die 'Succes'-kaart niet gezien die we allemaal moesten tekenen, voor Debbie haar eerste... hormoongedoe had?'

Simon knikte. 'Mijn naam paste er niet eens meer op, zo veel mensen hadden hem getekend.'

Charlie sloeg haar armen om zichzelf heen, en ze voelde zich rillerig. 'Iedereen gaat me haten, Simon. En dat heb ik al een keer mee-gemaakt –'

'De enige die jou vier jaar geleden haatte was jij zelf.'

'Ik kan me anders herinneren dat de rioolpers me daarin van harte steunde,' zei Charlie bitter. 'Ik trek dat niet nog een keer, Simon – ik trek het niet om de slechterik te zijn naar wie iedereen wijst.'

'Charlie, de *Sun* en de *Mail* geven geen moer om Debbies ivf.'

'Stel nu dat Debbie erachter komt, en zij en Gibbs gaan scheiden, en Liv de nieuwe mevrouw Gibbs wordt? Mevrouw Zailer-Gibbs, gezien die idiote feministische pretenties van haar?'

'Je windt je op over niks.'

'Dan ben ik klaar met mijn werk en dan staat zij daar op het par-keerterrein te wachten om hem op te halen na zijn dienst. Dan kan ik niet meer aan haar ontsnappen. Straks verhuist ze nog naar Spilling.' Charlie huiverde. 'Denk je dat zij dat allemaal niet allang geeft be-dacht? Ze doet het expres, scharrelen met Gibbs.'

'Ik mag het hopen,' zei Simon. 'Per ongeluk met Gibbs neuken lijkt me voor iedereen een traumatische ervaring.'

'Ze vond mijn wereld altijd al veel interessanter dan die van haar – en ze hangt altijd al rond in de hoop dat ik haar binnenlaat. Ze zag haar kans schoon, en dus heeft ze hem gegrepen – en nu is ze *binnen*. Het enige wat ze nu nog hoeft te doen, is Debbie uitschakelen. Dan heeft ze mij niet meer nodig.'

Geen reactie.

'Zeg dan iets!' zei Charlie snibbig.

Simon staarde in het water.

Charlie dacht na over wat hij net zei. Hij had het woord neuken nog nooit zomaar in de mond genomen. Nog nooit.

'Simon?'

'Sorry, wat?'

'Je luistert niet.'

'Ik weet wel wat ik zou horen als ik wel zou luisteren: iemand die verslaafd is aan lijden. Iemand die er alles aan doet om zich slecht te voelen, en om andere mensen een rotgevoel te bezorgen.'

Charlie probeerde hem het zwembad in te duwen. Hij greep haar polsen om haar tegen te houden. Ze gaf op; hij was veel sterker. Een paar seconden later was het net alsof het nooit was gebeurd. Ze zat naast hem op de trap. 'Je luistert niet omdat je nadenkt over die gestoorde Connie Bowskill, met haar stomme gps-verhaal en haar gelul over dode mensen,' zei ze. 'Je kon net zo goed in Spilling zitten.'

'Ik heb een theorie.'

Charlie kreunde.

'Niet over Connie Bowskill – over jou. Jij bent degene die terug wil. Jij wilt dat Liv er via je ouders achter komt dat wij na vier dagen onze biezen hebben gepakt. Dan is de symboliek duidelijk: de ene dag belt zij jou, en de volgende dag is de huwelijksreis over – lijkt me een duidelijke zaak. Een romantische droom in duigen, een drama op hoog conceptueel niveau...'

'Ach, hou toch je kop!'

'Een leven lang schuldgevoel voor je zus.'

'Mag ik je iets vragen?' Charlies stem klonk breekbaar. 'Waarom ben je met me getrouwd als je me zo'n trut vindt?'

Simon keek verbaasd. 'Dat vind ik niet,' zei hij. 'Je bent menselijk, meer niet. We hebben allemaal verachtelijke gedachten, en we doen allemaal verachtelijke dingen.'

Charlie wilde tegen hem zeggen dat er een duidelijk verschil was tussen haar eigen verachtelijkheid en die van Liv, en dat die van Liv wel honderd keer erger was. Op basis van jarenlange ervaring wist ze dat datgene wat je wilde horen van Simon Waterhouse, nooit was wat hij zei.

Hij kneep zijn ogen tot spleetjes en keek Charlie aan, alsof hij zich haar gezicht later wilde kunnen herinneren. 'Bepaalde menstypes – daar beginnen we mee. Je zet een beeld van een lijk op een website; dan ben je ofwel de moordenaar...'

'Niet te geloven,' mompelde Charlie. Ze liep de traptreden af, het water in, en begon te zwemmen. Haar jurk kleefde aan haar lijf; haar sandaaltjes voelden als bakstenen aan haar voeten.

Simon stond op en liep naar de zijkant, om haar bij te houden. 'Als je niet de moordenaar of een medeplichtige bent, wie ben je dan wel? De eigenaar van het huis? De eigenaar van dat huis zou natuurlijk goed de moordenaar kunnen zijn. De verkopende makelaar? Of misschien iemand die het huis graag wil kopen? Niets is zo goed voor een lage verkoopprijs als bloederige ingewanden op de vloer van de zitkamer.'

'Sodemieter op, Simon, sodemieter een heel eind op.'

'Stel, je bent de moordenaar en je zet een foto van het lijk op die website, dan maak je je werk dus algemeen bekend. Als je niet de moordenaar bent –'

'Er is helemaal geen lijk, behalve in Connie Bowskills hoofd.'

'Heb ik dat niet gezegd, dan?' vroeg Simon. 'Iemand anders heeft het ook gezien, en die heeft contact opgenomen met de politie in Cambridge.'

'*Wat?*' Charlie stopte met zwemmen. 'Wie? Connie Bowskills beste vriendin? Haar moeder?' Het was een leugen, dat kon niet anders.

'Stel, je bent niet de moordenaar, waar was je dan toen het gebeurde? Zat je te kijken? Had je je verstopt? Zat je te wachten met een camera? Of kwam je pas later, en vond je het lijk?'

Charlie hees zichzelf uit het zwembad. Ze was een stuk zwaarder door het water dat in haar kleding gevangen zat; nu was het nog moeilijker om zich in deze hitte te bewegen.

'Waar ga je heen?' vroeg Simon haar.

'Waar ik heen ga?' echode ze. 'Waar zou Charlie heen gaan?' Speculeer daar ook maar over, dacht ze, en ze liep snel naar Domingo's houten huisje. Ze ging de luchtvaartmaatschappij bellen om te vragen hoe snel ze naar huis zouden kunnen vliegen.

Sam begreep eindelijk wat Grint eerder tussen neus en lippen had opgemerkt: dat hij Lorraine Turner om de namen, adressen en telefoonnummers had gevraagd van iedereen met wie ze Bentley Grove 11 tot nu toe had bezichtigd, en van iedereen die naar het huis had geïnformeerd, ook al hadden ze niet om een bezichtiging gevraagd.

Sam had dat aan grondigheid toegeschreven, en een wens om alles af te dekken, maar nu begreep hij dat er veel meer achter zat. De vrouw die Selina Gane's identiteit had aangenomen en haar huis zonder haar toestemming te koop had gezet zou zich misschien ook voordoen als mogelijke koper. Dat was psychologisch gezien consistent. Dit was iemand die zich al eerder onder valse voorwendselen toegang had weten te verschaffen, iemand van wie ze wisten dat ze al eens had gelogen over wie ze was. Sam begreep wel dat zo iemand het waarschijnlijk amusant vond om nog iemand van Lancing Damisz een loer te draaien.

En nu? Wat zou de vrouw die Selina Gane niet was nu doen? Een bod uitbrengen? Het huis kopen? Was dat al die tijd haar doel geweest? Het had geen zin daarover te speculeren, vond Sam, met zo weinig feiten voorhanden.

'Je verzint het niet, hè?' Jackie kletste tegen hem aan alsof ze al jaren bevriend waren. 'Ik stond daar maar als een zoutzak. Tegen die arme familie French, die het huis gegarandeerd wilde kopen, moest ik vertellen dat het helemaal niet te koop stond. Dat het een vergissing was. Zo gênant! Ze waren er kapot van. Dat is het vervelendste aspect van mijn werk, dat je ook al die emoties over je heen krijgt als het misgaat. Maar dat zul je wel bij elke baan hebben.'

Het was jammer dat Jackie Napier niet zo intelligent was; een slimmer mens had geweten welke delen van het verhaal van belang waren, en welke niet. Sam had het akelige voorgevoel dat hij nu te horen zou krijgen hoe Jackie toch nog alles goedgemaakt had voor de familie French – hoe ze een nog veel mooier huis voor hen had gevonden met een nog veel zonniger tuin en superieure garagefaciliteiten – als hij tenminste geen actieve stappen zette om dat te voorkomen.

'Ik moet dit opgehelderd hebben,' zei hij. 'U zegt dat de vrouw die u ontmoette toen u voor de eerste keer Bentley Grove 11 bezocht niet Selina Gane was? De vrouw die u vertelde dat ze het huis wilde verkopen, die het concept van de brochure kwam doornemen, en die u de sleutel gaf?'

'Ze leek totaal niet op dokter Gane,' zei Jackie kwaad.

'Dus de echte Selina Gane is degene die u ontmoette toen u een paar dagen later met de Frenches langskwam?'

'Precies een week later,' zei Grint. 'Woensdag 7 juli.'

'Ik had het moeten weten zodra ik die verdomde pasfoto onder ogen kreeg,' zei Jackie met opeengeklemde kaken. 'Selina Gane is blond en knap. Die andere vrouw was donker en... ze zag er een beetje streng uit, maar ja, je staat er niet bij stil op zo'n moment. Als iemand je een pasfoto geeft en zegt: "Vroeger blondeerde ik mijn haar altijd", geloof je dat toch gewoon? Je denkt niet: ik vraag me af of deze vrouw zich voordoet als iemand anders. Ik had geen enkele reden om haar te wantrouwen. Ze had de sleutel van het huis, godbetert – ze was *in* het huis toen ik haar voor het eerst ontmoette. Natuurlijk nam ik aan dat het haar paspoort en haar huis waren – dat zou iedereen doen. Wie zet nou het huis van iemand anders te koop? Ik bedoel, waarom zou iemand zoiets doen?'

Waarom zou iemand een foto van een moordslachtoffer op een huizensite zetten?

'Waarom hebt u dat paspoort eigenlijk gezien?' vroeg Sam, om het over een eenvoudiger boeg te gooien

'We moeten een identificatiebewijs zien van degene voor wie we een huis verkopen. Zodat we weten dat ze zijn wie ze zeggen dat ze zijn.' Als Jackie zich al bewust was van de ironie, wist ze dat goed te verbergen.

'U zegt dat ze donker was, de vrouw die Selina Gane niet was. Wat voor lichaamsbouw had ze – klein, lang, dik, dun?'

'Klein en dun. Tenger.'

Sam voelde iets op zijn plaats vallen, voor hij beseft wat het was. En ineens wist hij het: tenger. Connie Bowskill had dat woord ook gebruikt, een donkerharige, tengere vrouw.

Een of ander wijf heeft haar huis te koop gezet zonder het haar te vertellen. Dat had Jackie gezegd.

Een of ander wijf...

'Die vrouw die u bij de virtuele rondleiding hebt zien liggen, met haar gezicht naar de grond – zou dat de vrouw kunnen zijn die u op Bentley Grove hebt ontmoet en die toen deed alsof ze Selina Gane was?'

Jackie fronste. 'Nee. Nee, dat geloof ik niet. De dode vrouw – je kon de achterkant van haar benen zien. Haar huid was donkerder. De vrouw die ik ontmoet heb was bleek. En ze droeg een trouwring, maar een heel smalle – niet veel breder dan het ringetje van een cola-blikje. Die dode vrouw droeg een veel bredere trouwring.'

'Weet u dat zeker?' vroeg Sam.

Jackie tikte met haar vinger tegen een van haar oorbellen – degene die ze had gebruikt om haar nagels mee schoon te pulken. 'Ik heb oog voor sieraden,' zei ze trots.

Zelfs als er een afgeslachte vrouw op de foto staat, die ook best aandacht verdient? Sam zag dat Jackie zelf geen trouwring droeg en hij had bij voorbaat medelijden met de arme kerel die er ooit eentje om haar vinger zou schuiven.

'De echte Selina Gane draagt geen trouwring,' ging Jackie verder. 'Ze is niet getrouwd. Ik denk dat ze op het andere geslacht valt – dat gevoel had ik.'

Bleke huid, smalle trouwring. Sam draaide zich om en keek Grint aan. Die zat ineengedoken te fronsen. Connie Bowskill was tenger, had een bleke huid en een heel smalle trouwring. Sam huiverde onwillekeurig. Waarom zou Connie Bowskill doen alsof ze Selina Gane was en Bentley Grove te koop zetten? Omdat ze dacht dat Selina daar woonde met Kit? Dat vond Sam geen bevredigende verklaring – het was te kort door de bocht. En het was ook niet bepaald het eerste waar je aan zou denken in zo'n situatie. Als Connie de donkere vrouw was die Jackie in het huis aan Bentley Grove had ontmoet, hoe was ze dan aan de sleutel gekomen?

Grint was opgestaan en liep hobbelend de kamer door. 'M'n voet slaapt,' zei hij. 'Denkt u dat u haar gezicht zou herkennen als u die vrouw die zich voordeed als Selina Gane nog eens zou zien?'

'Absoluut. Ik ben goed in gezichten.'

Dat vond Sam discutabel, aangezien ze in de pasfoto was getrapt.

Toen hij opkeek, zag hij dat ze naar hem zat te staren, haar gezicht bevroren als een misprijzend masker. Hij schrok ervan. Wat had hij misdaan?

'Jij vindt dat ik had moeten weten dat zij het niet was, vanwege het paspoort. Waar of niet? Wat ben ik toch een domoor dat ik niet doorhad dat het een foto van iemand anders was. Maar daar had zij al rekening mee gehouden. "Vroeger was mijn haar altijd blond", zei ze. "Stond me best goed. Geef toe, ik zie er beter uit op deze foto dan in het echt. De meeste mensen zien er in hun paspoort uit als serie-moordenaars – maar ik lijk juist wel een filmster. Helaas valt dat in werkelijkheid tegen."'

'Dat heeft ze zo gezegd?'

'Niet helemaal precies,' zei Jackie. 'Ik kan me haar precieze woorden niet meer herinneren. Maar ze kwam met een kletspraatje over waarom ze niet meer leek op de foto. Dat van die seriemoordenaar en filmster heeft ze wel zo gezegd. Ja, ze was wel heel slim. Het enige wat ze hoefde te doen was zeggen dat mensen nooit op hun paspoort lijken. Als ze mij aan al die anderen kon laten denken, zou ze me niet hoeven te overtuigen – dan zou ik dat werk allemaal zelf doen. En iedereen zegt altijd zoiets. "Hij lijkt totaal niet op de foto in zijn paspoort, ik snap niet dat ze hem toch iedere keer het land in laten."'

Sam moest toegeven dat ze een punt had.

'En als we u nu eens – hier, vandaag – zouden voorstellen aan de vrouw die zich voordeed als Selina Gane?'

'Dan zou ik haar vragen waar ze in godsnaam mee bezig was.'

Grint knikte. 'Dat zou ik ook weleens willen weten. Misschien dat wij met zijn tweeën wel een verklaring uit haar krijgen.'

Dit beviel Sam helemaal niet. Jackie had Connie nog niet geïdentificeerd als de vrouw die ze had ontmoet; waarom deed Grint dan alsof dat wel het geval was, door haar zijn steun te betuigen? Was dit soms zijn tactiek? Als hij serieus van plan was om Jackie en Connie samen in een kamer te zetten, wilde Sam daar niet bij zijn. En er was nog iets wat hem niet lekker zat, iets waar hij zijn vinger niet op kon leggen. Hij was zich ineens bewust van een tergende angst onder het oppervlak van zijn gedachten. Wat was het? Net was het er nog niet.

'Ik zou graag het eind van uw verhaal horen,' zei hij. 'U was dus in het huis aan Bentley Grove, met de familie French en een angstige en verwarde dokter Gane – wat gebeurde er toen?'

'De Frenches vertrokken naar huis om mijn baas te bellen en te klagen.' Jackie rolde met haar ogen. 'Ondankbare honden – ze hadden me toch ook het voordeel van de twijfel kunnen gunnen? Maar nee, ze gingen er meteen van uit dat ik de boel had lopen versjteren. Ik heb ze daarna niet meer gesproken. Had ik geen zin in.'

Dus geen superieure garagefaciliteiten en zonniger tuinen voor de familie French, dacht Sam, tenminste, niet als het aan Jackie lag. Had ze zich net niet als loyaal omschreven, aan het begin van het verhoor? In Sams ervaring wilden mensen die zich op de borst sloegen wegens hun loyaliteit vooral graag dat anderen loyaal waren aan hen, desnoods onder dwang. Bijna altijd lag er een stilzwijgende waarschuwing in besloten: *ik ben loyaal, maar maak me niet boos, en stel me niet teleur, want dan...*

'Ik bleef daar in mijn eentje achter, totaal voor joker, samen met Selina Gane die dreigde dat ze de politie zou bellen. Het lukte om haar wat tot bedaren te brengen, zodat ik haar kon uitleggen wat er was gebeurd. Ze was in alle staten – en geef haar maar eens ongelijk. Ikzelf trouwens ook. Ik bedoel, het ging niet om mij persoonlijk, maar het was wel een beetje eng, het idee dat een of andere gek je zo bij de neus neemt en waarom? Wat ik niet snap, hè: wat had het nou voor zin, vanuit die donkere vrouw bekeken? Ze wist best wat er zou gebeuren: ik zou met mensen voor een bezichtiging naar het huis gaan, en dan zou ik de echte dokter Gane ontmoeten. Dat kon niet anders.'

Sam vroeg zich af of het soms bedoeld was om Selina Gane de stuipen op het lijf te jagen. Om haar te laten denken: als de vrouw van mijn minnaar hiertoe in staat is, wat zou ze dan nog meer kunnen aanrichten?

'Ik begreep haar niet zo goed. Toen ik haar vroeg wie zoiets zou kunnen doen, zei ze eerst: "Ik weet al wie." Ik wachtte af of ze er nog meer over ging vertellen, maar ze begon meteen over de sloten en dat die vervangen moesten worden. Ze greep de *Gouden Gids* en ging op zoek naar slotenmakers, en toen smeet ze de gids op de grond en barstte in tranen uit. Ze zei dat ze nu onmogelijk in het huis kon blijven wonen. "Als ze één keer een kopie van mijn sleutel weet te bemachtigen, lukt het haar een tweede keer ook weer." Ik zei dat ze naar de politie moest gaan.'

'Ze heeft uw advies opgevolgd,' zei Grint. Zijn volgende opmerking was voor Sam bedoeld. 'Ze heeft op donderdag 8 juli een verklaring afgelegd. Daarin zei ze dat ze werd achtervolgd door een vrouw met donker haar – ze had geen idee wie het was, maar die vrouw hing altijd maar rond bij haar huis, en ze gedroeg zich vreemd. Uit haar verklaring konden we niet opmaken wie die vrouw zou kunnen zijn, maar ja...' Grint wendde zich weer tot Jackie. 'Er zijn recent wat nieuwe ontwikkelingen geweest.'

Grint kon gisterochtend nog niet op de hoogte zijn geweest van die verklaring, dacht Sam, anders had hij de eerste keer dat Sam hem sprak over Bentley Grove 11 en Connie Bowskills verdwenen vrouw een stuk geïnteresseerder gereageerd.

'Ik moest het haar wel vragen,' zei Jackie. 'Ik wilde weten wie het volgens haar had gedaan. Ze zei: "Ik weet niet wie ze is." Maar een paar minuten eerder zei ze nog dat ze *wel* wist wie het had gedaan. Ze wilde er vast niet over praten.'

Grint en Sam wisselden een blik. Grint zei: 'Ik denk dat ze bedoelde dat ze dacht dat de vrouw die haar achtervolgde het had gedaan – ze wist dat ze een stalker had, maar ze kende de identiteit van de stalker niet.'

'Aha,' zei Jackie. 'Ja, dat zal dan wel. Daar had ik niet aan gedacht.'

'Dus u hebt de brochures in de prullenbak gegooid en Bentley Grove 11 weer van de website gehaald...' zei Sam.

'Ik heb de foto's die ik had gemaakt gewist, en ik heb aan mijn baas uitgelegd wat er was gebeurd.' Jackie klonk bitter. 'Nou, toen kreeg ik me toch een pak op mijn sodemieter, omdat ik de pasfoto niet goed had gecheckt!' Ze keek Sam aan met een blik van: *Ik weet wel aan wiens kant jij staat.* 'En toen, toen ik op het punt stond om naar Nieuw-Zeeland te vertrekken, kreeg ik een telefoontje van dokter Gane – de echte dokter Gane. Dat heb ik gecontroleerd.'

Sam vroeg zich af hoe diepgaand die controle kon zijn, in een telefoongesprek. *Bent u nu wel de echte Selina Gane? Ja. O, oké, dan is het goed.*

'Ik herkende haar stem,' zei Jackie bits.

'Oké,' zei Sam uitgestreken.

'Ze belde me omdat ze vond dat ik vriendelijk en begripvol had gereageerd, die dag met de familie French.' Jackie trok een onmiskenbaar lekker-puh-gezicht, alsof Sam in twijfel trok of ze wel deugde. 'Ze wilde haar huis verkopen, en ze wilde dat ik dat zou regelen. Ze zei dat het huis niet meer van haar voelde. Dat begreep ik best – als ik in haar schoenen stond, zou ik dat ook vinden. Ze zei: "Als dat mens één keer binnen is geweest, is ze misschien al honderd keer binnen geweest. Ik kan hier niet meer wonen, nu ik weet dat ze mijn privacy zo heeft geschonden. Voor hetzelfde geld heeft ze in mijn bed geslapen als ik er niet was." Ik zei dat ik het niet voor haar kon doen, omdat ik op vakantie ging, en dat ik Lorraine zou vragen om haar te bellen. Dat vond ze prima – ze kende Lorraine nog van toen ze het huis kocht – Lorraine was toen de verkopende makelaar. Dus Lorraine is erheen gegaan, en die heeft nieuwe foto's gemaakt...'

'Wacht even,' zei Sam. 'Toen ik met Lorraine Turner sprak, heeft ze helemaal niets verteld over iemand die had gedaan of ze Selina Gane was en die haar huis zonder haar medeweten te koop had gezet.'

'Ik heb het haar niet verteld,' zei Jackie. 'Op verzoek van dokter Gane.'

'Ze wilde niet dat iemand wist wat er was gebeurd die dat verder niet hoefde te weten,' zei Grint tegen Sam. 'Ze vond het beangstigend en gênant, en ze wilde niet dat mensen ernaar zouden vragen.'

Sam zat nog met zijn hoofd bij Lorraine Turner, haar relatie met Bentley Grove 11 ging verder terug dat die van Selina, Jackie en Connie. Lorraine had Bentley Grove namens die kerstboomlui, meneer en mevrouw Beater, aan Selina verkocht. Had ze het huis soms ook *aan* de Beaters verkocht, toen het pas gebouwd was, of hadden die het direct van de projectontwikkelaar gekocht?

'Ik zei tegen Lorraine dat ze met dokter Gane moest afspreken in het ziekenhuis, of in haar hotel, voor de sleutel,' vertelde Jackie. 'Ik dacht nog: ik zou maar niet vragen of ze naar Bentley Grove wil komen – daar wil ze nooit meer naar binnen. Dat had ze namelijk tegen mij gezegd.'

Grint liep naar de deur van de verhoorkamer. 'Kom, dan gaan we Selina Gane's stalker eens ontmoeten,' zei hij. Jackie stond op. Iemand met wat meer gevoel in haar donder zou nu gespannen zijn, dacht Sam; hij was dat zelf in elk geval wel. Hij probeerde zich voor te stellen dat Connie Bowskill toegaf dat zij het had gedaan, maar hij zag het niet voor zich. Hij kon zich alleen ook niet indenken dat ze het zou ontkennen – dat kon niet als Jackie haar duidelijk aanwees als de schuldige. Zoals Connie zelf al had gezegd, het was moeilijk om te blijven ontkennen als datgene wat je probeerde te ontkennen voor je ogen gebeurde en je het dus wel *moest* zien.

Als het inderdaad ontkenning was. Sam bedacht dat Connie misschien een stuk geslepener was dan ze leek. Hoe goed kon ze acteren? Haar gênante aanval op haar man was inconsistent, en ze sprong van de ene beschuldiging over op de andere; Sam had het op dat moment toegeschreven aan haar verwarring en paniek, maar nu wist hij het niet meer zo zeker. Eerst leek Connie overtuigd dat Kit dacht dat zij een moord had gepleegd, en was ze doodsbang dat hij misschien wel gelijk had. Ze wilde dat Grint zou zeggen dat zij die vrouw had kunnen vermoorden en dat ze vervolgens de herinnering aan de moord had gewist – ze legde hem die woorden bijna letterlijk in de mond. Toen gooide ze het ineens over een andere boeg: Kit geloofde niet echt dat zij iemand had vermoord, maar hij wilde dat zij zou denken dat hij dat dacht – hij wilde haar doen geloven dat zij een moord had gepleegd en dat ze daar zelf niets meer van wist.

Sam had zich bij het aanhoren van dit alles afgevraagd hoe ze hem tegelijkertijd van die twee dingen kon verdenken. Hij had geconcludeerd dat zij nog het allerbangst was om de controle over haar eigen gedrag te verliezen; dan ging ze er nog liever van uit dat haar man een monster was.

Nu hij Jackie Napier had gesproken, had Sam een andere theorie. Het was geen toeval dat hij was blijven zitten met twijfels over met wie hij nu van doen had: met Kit de leugenaar, Kit de moordenaar, die zijn vrouw gek maakte in de hoop dat hij haar kon laten opdraaien voor een misdrijf dat ze niet had gepleegd – of met Connie, het zielige slachtoffer van een zenuwinzinking, die psychisch zo vreselijk in de war was geraakt dat je haar niet meer verantwoordelijk kon houden voor haar daden. Het was geen toeval dat hij nu juist tussen deze twee mogelijkheden kon kiezen. Sams aandacht, en die van Grint, was handig afgeleid van een derde mogelijkheid: dat Connie willens en wetens een vrouw had vermoord. Dat die gekwelde vrouw, die zo op het randje leek te balanceren, een zorgvuldig geconstrueerde leugen was.

Sam stond in tweestrijd. Aan de ene kant wilde hij Grint apart nemen en hem vragen wat die allemaal liet doen op forensisch gebied, wat Selina Gane had gezegd toen Grint haar ondervroeg. Sam nam tenminste aan dat zij inmiddels verhoord was. Ook had hij graag willen weten of de vorige eigenaren van het huis, het echtpaar Beater, de vlek op de vloerbedekking hadden geïdentificeerd als de vlek die hun kerstboom had achtergelaten, of dat Grint Lorraine Turner op haar woord geloofde. Sam zou dat nooit doen; hij had een paar keer op het punt gestaan dit tegen Grint te zeggen, maar hij bedacht zich steeds. Niet zijn regio, niet zijn probleem.

Het werd tijd om zich uit de voeten te maken en zich op zijn eigen, saaiere zaken te storten. Hoe meer hij met Grint sprak over de verdwenen dode vrouw van Bentley Grove 11, hoe dieper hij werd meegesleurd in de zaak. Met het verhoor van Jackie Napier was hij te ver gegaan; hij had moeten weigeren. 'Waarom heb je dat dan niet gedaan?' zou zijn vrouw Kate vragen – de meest zinloze aller vragen, en Kate stelde hem vaak.

Omdat ik dat nu eenmaal niet heb gedaan.

Terwijl hij achter Jackie en Grint aan liep, een smalle grijze trap op, moest Sam bij zichzelf toegeven dat hij geen andere keus had dan Grint in contact te brengen met Simon, want die zou kunnen bevestigingen dat Connie de waarheid sprak over de gesprekken die ze met hem had gevoerd. Simon zou zich een indruk hebben gevormd van haar karakter, positief of negatief. Hij zou niet bang zijn stelling te nemen, of verschillende stellingen te nemen: betrouwbaar of oneerlijk, gestoord of normaal, slachtoffer of slachtoffermaker. *Goed of kwaad.* Simon hield zich met grootsere concepten bezig dan Sam en hij vertrouwde op zijn eigen oordeel. Grint kon zijn steun goed gebruiken. *Omdat hij niet de hele tijd een slag om de arm hield.* Sam dacht vaak dat de meeste mensen een duidelijke lijst met standpunten en overtuigingen in hun hoofd hadden, terwijl zijn eigen hoofd meer weg had van een ideeënbus, waar alle aspecten van alle mogelijke redeneringen in werden gestopt. En al die mogelijkheden schreeuwden om aandacht, en allemaal wilden ze in overweging genomen worden. Sams rol was om zo onpartijdig mogelijk al die met elkaar concurrerende claims te onderzoeken. Misschien was hij daarom wel altijd zo moe.

Hij zou Simon in Spanje moeten bellen om hem te waarschuwen dat Grint misschien contact met hem op ging nemen. Dat was wel zo eerlijk. *Geweldig.* Sam kon niets bedenken wat hij nog minder graag zou willen doen dan iemand storen op zijn huwelijksreis, vooral niet als het de huwelijksreis van Charlie Zailer betrof. Charlie stond niet bekend om haar vergevingsgezindheid.

Sam schrok toen Grint de deur van de verhoorkamer opendeed en hij de Bowskills zag zitten. Ze leken allebei buiten adem. Connie had zo te zien non-stop gehuild sinds ze met haar man alleen was gelaten. Haar broek zat onder de grijze strepen die er net nog niet zaten. Wat was hier in godsnaam gebeurd? Er hing een nare, zure lucht in de kamer. Sam kon het niet omschrijven; hij had nog nooit zoiets geroken.

'Sam?' Connies stem klonk hees. Haar ogen waren gericht op Jackie Napier, maar ze leek haar niet te herkennen. 'Wat is er aan de hand? Is dit de vrouw die heeft gezien wat ik heb gezien?'

Als ze liegt, dacht Sam, heeft ze de leugen nu even hard nodig als haar hart en longen. Ze zal zich er uit alle macht aan vastklampen, want ze kan zich het leven niet meer zonder voorstellen. De meeste leugenaars met wie Sam door zijn werk in contact kwam gaven de voorkeur aan de wegwerpleugen – die hadden een verhaal in elkaar gedraaid in de hoop dat het ze een lichtere straf op zou leveren, maar ze wisten best dat ze uit hun nek kletsten; zo omschreven ze het zelf ook. Ze waren niet emotioneel gebonden aan hun verzinsels; als je hen erop wees dat je kon bewijzen dat ze niet op een bepaalde plek waren, op een bepaald tijdstip, in tegenstelling tot wat ze zelf beweerden, haalden ze meestal hun schouders op en zeiden ze: 'Nou ja, ik kon het proberen.'

Sam zette zich schrap voor de confrontatie. Hij voelde een sterke latente agressie bij Jackie Napier, die op zoek was naar een legitieme uitlaatklep. Dat ze Connie Bowskill zou aanvallen, verbaal of fysiek, leed geen enkele twijfel. Dus wat hield haar dan nog tegen? Waarom stond ze sprakeloos naar de Bowskills te staren?

Jackie draaide zich met een van ongeduld vertrokken mond om naar Grint. 'Wie is *dit*?' Ze gebaarde naar Connie.

Het duurde een paar tellen voor Grint antwoordde. 'Is dit niet de vrouw die u Selina Gane's paspoort liet zien?'

'Die *wat*?' riep Connie.

'Wat is dit voor een fucking onzin?' zei Kit tegen Sam. 'Waar heeft hij het over?'

'Nee,' zei Jackie Napier geïrriteerd. 'Ik weet niet waar je haar vandaan hebt, maar stop haar maar weer terug. Haar heb ik nog nooit van mijn leven gezien.'

PRODUCTIE: CB13345/432/24IG

BASISSCHOOL CAVENDISH LODGE

Datum: 13/07/2006   **Naam:** Riordan Gilpatrick

Groep: 1

Gemiddelde leeftijd: 3 jaar en 4 maanden

Leeftijd: 3 jaar en 8 maanden

COMMUNICATIE, TAAL, LEZEN EN SCHRIJVEN
Riordan is dit jaar goed vooruitgegaan met taal. Hij spreekt altijd duidelijk en vloeiend, heeft een goed geheugen en geniet van het voorleesuurtje. Hij herkent alle Letterlandkarakters en hun klanken en is nu bezig met woorden bouwen van de individuele klanken.

REKENKUNDIGE ONTWIKKELING
Riordan herkent cijfers tot 9 en kan tellen tot 18. Hij kan een puzzel van 6 stukken maken, herkent kleuren en geometrische vormen en kan sorteren op kleur en op grootte. Riordan speelt graag cijferspelletjes en zingt graag rekenliedjes.

WERELDORIENTATIE
Riordan toont interesse in de wereld om hem heen en doet graag mee aan de discussies die wij voeren in de klas. Hij vindt het leuk om zaadjes en bloembollen te planten, om voor ons dagelijkse weerbericht naar het weer te kijken en hij leert graag over onderwerpen als De Boerderij, Levenscycli en 'Mensen die ons helpen'.

LICHAMELIJKE ONTWIKKELING

Riordans fijne motoriek is uitstekend. Hij maakt prachtige tekeningen en kan goed omgaan met potloden en penselen. Hij kan kralen rijgen en met een schaar werken en hij kan letters netjes omtrekken. Zijn grove motoriek is ook zeer goed: hij rent en springt, vindt het leuk om met de wandelwagens te spelen en doet graag mee met spelletjes tijdens het buitenspelen.

CREATIEVE ONTWIKKELING

Riordan vindt het enig om zich te verkleden en speelt graag rollenspelletjes in de huishoek met zijn vriendjes! Hij gebruikt ook graag zijn fantasie met de kleine wereldspeeltjes. Verder zit hij graag aan onze creatieve tafel om te schilderen, en om mooie, gedetailleerde tekeningen te maken of collages.

PERSOONLIJKE, SOCIALE EN EMOTIONELE ONTWIKKELING

Riordan heeft zijn plekje gevonden na dit eerste schooljaar, en hij heeft veel vriendjes gemaakt. Hij gaat leuk met anderen om en is zorgzaam voor zijn vriendjes. Het is een genoegen om hem in de klas te hebben: we zullen hem missen als hij naar de volgende groep gaat, volgend jaar! Ik weet zeker dat hij het naar zijn zin gaat hebben in groep 2. Goed gedaan, Riordan!

Groepskracht: Teresa Allsopp

15

Vrijdag 23 juli 2010

'Niets?' Ma kijkt pa smekend aan, alsof ze verwacht dat hij in actie komt om het onrecht te bestrijden. 'Hoe bedoel je, dat ze er niets aan doen?'

Kit en ik zijn hierop voorbereid. We wisten hoe ze zouden reageren. We hadden de vol afschuw ingehouden adem voorzien, en het trillertje van woede in haar stem. Pa's reactie hadden we ook voorspeld. Hij moet nog komen, maar op dat punt zijn we ook helemaal afgedekt, want zelfs dit uitstel hadden we voorzien. Ma reageert altijd het snelst; ze spuwt haar paniek uit in golven van starre beschuldiging. Dan duurt het een minuut of tien – vijftien op zijn hoogst – voor pa een bijdrage levert aan de discussie. Tot dan zit hij met zijn hoofd voorovergebogen en zijn handen in elkaar gevouwen, en probeert hij chocola te maken van alweer een stuk ongewenst bewijs dat het leven zich niet altijd zo gedraagt als Val en Geoff Monk vinden dat het zich moet gedragen.

Anton blijft op het vloerkleed in mijn zitkamer liggen, met zijn hoofd op een hand leunend, en hij praat vooral met Benji over hun favoriete onderwerp van tegenwoordig: een verzameling buitenaardse wezens met namen als de gigantosaurus en Echo-Echo. Fran is een multitasker; ze zorgt ervoor dat Benji Melrose Cottage niet sloopt en ondertussen vuurt ze half mopperend en half grappenmakend kritiek af op pa en ma, om ze te beschermen voor de veel vernietigender kritiek die ze eigenlijk verdienen.

In het gezelschap van mijn familie zijn Kit en ik helderzienden die er nooit naast zitten. De voorspelbaarheid van de Monks zou een welkome afwisseling moeten zijn na wat wij net hebben doorstaan. Maar zoals te verwachten viel, is dat het niet.

'Voor zover wij het kunnen zien, zijn ze het er intern niet over eens,' zegt Kit tegen ma. Als je zo naar hem luistert, zou je niet zeggen dat hij zich beroerd en verloren voelt. Als mijn ouders bij ons zijn, speelt hij de rol van de briljante, sterke en bekwame schoonzoon; hij heeft weleens tegen me gezegd dat hij daar lol in heeft – hij zou best zo iemand willen zijn. 'Ian Grint wil het niet opgeven, maar hij staat onder druk. Zwaar onder druk, tenminste, die indruk kregen we van Sam Kombothekra.'

'Maar Connie heeft het toch gezien, dat... dat heel erge? En een andere vrouw heeft het ook gezien. Hoe kan de politie dan doen alsof er niets aan de hand is? Ze kunnen toch wel *iets* doen?' Een toeschouwer die geen idee heeft hoe ma's brein werkt, zou denken dat ze is vergeten dat zij mij eerst helemaal niet geloofde. Zo zijn de meeste mensen: ze zeggen het ene, en als dat niet blijkt te kloppen zeggen ze het andere en vergeten ze voor het gemak dat ze ooit aan de verkeerde kant stonden. Zo niet Val Monk; voor haar geen doodgewoon egobeschermend zelfbedrog. Ze had dinsdagavond, toen wij te uitgeput waren van onze dag met Grint om tegen haar in te gaan, tegen Kit en mij verklaard dat ze zich niet hoefde te verontschuldigen: ze had gelijk dat ze mij eerst niet geloofde omdat niemand toen nog van Jackie Napier wist, en zonder haar bevestiging kon dat wat ik had verteld onmogelijk waar zijn. Later, toen we alleen waren, zei Kit tegen me: 'Dus, samenvattend luidt het standpunt van je moeder: ze had gelijk toen ze je niet geloofde en ze heeft evenveel gelijk nu ze je wel gelooft. Ook al blijkt je verhaal nu te kloppen: ze had het toen ook bij het rechte eind.' We hebben erom gelachen – echt gelachen – en ik vond het raar dat Kit en ik in staat waren troost te putten uit onze favoriete bezigheid van weleer, het afbranden van mijn moeder, ondanks alle ellende, onzekerheid en angst, en na een dag te zijn verhoord door rechercheurs die ons allebei niet mochten en vertrouwden.

'Het probleem is het gebrek aan forensisch bewijs,' legt Kit haar uit. 'Ze hebben Bentley Grove 11 helemaal uitgekamd, de vloerbedekking opgelicht, de planken – ze hebben het huis helemaal ontmanteld en allerlei onderdelen opgestuurd voor onderzoek, maar ze hebben niets gevonden. Of nee,' zegt Kit, 'ze hebben niets gevonden waar ze iets mee kunnen.'

'Twintig miljard is meer dan niets, hè, pap?' vraagt Benji aan Anton, en hij tikt tegen zijn been met een buitenaards wezen van grijs plastic.

'Alles is meer dan niets, liefje.' Als alles gewoon zou zijn tussen Kit en mij, zou ik hem nu aankijken met een blik waaruit sprak: *Dit is waarschijnlijk het diepste wat Anton ooit heeft gezegd.*

'Sam zei dat er in forensisch opzicht twee soorten negatieve uitslagen zijn,' vertelt Kit. 'De doorslaggevende en de niet-doorslaggevende negatieve uitslag.'

Kun je het nog volgen, Anton?

'Wat betekent dat nou weer?' zegt ma ongeduldig.

'Het kan zijn dat je niets vindt op een mogelijke plaats delict en dat je dan toch niet zeker weet of er wel of geen misdrijf heeft plaatsgevonden op die plek. Of, zoals in dit geval, je vindt geen forensisch bewijs en je kunt met zekerheid stellen dat een bepaald misdrijf niet heeft plaatsgevonden op die plek. Volgens Sam kan er onmogelijk zoveel bloed in dat huis zijn geweest als Connie en Jackie Napier hebben gezien, zonder forensische... sporen achter te laten. Maar aangezien die er dus niet waren...' Kit haalt zijn schouders op. 'De politie heeft geen enkel aanknopingspunt. Forensisch gezien moeten ze concluderen dat er daar niemand vermoord is. Een makelaar en twee voormalige eigenaren zweren dat de vloerbedekking die nu nog in de zitkamer ligt precies dezelfde is die er al jaren ligt, al sinds de huidige eigenaar in het huis getrokken is. Ze hebben met de buren gesproken, en die wisten niet veel te vertellen, los van het feit dat Bentley Grove zo'n heerlijk stille straat is. Er wordt niemand vermist die voldoet aan de beschrijving die Connie en Jackie Napier hun hebben gegeven, en er is geen lijk. Wat kunnen ze doen?'

'Het is de politie,' zegt ma met opeengeklemde lippen. 'Er moet toch iets zijn – een invalshoek waar ze nog niet aan gedacht hebben, of iets anders wat ze nog konden uitzoeken.'

'Kit probeert je uit te leggen dat er niets meer is,' zegt Fran tegen haar. Ik vraag me af of ze het vervelend vindt dat ze moet opkomen voor een man die volgens haar een leugenaar is met een geheim leven. Ze heeft niets gezegd over het gesprek dat wij maandag hadden – niet tegen pa en ma, en niet tegen Anton. Die weten dus niets van het adres in zijn gps, of zijn auto op Street View. Ik heb haar niet gevraagd om het tegen niemand te zeggen. Het is haar keuze om alles vooral gezellig te houden. Ze speelt haar rol even bereidwillig als Kit de zijne speelt.

En jij, Connie? Waarom zeg jij er niets over? Waarom vertel jij niet aan iedereen dat je man misschien een moordenaar is?

'Ian Grint is niet dom, Val,' probeert Kit mijn moeder te sussen. 'Hij weet dat Connie en die Jackie de waarheid vertellen. Sam denkt dat zijn bazen dat ook wel weten, maar bekijk het nu eens vanuit hun oogpunt. Als er *wel* een moord is gepleegd, hebben ze geen lijk, geen verdachten, geen enkel ander bewijs dan twee getuigenverklaringen. Ze zitten muurvast. Voor Grint is dat niet zo'n probleem – hij is maar een rechercheur, en hij draagt geen verantwoordelijkheid. Zijn hoofdinspecteur is degene die er veel bij wint door te zeggen: "Dit is geen misdaad, dit is waarschijnlijk gewoon een geintje – laten we daar nu maar van uitgaan, en klaar."'

'Een *geintje*?' Ma spreekt weer tegen pa. 'Hoor je dat, Geoff? Dus iemand vermoorden is een geintje? Iemand bloedend op de grond laten liggen...'

'Ma, alsjeblieft.' Fran trekt een gezicht om aan te geven dat haar moeder niet goed snik is. 'Kit zegt dat de politie denkt dat er *geen* moord is gepleegd – het geintje was dat iemand op de grond is gaan liggen in een plas rode verf, of tomatenketchup...'

'Wat is dat voor geintje?' wil ma weten. 'Ik vind er niets grappigs aan. Welke weldenkende vrouw zou een prachtige jurk verpesten door in de verf te gaan liggen?'

'Sam en Grint vinden die geintjestheorie even belachelijk als wij allemaal,' zegt Kit. 'Maar iemand die hoger op de ladder stond bij de politie van Cambridge opperde het toen ze erachter kwamen dat degene die de website had gehackt om de virtuele rondleiding te veranderen, de zaak een halfuur later weer heeft teruggedraaid. Ik begrijp niet zo goed waarom dat van belang is, en Sam en Ian Grint ook niet, volgens mij. Maar ja, wat kunnen we eraan doen? Het besluit is genomen.'

'En jij gaat gewoon met je armen over elkaar zitten?' Ma staart me vol afschuw aan. 'Alsof er niets is gebeurd? Hoe zit dat dan met jouw verantwoordelijkheid naar die arme vrouw, wie het ook mag zijn?'

'Wat kan Connie doen?' vraagt Kit.

'Ik kan solliciteren naar een baan als Hoofd van Politie in Cambridgeshire,' opper ik.

'Waar is de taart, pap?' vraagt Benji aan Anton. 'Wanneer gaan we Connie haar cadeautjes geven?'

Ik heb geen idee waar hij het over heeft. Maar dan herinner ik me dat ik vandaag mijn verjaardag zou vieren. Omdat ik vandaag jarig ben. Net als alle familiefeestjes bij de familie Monk, begint het om 5.45 uur en zal het eindigen om 7.15 uur, zodat Benji om 8 uur in bed kan liggen.

'Jij belt maandagochtend meteen naar de politie, Kit,' zegt pa. *Welkom bij ons gesprek.* 'En je gaat ze vertellen dat het een schande is – je wilt antwoorden krijgen en snel een beetje. Je wilt weten wat ze van plan zijn te doen, want ze *moeten* hier verdomme iets aan doen.'

'Zo is het.' Ma knikt instemmend.

'Als ze er een zootje van maken, dreig je om naar de pers te gaan. Als ze dan nog steeds geen poot uitsteken, voeg je de daad bij het woord. Zodra het bekend wordt in de lokale media, zodra de inwoners van Cambridge dit te weten komen en in paniek raken, kunnen rechercheur Ian Grint en zijn makkers zich nergens meer achter verschuilen.'

'Pa, waar *heb* je het over?' lacht Fran. 'De inwoners van Cambridge raken helemaal niet in paniek. Jij doet net alsof er een massamoordenaar door de straten waart. Zou jij in paniek raken als je hoorde dat er iemand was vermoord in Little Holling en je geen reden had om aan te nemen dat *jij* in gevaar was?'

'Dat zou nooit gebeuren,' zegt ma. 'Daarom wonen we ook in Little Holling – omdat het hier veilig is, en omdat je hier niet wordt vermoord in je eigen huis.'

'Cambridge is ook niet bepaald zoiets als Rwanda, en toch lijkt het erop alsof daar ook iemand is vermoord,' vuurt Fran terug.

'Cambridge is een stad, met... mensen vanuit alle hoeken van de wereld. Niemand kent elkaar in een stad, er is geen gemeenschapszin. Zoiets als wat Connie heeft gezien, zou hier nooit gebeuren, en als dat wel zo was, zou de politie het tot de bodem uitzoeken.'

'Definieer "hier" eens?' Fran kijkt mij aan op zoek naar steun. Ik kijk weg. Ik kan het risico niet nemen om ruzie te maken met mijn moeder, voor het geval ik in het vuur van de strijd per ongeluk laat vallen dat de kans groot is dat zij het slachtoffer is als er iemand wordt vermoord in Little Holling, en dat ik de moordenaar ben. 'Cambridge is niet zo ver weg. Ik weet zeker dat het aantal moorden dat daar wordt gepleegd heel laag is, omdat de mensen die daar wonen gemiddeld heel intelligent zijn en wel wat beters te doen hebben dan elkaar uitmoorden. Maar hier in Culver Valley...'

'Culver Valley is een van de veiligste regio's in Engeland,' zegt pa.

'Dat meen je niet! Anton, leg het eens aan hem uit. *Lezen* jullie de krant eigenlijk wel? De afgelopen jaren zijn er in Spilling en Silsford...' Fran zwijgt. Benji trekt aan haar arm. 'Ja, liefje, wat is er?'

'Wat is een moord? Is dat als iemand doodgaat als hij honderd is?'

'Kijk nou wat je hebt gedaan!' jammert ma tegen Fran. 'Die arme kleine Benji. Daar hoef jij je geen zorgen over te maken, engel. We gaan allemaal naar de hemel als we doodgaan en in de hemel is het heerlijk – toch, opa?'

'*Engel?*' Fran barst bijna uit elkaar. Ik heb haar nog nooit zo kwaad gezien. 'We zijn momenteel nog gewoon op aarde, moeder, en niet in de hemel, en hij heet Benji.'

'Maandagochtend, Kit.' Pa zwaait met zijn vinger. 'Dan geef jij die rechercheur Ian Grint er eens flink van langs.'

Ik moet hier weg. Ik mompel iets over thee en taart, en dwing mezelf om in een normaal tempo de kamer uit te lopen, in plaats van te rennen, want dat zou ik het liefst doen. In de keuken doe ik de deur dicht en leun ertegen. Hoelang kan ik hier blijven zonder dat ze me komen halen? Voor eeuwig?

Het geluid van een klop op de deur verstoort mijn fantasie. *Kit.* Dat moet wel – ik hoor mijn moeder, vader en Fran nog kibbelen in de zitkamer. Ik wil hem niet binnenlaten, maar als zijn medesamenzweerder heb ik geen keus. Misschien heeft hij iets belangrijks te zeggen over de leugen die wij mijn familie vanmiddag voorhouden: die van ons zogenaamd gelukkige huwelijk.

'Gaat het?' vraagt hij.

'Nee, met jou?'

'Ik red het net. Laten we nou maar opschieten met de thee en de taart, dan zijn we snel weer van ze af.'

'Ze gaan precies om kwart over zeven weg, wat we ook doen of niet doen,' zeg ik. Kit zou beter moeten weten. Het heeft geen zin om te hopen dat het eens anders loopt. 'Pa en Anton gaan meteen door naar de pub voor hun vrijdagavondbiertje, en ma is nog minstens een halfuur druk met het helpen van Fran om Benji naar bed te krijgen. Ik breng jou om vijf voor halfacht naar het station – dan ben ik terug als zij allemaal weer opduiken. Als ze de moeite nemen om te kijken, zien ze alle twee de auto's staan en denken ze dat we allebei thuis zijn.'

Kit knikt. Ik vul de waterkoker, zet hem aan en pak de taart. Ik heb de allerduurste uitgekozen die in de supermarkt te koop was, alsof ik daarmee kan goedmaken dat ik hem niet zelf heb gebakken. Ik laad een dienblad vol met kopjes, schoteltjes en theelepeltjes, vul een kannetje met melk, schraap de verkleurde korrels uit de suikerpot zodat ma niet ineenkrimpt als ze erin kijkt. En *last but not least* vul ik een plastic tuitbeker met appelsap. Voor Benji, de enige vijfjarige die nog uit een babybeker drinkt.

Kit haalt de schone taartschoteltjes uit de vaatwasser. 'Morgen zit ik bij mijn ouders,' zeg ik tegen hem. Hij houdt een groot broodmes voor me op. 'Als ik daar ben, komen ze tenminste niet hier. Ik zeg wel dat je thuis aan het werk bent.'

'Dit is waanzin, Connie. Waarom vertellen we hun niet gewoon de waarheid? Ons huidige project in Londen is bijna afgelopen, en ik ben daar fulltime nodig, dus heb ik besloten om daar voorlopig te blijven zitten.'

Ik pak het mes van hem aan. 'Dat is niet de waarheid, Kit.'

'Je weet wel wat ik bedoel,' zegt hij ongeduldig, alsof ik zout op slakken leg. 'Niet de *echte* waarheid, maar... kunnen we hun niet iets vertellen wat in de buurt komt van de waarheid, zodat we niet hoeven te doen alsof ik hier woon, terwijl dat niet zo is?' Ik zie dat hij nog meer wil zeggen, en ik weet al wat er gaat komen: 'Of we kunnen ervoor zorgen dat de leugen waarheid wordt, als jij me weer terug laat komen.'

'Hou op.' Ik duw hem weg en durf hem niet in de ogen te kijken, omdat ik bang ben dat hij aan de mijne kan zien hoe erg ik hem mis. Hij is woensdag uit huis getrokken. De afgelopen twee nachten heb ik liggen huilen, en kon ik niet slapen. Ik moest al mijn wilskracht gebruiken om hem niet te bellen en te smeken weer thuis te komen. Ik dacht altijd dat ik een goed mens was, voor dit allemaal gebeurde, maar ik zie nu wel dat ik dat niet ben. Ik zou zomaar mijn grip op wat goed is kunnen verliezen en tegen Kit zeggen: 'Weet je wat? Het kan me niet schelen dat je vreemd bent gegaan. Het kan me niet schelen dat je een leugenaar bent, of misschien zelfs een moordenaar – ik hou van je en ik blijf hoe dan ook bij je, want het alternatief is te moeilijk en te zwaar.'

'Dus we moeten het hele circus doorstaan?' Kit doet zijn ogen dicht. '"*Happy birthday*" zingen, cadeautjes openmaken, kaarsjes uitblazen, "*For she's a jolly good fellow*", knuffels en kusjes, o, zo gezellig...' Ik zie de huivering door zijn lichaam trekken.

'Uiteraard, zoals elk jaar sinds je mij kent. Mijn familie weet niet dat het dit jaar anders is.'

'Connie, de keus is aan ons.' Hij komt op me af. Ik moet hem eigenlijk tegenhouden. 'We kunnen dit allemaal achter ons laten, en teruggaan naar hoe het was. Dan doen we alsof we allebei geen verleden hebben, alsof vandaag de eerste dag van ons leven is.'

'In dat geval zijn we dus niet getrouwd. Dan kennen we elkaar niet eens.' Als ik mezelf niet heel snel tegen hem opzet, lukt het me misschien niet meer. 'Ik ben het met je eens dat dat beter zou zijn,' zeg ik. 'Want momenteel zijn we getrouwd *en* kennen we elkaar niet.'

'Wat spoken jullie allemaal uit?' Ma gooit de keukendeur open, zonder te kloppen. 'Waar hebben jullie het over? Toch niet nog steeds over de politie, mag ik hopen? We hebben een feestje, hoor. Geoff heeft gelijk, Kit – je moet die Ian Grint maandag bellen, en dan komt het allemaal wel goed, op de een of andere manier.'

'Vast wel,' zegt Kit uitdrukkingsloos.

Op de een of andere manier. Aan welke twee manieren denkt ze dan? Wetenschappers zouden mijn moeder moeten kidnappen en haar vervangen door een robot die precies op haar lijkt, en niemand zou er iets van merken, zolang ze maar genoeg clichés in het vocabulaire van de machine programmeren: *op de een of andere manier, wat heb je nou weer gedaan, wat heeft dit te betekenen?*

Ik doe het enige wat de rest van dit zogenaamde feestje nog draaglijk kan maken: ik ga terug naar de zitkamer en begin een gesprek met Anton over fitness. Ik zeg dat ik er schoon genoeg van heb om zo mager te zijn, en vraag wat ik kan doen om spieren te kweken zonder te eindigen als een vrouwelijke Hulk met van die enorme armen. Ik luister niet naar het antwoord, dat gelukkig lang en gedetailleerd is, zodat ik een poos met niemand anders hoef te praten. Pa en Fran maken aan de andere kant van de kamer ruzie over de vraag of het feit dat iemand naar een stad verhuist een teken is van zijn of haar bereidwilligheid zich regelmatig bruut te laten overvallen, en Benji gooit plastic griezels omhoog in een poging het plafond te raken, wat ook vaak lukt.

Ma en Kit leggen mijn cadeautjes op een hoop op het kleed – alweer een ritueel binnen de familie Monk dat op alle cadeautjeswaardige gelegenheden wordt uitgevoerd. Om de beurt mag iemand een cadeau uitzoeken en het aan de ontvanger overhandigen. Dat uitkiezen dient te gebeuren op volgorde van leeftijd: Benji, Fran, ik, Anton, Kit, ma, pa, en dan is Benji weer aan de beurt, mochten er nog pakjes uit te delen vallen. Het systeem is niet waterdicht: als ik jarig ben en het is mijn beurt om een pakje te kiezen, moet ik dat aan mezelf geven. Pa lobbyt al jaren om het anders aan te pakken: in tegenstelling tot Kerstmis, moet bij een verjaardag de jarige worden uitgesloten van het uitkiezen. Ma is fel tegen een hervorming van dien aard, en heeft hem tot nu toe met succes tegen kunnen houden.

Ik heb altijd zin om mezelf van kant te maken als we dit toneelstukje weer moeten opvoeren.

Dit jaar heeft Benji een lavendelzakje voor me gekocht in de vorm van een hart. Ik bedank hem met een knuffel en hij probeert zich los te wurmen. 'Als mensen doodgaan, als ze honderd zijn, stopt hun hart met kloppen,' zegt hij. 'Toch, papa?'

Pa en ma geven hetzelfde wat ze mij altijd geven – en Fran, Kit en Anton – al sinds we uit huis zijn, zowel voor onze verjaardag, voor kerst als met Pasen: een cadeaubon van Monk & Sons ter waarde van honderd pond. Ik plak een glimlach op mijn gezicht, geef hun allebei een kus en veins dankbaarheid.

Kits ouders waren altijd goed in cadeaus. Ik neem aan dat ze dat nog altijd zijn, ook al kopen ze voor ons geen cadeaus meer. Ik was altijd dolblij met de dingen die ze me gaven: tegoedbonnen voor een dagje spa, kaartjes voor de opera, een lidmaatschap voor een wijn- of chocoladeclub. Kit was nooit onder de indruk. 'Iedereen kan dat soort dingen kopen,' zei hij. 'Het zijn dingen die bedrijven aan hun klanten geven, mensen die zwemmen in het geld en die er geen moer om geven.' Al voor hij zijn ouders aan de kant zette, had hij weinig met ze op. Ik begreep daar niets van. 'Ik zou er iets voor geven als mijn ouders normale, interessante mensen waren,' hield ik hem voor, onder de indruk van de manier waarop Nigel en Barbara Bowskill, die in Bracknell woonden, vaak naar Londen reden om naar het theater te gaan, of naar een kunsttentoonstelling.

Toen Simon Waterhouse me vroeg waarom Kit zijn ouders nooit meer zag, zei ik wat Kit tegen mij had gezegd: dat in 2003, toen ik mijn kleine inzinking had bij het vooruitzicht uit Little Holling weg te gaan en mijn haar uitviel en mijn gezicht verlamd raakte en ik de hele tijd overgaf, Kits ouders tegen hem hadden gezegd dat hij zijn problemen zelf maar op moest lossen en dat hij niet op hun steun hoefde te rekenen – ze hadden het te druk met het opzetten van hun nieuwe bedrijf.

Ik kon me niet voorstellen dat Nigel en Barbara zo ongevoelig waren, maar toen ik dat tegen Kit zei, bitste hij dat ik er niet bij was geweest en hij wel, en dat ik hem maar beter kon geloven: zijn ouders gaven geen moer om mij, en ook niet om hem, dus waarom zou hij zich dan nog druk maken over hen?

Ik dacht dat ik Simons vraag had beantwoord, maar hij leek er niet tevreden mee. Hij vroeg me of ik hem nog meer kon vertellen, wat dan ook, over Kit en zijn ouders. Ik zei van niet. Wat strikt genomen ook zo was. Wat had het voor zin gehad als ik hem zou zeggen dat ik me altijd heb afgevraagd of Kit een veel onschuldiger uitspraak van Nigel en Barbara soms expres verkeerd heeft uitgelegd, omdat hij een excuus zocht hen uit zijn leven te schrappen. Ik vond het niet eerlijk om hem ervan te verdenken dat hij hen zo in een kwaad daglicht stelde, dus zei ik er niets over tegen Simon.

'Toe maar, Connie – iedereen zit te wachten.' Ma's stem sleurt me weer terug naar het feestje waar ik liever niet bij wil zijn. Er ligt een pakje in mijn schoot, in 'Happy Birthday'-papier: mijn cadeau van Kit. Alleen hij, Fran en ik weten dat ik het al eens heb gezien, en dat er een plastic tas van Chongololo in zit. Alle drie denken we eraan hoe ik bijna Kits aardige verjaardagsverrassing heb verpest – ik tenminste wel. *Ik in de deuropening, Kit met de schaar en het plakband, terwijl hij zijn best doet niet te laten blijken dat hij gekwetst is door mijn gebrek aan vertrouwen.* Ik zie het voor me als een film die me niets zegt; ik voel geen wroeging, geen spijt. Schuldgevoel wordt na verloop van tijd saai; na een poos geef je dan liever een ander de schuld.

Ik wil zijn cadeautje niet, wat het ook mag zijn, maar ik moet doen alsof. Ma klapt in haar handen en zegt: 'O, ik kan niet wachten! Kit heeft zo'n goede smaak!' Ik maak geluidjes alsof ik enthousiast ben terwijl ik het papier eraf scheur, en ik bedenk dat ik op een bepaald moment toch aan mijn ouders zal moeten vertellen dat Kit niet meer bij me woont. Dat ik mezelf weken en maanden van leugens kan besparen door het hun nu te vertellen. Waarom doe ik dat dan niet? Ben ik zo naïef dat ik ondanks alles hoop dat de problemen tussen ons zullen overwaaien?

Wat zei Kit ook weer? *We kunnen ervoor zorgen dat de leugen waarheid wordt.*

Ik laat het pakpapier op de grond vallen, maak de Chongololo-tas open en trek er een blauwe jurk uit.

'Hou eens omhoog,' zegt mijn moeder. 'We willen hem allemaal zien, hè, Geoff?'

'Pa zou het verschil niet zien tussen een gieter en een jurk van Chongololo, ma,' zegt Fran.

En hij geeft nooit antwoord als je hem een directe vraag stelt. Is je dat nooit opgevallen in al die jaren dat je met hem getrouwd bent? Hij praat alleen tegen je als het hem uitkomt, en niet omdat jij iets van hem wilt.

Ik sta op en schud de jurk uit zodat mijn moeder hem kan zien. Hij is niet alleen blauw, er zit ook roze in. Een patroon, golvende lijnen.

Golvende lijnen, korte, wijd uitlopende mouwen.

Nee. Nee, nee, nee.

Het donker komt binnen kruipen langs de rand van mijn blikveld, en baant zich een weg naar het midden daarvan. 'Gaat het, Con?' hoor ik Fran zeggen.

'Wat is er aan de hand, Connie?' Ma's stem vervormt op weg naar mijn oren. Tegen de tijd dat ze me bereiken zijn ze uitgerekt en verdraaid, als de lijnen op de jurk.

Ik moet iets doen om de duizeligheid te verdringen. Tot nu toe heb ik nog geen aanval gehad waar ma bij was, en ik kan dat nu ook niet laten gebeuren. In 2003, in een moment van zwakte, heb ik haar opgebiecht van mijn haaruitval, mijn overgeven en gezichtsverlamming. Ik had het verder nog aan niemand verteld, zelfs niet aan Kit, maar de manier waarop ze zich op mijn nieuwe invalidenstatus stortte vond ik beangstigend. Het bood haar een verhaal dat ze zichzelf kon vertellen, een verhaal dat haar sterk aansprak: ik had mezelf ziek gemaakt door te doen alsof ik naar Cambridge wilde verhuizen, terwijl ik dat, diep vanbinnen, helemaal niet wilde – ik zei het alleen maar om Kit een plezier te doen. Nu leed ik onder mijn eigen onnozelheid, en zij zou me weleens even beter maken. De moraal van dit verhaal? Geen enkel lid van de familie Monk moest het ooit nog in zijn hoofd halen weg te gaan uit Little Holling.

'Connie?' Door de mist hoor ik Kit mijn naam zeggen, maar mijn hersenen en stem staan niet met elkaar in verbinding, dus kan ik niet antwoorden.

Niet toegeven aan het grijs. Blijven denken. Grijp je vast aan een gedachte en richt daar al je energie op, voor het oplost en jou drijvend in het donker achterlaat. Je hebt het niet tegen Kit gezegd omdat je het niet aan jezelf toe wilde geven, of niet soms? Het is één ding om op je moeder af te geven omdat ze een paranoïde controlefreak is, maar het is iets heel anders om te zeggen dat... toe, zeg het dan! Het is toch zo? Je weet dat het waar is. Ze was blij dat je ziek was; ze vond dat je het verdiende.

Ze had liever dat je ziek was dan vrij.

De wolken in mijn hoofd beginnen op te trekken. Als mijn zicht ook weer normaal wordt, zie ik dat Fran en Kit allebei klaar zitten om uit hun stoel op te springen om mij op te vangen, maar ze hoeven zich geen zorgen te maken. De duizeligheid is voorbij, en komt niet meer terug. Net als mijn leugens voorbij zijn – degene die ik aan mijzelf vertel, en degene die ik andere mensen voorhoud. Ik ben er klaar mee om mezelf met oneerlijkheid te vergiftigen.

Ik gooi de jurk naar Kits hoofd. 'Dit is de jurk die de dode vrouw aanhad,' zeg ik.

Pa, ma en Fran beginnen luid te protesteren. Ik hoor: '...blauw en roze... belachelijk... de druk van dat gedoe bij de politie... onmogelijk...'

'Dit is de jurk die zij aanhad,' herhaal ik, en ik hou mijn ogen op Kit gericht. 'Dat weet jij heel goed. Daarom heb je hem voor me gekocht – het hoort allemaal bij je plan om mij kapot te maken.' Ma maakt het soort geluid dat een bedreigd paard ook wel maakt. Ik negeer haar. 'Het is de bedoeling dat ik nu echt doordraai, neem ik

aan?' bijt ik Kit toe. 'Dat ik helemaal instort? Want jij kunt nooit dezelfde jurk voor mijn verjaardag hebben gekocht die een vermoorde
vrouw droeg op een foto die ik heb gezien op Roundthehouses, dus
dan zal ik wel gek zijn, dan zal ik wel helemaal gestoord aan het worden zijn – klopt dat ongeveer?'

'Waarom is tante Connie zo boos, papa?' vraagt Benji.

'Connie, let op je woorden.' Kits gezicht is wit weggetrokken. Met
zijn ogen wijst hij naar mijn moeder, alsof hij wil zeggen: *'Wil je dit
nu echt doen waar zij bij is?'*

Het kan me niets meer schelen. Ik zeg wat ik te zeggen heb, wie er
verder ook meeluistert, pa, ma, de paus, of de koningin.

'Je zei dat de jurk die je hebt gezien groen en lila was.' Kits ogen
zijn nu op mij gericht, maar zijn woorden zijn niet voor mij bedoeld;
hij wil dat ons publiek het bewijs van mijn onbetrouwbaarheid hoort,
en dus het bewijs van mijn gekte. 'Deze jurk is blauw met paars.'

'Je zei inderdaad groen met lila, Con,' verdedigt Fran hem.

Ik pak mijn tas. Terwijl ik de kamer uit loop, roept mijn moeder
me na: 'Wat denk jij te bereiken door weg te lopen?'

Maar ik heb het al bereikt. Ik ben weg.

'Het was precies hetzelfde dessin,' zeg ik tegen Alice. 'Er moet dus
een groen met lila versie zijn geweest, en een blauw met roze.'

Het is mijn tweede noodafspraak in nog geen week. De vorige keer
maakte ik me nog zorgen dat zij er bezwaar tegen had dat ik beslag
op haar tijd legde. Toen ik vandaag aankwam, stond zij net op het
punt om naar huis te gaan, en ik heb geen verontschuldiging aangeboden. Ik gaf haar ook geen keus. Ik zei dat ik haar moest spreken.

'De vrouw die vermoord is op Bentley Grove 11 droeg een jurk van
een boetiekje dat al zijn kleren zelf maakt, en dat maar één winkel
heeft – in Silsford.' Ik zwijg, zodat Alice dit goed op zich in kan laten
werken.

'Laten we eens uitzoomen.' Ze doet alsof ze een camera vastheeft
en trekt die in de richting van haar lichaam. 'Dan laten we die jurk
voorlopig even voor wat hij is...'

'Zelfs Fran gelooft Kit, terwijl zij denkt dat hij een leugenaar is,' flap ik eruit. 'Ze zei laatst dat een arts die zegt dat er niets mis is met mij niet goed genoeg heeft gekeken.'

'Vergeet Fran,' zegt Alice. 'Ik wil het hebben over jou en Kit. De rest doet er niet toe. Je zegt dat Kit jou wil laten twijfelen aan je geestelijke gezondheid. Waarom zou hij dat doen?'

Ik open mijn mond, maar ik heb niets te zeggen, geen antwoord. Ik speel het allemaal nog eens af in mijn hoofd: het adres in Kits gps, Kits ontkenning dat hij daar iets vanaf wist; de virtuele rondleiding door Bentley Grove 11, het lijk van de vrouw, de politie, Jackie Napier die het lijk ook heeft gezien; Fran die Kits auto op Street View zag; het uitpakken van Kits verjaarscadeau waar die jurk in bleek te zitten.

Ik herken bijna alle karakters in het verhaal: de behoedzame, intelligente Simon Waterhouse; de vriendelijke en bescheiden Sam Kombothekra; de praktische, gevoelloze Fran; Selina Gane, kwaad en bang. Voor Jackie Napier weet ik zo gauw geen adjectieven, want ik heb haar maar vijf minuten gezien: schijnheilig, hooghartig, volkomen gebrek aan charme. En de dode vrouw op de vloer: ze was dood, alle bloed was uit haar gevloed, stil. Dat waren haar voornaamste kenmerken. Ze is de enige persoon die ik niet scherp kan krijgen, hoe hard ik het ook probeer.

'Connie?' zegt Alice ter aanmoediging.

'Ik heb geen idee wie of wat Kit is,' zeg ik uiteindelijk. 'Het lijkt wel alsof hij geen echt mens is, maar alleen een... een beeld, of een hologram. Een verzameling gedragingen.'

'Je bedoelt dat je hem niet vertrouwt.'

'Nee.' Het is moeilijk te omschrijven wat er precies mist. Een afwezigheid heeft alleen een duidelijke vorm als er ooit iets aanwezig was, als je weet wat er mist. 'Ik vertrouw hem niet, maar dat is niet wat ik bedoel. Als ik bij hem ben, heb ik het gevoel alsof er geen... mens zit, onder zijn huid.' Ik haal mijn schouders op. 'Ik kan het niet beter uitleggen, maar... dit is niet nieuw. Het is niet begonnen toen ik Bentley Grove 11 in zijn gps zag staan. Ik weet het al jaren. Ik heb het mezelf alleen nooit laten toegeven.'

Alice wacht tot ik er meer over vertel.

'Toen Kit studeerde in Cambridge, was hij verliefd op iemand. Dat heeft hij zich per ongeluk laten ontvallen, maar toen ik hem ernaar vroeg, klapte hij dicht en ontkende hij. Hij heeft altijd een hekel gehad aan zijn ouders, maar hij wilde nooit vertellen waarom. Hij deed altijd net alsof het niet zo was, maar ik wist het – ik hoorde het aan zijn stem als hij ze sprak. Toen heeft hij ze helemaal uit zijn leven gebannen, en ik weet heel zeker dat hij liegt over de echte reden.'

'En toen kwamen de gps, zijn auto op Street View, het lijk van de vrouw, de jurk,' zegt Alice. Ze draait haar draaistoel rond en kijkt uit het raam. 'Connie, ik zou dit normaal nooit tegen een patiënt zeggen, maar ik zeg het nu wel tegen jou: ik denk dat het terecht is dat je Kit niet vertrouwt. Ik heb geen idee wat hij heeft gedaan, maar ik denk dat je bij hem uit de buurt moet blijven.'

'Dat kan ik niet. Selina Gane wil niet met me praten, en de politie zei dat ze geen verder onderzoek zullen doen. Ik kan er alleen achter komen wat er aan de hand is, als ik Kit kan overhalen om mij de waarheid te vertellen. Wat is er?'

Zie ik medelijden in haar ogen?

'Je denkt dat ik er nooit achter zal komen, hè? Je vindt dat ik het op moet geven.'

'Ik weet zeker dat je dat nooit zult doen.' Ze kijkt me glimlachend aan. 'Dat zou ik ook niet doen, als ik jou was.'

'Voor dit allemaal gebeurde, was ik net zoals Kit,' zeg ik tegen haar. 'Ik was ook niet echt. Nu heb ik een kenmerk: ik ben de vrouw die niet op wil geven.'

'Je was niet echt?'

Ik weet niet of ik dit uit kan leggen, maar ik moet het proberen, al klinkt het nog zo krankzinnig. 'In 2003, toen Kit en ik op huizenjacht waren in Cambridge, had ik het gevoel alsof... ik niet bestond.'

Alice wacht op mijn uitleg.

'De meeste mensen hebben een soort huis waar ze het liefst in zouden wonen: een groot huis midden in de stad, een stenen cottage midden op het platteland. Sommige mensen kopen altijd nieuwbouwhuizen, en andere zouden het niet in hun hoofd halen om een huis te kopen van minder dan honderd jaar oud. Het huis dat je kiest zegt iets over wat voor soort mens je bent. Toen Kit me meenam naar een cottage in een dorp genaamd Lode, net buiten Cambridge, dacht ik: ja, ik zou iemand kunnen zijn voor een landelijke cottage. Toen nam hij me mee naar een penthouse aan een drukke weg in de stad, en ik dacht: dit zou iets voor mij kunnen zijn – misschien ben ik diep vanbinnen een stadse meid. Ik kende mezelf helemaal niet, en ik wist niet wat ik wilde. Na drie of vier bezichtigingen begon ik te vrezen dat ik geen identiteit had. Ik was doorzichtig – ik kon bij mezelf naar binnen kijken en er was niets te zien. Ik dacht: ik zou in al deze huizen kunnen wonen. Ik kan van geen van de huizen zeggen of het bij me past of juist helemaal niet. Misschien heb ik geen persoonlijkheid.'

Alice leunt achterover in haar stoel. Hij kraakt. 'Je stond open voor de mogelijkheden. Kit heeft je een hoop prachtige huizen laten zien, en jij vond ze allemaal op hun eigen manier mooi. Dat is volkomen begrijpelijk, en niet iets om je zorgen over te maken. Misschien sprak elk huis wel een ander deel van jouw karakter aan.'

'Nee.' Ik wuif haar geruststellende woorden weg. 'Ja, het was dom van me om in paniek te raken omdat ik niet wist wat voor soort huis ik zou willen, natuurlijk was dat dom, maar ik raakte wel degelijk in paniek – en dat was het zorgwekkende. Telkens als ik een huis zag en ik niet meteen zeker wist of het iets voor mij was, voelde ik me een stukje onwerkelijker. Alsof alle persoonlijkheid die ik ooit had gehad druppel voor druppel uit me wegvloeide.' Ik kauw op de nagel van mijn duim, bang dat ik te veel toegeef, en dat ik daar op de een of andere manier voor zal moeten boeten. 'En toen vonden we een fantastisch huis, op Pardoner Lane nummer 17 – verreweg het mooiste huis, dat zie ik nu wel – en ik was er zo slecht aan toe dat ik niet wist of ik het mooi vond of haatte. Kit liep ermee weg. Ik deed net alsof – geen idee of ik het overtuigend wist te brengen. Het enige wat ik wilde kunnen zeggen was: "Ja, dit huis, dat ben ik helemaal" en... dat ik dan wist wat dat *betekende*.'

Alice buigt zich voorover en reikt in het open bruine koffertje onder haar bureau. Daar bewaart ze haar homeopathische geneesmiddelen. De koffer heeft allemaal piepkleine vierkantjes, met in elk vakje een klein bruin flesje. 'Je was gespannen en depressief, en overweldigd door de onredelijke verwachtingen van je familie,' zegt ze, en ze pakt een flesje, en daarna nog een, en leest de etiketten. 'Dat gebrek aan eigenwaarde kwam voort uit je poging om jouw eigen behoeften in de kiem te smoren omwille van je ouders, omdat jouw behoeften hun niet goed uitkwamen. Het had niets te maken met of je al dan niet flexibel was wat betreft het soort huis dat je wilde kopen, dat garandeer ik je.' Ze heeft het middel gevonden waar ze naar op zoek was. *Voor extreem gestoorde mensen.*

Ik wil meer over het huis vertellen waar ik eigenlijk verliefd op had moeten worden, ware het niet dat ik te neurotisch was om het mooie ervan te kunnen zien. Ik heb de behoefte om alles op te biechten: hoe ik alles heb verpest, en hoe ik Kit tot wanhoop heb gedreven met mijn paranoia. 'Pardoner Lane 17 stond naast een school – het Beth Dutton Centre,' zeg ik tegen Alice. 'Ik kon niet slapen – nachtenlang – vanwege de bel. Dat is toch waanzin?'

'De bel?'

'De schoolbel. Stel nu dat die steeds tussen de lessen zou gaan en als hij dan veel te hard was? Dan werden we misschien gestoord van het lawaai, en dan zouden we het huis nooit meer kwijtraken omdat we er eerlijk over moesten zijn tegen de mogelijke kopers – over zoiets kon je toch niet liegen. Kit zei: "Als die bel te hard is, vragen we ze of het wat minder hard kan." Hij lachte me uit omdat ik me druk maakte over zoiets stoms. En hij lachte me weer uit toen ik een paar dagen later weer een aanval van koudwatervrees kreeg om een al even belachelijke reden: het huis had geen naam.'

'Ik geef je dit keer een ander middel,' zegt Alice. 'Anhalonium. Omdat je zei dat je het gevoel had dat je doorzichtig was en geen persoonlijkheid had.'

'Ik heb nog nooit in een huis gewoond dat geen naam had,' zeg ik, zonder naar haar te luisteren. 'Nog steeds niet. Eerst woonde ik in

Thorrold House met pa en ma, en toen ben ik bij Kit ingetrokken. Hij woonde op nummer tien, maar het appartementencomplex had een naam: Martland Tower. Maar goed, dat was wat anders. Die flat zagen we allebei niet als ons thuis – het was iets tijdelijks, een stoplap. Nu woon ik in Melrose Cottage, en het huis van Fran en Anton heet Thatchers... In Little Holling hebben alle huizen namen. Daar ben ik aan gewend. Toen Kit zijn zinnen had gezet op Pardoner Lane 17, probeerde ik me voor te stellen dat ik in een huis zou wonen dat alleen een nummer had, en het leek me zo... fout, op de een of andere manier. Te onpersoonlijk. Het beangstigde me.'

Alice knikt. 'Verandering is ongelofelijk eng,' zegt ze. Ze staat altijd achter me. Ik weet niet of ik dat wel nodig heb, tenminste, niet meer. Ik heb er misschien meer aan als ik haar zou horen zeggen: 'Ja, Connie, dat is echt volkomen knots. Je moet eens ophouden met die belachelijke ideeën.'

'Op een nacht heb ik Kit om vier uur wakker gemaakt. Volgens mij was ik hysterisch. Ik had de hele nacht niet geslapen, en ik was helemaal over mijn toeren. Kit staarde naar me alsof ik krankzinnig was – ik weet nog goed hoe geschrokken hij keek. Ik zei dat we het huis aan Pardoner Lane niet konden kopen als we het geen naam zouden geven – ik kon niet wonen in een huis zonder naam. Ik wilde op het internet uitzoeken of het mogelijk was om een huis een naam te geven, als het nog geen naam had. Officieel, bedoel ik.'

Alice glimlacht alsof ze mijn waanzin begrijpelijk en vertederend vindt.

'Kit zag wel dat ik niet zou kalmeren en hem niet zou laten slapen tot hij met een oplossing kwam voor het probleem dat ik had bedacht, dus zei hij: "Kom op – dan gaan we het uitzoeken." En hij vond al snel iets op het internet wat mij ervan overtuigde dat ik me geen zorgen hoefde te maken: als ik dat wilde, konden we nummer 17 een naam geven. Het is heel simpel – je hoeft alleen het postkantoor per brief te informeren. Hij zei: "Wat zou je zeggen van Het Gesticht?"'

'Toen was je zeker wel erg gekwetst,' zegt Alice.

'Helemaal niet. Ik begon te lachen – ik vond het de beste grap die ik ooit had gehoord. Ik was opgelucht dat het allemaal goed zou komen – Kit kreeg het huis waar hij zo dol op was, en ik zou me er thuis kunnen voelen omdat we het een naam zouden geven. Ik moet toen natuurlijk best geweten hebben dat ik wel weer een nieuw obstakel zou verzinnen...' Ik schud mijn hoofd vol walging. 'Ik vraag me af wat: dat de deurknop me niet aanstond, of de brievenbus. Mijn hysterie zou zich wel weer op een willekeurig ander ding hebben gestort, als het de kans kreeg, maar dat zag ik toen nog niet. Kit was ook opgelucht. We waren bijna... ik weet niet, het was net alsof we iets te vieren hadden. We gingen niet meteen naar bed – we bleven op om huizennamen te zoeken op het internet, en we lachten om alle belachelijke suggesties: Costa Fortuna, Van de Bank. Zulk soort namen zijn blijkbaar erg populair – volgens die website. Ik kon het nauwelijks geloven, maar Kit zei dat hij zich wel kon indenken dat sommigen van zijn collega's hun huis zo zouden noemen. "Het is een aandoening die je veel ziet, denken dat je grappig bent terwijl je dat niet bent," zei hij. "Van de Bank. Dan kun je je huis net zo goed: 'Saaimans' noemen." Ik vroeg hoe hij ons huis zou willen noemen.'

'Wat zei hij?'

'O, een heleboel domme namen – namen waarvan hij zelf ook wel wist dat ze stom waren, om mij te jennen. Volgens mij deed hij niet veel moeite – hij wist ook wel dat ik het uiteindelijk voor het zeggen had. De naam moest helemaal perfect zijn, en ik moest hem verzinnen – iets wat zou zeggen "dit is ons thuis", en dat al mijn angst zou wegtoveren. Kit begon onzin uit te kramen: "Ik weet wat," zei hij. "Laten we het het Death Button Centre noemen. Denk je dat de mensen van het Beth Dutton Centre dan erg pissig zijn? Of de postbode?" Ik zei dat hij niet zo belachelijk moest doen. Ik had kunnen weten dat hij daardoor alleen nog maar een tandje zou bijzetten.' De herinnering die ik al zoveel jaar kwijt was, is plotseling levendiger dan de werkelijkheid. Ik zie mezelf zitten achter het bureau in de flat, met Kit op zijn knieën naast me, allebei in onze pyjama. We hadden toen nog maar één computer. Ik zat te gieren van het lachen, zo hard dat ik Kits stem nauwelijks kon horen, en de tranen stroomden me over de wangen. 'Hij deed bloedserieus, en zei: "Het idee spreekt me steeds meer aan: het Death Button Centre. Dan laten we een plaquette maken voor bij de deur. Nee, nog beter – laten we het Pardoner Lane 17 noemen..."' De woorden verdampen in mijn mond als een nieuwe angst door mijn lichaam raast. *Wat? Wat is er?*

Het Death Button Centre. Het Death Button Centre... Dodemansknop.

Ik sta op, struikel, en zoek steun tegen de muur.

'Connie? Wat is er?'

Ik weet wat ik heb gezien – het ontbrekende detail waar ik tot nu toe steeds mijn vinger niet op kon leggen. *Ja.* Dat was het. Dat was het, ik weet het zeker, op die foto van de dode vrouw en het bloed. Maar het stond niet op de foto van de zitkamer. De foto waar de vrouw niet op stond, de foto die ik zou zien als ik nu de rondleiding door Bentley Grove 11 zou doen. Op die foto ontbreekt het. 'Ik moet gaan,' zeg ik tegen Alice. Ik grijp mijn tas en hol weg, zonder te luisteren naar haar smeekbede. Het flesje dat ze voor me heeft gevuld blijft staan op van de hoek van haar bureau.

PRODUCTIE: CB13345/432/25IG

VULKAAN

Door Tilly Gilpatrick, 20 april 2010

Veel hete lava
Uren stroomt het uit de berg
Lijkt wel een dikke warme deken
Kijk, de wereld is bedekt met
As
Als de vulkaan uitbarst
Niemand kan terugvliegen van vakantie
Oranje hete lava!

Super, Tilly! Mooie beelden!

Nee, het is een waardeloos gedicht, zelfs voor een kind van vijf.
Dit is pas een goed gedicht:

De eerste keer dat ik naar de markt mocht
Met slechts een cent op zak
Stond ik urenlang te staren
Naar wat ik toch niet kocht

Inmiddels ben ik een meneer
En kan ik kopen wat ik wil
De centen zijn er, er is markt
Maar waar's die jongen van weleer?

Twee plus twee telt samen op
Tot vier, niet vijf, niet drie
Het hart van de jongeman doet pijn
Dat is de eeuwige strop.

16

23/07/2010

Ian Grint was vroeg, zoals Simon al had verwacht. Hij voelde de woede van de rechercheur binnen een paar minuten nadat ze kennis hadden gemaakt, het ongeduld van een man die wil bewijzen dat andere mensen het bij het verkeerde eind hebben. Grint liep door naar de bar, en maakte een gebaar alsof hij een glas hief in Simons richting, die knikte. Hij had eigenlijk niet zoveel tijd nodig gehad als Grint en hij zelf oorspronkelijk dachten. Hij was al een halfuur geleden klaar met het lezen van alle stukken, en was toen een eindje gaan wandelen. De pub die Grint had uitgekozen, de Live and Let Live, lag in een woonwijk, zodat Simon niets van de historische colleges had kunnen zien waar hij volgens Charlie naartoe moest omdat ze zo mooi waren. Het enige wat hij had gezien waren huizen en nog een andere kleine pub: de Six Bells.

Al wandelend was Simon tot de conclusie gekomen dat Cambridge een fantasievollere stad was dan Spilling. En een tolerantere stad. Hij was verbaasd over de voordeuren: geel, oranje, roze, fel turkoois. De inwoners van Cambridge vonden kennelijk dat alle kleuren in aanmerking kwamen. In Spilling kozen de meesten voor iets donkers en waardigs: zwart, donkerrood, donkergroen. Simon waagde te betwijfelen of er een oranje deur te vinden was in de hele Culver Valley.

De namen van de pubs in Spilling waren ook saai en traditioneel: de Brown Cow, de Star, de Wheatsheaf, de Crown. In nog geen miljoen jaar zou een kroegbaas in de Culver Valley zijn zaak een naam geven als Live and Let Live. Leven en Laten Leven was niet iets waar ze daar goed in waren; wel in Leven en Mekkeren Over Iedereen Die Niet Zo Leeft Als Jij – kortweg Leven en Mekkeren. Of de Liv & Chris Gibbs, dat is pas een onwaarschijnlijke naam, dacht Simon. Daar zou Charlie nooit een voet over de drempel zetten.

Hij pakte de papieren van tafel en legde ze op de stoel naast zich terwijl Grint op hem af liep met de biertjes. 'Ik hoop dat geen van mijn geachte collegae hierbinnen is geweest om stiekem mee te loeren over jouw schouder,' zei hij. 'Al zou ik momenteel nog zo graag de zak krijgen, het is waarschijnlijk toch beter van niet. Mijn vrouw zal het vast niet waarderen.' Het woord 'geachte' stond stijf van het sarcasme.

'Ik moet je teleurstellen,' zei Simon. 'Ik heb er niet veel uitgehaald. Niets wat ik jouw chef kan voorleggen, zo van: "Dit is een nieuwe invalshoek, hier kunnen we mee verder."'

'Maar niet niks, dus?'

'Iets en niks. De verklaringen die Kit en Connie Bowskill hebben ondertekend – heb je die afzonderlijk opgenomen, of waren ze –'

'Afzonderlijk.' Grint nam een slok van zijn bier en veegde zijn mond af met de rug van zijn hand. 'De officiële verklaringen hebben ze allebei afzonderlijk afgelegd, in mijn aanwezigheid. Later heb ik ze samen in een kamer gezet, en toen heb ik alles nog een keer doorgenomen. Sam Kombothekra was daar ook bij. Ik wilde zien of ze anders deden in elkaars gezelschap, en zo ja, hoe.'

'En?'

'Gewoon, zoals dat altijd gaat. Hij leek meer op zijn gemak met haar erbij, maar zo zou ik me in zijn plaats ook voelen – zij slingerde de ene na de andere beschuldiging naar zijn hoofd. Zij was wat explosiever in zijn aanwezigheid, maar veel verschil was er niet.'

Simon doorzocht de stapel papieren, op zoek naar de officiële verklaringen van Connie en Kit Bowskill. 'Is jou iets raars opgevallen toen je hen afzonderlijk ondervroeg?'

Grint lachte. 'Je bedoelt los van hun hele persoonlijkheid?'

'Tegenstrijdigheden.'

'Waar moet ik beginnen? Hij is ervan overtuigd dat zij dat adres in zijn gps heeft ingevoerd, zij beweert dat hij het heeft gedaan. Hij vermoedt dat zij een gestoorde moordenaar is, zij denkt dat hij gestoord is. Allebei verdenken ze de ander, bijna alleen op basis van een foto – een foto die hij niet eens heeft gezien.' Grint schudde zijn hoofd. 'Bizar is een understatement.'

'Er is een kleinere tegenstrijdigheid die van belang zou kunnen zijn.' Simon schoof de twee verklaringen naar Grint toe. 'Het huis in Cambridge dat ze in 2003 bijna hadden gekocht. In de verklaring van Connie Bowskill staat het adres Pardoner Lane 17. In die van Kit staat Pardoner Lane 18.'

Grint fronste. Hij staarde naar Simon die de betreffende passages aanwees. 'Dat ik dat heb gemist,' zei hij uiteindelijk. 'Maar goed, er zijn zeven jaar overheen gegaan, dus ze kunnen zich gemakkelijk vergissen. Ik betwijfel of het iets betekent.'

Simon was het niet met hem eens. 'Ze zeggen allebei dat het huis naast een school stond die het Beth Dutton Centre heette. Allebei bespreken ze tot in de details waarom dit huis hen zo specifiek aansprak: originele victoriaanse schouwen, origineel gietijzeren hekwerk bij de voordeur...' Simon haalde zijn schouders op. 'Wie van beiden het ook maar verkeerd mocht hebben, ik zou niet weten waarom die zich al die details nog herinnert, maar het huisnummer niet.'

'Ik vergeet dat soort triviale dingen ook altijd,' zei Grint. 'Jij niet?'

Simon vergat nooit iets. Hij ontweek de vraag. 'Connie Bowskills telefoon gaat steeds meteen over op voicemail. Ik heb haar minstens vijftig keer gebeld sinds ik terug ben uit Spanje. Die man heb ik nog nooit gesproken, en zijn nummer had ik dan ook niet. Maar het nummer zat wel in het dossier, dus daar heb ik maar gebruik van gemaakt.' Hij wachtte tot Grint zou protesteren. Toen dat niet gebeurde, gaf hij wat meer informatie. 'Ik heb vanavond om acht uur met hem afgesproken.'

'Waar?' vroeg Grint.

Gaat je niks aan. Simon zei bij zichzelf dat hij zich niet zo hooghartig moest opstellen. Grint had het recht om het te weten.

'In een pub – de Maypole. Ik wilde jou nog vragen hoe ik daar moet komen.'

Grint maakte een smalend geluid. 'De Maypole,' mompelde hij, alsof hij zelfs de naam als een belediging vond. 'In dat geval ga ik zeker niet met je mee.'

Dat vroeg ik toch ook niet? Simon vond het prettiger om één op één met iemand te praten dan met een groep mensen, al was het groepje nog zo klein.

'Bel me later maar, als je iets belangwekkends bij hem los weet te krijgen,' zei Grint. 'Zo niet, dan ga ik verder niet meer de superheld uithangen. Dan ga ik mijn baas blij maken en netjes zijn orders op- volgen en doen alsof er nooit iets is gebeurd – want wat kan ik dan verder nog doen?'

Hij was teleurgesteld, besefte Simon. Sam had hoog opgegeven van Simons talenten, en Grint verwachtte dat hij met een actieplan zou komen; dat Simon iets in het dossier zou zien wat hij hem had gegeven dat een ander nooit zou opvallen. Simon was degene die geen superheld bleek te zijn.

'Volgens Kit Bowskill is Connies telefoon kapot,' zei hij. 'Ze heeft hem op straat gegooid.'

'Ja, dat zie ik haar wel doen.' Grint keek op zijn horloge. 'Je hebt nog een uur. Zin in een curry? Dan vertel jij mij jouw onwaarschijn- lijke theorieën en ik jou de mijne. In mijn ervaring leiden de ideeën die nergens op slaan naar de goede ideeën.'

Simon at niet graag met mensen die hij niet goed kende. Hij en Grint waren geen vrienden. Waarom moesten ze dan zo nodig samen een maaltijd delen? Wat voor nut had dat? 'Ik dacht niet aan eten,' zei hij. Hij dacht aan Pardoner Lane, en dat het nooit ver weg kon zijn van waar hij nu was. Hij had nog tijd om erheen te gaan, en om te zien of het Beth Dutton Centre naast nummer 17 of nummer 18 lag. Een verschil van niks, dat was waar, maar dat was nog geen reden om aan te nemen dat het er niet toe deed.

En geen reden om Ian Grint op de hoogte te stellen van zijn plan- nen of gedachten.

'Weet je nog, die avond in de Brown Cow, een paar jaar geleden, toen jij bijna slaags raakte met iemand?' vroeg Olivia aan Chris Gibbs. Ze lagen samen in bed in het Malmaison Hotel in Londen. Ze hadden deze week al een paar hotels uitgeprobeerd, maar dit was Olivia's favoriet. De muren en vloeren waren donker – overal donkerrood, bruin, paarstinten, zwart. Het was net of je een menselijk hart binnen stapte. Liv had Gibbs al een paar keer verteld wat haar theorie was: het hotel moest wel zijn ingericht met het oog op geheime passie.

'Ik ben zo vaak bijna slaags geraakt met mensen.'

'Dit keer was het met een man die zei dat jij de stoel van zijn maat had gepakt, terwijl hij had gezegd dat die stoel bezet was. Jij zei dat hij juist had gezegd dat hij *niet* bezet was.'

Gibbs schudde zijn hoofd. 'Kan ik me niet heugen.'

'Weet je nog wel dat je mij in de Brown Cow hebt gezien?'

Hij keek haar verwonderd aan. 'Zo vaak.'

'Wat dacht je toen?'

'Wat ik dacht?'

'Als je mij zag.'

'Weet ik veel. "Daar heb je Charlies zusje met die bekakte stem en die gigantische tieten." Wat dacht jij als je mij zag?'

'Ik dacht nooit dat dit ooit zou gebeuren. Van zijn lang zal ze leven niet. Jij wel?'

'Nee.'

'Vind je dat niet raar?'

'Wat?'

'Dat wij allebei geen idee hadden dat we ooit nog eens zouden... doen wat we nu doen.'

'Niet echt,' zei Gibbs. 'Hoe konden we nou weten wat er zou gebeuren voor het gebeurde?'

'Maar ik bedoel, we dachten niet eens dat we het zouden *willen*.'

'Nou en, het moest gebeuren.'

'Hoe bedoel je?' Olivia duwde hem van zich af. 'Geloof je dat echt? Dat het moest gebeuren, toen al, voordat we zelf enig idee hadden?'

Gibbs dacht even na. 'Het is gebeurd,' zei hij. 'Voor het gebeurde, moest het nog gebeuren.'

'Denk je dat het onvermijdelijk was?'

'Nu wel,' antwoordde Gibbs.

'Ja, maar ik bedoel...' Olivia vroeg zich af hoe ze de vraag het best kon formuleren. 'Vóór de bruiloft van Charlie en Simon: hadden we toen wel of niet bij elkaar kunnen komen, of was het altijd al onmogelijk dat we niet bij elkaar zouden komen?'

'Dat tweede,' zei Gibbs.

'Echt?' Liv probeerde haar blijdschap niet te laten doorklinken. 'Dus het was altijd al onmogelijk dat wij geen affaire zouden beginnen – geloof je dat echt? Dus dan geloof jij in lotsbestemming? En dat de vrije wil een illusie is?'

'Nou doe je het alweer.'

'Wat?'

'Ik zeg iets, en jij maakt er meteen iets van wat ik niet begrijp, en dan doe je net alsof ik dat zelf heb gezegd. Het heeft geen nut dat ik mijn mond opendoe. Maar je mag mijn teksten schrijven, hoor. Wat jij wilt.'

'Nu begrijp *ik* er niets meer van,' kreunde Liv. 'Leg uit!'

Gibbs staarde naar het plafond. 'Als iets gebeurt, kun je achteromkijken en zeggen dat het er altijd al aan zat te komen – want dat is ook zo. Als het eenmaal is gebeurd, heb je geen keus meer.'

'Zeg je nou iets romantisch of juist niet?'

Hij haalde zijn schouders op. 'Niet met opzet. Ik benoem alleen een feit.'

'Oké – wat denk je dan over de toekomst?'

'Dan is er een heleboel seks.'

'Met mij?'

'Nee, met David Cameron. Ja, met jou natuurlijk.'

'Debbie vindt dat vast helemaal niet zo natuurlijk.'

'Niet over Debbie praten.'

'Dom ook niet, trouwens.'

'Ook niet over hem.'

'Wat zou de toekomst voor hen in het verschiet hebben? Voor Dom en Debbie?'

'Niet ons,' zei Gibbs.

'Ik kwam hier altijd toen ik nog studeerde,' zei Kit Bowskill tegen Simon. 'Vond het hier geweldig. Sinds die tijd heb ik iets met achter-afpubs in zijstraatjes. Nooit aan een hoofdstraat. Een pub aan een hoofdstraat is nooit gezellig.' Hij glimlachte en nam een slok van zijn Guinness. 'Sorry, ik ratel.'

'Ik had ook naar Silsford kunnen komen,' zei Simon tegen hem. Hij voelde hoe gespannen Bowskill was. 'Of Londen. Is er een reden waarom je graag hier wilde afspreken?'

'Wat ik al zei: ik heb iets met de Maypole.'

Simon bleef hem strak aankijken. Uiteindelijk liep Bowskill rood aan en keek weg terwijl hij zijn stropdas wat losser trok. 'Ik kan slecht liegen, zoals je merkt. Ik moest vanavond toch in Cambridge zijn. Ik heb met Connie afgesproken.'

'Is die hier dan?'

'Ik weet niet of ze er nu al is, maar ze wilde me om halftien zien.'

'Waar?'

Bowskill keek verontschuldigend. 'Ik heb gezegd dat ik met jou heb afgesproken, en dat je hebt geprobeerd met haar in contact te komen. Ze wil je niet spreken.'

'Waarom niet?'

'Ze is boos omdat je bent weggegaan zonder het haar te vertellen. Ze kwam bij jou om hulp en je hebt haar niet geholpen.'

Het lukte Simon kennelijk niet zijn ergernis te verhullen, want Bowskill zei: 'Ik zou het niet persoonlijk opvatten. Con is momen-teel kwaad op iedereen – ze heeft het gevoel dat de hele wereld haar in de steek laat.'

Aan een tafeltje naast hen zaten drie mannen van middelbare leef-tijd met luide stem te praten over een beurs – iemand had er eentje gekregen die hem niet verdiende. Een van de mannen was daar boos om; Simon probeerde om niet naar hem te luisteren, en zich op Bowskill te concentreren.

'Het huis dat Connie en jij bijna hebben gekocht, in 2003,' begon hij.

'Pardoner Lane 18?'

'Dat was het adres?'

Bowskill knikte.

'Connie denkt van niet.'

'Wat bedoel je?'

'Ze heeft tegen Sam en Ian Grint gezegd dat het nummer 17 was. Pardoner Lane 17.'

'Dan heeft ze dat verkeerd onthouden,' zei Bowskill. 'Het was nummer 18.'

'Waarom zou ze dat verkeerd onthouden?'

'Waarom onthouden mensen dingen verkeerd? Als ik alles op moest noemen waar Connie zich het afgelopen halfjaar in heeft vergist, zitten we hier dinsdag nog.'

Simon knikte. 'Je bent vast behoorlijk kwaad op haar.'

'Maar dat mag niet, hè? Ik wou dat ik kon geloven dat ze het allemaal expres doet om ons leven te vergallen – dan kon ik haar tenminste haten. Ik woon in een anoniem hok in Londen tussen allerlei andere pakken in hun anonieme hokken, want ik ben verbannen uit het huis dat ik de afgelopen jaren heb opgebouwd – bijna van de grond af. Melrose Cottage was een bouwval toen wij het kochten. Connie is niet degene die de vloeren heeft geschuurd, de schouwen heeft betegeld en de tuin heeft aangelegd – dat heb ik allemaal gedaan. En nu heeft ze me eruit geschopt. Ja, ik zou graag kwaad op haar willen zijn, maar zij is niet degene die dit allemaal aanricht, het is... ik weet niet, er is iets mis met haar, een soort gekte. Ze heeft meestal geen idee waar ze mee bezig is. Ze is niet meer dezelfde Connie – dat is nog het ergst van alles.' Bowskill knipperde zijn tranen weg, ongetwijfeld in de hoop dat Simon ze niet had gezien.

'Ik kom net van Pardoner Lane. Het huis dat jullie in 2003 niet hebben gekocht was nummer 18.'

'Dus je gelooft mij?'

Een vraag die Simon liever ontweek, vooral omdat Bowskill zelf- verzekerder keek. Het had niets met geloven te maken; Simon had de feiten gecheckt voor zichzelf. Hij had alleen vertrouwen in zijn eigen bevindingen, niet in Kit Bowskill. Maar hij had nog andere, persoon- lijker vragen te stellen, dus het kon geen kwaad om Kit in de waan te laten. 'Pardoner Lane 18 is naast het Beth Dutton Centre, dus dat lijkt me een uitgemaakte zaak,' zei hij. 'Jij hebt gelijk, en Connie zit ernaast. Tenminste, wat het huisnummer betreft. De rest klopte alle- maal wel: het smeedijzeren hekwerk, de victoriaanse bouwstijl, de erkerramen. Nummer 17 is aan de overkant van de straat.'

De eigenaren van het huis, een vriendelijk echtpaar van middel- bare leeftijd, hadden Simon gevraagd binnen te komen voor een kop koffie, en waren teleurgesteld toen hij zei dat dat niet nodig was, omdat hij maar één kort vraagje voor hen had. Ze hadden het huis gekocht in 2001. Toen was het splinternieuw, en was het nooit eerder op de markt geweest. Ja, ze konden zich nog herinneren dat nummer 18 te koop stond in 2003. Het was binnen een paar weken verkocht, vertelden ze aan Simon, net als vorig jaar, toen het weer op de markt kwam. 'We hebben zelf nog overwogen om het te kopen – allebei de keren. Het ziet er mooier uit van buiten en het heeft grotere kamers. Helaas was de prijs er ook naar. En toen we er langer over nadachten, leek het ons te zot om naar de overkant te verhuizen. Hoewel dat in feite nergens op slaat. Het is net zoiets als uit eten gaan met iemand die bestelt wat jij eigenlijk wilde hebben en dat jij dan denkt: nu kan ik natuurlijk niet hetzelfde nemen. En dan bestel je iets waar je veel minder trek in had.'

Simon had verwonderd geknikt. Hij ging liever helemaal niet uit eten, en hij begreep niet precies wat de eigenaar van Pardoner Lane 17 bedoelde. Hij knikte veel te vaak uit beleefdheid bij dingen waar hij niets van snapte.

'Ik moet je een persoonlijke vraag stellen,' zei hij tegen Bowskill.

'Ga je gang.'

'Je ouders.'

De reactie was onmiskenbaar: Bowskill ging meteen in de ankers. Was het om Simon, vanwege de vraag die hij had gesteld, of was het vanwege meneer en mevrouw Bowskill senior? Simon wist het niet zeker. Hij wist wel iets over die ouders, via Connie. Ze heetten Nigel en Barbara, en ze woonden in Bracknell, Berkshire. Ze hadden een eigen zaak: iets met lasers voor identificatie.

Bowskill had zich hernomen. 'Laat me raden,' zei hij. 'Connie heeft gezegd dat ik geen contact meer met hen heb. Ik neem aan dat ze ook verteld heeft hoe dat komt?'

'Ze zei dat ze nooit heeft begrepen waarom.'

'Dat is bullsh–' Bowskill bracht zijn woede onder controle. Een gespannen lachje nam de plaats in van zijn dreigende frons. 'Dat is gewoon niet waar. Connie weet heel goed wat er is gebeurd.'

'Zou je het mij misschien willen vertellen?' vroeg Simon.

'Ik zou niet weten wat jij moet met die informatie. Wat heeft dat ermee te maken?'

'Ik ben gewoon geïnteresseerd,' probeerde Simon langs zijn neus weg te zeggen. Bowskill hoefde niet te weten dat het de voornaamste reden was waarom hij hem had willen spreken. 'Aangezien mijn eigen ouders ook nogal lastig zijn...'

'Maar als jij erdoorheen zit, zijn ze er voor jou, of niet?' vroeg Bowskill. 'In geval van nood zouden ze alles doen om – dan zouden ze voor je zorgen.'

Daar had Simon nooit bij stilgestaan. In zijn jongere jaren, tijdens zijn hele jeugd, had zijn moeder hem verstikt, en hem behandeld alsof hij van glas was en zou breken als hij iets onbesuisds zou doen, zoals bij een vriendje spelen. Tegenwoordig kon hij zich moeilijk indenken dat Kathleen voor iemand zou zorgen. Ze was haar overwicht al heel lang kwijt. Hoewel ze pas eenenzestig was en geen problemen met haar gezondheid had, bewoog en sprak ze als een broos fossiel dat langzaam op de totale vergetelheid af schuifelde. Simon had zich wel vaak voorgesteld dat hij haar niet zou kennen en haar zou ontmoeten, en hij had zich afgevraagd wat hij dan zou denken. Als hij dan naar haar leeftijd en achtergrond moest raden, zou hij zonder meer zeggen dat ze tachtig was en dat ze ooit was beroofd onder bedreiging met een mes, door een of andere jonge crimineel, en dat ze daarna alle levenslust kwijt was geraakt.

Hij deed zijn mond open om te zeggen dat hij in geval van nood bij allerlei mensen zou aankloppen – onbekenden, desnoods – voor hij zijn moeder erbij zou betrekken, maar Bowskill had de smaak inmiddels te pakken. 'Welke ouders weigeren hun kind te helpen? Ik ben enig kind, dus ik hoef niet te wedijveren om hun aandacht. En ik vroeg hun niet een nier te doneren.'

'Wat is er gebeurd?'

'Connie was aan het instorten. Lichamelijk en geestelijk – ze lag in haar slaap te schreeuwen, haar haar viel uit. Ik maakte me oprecht zorgen om haar. Ik dacht... nou ja, ze heeft het uiteindelijk niet gedaan, dus ik tart het lot niet door het te zeggen: ik dacht dat ze zichzelf iets aan zou doen.'

Simon knikte. *Ik maakte me oprecht zorgen om haar.* Dus niet onoprecht? Was dat wat Bowskill dit keer deed: doen of hij bezorgd was?

'Pa en ma hebben heel duidelijk gemaakt dat ik van hen geen hulp hoefde te verwachten.'

'Vroeg je daar dan om?'

'Ja, in duidelijke bewoordingen. Ik heb het gevraagd, en zij zeiden nee.'

'Wat wilde je precies van ze?'

'Heeft Connie je al verteld over haar eigen ouders?' vroeg Bowskill. 'Die hersenspoelen en koeioneren haar zo erg dat ze niet meer zelf kan nadenken.'

Simon schudde zijn hoofd. 'Ze zei wel dat ze moeilijk deden. Over jullie verhuizing naar Cambridge.'

Bowskill lachte. 'Connie is meestal niet zo sterk in understatements,' zei hij. 'Fijn te horen dat ze aan haar repertoire werkt.'

'Wat is er nu precies gebeurd?' vroeg Simon. 'Met jouw ouders?'

'Connie moest weg bij haar familie, vooral bij haar moeder. Ik weet niet waarom ik de verleden tijd gebruik – ze moet er nog steeds weg. Ik hoopte dat mijn moeder zich als moederfiguur wilde opwerpen. Tijdelijk – je weet wel: om haar zelfvertrouwen wat op te vijzelen, te zeggen dat ze recht heeft op haar eigen leven, dat ze alles kan bereiken wat ze wil. Ik heb het haar zelf zo vaak verteld dat ik misselijk werd van mijn eigen stem, maar het had geen effect. Ik ben maar in mijn eentje, en ik ben geen ouder, maar een gelijke. Wat ik ook zei, ik kon niet op tegen Connies hele familie, hoe slecht die ook voor haar waren – en ze wist donders goed wat ze haar aandeden. Ze zag het zelf ook heus wel. Maar... ze was bang om tegen haar moeder in te gaan, en die wilde niet dat ze naar Cambridge zou verhuizen. Het was een hopeloze zaak. Ik zou haar nooit kunnen weglokken bij haar familie als ik... als ik daar niet iets meer tegenover kon zetten dan alleen mijzelf. Ze kon altijd goed overweg met mijn moeder, en pa en ma beweerden dat ze evenveel van haar hielden als van een eigen dochter, maar... toen het erop aan kwam, toen ik hun vroeg om een front te vormen en ook echt een gezin te *zijn* voor Connie, zeiden ze: "Nee dank je, daar mengen wij ons niet in."'

'Denk je dat ze haar liever niet tegen haar ouders wilden opzetten?' vroeg Simon. 'Wilden ze niet tussenbeide komen?'

'Nee,' zei Bowskill afgemeten. 'Daar had het niets mee te maken. Val en Geoff Monk interesseren hun geen reet. Ze zijn alleen maar geïnteresseerd in zichzelf. Het was ze te veel moeite, zo simpel is het. Ze begonnen te sputteren dat je op je eigen benen moet leren staan, dat afhankelijkheid niet goed is voor een mens... Het was walgelijk, om je de waarheid te zeggen – een totale ontkenning van hun verantwoordelijkheid. Ik zou dat mijn eigen kind nooit aandoen, als ik er een had. Ik keek naar ze en dacht: wie zijn jullie? Wat moet ik nog met jullie? En dat was het – ik heb ze daarna nooit meer gesproken.'

'Klinkt moeilijk,' zei Simon. Hij probeerde even vreugdeloos te kijken als Bowskill, en deed zijn best zijn voldoening te verbergen. Hij had een theorie, en hoewel die nog niet bewezen was, wees alles wat Bowskill tot nu toe had verteld erop dat hij gelijk zou krijgen.

17

Vrijdag 23 juli 2010

'Connie.'

Doe nou maar niet net of je blij bent me te zien. Als je straks hoort wat ik je te zeggen heb, ben je niet meer zo blij.

'Fijn dat je er bent.' *Hij is je man niet. Hij is een vreemde. Dit is een zakelijk gesprek.*

Ik wil Kit een menukaart aanreiken, maar hij duwt hem weg. Hij ruikt naar bier. We zijn in het restaurant van de Doubletree by Hilton Garden House. Het hotel van Selina Gane, en nu ook dat van mij. Ik heb een uur geleden ingecheckt.

'Geen trek?' vraag ik. 'Ik ook niet.' Zonde. Het eten is hier waarschijnlijk prima. De limegroen- en paarsfluwelen bekleding ziet er duur uit. Het doet me denken aan de jurk van de dode vrouw; precies dezelfde kleuren.

Ik leg de menukaarten op tafel en schenk water voor ons in.

'Geen spelletjes spelen,' zegt Kit. 'Wat doen we hier?' Hij staat nog, klaar om op de vlucht te slaan, niet bereid een gesprek met mij te beginnen als hij niet weet wat het onderwerp is.

'Ik logeer hier.' Ik vertel hem niet dat Selina Gane hier ook logeert. Maar dat weet hij misschien allang.

'Je...' Zijn ademhaling versnelt, alsof hij aan het hardlopen is. Ik vraag me af of hij overweegt te ontsnappen. Hoe zwaar valt het hem om te blijven staan waar hij staat? 'Je loopt om onverklaarbare redenen weg van je eigen verjaardagsfeestje...'

'Het verjaardagsfeestje *was* de verklaring. Dat, en die jurk die jij voor me hebt gekocht.'

'Ik zweer het, Con...'

'Laat maar,' zeg ik. 'Het kan me niet schelen. Ik wil het ergens anders over hebben. Ga zitten. Zit.'

Met tegenzin zakt hij in de stoel tegenover me. Ik heb nog nooit iemand tegenover me gehad die er zo gespannen bij zat – schouders opgetrokken, strakgespannen kaak, rood gezicht. 'We moeten het over het werk hebben,' zegt hij.

'Toe maar.' Dit is immers een zakelijk gesprek. Je kunt je man niet voor een zakelijk gesprek uitnodigen en vervolgens zeggen dat het niet over het werk mag gaan.

'Jij bent zakelijk en financieel directeur van Nulli. Jij bepaalt de strategie, en de planning... Jij zorgt ervoor dat iedereen betaald krijgt. Ik kan me het schompes werken, en de mensen van mijn team ook, maar dat is allemaal verspilde moeite als jij jouw werk niet doet.'

'Mee eens,' zeg ik.

'Als jij er niet bovenop zit, blijft Nulli niet overeind.'

'En jij denkt dat ik er niet bovenop zit?'

'Jij denkt van wel?'

'De laatste tijd niet, nee,' geef ik toe. 'Niet sinds ik het lijk van die vrouw op Roundthehouses heb gezien. Maar dat is nog geen week geleden. Het bedrijf zal heus niet instorten als ik een week de administratie laat versloffen. En bovendien is het allemaal niet relevant. Het lijkt me onwaarschijnlijk dat Nulli volgend jaar nog bestaat.'

De kleur trekt weg uit Kits gezicht. 'Waar heb je het over?'

'Je bent slim en je bent doelgericht,' zeg ik opgewekt, want ik heb besloten dat ik hem enige compensatie moet bieden voor het verlies van zowel zijn vrouw als zijn bedrijf. 'Je begint weer een nieuw bedrijf, zonder mij, en dat doe je ongetwijfeld weer heel erg goed.'

Kits mond begint te bewegen – willekeurige samentrekkingen, ongecoördineerd. Hij kan niet geloven dat dit hem overkomt. Ik weet precies hoe hij zich voelt.

'Hoe durf je...?'

Het spijt me. Ik hou niet minder van jou dan vóór dit alles. Ik vertrouw je minder, ik mag je minder, ik ben bereid je pijn te doen, maar de liefde is niet veranderd. Dat had ik niet voor mogelijk gehouden – jij wel, Kit?

Ik weersta de drang om hem antwoord te geven, want ik weet dat het niets uitmaakt.

'Hoe durf jij hier doodleuk te verkondigen dat je van plan bent om alles wat wij hebben te vernietigen?' Kits stem klinkt hol, schor. 'Ons huwelijk, ons bedrijf...'

'Ik wil dat je iets leest.' Ik haal de brief uit mijn tas en schuif hem over tafel. 'Ik wil dat jij dit hebt gezien voordat Selina Gane hem te zien krijgt. Als jij hem hebt goedgekeurd, zal ik hem onder haar deur door schuiven. Ze logeert hier ook. Wist je dat?'

Kit schudt langzaam zijn hoofd, en staart met wijd open ogen naar mijn handgeschreven woorden.

Ik had verwacht dat het moeilijk zou worden, maar het schrijven van deze brief ging me vlot af. Ik ging er voor het gemak vanuit dat Selina Gane onschuldig was, en heb haar alles uitgelegd, althans, voor zover ik het uit *kon* leggen: dat ik haar adres in Kits gps vond, mijn verdenkingen en angst, hoe ik daardoor bij haar huis heb staan posten en haar heb gevolgd en dat ik er achteraf beter aan had gedaan om haar direct aan te spreken. Dat zal ze willen als zij net zo bang en verbijsterd is als ik: een heldere brief met duidelijke uitleg en excuses, van de ene onschuldige persoon aan de andere.

Ik heb er niet lang over gepiekerd wat ik in de brief moest zetten en wat ik weg moest laten; ik ben gul geweest met informatie, en ik heb haar veel meer verteld dan ze hoeft te weten – zelfs dat ik ook in de Garden House logeer, al ligt mijn kamer ver bij de hare vandaan. 'Het spijt me dat je het gevoel hebt dat ik je alweer stalk', heb ik geschreven, 'want dat doe ik echt niet. Ik heb dit hotel gekozen omdat ik de naam kende, omdat ik je hier heb gebeld. Idealiter zou ik zo tactvol zijn geweest om een ander hotel te nemen, maar ik ben uitgeput en mijn energiemeter staat diep in het rood, dus dat heb ik niet gedaan.'

Op zijn kop herlees ik delen van de brief terwijl Kit hem doorneemt, en ik vind dat ik als heel normaal uit de verf kom. Als ik Selina Gane was, zou ik nu best een gesprek met mij willen.

Kit laat het papier op tafel vallen. Langzaam tilt hij zijn hoofd op, alsof hij het nauwelijks op kan brengen mij aan te kijken.

'En?' vraag ik.

'Je biedt aan om haar huis te kopen.'

'Ja.'

'Ben je gek geworden? Nog gekker dan je al was? Je biedt de vraagprijs – 1,2 miljoen pond. Dat kun jij helemaal niet...'

'Je loopt achter,' zeg ik. 'Vanaf vandaag is de vraagprijs een miljoen. Ze moet wel heel graag van het huis af willen als ze de prijs al binnen een week verlaagt, denk je ook niet?'

Kit legt zijn hoofd in zijn handen. 'Dus jij biedt haar meer geld, terwijl zij minder vraagt – geld dat jij niet hebt en dat je ook niet kunt lenen. Ik begrijp het niet, Connie. Leg het me alsjeblieft uit.'

'Leg jij het mij maar uit,' zeg ik afgemeten. 'Het enige wat ik nu nog wil is de waarheid weten. Het maakt me niet uit wat die waarheid is. Dat meen ik echt. Hoe erg het ook is, en zelfs als het nog erger is dan ik al vreesde. Ons huwelijk kan me niets meer schelen...'

'Dank je.'

'...het maakt me niet uit of jij iemand hebt vermoord – alleen of met hulp van Selina Gane. Ik ga zelfs niet naar de politie – zo weinig maakt het me dus uit. De enige die me nu nog wat kan schelen ben ik zelf – het gaat om *mijn* behoefte om te weten wat er precies is gebeurd met *mijn* leven.'

'Hou op.'

'Het spijt me dat je boos bent,' zeg ik. 'Als je maar weet dat dit helemaal niet moeilijk hoeft te zijn: je hoeft het me alleen maar te vertellen. Vertel me wat er aan de hand is, Kit. Dan hoef ik deze brief niet bij Selina Gane onder de deur door te schuiven...'

'Connie.' Hij grijpt mijn hand over tafel.

'Vertel het me!'

Ik zie iets veranderen in zijn ogen: angst, oplettendheid, berekening. Maar het meest angst, denk ik. 'O god, Con... ik weet niet hoe...'

Ik wacht en ben bang een spier te verroeren; straks verandert hij weer van gedachten. Krijg ik nu eindelijk de waarheid te horen?

'Hoe kan ik je nu toch overtuigen?' zegt hij met hardere stem. 'Ik kan niets meer verzinnen. Ik heb niets gedaan.'

Nee. Je hebt het je niet ingebeeld. Er was een kans, en die is nu vervlogen. Hij heeft ervoor gekozen hem niet te pakken.

'Je gelooft me niet, hè?' zegt hij.

'Nee, ik geloof je niet.' De peilloze zwaarte vanbinnen is zo overweldigend dat ik een paar tellen niets kan zeggen. *Wat verwachtte je dan, een volledige bekentenis?* 'Goed,' zeg ik uiteindelijk. 'Als jij me de waarheid niet wilt vertellen, moet ik er zelf maar achter zien te komen. Derhalve heb ik deze brief geschreven.'

'Derhalve?' Kits lach schokt me. Hoe kan zo'n korte klank zo veel woede in zich bergen? 'Sorry, maar impliceer je daarmee een logisch verband? Hoe kunnen het delen van al onze ellende met een onbekende en het aanbod een huis te kopen dat jij je niet kunt veroorloven je dichter bij de waarheid brengen?'

'Misschien kan dat ook wel helemaal niet.'

'Wat denk je hier dan mee te bereiken?' Hij slaat met zijn vlakke hand op de brief.

'Waarschijnlijk niets. Ik doe het niet omdat ik denk dat het zo'n briljant plan is dat absoluut gaat werken.' Als ik niet zo ontzettend moe was, zou ik beter mijn best doen om hem in te laten zien hoe ver ik de afgelopen zes dagen ben afgedreven van de wereld van de trefzekere plannen en de positieve opties. 'Ik doe het omdat dit het enige idee is wat ik kon bedenken – de enige manier waarop ik denk verder te kunnen komen, nu de politie heeft gezegd dat ze niets meer doen.'

Er komt een ober onze kant op. Kit steekt zijn hand op om hem tegen te houden, als een verkeersagent die het verkeer regelt. 'We hoeven niets, we willen met rust gelaten worden,' zegt hij bits. Een paar zakenlui aan een ander tafeltje draaien zich om en staren ons aan. Een van hen trekt zijn wenkbrauwen op.

'Er zijn twee dingen waar ik zeker van ben,' zeg ik kalm, en ik hou me aan mijn oorspronkelijke script. 'Bentley Grove stond als "thuis" in jouw gps. Er is daar een vrouw vermoord, in de zitkamer. Ik kan die twee dingen niet verklaren. Jij beweert dat jij ze ook niet kunt verklaren. Dus. Als ik achter de waarheid wil komen, moet ik heel wat meer over dat huis te weten zien te komen dan ik nu weet.' Ik haal mijn schouders op. 'En het kopen is het enige plan wat ik kon verzinnen. Je hoeft me echt niet te vertellen dat dat waarschijnlijk nergens op uit gaat lopen – dat weet ik al. Maar ik weet ook dat je allerlei dingen over een huis te weten komt, als je van plan bent het te kopen, waar je anders nooit achter zou komen: de muffe geur in een gangkast, een kluis onder de planken in de slaapkamer...'

'Connie, jij kunt je dat huis aan Bentley Grove niet veroorloven.'

'Jawel. Althans: *wij* kunnen het ons wel veroorloven. Ik heb jouw hulp nodig, en jij gaat me die hulp geven. Zo niet, dan start ik morgen de echtscheidingsprocedure. Of maandag – zo snel als maar kan. En ik loop ook weg bij Nulli zonder nog een poot uit te steken en ik zal weigeren om aan jou mijn helft van de zaak te verkopen. Ik word je ergste nachtmerrie: een partner met gelijke aandelen die niets bijdraagt. Ik weet precies hoe ik jouw leven tot een hel kan maken en Nulli te gronde kan richten. Als je denkt dat ik dat nooit zou doen, bega je een fout.'

Ik heb nog nooit zo'n harde stilte gehoord. Andere mensen in het restaurant zitten te praten – ik zie hun monden bewegen – maar hun geluid wordt gesmoord door de enorme zwarte leegte in mijn hoofd en Kits woordeloze afgrijzen.

Er gaan twee of drie minuten voorbij, en we zitten als bevroren op onze plek. Dan zegt Kit: 'Wat ben jij voor iemand geworden?'

'Iemand die opkomt voor zichzelf,' antwoord ik. 'En, ga je me helpen?'

'Hoe?'

'Je hoeft alleen maar wat formulieren te tekenen als ik je daartoe de opdracht geef.'

'En je gaat me niet vertellen wat dit geniale financiële plan verder behelst?'

Wat kan het voor kwaad het hem te vertellen?

Ik neem een slok water en ben ineens heel nerveus; alsof ik mijn cijfer van wiskunde terugkrijg. 'Zoals de zaken nu liggen heb jij gelijk – we kunnen ons Bentley Grove 11 niet veroorloven. We zullen ons huis moeten verkopen – en dat staat nog niet eens te koop. Zelfs al zouden we het morgen op de markt doen, dan nog is het niet waarschijnlijk dat we op tijd een koper vinden. En nu de verkoopprijs van Bentley Grove is gedaald naar een miljoen is dat binnen een paar dagen verkocht. Het wordt als koopje gebracht – een lagere prijs voor een snelle deal. En het staat in een van de beste buurten van Cambridge. Ik gok dat ze maandagmiddag al een koper hebben en de zaak beklonken wordt.'

'Mag ik misschien wat realisme toevoegen aan deze fantasie?' zegt Kit. 'Zelfs al kunnen we ergens een koper vandaan toveren, dan nog krijgen we hooguit drie ton voor Mellers. Dus dan kunnen we ons het huis nog steeds niet veroorloven.'

'Met ons inkomen en de winst van Nulli kunnen we een hypotheek krijgen van ergens tussen de acht en de negen ton, denk ik. Niet bij Halifax of NatWest...'

'Bij wie dan wel?'

'Er zijn zat banken die ons een smak geld willen lenen als wij onze zakelijke en privérekeningen via hen laten lopen. Wij zijn precies het soort klanten dat zij graag binnenhalen. Ga maar na wat Nulli de afgelopen twee jaar voor winst heeft gemaakt – de cijfers zijn geëxplodeerd. Ik moet de winstprognoses voor dit jaar en komend jaar een beetje aandikken, zodat de bank de cijfers ziet en denkt: geweldig, geen risico. Maar dat is niet zo moeilijk. De bank krijgt Nulli en Bentley Grove 11 als onderpand – ik zou niet weten waarom ze niet met ons in zee zouden willen.'

Kit zegt niets. Hij luistert in elk geval. Ik wist niet zeker of hij dat wel zou doen. Ik dacht dat ik tegen een lege limegroene stoel aan had moeten praten.

'Je hebt de brief gelezen,' zeg ik rustig, en ik werk mijn vooraf bedachte speech af. 'Je hebt gezien dat ik Selina Gane 1,2 miljoen bied, de oorspronkelijke vraagprijs. Daar heb ik twee redenen voor. Ten eerste: ze wil mij niet zien of spreken. Twee ton waar ze niet op rekende brengt daar misschien verandering in. Ten tweede: als bekend wordt dat Bentley Grove 11 voor een miljoen weg mag, zal dat zo veel belangstelling genereren dat mensen waarschijnlijk tegen elkaar op gaan bieden. En als dat gebeurt, zal de prijs weer stijgen. Dat weet Selina Gane ook best, tenzij het een naïeve muts is. Dus als ik een kansrijk bod wil neerleggen, moet ik ervan uitgaan dat de vraag de prijs op zal stuwen. En realistisch gesproken denk ik dat het hoogste bod ergens in de buurt van de 1,1 miljoen zal uitvallen.'

'Waarom bied je dat dan niet?' vraagt Kit ijzig. Ik hou me voor dat dit vooruitgang is: hij overweegt de mogelijkheden. Stelt zinnige vragen.

'Daar heb ik over nagedacht,' zeg ik tegen hem. 'Maar de combinatie van Selina Gane's antipathie jegens mij en de mogelijkheid dat ze uiteindelijk toch wel 1,1 miljoen vangt, zou kunnen betekenen dat ze zegt dat ik de boom in kan. En ze zou wel gek zijn een bod van 1,2 af te slaan – ik zou niet weten waarom ze dat zou doen.'

En zij weet dingen over dat huis die verder niemand weet – ze weet precies wat er is verborgen en wat eruit is verdwenen. Wat er ooit was en wat is weggenomen. Het lijk van een vrouw, de dodemansknop...

Ik zou Lancing Damisz kunnen bellen onder een valse naam, en vragen of Lorraine Turner me rond wil leiden door Bentley Grove 11, maar wat heeft dat voor zin? Zelfs een goed geïnformeerde makelaar weet maar een fractie van wat de eigenaar allemaal weet.

Een bod van meer dan een miljoen pond lijkt meer een goede manier om haar over te halen met mij te praten.

'Hoor je zelf wel wat je allemaal zegt?' bijt Kit me toe en hij leunt over tafel alsof het me op andere gedachten zal brengen als hij dichter bij me in de buurt is. 'Ze zou wel gek zijn een bod van 1,2 af te slaan? *Jij* bent gek als je dat biedt! Zelfs al konden we 9 ton lenen bij een of andere vage bank...'

'Hoe moeten we dan de aflossing betalen?' Ik heb al zijn vragen voorzien, al zijn mogelijke bezwaren. 'Ik heb wat ruwe berekeningen gemaakt. Als we alleen rente betalen en niet aflossen, en als we er negentig procent van onze salarissen en al ons spaargeld in stoppen, kunnen we het twee tot drie jaar uitzingen, afhankelijk van een aantal factoren. Daarna weet ik het niet. Misschien zijn we dan wel rijk van een nieuw bedrijf dat jij hebt opgestart, of...'

Nee. Stop.

Ik had mezelf beloofd dat ik niet zou liegen om dit makkelijker te maken voor Kit of mezelf.

Er komt geen nieuw bedrijf. 'Wij' bestaan niet meer.

'Als we de rente niet meer kunnen opbrengen, zal de bank Bentley Grove verkopen,' zeg ik tegen Kit. 'Dat is onvermijdelijk, en daar maak ik me geen zorgen om. Als ik over twee jaar nog steeds niet heb gevonden wat ik wil weten, is de kans groot dat ik er nooit achter kom. Tegen die tijd moet ik de moed misschien maar opgeven.'

'Je komt met een plan terwijl je *weet* dat het tot ons faillissement gaat leiden?'

'Het heeft geen zin om geld te hebben als je niet bereid bent het uit te geven aan dingen die ertoe doen. Ik ga ervan uit dat de overheid me wel ergens onderdak biedt – een kamer in een pension, een huurflatje, een uitkering, als ik letterlijk geen cent meer heb. Ik kom heus niet om van de honger.'

'Je cijfers kloppen niet,' zegt Kit met een triomfantelijke sneer. Hij zou beter moeten weten. Wanneer kloppen mijn cijfers ooit niet? Er borrelt hysterie in me op. *Mijn leven mag dan naar de knoppen gaan, maar mijn boekhoudtalent is nog volledig intact. Jippie!* 'Je hebt het erover dat we 9 ton lenen terwijl je in deze brief 1,2 miljoen biedt.' Kit slaat met de rug van zijn hand tegen de brief. 'Waar komt die andere 3 ton dan vandaan?'

'Uit de verkoop van Melrose Cottage,' antwoord ik. 'Je had het over het toveren van een koper? Dat is precies wat ik heb gedaan. Een koper die ons zeker niet in de steek laat, zodat wij meteen een deal kunnen sluiten met Selina Gane en we ons daar ook aan kunnen houden.'

'Wie dan? Je lult uit je nek! Je hebt helemaal geen tijd gehad om een koper te zoeken. Het huis staat niet eens te koop! Je pa en ma gaan je heus niet helpen jezelf financieel kapot te maken, dat lijkt me duidelijk – die zouden allebei tegelijk een hartverzakking krijgen als ze hoorden wat ik net heb aangehoord. Fran en Anton hebben geen geld. Dus wie is je koper, Connie? Jij spoort echt niet!'

'We verkopen Melrose Cottage aan onszelf. Aan Nulli.'

Geen reactie.

Ik ga verder. 'Nulli heeft nu iets van honderdvijftigduizend pond op de rekening staan. Wettelijk gezien staat het los van jou en mij, ook al zijn wij de eigenaren. Het bedrijf kan zelfstandig geld lenen. Dus het zit zo: Nulli koopt Melrose voor drie ton. Ik weet niet, misschien kan het zelfs voor ietsje meer – laten we zeggen drie twintig of drieënhalve ton. Ja, ik denk dat Nulli zo onder de indruk zal zijn van ons super-de-luxe interieur dat het graag een halve ton extra neerlegt om eventuele mededingers af te weren. We vertellen de taxateur dat de koper en verkoper deze prijs overeen zijn gekomen en die zal daar heus geen vragen bij stellen – drieënhalve ton is geen rare prijs voor ons huis, met al dat werk dat we erin gestoken hebben.'

'Dat *ik* erin gestoken heb,' mompelt Kit.

Ik ga er niet tegenin. Hij heeft een punt. 'Nulli betaalt een ton aan Melrose en leent de rest bij,' zeg ik. 'De overige vijftigduizend op de zakelijke rekening is voor de overdrachtsbelasting en dat soort zaken – en misschien is er zelfs nog genoeg over om de salarissen mee te betalen.' *Je moet lachen, hè Kit? Als je niet lacht, moet je straks nog huilen.* 'Zodra Nulli eigenaar is van Melrose, zetten we het te koop. Het is vast zo verkocht. Iemand met wie ik nog op school heb gezeten, of een van de kennissen van pa en ma die kleiner willen wonen nu de kinderen de deur uit zijn. Ondertussen hebben wij cash uit de verkoop van ons huis – namelijk drieënhalve ton. Daarmee doen we een aanbetaling op Bentley Grove 11, en de rest lenen we bij. Nee,' zeg ik. 'Sorry. We betalen twee negentig aan, en we lenen drie ton. De zestig die we overhebben van de verkoop van Melrose gaat op aan overdrachtsbelasting, want dat zal een gigantisch bedrag zijn, en verdere juridische kosten. Zodra Melrose is verkocht aan een echte koper, krijgt Nulli twee negentig terug, en verliezen we dus maar zestigduizend. Trouwens, het is niet eens echt verlies, want wij zijn Nulli – en wij hebben die zestigduizend dan al gebruikt. Het is dus ook nog eens een geniale manier om belastingvrij een hele hoop geld uit het bedrijf vrij te krijgen.'

Kit zegt niets. Hij knippert niet eens met zijn ogen. Misschien is hij wel dood; heb ik voor zo'n shock gezorgd dat hij het leven heeft gelaten.

'Eerst dacht ik dat Nulli Bentley Grove zou kunnen kopen, maar dat gaat niet,' zeg ik. 'Ik moet er namelijk in trekken en er echt gaan wonen – als ik dat niet doe, kom ik nog niets aan de weet. Als Nulli eigenaar is van het huis en ik woon er, wordt het door de belasting-dienst gezien als beloning in natura, en dan is het belastbaar. Boven-dien zou een bank niet half zoveel willen lenen als aan ons, en reke-nen ze ook nog eens twee keer zoveel rente – de rente voor zakelijke leningen is veel hoger dan die voor persoonlijke hypotheken. Dus zo is het perfect geregeld. Nulli koopt Melrose, waar we niet meer in wonen, zodat we er geen belasting over hoeven te betalen – het is een investering. Dan houden we bij de bank een lulpraatje dat we over-wegen om het te verhuren.'

'Hou je mond!' blaft Kit. 'Ik wil er niets meer over horen, dus... hou alsjeblieft je mond.'

Gehoorzaam wacht ik zwijgend tot hij er klaar voor is om gehakt van me te maken. Kit is geen impulsieve man. Hij wil zijn aanval goed voorbereiden.

Iedereen in het restaurant kijkt stiekem naar ons. Ik overweeg om te zeggen: *Doe vooral geen moeite. Het kan ons allang niets meer sche-len wat anderen van ons denken.*

Ineens heb ik ongelofelijk veel trek in een kir royale. Dit is echt een plek om kir royale te drinken. Ik zou ook niet weten wat je hier anders moet drinken, in deze limegroen- met paarsfluwelen ruimte met het gedempte licht en uitzicht op de rivier.

Ik kan niet vragen om een kir royale. Dat zou niet netjes zijn. *On-gepast. Gekke Connie.*

'Heb jij enig idee hoe krankzinnig dit is?' zegt Kit na een paar mi-nuten. Hij fluistert; misschien kan het hem nog wel schelen wat voor indruk hij maakt, zelfs nu. Ik breng mezelf in herinnering dat ik niets van hem weet, niets wat ertoe doet. '"Wij hebben die zestigduizend dan al gebruikt", zeg je, alsof wij winst maken! Jippie, wij hebben die zestigduizend dan al gebruikt – hoera! We hebben het gebruikt om een huis te kopen dat we binnen twee jaar kwijtraken omdat we het ons niet kunnen veroorloven. En Nulli. Terwijl we er zo lang over hebben gedaan om dat op te bouwen en er al onze energie in hebben gestopt – Nulli gaat ook naar de haaien. Tegen de tijd dat de verkoop van Melrose Cottage aan een echte koper rond is, hebben we de mensen twee, drie maanden niet kunnen betalen.'

'Je hebt gelijk,' val ik hem in de rede. 'Nulli moet bijna zeker worden opgeofferd. En we raken allebei de huizen kwijt. Zowel Melrose Cottage als Bentley Grove 11. Maar als de bank Bentley Grove opeist, zit er misschien wel wat overwaarde in, afhankelijk van de verkoopprijs die de bank weet te realiseren. En als Nulli Melrose verkoopt, maakt het niet uit of het op dat moment al tegen een faillissement aan zit: dan zijn die drie ton van ons. Min de kosten die met het faillissement gepaard gaan.'

'Dan hebben we dus helemaal niets meer,' zegt Kit met loodzware stem. 'Dat is het enige wat alle mensen die failliet gaan met elkaar gemeen hebben. Denk goddomme eens na, mens.'

'Volgens mij ben jij te pessimistisch,' zeg ik. 'We halen er best nog iets uit. Je moet niet vergeten dat er twee huizen zijn om geld uit te genereren.' Tijd om goedgeefs te doen. Hou hem een worst voor. 'Jij mag het allemaal hebben,' zeg ik. 'Alles wat we aan het eind van de rit nog overhebben. Ik meende wat ik zei: het kan mij niet schelen als ik uiteindelijk berooid en dakloos ben.' Een stemmetje in mijn hoofd – waarschijnlijk dat van mijn moeder – zegt: *Dat kun je nu wel zeggen, maar het zou je wel iets moeten schelen!*

Maar het boeit me echt niet.

'Ik moet weten wat de waarheid is,' zeg ik tegen Kit. 'Ik kom er misschien nooit achter, maar als ik erachter kom, is dit de enige manier. Dit plan is de eerste stap op weg naar de antwoorden op mijn vragen.'

1,2 miljoen pond. Het duurste antwoord in de wereldgeschiedenis.

'En als ik weiger, vraag jij de scheiding aan?'

Ik knik.

'Wat gebeurt er met ons huwelijk als ik ja zeg?'

'Dat hangt ervan af. Als ik achter de waarheid kom, en de waarheid is dat jij geen leugenaar bent, geen moordenaar...' Ik haal mijn schouders op. 'Misschien is er dan nog een weg terug, maar...' Ik zwijg. Het is niet eerlijk om hem valse hoop te bieden, ook al zou het mij nu helpen. 'Ik denk dat ons huwelijk waarschijnlijk hoe dan ook voorbij is,' zeg ik.

'Dan lijkt het me duidelijk.' Kit glimlacht flauw. 'Als ik kan kiezen tussen de vrouw kwijtraken van wie ik hou, of haar *misschien* kwijtraken, dan kies ik voor dat laatste.' Hij staat op. 'Ik teken alles wat ik moet tekenen. Je zegt het maar. Je weet waar ik te bereiken ben.'

18

23/07/2010

'Je moet iets voor me doen.'

'Jij ook hallo.' Charlie trok een lelijk gezicht naar haar telefoon. 'Met mij gaat het uitstekend; wat lief dat je dat vraagt. Waar hang je uit?'

'Bel even met Alice Fancourt en maak zo snel mogelijk een afspraak met haar. Alice Bean, sorry – ze gebruikt haar meisjesnaam tegenwoordig weer. Zorg dat je erachter komt wanneer zij Connie Bowskill voor het laatst heeft gezien en wat –'

'Ho-ho, wacht even.' Dit was het soort gesprek waar je een glas wijn bij nodig had: ijskoud, wit en kurkdroog. Charlie drukte op de pauzeknop van de afstandsbediening en stond moeizaam op van haar bank. Ze trok de gordijnen in de zitkamer dicht, tenminste, voor zover ze dicht konden. Ze reikten niet helemaal tot in het midden, want ze had er een potje van gemaakt bij het ophangen. Liv had gezegd: 'Haal ze eraf en hang ze dan fatsoenlijk op', maar wat Charlie betrof vielen gordijnen in de categorie dingen die maar één kans kregen. Net als zusjes.

Ze zou het nooit toegeven, maar ze was blij dat ze weer thuis was – koningin in haar eigen, lelijk ingerichte rijtjeshuis, niet langer een buitenstaander in het paradijs. 'Connie Bowskill kent Alice?' vroeg ze, terwijl ze een geeuw onderdrukte.

'Alice is haar homeopaat,' antwoordde Simon. 'Ik moet weten wanneer Connie daar voor het laatst is geweest, wat ze toen heeft gezegd en of ze enig idee heeft waar Connie nu is.'

'Ik wil niet egocentrisch doen, maar wat heb ik daarmee te maken?

Ik zat net een dvd te kijken.' Tot nu toe was het geweldig. *Orphan* heette de film. De hoofdpersoon was een psychotisch adoptiekind genaamd Esther dat van plan leek al haar broertjes en zusjes te vermoorden. Charlie voelde meteen een band met het kind, hoewel ze vermoedde dat dat niet de reactie was waar de regisseur op mikte.

'Ik kan moeilijk zelf met Alice gaan praten, lijkt mij,' zei Simon ongeduldig.

'Jullie hebben anders allebei een mond en een paar oren. Je bedoelt dat je niet met haar *wilt* praten.' Charlie schonk een glas wijn voor zichzelf in, en ze was blij dat hij haar glimlach niet kon zien. Die glimlach vervaagde zodra het tot haar doordrong dat er meerdere verklaringen waren voor het feit dat hij niet met Alice wilde praten: afkeer, schaamte, weerzin om met het verleden geconfronteerd te worden. Dat was allemaal prima, dacht Charlie terwijl ze de wijn weer in de koelkast zette. *Maar schroeiende, onbeantwoorde liefde – het soort dat alleen maar oplaait wanneer men met het onderwerp van die liefde wordt geconfronteerd...*

Nee. Onzin. Uit zijn toon sprak duidelijk dat Alice een middel was tot een doel. Connie Bowskill was degene in wie hij nu geïnteresseerd was. En nee, hield Charlie zichzelf voor – niet op die manier.

'Nee, ik heb geen zin om met Alice te praten,' zei Simon.

Charlie ook niet, maar ze wist wat er kon gebeuren als ze weigerde: dan zou hij zich over zijn tegenzin heen zetten, en doen wat hij moest doen om de informatie te krijgen die hij nodig had. Dit was haar kans om die hereniging te voorkomen. 'Oké, dan doe ik het wel. Waar zit jij nu?'

'Nog steeds in Cambridge.'

'Kom je nog thuis?'

'Nee. Ik ga naar Bracknell, om te praten met de ouders van Kit Bowskill.'

'Nu nog? Dan kom je daar pas tegen middernacht aan!'

'Ze verwachten me morgenvroeg. Ik slaap wel in mijn auto bij hen voor de deur.' Omdat hij wel wist met wat voor bezwaren ze zou komen, zei hij snel: 'Het heeft geen zin om nu nog naar huis te komen om een paar uurtjes in mijn eigen bed te kunnen liggen. Ik zou toch niet kunnen slapen.'

Alsof je in een bed geen andere dingen kon doen behalve slapen.

'Dus...' Hij ging haar te snel. 'Kit Bowskill heeft jou het nummer van zijn ouders gegeven?' Waarom zou hij dat doen. Waarom zou Simon erom vragen?

'Nee, Inlichtingen. Er was maar één Bowskill in Bracknell – voorletter N van Nigel.'

'Maar... je hebt Kit Bowskill toch wel gesproken?'

'Ja. Ik heb hem drie keer gevraagd wat de oorzaak was van de breuk tussen hem en zijn ouders. De eerste twee keer ontweek hij de vraag. Toen hij de derde keer wel antwoord gaf, wist ik zeker dat hij op dat punt iets verzweeg. Het leek net of hij eerlijk antwoordde, maar het was alleen wat psychologische prietpraat – hij gebruikte heel veel woorden om me af te leiden, zodat ik niet door zou hebben dat hij eigenlijk niets zei. Hij beweerde dat zijn vader en moeder er "niet voor hem waren" en dat ze geen vader en moeder voor Connie wilden zijn toen die hen nodig had. Dat kan van alles betekenen.'

'Misschien vond hij wel dat het jou niets aanging,' opperde Charlie. Ze kon heel goed begrijpen dat Kit Bowskill weinig trek had om een traumatische breuk binnen het gezin te bespreken met een norse rechercheur die hij daarvoor nog nooit had ontmoet.

'Nee. Hij was bang.' Na een korte stilte voegde Simon daaraan toe: 'Hij is de slechterik. Vraag me niet om het te bewijzen, want dat kan ik niet. Nog niet.'

'Je weet niet eens of er wel een slechterik is.'

'Hij zei dat Connie mij niet wilde spreken – ze is boos op me omdat ik weg ben gegaan zonder haar in te lichten. Vind jij dat plausibel klinken?'

'Ja,' zei Charlie. 'Ik was vandaag ook kwaad op jou omdat je naar Cambridge was vertrokken zonder het mij te vertellen. Ik had toch mee kunnen gaan?'

'Stel nu dat hij haar ook heeft vermoord, en ze daarom haar telefoon niet opneemt?'

289

'Je kletst maar wat, Simon.'

'Hoeveel mensen ken jij die hun ouders helemaal uit hun leven schrappen?'

'Waarom ben jij zo geobsedeerd door die verdomde ouders van Kit Bowskill?' mompelde Charlie.

'Dit is voortaan mijn basisprincipe: telkens als twee mensen iets anders zeggen en ik niet weet wie ik moet geloven, geloof ik degene die de mensen die hem of haar op de wereld hebben gezet níét uit zijn leven heeft geschrapt.'

'Dat is... echt absurd.' Charlie lachte en nam een slokje wijn.

'Nee, helemaal niet.'

'Wow – nee, nu heb je me overtuigd.'

'Ik denk er elke dag over dat mijn moeder dood zou kunnen gaan – elke dag. Dan denk ik aan hoe vrij ik me zou voelen. En dan realiseer ik me dat ze waarschijnlijk nog dertig jaar meegaat.'

Charlie wachtte. Ze telde de seconden af: een, twee, drie, vier, vijf, zes...

'Het punt is, ik zou nooit tegen haar zeggen: "Het spijt me, maar ik wil je nooit meer zien", ging Simon verder. 'Als je je hart op de goede plek hebt, en zelfs maar een *greintje* inlevingsvermogen bezit...' Het ademen tussen de woorden door klonk harder dan de woorden zelf. Simon zou dit gesprek nooit kunnen voeren als ze bij elkaar waren geweest, dacht Charlie. Het kon alleen doordat er nu een afstand tussen hen was. 'Geen enkel kind hoort zijn ouders te verstoten als het daar niet een verdomd goede reden voor heeft,' zei hij. 'Pas in geval van leven of dood mag het.'

Charlie was het er niet helemaal mee eens, maar ze maakte een geluid waar Simon uit zou opmaken dat dat wel het geval was. 'Als Kit Bowskill jou niet wilde vertellen wat er is gebeurd, dan is de kans groot dat papa en mama dat ook niet willen,' zei ze.

'Dat risico moet ik dan maar nemen.'

Accepteer het nu maar, Zailer: hij komt niet meer thuis.

Charlie nam haar wijn mee naar de zitkamer en plofte op de bank. Het psychotische weesje Esther keek haar vanaf het bevroren televisiebeeld kwaad aan. 'En zelfs al willen die ouders je wel vertellen waarom ze gebrouilleerd zijn, wat dan nog?' vroeg ze. 'Wat heeft dat dan te maken met Connie die een dode vrouw op een huizensite heeft gezien? Aangenomen dat ze die inderdaad echt heeft gezien. Ik ben nog steeds niet overtuigd – hoeveel onafhankelijke getuigen inmiddels ook naar voren zijn gekomen.' Haar camera lag naast haar op de bank. Ze zette haar glas neer en pakte hem op. Sinds ze thuis waren gekomen uit Spanje, hield ze hem de hele tijd bij zich – naast haar bed als ze lag te slapen, in de vensterbank van de badkamer als ze in bad ging. Ze was verslaafd aan haar foto's van Los Delfines.

'Onafhankelijk,' zei Simon. 'Interessante woordkeus.'

'Pardon?' Charlie staarde naar een piepkleine, zweterige Domingo die tegen de stam leunde van een boom met lelies die er ondersteboven aan hingen.

'Twee mensen hebben het lijk van een vrouw gezien op Roundthehouses: Connie Bowskill en Jackie Napier. Verder niemand. Vind jij het aannemelijk dat de enige twee mensen die dat lijk hebben gezien – tijdens de krappe dertig minuten dat die foto er op heeft gestaan voor hij werd vervangen – nu net toevallig deze twee mensen waren? Ga eens na hoeveel miljoen mensen hem hadden kunnen zien.'

'Aannemelijk?' Charlie trok haar 'stille schreeuw'-gezicht. 'Simon, dit is allemaal voor geen meter aannemelijk. Ik denk nog steeds dat het een of andere... bizarre practical joke is. Er is absoluut geen bewijs – deugdelijk bewijs, bedoel ik – dat er iemand is vermoord, of gewond geraakt of wat dan ook. O mijn god!'

'Wat? Wat is er?'

'Het is lelijk! Echt spuuglelijk!'

'Wat?'

'Dat gezicht! In de berg. Het is ineens zo duidelijk dat ik het ook zie: ogen, neus, mond.' Charlie drukte op de zoomknop van haar camera. 'Ik vroeg je nog of het een aantrekkelijk gezicht was – waarom heb je toen niet gezegd dat het zo'n lelijkerd was? Het lijkt Jabba de Hut wel. Uit *Star Wars*.'

'Hoe bedoel je dat je het ook ziet?' Simon klonk geïrriteerd. 'Je bent toch thuis?'

'Op mijn camera.'

'Dat kun je op een camera helemaal niet –'

'Het is die panoramische foto die ik heb genomen vanaf het bovenste terras. Zwembad, barbecue, tuinen, berg – compleet met lelijke tronie.'

'Het gezicht dat ik heb gezien kun je nooit vastleggen op een foto,' zei Simon.

'Simon, ik kijk hier naar een gezicht. Hoeveel gezichten kan een berg hebben?'

'Aan foto's heb je niks,' zei hij kribbig.

'Leek jouw gezicht ook op Jabba de Hut uit *Star Wars?*'

Er viel een stilte. Toen zei Simon: 'Als je het niet ter plekke hebt gezien, mag je niet beweren dat je het hebt gezien – niet op basis van een piepklein fotootje.'

'Tegen wie mag ik dat niet beweren,' plaagde Charlie. 'De Raad der Berggezichtclassificatie? Wat maakt het uit als ik het ook zie? Ben jij dan minder bijzonder?'

'Nee.' Haar vraag leek hem te verwarren. 'Ik wilde dat jij het ook zag, maar je zag het niet. En dat je het nu op een foto ziet, is iets heel anders.'

'Inderdaad, het is iets anders, maar dat neemt niet weg dat ik het kan zien.'

'Niet in de berg zelf.'

Charlie hield de telefoon op een afstandje en zei heel hard en heel lang 'Pfff!' in de telefoon. Toen ze hem weer tegen haar oor hield, was Simon zo snel aan het praten dat ze niet kon volgen wat hij allemaal zei. Iets over iemand die Basil heette. 'Kalm,' maande ze hem. 'Ik heb het begin gemist. Begin eens opnieuw.'

'Basil Lambert-Wall,' hijgde hij. 'Professor sir, de man die aan Bentley Grove woont, de buurman van Selina Gane. Hij zei dat hij Kit al eens had gezien, weet je nog, toen ik hem die foto liet zien? Hij zei dat Bowskill een inbraakalarm bij hem had geïnstalleerd.'

Dat kon Charlie zich nog herinneren. 'En toen ben jij naar dat installatiebedrijf gegaan en die zeiden dat ze Bowskill niet herkenden en dat hij daar niet werkte.'

'Jij zegt net dat je een gezicht in de berg herkent terwijl dat niet zo is – je herkent het alleen op de foto.' Simons woorden botsten op elkaar, zoals altijd als hij opgewonden was. 'Waarom zou je die fout maken? Omdat je de foto met de berg associeert – het is in jouw hoofd zo'n sterke associatie dat je het een met het ander verwart.'

Charlie deed haar mond open om te protesteren maar het was duidelijk dat hij niet meer te stoppen was.

'Basil Lambert-Wall vergiste zich toen hij dacht dat Bowskill de man was die zijn inbraakalarm had geïnstalleerd – dat weten we. Maar als hij hem toch weleens gezien heeft? Stel dat de gedachte aan Kit Bowskill in zijn gedachten heel sterk verbonden is met de dag waarop hij zijn nieuwe inbraakalarm kreeg? Of als er diezelfde dag iets *anders* is gebeurd, en de professor haalt die twee dingen door elkaar? Ga maar na – het moet wel! Waarom was hij er anders zo zeker van dat Kit Bowskill zijn inbraakalarm had geïnstalleerd terwijl dat niet zo was?'

Omdat hij oud en seniel is en omdat hij er gewoon volkomen naast zat? Dat zei Charlie maar niet hardop. Als Simon in zo'n bui was, had het geen zin om tegen hem in te gaan.

Ze hoorde een klik, en de verbinding was verbroken. *Afgedankt.* Het was nu de beurt aan professor Sir Basil om te worden gestoord, die arme ouwe kerel. Charlie vond het vreemd dat zij nu wist wat hem stond te gebeuren terwijl hij daar nog geen idee van had. Ze hoopte maar dat hij nog niet in bed lag.

Ze zuchtte, drukte op play en ging languit op de bank liggen om de rest van de film af te kijken. Alice Fancourt kon wel wachten tot morgen. Als Simon er een basisprincipe op na mocht houden, dan mocht Charlie dat ook: mensen die ophingen zonder afscheid te nemen verdienden het niet dat je meteen deed wat ze van je vroegen.

'Sam.' Kate Kombothekra nam haar man de telefoon uit handen en legde die op de salontafel tussen hen in. Ze droeg haar gele nachtpon en hield een rol keukenfolie in haar hand. 'Ik heb vijf seconden je aandacht nodig. Lukt dat, denk je?'

'Sorry.'

'Heb je nog papier gehaald voor de printer?'

'Nee, sorry. Ik zal het morgen doen.'

'Heb je de gemeente al gebeld?'

'Moest dat dan?'

'Ja. Om te informeren naar containerhuur, en om een prijsopgave te vragen...'

'O ja! Nee. Sorry.'

Kate slaakte een zucht. 'Oké, nog één vraag, en alleen omdat ik ook zo graag eens "ja" uit jouw mond wil horen: kan ik er gevoeglijk van uitgaan dat je alle vier de dingen die je beloofd had te zullen doen vandaag bent vergeten?'

'Dat was Connie Bowskill, aan de telefoon,' zei Sam tegen haar. 'Ze wil dat ik Grint vraag om het nummer van Jackie Napier.' Geen onredelijke vraag, gezien de omstandigheden.

'Nee, niet alweer!' Kate tikte ritmisch met de rol keukenfolie in haar hand. Als het een wapen was geweest in plaats van een onschuldig huishoudelijk attribuut zou dit gebaar zonder meer voor dreigend doorgaan. 'Vergeet die Connie Bowskill toch! Help mij nu maar om de spullen van de jongens klaar te zetten voor morgen. Ik heb de lunchpakketjes al gemaakt – als jij hun grote rugzakken uit de kelder zou kunnen halen? Die camouflagedingen, weet je wel.' Kate mimede iemand die in een stoel zat en ineens opsprong en begon te hollen.

Sam verroerde zich niet. 'Ze logeert in het Garden House,' zei hij. 'Hetzelfde hotel waar Selina Gane nu is.' Hij wist niet precies waarom het hem niet lekker zat dat die vrouwen zo dicht bij elkaar in de buurt waren. Was hij bang dat Connie iets raars zou doen? Nee. Ze leek hem niet gewelddadig. Maar wel wanhopig. Sam had de afgelopen jaren zo vaak gezien hoe wanhoop ontaardde in geweld.

Hij vocht tegen de neiging om Grint te bellen en hem op te dragen naar het hotel te gaan. Want wat moest hij daar? Het was te zot voor woorden. Net als het feit dat hij niet wilde dat Connie met Jackie Napier zou praten. Sam zag zichzelf niet graag als een controlefreak – iemand die beslissingen voor anderen nam en dat rechtvaardigde omdat dat het beste voor hen was. Hij had Connie best kunnen vertellen dat Jackie voor Lancing Damisz werkte, en dat hij Grint niet hoefde te storen – dat Connie via haar werk contact kon opnemen met Jackie, als ze haar wilde spreken. Het was heel gewoon dat Connie contact wilde met de enige persoon in de hele wereld die haar zonder meer zou geloven; de vrouw die precies hetzelfde had gezien als zij. Als Sam in haar schoenen zou staan, zou hij ook de details willen doornemen met die andere vrouw. Waarom zei zijn instinct hem dan dat hij er alles aan moest doen om die twee vrouwen uit elkaar te houden?

Hij bleef maar piekeren over iets wat Jackie Napier had gezegd tijdens het verhoor, over de vrouw die deed alsof ze Selina Gane was en Bentley Grove 11 te koop had gezet. *Het enige wat ze hoefde te doen was zeggen dat mensen nooit op hun paspoort lijken. Als ze mij aan al die anderen kon laten denken, zou ze me niet hoeven te overtuigen – dan zou ik dat werk allemaal zelf doen. En iedereen zegt altijd zoiets. 'Hij lijkt totaal niet op de foto in zijn paspoort, ik snap niet dat ze hem toch iedere keer het land in laten.'*

Herinnerde Sam zich dat wel goed? Ja, hij wist bijna zeker dat ze dit zo had gezegd.

Hij deed zijn mond open om Kate te vragen of hij problemen zag die er niet waren, maar zij was de kamer al uit.

'Noem een getal tussen een en negenendertig.'

'Zestien,' zei Simon. Zijn trouwdag.

Professor Sir Basil Lambert-Wall trok zijn wijsvinger langs de boeken op de planken die het dichtst bij hem stonden, en telde ze een voor een af. Toen hij bij het zestiende kwam, wrikte hij het los uit de rij, hing zijn wandelstok over de rugleuning van de dichtstbijzijnde stoel, en probeerde vervolgens het kloeke boek met beide handen van de plank te trekken. Simon deed een stap naar voren om hem te helpen, en had spijt dat hij door zijn sentimentaliteit het ongetwijfeld zwaarste boek van de hele plank had gekozen – *The Whisperers* heette het, met als ondertitel: *Private life in Stalin's Russia*.

'Blijf staan waar je staat!' blafte de professor. Zijn stem was luid en krachtig voor zo'n klein mannetje. 'Ik red me prima.' Hij stiet een reeks pufklanken uit terwijl hij om de stoel liep en erin ging zitten. Nog meer gepuf terwijl hij het boek op zijn schoot schikte.

Simon zag hoeveel moeite het hem kostte en probeerde niet ineen te krimpen terwijl hij vurig hoopte dat Lamberts dunne polsjes niet zouden breken. Hij vervloekte zichzelf omdat hij niet doorhad wat de oude baas van plan was; anders was hij voor de veel dunnere nummer vijftien gegaan: *Maxims* van La Roche-Foucauld. Boeken genoeg om uit te kiezen: alle muren hingen vol. Er waren boekenplanken boven de deur, boven en onder beide ramen – allemaal vol. Tussen de twee leunstoelen en de bank lagen drie stapels tijdschriften. Boven op een van die stapels lag een nummer van *The Economist*, en op een andere stapel lag iets met de titel *PN Review*. Boven op de derde stapel stonden twee mokken. Simon kon daardoor de naam van het tijdschrift niet zien; er stond een plaatje van het Vrijheidsbeeld in de hoek.

'Goed gekozen,' zei de professor toen hij weer op adem was. '*The Whisperers* is een uitzonderlijk goed boek. Dan moet u nu een getal kiezen tussen de een en zeshonderdvijfenzestig.' Hij bladerde alvast.

'Weet u zeker dat ik u niet ophoud?' vroeg Simon. Hij voelde zich schuldig vanwege de rode badjas, de grijze streepjespyjama en de vale kuiten die in de bruine pantoffels staken. Hoewel dat niet hoefde te betekenen dat het bedtijd was. Toen Simon hem de vorige keer ondervroeg, droeg Lambert-Wall precies dezelfde outfit, en toen was het rond twaalf uur 's middags.

'Het is nog niet eens tien uur,' zei de oude man, zodat Simon zich een overmatig bezorgde ouder voelde. 'Ik slaap tussen vier en negen. En ik schrijf tussen elf en kwart voor vier, dus zolang we tegen elven klaar zijn...?' Hij wierp een blik op de digitale klok op de vensterbank en keek Simon vervolgens vragend aan. Die knikte. 'Goed. Dus – een getal?'

'Elf.'

De professor lachte. 'Dan gaan we naar pagina elf. En dan nu... een getal tussen een en vierendertig, graag.'

'Tweeëntwintig.' Charlies verjaardag.

'Geweldig. En nu tot slot, een getal tussen een en... vierendertig.'

'Twaalf.' Simons eigen verjaardag. Dit waren geen keuzes die een onbekende iets over hem zouden vertellen wat hij liever niet met hem zou willen delen.

'Ah. Sorry.' De professor fronste. 'Het twaalfde woord op de tweeëntwintigste regel kan niet, vrees ik. Dat is namelijk "Trotski". En eigennamen komen niet in aanmerking.'

'Dan ga ik weer voor elf,' zei Simon, die te nieuwsgierig was om zijn geduld te verliezen. Wat had dit spelletje voor zin?

'U hebt het woord "leven" gekozen,' zei Lambert-Wall met een glimlach. 'Een zeer indrukwekkend resultaat – het beste sinds lange tijd.' Hij klapte het boek dicht en legde het aan zijn voeten op de beige vloerbedekking. Simon dacht aan de beige vloerbedekking van buurvrouw Selina Gane, met de kerstboomvlek in de hoek. Had de projectontwikkelaar alle huizen soms standaard opgeleverd met hetzelfde kamerbrede tapijt? Van de buitenkant zagen ze er allemaal precies hetzelfde uit: één ontwerp, en dat ruim dertig keer herhaald. Simon staarde naar de drie tijdschrifttorens voor hem. Hij stelde zich voor dat hij die zou verschuiven en dat er dan drie ronde rode vlekken tevoorschijn kwamen, elk in de vorm van een menselijk hoofd. Doe normaal, sprak hij zichzelf toe.

Basil Lambert-Wall had zich uit zijn stoel gehesen en hobbelde zonder hulp van zijn stok naar het vrijstaande bureau voor het raam, waar veel presse-papiers op lagen, maar geen losse papieren. Toen hij zijn bestemming had bereikt, pakte hij een pen zonder dop en schreef iets in een opengeslagen notitieboekje. Met zijn rug naar Simon zei hij: 'U bent een man met een groot onderscheidingsvermogen en een bron van deugd in deze wereld. En u wilde mij een vraag stellen. Gaat uw gang.'

Simon begreep er niets van. Was de professor naar zijn bureau gelopen om de uitslag van zijn wonderlijke testje te noteren? Hij had graag de inhoud van het notitieboekje nader willen inspecteren. Zoals altijd als iemand hem een compliment gaf, wilde hij er het liefst tegen ingaan. 'Leven' was zijn tweede keus. De eerste keer had hij 'Trotski' gekozen – een gedreven massamoordenaar. Wat zei dat over hem? Op grond waarvan waren eigennamen uitgesloten?

'De dag dat uw nieuwe inbraakalarm werd geïnstalleerd – dinsdag 29 juni?'

'Hoe weet u dat het op die dag was?' vroeg de professor.

'Dat hebt u me de vorige keer verteld. En Safesound Alarms heeft dat bevestigd.'

'U hebt geverifieerd wat ik u vertelde?'

'Ik verifieer alles,' antwoordde Simon. 'Altijd.'

'Als ik u een precieze datum noem, wil dat zeggen dat ik die in mijn agenda heb opgezocht.'

'Dat hebt u ook gedaan.'

'Dan was het dus niet nodig om het nog eens te verifiëren.' Lambert-Wall zakte in zijn stoel maar stond weer op om zijn ochtendjas recht te trekken.

Simon wachtte tot hij weer zat. 'De precieze datum is niet van belang. Ik wil graag dat u terugdenkt aan die dag. Uw nieuwe inbraakalarm werd geïnstalleerd. Herinnert u zich nog iets anders wat rond die tijd is gebeurd?'

'Ja.' De oude man knipperde een paar keer snel achter elkaar met zijn ogen. Het was verontrustend om te zien – alsof iemand zijn oogleden op afstand bestuurde. 'Ik heb toen een uitzonderlijk goed boek gelezen – *People of the Lie,* van M. Scott Peck. Daar staat de beste definitie in van menselijk kwaad die ik ooit ben tegengekomen.'

Simon stelde zich een tekst voor die uit slechts twee woorden bestond, namelijk: 'Giles' en 'Proust'. 'En nog meer?'

'Ja. Bij de lunch at ik iets wat "tian" heet. Ik had en heb nog altijd geen idee wat een tian is, maar het smaakte voortreffelijk. Het was cilindervormig. Die vorm sprak me aan toen ik in de winkel stond, dus ik wilde het weleens proberen. Enfin, ik ben dus naar de winkel geweest – de supermarkt.'

'Op de dag dat het inbraakalarm geïnstalleerd werd?'

Lambert-Wall knikte. 'Mijn dochter heeft me meegenomen, 's ochtends, naar Waitrose. Dat doet ze elke dinsdagochtend. Ze wil graag dat ik mijn boodschappen online doe, maar ik verzet mij daartegen.'

Simon knikte. Hier had hij niets aan. 'Dus u hebt *People of the Lie* gelezen, u hebt geluncht, en u hebt boodschappen gedaan...'

'Ja, maar niet in die volgorde. 's Middags deed ik een dutje, zoals altijd – van een tot vier. O, en een van mijn buren was onbeschoft tegen mij, en dat verpestte mijn tot dan toe zo plezierige dag.'

'Wie was dat?'

De professor wees naar het raam. 'Een van de mannen in het huis aan de overkant,' zei hij. 'Meestal is hij een en al voorkomendheid, daarom was ik ook zo verbaasd. Hij en zijn vrouw hadden nieuwe gordijnen gekocht, en die droegen ze het huis in. Zij had de achterbank van haar auto neergeklapt, anders pasten ze er allemaal niet in. Ik liep op hen af voor een praatje, en was van plan een opmerking te maken over het toeval – nieuwe gordijnen, nieuw inbraakalarm. Niet erg boeiend, dat geef ik toe, maar het had ongetwijfeld geleid tot interessantere onderwerpen. Zijn reactie was volkomen ongepast.'

'Wat deed hij dan?'

'Hij schreeuwde tegen me. "Niet nu! Ziet u niet dat we bezig zijn?" Hij zei tegen zijn vrouw: "Zorg jij dat hij opduvelt?" en vervolgens liep hij het huis in met een armvol gordijnen. Uiterst onaantrekkelijke gordijnen bovendien, voor zover ik ze door de plastic verpakking kon zien.'

Simon voelde zijn huid prikken. Dit moest het zijn: een man die normaal gesproken de beleefdheid zelve is en die ineens grof en beledigend doet. Kit Bowskill? Alleen: hoe kon dat? Stel dat er inderdaad een heimelijk verband bestond tussen Bowskill en Bentley Grove, dan was het met nummer 11. Dat was het adres dat zijn vrouw in zijn gps had gevonden, en het huis dat ze op Roundthehouses had bekeken toen ze het lijk had zien liggen. Bentley Grove nummer 11 stond naast het huis van Basil Lambert-Wall, niet ertegenover.

'Zijn vrouw putte zich uit in verontschuldigingen,' ging de oude man verder. 'Ze heeft wel twintig keer sorry gezegd. "Let maar niet op hem," zei ze. "Het ligt niet aan u, maar aan het feit dat we twee uur in de gordijnenzaak hebben doorgebracht. Eens maar nooit meer!" Je zou denken dat ze die gordijnen meteen op wilden hangen, gezien alle tijd die ze eraan hebben gespendeerd, maar ze hangen nog steeds niet.'

Simon haalde een foto uit zijn zak. Dezelfde foto die hij Lambert-Wall de vorige keer ook al had laten zien. Van Kit Bowskill. 'Komt zijn gezicht u bekend voor?' vroeg hij.

'Ja, dat is hem,' antwoordde de professor.

'De buurman die zo onbeschoft tegen u deed?'

'Ja.'

'En die woont in het huis hiertegenover?' Simon liep naar het raam en wees om alle onduidelijkheden uit te sluiten.

'Inderdaad. U lijkt verbaasd?'

Kit Bowskill woonde in Little Holling, Silsford. Kit Bowskill was de overbuurman van professor Sir Basil Lambert-Wall, in Cambridge. Hoe kon dat allebei waar zijn?

'Dus... de man op de foto is niet de man van Safesound die uw inbraakalarm heeft geïnstalleerd?'

Lambert-Wall begon weer te knipperen met zijn ogen. 'Waarom zou die kerel van de overkant bij mij een alarm komen installeren?'

Simon had het hart niet om hem te herinneren aan wat hij tijdens hun vorige gesprek had gezegd. 'U omschreef hem als "Een van de mannen in het huis aan de overkant". Is er dan nog een man?'

'Ja, Nachtman.'

Simon deed zijn best zijn verbazing te verhullen. Daar slaagde hij kennelijk niet in, want de professor schoot in de lach. 'Ik moet het even uitleggen: de man die zo onbeschoft tegen mij deed, was Dagman. Dat zijn niet hun echte namen – die ben ik allang vergeten, vrees ik, als ik ze ooit al heb gekend.'

'Vertelt u verder over Dagman en Nachtman,' zei Simon zo neutraal mogelijk.

'Nachtman is getrouwd met Nachtvrouw, en ze hebben twee kinderen – een jongen en een meisje – maar die zie ik overdag nooit. Alleen 's avonds. En Dagman is getrouwd met Dagvrouw. Enfin, ik zeg "getrouwd" – maar wie weet wat dat tegenwoordig nog inhoudt? Misschien zijn ze helemaal niet getrouwd, maar een stel zijn ze zeker wel.'

'Dus ze wonen met z'n zessen in dat huis – Nachtman, Nachtvrouw en hun twee kinderen, en Dagman en Dagvrouw?'

'Ik snap ook niet hoe ze dat volhouden,' zei de professor. 'Deze huizen zijn lang niet zo groot als ze van buiten lijken te zijn – er is hier nauwelijks genoeg ruimte voor mij en mijn familie.'

Weer een verrassing. 'U woont hier met uw familie?'

Lambert-Wall glimlachte en gebaarde door de kamer. 'Ik doelde op mijn boeken,' zei hij.

Simon stelde zijn volgende vraag zonder precies te weten wat hij ermee bedoelde. 'Hebt u meneer en mevrouw Nacht en meneer en mevrouw Dag weleens samen gezien?' Hij kon niet met de oude man praten en tegelijk nadenken, tenminste, niet goed. Hij hoopte dat zijn instinct hem de juiste kant opduwde.

'Nu u het zegt, nee, nooit. Nachtman en Nachtvrouw zijn hier 's avonds, zoals ik al zei...'

'En hoe zit het in de weekenden?' vroeg Simon.

'De weekenden breng ik door bij mijn dochter, in Horseheath. Ze brengt me altijd zondagsavonds om tien uur terug, dan heb ik genoeg tijd om uit te pakken en zit ik om elf uur achter de schrijftafel.'

Het cijfer elf, daar had je het weer.

'Is er nog iets anders het vermelden waard?' vroeg Simon.

'Ja. Alle huizen met een populatie van meer dan één hebben een hiërarchie, en het huis aan de overkant is geen uitzondering op die regel. Ik zou zeggen dat Nachtman en Nachtvrouw de eigenaren van het huis zijn. Zij en hun kinderen staan bovenaan in de pikorde.'

'Waarom zegt u dat?' Simon kende niemand die gordijnen kocht voor het huis van een ander.

'Hun parkeerregeling.' De professor glimlachte. 'Nachtman en Nachtvrouw parkeren hun auto in de garage. Dagman en Dagvrouw zetten hem op straat. Ze kunnen niet op de oprit parkeren – dan zouden ze de toegang tot de garage blokkeren. Als Nachtman en Nachtvrouw overdag thuis zouden komen, kunnen ze hun auto niet kwijt. Hun parkeerrechten zijn te allen tijde gewaarborgd. Bent u met mij eens dat dat suggereert dat zij de eigenaren zijn, en dus voorrang hebben?'

'Dat, of...' Simon zweeg. Zou het onprofessioneel zijn om meer te zeggen? Hij zag geen enkele reden waarom hij vanavond niet kon doen waar hij zin in had. Dit was geen werk; officieel was hij nog op huwelijksreis. 'Of Dagman en Dagvrouw horen daar helemaal niet te zijn,' zei hij.

'Wat wilt u daarmee zeggen?' De professor leunde voorover. Heel even vreesde Simon dat hij te ver naar voren kwam en dat hij uit zijn stoel zou kukelen.

'En als de familie Nacht geen idee heeft dat ze een huis delen met meneer en mevrouw Dag?' *Meneer en mevrouw Dag. Kit Bowskill en... wie?*

'Oplichters, bedoelt u? Indringers?' Lambert-Wall dacht hier een paar seconden zwijgend over na. 'Nee, ik vrees dat u dat verkeerd ziet.'

'Waarom denkt u dat?'

'Dagman heeft een sleutel van het huis. Net als Dagvrouw. Ik heb gezien dat ze zichzelf binnenlieten, zowel samen als apart.'

Simon knikte. Hij dacht aan welke soorten mensen allemaal een sleutel van een huis kunnen hebben, en aan Lorraine Turner, een makelaar die hij nog nooit had ontmoet. Sam ook niet, maar die had haar wel een keer aan de telefoon gehad.

'Aha.' De professor stak de wijsvinger van zijn rechterhand in de lucht alsof hij zich iets herinnerde. 'Er schiet me een naam te binnen. Eigenaardig dat je het ene moment iets volkomen vergeten bent, en dat het volgende moment een soort scherm wordt opgetrokken en daar is het weer: informatie die je waarschijnlijk al die tijd al wist.'

'Een naam?' zei Simon ter aanmoediging.

'Ja. Dagvrouw heet Catriona. Maar ze vertelde me dat niemand haar zo noemt, en dat is zonde. Het afkorten van voornamen is een soort vandalisme, vindt u ook niet?'

Simon kreeg een wee gevoel in zijn maag, want hij wist wat er ging komen. Hij kende zelf ook iemand die Catriona heette.

'Iedereen die haar kent noemt haar Connie,' zei de oude man.

19

Zaterdag 24 juli 2010

Selina Gane staat bij haar voordeur als ik aan kom rijden. Er bungelt een sleutelbos in haar rechterhand. Met haar zwarte broek en blauwe linnen blouse kan ze doorgaan voor een makelaar die een mogelijke koper opwacht.

Ben ik dat dan niet?

Haar blonde haar is in een paardenstaart gebonden en haar gezicht staat ernstig. Ik vraag me af of ze diezelfde uitdrukking opzet als ze slecht nieuws moet brengen. Maar misschien is ze niet zo'n soort dokter. Misschien zit ze wel de hele dag in een laboratorium naar stukjes weefsel te kijken en komt ze nooit in contact met de eigenaren van dat weefsel.

Aan haar houding kan ik zien dat ze gespannen is. Ze verheugt zich hier niet op.

Natuurlijk verheugt ze zich hier niet op. Waarom zou ze?

Ik veeg het zweet van mijn bovenlip en stap uit de auto terwijl ik mezelf eraan herinner dat er geen enkele reden is om nerveus te zijn.

Ik heb haar alles al uitgelegd in mijn brief. Vandaag is het haar beurt om mij te vertellen wat zij weet. Ik kan niet geloven dat ze helemaal niets weet. Bentley Grove nummer 11 is haar thuis.

Alleen zo voelt dat niet, nu ik over het door lavendel omzoomde pad op haar af loop. Haar starre lichaamstaal zegt me dat ze hier zomaar terecht is gekomen, bij een huis dat niets met haar te maken heeft, en dat ze niet precies weet wat ze hier doet. 'Ik wilde niet in mijn eentje naar binnen,' zegt ze, en ik hoor hoe graag ze zou willen dat zij niet de eigenaar was van Bentley Grove 11.

'Fijn dat je me wilde ontmoeten,' zeg ik.

Ze draait het slot open. Met haar ogen omlaag gebaart ze dat ik eerst naar binnen moet. Ze zou liever in de zon en de frisse buitenlucht blijven staan, en dit moment van het naar binnen gaan zo lang mogelijk uitstellen. Daarom weet ik nu zeker: ze gaat mijn bod accepteren.

Ze wil niets meer te maken hebben met Bentley Grove 11, en dat is geen lichte voorkeur, maar een dringende behoefte. Terwijl we samen naar binnen gaan, moet zij het gevoel hebben alsof ze door een met tape afgezet deel van haar verleden breekt.

Ik stap mijn toekomst in en ik heb geen idee wat die mij gaat brengen.

Ik verwacht een akelige sfeer, maar die is er niet. Het interieur van Bentley Grove 11 is licht en luchtig. *Onschadelijk.* Maar huizen richten zelf geen schade aan; het zijn de mensen die erin wonen. Ik kijk om me heen, en voel Selina Gane's aanwezigheid achter me. Ik ruik lavendel. Ze heeft de voordeur niet dichtgedaan. Ik neem aan dat ze hem open laat staan zolang we binnen zijn, omdat ze hier niet opgesloten wil zitten.

Zonder af te wachten tot ze me voorgaat, loop ik richting zitkamer. Ik kan me niet herinneren dat ik ooit een plattegrond heb gezien op Roundthehouses, maar dat moet wel, want ik weet waar alles is. Ik weet dat de kamer waar de dode vrouw lag achter de deur aan mijn rechterhand is.

Ik hoef er niet naar binnen. Eén blik en ik weet dat er geen bloed is, en geen lijk.

Had je dat dan serieus gedacht? Dat het daar op jou lag te wachten?

Ik zie een enorme, vlekkeloze vlakte van beige tapijt, de rand van de salontafel, die met de onder glas gevangen bloemen. De haard, de kaart erboven... Ik ken al deze dingen, maar het is raar om ze in het echt te zien: alsof je in een droom terechtkomt.

'Ik ken jouw man niet,' zegt Selina Gane. 'Ik heb hem ook nooit gekend, en ik heb geen affaire met hem.'

In dat geval snapte ze waarschijnlijk niets van mijn brief.

De trap. Ik had eerst naar de trap moeten kijken, en het baart me zorgen dat ik dat niet heb gedaan. Mijn hersenen werken niet naar behoren. Ik ben te overweldigd door het feit dat ik hier binnen ben. Zes maanden lang heb ik vrijwel non-stop aan dit huis gedacht. Ik heb dagen voor de deur gestaan. Nu het zowel door de eigenaar als door de politie in de steek is gelaten, heb ik mezelf tot doel gesteld om het verborgen verhaal van dit huis boven tafel te krijgen.

Niemand geeft zoveel om Bentley Grove 11 als ik. Heb ik daarom het gevoel alsof het al van mij is?

Selina Gane vult de stilte door te zeggen: 'Ik ben arts. Ik ben het grootste deel van mijn tijd bezig levens te redden. Ik heb nog nooit iemand vermoord en als ik dat van plan was, zou ik dat zeker niet in mijn zitkamer doen.'

Ik knik.

'Had je man dit adres echt in zijn gps staan als zijn thuisadres?' vraagt ze.

'Ja.' Ik laat mijn hand over de trapleuning glijden. De bovenkant van de baluster is van donker hout – een gelakte bruine kubus met afgeronde hoeken.

'Ik moet je iets vragen,' zeg ik. *Ik moet je iets vragen over de dodemansknop.* 'Op de foto van...'

Opnieuw beginnen.

'De trap is een beetje anders.' Dat is beter – hou het vaag. Vertel het haar niet; laat het haar aan jou vertellen. 'Die heeft er niet altijd zo uitgezien, toch?' Ik klop op de houten kubus.

Ze kijkt verward. 'Jawel. Die is altijd al zo geweest. Waar heb je het over?'

'Er heeft ooit iets wits op gezeten, ter decoratie. Een beetje rond, als... als een dikke schijf. Het zat hier bovenop, maar het was niet zo breed als dit blok.' Ik geef er nog een klopje op.

'Nee.' Ze schudt haar hoofd.

Jawel. Ik heb het zelf gezien.

Ik probeer het nog eens. 'Een soort grote knop. In het midden. Hier. Wit, of crèmekleurig misschien.'

'Een knop?' Ik kijk naar haar en zie dat het kwartje valt. Ze weet wat ik bedoel. Een fractie van een seconde stel ik me voor dat ze gaat glimlachen en zeggen: 'Welkom in Death Button Centre.' Mijn hart struikelt en het ritme verandert per seconde – langgerekt, dan een keiharde slag. Ik zou weg kunnen rennen, als ik maar wist voor wie of wat ik weg *moest* rennen. Wat ik ooit aan Alice vertelde, en wat haar medelijden opwekte, is nu waar, ook al was het dat op dat moment nog niet: ik ben jaloers op iedereen die weet wat hem of haar bedreigt, en die het kan benoemen, ook al kan hij of zij er niet aan ontsnappen. Angst die je nergens aan kunt verbinden is honderd keer erger dan angst met een duidelijke oorzaak.

'Waarom vraag je naar mijn trap?' De oplaaiende vijandigheid in Selina Gane's stem is onmiskenbaar. Ik bedenk dat zij niet verplicht is mij iets te vertellen, en dat ze alle reden heeft mij niet te vertrouwen.

'Het spijt me. Ik had het moeten uitleggen,' zeg ik. 'Het laatste waar jij of ik op zit te wachten is nog meer onbeantwoorde vragen.'

'Daar heb ik niets tegen in te brengen,' zegt ze.

'Ik zag het op de beelden, de beelden waar ook de dode vrouw op te zien was. Toen ik de virtuele rondleiding bekeek, en de zitkamer begon te draaien...'

'Te draaien?'

'De beelden op de virtuele rondleiding zijn geen gewone foto's,' leg ik uit. 'Iemand moet in elke kamer 360 graden zijn gedraaid, met de camera in de hand, om te filmen.'

Wie die film ook maar heeft gemaakt, moet zijn gestopt bij de rand van het bloed, vlak na het punt waarop dat ophield. Hij of zij moet eromheen zijn gelopen, met de camera in de hand, om niet in de rode nattigheid te stappen...

Ik zet de gedachte van me af.

'Toen het beeld draaide, zag je de hal en het onderste deel van de trap door de open deur van de zitkamer.' Ik greep de bovenkant van de baluster met beide handen vast. 'Er zat een wit stukje bovenop – rond en plat, niet bol. Ik weet absoluut zeker dat ik dat heb gezien. Eerst kon ik het me niet meer herinneren, maar ik wist wel dat er iets ontbrak, iets wat ik had gezien, los van de vrouw en het bloed. En gisteren sprak ik... met iemand, en toen zei ik het woord "knop" en ineens kwam het beeld heel duidelijk terug.'

'Die trap heeft er altijd al zo uitgezien,' houdt Selina Gane vol.

'Toen ik Kit wakker maakte en hij de rondleiding bekeek, was het lichaam van de vrouw weg, en dat witte ding hier ook,' zeg ik, en ik hou de baluster nog steeds omklemd, alsof ik hem door die aanraking aan mijn kant kan krijgen. 'Ik heb de rest van de nacht naar die virtuele rondleiding zitten kijken – openen, zitkamer bekijken, en weer afsluiten – maar ik heb het lichaam van de vrouw en het bloed niet meer gezien.' Ik voel me licht in mijn hoofd en geef mezelf de opdracht om te kalmeren, adem te halen. Aanvankelijk werkt de lucht niet mee, en wil mijn longen niet in. Ik staak mijn pogingen en adem in plaats daarvan uit, tot diep vanuit mijn buik. *Leeg.* Dan adem ik langzaam en rustig in, en ik voel de zuurstof binnenstromen – de noodtroepen die me te hulp schieten.

'Die witte schijf heb ik ook nooit meer gezien,' zeg ik. 'Op het beeld van de dode vrouw was die nog te zien, maar niet op de andere afbeelding – de afbeelding die ik na die eerste keer steeds heb gezien.'

Er komt ineens nog een herinnering boven: ma, Fran, Benji en ik bij Bella Italia in Silsford. Daar zijn we verleden jaar gaan lunchen om te vieren dat Benji zijn eerste grotemensentand was doorgekomen. De serveerster had Benji wat dingen gegeven om zich mee te vermaken: kleurpotloden, zo'n puzzel waarbij je de stippen met elkaar moet verbinden door lijntjes te trekken, een woordenzoeker en allerlei andere spelletjes. Er zaten ook twee bijna identieke foto's van een hond onder een boom tussen, en hij moest de zeven verschillen zien te vinden. De eerste drie of vier sprongen nogal in het oog, zelfs voor Benji. Ma, Fran en ik vonden samen zes verschillen, maar het zevende zagen we geen van allen. We hebben ons daar bijna een halfuur door laten kwellen en zaten eindeloos naar dat stuk papier te staren, tot we ons gewonnen gaven en de antwoorden onder aan de pagina bekeken. Het zevende verschil was zo piepklein dat niemand het zou zien, hoeveel uur je er ook aan zou verspillen: een extra lijn-tje op het onderste boomblad in plaatje twee.

'Er is een naam voor wat jij nu beschrijft,' zegt Selina Gane. 'Dat heet een hypotheekknop.'

'Een wat?'

Ze zucht. 'Ik heb een borrel nodig. Kom.'

Ik loop achter haar aan naar de keuken die ik al zo vaak heb gezien op het scherm van mijn laptop. Ze trekt een hoge kruk onder het kookeiland midden in de keuken vandaan – het verplichte kook-eiland, zoals Kit het noemt – en gebaart dat ik daar moet gaat zitten. 'Thee of whisky?' vraagt ze.

'Thee, graag.'

'Ik denk dat ik allebei nodig heb,' zegt zij.

Ik wacht in stilte terwijl zij de thee zet en de drank inschenkt. Het woord 'hypotheekknop' draait langzaam rond in mijn hoofd. Ik be-kijk het van alle kanten, maar ik begrijp het nog steeds niet. Hoe kan zoiets bestaan, een hypotheekknop? Ik vind het maar raar.

Selina doet melk in mijn thee, maar geen suiker. Dat zou ik haar hebben gezegd, als ze me erom had gevraagd.

Ze gaat niet zitten, maar leunt tegen het aanrecht, met haar rug naar het raam, en ze houdt haar whisky met beide handen vast. 'Het is een Amerikaanse traditie,' zegt ze uiteindelijk. 'Als je je hypotheek hebt afbetaald en je huis is helemaal jouw eigendom, koop je een hy-potheekknop en die zet je boven op de hoofdbaluster, precies in het midden – precies waar jij hem hebt gezien, dus. Je kunt goedkope krijgen, van plastic, of van hout, en er zijn ook mooi bewerkte knop-pen – ze worden soms zelfs van ivoor gemaakt, voor mensen die hun welstand en succes aan al hun bezoek willen tonen.' Uit haar toon blijkt dat ze geen hoge dunk heeft van zulke mensen. 'Ze zien eruit als witte damschijven.'

Pa en ma damden vroeger vaak, toen ik nog klein was, voor ze toe-gaven aan onze protesten en een televisie aanschaften – iets wat elk normaal mens in het hele land al jaren eerder had gedaan. 'Zo zag het er ook precies uit: als een uit de kluiten gewassen damsteen.'

'Dan heb ik dus gelijk,' zegt Selina. 'Wat jij hebt gezien was een hypotheekknop. Maar die is in dit huis nooit geweest.'

Ik hoor nog geen spoortje Amerikaans accent bij haar. 'Maar je weet wel wat het is?' zeg ik, in de hoop dat het niet te zeer als een beschuldiging klinkt.

'Mijn vriendin heeft er eentje.' Selina's ogen glijden weg van mij. 'Die komt uit New England.' Ik heb het gevoel alsof een spot die op mij gericht was plotseling uitgezet wordt. Ik vorm niet langer het brandpunt van haar aandacht. Ze kauwt op de binnenkant van haar lip en staart naar de plank naast zich – naar een witte mok die zo te zien van porselein is, met een afbeelding van rode veren erop. Ze pakt hem op, kijkt erin en zet hem weer terug op de plank. Ik hoor een rinkelend geluid. Wat er ook in mocht zitten, ze wilde controleren of het er nog was.

De witte knop? Zou ze dat zo ongegeneerd doen, terwijl ze net nog het bestaan ervan ontkende?

'Wat hou je voor me achter?' vraag ik. Dezelfde vraag die ik Sam Kombothekra een paar dagen geleden stelde, en de vraag die ik Kit sinds januari al duizend keer heb gesteld. Ik zou hem op een T-shirt moeten laten drukken.

'Niets. Sorry,' zegt ze, maar ze kijkt nog steeds zorgelijk. 'Ik zat alleen te denken dat ik die vriendschap de afgelopen tijd een beetje heb verwaarloosd – al mijn vriendschappen. Te druk met het werk.'

Ik knik en doe alsof dat me tevredenstelt.

'Over hypotheken gesproken: ik neem aan dat jij er eentje nodig hebt als je dit huis koopt? Als ik het aan jou wil verkopen, bedoel ik.'

Ik zeg dat ik dan inderdaad een hypotheek nodig heb, maar dat ik dat snel kan regelen. Ik hoop maar dat dat ook zo is. 'Een beter bod dan dat van mij zul je niet krijgen,' zeg ik.

'Meen je dit dan serieus?'

'Bloedserieus.'

'Ik zal niet vragen waarom je het huis wilt kopen,' zegt ze. 'Als je echt hebt gezien wat je zegt dat je hebt gezien...' Ze zwijgt en schudt haar hoofd. 'Ik zei dat ik het niet zou vragen, dus dat doe ik ook niet.

Als jij het huis wilt hebben, en als het niet de meest macabere grap ooit is, dan mag je het hebben. Hoe sneller ik ervan af ben en er niets meer mee te maken hoef te hebben, hoe beter.'

Ik glimlach onwillekeurig. 'Niet bepaald een standaard verkooppraatje,' zeg ik. 'Je zei dat ik het mag hebben...'

'Voor 1,2 miljoen,' zegt ze snel. 'Dat is wat je bood.'

'Het leek even of je het me cadeau wilde doen, vandaar.'

'Ik zal je de gegevens van mijn notaris geven – vraag jij de jouwe dan om het bod officieel neer te leggen, zo snel mogelijk graag.' Ze drinkt haar glas leeg, en zet het op het aanrecht. 'Wil je dat ik je rondleid? Of is dat verspilde tijd? Waarschijnlijk interesseert het je niet hoe de kamers eruitzien. Je wilt het huis kopen omdat je denkt dat hier iemand is vermoord – dezelfde reden waarom ik het wil verkopen.'

Ik heb geen zin om me te verdedigen. Als zij denkt dat ik dit doe om lugubere redenen, moet ze dat zelf weten. 'Ik wil graag even rondkijken,' zeg ik.

'Snel dan,' zegt ze kortaf. 'Ik moet hier weg.'

Terwijl we alle kamers op de begane grond af gaan, zegt zij niets. Geen woord. Ze aarzelt een paar seconden bij elke deur, alsof ze bang is om hem open te doen en de kamer binnen te gaan. Er is een serre die niet op de foto's op de website stond – van kunststof, niet van hout. Kit zou het spuuglelijk vinden.

Onder aan de trap zegt Selina: 'Als je nog vragen hebt, stel die dan nu.'

'Ik heb ze al gesteld,' antwoord ik.

'Over het huis, bedoel ik – de centrale verwarming, het inbraakalarm...'

'Die dingen interesseren me niet.'

Ik loop achter haar aan de trap op. Ik sta in de ene na de andere kamer, kijk om me heen, zogenaamd nonchalant, zonder te zien wat ik voor me heb. Mijn gedachten zijn nog steeds bij de porseleinen mok met de rode veren erop, en dat harde wat erin zat en zo'n rinkelend geluid maakte.

Terwijl Selina me voorgaat naar de badkamer, zeg ik: 'Wacht, ik geloof dat ik mijn telefoon hoor overgaan in mijn tas – ik ga hem even halen.' Zonder haar reactie af te wachten, draai ik me om en ren ik de trap af.

Op de drempel van de keuken bevries ik. Had ik niet in de brief gezet dat mijn mobiel het niet meer deed? Nee, toch niet. Ik heb geschreven dat ze me in mijn hotelkamer kon bellen, maar ik heb niet geschreven dat ik geen mobiel heb.

Ik loop naar de verenbeker. Mijn hand beeft als ik hem van de plank pak en erin kijk. Er ligt geen wit schijfje in, alleen een bosje sleutels aan een geel sleutelkoord. Het hameren van mijn hart bonst in mijn oren. Er hangt een label aan het koord waar iets op geschreven staat met kleine lettertjes. Ik trek het er heel langzaam uit, zodat de sleutels de zijkant van de beker niet raken, en bekijk die lettertjes wat beter.

Ik lees het steeds opnieuw, en mijn ogen schieten over het kleine handschrift. Dit kan niet betekenen wat ik denk dat het betekent. *Maar het kan niet anders.* Waarom zou Selina anders op dat moment in die beker hebben gekeken, om te controleren of de sleutels er nog lagen? Mijn hoofd vult zich met een luid geronk. Mijn ademhaling versnelt. Ik krijg hem niet meer onder controle. Hij gaat met me aan de haal.

O mijn god.

Dat ik dat al die tijd niet heb ingezien!

Ik denk aan wat ik tegen Alice heb verteld over een naam voor ons huis in Cambridge: *Het idee spreekt me steeds meer aan: het Death Button Centre. Dan laten we een plaquette maken voor bij de deur. Nee, nog beter – laten we het Pardoner Lane 17 noemen...*

Hoe is het mogelijk dat ik aan Alice heb verteld dat hij dat had gezegd, en dat het nog *steeds* niet tot me doordrong?

'Connie?' ik hoor Selina's voetstappen boven me.

'Ik kom eraan!' roep ik. Ik prop de sleutels in mijn zak, zet de lege beker op de plank en hol weer naar boven. 'Ik moet gaan,' zeg ik. 'Ik moet...' Er schiet me zo vlug niets te binnen. 'Er is iets tussengekomen.' Hier moet ze het maar mee doen. Ik moet hier weg voor Selina erachter komt dat ik de sleutels heb weggenomen.

Waarom heb je dat gedaan? Wat ben je dan van plan?

Ze fronst. 'De koop gaat toch wel door?'

Ik ben even bang dat ik haar recht in haar gezicht uit ga lachen. Wat zou ze zeggen als ik haar vertelde dat ik haar huis niet meer nodig heb? *Sorry, maar ik pas – ik weet al wat er aan de hand is, en dus hoef ik mezelf nu geen faillissement meer op de hals te halen. Bent u niet blij voor me, dokter?*

Alles is anders geworden. Ik heb Bentley Grove 11 niet meer nodig.

Maar toch wil ik het nog steeds hebben. *Waarom?* vraagt mijn innerlijke Alice. *Omdat het in Cambridge staat*, zeg ik tegen haar. *En Cambridge is de plek waar ik wil wonen. Dat wil ik al sinds 2003. En dit huis staat te koop, ik heb al een bod uitgebracht, en hier is nooit iemand vermoord. En... toen ik 'thuis' intoetste op de gps, was dit het adres dat hij opgaf: Bentley Grove 11.*

Ik weet niet of mijn beweegredenen begrijpelijk of krankzinnig zijn, en het kan me niet schelen ook.

'De koop gaat nog steeds door,' zeg ik tegen Selina Gane. 'Maak je geen zorgen, ik ga je niet teleurstellen.' En dan hol ik weg.

20

24/07/2010

'Dank je.' Alice Bean glimlachte toen Charlie de brief van haar aannam. 'Sam Kombothekra keek doodsbenauwd toen ik deze aan hem mee wilde geven.'

'Mannen zijn lafaards.' Charlie deed haar tas open en zorgde ervoor dat Alice zag hoe ze de envelop veilig opborg. 'Als je Sam een briefje voor de melkboer meegeeft, is hij nog bang dat hij in een schandaal verwikkeld raakt.'

'Het is niet mijn bedoeling om problemen te veroorzaken. Integendeel. Ik geef om Simon.'

'Dan zou ik deze kans grijpen om hem te helpen.' Charlie herinnerde zich eraan dat ze hier was om informatie los te krijgen. Het zou te makkelijk zijn om te zeggen: 'Nou, hij wil met jou anders niets meer te maken hebben – waarom denk je dat ik hier nu ben?'

Ze had Alice voorgesteld om elkaar in café Spillages te ontmoeten, maar Alice wilde liever in het park ertegenover afspreken. Dat irriteerde Charlie – ze haatte mensen die het hadden over 'opgesloten zitten' en die deden of je verplicht in de zon moest gaan staan zodra die begon te schijnen – maar nu was ze toch blij om in de buitenlucht te zijn en over het voetpad langs het meertje te lopen, en te luisteren naar de vogels die boven haar hoofd een fel debat voerden in een taal die ze niet verstond. Als je naast iemand liep, hoefde je diegene niet aan te kijken, en zij jou ook niet. Het zou veel moeilijker zijn geweest om tegenover Alice aan een tafeltje te zitten.

Dan was het veel lastiger om niet toe te geven aan de verleiding om te zeggen: 'O, en tussen haakjes – raad eens wie er afgelopen vrijdag is getrouwd?' Charlie had al besloten dat ze dat niet zou vertellen voor ze Alice belde. Ze wilde niet dat het tot openlijke vijandigheid tussen hen zou leiden, ook al wist ze niet precies welke vorm die aan zou nemen. Waarschijnlijk zou het haar schuld zijn. In haar officiële hoedanigheid als Simons echtgenote zou ze zich misschien verplicht voelen om te zeggen: 'Steek die brief maar in je reet.'

Ze hoopte dat ze later blij zou zijn – trots, zelfs – dat ze het volwassen pad had gekozen, zonder confrontaties. Maar ze had er momenteel weinig lol in; vijandigheid was op korte termijn veel leuker, ook al kreeg je er later misschien spijt van.

'Ik wil best helpen, als dat kan,' zei Alice, 'maar... mag ik jou eerst iets vragen?'

'Ga je gang.'

'Denk je dat Simon mij ooit kan vergeven?'

Dat was een vraag die Charlie naar eer en geweten kon beantwoorden. 'Geen idee,' zei ze. 'Misschien heeft hij je allang vergeven. Maar voor hetzelfde geld draagt hij het je eeuwig na. Het enige wat ik je kan garanderen, is dat hij het er nooit met iemand over zal hebben.' *En al helemaal niet met mij.*

Alice was blijven staan bij een houten bankje aan de rand van het meer, onder een treurwilg. Ze veegde de overhangende blaadjes aan de kant en boog zich om de tekst op de goudkleurige plaquette op het bankje te lezen. 'Ik kan nooit langs zo'n bankje lopen zonder het opschrift te lezen,' zei ze tegen Charlie. 'Dan zou ik het gevoel hebben alsof ik iemand in zijn eentje liet sterven. Moet je deze zien – twee broers, allebei op 29 april 2005 overleden. De een was tweeëntwintig en de ander vierentwintig. Wat verdrietig.'

'Waarschijnlijk een auto-ongeluk,' zei Charlie nuchter. Ze had geen zin om het met Alice over zielige dingen te hebben. Met niemand, trouwens. Ze stelde zich voor dat zij en Liv op dezelfde dag doodgingen, en greep in haar tas naar haar sigaretten; het voelde ineens als een dringende behoefte om er eentje in haar mond te steken en op te roken. Ze nam een lange trek. 'Als ik doodga wil ik dat er op mijn plaquette komt te staan: "Ze wilde altijd al graag stoppen met roken".'

Alice moest lachen. 'Da's een goeie.'

'Simon maakt zich zorgen om Connie Bowskill.' *Nu is het klaar met dat spelen of je lekker met een vriendin aan de wandel bent.* Met iemand als Alice Bean kon je het sowieso niet over koetjes en kalfjes hebben. Ze had het tot dusverre al gehad over vergeving, een eenzame dood, familietragedies – wat zou ze nog meer voor onderwerpen aansnijden: het martelen van kleine huisdieren?

'Ik maak mezelf ook zorgen.'

'Weet jij waar Connie is?' vroeg Charlie.

'Nee. Ze neemt noch haar telefoon thuis noch haar mobiel op.'

'Wanneer heb je haar voor het laatst gesproken?'

'Ik zou het je graag vertellen, maar dat mag ik niet doen,' zei Alice. 'Vanwege de vertrouwelijkheid.'

Charlie knikte. 'Ik begrijp dat je Connies privacy moet respecteren. Maar ik weet ook dat je niet afkerig bent van het opstellen van een geheel nieuwe ethische richtlijn als iemand in gevaar is. Dat heb je voor jezelf ook gedaan, zeven jaar geleden. Is Connies veiligheid het dan niet waard: een iets minder strikte opvatting van je professionele integriteit?'

'Wat ik zeven jaar geleden heb gedaan, deed ik voor mijn dochter,' verbeterde Alice haar, kennelijk zonder wrevel. 'En ik weet niet zeker of Connie echt in gevaar is, en of Simon haar wel voor dat gevaar kan behoeden, mocht dat inderdaad het geval zijn.'

'Maar je denkt dat ze wel in gevaar zou kunnen zijn.' *Je hebt geprobeerd jezelf van het tegendeel te overtuigen, maar dat is niet gelukt.*

'Ik ben behoorlijk geschrokken toen ze de laatste keer bij me was,' gaf Alice toe. 'Aangezien ik er zelf een ben geweest, herken ik een ander wezen dat met uitroeiing wordt bedreigd. Er hing een heel schadelijke energie om Connie, die het leven uit haar probeerde te persen. Het was onmiskenbaar – het was normaal al niet gemakkelijk om met haar in dezelfde ruimte te zijn, maar de laatste tijd was het echt een uitdaging – alleen al om te blijven zitten, en om mezelf eraan te herinneren dat zij iemand was die mijn hulp nodig had. Wat ik je niet kan vertellen is of de dreiging een externe oorzaak had, eentje die zij geïnternaliseerd heeft, of dat de kwaadaardige energie uit Connie zelf kwam. Het is heel moeilijk om die twee dingen uit elkaar te houden – als mensen ons willen vernietigen, reageren we vaak door onszelf medeplichtig te maken, en onszelf namens hen af te straffen.'

'En nu graag in begrijpelijke taal,' vroeg Charlie.

Alice bleef staan. 'Mijn buikgevoel zegt me dat Connie dit misschien niet zal overleven. Misschien is er iemand die haar te gronde wil richten, of anders doet ze het zichzelf aan.'

'Op wie zet jij in?'

Charlie verwachtte geen antwoord, en was verbaasd toen Alice zei: 'Haar man.'

'Kit?'

'Connie was gisteren jarig. Hij heeft haar een jurk cadeau gedaan: precies dezelfde jurk die de dode vrouw droeg die zij tijdens de virtuele rondleiding had gezien – andere kleuren, maar exact hetzelfde ontwerp. Ik mag je dit eigenlijk helemaal niet vertellen.'

'Dus je hebt haar gisteren nog gesproken,' zei Charlie. Waarom was alles wat Connie Bowskill zei – tegen Simon, Sam, Alice – omgeven met zo'n waanzinnige hoeveelheid ongeloof? *Omdat dat mens een pathologische leugenaar is.* 'Waar hebben jullie het nog meer over gehad, behalve over die jurk?'

'Connies angsten, dat ze ongelukkig was, en haar bange vermoedens – waar we het altijd over hebben. Onze sessies zijn altijd al taai, maar... ik ben nog nooit bang geweest dat haar echt iets zou overkomen, maar dit keer zei ze twee dingen waardoor... ik weet niet, dat verhaal over die jurk heeft me echt geschokt. Ik had vannacht een nachtmerrie – het was een nachtmerrie, ook al was alles wat erin voorkwam echt gebeurd. Ik droomde mijn sessie met Connie na, precies zoals het was gebeurd: zij zat in mijn spreekkamer en ze vertelde me dat die jurk blauw met roze was, en die andere jurk groen met lila.' Alice huiverde. 'Soms lijkt al het kwaad zich samen te ballen in de kleinste details.'

Charlie wist precies wat ze bedoelde, al had ze het liever niet geweten.

'Ik denk de hele tijd maar aan Kit – een man die ik nog nooit heb ontmoet – die met twee jurken naar de toonbank loopt, voor elke vrouw één. Een van hen eindigt dood op de grond ergens in Cambridge – maar wat gebeurt er met de ander?' Alice draaide zich om naar Charlie, en legde een hand op haar arm. Haar gezicht stak bleek af bij haar vuurrode lippenstift. 'Waar is ze? Waarom neemt ze op geen van beide telefoonnummers op?'

'Je zei dat er twee dingen waren.' Charlie besefte dat ze in het voordeel was, omdat het haar het minst kon schelen. Toch voelde ze zich ook buitengesloten. Simon maakte zich zorgen om Connie Bowskill, en Alice was zo mogelijk nog bezorgder. Straks kwamen ze nog samen voor een gezellig potje paniek. Charlie was er meer dan ooit van overtuigd dat Crazy Connie uit haar nek kletste; dus zij mocht niet meedoen. 'Wat zei Connie nog meer voor engs?' vroeg ze aan Alice.

'Dat snap je niet als je de context niet kent: "Het Death Button Centre".'

Charlie schoot in de lach. 'Het wat?'

'Ik was niet de enige die dat eng vond klinken. Connie bedacht zich iets toen ze het zei – iets wat ze zich tot dat moment nog niet had gerealiseerd. Ik zag hoe het begon te dagen, wat het ook maar was. Alsof ze een geest had gezien. Ze zette het op een lopen – rende letterlijk weg.'

'Het Death Button Centre?'

'Connie en Kit zijn in 2003 bijna naar Cambridge verhuisd. Het huis dat ze wilden kopen stond naast een school die het Beth Dutton Centre heette. Connie was gestrest omdat ze haar familie achter zou moeten laten. Ze had het in haar hoofd gezet dat ze niet kon wonen in een huis dat geen naam had.'

'Een naam?'

'Je weet wel: The Beeches, The Poplars, Summerfields...'

'Aha,' zei Charlie. Snapte ze het dan? Nee, niet echt. Helemaal niet, zelfs. 'Waarom kon ze niet wonen in een huis dat geen naam had?'

'Het was een excuus. Connie woont al haar hele leven in Little Holling, en alle huizen daar hebben namen – ze weet niet beter. Ze was bang dat ze te ver verwijderd zou raken van de enige plek die ze ooit heeft gekend, en ze geneerde zich om dat toe te geven. Zij en Kit hadden dat huis gevonden – het was helemaal perfect, althans, dat beweerde ze – en ze had tegen hem gezegd dat ze het niet wilde kopen als ze het geen naam konden geven. Het stond aan een kant vast aan het Beth Dutton Centre, en Kit opperde – voor de grap – om het huis dan maar het Death Button Centre te noemen. Hij vroeg haar nog of zij dacht dat de mensen van het Beth Dutton Centre zich daar aan zouden storen. En de postbode.'

Charlie wendde zich af om haar glimlach te verbergen. Wat haar betrof mochten Alice en Connie dat griezelig vinden; zij had evengoed het recht om er de grap van in te zien. 'Dus jij denkt dat Connie zich iets realiseerde toen ze je dit vertelde? Iets wat haar zo beangstigde dat ze wegliep?'

'Ik weet het wel zeker. Dat gesprek blijft zich steeds maar herhalen in mijn hoofd. Er was niets anders waardoor ze zo in paniek kan zijn geraakt. Het was het laatste wat ze vertelde voor ze vertrok.'

'Wat zei ze precies, kun je je dat nog herinneren?'

'Alleen wat ik je net al heb verteld: dat Kit opperde om het huis het Death Button Centre te noemen, misschien voor de grap – dat werd niet duidelijk. Ik ga ervan uit dat het inderdaad een geintje was. Wie geeft zijn huis nu zo'n naam?'

Charlie was van mening dat er helemaal niets was waarvan je rustig kon zeggen: 'Dat zou toch geen mens in zijn hoofd halen.' Er was altijd wel een of andere gek die het tegendeel bewees. Na wat Alice had meegemaakt – en na wat Charlie zelf had gedaan – vroeg Charlie zich af hoe ze zo naïef kon zijn.

'Hij zei dat de naam hem steeds meer aansprak en stelde voor een plaquette te maken voor bij de voordeur.' Alice kneep haar ogen tot spleetjes terwijl ze zich op de herinnering concentreerde. 'Ik geloof dat dat het laatste was wat Connie zei voor ze... O, nee, sorry. Kit opperde daarna nog een andere naam voor het huis, een nog veel stommere – Pardoner Lane 17 – maar dat was het niet wat bij Connie die reactie losmaakte.'

'Hoe weet je dat?'

'Ik kan het moeilijk uitleggen. Je gelooft waarschijnlijk niet in energetische vibraties...'

'Waarschijnlijk niet, nee,' beaamde Charlie.

Alice gooide het over een andere boeg. 'Neem maar van mij aan: het was het Death Button Centre waar Connie zo bang van werd – die afschuwelijke naam. Wie verzint nou zo'n onrustbarende naam voor een huis waar hij van houdt en waar hij graag in wil wonen? Dat verzin je zelfs niet als grap.'

Op de een of andere manier voelde Charlie de huivering die door Alice' lichaam trok. Hoe kon dat nou?

Het Death Button Centre. *Druk op de knop en iemand sterft.*

'Pardoner Lane 17 was het adres van het perfecte huis dat ze niet kochten,' zei Alice.

'Dus Kit wilde het liever alleen bij het adres houden?'

'Nee, hij...' Alice keek naar de lucht. 'O,' zei ze, en ze klonk teleurgesteld omdat ze zichzelf had onderbroken. 'Misschien heb je wel gelijk. Misschien bedoelde hij: "Laten we het huis niet een of andere rare naam geven – laten we verstandig zijn en het gewoon bij het adres noemen: Pardoner Lane 17." Hoewel ik moet zeggen dat ik dat niet kon opmaken uit wat Connie vertelde.'

'Nu kan ik het niet meer volgen.'

'Ik dacht dat zij bedoelde dat Kit na dat ene absurde voorstel een nog veel absurder voorstel had gedaan door te opperen dat Pardoner Lane 17 de *naam* van een huis kon zijn – eentje die toevallig ook het adres was. Ik dacht dat die dubbelzinnigheid de grap was.' Alice keek beschaamd toen ze de uitdrukking op Charlies gezicht zag. 'Ik weet het – het slaat nergens op. Maar het Death Button Centre slaat ook nergens op. Connie beschreef Kit vaak als geestig, een grappenmaker – misschien heeft hij wel een absurd gevoel voor humor.'

'Dus de brieven zouden dan geadresseerd moeten worden aan Pardoner Lane 17, Pardoner Lane 17, Cambridge?' Charlie moest alweer lachen. 'Als ik dat hoor, lijkt mij dat hij zat te dollen.' Hoe langer Charlie erover nadacht, hoe meer het idee haar aansprak: een huis zijn adres geven als naam. Dat was een dikke vinger naar iedereen die chic wilde doen met zijn huizennaam. Ze besloot om het voor te stellen aan Simon. Chamberlain Street 21, Chamberlain Street 21, Spilling. Ze zou adreslabels laten drukken. Simons moeder, die totaal geen gevoel voor humor had, zou ontzet zijn, en hoewel ze het nooit met zoveel woorden zou zeggen, zou ze Simon en Charlie toch te verstaan geven dat de Here haar afschuw deelde. Het was echt een wonder dat God en Kathleen Waterhouse het overal zo roerend over eens waren.

Liv vond het vast hilarisch.

'Ik moet ervandoor.' Alice keek op haar horloge. 'Ik moet mijn dochter naar een verjaarspartijtje brengen.'

'Wil je me bellen als je nog iets te binnen schiet?' vroeg Charlie. Simon zou hier niet blij mee zijn. Je huis voor de grap Death Button Centre noemen was waarschijnlijk niet een clou waar hij iets aan had. Als Connie Bowskill er emotioneel slecht aan toe was, en op een zelfvernietigingsmissie was, zou het woord 'dood' dan niet genoeg zijn om een aanval van paranoia te veroorzaken? Waarschijnlijk had ze twee dingen met elkaar verbonden die helemaal niet met elkaar te maken hadden – een dom geintje dat haar man jaren geleden had gemaakt, en de dode vrouw die ze op haar computerscherm had gezien, zoals ze althans beweerde.

Terwijl ze Alice nakeek, voelde Charlie iets vibreren tegen haar buik. *Energetische vibraties.* Wat een bullshit. Ze haalde haar mobiel uit haar tas. Het was Sam Kombothekra. 'Wat ben je aan het doen?' vroeg hij zonder inleiding.

'Niks bijzonders,' zei Charlie. 'En jij?' Normaal gesproken zou ze het hem verteld hebben, maar ze wilde de naam 'Alice' niet hardop uitspreken, anders zou Sam haar schuldgevoel dwars door de telefoon heen voelen. Niet dat ze zich schuldig voelde; ze wist dat ze schuldig was. Tenminste, dat zou ze binnenkort zijn. In dit geval zat ze er niet echt mee. Ze stak haar telefoon onder haar kin en gebruikte allebei haar handen om Alice' brief uit haar handtas te vissen.

'Waar ben je?' vroeg Sam.

Charlie lachte. 'Is je volgende vraag: "Wat voor kleur ondergoed heb je aan?"'

'Mijn volgende vraag is: Waar is Simon?'

'Hij is naar Bracknell om te praten met de ouders van Kit Bowskill,' antwoordde Charlie. Wat belachelijk dat ze daar trots op was: dat zij wist waar Simon was, en Sam niet.

'Kan je over een kwartier in de Brown Cow zijn?'

'Tuurlijk. Wat is het probleem?'

'Dat leg ik daar wel uit.'

'Als je vast een tipje van de sluier oplicht, ben ik er des te sneller,' zei Charlie. Ze liet haar vingers langs de dichtgeplakte flap van de envelop glijden. Ze haalde zich van alles op de hals als ze hem nu openmaakte. Simon wist niet van het bestaan van de brief en Charlie had geen zin om opgezadeld te worden met de inhoud. Ze scheurde de envelop in kleine stukjes, die ze in nog kleinere stukjes scheurde, en die heel kleine stukjes liet ze op de grond liet dwarrelen.

'Jackie Napier,' zei Sam. 'Het probleem is Jackie Napier.'

'Je moet het zien als een sterfgeval,' zei Barbara Bowskill tegen Simon. 'Je had een zoon, maar die heb je nu niet meer. Je verkeert in dezelfde positie als de moeder van een zoon die naar Irak ging om te vechten en die daar door een bom is omgekomen, of iemand van wie het kind aan kanker is overleden, of door een pedofiel is vermoord. Je kunt niets doen – het kind is weg – en dan geef je de hoop op.' Ze zag er precies uit zoals Simon dacht dat een rouwtherapeut eruit zou moeten zien, maar er in werkelijkheid zelden zo uitzag: kroezig kastanjebruin geverfd haar, grijs aan de wortels; een geborduurde tuniek op een spijkerbroek met wijde pijpen, grote, houten sieraden, espadrilles met een zool van kurk en touw. En geen enkele rouwtherapeut zou adviseren om net te doen of je kind was vermoord door een pedofiel als dat kind kerngezond was en in Silsford woonde.

Het was niet de eerste keer sinds hij hier was dat Simon twijfels had over de moeder van Kit Bowskill. Dat kwam niet alleen door die opmerking over pedofilie. Hij vond haar glimlach griezelig, en hij was blij dat ze die maar twee keer had getoond – een keer toen ze de deur voor hem opendeed, en later, toen ze hem een kop thee overhandigde en hij haar daarvoor bedankte. Het was een opdringerige glimlach, een inbreuk. De huid rond de ogen rimpelde te veel, en de lippen werden te strak op elkaar gedrukt. Het zag eruit alsof ze tegelijk een kus wilde geven en ging huilen.

Nigel Bowskill leek tot een andere wereld te behoren dan zijn vrouw, in zijn grijze pantalon, zijn groene T-shirt en witte gympen. 'Het is anders te pijnlijk,' verklaarde hij. 'We kunnen niet de rest van ons leven zitten wachten tot Kit van gedachte verandert. Dat is al zeven jaar niet gebeurd. Gaat ook nooit meer gebeuren.'

'Waarom zou hij zo veel macht over ons mogen hebben?' Barbara klonk defensief, ook al had niemand haar bekritiseerd. Er was iets vreemds aan hoe dit echtpaar sprak, vond Simon – alsof de een het faliekant oneens was met wat de ander zei, terwijl ze het roerend eens leken als je alleen op hun woorden lette en niet op hun toon.

Tot dusverre vond Simon het bij hen in huis niet prettig: het was een vrijstaande moderne villa van beige baksteen, die met de aangebouwde dubbele garage een L vormde. Hij bedacht dat het er niet toe deed; dit was onbetaald werk, hij deed het niet voor de lol. Dag acht van zijn huwelijksreis. Hij was hier liever samen met Charlie geweest, maar hij wist ook dat hij deze trip weer alleen zou maken als hij de klok terug kon draaien naar gisteren. 'Het is vast heel zwaar,' zei hij. 'Mag ik vragen wat de scheuring heeft veroorzaakt?'

'Heeft Kit dat niet verteld?' Barbara rolde met haar ogen om haar eigen domheid. 'Nee, natuurlijk niet, want dan zou hij iets moeten vertellen over zichzelf wat u niet mag weten – dat hij iets wilde doen, maar faalde. Guttegut, wat een schok! Wat u moet begrijpen is dat mijn zoon de meest gesloten man is die u ooit zult ontmoeten, en de meest trotse. Aangezien hij weigert om zijn eigen falen onder ogen te zien, raakt zijn trots snel gekrenkt – daar komt dat stiekeme ook vandaan, dat is allemaal om zijn gezicht te redden. Kit twijfelt er geen seconde aan dat de hele wereld hem in de gaten houdt en zit te wachten op zijn nederlaag. Aan de buitenkant lijkt hij relaxed en gezellig, maar laat u daardoor niet misleiden – dat is allemaal imagomanagement.'

'Hij heeft zich zijn hele jeugd voor ons verstopt,' zei Nigel.

Automatisch keek Simon de zitkamer door op zoek naar verstopplaatsen, maar hij zag er niet een; er stond hier niets waar je je achter zou kunnen verstoppen, behalve de twee leren banken die haaks op elkaar tegen twee muren stonden. De hall waar Simon in binnengelaten werd was ook zo, net als de keuken waar hij kort in had gestaan toen Barbara een kop thee voor hem zette. Hij was nog nooit in een huis geweest waar zo weinig rommel was. Er hingen geen planken, er hingen geen jassen aan een kapstok bij de voordeur, er stonden geen fruitschalen of klokken of bijzettafeltjes. Het huis was net een filmset die nog niet af was. Waar bewaarden Kits ouders al hun spullen? Simon had gevraagd of ze het huis net hadden betrokken, maar ze bleken hier al zesentwintig jaar te wonen.

'Niet dat hij zich fysiek verstopte,' zei Barbara. 'We wisten altijd waar hij uithing. Hij bleef nooit te lang weg zodat wij ons zorgen hoefden te maken, zoals sommigen van zijn vriendjes.'

'We dachten ook dat we wisten *wie* hij was,' zei Nigel, wiens gezicht leek op dat van zijn zoon, met tweeënhalf decennium erbovenop. 'Een tevreden, beleefde, gehoorzame jongen – probleemloze schoolcarrière, hopen vrienden.'

'Hij liet ons zien waarvan hij wist dat we het wilden zien,' flapte Barbara eruit, alsof ze bang was dat haar man de clou zou vertellen als zij er niet snel mee kwam. 'Zijn hele jeugd was onze zoon zijn eigen spindoctor.'

'Wat probeerde hij dan te verstoppen?' vroeg Simon. Tot dusverre kwamen alle vragen van één kant. Als een van beide ouders zich al afvroeg waarom een rechercheur zichzelf bij hen thuis had uitgenodigd om naar hun zoon te vragen, hielden ze dat voor zich. Had iedereen die Simon ondervroeg maar zo'n gebrek aan nieuwsgierigheid; hij had er een bloedhekel aan om zichzelf nader te moeten verklaren, zelfs al was het een goede verklaring.

'Geen geheimen,' zei Nigel. 'Alleen zichzelf.'

'Zijn lage dunk van zichzelf,' verbeterde Barbara. 'Wat hij zag als zijn zwakte. Daar zijn we natuurlijk pas achteraf achter gekomen – we zijn zelf als rechercheurs te werk gegaan, zou je kunnen zeggen. We hebben met zijn schoolvrienden gesproken, en we kwamen achter zaken waar wij geen idee van hadden, omdat Kit ze voor ons verborgen hield – de martelingen waar hij jongens aan had onderworpen die de prijzen wonnen die hij naar zijn mening had moeten winnen, de omkoopsommen die hij diezelfde jongens aanbood als hij weer bij zinnen kwam, opdat zij niet tegen hun ouders of leraren zouden zeggen hoe ze aan hun verwondingen kwamen.'

'Hij joeg iedereen om zich heen de stuipen op het lijf,' zei Nigel.

Barbara glimlachte. 'In zijn afwezigheid hebben wij een psychologisch profiel van hem opgesteld, zoals jullie dat doen bij een misdadiger. In die tijd heeft hij ons een rad voor ogen gedraaid. Of het nu met opzet was of niet, hij speelde in op onze ego's. Nigel en ik waren gelukkig, het ging ons goed – we hadden een succesvol bedrijf. Uiteraard geloofden wij dat onze zoon een gezegende golden boy was die nooit met tegenslag te kampen had, die nooit verdrietig of boos was, en die nooit problemen had.'

'Zijn act was waterdicht.' De spijt in Nigels stem was doorspekt met bewondering, vond Simon. 'Hij wilde niet dat iemand hem zou zien als een gewoon mens die ook weleens uit de bocht vloog – iemand met hoogte- en dieptepunten, zoals wij allemaal. Kit wilde daar boven staan – altijd alles onder controle, altijd gelukkig…'

'En dat hield in dat niemand mocht weten wat hem bezighield of dat hij soms ook verdriet had, dat hij weleens faalde en dat er ook dingen waren waarin hij niet de beste was.' Barbara sprak zo opgewonden dat het niet meeviel om naar haar te luisteren. Doordat ze graag aan het woord was, klonk ze gestoord. Ze vond het blijkbaar ondraaglijk als haar man aan de beurt was en zij moest wachten. 'Zijn hele leven heeft Kit gewerkt aan het beeld dat hij perfect is. Dat is de *werkelijke* reden waarom hij ons niet kan vergeven – die paar uur in 2003 heeft hij zijn masker laten zakken en hebben wij hem geagiteerd en ongelukkig gezien, omdat hij had verziekt wat echt belangrijk voor hem was. Hij kan zichzelf niet vergeven dat hij het zo ver heeft laten komen dat hij ons om hulp moest vragen – het had niets te maken met het feit dat wij hem die vijftigduizend pond niet wilden geven.'

'Vijftigduizend pond?' vroeg Simon. Was dat wat Kit bedoelde toen hij zei dat ze niet 'achter hem' stonden?

Nigel knikte. 'Had hij nodig om een huis te kunnen kopen.'

'Ik heb de brochure nog wel ergens,' zei Barbara. 'Die had Kit meegenomen om aan ons te laten zien. Toen we niet wilden meewerken, zei hij dat hij de brochure niet meer hoefde, als hij het huis toch niet kon kopen. "Verscheur hem maar. Of verbrand hem," zei hij. "Daar zullen jullie vast veel plezier aan beleven." Ik denk dat hij dacht dat wij het geld wel wilden geven zodra we de foto's bekeken en zagen hoe prachtig het was. En het *was* ook prachtig, maar... het was het bedrag boven op de vraagprijs die Kit aan de verkoper moest betalen niet waard, en we vonden het niet eerlijk tegenover de mensen die dachten dat ze het huis al gekocht hadden, dat Kit en Connie achter hun rug om zouden handelen. Wat is dat voor charlatangedrag?'

'Zo behandel je mensen niet, en zo behandel je ons niet.' Nigel sprak het uit als uitdaging, en wee degene die het niet met hem eens was. Hij maakte zich op om deze ruzie nog eens dunnetjes over te doen, alsof Kit tegenover hem zat in plaats van Simon. 'Connie en Kit konden makkelijk een huis in Cambridge betalen dat meer dan genoeg ruimte bood – er waren meer dan genoeg huizen waar ze uit konden kiezen. Waarom moesten ze zo nodig dit huis, dat in feite al verkocht was.'

Omdat Kit te trots was om in te schikken, vastbesloten om zijn ideaal niet los te laten?

'Kit vond het niet nodig om ons te vertellen waarom,' zei Barbara. 'Hij deed alsof het zijn van God gegeven recht was om dat huis te hebben, tegen welke prijs dan ook.'

'Hij had de gore moed om tegen ons te zeggen dat hij vijftigdui zend pond wilde verspillen aan iets immoreels en dan verwachtte hij ook nog dat wij de rekening zouden betalen. Hij vroeg niet eens om een lening, dat vond ik nog het ergst. Hij had het niet over terugbetalen, hij verwachtte gewoon dat wij het hem zouden geven. Toen wij nee zeiden, werd hij hatelijk.'

Simon wilde Nigel vragen wat hij bedoelde toen hij zei dat het huis al verkocht was, maar hij wilde zijn verhaal niet onderbreken. Die details kwamen later wel. 'Hoe bedoelt u, hatelijk?' vroeg hij daarom.

'O, alles kwam er ineens uit. Dat Barbara en ik geen smaak hadden – dat wij het verschil tussen mooi en lelijk niet kenden, dat we geen idee hadden wat een mooi huis was, dat wij het belang van schoonheid niet inzagen, dat we het nog niet zouden herkennen als we het recht voor ons hadden. O, en dat we ook lelijkheid niet herkenden, en dat we niet de juiste stappen namen om het te mijden – wij kochten alleen maar lelijke huizen.' Nigel probeerde luchtig te klinken terwijl hij de lijst beledigingen van zijn zoon opdreunde, maar Simon hoorde aan zijn stem hoe het hem kwetste.

'En natuurlijk hoe wij Kit hadden laten lijden omdat hij met ons in die lelijke huizen had moeten wonen,' deed Barbara een duit in het zakje. 'Hij zei dat we net beesten waren, dat we niet begrepen dat je jezelf hoge doelen moest stellen en dat alleen het beste acceptabel was. Wij hadden nergens verstand van. Wij hadden in drie spuuglelijke, barbaarse oorden gewoond: eerst in Birmingham, toen Manchester en toen in Bracknell – allemaal plaatsen die van de aarde geveegd zouden moeten worden. Hoe hadden wij Kit kunnen dwingen om daar te wonen? Dat we er zelf konden wonen!'

'Vanaf het allereerste moment dat Kit in Cambridge kwam, was niets meer goed genoeg,' zei Nigel. 'Wij ook niet.'

'Maar Kit was zo goed in het verbergen van zijn gevoelens dat wij geen idee hadden dat we in zijn achting waren gedaald – pas toen wij hem het geld niet wilden geven waar hij recht op meende te hebben, en hij kwaad genoeg op ons was om ons te vertellen wat we allemaal ooit hadden misdaan.'

'Er kwam geen eind aan onze lijst van wandaden.' Nigel telde ze af op zijn vingers. 'Wij hadden naar Cambridge moeten verhuizen toen Kit daar ging studeren – we hadden ons bedrijf moeten verkassen – want dan hoefde hij in de vakanties de stad niet uit om naar Bracknell terug te gaan...'

'...wat hij omschreef als de "dood van alle hoop". Stel je voor dat iemand dat over jouw huis zegt!'

'We hadden hem moeten helpen toen hij afgestudeerd was en de enige baan die hij kon krijgen in Rawndesley was – we hadden hem financieel moeten ondersteunen, zodat hij niet hoefde te verhuizen en weg moest uit Cambridge.'

'Toentertijd zei hij dat hij dolblij was met zijn nieuwe baan in Rawndesley en dat hij zich verheugde op een andere omgeving!'

'Zijn gebruikelijke tactiek,' zei Nigel. 'Net doen of hij dat allemaal juist wilde, zodat hij altijd als winnaar uit de bus kwam.'

'Hij was erg overtuigend. Kit wist je altijd te overtuigen.' Barbara stond op. 'Wil je misschien zijn kamer even zien?' vroeg ze aan Simon. 'Die is nog precies zoals hij hem heeft achtergelaten – als de slaapkamer van een overleden kind, alles is nog hetzelfde, en ik ben de rouwende moeder, de curator van het museum.' Ze liet een klaterende lach horen.

'Waarom zou hij Kits kamer willen zien?' zei Nigel bits. 'We weten niet eens wat hij hier komt doen. Kit is niet vermist of zo, dus hij is niet op zoek naar aanknopingspunten.'

Simon, die ook was opgestaan, wachtte tot hem werd gevraagd wat hij hier kwam doen.

'Misschien is hij wel vermist,' zei Barbara tegen haar man. 'Dat weten wij toch niet? Misschien is hij zelfs wel dood. En zo niet, dan is de politie om een andere reden in hem geïnteresseerd. Wie Kit wil doorgronden moet zijn slaapkamer zien.'

'Ze hadden het ons heus wel verteld als Kit dood was,' zei Nigel. 'Dat zijn ze verplicht. Toch?'

Simon knikte. 'Ik zou de kamer graag zien, als u daar geen bezwaar tegen hebt,' zei hij.

'Hoe meer zielen hoe meer vreugd,' zei ze flirterig. Ze strekte haar armen uit en nodigde een niet-bestaande menigte uit om met hen mee te gaan. 'Maar ik moet je waarschuwen: ik heb al een hele poos geen rondleidingen meer gegeven.' Daar had je die gulzige, weeïge glimlach weer; Simon moest zijn best doen om niet terug te deinzen.

Nigel zuchtte. 'Ik ga niet mee,' zei hij.

'Dat werd je ook niet gevraagd.' Barbara gooide haar antwoord als een troefkaart op tafel.

Simon liep achter haar aan de kamer uit. Halverwege de trap bleef ze staan en draaide ze zich naar hem om 'Je vraagt je waarschijnlijk af waarom we niets vragen,' zei ze. 'Dat is om emotioneel te overleven. We kunnen het ons niet veroorloven toe te geven aan onze nieuwsgierigheid. Het is veel makkelijker om geen nieuws te horen.'

'Dat kost vast veel discipline,' zei Simon.

'Niet echt. Niemand lijdt graag onnodig. Ik niet, in elk geval, en Nigel ook niet. Alle nieuwe informatie over onze ex-zoon kost ons weer drie dagen van ons leven. Zelfs het meest onbeduidende detail – dat Kit naar de winkel is gegaan om een krant te kopen, of dat hij gister een bepaald overhemd droeg. Zelfs al vertelde je me zoiets, dan zou ik morgen de hele dag in bed liggen en was ik tot niets in staat. Ik wil niet over hem nadenken in de tegenwoordige tijd – begrijp je dat?'

Simon hoopte van niet; hij hoopte dat het niet betekende wat hij dacht dat het betekende.

'Wij moeten geloven dat de tijd is blijven stilstaan,' zei Barbara belerend, even overtuigd van haar standpunt als een politiek activist. 'Daarom kom ik elke dag in deze kamer. Nigel kan het niet aan. Ik ook niet echt, maar als ik het niet zou doen, zou ik niet zeker weten dat er niets is veranderd. Bovendien moet iemand het schoonhouden.'

Ze liep de rest van de trap op naar de overloop van de eerste verdieping. Simon volgde haar. Er waren vier deuren, allemaal dicht. Op een ervan hing een groot vel papier, waar iemand een zwarte rechthoek op had getekend, met volkomen rechte zijkanten, en daarin stond iets geschreven in kleine zwarte letters. Vanwaar hij stond kon Simon het niet lezen.

'Dat is Kits kamer, met die waarschuwing op de deur,' zei Barbara. Dat vermoedde Simon al. Toen hij dichterbij kwam, zag hij dat het was gemaakt van iets dikkers dan papier – een soort dun schildersdoek. En de woorden waren erop geschilderd. Heel zorgvuldig; het leek wel kalligrafie. Kit Bowskill wilde dat het bord op zijn deur meer was dan een middel om informatie over te brengen.

Barbara, die nu achter Simon stond, las de woorden hardop voor terwijl hij ze las. Dat gaf een ongemakkelijk effect, alsof zij de stem was van zijn gedachten. 'Beschaving is de voortschrijding naar een samenleving waarin privacy heerst. Van de primitieve mens is het hele bestaan openbaar en hij is onderworpen aan de regels van zijn stam. Beschaving is het proces waarbij de mens wordt bevrijd van de andere mensen.'

Onder het citaat stond een naam: 'Ayn Rand.' Schrijfster van *De eeuwige bron*. Het was een van de vele romans die Simon graag had willen lezen, maar waar hij zich nooit toe kon zetten. 'Is dit een intellectuele manier om te zeggen: "Kits Kamer – Verboden Toegang"?' vroeg hij aan Barbara.

Ze knikte. 'En we kwamen nooit binnen. Dat was ons heilig. Totdat Kit ons vertelde dat wij hem voor het laatst hadden gezien en gesproken. Toen dacht ik: stik maar – als ik mijn zoon kwijtraak, heb ik tenminste een kamer in mijn huis terug. Ik was zo laaiend dat ik de muren had kunnen afbreken.' De knetterende trilling in haar stem suggereerde dat ze nog altijd even kwaad was. 'Ik ben naar binnen gegaan om de boel leeg te halen, maar ik kon het niet. Hoe kon ik mijn zoons geheime kunstwerk vernietigen als dit het enige was wat mij nog restte? Nigel vindt het geen kunst, Kit is geen kunstenaar, maar ik zou niet weten hoe ik het anders moet omschrijven.'

Simon stond het dichtst bij de deur – twee stappen ervandaan. Hij had naar binnen kunnen gaan om het zelf te zien, wat het ook maar was, in plaats van hierbuiten staan te luisteren naar Barbara's vage omschrijving, maar dat zou niet gepast zijn; hij moest wachten tot zij toestemming gaf.

'Heb jij weleens het gevoel gehad dat er een grote vrachtwagen over je hart is gereden?' Ze drukte beide handen tegen haar borst. 'Dat overkwam mij toen ik voor het eerst in elf jaar die deur opende. Ik begreep er niets van – waar keek ik naar? *Nu* snap ik het, nu ik Kit beter heb leren kennen, in zijn afwezigheid.'

Elf jaar. *Alweer het getal elf.* Ondanks de hitte trok er een koude rilling over Simons rug. Barbara moest de vraag in zijn ogen hebben gezien, want ze zei: 'Nigel en ik werden verbannen toen Kit achttien was. Hij kwam thuis van het eerste semester aan de universiteit en het was het eerste wat hij zei. En niet alleen wij, omdat wij zijn ouders waren – het was voor iedereen verboden terrein. Niemand is sindsdien in zijn kamer geweest – daar zorgde hij wel voor. Hij nam bijna nooit vrienden mee naar huis, maar als die er waren, bleven ze in de zitkamer. Zelfs Connie mocht nooit mee naar boven als ze hier weleens op bezoek waren. Ze zaten in de zitkamer of in de studeerkamer. Kit had zijn eigen appartement toen zij elkaar leerden kennen – ik geloof dat Connie niet eens wist dat hij hier nog een kamer had, eentje die belangrijker voor hem was dan de kamers waar hij daadwerkelijk in woonde. En dat komt ook niet bij je op, hè? De meeste mensen hebben geen kamer meer in hun ouderlijk huis, als ze eenmaal echt het huis uit zijn.'

Behalve als ze iets wilden of moesten verbergen, dacht Simon. De meeste mensen kwamen er niet mee weg als ze tegen het meisje met wie ze samenwoonden zeiden: 'Deze kamer is van mij, jij mag hier nooit naar binnen.' Trouwens, de meeste mensen zouden dat ook niet flikken bij hun ouders. 'En in die elf jaar bent u nooit in de verleiding geweest om eens binnen te kijken?'

'Ik had best willen kijken, maar Kit had er een slot op laten zetten.' Barbara knikte naar de deur. 'Dat is een nieuwe, zonder slot, om het nieuwe toegangsbeleid te symboliseren. De kamer van mijn ex-zoon is voor het publiek geopend, vierentwintig uur per dag, zeven dagen per week. Ik laat iedereen binnen die het wil zien,' zei ze opstandig, en toen giechelde ze. 'Als dat Kit niet bevalt, moet hij maar terugkomen om zijn beklag te doen.'

'U hebt de oude deur laten weghalen, die met het slot?' vroeg Simon.

'Nigel heeft hem ingetrapt,' zei Barbara trots. 'Na de "grote breuk".'

Ze maakte aanhalingstekens in de lucht. 'Anders konden we er niet in. Nigel zei nog: "Het is hier in elk geval wel schoon', en dat was nog zacht uitgedrukt – het was hier schoner dan ik mijn eigen kamers ooit heb gekregen. Kit had zijn eigen stofzuiger, stoffers, boenwas, alles. Hij kwam eens in de veertien dagen thuis en dan bleef hij een paar uur daarbinnen. Om onderhoud te plegen – dan hoorde je zijn stofzuiger zoemen. Ik denk niet dat Connie wist wat hij deed – ze zat zo vaak bij haar vader en moeder dat Kit rustig hiernaartoe kon komen in de weekends zonder dat zij er erg in had. Nigel en ik hadden medelijden met haar vanwege die onwetendheid, en omdat ze buitengesloten werd van iets wat zo belangrijk voor hem was – alsof wij de uitverkorenen waren, deelgenoot van zijn geheimen, omdat wij wisten van het bestaan van zijn kamer, al wisten we niet wat er in stond.'

Barbara schudde haar hoofd terwijl haar trots plaatsmaakte voor frustratie. 'Wat een stomkoppen, om ons door een kind van achttien buiten de deur te laten zetten in ons eigen huis. Als ik het nog eens over kon doen, zou ik Kit nog geen deur *dicht* laten houden, laat staan op slot. Ik zou als een havik over hem waken, elke seconde van de dag.' Ze wees met haar vinger naar Simon, alsof ze hem wilde fixeren. 'Ik zou elke nacht naast zijn bed zitten staren als hij sliep. Ik zou naast de douche staan als hij zich waste, en ik zou er zelfs bij staan als hij naar de wc moest. Ik zou hem geen enkele privacy meer gunnen. Hij zou het afschuwelijk vinden als hij dit hoorde, maar dat kan me niet schelen. Privacy is de voedingsbodem voor alle kwade kiemen, als je het mij vraagt.'

'Kunnen we de kamer nu bekijken?' vroeg Simon, die haar afstotelijk vond. Als hij haar had ontmoet vóór wat zij de "grote breuk" noemde, zou hij daar waarschijnlijk heel anders over hebben gedacht. Toen was ze een ander mens. Simon zou het nooit aan iemand toegeven, maar hij voelde vaak walging voor mensen die iets verschrikkelijks hadden meegemaakt; dat was zijn schuld, niet die van hen. Hij nam aan dat het iets te maken had met zijn verlangen om zich van tragedies te distantiëren, wat die ook inhielden. Wel deed hij nog harder zijn best om zulke mensen te helpen, ter compensatie.

'Ga je gang,' zei Barbara. 'Ik kom zo. Ik wil jouw eerste indruk niet beïnvloeden.'

Simon pakte de klink. Terwijl de deur openzwaaide, rook hij de onmiskenbare geur van boenwas. Kit Bowskill was misschien sinds 2003 niet meer in zijn persoonlijke heiligdom geweest, maar iemand had het sindsdien volgens zijn strikte normen onderhouden. Barbara. Alleen een moeder zou zoiets doen.

'Struikel niet over de stofzuiger,' waarschuwde ze. 'In tegenstelling tot alle andere kamers in het huis, staan er daadwerkelijk dingen in die van Kit.' Ze lachte. 'Ik heb de meeste van onze eigen spullen de deur uit gedaan, ongeveer een halfjaar nadat Kit ons aan de kant had gezet. Als we geen zoon meer hadden, zag ik er het nut niet van in om überhaupt nog iets te hebben.'

De deur stond halfopen. Simon duwde hem helemaal open en ging naar binnen. De kamer stond vol, maar was niet rommelig: bed, twee stoelen, kledingkast, ladekast, boekenkast tegen de muur met een stofzuiger van Dyson ernaast. Tussen de boekenkast en het te kleine raam stond een hele batterij schoonmaakmiddelen – voor glas, voor hout, voor vloerbedekking – naast een grijze plastic emmer waar zes plumeaus uitstaken, een parodie op een vaas met bloemen.

Simon dacht eerst dat de muren behangen waren, omdat elke centimeter bedekt was, net als het plafond. Maar al snel zag hij dat het geen behang kon zijn; er zat geen patroon in. Geen enkele designer, zelfs de meest radicale niet, zou zoiets ingewikkelds en bizars verzinnen. *Foto's.* Simon besefte dat hij keek naar honderden foto's die zo waren samengesmolten dat je de overgangen niet kon zien. Misschien waren die er ook wel niet; Simon zag nergens lijntjes waar de ene foto begon en de andere ophield. Hoe had Kit dat voor elkaar gekregen? Had hij van al deze foto's op de een of andere manier behang weten te maken?

Het waren allemaal foto's van straten en gebouwen, behalve die op het plafond. Die toonden de lucht: gewone blauwe luchten, blauw met streepjes witte wolken, grijs met stippels zonlicht en rood; een intens blauwe lucht met een deel van de maan in de ene hoek, een kromme lijn van onregelmatig gloeiend wit.

Simon liep dichter naar de muur toe; hij had een straat gezien die hij herkende. Ja, daar had je de Six Bells, de pub vlak bij Live and Let Live, waar hij met Ian Grint had afgesproken. 'Is dit...?' Hij draaide zich om, op zoek naar Barbara, maar hij zag alleen de boeken op de plank. Ze stonden keurig op een rijtje, de ruggetjes keurig in lijn. Uit hun titels kon Simon opmaken welk onderwerp ze met elkaar gemeen hadden.

'Welkom in het Cambridge van Bracknell,' zei Barbara.

Boeken over de historie van Cambridge, over de oorsprong van de universiteit, over de rivaliteit tussen Cambridge en Oxford; over de beroemde mensen die de stad had voortgebracht, Cambridge en de kunstenaars, Cambridge en de schrijvers die het had geïnspireerd, de pubs van Cambridge, de tuinen van Cambridge, haar architectuur, haar bruggen, de waterspuwers op de collegegebouwen. *Een jeugd in Cambridge*, de kapellen van de colleges van Cambridge, Cambridge en de wetenschap, spionnen met een verleden in Cambridge.

Simon zag de woorden 'Pink Floyd' – had hij dan een boek gevonden dat brak met het thema? Nee, het was de *Pink Floyd Fan's Illustrated Guide to Cambridge*.

Aan het eind van een plank stond een onbeduimelde strategids van de stad – een oude, als Kit al sinds 2003 niet meer in zijn kamer was geweest, maar hij zag er gloednieuw uit. Op de plank erboven zag Simon een rij *Gouden Gidsen* voor Cambridge staan, en telefoonboeken.

Ineens merkte hij dat Barbara naast hem stond. 'We wisten dat hij dol op die stad was,' zei ze. 'Maar we hadden geen idee dat het zo'n vurige obsessie was.'

Simon las de straatnaambordjes op de foto's: De Freville Avenue, Hills Road, Newton Road, Gough Way, Glisson Road, Grantchester Meadows, Alpha Road, St Edward's Passage. Geen Pardoner Lane, tenminste, Simon had hem nog niet gevonden. Hij keek omhoog naar de foto's van de lucht boven Cambridge, en hij dacht aan de achttienjarige Kit Bowskill, die niet wilde slapen onder de lucht boven Bracknell.

Connie had het mis. Zij had Simon verteld dat Kit tijdens zijn studie verliefd was geweest op iemand, iemand over wie hij haar niet wilde vertellen, van wie hij het bestaan ronduit ontkende. Om voor de hand liggende redenen vermoedde ze dat het Selina Gane was.

Maar dat was niet zo. De liefde die Kit Bowskill per se voor zijn vrouw verborgen wilde houden – die zo sterk was dat hij het niet onder woorden kon of wilde brengen – betrof niet een individuele inwoner van Cambridge. Het betrof de stad zelf.

Barbara speelde haar rol als gids, zoals beloofd. 'Dit is de Fen Causeway – Nigel en ik reden daar altijd door als we op bezoek gingen. King's College Chapel heb je waarschijnlijk zelf al gezien. De Wren Library bij Trinity College. Het busstation op Drummer Street...'

Simon was zich alleen nog bewust van zijn ademhaling, verder niets. Net als Kit Bowskill zeven jaar geleden, kon hij nog maar aan één ding denken.

'Gaat het?' vroeg Barbara. 'Je kijkt zo zorgelijk.'

Pardoner Lane 18.

Kit Bowskill, die het verschrikkelijk vond om te falen, had zijn perfecte huis gevonden in deze perfecte stad. Zijn ouders wilden hem het geld dat hij nodig had niet geven, dus kon hij het niet kopen, en had iemand anders het gekocht. Iemand was geslaagd in datgene waar Kit in had gefaald.

Iemand die daar, op dat moment, waarschijnlijk heel blij mee was.

21

Zaterdag 24 juli 2010

'Heb je een baan?' vraagt brigadier Alison Laskey aan me. Ze is vast-besloten rustig te blijven onder mijn opgewondenheid. Ze is een slanke vrouw van middelbare leeftijd met een kort, bruin no-non-sensekapsel. Ze doet me denken aan de vrouw van een politicus van twintig jaar geleden – plichtsgetrouw en onopvallend.

'Ik heb twee banen,' vertel ik haar. 'Mijn man en ik hebben ons eigen bedrijf en ik werk voor mijn ouders.' We zitten in dezelfde ver-hoorruimte als die waarin ik dinsdag met Kit was, met het kippen-gaas voor het raam. 'Maar wat heeft dat met Ian Grint te maken? Ik wil alleen –'

'Stel je voor dat je zelf op vakantie bent en je ligt te zonnen op het strand – en er komt iemand langs op kantoor om te vragen naar jouw mobiele nummer. Wil jij dan dat je vader en moeder, of de mensen van jouw bedrijf dat nummer geven, zodat diegene jou op je vakan-tie kan storen?'

'Ik *vraag* niet om Ian Grints mobiele nummer.'

'Dat deed je wel toen je hier net binnen was,' zegt brigadier Laskey.

'Ik begrijp waarom je het me niet kunt geven. Ik vraag alleen of jíj rechercheur Grint wilt bellen om hem te vragen of hij contact met mij opneemt. Of... om me ergens te ontmoeten, zodat ik met hem kan praten. Ik moet hem spreken. Hij kan me bereiken in mijn hotel. Ik ben daar over –'

'Connie, hou op. Of hij nu door jou wordt gestoord of door mij, het blijft storen, waar of niet?' Brigadier Laskey glimlacht. 'En dit is zijn vrije dag. En er is geen enkele reden om hem te storen. Bij de politie doen we al ons werk op teambasis, dus je kunt mij ook vertellen wat jou dwarszit. Ik ben al bekend met jouw... situatie, dus ik ken de achtergrond. Ik heb de verklaring die je bij ons hebt afgelegd gelezen.'

'Ben jij degene die heeft besloten dat er geen moord is gepleegd op Bentley Grove 11? Was het jouw beslissing om het er verder bij te laten?'

Laskey's mond vertrekt. 'Wat wilde je tegen Ian zeggen?' vraagt ze.

'Er is wel degelijk een moord gepleegd,' zeg ik tegen haar. 'Als je met me meekomt, zal ik het je laten zien.'

'Dan laat je het me *zien*?' Haar wenkbrauwen schieten omhoog. 'Wat ga je me dan laten zien, Connie? Een dode vrouw in een plas bloed?'

'Ja.' Heb ik een andere keus dan te bluffen? Die dode vrouw is er misschien niet meer, maar bloed moet er nog te vinden zijn. Op zijn minst sporen. 'Kom je mee?' vraag ik.

'Met alle plezier,' zegt Laskey, 'maar dan wil ik eerst weten waar we naartoe gaan, en waarom.'

'Wat heeft dat voor zin? Je denkt dat ik spoken zie – je gelooft toch niets van wat ik zeg. Kom nou maar mee, dan kun je het met eigen ogen zien, en dan zal ik het je vertellen – dan moet je me wel serieus nemen.' Ik duw mijn stoel naar achter, en sta op. De sleutels die ik uit de beker van Selina Gane's plank heb gepakt voelen zwaar aan in mijn zak.

'Ga zitten,' zegt Laskey. Ik hoor de matte moedeloosheid in haar stem. 'Ian Grint mag dan vandaag vrij hebben, ik heb dat niet. Ik heb werk te doen, hier, in dit gebouw.' Ze gebaart door de kamer, alsof er enige twijfel bestaat over wat ze bedoelt met 'dit gebouw'. 'Ik kan het schip niet verlaten als ik er niet van overtuigd ben dat dat noodzakelijk is. Dus of jij dat nu leuk vindt of niet, als je wilt dat ik met je meega, zul je me nu een volledige uitleg moeten geven.'

En dan vind jij mij nog gestoorder dan je me al vond.

Ik zak terug op mijn stoel. Als ik geen keuze heb, kan ik net zo goed van wal steken. Ik draai mijn hoofd zodat ik haar niet kan zien, en begin te praten terwijl ik me inbeeld dat ik het tegen een toehoorder heb die mij een warmer hart toedraagt dan zij: Sam, of Simon Waterhouse. Ik heb overwogen om die te bellen in plaats van Grint, maar wat kunnen zij doen? Ze zitten kilometers hiervandaan, in Spilling.

Ik vertel Laskey alles. Ze zal zich wel afvragen waarom ik zo langzaam en hortend praat. Ik kan er niets aan doen – het is van het grootste belang dat ik elke zin afweeg voor hij mijn mond verlaat, en dat ik naga of hij fouten bevat. Mijn rede moet haar overtuigen, anders gaat ze me niet helpen. Een stem in mijn hoofd, eentje die ik probeer te negeren, zegt dat het toch niet zal werken, hoe hard ik ook mijn best doe, en dat ik mezelf na afloop zal haten om deze vernederende poging om indruk op haar te maken.

Als ik klaar ben, kijkt ze me heel lang aan zonder iets te zeggen.

'Kom je nu mee?' vraag ik.

Het lijkt alsof ze er nog niet uit is. 'Ik zal je zeggen wat ik ga doen. Ik laat iemand jou een kop thee en een broodje brengen, zodat je even op adem kunt komen. Dan kom ik terug en –'

'Ik hoef niet op adem te komen,' zeg ik fel.

'En daarna kom ik terug, en dan wil ik graag dat je me dat verhaal – alles wat je me net hebt verteld – nog eens vertelt.'

'Maar dat is toch verspilde tijd! Waarom wil je het nog eens horen? Heb je eigenlijk wel naar me geluisterd?

'Ik heb heel goed naar je geluisterd. Ik geloof niet dat ik ooit zo'n... wonderlijk verhaal heb gehoord. Wij van de politie horen niet zo heel veel wonderlijke verhalen – veel minder dan je zou denken, in elk geval. Normaal gesproken zijn de verhalen rondom de misdrijven waar wij mee te maken krijgen vrij saai.'

Ik begrijp waar ze heen wil. 'Je denkt dat ik dit allemaal maar verzonnen heb, hè? Je wilt het verhaal nog eens horen om te controleren of ik geen uitglijer maak en details verdraai.'

'Heb je er bezwaar tegen om me het verhaal nog eens te vertellen?' vraagt Laskey.

Ja. We verknoeien tijd. Ik dwing mezelf om mijn woede in bedwang te houden. 'Nee,' zeg ik, maar ik kan de verleiding niet weerstaan om eraan toe te voegen: 'Zolang jij je maar bewust bent van de fout in je redenering.'

'En dat is?'

'Als ik je het verhaal nog eens vertel en alles blijft hetzelfde, ben jij nog geen stap verder. Misschien vertel ik de waarheid, maar voor hetzelfde geld ben ik een leugenaar met een waanzinnig goed geheugen.'

Ze glimlacht. 'Hoe dan ook, je moet iets eten. Je maag rammelt al een kwartier. Wacht hier.'

Bij de deur blijft ze staan en ze draait zich om. 'Het stelen van andermans sleutelbos is overigens een misdrijf. Als je van plan bent om delen van je verhaal te veranderen, zou ik daar maar mee beginnen.' Dan loopt ze de kamer uit, nog steeds met een glimlach.

Wat bedoelt ze? Suggereert ze nu dat ik moet liegen om hier geen problemen mee te krijgen? Of waarschuwt ze me dat ik gearresteerd word nadat ze me gedwongen laat eten? Het kwam niet bij me op om niet te vertellen dat ik de sleutels uit Selina Gane's keuken heb meegenomen. Wat maakt het uit, na wat ik haar net heb verteld?

Omdat ze niet gelooft in de dode vrouw en omdat ze dat ook nooit zal geloven. Ze gelooft waarschijnlijk niet eens dat jij die sleutels hebt weggenomen, anders had ze je allang gearresteerd.

Ik moest die sleutels wel meenemen. Toch? Maar als ik er nu naast zit, en ze zijn niet van die Amerikaanse vriendin van Selina Gane? Stel dat het nummer op dat label niet betekent wat ik denk dat het betekent? Misschien is het wel een andere straat. Er stond geen Bentley Grove op het labeltje, en ook geen naam, alleen het huisnummer.

Nee. Je zit er niet naast.

Toen ze het had over haar Amerikaanse vriendin, keek Selina Gane meteen naar die beker. Die sleutels zijn dus van het huis van haar vriendin – dat moet wel. En het nummer zonder straatnaam, dat moet wel betekenen dat het om Bentley Grove gaat – zoiets doe je alleen met je eigen straat.

En de huizen aan Bentley Grove zijn min of meer identiek. De zitkamers zijn min of meer identiek...

Ineens word ik misselijk van de gedachte dat ik hier nog een seconde langer moet blijven, om gekleineerd te worden en subtiel bedreigd. Ik heb dit soort hulp niet nodig. Ik heb een beter plan, eentje waarbij ik niet op mijn knieën hoef voor Alison Laskey.

Ik grijp mijn tas en loop het gebouw uit, zo hard mogelijk, en dan loop ik door tot ik bij een telefooncel kom. Ik druk de toetsen in en vraag me af of ik me Kits mobiele nummer altijd zal blijven herinneren, zelfs over tien of twintig jaar.

De telefoon gaat een keer over voor hij opneemt. 'Met mij,' zeg ik.

'Connie.' Hij klinkt blij om me te horen. Zijn stem is dik, gezwollen. Heeft hij gehuild? Hij huilde vroeger nooit. Misschien doet hij tegenwoordig niet anders, nu hij de smaak te pakken heeft. 'Waar ben je?'

'Waar ik nu ben doet er niet toe. Waar ik over twintig minuten zal zijn wel. Dan ben ik namelijk in Bentley Grove nummer 11.'

'Dan ben je waar?'

'Je weet precies waar ik het over heb, Kit,' zeg ik dwars door hem heen. 'Op Bentley Grove 11, niet Selina Gane's huis. Daar ben ik dan. In *jouw* Bentley Grove nummer 11.'

Kit blijft stil.

'Ik heb hier een bos sleutels in mijn hand,' zeg ik tegen hem. 'Ik kijk er nu naar.'

Ik leg de telefoon neer, loop de telefooncel uit en raak in paniek als ik me probeer te herinneren waar ik mijn auto heb gelaten. O ja: in de parkeergarage naast het glazen gebouw van het zwembad met de buizenglijbanen.

Ik loop zo snel ik kan, in de wetenschap dat Kit, waar hij ook mocht zijn toen ik hem net sprak, nu ook op weg is naar het huis. Aan iemand als Alison Laskey zou ik nooit kunnen uitleggen hoe ik dat weet, maar het is zo. Als je al zo lang bij iemand bent als ik bij Kit, kun je zijn gedrag voor een groot deel voorspellen.

Ik moet er zijn voor hij er is. Ik moet mezelf binnenlaten en het met mijn eigen ogen zien, wat er ook maar te zien valt. Hoe erg het ook is.

Wat ga je doen als Kit daar komt opdagen? Hem vermoorden? Of zeg je dan 'had ik het niet gezegd'?

Wat maakt het uit wat er daarna gebeurt? Het enige wat ertoe doet is wat ik nu doe – proberen om naar dat huis te komen, zodat ik de sleutel in het slot kan steken. Zien dat het klopt. Dat is het enige wat ik wil bereiken: de opluchting dat ik gelijk heb, dat eindelijk zal blijken dat ik niet gek of paranoïde ben. Verder dan dat reiken mijn gedachten niet.

Alle stoplichten staan op rood. Ik negeer er een paar en rij door. Bij andere wacht ik keurig. Er zit geen systeem achter mijn handelingen; ik rij slechter dan ooit, en alle beslissingen die ik neem zijn volstrekt willekeurig. Er flitsen allerlei losse gedachten door mijn hoofd: de blauw met roze zandloperjurk die Kit voor me heeft gekocht, mijn moeders borduurwerk van Melrose Cottage aan de muur van mijn slaapkamer, de zure glimlach van Alison Laskey, de plattegrond van Bentley Grove, de akte van oprichting van Nulli in zijn gebroken glazen lijst, ijzeren hekwerken, Pardoner Lane, het Beth Dutton Centre, de rotte kool die mijn moeder in de trapkast vond, het gele sleutelkoord in mijn zak, rode veren op de beker in Selina Gane's keuken, haar kaart van Cambridgeshire met het lege wapen. *Legenestsyndroom.* Ik denk, en ik lach hardop.

Ik parkeer voor het huis en kijk naar de klok op mijn dashboard. De rit van de parkeergarage naar hier heeft tien minuten geduurd. Het voelt eerder als tien uur.

De sleutel past, want ik verknoei geen tijd aan de vraag of hij wel of niet past. Natuurlijk past hij. Dat had ik nog niet aan Alison Laskey verteld: dat ik er honderd procent zeker van ben dat ik gelijk heb.

Ik duw de deur open en loop naar binnen. De geur doet me kokhalzen: uitwerpselen en urine. En daaronder, als grondtoon, iets wat nog veel erger stinkt. *De dood.* Ik heb het nog nooit eerder geroken, maar ik herken het meteen.

Dit is *echt*.

Iets vanbinnen schreeuwt dat ik weg moet rennen, naar buiten, zo ver mogelijk hiervandaan. Ik zie een aantal dingen tegelijk: de witte knop boven op de onderste baluster, een telefoon op het tafeltje in de hal, bij de trap, hoeveelheden met bloed bespatte papieren verspreid over de vloer onder het tafeltje, een roze spijkerjasje dat vlak bij de voordeur ligt. Ik reik ernaar om het op te pakken en voel aan de zakken. De ene is leeg, in de andere zitten twee sleutels – aan een sleutel zit een sleutelhanger van Lancing Damisz, en aan de andere zo'n kaartje dat je weleens aan cadeautjes hangt. Iemand heeft erop geschreven: 'Selina, nr. ii.'

Ik pijnig mijn hersens om dit te begrijpen. Dan dringt het tot me door dat het niet zo'n mysterie is. Het is zelfs bedroevend eenvoudig: als jij iemand jouw reservesleutel geeft, krijg jij die van hem. Als jij jezelf dan buitensluit, heb je geen probleem.

Bel de politie. Pak de telefoon en bel ze.

Ik concentreer me op elke beweging die mijn lichaam maakt, zet de ene voet voor de andere en begin door de hal te lopen, mijn blik gefixeerd op het eindpunt. Twaalf stappen naar die telefoon, meer zijn het er niet. Ik stop en kom bij een open deur, me bewust van iets aan de zijkant van mijn blikveld, iets groots en roods. Mijn hoofd is te zwaar om te draaien en mijn nek te stijf. Langzaam richt ik mijn hele lichaam naar de zitkamer.

Ik kijk naar mijn zee van bloed. Die van mij en Jackie Napier, moet ik eigenlijk zeggen, aangezien zij en ik de enigen zijn die hem hebben gezien. Hij is inmiddels donkerder, opgedroogd, als oude verf. In het midden ligt een vrouw op haar buik, met haar hoofd naar een kant, van mij weg gekeerd. De stand van haar hoofd is niet het enige verschil met de foto die ik op Roundthehouses heb gezien. Haar haar zit netter. Bijna te netjes, alsof iemand het nog heeft geborsteld sinds ze daar ligt. En ze heeft ook die groen met lila zandloperjurk niet aan, maar een roze mouwloze top, een rok met een wit met roze print, en roze pumps met lintjes om de enkels. *Dat roze jasje in de hal moet ook van haar zijn.* Naast haar, alsof het van haar schouder is gegleden voor ze viel, ligt een kleurige canvas handtas met bloemenprint.

Geen trouwring aan haar linkerhand.

De angst schiet als een schok door me heen. Ik weet niet wat ik moet doen. De politie bellen? Controleren of ze nog leeft?

Ga hier weg.

Maar ik kan het niet. Ik kan haar hier niet zomaar achterlaten.

Ik weet niet hoelang ik daar blijf staan – het kan een halve seconde zijn, tien seconden, tien minuten. Uiteindelijk dwing ik mezelf om de kamer in te lopen. Als ik langs de rand van het bloed naar het raam loop, kan ik haar gezicht zien. *Als ik langs de rand van het bloed loop. Als ik langs de rand loop. Lopen. Langs de rand.* Alleen door dat bij mezelf te herhalen lukt het me dat te doen.

Als ik zie wie daar ligt, moet ik allebei mijn handen zo hard voor mijn mond drukken dat het pijn doet. Mijn armen beven – ik beef helemaal. Het is Jackie, Jackie Napier. Ze is dood. Starende ogen, vol angst. Striemen rond haar hals. Gewurgd. *O god, laat dit alstublieft niet waar zijn.*

Haar gezicht is verwrongen, vooral haar mond. Het puntje van haar tong steekt tussen haar lippen door. Ik hoor mezelf 'nee' zeggen, steeds maar weer.

Jackie Napier. De enige die heeft gezien wat jij hebt gezien.

Ik loop moeizaam op haar af, zo dichtbij als ik kan verdragen. Ik buig me voorover en raak haar been aan. *Warm.*

Huiverend deins ik achterwaarts de kamer uit. De telefoon. *Bel de politie.* Dat is het. Dat is wat ik nu moet doen: de politie bellen. Ik concentreer me op mijn bestemming, en loop de gang door. Als ik bijna bij het tafeltje ben waar de telefoon op staat, zie ik iets liggen waardoor ik verstijf: het handschrift van mijn man, op een van de stukken papier op de grond die onder de bloedspetters zitten.

Ik zak op mijn knieën, want ik kan niet meer overeind blijven. Ik begrijp niet wat ik zie. Het is een gedicht over een vulkaan van iemand die Tilly Gilpatrick heet. Er staat een opmerking onder, een compliment voor het gedicht. Daaronder heeft Kit geschreven dat het een waardeloos gedicht is, zelfs voor een kind van vijf, en hij heeft er een gedicht onder geschreven dat hij veel beter vindt: drie rijmende verzen. Ik probeer ze te lezen, maar kan me niet concentreren.

Een voor een pak ik de andere neergestrooide stukken papier op. Allemaal zitten ze onder de rode stippen. Er zit een boodschappenlijstje bij – iemand die zich 'E' noemt die aan 'D' vraagt om, onder andere, gegrilde artisjokken te kopen, maar niet uit blik. Het 'geen blik' staat in hoofdletters geschreven. Wat ligt hier nog meer? Een polis van een autoverzekering. Weer zie ik de naam Gilpatrick staan; de namen van de bestuurders zijn Elise en Donal Gilpatrick.

E en D.

Een brief waarin Elise, Donal, Riordan en Tilly worden bedankt voor een heerlijk weekend; een heel oude en boze brief van Elise aan iemand die Caroline heet, uit 1993; een gedicht van Riordan Gilpatrick over kastanjes; het schoolrapport van diezelfde Riordan en een verhaaltje over een paar kittens door Tilly. Ik duw alles aan de kant en staar naar een klein blauw briefje van Selina Gane aan Elise, gedateerd 24 juli. *Vandaag.* Heeft ze dat vlak nadat ik wegging geschreven? Op dit briefje zit geen bloed. Ik moet ophouden met om me heen kijken.

Wie zijn deze mensen, de Gilpatricks? Wat hebben ze met Kit te maken?

Op de een of andere manier lukt het me weer overeind te komen. Ik pak de telefoon op, en zie dan nog een stuk papier liggen. Het is weer Kits handschrift, maar dit keer is het maar één regel, die de hele tijd wordt herhaald. De inkt is wazig van de waterdruppels die er blijkbaar op zijn geland, alsof het in de regen heeft gelegen.

Alsof de schrijver huilde toen hij het schreef.

De woorden komen me bekend voor. Is het een regel uit dat gedicht dat Kit onder het vulkaangedicht van de vijfjarige Tilly schreef? Hier is het. *Ja.* Maar waarom heeft Kit nu juist deze regel dertien keer achter elkaar opgeschreven? En van wie is dit gedicht? Niet van Kit zelf; die schrijft geen gedichten, al citeert hij ze wel vaak – altijd rijmende gedichten, van mensen van wie ik nog nooit heb gehoord, of die al jaren dood zijn

Ik pak de telefoon nog een keer op, en wil hem naar mijn oor brengen, maar merk dat ik mijn arm niet kan bewegen. Er ligt een hand om mijn pols die hem omlaag duwt. Ik laat de telefoon vallen als ik metaal voor mijn ogen zie flikkeren. *Een mes.* 'Vermoord me niet,' zeg ik automatisch.

'Je doet net alsof ik dat wil. Ik wil het helemaal niet.' Een stem waar ik ooit van hield. De stem van mijn man. Het mes ligt vlak tegen mijn keel, en drukt mijn luchtpijp dicht.

'Waarom?' zeg ik met moeite. 'Waarom ga je me vermoorden?'

'Omdat je me kent,' zegt Kit.

PRODUCTIE: CB13345/432/26IG

24 juli 2010

Hi Elise,

Ik besef net pas dat ik je al weken niet heb
gezien, zelfs niet in het voorbijgaan. Donal
en de kinderen ook niet, trouwens. En (je
zult me wel een bemoeizuchtige buurvrouw
vinden) jullie gordijnen zijn ook al heel lang
dicht, zowel boven als beneden. Is alles wel
in orde? Of zitten jullie soms in Amerika
deze zomer? Ik neem aan van niet, anders
had je me wel gevraagd de planten water te
geven en zo (tenzij je dat aan iemand
anders hebt gevraagd!).

Ik voel me schuldig, want ik heb je veel te
lang verwaarloosd – geen enkel excuus,
maar het is wel heel druk op het werk en ik
heb een zware tijd achter de rug – ik vertel je
er nog wel over als we elkaar spreken.

Hoe dan ook, bel alsjeblieft even (mobiel,
niet thuis) of stuur me een sms'je, dan
kunnen we bijkletsen.

Veel liefs,
Selina xxx

PRODUCTIE: CB13345/432/27IG

Maar waar's die jongen van weleer?
Maar waar's die jongen van weleer?
Maar waar's die jongen van weleer?
Maar waar's die jongen van weleer?
Maar waar's die jongen van weleer?
Maar waar's die jongen van weleer?
Maar waar's die jongen van weleer?
Maar waar's die jongen van weleer?
Maar waar's die jongen van weleer?
Maar waar's die jongen van weleer?
Maar waar's die jongen van weleer?
Maar waar's die jongen van weleer?
Maar waar's die jongen van weleer?

22

24/07/2010

'Je moet me helpen om ergens in te breken,' zei Simon, alsof dat een alleszins redelijk verzoek was.

Charlie verloor bijna haar grip op de drie glazen bier die ze in haar handen had; toch lukte het haar om die op tafel te zetten zonder een druppel te morsen. Ze zat met Simon en Sam Kombothekra in de Granta Pub in Cambridge, aan de rivier. Charlie had eerst op Sam zitten wachten bij de Brown Cow in Spilling, toen Simon hen per sms verordonneerde. Ze had haar drankje in de steek moeten laten en ze zei tegen Sam dat hij ook niets kreeg, tenzij hij twee uur lang met haar in de auto wilde zitten.

'Aan Bentley Grove,' was Simon zo vriendelijk om uit te leggen. 'Niet nummer 11, maar het huis tegenover dat van professor Sir Basil Lambert-Wall.'

'Hoezo?' vroeg Sam. 'Wat is daar dan?'

Simon nam een slok bier en fronste. 'Weet niet,' mompelde hij. 'Misschien ook wel niets.'

'Dat is werkelijk de meest onweerstaanbare wortel die iemand me ooit heeft voorgehouden,' zei Charlie sarcastisch.

'Ik zal jullie vertellen wat ik wel weet,' zei Simon. 'Dat is makkelijker. Toen ik wegging bij de ouders van Kit Bowskill, heb ik tot aan Pardoner Lane 18 boven op mijn gaspedaal gestaan. Er was niemand thuis, dus toen probeerde ik het bij nummer 17. De eigenaren waren even blij me te zien als toen ik de vorige keer onaangekondigd langskwam, en vandaag heb ik het kopje koffie dat ze me aanboden wel aangenomen. Ik dacht dat zij degenen waren aan wie ik mijn vragen

348

over nummer 18 wel kwijt kon – ze wonen al sinds 2001 in Pardoner Lane, en het zijn praters. Vooral zij.'

Toen Charlie zag hoe niet-begrijpend Sam keek, legde ze uit: 'Hij bedoelt dat het sociaal aangepaste mensen zijn, bereid om vriendelijk te doen en te praten met andere mensen.' In scherp contrast met Simon, die zijn hoofd omlaag hield als hij het huis binnen kwam en uit ging, en zich niets ergers kon indenken dan alle buren te kennen en met hen te moeten kletsen als hij ze tegen het lijf liep. Charlie had hem daar al talloze keren over onderhouden. 'Je kletst wel met je collega's, je ouders en met mij,' zei ze, zich bewust van haar verkeerde woordkeuze. Wat Simon deed kon nauwelijks doorgaan voor kletsen. 'Als ik een keer met de buren praat, heb ik meteen een precedent geschapen,' had hij geantwoord. 'Telkens als ik dan de deur uit loop moet ik op straat blijven staan om over ditjes en datjes te kletsen – daar heb ik helemaal geen zin in. Als ik mijn huis uit loop, is dat omdat ik ergens naar op weg ben. En als ik op weg naar huis ben, wil ik ook gewoon naar huis, snel.'

'Wat had mevrouw Praatgraag te melden?' vroeg Charlie.

'Toen zij en haar man pas in Pardoner Lane woonden, was nummer 18 nog eigendom van de mensen van het Beth Dutton Centre – de school.'

Charlie vroeg zich weer af waarom Connie Bowskill het adres verkeerd had onthouden. Hoe was het mogelijk dat ze zich alle details van dat huis nog wist te herinneren, behalve het huisnummer? Wat al helemaal gek was omdat Kit voor de grap had gezegd dat ze dat adres wel als naam voor het huis konden gebruiken.

Pardoner Lane 17, Pardoner Lane 17, Cambridge.

Maar dat klopte waarschijnlijk niet. Het was waarschijnlijk: Pardoner Lane 18, Pardoner Lane 18, Cambridge.

'De directrice van de school woonde op nummer 18,' zei Simon. 'Kort woon-werkverkeer als je naast de deur woont. Maar omdat de school in 2003 in financiële nood kwam, moesten ze nummer 18 verkopen om aan kapitaal te komen. De directrice woont nu in een gehuurd appartement, een straat verderop.'

'Dat heeft mevrouw Praatgraag je allemaal verteld?' vroeg Charlie.

'Zij zit met de directrice in dezelfde leesclub. Ik heb gevraagd of zij wist aan wie het huis toen is verkocht. Dat wist ze wel: aan een familie Gilpatrick. Ze wist ook wie de verkopende makelaar was, zowel in 2003 als verleden jaar, toen het weer op de markt kwam, want zij en haar man hebben overwogen om ook een bod te doen. Beide keren werd het huis verkocht door Cambridge Property Shop. En aangezien makelaarskantoren op zaterdag open zijn, ben ik daar vervolgens naartoe gegaan.' In Simons ogen stond de glazige, bezeten blik die Charlie en Sam maar al te goed kenden. 'Raad eens wie er in 2003 voor de Cambridge Property Shop werkte? En in 2009 – ze is daar pas in februari van dit jaar weggegaan omdat ze een nieuwe baan had.'

'Lorraine Turner?' vroeg Charlie.

'Nee,' zei Sam. Normaal klonk hij voorzichtig als hij iets opperde, maar dit keer niet. 'Het was Jackie Napier natuurlijk.'

'Hoe kom je daarbij?' vroeg Simon. Charlie zuchtte. Zij zat er duidelijk naast als hij Sam nu vroeg om zijn redenering uit te leggen, en niet haar.

'Ik heb geen goed gevoel bij haar,' zei Sam. Hij wendde zich tot Charlie. 'Daar wilde ik je vandaag over spreken.' Hij had in elk geval het fatsoen om berouwvol te kijken. 'Sorry, dat had ik je in de auto moeten vertellen.' De hele weg van Spilling naar Cambridge had Charlie geprobeerd uit hem te krijgen wat er precies zo belangrijk was dat het niet kon wachten; maar Sam liet zich niet uit zijn tent lokken, en beweerde dat hij iets verkeerd had geïnterpreteerd, en dat er niets aan de hand bleek te zijn. 'Ik dacht dat Simon wist wat er aan de hand was, en dat hij ons dat nu zou vertellen. Als het niets met Jackie Napier te maken had, zat ik ernaast met mijn vermoeden – ik denk dat ik nog even wilde wachten met lelijke dingen over haar zeggen. Ik heb geen enkel bewijs.'

'Laat dat vermoeden dan nu maar horen,' zei Simon.

Sam keek alsof hij zich klemgezet voelde. Hij zuchtte. 'Ik mocht haar niet. Ze was zo... Dit klinkt vast gruwelijk snobistisch.'

'Ik vergeef het je,' zei Charlie tegen hem. 'Sluit je innerlijke snob in de armen – dat heb ik ook gedaan. Al heel lang geleden.'

'Ze leek me zo dom. Onnozel. Terwijl ze deed alsof ze overal verstand van had – zo kwam ze bijna het hele verhoor op me over. Zo'n vrouw die denkt dat ze een slimme indruk maakt terwijl iedereen die het aanhoort haar een bekrompen trut vindt. Ze zei ook van die klassieke zelfingenomen dingen: "Ik woon in de echte wereld, en niet in een fantasiewereld", "Ze betalen mij niet om me druk te maken over mensen die vermoord zijn", zulke dingen. En ze citeerde zichzelf ook voortdurend: "Ik zeg altijd maar zo", gevolgd door een of ander cliché.'

Charlie moest lachen. 'Jemig, Sam, wat kun jij katten!'

Sam verschoot van kleur. 'Ik vind dit anders niet leuk om te zeggen,' zei hij.

'Ga verder,' zei Simon.

'Ze had vastomlijnde ideeën over zichzelf, en ze bleef maar zeggen wat voor iemand ze was. "Twee dingen over mij", zei ze, en toen noemde ze die twee dingen op. Het eerste was dat ze zo loyaal was – als ze eenmaal aan jouw kant stond, kon je voor altijd op haar rekenen.'

'Wat stomvervelend,' zei Charlie. 'De mensen die het er altijd maar over hebben hoe loyaal ze zijn, zijn altijd de eersten die uithalen als jij te laat bent met je verjaardagskaartje.'

'Ze zei ook dat ze geen fantasie had,' zei Sam. 'Leek ze nog trots op, ook. Ze was net terug van vakantie, bij haar zus in Nieuw-Zeeland. Uit wat ze daarover vertelde was het duidelijk dat ze daar vooral die zus had lopen afkatten om de keuzes die ze had gemaakt en had lopen pronken met haar eigen superieure leven – totaal gevoelloos. Maar soms leek ze precies te weten wat ik dacht – dan grensde haar gevoeligheid juist aan het telepathische. Ze was niet logisch.'

'Sommige mensen zijn dat nu eenmaal niet,' voelde Charlie zich verplicht te zeggen.

'Ik weet het,' zei Sam. 'Dat heb ik mezelf ook voorgehouden. Maar toen zei ze nog iets anders, over de foto in het paspoort van Selina

Gane, iets wat heel... fout klonk. Een buikgevoel, zelfs nog voor ik de kans had om erover na te denken. Ik wist dat ze iets had gezegd wat niet klopte, maar ik kon er aldoor maar niet mijn vinger op leggen. Gisteravond wist ik het ineens. Ze had het over de vrouw die zich voordeed als Selina Gane, en die Bentley Grove 11 te koop had aangeboden. "Ze was heel slim," zei ze. "Ja, ze was wel heel slim. Het enige wat ze hoefde te doen was zeggen dat mensen nooit op hun paspoort lijken. Als ze mij aan al die anderen kon laten denken, zou ze me niet hoeven te overtuigen – dan zou ik dat werk allemaal zelf doen."'

'En?' vroeg Charlie. 'Wat is het probleem?'

Simon zat te knikken, de betweter. Gek werd je ervan! Hoe kon hij nou begrijpen waar Sam het over had?

'Misschien is er ook geen probleem,' verzuchtte Sam. 'Daarom heb ik er ook niets over gezegd.'

Charlie rolde met haar ogen om zijn irritante bescheidenheid en formuleerde haar vraag anders: 'Wat zou al dan niet het probleem kunnen zijn? Ik zal je er heus niet op aankijken – vertel me nu maar gewoon wat er was.'

'Wat bedoelde Jackie volgens jou toen ze zei dat die vrouw wist dat zij al het werk zelf moest doen?' vroeg Sam.

'Ze wist dat Jackie meteen zou denken aan alle foto's in de paspoorten van haar vrienden die totaal niet op hen leken,' zei Simon. 'Aan alle keren dat ze had gevraagd: "Ben jij dat echt?"'

Sam zat driftig te knikken.

'Je eigen ervaring voelt altijd als stevig bewijs.' Simon richtte zijn opmerking direct tot Charlie. Vond hij soms dat ze niet snel genoeg meedacht? 'Jackies onderbewustzijn herinnert haar eraan dat in alle gevallen waar zij persoonlijk mee te maken heeft gehad, de foto's inderdaad van die mensen waren, hoe slecht ze er ook op leken.'

'Klopt helemaal.' Sam klonk opgelucht. 'Wie het ook geweest mocht zijn, die vrouw loog niet tegen Jackie maar nodigde haar uit om tegen zichzelf te liegen: om verder te denken dan het specifieke geval van de foto in Selina Gane's paspoort en na te gaan wat de algemene stelregel is in die situatie: dat *niemand* lijkt op de foto in zijn paspoort, terwijl dat *nooit* wil zeggen dat het geen foto is van de persoon in kwestie. Het duidt alleen op een slechte gelijkenis, meer niet.'

Charlie dacht dat ze het snapte. 'Dus jij zegt dat die vrouw expres inspeelde op een van Jackies ingesleten aannames...'

'Een van haar op basis van *persoonlijke ervaring ingesleten aannames*,' voegde Simon toe. 'Die zijn altijd veel sterker: ik heb ooit een homo ontmoet met een heel hoge stem, en daarom zijn alle mannen met een hoge stem homo. Een groep Aziatische tieners heeft ooit mijn tas gestolen, en daarom zijn alle Aziatische jongeren die ik tegenkom crimineel. Onze hersens worden gerustgesteld door patronen die zich altijd maar herhalen: indien X, dan dus ook Y. Dat is wat Jackie Napier bedoelde: dat die vrouw gokte op haar hersens, en dat die geheel zelfstandig in het juiste patroon zouden schieten – niemand lijkt op de foto in zijn paspoort, maar toch staat altijd de juiste persoon op zo'n foto.'

'Dus Jackie had gelijk,' concludeerde Charlie. 'Mevrouw de Leugenaar was heel slim.'

'Misschien, maar dat is het punt niet.' Sam keek alweer ongerust. 'Ik maak me zorgen om de slimheid van Jackie zelf. Toen ze me langs haar neus weg vertelde dat die vrouw wist dat zij al het werk zelf zou doen, maakte ze een heel zinvol, heel subtiel punt – een punt waar wij, als drie intelligente mensen, nog steeds niet uit zijn. Sorry.' Sam bloosde omdat hij zichzelf zojuist een schouderklopje had gegeven dat hij wellicht niet verdiende. 'Ze toonde aan dat zij begreep waarom het bedrog had gewerkt, en dat ze het heel wat bondiger kon benoemen dan wij net deden. Zo'n instinctief begrip van iets wat zo complex is gaat de meeste mensen ver boven de pet. En het spijt me dat ik weer zoiets vreselijks moet zeggen, maar het zou iemand als zij ook boven de pet moeten gaan – iemand met de banale, triviale kijk op de wereld die ze verder leek te hebben.'

Simon leegde zijn glas en zette het met een smak op tafel. 'Het lijdt geen twijfel dat Jackie Napier slim is,' zei hij. 'Ze is ook een gewiekste leugenaar. Als je slim bent, is het bijna onmogelijk om jezelf als het tegenovergestelde neer te zetten – het is veel moeilijker dan je voordoen als iemand die deugt terwijl je door en door verdorven bent. Niet alleen moet je ideeën uitspreken die niet bij je passen, je moet je hele manier van spreken aanpassen, je vocabulaire, alles. Maar ze kwam er bijna mee weg. Als ze dat ene dingetje niet had gezegd, zou ik er ingetrapt zijn.'

Sam knikte.

'Jij was bevoorrecht,' zei Simon tegen hem. 'Ze moet een hoge dunk van jou hebben gehad. Voor jou heeft ze alles uit de kast gehaald en ze heeft je de grootste leugen verteld die ze ooit heeft verteld en ooit nog zal vertellen. Ze zei dat ze geen fantasie had. Fout – want dat is precies wat ze wel heeft. Ze heeft wel degelijk fantasie, maar wat ze niet heeft is een geweten, geen medeleven, nauwelijks angst en al helemaal geen inzicht in haar eigen beperkingen.'

Charlie voelde een huivering door haar lichaam trekken. Die omschrijving kwam haar maar al te bekend voor; andere namen kwamen bij haar boven. *De namen van monsters.*

'Jackie Napier is iemand van wie je zou wensen dat ze geen fantasie had,' zei Simon.

23

Zaterdag 24 juli 2010

'Ik krijg geen lucht,' hijg ik. Kit drukt het mes te hard tegen mijn keel. 'Je smoort me.'

'Sorry,' fluistert hij. Hij heeft zijn gezicht in mijn haar begraven. Ik voel zijn tranen in mijn nek druppen. Hij haalt het mes weg en houdt het voor mijn gezicht. Het trilt in zijn hand. Zijn andere arm ligt om mijn middel en mijn armen om te zorgen dat ik blijf staan en me niet kan bewegen. Ik heb geen schijn van kans om weg te komen; ik ben niet sterk genoeg.

De kartels van het mes glimmen.

Er flitsen allerlei beelden door me heen: een theepot, een chocolade-taart, een plastic tuitbeker, de blauw met roze zandloperjurk.

Het is ons eigen mes, uit Melrose Cottage. De laatste keer dat ik het zag, lag het op een houten dienblad, naast mijn verjaardagstaart.

Waarom was het niet bij me opgekomen dat Kit hier al was? Hoe kan ik nou zo stom zijn geweest? Nieuwe tranen prikken achter mijn oogleden. Ik knipper en probeer ze in te houden. Denk na. Ik kan nu niet doodgaan, ik kan me niet door Kit laten vermoorden. Mijn roekeloosheid mag er niet toe leiden dat ik straks het nieuws haal. Als de mensen dan mijn verhaal horen, zullen ze zeggen: 'Het was haar eigen stomme schuld.'

'Niet bang zijn,' zegt Kit. 'Ik ga met je mee. Denk je nu echt dat ik jou alleen zou laten gaan?'

Gaan. Hij bedoelt sterven.

'We gaan samen, als we daar klaar voor zijn,' zegt hij. 'We zijn in elk geval op de juiste plek.'

Als we klaar zijn. Nu nog niet, dus. Hij is er nog niet klaar voor, niet klaar om ons allebei te vermoorden – ik klamp me vast aan dat sprankje hoop.

'Wie was die dode vrouw die ik tijdens de virtuele rondleiding heb gezien?' Ik beloof mezelf iets: misschien ga ik dit niet overleven, maar ik ga pas dood als ik het weet. Ik zal niet sterven in onwetendheid.

'Jackie Napier,' zegt Kit.

Nee. Dat klopt niet. Jackie leefde nog, afgelopen dinsdag. Ze liep de verhoorkamer in waar ik zat met Kit. Ze zei tegen Grint: '*Ik weet niet waar je haar vandaan hebt, maar stop haar maar weer terug. Haar heb ik nog nooit van mijn leven gezien.*'

'Dat was Jackie niet,' begin ik.

'Jawel,' zegt Kit. 'Ze was niet dood, maar zij was het wel.'

Ze was niet dood, maar zij was het wel. Ze was niet dood, maar zij was het wel. De ontzetting prikt in mijn huid als de pootjes van duizend kleine spinnetjes, over mijn hele lijf. Ik kan me er niet toe zetten om te vragen of het bloed wel echt was. Dat hoef ik ook niet te vragen. Ik weet het antwoord al.

Ik denk aan de vraag die mijn moeder stelde: Welke weldenkende vrouw zou een prachtige jurk verpesten door in de verf te gaan liggen? Jackie Napier moet een verre van weldenkende vrouw zijn geweest.

'Ze lag in bloed maar het was niet haar eigen bloed,' zegt Kit.

Daar ligt ze nog steeds. Als je iemand wurgt, bloeden ze niet. 'Wiens bloed dan wel?' zeg ik moeizaam, en de gal komt door mijn keel omhoog. Ik ruik Kits zweet, zijn wanhoop – een sterke, rotte lucht. Alsof zijn lichaam al heeft geaccepteerd dat het binnenkort zal sterven en zich daarop voorbereidt.

'Je hebt geen idee hoe erg ik haar haat,' zegt hij. 'En ik haat mezelf omdat ik haar zo haat.'

Maar je haat jezelf niet omdat je haar hebt vermoord. 'Jackie?' zeg ik.

'Die deed alles voor me...' De rest van zijn zin gaat verloren in zijn snikken. Hij huilt zo hard dat zijn hele lichaam ervan schokt.

Als hij weer stil is, vraag ik: 'Waarom heb je haar vermoord?'

'Om. Dat. Het. Moest.' Zijn ademhaling is onregelmatig. 'Er was ons geen lang en gelukkig leven beschoren. Jou en mij is ook geen lang en gelukkig leven meer beschoren, niet na wat er allemaal is gebeurd. Er is geen uitweg meer. We moeten dapper zijn, Con. Jij zei dat je verder niets wilde, dat je alleen alles wilde weten, en ik wil het je nu vertellen. Ik ben doodziek van de eenzaamheid van het weten, en het je niet kunnen vertellen.'

Mijn hart is van angst verwrongen. Ik wil niet dat hij het me vertelt, nog niet, niet als ik daarna vermoord word.

Ik staar naar het bevende mes. Zelfs al zou ik me zo hard concentreren dat ik het uit zijn hand kon laten vallen, dan nog zou ik me nooit los kunnen worstelen. Ik moet geloven dat brigadier Laskey op tijd hier zal zijn. Ik heb haar het adres gegeven, ik heb haar gezegd dat hier een dode vrouw zou liggen. Ze mag dan twijfelen aan mijn verhaal, maar ze komt wel. Ze wil het checken.

Een dode vrouw. Niet twee. Alstublieft niet twee.

'Ik zal voor je zorgen, Con,' zegt Kit. 'Jackie zei dat zij wel voor jou zou zorgen, maar ze had het niet over *verzorgen*. Ze bedoelde dat andere. Dat klopt toch niet? Dat dezelfde uitdrukking dat allebei kan betekenen?'

Woorden. Ik hoor ze, maar ze werken niet. Ik kan ze niet vertalen. Wat zegt hij toch?

Ik kan de dood ruiken. Rotting. Ontbinding. Hoe kan dat? Hoelang is het geleden dat Kit Jackie Napier heeft vermoord? Hoelang duurt het voor een lijk gaat stinken? Ze was nog warm...

'Wat heeft ze over mij gezegd?' vraag ik.

'Ze wilde je vermoorden, Con.' Kit huilt in mijn haar. 'Ik kon haar niet tegenhouden, niet zonder... te doen wat ik heb gedaan.'

Hij kust me in mijn hals. Ik klem mijn mond dicht om de gil binnen te houden die door mijn hoofd schalt.

'Ik heb haar vermoord om jou te redden,' zegt Kit.

24

24/07/2010

Charlies glas bier was bijna leeg en ze had er nog eentje nodig, maar ze wist dat ze te veel zou missen als ze nu naar de bar zou gaan en dan moest ze te veel moeite doen om alles in te halen; dat was haar – hoe noemde Simon het ook weer? – op basis van persoonlijke ervaring ingesleten aanname. De andere twee leken te zijn vergeten dat er dorstige lichamen vastzaten aan hun hoofden; Charlie probeerde dat ook te vergeten.

'Weet je nog dat jij dat punt maakte over eenvoudige oplossingen, in Spanje?' zei Simon. 'Als er een onbekende factor is, een raadsel, is de simpelste oplossing meestal de juiste.'

'Toen was jij het niet met me eens,' zei Charlie. 'Ja, we hebben heel wat interessante discussies gevoerd tijdens onze halve huwelijksreis,' zei ze tegen Sam.

'Jackie Napier gokte erop dat Ian Grint het met jouw redenering eens zou zijn, niet met de mijne,' zei Simon. 'Zoals zo veel uiterst fantasierijke mensen ging zij ervan uit dat de meeste mensen met wie zij in contact kwam veel rechtlijniger en prozaïscher dachten dan zij, en daar had ze gelijk in. Grint komt erachter dat iemand het computernetwerk van Lancing Damisz heeft gehackt – wie is dan de meest voor de hand liggende verdachte? Jackie Napier. Waarom zou die een systeem willen hacken op haar eigen kantoor, waar ze gewoon toegang toe heeft wanneer ze maar wil? Als er misschien wel of misschien niet een vrouw is vermoord in Bentley Grove nummer 11, wie is dan de meest voor de hand liggende niet-verdachte? Alweer Jackie Napier – ze heeft de aandacht van de politie op zichzelf gevestigd door te zeggen dat zij het lijk ook heeft gezien. Daarmee ondersteunde ze het verhaal van Connie Bowskill. Een verhaal waar niemand ook maar een seconde aan zou hebben verspild als Jackie niet ook naar voren was gekomen – Connie zouden ze afgedaan hebben als een neuroot met waandenkbeelden. Dankzij Jackie wilde Grint zich op de mogelijke moord storten. Hij heeft al het sporenonderzoek laten uitvoeren, en is achter dat hacken gekomen. Die Jackie kan voor dat alles niet verantwoordelijk zijn geweest. De mogelijkheid dat zij dat wel was, is nooit bij Grint of wie dan ook opgekomen – niemand brengt zijn eigen misdaad onder de aandacht van de politie. Al helemaal niet als het een misdaad is waar anders nooit een mens iets van zou hebben gemerkt.

'Maar… je wilt zeggen dat Jackie dat wel heeft gedaan?' vroeg Sam.

'Dat denk ik wel, ja,' zei Simon. 'Ik weet alleen niet precies waarom.' Hij keek boos. 'Ik mag dan fantasie hebben, maar aan haar kan ik niet tippen.'

'Je doet alsof je zeker weet dat Jackie een leugenaar is,' zei Charlie.

'Dat weet ik ook zeker. Als jij vandaag met mij naar Lancing Damisz en de Cambridge Property Shop was gegaan, had jij dat ook geweten.'

Charlie wees hem er niet op dat hij haar niet had verteld dat hij daar naartoe ging, en dat hij haar ook niet had uitgenodigd mee te gaan.

'Om te beginnen is Jackie de laatste tijd niet in Nieuw-Zeeland geweest, en heeft ze helemaal geen zus,' zei Simon. 'Dat ze met vakantie was, klopt wel. Ze was met haar invalide moeder naar een B&B in Weston-super-Mare. Dat doet ze blijkbaar elke zomer.'

Weston-super-Mare. Nieuw-Zeeland. De afstand tussen de leugen en de waarheid was zo groot dat je er een jetlag van zou krijgen.

'In 2003 heeft Jackie het huis aan Pardoner Lane 18 aan de familie Gilpatrick verkocht,' vertelde Simon. 'In 2009 besloten ze dat ze weer wilden verhuizen. Jackie werkte nog altijd bij de Cambridge Property Shop, en verkocht een ander huis aan hen: het huis tegenover professor Sir Basil Lambert-Wall. Zelf kocht ze hun oude huis.'

'Wat?' Charlie dacht dat ze het misschien niet goed had gehoord.

'Jackie Napier kocht Pardoner Lane 18 in maart vorig jaar,' zei Simon. 'Ze was zelf de verkopende makelaar, zij heeft het huis op de markt gebracht, en ze heeft het huis toen zelf gekocht.'

'Maar... waarom zou je het huis dan überhaupt nog te koop zetten?' vroeg Sam.

'Geen idee.' Simon keek weg; hij haatte het als hij dingen niet wist. 'Maar daar woont Jackie nu dus – in het huis dat Kit Bowskill per se wilde kopen in 2003, het huis dat hij zo graag wilde hebben dat hij zijn trotse masker liet zakken en zijn ouders smeekte om vijftigduizend pond.'

Charlie keek Sam aan om hulp, maar zag haar eigen verwarring weerspiegeld in diens gezicht.

'Afgelopen februari is Jackie van baan verwisseld – ze is overgestapt naar Lancing Damisz,' zei Simon. 'Ik heb Hugh Jepps gesproken, een van de senior partners van Cambridge Property Shop. Hij voelt zich al die tijd al schuldig over het schitterende getuigschrift dat hij voor haar heeft opgesteld, en was maar al te bereid om bij mij te biecht te gaan. Dat getuigschrift was zo geweldig omdat hij blij was dat hij van Jackie af was – hij had haar willen ontslaan, maar dan was misschien uitgelekt wat zij had uitgevreten. Jepps wist niet of het bedrijf zulke slechte publicaties wel aankon. Hij wist ook dat hij geen bewijs tegen haar had, ook al wist hij precies wat er gaande was.'

'Dat kun je van Sam en mij niet zeggen,' mompelde Charlie.

'Bij elk huis dat Jackie verkocht, volgde op een bod vrijwel meteen een tegenbod – dat net iets hoger was,' zei Simon. 'Meestal leidde dat tot een biedoorlog, waarbij elke partij er steeds tweeduizend, soms vijf- of tienduizend bovenop deed, afhankelijk van hoe gewild het pand was. Uiteindelijk was er altijd een partij die het bieden staakte. Dat was allemaal nog normaal, zei Jepps – die dingen gebeuren altijd bij huizenverkoop – alleen bij de huizen die Jackie Napier verkocht was er steeds een constante factor: Kit Bowskill. Bowskill was altijd degene die het tweede bod uitbracht, en die de biedoorlog ontketende. Gek genoeg was hij nooit geïnteresseerd in de huizen van andere makelaars. Alleen de huizen op Jackies lijstje inspireerden hem om steeds maar hoger te bieden, zo hoog mogelijk. Maar die inspiratie hield nooit lang aan; Bowskill was altijd degene die de handdoek in de ring gooide, zodat de andere bieder soms tienduizenden ponden meer moest betalen, maar toch dolblij was in de veronderstelling dat hij of zij had gewonnen.'

'Dus... jij zegt dat Kit Bowskill nooit van plan was om een van die huizen te kopen?' vroeg Sam. 'Hij wilde de prijzen kunstmatig opdrijven. Waarom?'

'Zodat Jackie Napier meer commissie kreeg,' zei Charlie met grote stelligheid. Iemand zou een woord moeten verzinnen om dit soort eurekamomenten te omschrijven: als het kwartje valt en je beseft dat twee mensen die je tot nu toe niet aan elkaar verbonden had een affaire hebben. *Jackie Napier en Kit Bowskill. Olivia Zailer en Chris Gibbs.*

'Hetzelfde gebeurde weer bij Lancing Damisz, sinds Jackie daar werkt,' zei Simon. 'De mensen daar hebben het nog niet door, want ze werkt er nog niet lang genoeg, maar toen ik Lorraine Turner vertelde wat Hugh Jepps me had verteld, was ze zo bezorgd dat ze in Jackies bureau ging rommelen. Ze vond twee brieven van Jackie aan Bowskill, waarin ze zijn bod op twee verschillende huizen bevestigde, uitlegde dat er in beide gevallen een andere potentiële koper was die meer had geboden dan hij, en of hij in dit stadium een hoger bod wilde doen.'

'Dat is illegaal,' zei Sam. 'Dat is fraude.'

'Inderdaad,' bevestigde Simon. 'Fraude die bijna niet te bewijzen valt, zolang Kit Bowskill bij zijn verhaal blijft: dat hij sinds 2003 op zoek is naar een huis in Cambridge. Hij heeft geboden op een hele massa huizen, was verwikkeld in biedoorlogen – te beginnen met het huis aan Pardoner Lane 18, het enige bod dat echt was – maar tot dusverre heeft hij zich steeds teruggetrokken. Waarom? Hij is een perfectionist – dat is trouwens waar, dus het ondersteunt de leugen netjes. Niemand kan zijn hersens hacken om zo zijn werkelijke motief te bewijzen: dat hij nooit van plan was om die huizen te kopen, en dat het een grote zwendel was. En als Jackies collega's vragen zouden stellen – zoals Hugh Jepps een paar keer heeft gedaan – doet ze heel charmant en zegt ze: 'Die arme meneer Bowskill – die kan zich nooit eens ergens op vastleggen.'

'Toch geloofde Hugh Jepps haar niet,' zei Charlie.

'Natuurlijk niet. Het toeval dat Bowskill nooit een van Jackies huizen kocht was te groot. Maar Jackie zat er niet mee – die blufte zich overal uit. Zij kon er niets aan doen, zij had er niets mee te maken, zegt ze. Ze kent die hele meneer Bowskill niet, en toeval bestaat nu eenmaal. Jepp heeft overwogen er een privédetective op te zetten, om te zien of die kon bewijzen dat er iets was tussen haar en Bowskill. Uiteindelijk besloot hij dat hij liever helemaal van haar af wilde, en dus is ze nu het probleem van een ander bedrijf. Hij zei dat haar act van het ten onrechte beschuldigde naïeve wicht griezelig overtuigend was.'

'Die act heb ik niet gezien,' zei Sam. 'Tegen mij deed ze helemaal niet naïef, ze was eerder... de vermoeide vrouw van de wereld die het maar zwaar heeft en die denkt dat ze de wijsheid in pacht heeft.'

'Ze zit vast niet om persoonlijkheden verlegen,' zei Simon. 'De vrouw van nummer 17 omschreef haar als een "warme, lieve meid".'

'Dus als Jackie op Pardoner Lane 18 woont, is mevrouw Praatgraag van nummer 17 haar buurvrouw,' zei Charlie.

'Buurvrouw en goede vriendin,' zei Simon. 'O, en ze kent Jackie al jaren, vertelde ze – al ver voordat Jackie in Pardoner Lane kwam wonen. Ze is ook bevriend met Elise Gilpatrick, hoewel ze Elise al een poos niet heeft gezien.' Hij zei dit met klem, alsof hij dacht dat het belangrijk was. Charlie wilde net vragen wat hij daarmee bedoelde, toen hij zei: 'Jackie is ook een goede vriendin van Elise – ze ging heel vaak eten bij de Gilpatricks. Daar heeft die vrouw van nummer 17 haar ook leren kennen. En daarom was ze ook helemaal niet achterdochtig toen ze zag dat Jackie en haar vriendje zichzelf daar op doordeweekse middagen binnenlieten.'

Jackie Napier en Elise Gilpatrick, dikke vriendinnen. Charlie fronste. In 2003 had Jackie het huis aan Pardoner Lane 18 aan

Elise Gilpatrick verkocht. Waren ze toen al vriendinnen? Dat moet haast wel. Niemand wordt vrienden met de makelaar die ze een huis verkoopt.

'De vrouw van nummer 17 maakte dezelfde fout als Basil Lambert-Wall,' zei Simon. 'Je ziet dat iemand regelmatig met de sleutel een huis binnengaat en je gaat er automatisch van uit dat dat in de haak is. Binnendringers hebben geen sleutel: die hebben panty's over hun gezicht en houden zakken met het woord "Buit" erop in hun in handschoenen gestoken handen. De vrouw van nummer 17 gaf zelfs geen krimp toen Elise haar in vertrouwen had verteld dat ze maar niet los kwam van het irrationele gevoel dat het huis aan Pardoner Lane op de een of andere manier niet van haar was. Ze zei dat ze zich er net een indringer of kraker voelde, ook al hadden zij en haar man het eerlijk gekocht. Ze had nachtmerries over een ander gezin dat ineens op de stoep stond en zei dat ze moest vertrekken. Op een dag gaf ze huilend toe dat ze vermoedde dat het spookte in dat huis, ook al wist ze dat dat niet kon en ook al geloofde ze niet in spoken. Zelfs toen legde de vrouw van nummer 17 de link niet.' Simons stem verhardde door een mengeling van ongeloof en minachting. 'Zelfs terwijl ze het mij zat te vertellen, bracht ze die twee feiten alsof ze niets met elkaar te maken hadden: Elise Gilpatricks gevoel dat nummer 18 niet echt van haar was, en Jackie Napier en haar vriendje die steeds overdag, als er niemand thuis was, het huis in gingen. Ik liet haar de foto van Kit Bowskill zien die ik van Connie heb gekregen – ze bevestigde dat hij de man was die zij kende als Jackies vriendje.'

Sam keek alsof zijn ogen bijna uit hun kassen vielen.

'Er waren geen spoken in het huis aan Pardoner Lane 18,' zei Simon. 'Er waren indringers. En ze hebben pech, die Gilpatricks. Want in het huis waar ze in maart zijn gaan wonen, tegenover Basil Lambert-Wall, zijn ook indringers.'

'Meneer Dag en mevrouw Dag,' zei Charlie, die zich de schaarse informatie herinnerde die Simon aan de telefoon met Sam deelde toen zij achter het stuur zat. 'Dat zijn zij – Kit Bowskill en Jackie Napier.'

Simon knikte. 'Hoewel Jackie tegen de professor zei dat ze Connie heette, wat een afkorting was van Catriona. Eerst vroeg ik me af of mevrouw Dag inderdaad Connie kon zijn, maar dat was onmogelijk. Op dinsdag 29 juni, toen mevrouw Dag haar excuses aanbood aan Basil Lambert-Wall voor de onbeschoftheid van meneer Dag, zat Connie Bowskill de hele dag in de winkel van haar ouders in Silsford – heb ik gecheckt.'

'Jackie speelde zijn vrouw,' zei Sam. 'Dat snap ik. Wat ik niet snap is wat de Gilpatricks ermee te maken hebben.' Hij keek Simon aan. 'Waarom willen Bowskill en Jackie seks hebben in hun huis – in alle twee hun huizen – als ze niet thuis zijn? Is het een soort seksuele obsessie?'

'Simon.' Charlies stem bleef steken in haar keel, die akelig droog voelde. 'Fuck. Ik denk dat ik net...'

'Wat? Wat?' Simon wilde altijd alles weten nog voor ze haar gedachten op een rijtje had.

'Het huis ligt tegenover dat van de professor – welk nummer is dat?'

Simon fronste terwijl hij zich dat probeerde te herinneren.

'Nummer 12, toch?'

'Wat gek; net voordat jij dat zei, dacht ik "12". Dus dat moet het dan wel zijn. Ik kan me vaag herinneren dat ik dat bij zijn voordeur heb zien hangen.'

'Ik denk dat Alice niet goed heeft begrepen wat Connie Bowskill haar vertelde,' zei Charlie, struikelend over haar woorden, omdat ze het allemaal zo snel wilde vertellen. 'Over Kits grapje over die naam voor Pardoner Lane 18. Ik denk dat het juist de grap was om het huis Pardoner Lane 17 te noemen, terwijl het adres Pardoner Lane 18 was. De grap zat hem dus niet in de herhaling – Pardoner Lane 17, Pardoner Lane 17, Cambridge – maar in het feit dat de postbode in de war zou raken door het huis als naam een adres te geven van een huis in dezelfde straat, maar met een ander huisnummer. En dat zou niet alleen irritant zijn voor de postbode, maar ook voor de mensen die wel op nummer 17 woonden – meneer en mevrouw Praatgraag.' De herinnering aan Alice' woorden kwamen ineens scherp door. 'En dat wilde Kit Bowskill doen toen hij met zijn stomme suggestie kwam: irriteren,' zei Charlie, die ineens zeker wist dat ze op het goede spoor zat. 'Hij vroeg Connie of ze dacht dat de mensen van het Beth Dutton Centre het irritant zouden vinden als zij hun huis het Death Button Centre zouden noemen.'

'Pardoner Lane 17, Pardoner Lane 18, Cambridge,' zei Sam langzaam.

'Je hebt gelijk,' zei Simon. 'Dat is inderdaad een goeie grap, denk ik.' Humor was niet zijn sterkste punt, en dat wist hij best. 'Het verklaart ook waarom Connie zich het adres na al die jaren niet meer goed wist te herinneren – als de grap is blijven hangen, en als Pardoner Lane 17 de bijnaam was geworden als zij en Bowskill over het huis spraken...' Simon haalde zijn mobiele telefoon uit zijn zak, drukte wat toetsen in, en schoof hem toen in de ruimte tussen Charlie en Sam zodat zij het allebei konden zien. 'Prousts nummer staat niet onder "Proust" in mijn telefoon – hij is "Sneeuwman". Bijnamen, koosnaampjes – die blijven hangen. Toch, Stepford?'

Sam kromp zichtbaar ineen bij het horen van de bijnaam die Colin Sellers en Chris Gibbs voor hem hadden verzonnen toen ze hem nog nauwelijks kenden en ze zijn niet-aflatende beleefdheid frustrerend vonden.

'Hou nou eens op met Sam te plagen,' zei Charlie ongeduldig. 'Snap je dan niet wat ik bedoel? Kit Bowskill heeft dat nog een keer gedaan – hij herhaalde zijn bijnaamgrap, zo trots was hij erop. Hij heeft nooit iets met Selina Gane te maken gehad, en ook niet met haar huis – hij dacht namelijk niet aan haar huis toen hij Bentley Grove 11 in zijn gps invoerde als zijn thuisadres.'

Simons ogen stonden wijd open, zonder ergens naar te kijken. Charlie zag dat hij het snapte. 'Bentley Grove 11 is zijn naam voor Bentley Grove *12*,' zei hij uiteindelijk. 'Zijn koosnaam voor hun...'

'"Liefdesnestje" is het woord dat je zoekt,' zei Charlie bits.

Simon beet op de binnenkant van zijn lip. 'Als hij dol genoeg is op dat huis dat hij er een speciale naam voor heeft... Nee, dat slaat nergens op. Als hij nu zo geobsedeerd is door Bentley Grove 12, moet dat wel zo zijn omdat de Gilpatricks het hebben gekocht. Het is een heel wat minder aantrekkelijk huis dan dat aan Pardoner Lane 18, en Kit Bowskill doet geen concessies op esthetisch gebied. En dat betekent dat het hem niet meer om het huis te doen is...' Simon kneep zijn ogen samen. Hij trommelde met zijn vingers op tafel.

'We zijn hem kwijt,' zei Charlie tegen Sam, die bezorgd keek.

'Je kunt Bentley Grove 11 niet als irrelevant van de hand doen,' zei hij tegen haar. 'Daar heeft Connie Bowskill het lijk van die vrouw gezien.'

'Wat moesten ze met nieuwe gordijnen?' vroeg Simon. Charlie en Sam schrokken van het volume waarmee hij die vraag stelde. 'Niemand koopt gordijnen voor een huis dat niet van hem is. Basil Lambert-Wall vertelde dat de gordijnen nog niet opgehangen waren, maar toen ik vandaag langsging en aanbelde, waren alle gordijnen dicht. Op een zonnige dag als vandaag wil je toch dat het licht naar binnen komt?'

'Je bent vandaag bij Bentley Grove 12 geweest?' vroeg Charlie.

'Ik hoopte dat ik daar iemand van de familie Gilpatrick kon spreken, of de hele familie,' antwoordde Simon. 'Zeven jaar geleden kregen zij wat Kit Bowskill wilde hebben. Ik wilde checken of zij hun overwinning wel hebben overleefd. Er werd niet opengedaan.'

'Dus je dacht dat je daar met onze hulp kon inbreken,' zei Sam met een huivering die hij niet kon verbergen.

'De vrouw van Pardoner Lane 17 heeft me verteld waar Elise Gilpatrick werkt,' zei Simon. 'De Judge Business School. Ik kon hen telefonisch niet bereiken – waarschijnlijk is daar niemand op zaterdag. Anders had ik hun kunnen vragen wanneer Elise voor het laatst op haar werk is verschenen.'

'Ben je nu niet een wel heel extreme conclusie aan het trekken?' vroeg Charlie.

'Wie was de dode vrouw die Connie Bowskill op Roundthehouses heeft gezien?' vroeg Sam aan haar. Uit die vraag leidde ze af dat hij Simons zorgen om het welzijn van Elise Gilpatrick deelde.

366

'Je kunt een lichaam in een gordijn wikkelen,' zei Simon op vlakke toon. Hij leek te praten tegen een punt achter Charlies schouder. 'De prof zei dat Jackie Napiers auto vol met gordijnen lag, allemaal verpakt in plastic – zo veel dat ze de achterbank hadden moeten neerklappen. Verpak een lijk in een gordijn, dek de boel af met plastic, en sluit de boel luchtdicht af zodat de buren niets ruiken...' Simon toetste drie keer een getal in: steeds de 9. Het alarmnummer. 'We hebben genoeg,' zei hij. 'We hoeven niet meer in te breken.' Een paar seconden later hoorden Charlie en Sam hem zeggen dat ze hem moesten doorverbinden met de politie.

25

Zaterdag 24 juli 2010

'Je kunt me nog redden,' zeg ik zo kalm mogelijk tegen Kit. 'Je hoeft me niet te vermoorden om me te redden. Dat zie je toch wel?'

Hij staat achter me, en duwt zijn gezicht tegen de achterkant van mijn schedel. Als hij zijn hoofd schudt, kan ik dat voelen. 'Je begrijpt er niets van,' zegt hij, maar zijn woorden worden gesmoord door mijn haar. 'Helemaal niets.'

Het mes beweegt zich onder mijn kin. Ik til mijn hoofd op, probeer mijn nek naar achteren te trekken.

'Luister naar me, Kit. Je hebt altijd gezegd dat ik slim ben. Weet je nog?' Ik moet dit doen: ik moet praten. Er kan geen stilte vallen, want dan heeft hij tijd om na te denken. *Tijd om te handelen.*

'Je bent niet zo slim als Jackie,' zegt hij monotoon.

Ik wil schreeuwen dat ik slimmer ben dan Jackie, dat die levenloos in andermans geronnen bloed ligt terwijl ik nog leef.

Ik ben slim genoeg om een sleutel te vinden met een labeltje waar 'Nr. 12' op staat, in een beker met rode veren erop, en te denken aan Pardoner Lane 17, Pardoner Lane 18. *Bentley Grove 11, Bentley Grove 12.*

Was ik maar zo slim geweest om weg te blijven – om tevreden te zijn dat ik het wist, zonder dat ik het mezelf moest bewijzen.

Waarom wilde Jackie Napier mij dood hebben? Ze kende me niet eens.

'Luister alsjeblieft,' zeg ik rustig. 'Je hebt gelijk, er is geen uitweg meer, maar er is wel een weg om hier *doorheen* te komen. Als we onder ogen zien wat er is gebeurd. Als we onze verantwoordelijkheid nemen...'

Kit lacht. 'Wist jij dat er in Cambridge geen gevangenissen zijn? Heb ik gisteren gegoogeld. Er zit er eentje in March, eentje in een plaats die Stradishall heet, in de buurt van Newmarket. De postcode is CB8 – het klinkt als Cambridge, maar dat is het niet.'

Ik doe mijn mond open, maar er komen geen woorden uit. Ik had niet verwacht dat hij dit zou zeggen. Hij heeft op internet gezocht naar gevangenissen in Cambridge. *Waarom?*

'We zijn stom geweest – we hadden onze tijd niet moeten verspillen aan die dorpen,' mompelt hij. 'We hadden het bij de stad moeten houden. Die achterlijke gehuchten – Horningsea, Harston – zij zijn Cambridge niet, dat is niet de beschaafde wereld. Dan konden we net zo goed in Little Holling blijven hangen. Reach, Burwell, Chippenham – als je eenmaal zo ver uit de buurt gaat zitten, kun je voor hetzelfde geld in Newmarket gaan wonen.'

Mijn tanden klapperen. Is het buiten nog zo warm? Dat kan haast niet; ik heb het ijskoud. Kits lichaam voelt ook koud aan. *We vriezen elkaar dood.*

'We hebben zo veel tijd verspild,' zegt hij bedroefd. Hij heeft het over 2003, toen we op huizenjacht waren.

Zeven jaar geleden. Weg, voorbij. Er is geen verleden en geen toekomst, erover praten heeft geen zin. Er is alleen nog maar het nu, en de angst om dood te gaan, en de stilte die zich om me opstapelt en me verstikt, zich verspreidt als bloed.

Bloed dat verdween toen Kit ging zitten om te kijken.

Ik adem scherp in. Het begrip stormt op me af voor ik tijd heb om het in twijfel te trekken. *Het bloed was niet het enige wat verdween.*

Ik probeer mijn angst opzij te duwen en ordelijk na te denken, maar ik kan niet denken – ik zie alleen nog maar wat ik niet meer voor me heb, als een film die zich in mijn hoofd afspeelt: Kit die aan mijn bureau zit en naar mijn laptop staart. Ik die achter hem sta, bang om dat verschrikkelijke beeld nog eens te zien, ook al zegt hij dat het er niet is; Nulli's oprichtingsakte op de grond tussen de glasscherven.

'Ik weet hoe je het hebt gedaan,' zeg ik. 'Iedereen vroeg steeds maar waarom jij de dode vrouw niet hebt gezien toen je naar dezelfde virtuele rondleiding keek als ik, degene die ik heb opgestart. Ik moest steeds maar uitleggen wat er volgens mij was gebeurd.'

Kit maakt een geluid, een korte ademstoot. Op de een of andere manier weet ik dat hij glimlacht.

Ik voel de uitdrukking op zijn gezicht zonder hem te zien: betekent dat dat ik hem ken?

'Het was een goede theorie,' zegt hij. 'Een virtuele rondleiding met een andere variant die maar een keer bij de honderd of duizend keer voorbijkomt.'

'Maar ik zat ernaast, hè? Jij keek naar een andere rondleiding. Toen jij voor het eerst de kamer in ging, bleef ik buiten.'

Ik stond bevend op de overloop. Kit zat klagend aan de andere kant van de gesloten deur. *Geweldig. Dit vind ik nou echt leuk: andermans afwasmachine bekijken in het holst van de nacht.*

'Je hebt alles afgesloten,' zeg ik. 'De rondleiding, de internetverbinding, alles. Een klik en het was weg. Op de desktop stond de andere rondleiding al klaar – de oorspronkelijke.' *Die had je van haar, van Jackie.* 'Nog een klik en het begon te draaien. Daar was de zitkamer, zonder vrouwenlichaam erin.'

Kit zegt niets. Ik denk niet dat hij nog glimlacht.

'Toen ik weer in de kamer kwam, zat er geen scherm van Roundthehouses achter de virtuele rondleiding, alleen het laptopscherm. Voordat ik jou wakker maakte, toen ik in mijn eentje naar de rondleiding zat te kijken, was het scherm van Roundthehouses er nog wel. Met het adres – Bentley Grove 11 – en het logo van Roundthehouses.'

Waarom heeft het mijn geheugen zo veel tijd gekost om dit detail naar boven te halen?

Omdat je niet alles tegelijk kunt zien. Je kunt het gezicht van je man niet zien als je naar het mes voor je eigen gezicht staart.

'Toen werd je kwaad op mij en je ging weer naar bed, en ik heb daar een paar minuten zitten staren. Meer niet, alleen maar staren. Ik heb de ene na de andere kamer bekeken, in slow motion. Telkens als de zitkamer weer opkwam, zag die er hetzelfde uit – zonder lijk.

Toen heb ik de rondleiding afgesloten. Ik ben weer helemaal opnieuw begonnen, voor het geval dat iets uitmaakte. Ik dacht alleen nog maar aan hoe het kon dat die dode vrouw was verdwenen. Ik heb me nooit afgevraagd waarom ik opnieuw verbinding moest maken met het internet – ik was me er nauwelijks van bewust dat ik dat heb gedaan.'

'Je hebt me toen niet wakker gemaakt,' zegt Kit zachtjes.

Natuurlijk niet. 'Nee. Jij was wakker. Je deed overtuigend iemand na die slaapt.' *Dat trage, diepe in- en uitademen, de onbewogenheid... Jullie allebei, jij en Jackie, jullie hielden je verborgen, en deden alsof. Jullie logen.*

'Je wist dat ik vrijdags altijd naar Cambridge ging, op zoek naar jou, op zoek naar bewijs van jouw andere leven op Bentley Grove nummer 11. Dat wist je al ver voordat ik het je vertelde.' Ik voel me gedesoriënteerd terwijl ik het verhaal stukje bij beetje uit het duister trek. Ik heb nog geen vat op de precieze betekenis, zie het totaalplaatje nog steeds niet. Het is alsof ik steeds met een lamp op één deel van het verhaal schijn en probeer om de verschillende delen die ik inmiddels heb verzameld met elkaar te verbinden.

'Je ging niet elke vrijdag,' zegt Kit. 'Dat kon ik altijd merken. Soms was je op donderdag waanzinnig gespannen – dan vroeg je hoe laat ik de volgende ochtend naar Londen ging, en hoe laat ik aan het eind van de dag weer terug zou zijn. Je wilde weten hoeveel tijd je had.'

Ik sluit mijn ogen en herinner me hoe uitputtend dat was – doen alsof je een motief hebt terwijl je een ander motief verborgen houdt. Ik had me de moeite kunnen besparen.

Ik kan me alle moeite besparen, voor eeuwig.

Nee. Blijf praten. Blijf het verhaal vertellen, voor de kans je ontglipt. Kit heeft er zo lang en zo hard aan gewerkt om mijn werkelijkheid gescheiden te houden van de zijne. Ik moet die grens nu doorbreken. We gaan hier sterven, samen; ik wil eerst dat we, heel even, in dezelfde wereld leven.

'Jackie wist precies wanneer Bentley Grove 11 op de markt zou komen. Ze werkt voor Lancing Damisz. Werkte,' verbeter ik mezelf.

'Ze kende dus alle details. Jullie wisten allebei dat ik die vrijdag naar Cambridge zou gaan, en het bord TE KOOP voor het eerst zou zien, en dat ik dan mijn kans zag om binnen te kijken. Ik heb hen toen gebeld, wist je dat?'

'Wie?' Kit brengt het mes dichter bij mijn keel.

'Lasting Damage.' Ik hoor een geluid, een maniakale lach, en besef dat die van mij zelf is. 'Ik wilde dat iemand me rond zou leiden, met-een. De vrouw die ik sprak zei dat er op zo korte termijn niemand beschikbaar was. Was het Jackie die me dat vertelde?'

Kit zegt niets, en ik weet dat ik gelijk heb. Ik huiver: de kilte strijkt langs mijn nek.

'Je wist dat ik de foto's op internet zou willen bekijken zodra ik thuiskwam. Daarom...' Ik stop, en voel de aanwezigheid van een ob-stakel zonder te weten wat het is. Dan dringt het tot me door: 'Hoe wist jij dat ik niet naar een internetcafé zou gaan? Dat heb ik nog overwogen. Als ik had geweten waar ik er een kon vinden...'

'We dachten al dat je dat zou doen...' zegt Kit. *We*. Hij en Jackie. 'Maar dat maakte niet uit. We wisten dat je thuis zou gaan kijken, zo snel mogelijk. Je was toen al zo achterdochtig en paranoïde dat één keer niet genoeg zou zijn – je zou het steeds weer willen checken, voor het geval je iets over het hoofd had gezien.'

'Vanaf het moment dat ik thuiskwam, bleef jij de hele tijd aan me kleven, tot we naar bed gingen. Ik weet nog dat ik het zo vreemd vond dat je niet deed wat je normaal altijd deed: naar het nieuws kijken, even snel naar de kroeg voor een biertje, voor het eten. Je wilde alleen maar met mij praten. Ik was niet achterdochtig – ik voelde me ge-vleid.' *Al vertrouwde ik je al zes maanden niet meer, ik hield nog altijd van je.* 'We gingen naar bed, jij bleef een eeuwigheid lezen – veel langer dan normaal. Had je van tevoren een tijd afgesproken, met Jackie?'

Door mijn haar voel ik Kit knikken tegen mijn achterhoofd. Ik wacht tot hij iets zegt. Ik hoor alleen zijn onregelmatige ademhaling.

'Je moest wachten tot het heel laat was,' zeg ik hardop denkend. 'Je moest zorgen dat het lijk en het bloed in beeld kwamen, maar ook snel weer verdwenen – ik moest de enige zijn die ze te zien kreeg.'

Mijn hersens blijven ergens aan haken, maar ik duw het beeld van me af. 'Jackie had de website gehackt en de nieuwe rondleiding er net voor een uur 's nachts op gezet. Jij hebt haar instructies gegeven. Hacken was nodig, omdat het moest lijken dat een buitenstaander het had gedaan. Om een uur deed jij of je sliep, want je wist precies wat ik zou doen, en je wist precies wat ik te zien zou krijgen.' Woede laait in me op, en breekt dwars door mijn angst heen. 'Hoe voelde dat, om zo veel te weten, terwijl ik niets wist?'

Het mes zwenkt mijn kant op en maakt een haaltje in mijn hals. Ik voel iets druppelen – heel zachtjes, als een traan.

Is dat alles?

Als hij me het zwijgen op wil leggen, zal hij me moeten vermoorden. 'Heb je in bed liggen wachten op mijn gil?' Ik kan me nu niet meer herinneren of ik schreeuwde of niet. Ik hoop van niet, als Kit daarop had liggen wachten. Ik hoop dat ik hem teleurstelde. 'Ik wist dat ik jou wakker zou maken zodra ik dat had gezien. Ik zou niet alleen willen zijn met... met *dat*, midden in de nacht. Je kon er gevoeglijk van uitgaan dat ik daarna niet meer bij mijn computer in de buurt wilde komen, en dat ik jou naar binnen zou sturen om te kijken, zodat ik het niet meer hoefde te zien.'

'Ik wist alleen dat jij... dat jij alleen weer naar binnen zou komen als ik je had verteld dat er niets te zien was,' fluistert Kit. Hij struikelt over zijn woorden, worstelend met wat voor hem moet voelen als een vreemde taal, niet zijn moerstaal: de taal van de rede.

'Je ging naar binnen, sloot mijn rondleiding af, klikte op die van jou en liet hem nog eens afspelen,' zeg ik, murw vanbinnen. 'Je riep me dat jij naar de zitkamer zat te kijken en dat er geen dode vrouw te zien was.'

'Stop,' zegt Kit. Er klinkt holle vermoeidheid door in zijn stem. 'Dit is allemaal niet mijn schuld,' zegt hij. 'En ook niet die van jou, of van Jackie.'

Als ik probeer me los te worstelen, heb ik dan nog een kans? Nee. Nog niet. Kits arm drukt me nog steeds tegen hem aan. Misschien later, als hij nog langer in deze houding heeft gestaan en zijn spieren pijn doen. Als ik het nu probeer en het lukt niet, krijg ik misschien geen kans meer – dan besluit Kit misschien om de zaak te bespoedigen.

Hoelang is hij hier met Jackie geweest voor hij haar vermoordde?

'Waarom stond die oorspronkelijke rondleiding klaar op mijn desktop? Waarom heb je Jackie niet gewoon ge-sms't dat ze de boel weer kon omzetten?' Ik vraag het aan mijzelf, niet aan Kit. Ik vraag het aan degene die ik kan vertrouwen. Als het antwoord zich aandient, voelt het alsof ik vals heb gespeeld. Dit kan het juiste antwoord toch niet zijn? Hoe kan het dat ik het nu wel zie, en hiervoor niet?

Ik hoor de stem van Alice in mijn hoofd: *Dan komt datgene wat wij zoeken meestal vanzelf naar ons toe – het kost alleen wat tijd voor het ons kan bereiken.*

'Je hebt Jackie *inderdaad* ge-sms't,' zeg ik. 'Je hoorde mij gillen, of je hoorde het glas kapotvallen toen ik tegen de akte van oprichting van Nulli stootte – hoe dan ook, je wist dat ik had gezien wat ik moest zien, en toen heb je haar een sms gestuurd. Maar je kon er niet van uitgaan dat het haar zou lukken de oorspronkelijke rondleiding snel genoeg terug te zetten. En je kon ook niet het risico lopen dat ik het lijk van die vrouw meer dan eens te zien kreeg.'

'Hou op, Con.'

Ik herken het wel als iemand smeekt. Maar Kit heeft geen enkele reden om te smeken. Hij heeft de macht, hij heeft het mes. Dus ik negeer hem. 'Als ik het vaker dan eens zou zien, was het niet meer zo makkelijk om iedereen te laten geloven dat ik het me maar verbeeld had: een waanbeeld dat maar een fractie van een seconde aanhield. Je knippert een keer met je ogen en weg is het. Dat moesten ze allemaal denken – de politie, mijn familie, Alice. Je wilde dat ik het gevoel had dat de hele wereld tegen me was, dat niemand me geloofde... maar...' Ik stop, want ik ben me bewust van de denkfout die ik maak. 'Jackie. Die heeft zich bij de politie gemeld. Die zei dat zij het ook had gezien. Ian Grint nam mijn verhaal alleen maar serieus vanwege haar.' Ik snap er niets van. Als Kit en Jackie wilden dat niemand mij zou geloven...

'Stop!' schreeuwt Kit, die zijn energie weer heeft gevonden. Hij komt in beweging, en sleurt mij met zich mee. Als hij me naar de trap trekt, probeer ik zo veel lawaai te maken dat het hem lamlegt, maar mijn angst berooft me van alle geluid, en het enige wat me rest is een langgerekte, lage kreun. Dacht ik dat ik hem eeuwig op een afstand kon houden? Dat de tijd stil zou staan als ik maar lang genoeg door-praatte? Ik steek mijn hand uit, en sluit mijn vingers om de boven-kant van de onderste baluster, de witte dodemansknop, maar Kit trekt me weg. Hij sjort me de treden op, een voor een. Mijn armen en benen voelen slap en ongecoördineerd, als die van een lappenpop.

Heeft hij een plan voor zijn volgende stap, of heeft hij al heel lang geen ideeën meer? Gaat hij het in een van de slaapkamers doen? Mijn keel stroomt vol bitter vocht. Ik heb de kracht niet om het door te slikken. Ik krijg nauwelijks lucht.

Op de overloop wordt de smerige geur sterk. Kit raakt in paniek. Ik voel het. Het voelt als elektrische schokjes over zijn hele lichaam, die hij doorgeeft aan het mijne. *Hij wil hier niet boven zijn.* Het lukt hem niet stil te blijven staan. Het mes blijft mijn gezicht raken; tel-kens trek ik mijn hoofd opzij. Kit mompelt dat het hem spijt, steeds maar weer. *Sorry, sorry, sorry.* Ik ben te bang om nog te spreken, en kan hem dus niet zeggen dat het niet uitmaakt hoe vaak hij dat her-haalt, omdat het toch nooit genoeg zal zijn. 'Dit is allemaal niet jouw schuld,' zegt hij. 'Ik zal je laten zien wiens schuld het is.'

Hij brengt ons naar de enige dichte deur op de overloop; alle an-dere deuren staan op een kier.

'Nee,' zeg ik met moeite. 'Alsjeblieft, ik wil niet... nee, niet doen...'
Dit is de kamer. Dit is de kamer waar hij me gaat vermoorden.

Met de punt van het mes duwt Kit hard tegen de deurklink en de deur zwaait met een klik open. Hij trekt me dichter tegen zich aan met zijn ene arm. Ik probeer me te concentreren op een vrije adem-haling, zonder belemmering. Kit jankt als een dier dat in de val zit terwijl hij mij over de drempel duwt. *Hij wil dit niet doen. Hij vindt alles wat hij nu doet verschrikkelijk.* De stank van verrotting in de kamer doet me kokhalzen. Ik zie niets anders dan het zwarte ge-zoem, het tweepersoonsbed dat voor me staat, en boven op dat bed...

Nee. Nee. Alsjeblieftnietalsjeblieftnietalsjeblieftniet.

Vier grote pakketten, allemaal ongeveer een meter lang, met bruin inpaktape om het plastic gewikkeld. Vier stinkende cocons waar een wolk bromvliegen omheen gonst – drie liggen er zij aan zij, en de vierde, de kleinste, is in de ruimte gestopt die wordt gevormd door de gebogen zijkanten van de grootste twee. Door het transparante plastic zie ik stof – een patroon met bloemen en blaadjes, een paisley-patroon...

'We moesten ze als mummies inpakken,' zegt Kit. 'Tegen de stank, en tegen de vliegen – dat zei Jackie. Je ziet hoe goed dat heeft gewerkt. Dit noemt zij dus de vliegen buiten houden.'

Nu. Dit is het moment waarop ik weg moet rennen, maar het is alsof ik geen botten meer in mijn lijf heb. Ik ben slap. Kit buigt voorover, en sleurt mij met zich mee. Er ligt een rol bruine tape op de grond, bij de poot van het bed. 'Pak op,' zegt hij, en hij laat een van mijn armen los. 'Plak het over je mond, en wikkel het dan twee keer om je hoofd, zodat je mond helemaal bedekt is.' Het mes snijdt voor mijn ogen door de lucht. Twee centimeter dichterbij en het zou mijn oogbol doorklieven.

Ik voel dat er iets langs mijn benen stroomt. Ik probeer te ontkennen wat dit kan betekenen, maar ik weet wat het is. Ontkennen lukt niet meer. *Ik heb in mijn broek geplast.* Ik probeer mijn hoofd om te draaien zodat ik niet hoef te zien hoe mijn schande in de vloerbedekking sijpelt. Degene die straks mijn lichaam vindt, weet dat ik doodsbang en vernederd ben gestorven.

'Pak die tape,' zegt Kit nog eens, alsof hij niet snapt dat ik allang aan het doen ben wat hij wilde. 'Plak je mond af, en wikkel de tape dan twee keer om je hoofd.'

Maar ik kan niets doen, helemaal niets. Ik kan niet aan zijn eisen voldoen, en ik kan me niet verzetten. 'Vermoord me nu maar gewoon,' zeg ik snikkend. 'Dan is het voorbij.'

26

24/07/2010

'Zo veel mensen die in Cambridge hebben gestudeerd blijven hier na hun studie wonen,' zei Charlie. 'Waarom bleef Kit Bowskill dan niet, als hij zo verliefd op deze stad was?' Ze zat achter in Simons auto, omdat ze die van haar bij de Granta Pub had laten staan. Het was druk op de weg. Sam had al geopperd dat ze de auto aan de kant moesten zetten en verder zouden lopen. Charlie begon te geloven dat hij een punt had. De auto had de hele tijd in de brandende zon gestaan terwijl zij in de pub zaten, en de airconditioning had tot nu toe nog niet veel effect. De rug van Charlies topje was kletsnat van het zweet.

'Je ziet het verkeerd,' zei Simon. 'Je moet Bowskill niet zien als een gewone kerel die een doel wil bereiken, daarin slaagt, en zichzelf vervolgens een schouderklopje geeft omdat hij zulk puik werk heeft afgeleverd. Je moet hem zien als een behoeftemachine die geprogrammeerd is om niets anders te doen dan zijn dingen willen. Daar oefent hij zijn hele leven lang al op. Hij is nu in staat om iets langer en dieper en sterker te willen dan vijf jaar geleden. Hij is zo goed in willen dat het krijgen van wat hij wil allang niet meer volstaat.'

'Dus hij mijdt de dingen die hij wil, zodat hij nog meer te willen heeft?' vroeg Sam.

'Daar komt het wel op neer,' antwoordde Simon. 'Maar als ik wil muggenziften, zou ik zeggen dat er niet zoiets bestaat als "de dingen die hij wil". Charlie heeft gelijk – als hij zo graag in Cambridge wilde wonen, had hij daar kunnen blijven na zijn afstuderen. Maar dan zou hij misschien een willekeurige baan hebben moeten accepteren, en een poos in een rothok moeten wonen, en dat was voor Bowskill geen optie. Dat zou een degradatie zijn, nadat hij drie jaar tot de elite van de stad had behoord – kamers in historische colleges, studeren aan een van de beste universiteiten ter wereld. Niet dat hij gelukkig was als student. Hij was niet in staat om voldoende te ontspannen om er echt van te genieten, want hij wist dat het maar tijdelijk was.'

Charlie schudde haar hoofd. 'Ik snap nog steeds niet hoe een baan in Rawndesley hem dichter bij zijn –'

'Ik wel,' viel Simon haar in de rede. 'Ik kan wel raden wat zijn strategie was: een baan vinden bij een degelijk bedrijf, met goede doorgroeimogelijkheden en met kantoren door het hele land – bij voorkeur met een vestiging in Cambridge – en dan wachten op overplaatsing. Ondertussen woon je dan wel in Rawndesley, maar je hebt een plan om terug te komen naar de plek waar je wilt wonen. En je moet onderaan beginnen en opklimmen, zodat je een fatsoenlijk huis kunt betalen als je eenmaal naar Cambridge wordt overgeplaatst. Zolang je in Rawndesley woont, kun je best accepteren dat je huidige leven een compromis is – Rawndesley is een typische compromisplaats. Wat Bowskill niet wilde was compromissen sluiten in Cambridge – Cambridge betekent voor hem perfectie, en hij wil daar alleen wonen als alle omstandigheden perfect zijn. In het onwaarschijnlijke geval dat het ooit zover zou komen, zou hij zich slechter voelen dan ooit – het zou een enorme schok zijn. De dag dat Kit Bowskill gedwongen wordt om toe te geven dat er geen enkel aspect van zijn leven verbetering behoeft – dat zou een heel gevaarlijke dag voor hem zijn. Dan zou hij moeten erkennen dat het probleem in hem zit – dat hij zelf het aspect is dat hij moet veranderen. En op dat moment zou hij waarschijnlijk instorten.'

'Dus... voor hij solliciteerde naar een baan bij Deloitte in Rawndesley had hij eerst gesolliciteerd bij Deloitte in Cambridge?' vroeg Charlie.

'Ja – en bij alle andere bedrijven waarvan hij vond dat ze hem waardig waren,' antwoordde Simon. 'Een laag salaris en een klein flatje had hij waarschijnlijk nog wel getrokken als hij een baan had waar hij trots op kon zijn, en als hij wist dat hij tot de top kon doordringen. Misschien waren er geen vacatures, of misschien heeft hij wel gesprekken gevoerd, maar is de baan uiteindelijk naar een ander gegaan – hoe dan ook, iets beters dan Deloitte in Rawndesley kreeg hij niet voor elkaar. Misschien heeft hij wel een deadline voor zichzelf gesteld: binnen twee, of vijf, of weet ik hoeveel jaar overgeplaatst worden naar Cambridge.'

'Daar is hij duidelijk niet in geslaagd,' merkte Charlie op.

'Nee. Dan snap je nog steeds niet hoe het werkt in zijn hoofd. Iemand als Bowskill faalt nooit. Hij is altijd op weg naar het realiseren van zijn Grote Plan. Succes en overwinning liggen altijd net om de hoek.'

Charlie trok een gezicht tegen de achterkant van Simons hoofdsteun. Ze was misschien niet helemaal vertrouwd met alle nuances van Kit Bowskills gestoorde geest, maar wellicht had dat iets te maken met het feit dat ze de beste man nog nooit had ontmoet. Simon had hem zelf nog maar één keer gesproken, en toch leek hij al een expert op het gebied van Bowskills specifieke onstilbare ontevredenheid. Charlie vroeg zich af of dat haar zorgen moest baren.

'Wat Bowskills plan om overgeplaatst te worden naar Cambridge ook behelsde, toen hij Connie ontmoette heeft hij het omgegooid,' zei Simon. 'Vanaf het moment dat hij haar leerde kennen, zou hij het als een gruwelijk falen zien om zonder haar naar Cambridge te verhuizen.'

'Wil je nu beweren dat hij verliefd op haar werd?' Charlie vond het leuk om Simon te dwingen woorden als 'verliefd' te zeggen.

Hij omzeilde het keurig. 'Ik vraag me af of hij tot normale emoties in staat is,' zei hij. 'Alles wat hij voelt laat zich uitleggen als een behoefte. Hij heeft besloten dat hij Connie even graag wil als Cambridge, maar zij heeft sterke wortels in Silsford – ze was een Monk voor ze Bowskill trouwde, als in Monk & Sons. Haar familie woont al generaties lang in Little Holling. Bowskill had vast al snel door dat het heel moeilijk zou worden om Connie uit Culver Valley weg te krijgen. Connie heeft me zelf verteld dat het bij haar familie ingebakken zit dat niemand er ooit weggaat. Er was een sprankje hoop voor Bowskill – hij zag dat Connie knettergek werd van haar ouders.

Ze wilde dolgraag bij hen weg. Hij was zo slim om haar niet onder druk te zetten of om te praten. Hij moedigde haar juist aan om veel tijd met hen door te brengen, en hij zei altijd dat het zo geweldig was om uit zo'n hecht gezin te komen, vertelde Connie. Hij vertrouwde erop dat Connie zo doodziek zou worden van de familie Monk dat *zij* zou opperen om te verhuizen. Hij heeft er waarschijnlijk langer op moeten wachten dan hij had gehoopt, maar uiteindelijk was het zover – op een avond gingen ze uit eten en Connie vertelde hem dat ze schoon genoeg had van Culver Valley. Bowskill liet er geen gras over groeien en vertelde haar meteen dat hem een promotie was aangeboden bij Deloitte in Cambridge.'

'Wat een toeval,' viel Charlie hem in de rede.

'Geen toeval – een leugen,' zei Simon. 'Als ik Deloitte Cambridge maandag bel om navraag te doen, weet ik nu al wat ze zullen zeggen: zij hebben Bowskill nooit iets aangeboden. Hij is meteen naar hen toegegaan toen hij hoorde dat Connie weg wilde, en hij heeft hun gezegd dat ze hem moesten overplaatsen. Het hoefde niet per se een promotie te zijn – als hij er maar aan de slag kon, hoewel ik ervan uitga dat het best een promotie had kunnen zijn. Ik neem aan dat Bowskill toen al jaren bezig was geweest om indruk te maken op de juiste mensen. Deloitte zal wel ingestemd hebben met de overplaatsing, want Bowskill en Connie begonnen meteen aan hun huizenjacht in Cambridge. Ze vonden het perfecte huis.'

'Pardoner Lane 18,' zei Sam.

'Alles werd wel ineens erg perfect,' vertelde Simon verder. 'De perfecte stad, de perfecte vrouw, het perfecte huis, de perfecte baan. Iemand als Bowskill is op zijn gelukkigst als hij op het punt staat zijn droom te verwezenlijken – dus vlak voor het gebeurt. En de volgende dag wordt hij wakker en beseft hij dat hij nog steeds dezelfde sneue loser is die hij altijd al was. Fuck, komt er ooit nog beweging in dit verkeer?' Simon sloeg met zijn vuist tegen het raam. 'Anders ging ik wel over de stoep, maar dat kan niet, want dan rij ik zeker vijftig toeristen omver. Jij kent Cambridge beter dan ik, Char – zullen we uitstappen en rennen? Hoe ver is het lopen naar Bentley Grove?'

'Dit is het ergste stukje,' zei Charlie. 'Laten we het maar uitzitten. Als we die rotonde daar eenmaal voorbij zijn, komt het wel goed.'

'Het zal wel een flinke klap zijn geweest dat hij Pardoner Lane 18 niet kreeg,' zei Sam.

'Hij had het best kunnen krijgen, als hij niet zo arrogant was geweest,' antwoordde Simon. 'Er was iemand anders geïnteresseerd, maar toen Hugh Jepps hem dat vertelde, zei Bowskill dat hij loog, en dat hij niet geloofde dat die andere koper echt bestond. Dat het een smoes was om de prijs op te drijven. Hij liep weg – zei tegen Jepps dat die maar weer contact moest opnemen als die andere kerel toch niet geïnteresseerd bleek. Je snapt waar het idee voor die biedoorlogen van Jackie en hem vandaan komt.' De auto maakte een scherpe bocht naar links; het wiel schampte de stoeprand.

'Simon, niet doen,' kreunde Charlie. 'De stoep is geen optie – accepteer het nu maar.'

'Tegen de tijd dat Bowskill erachter kwam dat het verhaal over de andere koper wel degelijk klopte, was de deal al rond,' zei Simon. 'De mensen van Beth Dutton verkochten het huis aan de Gilpatricks. Daar zal Bowskill het wel heel moeilijk mee gehad hebben. En toen kwam Jackie Napier om de hoek kijken. Hugh Jepps had tegen Bowskill gezegd dat het huis verkocht was, en dat er niets meer aan te doen viel, maar Bowskill voelde dat Jackie meer sympathie voor hem zou hebben.'

'En dat had ze, als ze hem alle hoeken van de slaapkamer wilde laten zien,' deed Charlie vrolijk een duit in het zakje.

'Inderdaad.' Simons ernstige toon sneed dwars door haar frivoliteit heen. 'Zij belde de verkopers en vroeg hun om er nog éens over na te denken – waarschijnlijk heeft ze hun verteld hoe graag Bowskill het huis wilde hebben en dat hij bereid was meer te betalen dan de prijs die ze met de Gilpatricks overeengekomen waren. De mensen van Beth Dutton waren in tweestrijd – ze waren uit principe tegen oplichting, maar ze roken ook een kans om er nog meer geld uit te slepen. Ze zeiden tegen Jackie dat het huis van Bowskill was als hij vijftigduizend pond boven op het bod van de Gilpatricks wilde betalen.'

'Dus ze waren *zo* principieel dat hun omkoopsom lekker hoog was,' mompelde Charlie minachtend.

'En wat er toen gebeurde, weten we al,' zei Simon. 'Bowskills ouders willen het geld niet betalen en hij verbreekt het contact met hen. Ondertussen draait Connie stilletjes door. Al wil ze nog zo graag verhuizen, ze raakt er ook door in paniek. Bowskill kan haar de waarheid over Pardoner Lane 18 niet vertellen, want dan moet hij toegeven dat hij heeft gefaald, en dus past hij het verhaal aan. In zijn lezing van de gebeurtenissen eist hij zijn macht weer op – hij is niet meer ten prooi aan de omstandigheden, hij heeft de touwtjes in handen. Hij doet net of hij omwille van Connies gezondheid van gedachten is veranderd en probeert haar te enthousiasmeren voor zijn nieuwe plan: hun eigen bedrijf, een prachtig huis in Culver Valley – een nieuwe droom, een nepdroom.'

'De droom kwam anders wel uit,' merkte Sam op. 'Ik heb hun huis in Little Holling gezien. Het is een schitterend huis – het prototype van een idyllische cottage. En ze zijn inderdaad een eigen bedrijf begonnen – iets met data en databases. Het heet Nulli Secundus. Ik heb de indruk dat het een succes is.'

'O ja, Bowskill heeft het allemaal goed voor elkaar,' zei Simon. 'Maar het was nooit zijn droom – het was niet meer dan een stap op weg naar het echte doel.'

'Dat weet je helemaal niet,' zei Charlie geërgerd. De hitte werd haar te veel. Ze wilde een raampje opendoen, maar als ze dat deed zou Simon eisen dat ze het weer dichtdeed omdat anders de airconditioning het niet zou doen. Alsof je daar nu iets van merkte. 'Misschien was die nieuwe droom wel echt.'

'Dat zou je niet zeggen als je die slaapkamer bij zijn ouders thuis had gezien,' zei Simon. 'Zolang hij leeft, zal Kit Bowskill nooit tevreden zijn met iets anders dan Cambridge.'

'Maar hij is nu toch *wel* tevreden?' bracht Charlie daartegen in. 'Of hij is van gedachten veranderd: hij had ooit zijn zinnen op Cambridge gezet, maar toen heeft hij er nog eens goed over nagedacht, en –'

'Jij hebt niet gezien wat ik heb gezien,' viel Simon haar in de rede.

'Het was niet de slaapkamer van iemand die van gedachten verandert – geloof me. De cottage in Little Holling was een tussenstation. Zijn eigen bedrijf starten was een goede zet: als je voor jezelf werkt, kun je je hoofdkantoor verplaatsen wanneer het je uitkomt – je bent niet afhankelijk van Deloitte of een ander bedrijf dat maar net op het juiste moment een vacature moet hebben.'

'Maar... Connie vertelde dat hij zo geobsedeerd is door het huis in Little Holling,' zei Sam. 'Ze zei dat hij een kunstenaar opdracht heeft gegeven om het te portretteren.'

'Getver,' zei Charlie. Meer hoefde ze niet te zeggen, want dat woord vatte alles samen.

'Mensen die obsessief zijn, blijven hoe dan ook obsessief, al verleggen ze soms het aandachtsgebied van hun obsessie, of niet?' zei Sam.

'Bowskill niet,' zei Simon geïrriteerd. Hij haatte het als een ander vragen stelde die zijn eigen stelligheid ondermijnden. 'Als hij ineens van gedachten zou veranderen over wat de beste plek is om te wonen, zou dat voor iemand als hij betekenen dat hij had gefaald – dan zou hij moeten erkennen dat hij er al die jaren naast zat. Hij voelt zich snel en gemakkelijk vernederd. Stel je voor dat hij al die foto's in zijn kamer in Bracknell van de muren zou moeten halen, en dat hij onder ogen moest zien hoe stom hij was om die daar allemaal op te hangen.'

Sam en Charlie keken elkaar aan. Ze wilden Simon er geen van beiden op wijzen dat hij dit allemaal niet zeker wist.

'Terwijl hij en Connie op zoek waren naar een huis in Little Holling en hun eigen bedrijf opzetten, was Bowskill aan het piekeren wat hij fout had gedaan,' zei Simon. 'Eerste fout: weglopen van Pardoner Lane 18 in de verwachting dat hij het toch wel zou krijgen. Niet geloven in de Gilpatricks. Tweede fout: Connie laten zien hoe enthousiast hij over de verhuizing was, toen zij eenmaal met het voorstel was gekomen. Zijn zekerheid en vastberadenheid hadden haar afgeschrikt – ze schoot in de rol van paniekvogel en zette de rem erop. Hij werd de geruststellende volwassene, en zij was het bange kind. Haar haar viel uit, ze was de hele tijd misselijk van de zenuwen

– dat kon allemaal niet – Bowskill wilde niet in Cambridge zitten met een kale zenuwpees die het gevoel had dat ze daar tegen haar zin naartoe gesleept was. Toen hij hoorde dat Pardoner Lane 18 hem definitief ontglipt was, was hij ervan overtuigd dat alles wat eerst zo perfect was, een voor een wegviel, en dus was het beter om zich helemaal terug te trekken en af te wachten.'

Sam en Charlie wachtten. Het verkeer begon langzaam vooruit te kruipen.

Simon begon pas weer te rijden toen de auto achter hen toeterde. Hij was te diep in gedachten verzonken; de buitenwereld, met zijn blakerende hitte en files, was weggevallen.

'Bowskill wilde het de tweede keer heel anders aanpakken,' zei hij. 'Hij zei tegen Connie dat hij van gedachten veranderd was en dat hij helemaal niet meer naar Cambridge wilde verhuizen – hij zei dat ze het moest vergeten, en dat ze in Silsford ook heel gelukkig zouden zijn. Het was een klassiek staaltje van omgekeerde psychologie, en het werkte. Connie vond het verschrikkelijk dat hij de Cambridge-droom had opgegeven. Ze dacht dat hij er de brui aan had gegeven, en dat zij de enige was die nog graag wilde verhuizen. Ondertussen zat Bowskill te wachten tot Pardoner Lane 18 opnieuw op de markt zou komen – hij wist dat Connie steeds ongelukkiger zou worden, omdat ze gevangenzat in de val van de familie Monk. Als het huis eindelijk weer op de markt kwam, zou Bowskill meteen toeslaan met zijn bod – eentje dat de Gilpatricks zeker zouden accepteren, hoe hoog het ook moest zijn. Hij is inmiddels directeur van een succesvol bedrijf – hij hoeft dus bij niemand meer te bedelen. Als zijn bod dan zou worden geaccepteerd, zou hij tegen Connie zeggen: "O, trouwens, een vriend van mij in Cambridge vertelde dat ons huis weer te koop staat – jammer dat we hier nu zo gelukkig zijn." Dan zou hij achterover kunnen leunen en haar enthousiasme voor hun oorspronkelijke droom doet de rest. Geholpen door het feit dat zij dolgraag weg wil uit Culver Valley en nooit meer terug wil komen.' Simon zei dit laatste met veel pathos, alsof hij wist hoe zij zich voelde. Charlie begreep er niets van. Hij gaf altijd de indruk dat hij getrouwd was met Spilling tot de dood hen zou scheiden – zijn dood, want Spilling was allang morsdood, minstens tot de zon de wereld liet exploderen, of wat er uiteindelijk maar zou gebeuren dat overal een eind aan zou maken. Natuurkunde was nooit Charlies sterke kant geweest.

'Dus, de tweede keer speelt Connie de rol van enthousiaste motor achter het hele verhaal?' vroeg Sam.

'Ja,' antwoordde Simon. 'En Bowskill speelt de twijfelkont, degene die overtuigd moet worden – want hij is toch zo dol op zijn lieve cottage in Little Holling, althans, dat heeft hij Connie doen geloven – hij heeft zelfs opdracht gegeven om hem te laten portretteren.'

'Getver,' zei Charlie nog maar eens.

'Vanaf het moment dat hij Pardoner Lane 18 niet kreeg, toen, in 2003, heeft Bowskill zich met zijn hele ziel en zaligheid gestort op de farce dat hij zo veel van Silsford hield,' zei Simon. 'Hij moest wel – om de nodige weerstand in Connie te kweken. In de tussentijd werkt hij aan het andere aspect van zijn plan, en dat vindt plaats in Cambridge.'

'Jackie Napier,' zei Sam.

'Jackie Napier,' herhaalde Simon. 'Slim, geen scrupules, en ze wil Bowskill dolgraag voor zichzelf. Probeer deze vraag eens te beantwoorden: als Bowskill het zo erg vond dat iemand hem zag falen, hoe kon hij dan iets beginnen met de vrouw die precies wist hoe kapot hij was toen hij het huis niet kreeg dat hij zo graag wilde hebben? Hij moest Jackie immers vertellen dat het hem niet was gelukt die vijftigduizend pond bij elkaar te krijgen. Iemand die zo trots is als Bowskill en die een… affaire begint met een vrouw die hem zo'n nederlaag heeft zien lijden – hoe kon dat?'

'Jij kent hem toch zo goed?' zei Charlie droogjes. 'Vertel maar.'

'Oké.' Geen probleem voor Simon, want die wist altijd alles. 'Jackie is zo slim dat zij al heel snel inziet dat Bowskill zichzelf als winnaar moet zien. Ze zegt tegen hem: "Je hebt het huis niet verloren – je hebt het alleen *nu* nog niet gekregen. Maar uiteindelijk is het van jou, als we het spelletje anders spelen." Ze bedenkt een plan. Stap een? Ze maakt een kopie van de sleutels van Pardoner Lane 18 voor ze die bij

de overdracht aan de Gilpatricks overhandigt. Ze gebruikt haar on-
oprechte charmes – want wie kan daar nu weerstand aan bieden – en
sluit vriendschap met Elise Gilpatrick, zodat ze zo veel mogelijk aan
de weet kan komen, onder andere dat wat Bowskill het meest interesseert: ze hebben een baby en zijn van plan het niet bij één kind te
laten. En Pardoner Lane 18 heeft geen tuin. Sam, zouden jij en Kate
ooit een huis zonder tuin kopen?'

'Nee,' zei Sam. 'Als je kinderen hebt, heb je een tuin nodig.'

'En Jackie Napier heeft Bowskill waarschijnlijk verteld dat dit al
heel snel tot de Gilpatricks zou doordringen,' zei Simon. 'Ze kwam
er ook achter dat er overdag nooit iemand thuis was – Elise en haar
man, hoe hij ook mag heten, werkten allebei fulltime en de baby ging
naar een kinderdagverblijf. Wat zou het geestig zijn, zei Jackie tegen
Bowskill, als wij hun huis gebruikten alsof het al van ons was. Het
was bijna alsof zij hun recht als ware eigenaren opeisten – degenen
die wisten wat er speelde, in tegenstelling tot de Gilpatricks, die alleen maar *dachten* dat zij de baas waren, en die niet eens wisten dat
het huis niet echt van hen was. Snap je nu waarom Jackie zo graag
vrienden wilde worden met Elise Gilpatrick? Ze moest in dat huis
gezien worden, samen met Elise, en vaak ook, zodat niemand iets
vermoedde als ze haar daar overdag zagen. Vriendinnen hebben immers elkaars huissleutels.'

'Ze wilde natuurlijk ook de garantie dat de Gilpatricks haar de verkoop van Pardoner Lane 18 zouden gunnen, in plaats van een andere
makelaar, als ze eenmaal hadden besloten dat ze toch een huis met
een tuin wilden,' merkte Sam op.

'Precies,' zei Simon. 'En dat deden ze ook keurig, vorig jaar. En
toen stortte Jackies plan aan alle kanten in. Want toen ze Bowskill
vertelde dat de Gilpatricks eindelijk gingen verhuizen, reageerde hij
niet zoals zij had verwacht. Ze is helemaal trots op zichzelf, en
schept op over hoe slim ze is geweest en dat ze het perfecte huis heeft
gevonden voor haar vriendin Elise. Maar in plaats van te zeggen:
"Geweldig, goed gedaan!" en vervolgens Pardoner Lane 18 van haar
te kopen, begint Bowskill vragen te stellen over het huis dat de Gil-

patricks dit keer hebben gekocht. Zijn jaloezie op de Gilpatricks is er inmiddels zo ingesleten – hij sleept het al zes jaar met zich mee. Al die tijd heeft hij hun post gelezen, in hun persoonlijke bezittingen gesnuffeld – hij weet precies wat er in hun badkamerkastje staat, wat ze *denken*, waarschijnlijk. Als zij gelukkig zijn, voelt hij hun geluk. Dat stoort hem. Maakt hem woedend. Maar hij kan het niet meer stoppen, hij moet zich onderdompelen in hun levens en hij moet wel jaloers zijn. Zij hebben een echt leven, en hij niet – hij voelt zich aangetrokken tot iets wat hij nooit zal zijn en... hebben. En dat weet hij. De Gilpatricks zijn de grote winnaars; zij hebben de grote prijs in de wacht gesleept. Als zij ineens iets hebben gevonden dat ze beter vinden, wat zegt dat dan over Pardoner Lane 18? Misschien is het toch niet het perfecte huis, als de winnaar er niet meer wil wonen. Sam, je had het net over het overgaan van een obsessie – dat gebeurde op dat moment, die overgang: Bowskill besluit dat het niet meer om het huis gaat, maar om het zegevieren over de Gilpatricks door datgene te krijgen wat zij willen.'

'Dus hij is gestoord, die Kit Bowskill?' vroeg Charlie. 'Echt compleet doorgedraaid?'

'Zo kun je het ook zien,' zei Simon. 'Maar je kunt hem ook zien als pragmaticus. Iemand met een groot aanpassingsvermogen. Ga maar na: als hij zijn obsessie op dat moment niet verlegt en zich op Bentley Grove 12 stort, wat moet hij dan? Pardoner Lane 18 kopen? Connie is degene met wie hij wil zijn, niet Jackie. Jackie is goed voor zijn ego en zij is een uitstekend middel tot een doel, maar Bowskill kent het verschil tussen een kwaliteitsproduct en een goedkoop stuk kitsch – hij weet dat Connie het eerste is, en Jackie het tweede. Als hij en Connie Pardoner Lane 18 kopen en er gaan wonen, wat moet hij dan tegen Jackie zeggen? "Nou, bedankt voor je hulp, maar vanaf nu neemt mijn vrouw het weer over"? Dat zal Jackie natuurlijk niet pikken. Die gaat Connie vertellen van hun affaire, en er alles aan doen om het huwelijk kapot te maken.'

Charlie probeerde zich er niet aan te storen dat Simon Connie zojuist had omschreven als een kwaliteitsproduct.

'Dus Bowskill verlegt zijn obsessie naar Bentley Grove 12...' begon Sam voorzichtig.

'Hij haalt Jackie over om Pardoner Lane 18 te kopen,' zei Simon. 'Hij legt uit dat ze allebei de huizen kunnen krijgen, en draagt haar op de sleutels van Bentley Grove 12 na te laten maken voor ze die overdraagt, en dan kan het hele avontuur opnieuw beginnen – indringen in het nieuwe huis van de Gilpatricks, precies zoals ze dat bij het oude hebben gedaan. Jackie doet wat er van haar wordt verlangd, en ze ontwikkelen een nieuw patroon – doordeweekse afspraakjes in Bentley Grove 12, misschien soms ook nog weleens op Pardoner Lane, zodat Bowskill kan gaan geloven in zijn imperium in Cambridge. En in een nieuw onmogelijk perfectionistisch doel, want hij moet nu de hele tijd de fantasie in stand houden dat hij op weg is naar de ultieme overwinning. Hij vraagt Jackie of zij denkt dat het theoretisch mogelijk is om de Gilpatricks ervan te overtuigen dat ze nog een keer moeten verhuizen. Als ze niet alleen slim is, maar ook over gezond verstand beschikt, zal ze nu aan hem gaan twijfelen. Al die jaren zegt hij dat hij zo graag met haar in Pardoner Lane wil wonen – dat moet hij wel gezegd hebben, om haar aan zijn kant te houden – en nu heeft hij de kans om dat te doen, maar hij grijpt hem niet. Ook gaat hij niet bij Connie weg, zoals hij ongetwijfeld beloofd had. Jackie blijft bij hem, maar ze is er niet blij mee. In tegenstelling tot Bowskill is zij niet verslaafd aan het idee van de onbereikbare perfectie – zij wil de resultaten waar ze haar zinnen op had gezet zo snel mogelijk: samenwonen met Bowskill, in Cambridge. Ze begint manieren te verzinnen waardoor dat mogelijk wordt.'

'Zag hij niet dat hij het dilemma onmogelijk kon oplossen?' vroeg Charlie. 'Zelfs al zouden de Gilpatricks verhuizen, wie zegt dat Bowskill dan niet besluit dat Bentley Grove 12 ook niet goed genoeg is en dat hij vervolgens zijn zinnen zet op het huis waar ze dan weer in wonen?'

'Dat is precies wat hij zou hebben gedaan,' zei Simon. 'Hij wilde daar alleen zelf niet bij stilstaan – en ook niet bij de keuze die hij binnenkort zou moeten maken, in welk huis in Cambridge hij ook gaat wonen: Connie of Jackie. Als hij Connie kiest, zal Jackie zijn hele wereld doen instorten. Als hij Jackie kiest, zit hij met de verkeerde vrouw – dan ontbreekt er iets in zijn rijtje perfecte dingen. Diep van binnen weet hij dat hij dat nooit voor elkaar krijgt en dat beide opties niet zullen werken, maar het lukt hem niet om realistischer te gaan denken. Zijn hele leven is een vlucht voor de realiteit. Hij zou onmiddellijk kapotgaan als hij de werkelijkheid onder ogen ziet, althans, daar is hij bang voor.'

'Dus wat doet hij dan?' vroeg Sam. Het driftig ronkende verkeer was gaan stromen; ze waren nu bijna bij de rotonde. Eindelijk begon ook de airconditioning zijn werk te doen.

'Hij reageert zich af op Jackie,' zei Simon. 'Gaat door het lint als zij hem erop wijst dat het zeer onwaarschijnlijk is dat de Gilpatricks op korte termijn nog eens zullen verhuizen, aangezien ze het perfecte gezinshuis hadden gevonden, met een tuin. Bowskill houdt vol dat ze misschien toch zullen besluiten om weg te gaan – dat wil hij afwachten. Jackie vindt dit niet prettig, maar wat kan ze doen? Als zij de relatie beëindigt, krijgt ze niet wat ze wil hebben: Bowskill.'

'Dus ze blijft bij hem ondanks zijn gekte omdat ze van hem houdt?' vroeg Charlie. Dat was tenminste een stukje psychologie dat ze wel begreep.

'Maar terwijl zij haar tijd uitzit, gebeurt er iets onverwachts,' zei Simon. 'Connie Bowskill vindt een adres dat ze niet herkent, onder het kopje "thuis". Sneu genoeg heeft Bowskill Bentley Grove 12 een bijnaam gegeven omdat hij zo graag wil dat zijn fantasie echter voelt – een bijnaam die hem herinnert aan gelukkiger tijden, toen zijn droom nog binnen handbereik lag. Pardoner Lane 17, Pardoner Lane 18 – een grapje dat hij jaren geleden maakte, toen hij nog dacht dat perfectie een haalbaar doel was. Dat gelooft hij inmiddels niet meer, maar misschien, als hij de grap herhaalt, komt dat oude gevoel ook weer terug. Hij voert dus Bentley Grove 11 in zijn gps in – gewoon om te kijken hoe dat voelt, omdat hij dat zou doen als het huis echt van hem was.'

'En dan ziet Connie het,' zei Charlie.

'Precies. Connie ziet het, en ze gelooft hem niet als hij beweert dat hij daar niets van af weet. Ineens heeft Bowskill een nieuw probleem – niet alleen moet hij voldoen aan Jackies verwachtingen en moet hij zijn eigen fantasie koesteren, hij heeft nu ook een vrouw die hem niet meer vertrouwt – die geen woord meer gelooft van wat hij zegt, hoeveel moeite hij ook stopt in zijn leugens.'

Ze waren nu op Trumpington Road; het was nog maar een paar minuten naar Bentley Grove.

'Vraag me niet wat er daarna is gebeurd, want ik heb geen idee.' Simon klonk ontevreden. 'Ik kan wel speculeren, als jullie willen.' Zonder hun aanmoediging af te wachten, ging hij verder: 'Nu Connie zo achterdochtig was, bleven Bowskill en Jackie waarschijnlijk weg van Bentley Grove 12. Of misschien zagen ze elkaar daar alleen nog maar als ze wisten dat Connie druk was. Maar hoe kon Bowskill zeker weten dat ze niet onverwacht op de stoep zou staan, om hem te betrappen? Dat kon hij met geen mogelijkheid. Jackie zal de druk opgevoerd hebben door te zeggen: "Vergeet Connie, vergeet Bentley Grove 12 – dit wordt allemaal te moeilijk. Kom nou maar met mij op Pardoner Lane 18 wonen, en dan leven we nog lang en gelukkig."' Simon zuchtte. 'En omdat alles ontspoorde, bereikte Bowskill zijn grens.'

'En wat deed hij toen?' vroeg Sam.

'Toen ging hij naar nummer 12 en heeft hij de familie Gilpatrick vermoord,' zei Simon. 'Wie kon hij anders de schuld geven voor de ellende waar hij zich in bevond? Ik denk dat wij daar dadelijk hun lichamen aantreffen, verpakt in gordijnen en plastic.'

Sam maakte een vreemd geluid toen ze Bentley Grove in sloegen.

'Wat is er?' vroeg Charlie.

'Dat is de Audi van Connie Bowskill,' zei hij, wijzend. 'Shit. Ze is daarbinnen.'

In twee tellen was Simon de auto uit. Hij begon te rennen.

PRODUCTIE: CB13345/432/28IG

BG11 waard 1,2/1,3 miljoen
Minimale aanbetaling £ 400.000? (Nulli?
C ziekteverlof - stress)
£ 800.000/900.000 lenen
Levensverzekering voor het volledige bedrag
Ongeluk/zelfm - polis keert het volledige
bedrag uit
(Check zelfm clausule - moet misschien toch
ongeluk zijn)
Huis van 1,2 miljoen voor 400 mille

OF
1 miljoen/900 mille als prijs omlaag?
Als boven, maar minus 250 mille aanbetaling
Huis van 1,2 miljoen voor 250 mille - niet slecht!

Zelfde huis maar veel grotere tuin op het
zuiden - gunstiger - ONMISKENBAAR - DIT
HEEFT ZO MOETEN ZIJN!!!

(Officieel acc - misschien zelfmoord, niet te
bewijzen. Schuldig aan 4 moorden - geobsedeerd
door Gils sinds Pardoner 2003. Wilde 11 voor uitzicht op 12, om te bespieden? PARANOIA EN
WAANIDEEEN SINDS JAN, TOEN ADRES IN GPS
INGEVOERD!! BG11, BG12 - zeggen dat het altijd
al haar grap was.)

LANCING DAMISZ, UNIT 3 WELLINGTON COURT
CAMBRIDGE CB5 6EX, 01223-313300

Bezichtiging (French? Talbot?) Tref SG thuis – stalker is stap verdergegaan, heeft huis te koop gezet
Vrouw die mij sleutels gaf – C omschrijven

Brieven, poep door brievenbus?
Afbijtmiddel over auto?

Virtuele rondleiding – lijken Gils? Iets anders?
Adviseer 1 miljoen/900 v snelle verkoop
Heb C's paspoort nodig voor koop/verkoop

C DNA OP 12

Politie – C toegang 12 met sleutel gevonden op 11 – simpel

HOE KWAM ZE AAN SLEUTEL 11? Belangrijk?

Zelfmoord begrijpelijk – straf ontlopen?

11 verhuren, wonen in Pardoner – 11 huur 2500 pm

LANCING DAMISZ, UNIT 3 WELLINGTON COURT
CAMBRIDGE CB5 6EX, 01223-313300

27

Zaterdag 24 juli 2010

Ik kan me niet bewegen en ik kan niet praten. Er is inpaktape om mijn hoofd gewikkeld, zodat mijn mond is afgeplakt. Nadat hij dat gedaan had, heeft Kit mijn polsen op mijn rug bij elkaar gebonden, en me gedwongen op de grond te gaan liggen. Er was een kleine kans om weg te komen, maar die heb ik niet gegrepen, en nu ga ik dood. Als Kit er klaar voor is. En als niet dood zijn nog erger wordt dan het nu al is, weet ik hoe ik het proces moet versnellen – het enige wat ik dan moet doen is huilen. Dan krijg ik binnen een paar minuten geen lucht meer, en stik ik.

'Ik wilde ze niet vermoorden, Con.' Hij moet zijn stem verheffen om boven het lawaai van de vliegen uit te komen. 'Vier levens, twee kinderen. Het was geen gemakkelijk besluit; ik kon het pas toen ik dacht aan ons. Aan onze toekomstige kinderen. Dit is het huis dat onze kinderen verdienen.'

Ik wil niet luisteren, maar ik dwing mezelf ertoe. Ik wil Kits werkelijkheid kennen. Dit is Kits werkelijkheid. Deze man, dit monster, is mijn echtgenoot. Ik hield van hem. Ik ben met hem getrouwd.

'Jackie wilde ik ook niet vermoorden,' zegt hij. 'Ze veroordeelde me niet toen ik haar vertelde wat ik had gedaan. Ze raakte niet in paniek, zoals ik. Het inpakken was haar idee, om de stank tot een minimum te beperken. Luchtdicht, zei ze.' Hij zwijgt en kijkt naar het bed. 'Ik weet niet hoe die vliegen er zijn gekomen,' zegt hij onzeker. 'Misschien is het toch niet helemaal luchtdicht, wat denk jij?'

Hij kijkt naar me en herinnert zich dat ik niet kan praten vanwege de tape. Hij herinnert zich dat hij midden in een verhaal zat, over hoe Jackie niet in paniek raakte. 'Ze ging hun e-mails door,' zegt hij. 'Heeft contact opgenomen met hun werk, om te zeggen dat er een noodgeval in de familie was, en dat ze een poos niet zouden komen. En de school. Ze zorgde ervoor dat hun mobieltjes opgeladen bleven, en hield die in gaten – als er een sms'je van vrienden of familie kwam, sms'te zij terug, alsof ze...' Zijn lichaam schokt, alsof er een stroomstoot doorheen trekt. 'Alsof zij Elise Gilpatrick was,' zegt hij uiteindelijk. *De naam van de vrouw die hij zonder reden heeft vermoord.*

'Ik ging kapot, Con. Jackie raapte me bij elkaar, Jackie had een plan. Ik ben ermee akkoord gegaan omdat ik laf was, en omdat... hoe kon ik weigeren haar te helpen na alles wat zij voor mij heeft gedaan?'

Ik krimp ineen als hij op me af duikt, en begint te krabben aan de tape om mijn mond. 'Waarom zeg je niks?' sist hij in mijn gezicht. Zijn nagels steken in mijn huid. Hij doet me pijn, maar een ander effect heeft het niet. Kit pakt het mes op, kijkt ernaar, legt het weer neer en loopt de kamer uit. Ik tel. Zeven seconden later is hij terug met een nagelschaartje. Ik blijf zo stil mogelijk liggen terwijl hij op de tape inhakt, maar hij schudt te hevig en snijdt me in mijn mond. 'Sorry,' hijgt hij. Het zweet gutst over zijn gezicht en nek.

Een paar seconden later is hij door de tape heen – ik kan weer praten, als ik dat wil. Er druppelt bloed over mijn kin. Mijn nieuwe snee begint te kloppen, en doet meer pijn bij elke klop.

Kit gaat staan en staart naar me. 'Zeg iets,' commandeert hij.

Ik zou geen hoop moeten hebben, maar ik heb hoop, of het nu goed is of niet. Hij had mijn mond afgeplakt en heeft de tape toch weer weggehaald. Dat is een duidelijke ommekeer, waardoor ik geloof dat hij ook zijn plan om me te vermoorden zou kunnen intrekken. 'Wat wilde Jackie mij aandoen?' vraag ik. 'Wilde ze dat je mij ook vermoordde?'

'Nee. Ze zou het zelf hebben gedaan. Ze wist dat ik het nooit zou kunnen.'

Dat ik het nooit zou kunnen. Dat ik het nooit zou kunnen. Ik klamp me vast aan die woorden.

'Er moest veel gebeuren voor ze je kon vermoorden,' zegt Kit. 'Ze moest eerst alles in stelling brengen, zodat jij de schuld zou krijgen van de...' Hij werpt een blik op het bed. 'De anderen, je weet wel,' zegt hij. 'Ik begrijp niet dat ze nog zo helder kon nadenken, maar dat deed ze. Wil je het zien?'

'Zien?' herhaal ik niet-begrijpend.

Kit glimlacht, en heel even lijkt het of we ons oude leven weer hebben opgepakt, ons normale leven. Ik heb deze glimlach al zo vaak gezien: als Kit een grap maakt die hij zelf geslaagd vindt, als ik iets zeg waar hij van onder de indruk is. 'Ik bied aan om je het bewijs te laten zien,' zegt hij. Zijn glimlach is verdwenen. Zijn stem klinkt hard.

'Laat maar zien,' zeg ik.

Kit knikt, en draait zich om. Ik hoor hem de trap af lopen. Als hij terugkomt heeft hij een smoezelig A4'tje in zijn hand. Er staat een kriebelig handschrift op. *Jackies handschrift.* Kit houdt het voor mijn gezicht. Ik lees het drie of vier keer. Ik zou dit niet mogen begrijpen. Ik doe ook alsof ik het niet begrijp, maar het werkt niet. Ik weet meteen wat Jackie voor ogen had toen ze deze woorden opschreef.

Ik voel me bezoedeld, claustrofobisch, alsof ik gevangenzit in haar verwrongen geest, niet in staat te ontsnappen aan de ontaarde kronkeling van haar gedachten. Ik heb geen andere keus dan toe te geven dat dit waar is, want ik zie het hier staan. Toch kan ik het niet geloven. Vier dagen geleden wist ik nog niet eens dat Jackie Napier bestond.

Ik ben blij dat ze dood is.

'Dit was allemaal niet mijn idee,' zegt Kit.

'Jij hebt de Gilpatricks vermoord.'

Hij trekt zijn hoofd van mij weg, alsof ik hem wilde slaan. 'Dat was niet gepland, het... Jackie was de planner, niet ik.' Hij laat het papier los. Het valt op de grond. 'Zij voorzag alles, en ik zag niet eens wat de volgende stap moest zijn.'

Had ze ook voorzien dat jij haar zou wurgen?

'Ze voorspelde dat jij niet uit Cambridge weg zou kunnen blijven, nadat je het adres in de gps had zien staan,' vertelt Kit verder. 'Ik geloofde haar niet – ik dacht dat je nooit dat hele eind zou rijden in de hoop mij te betrappen. Jackie lachte me uit toen ik dat zei. Ze noemde me een naïeve dwaas. Ze zei dat ze het me zou bewijzen: ze nam twee weken vrij van haar werk en is op Bentley Grove gaan posten. Zodra de Gilpatricks 's ochtends weg waren, ging zij naar nummer 12 om daar op jou te wachten. Ze wist hoe je eruitzag – ze heeft vast uren op de website van Nulli zitten staren naar jouw foto. Ze was krankzinnig jaloers op je.'

Jaloers op mij. Wie zou getrouwd willen zijn met een ontspoorde moordenaar?

'Ze heeft je twee vrijdagen achter elkaar gezien. Toen wisten we het – zelfs ik kon het bedenken. Op maandagen en woensdagen was er een kans dat ik thuis zou zijn, op dinsdagen en donderdagen zat jij bij Monk & Sons. Vrijdag was je enige vrije dag omdat ik dan zeker in Londen zat.'

Ik knik, en probeer de misselijkheid die door me heen trekt te negeren. Hoe verwacht Kit dat ik reageer?

'Jackie achtervolgde je soms,' zegt hij. 'Naar Addenbrooke's, of de stad in. Ik zei dat ze dat risico niet moest nemen – ik kon de gedachte niet verdragen dat jij haar zou zien en haar zou confronteren, omdat ik bang was dat ze dan iets zou zeggen, maar ze lachte me uit. "Mij ziet ze alleen als ik dat wil", zei ze.'

'Daar had ze ongelijk in,' zeg ik, geschokt door de raspende klank van mijn eigen stem. 'Ik wist dat iemand me achtervolgde.'

Ik heb het nog tegen Alice gezegd toen ik voor het eerst bij haar kwam – dat ik in Cambridge een paar keer voetstappen achter me hoorde. Toen heeft ze me een remedie voorgeschreven voor zulke wanen: Crotalus Cascavella.

Fout.

Ik had geen flesje water met een of andere oplossing nodig. Wat ik nodig had was dat Jackie Napier zou sterven.

Geobsedeerd door Gils sinds Pardoner 2003. Dat kan maar een ding betekenen.

'De Gilpatricks hebben Pardoner Lane 18 toen gekocht, hè?' zeg ik. 'Toen jij... toen wij het wilden hebben.'

Ik heb geen antwoord nodig – ik zie het aan Kits gezicht.

'Jij deed net alsof je het niet meer wilde, en schreef het toe aan mijn... problemen. Je moet de Gilpatricks gehaat hebben. En toen... wat? Toen zijn ze verhuisd? Ze kochten Bentley Grove 12 en...'

11 verhuren, wonen in Pardoner. Terwijl ik het zeg, probeer ik te begrijpen hoe het zit. 'Je hebt haar waarschijnlijk een deel van het geld gegeven.'

'Hoe kon ik dat doen?' zegt Kit kwaad. 'Jij weet precies hoeveel geld ik heb.'

'Als ik bij mijn familie weg zou moeten, stortte ik in, maar dat was voor jou geen probleem,' zeg ik, hardop denkend. 'Jij kon in Cambridge wonen, met Jackie. Jullie hebben zitten wachten tot Pardoner Lane 18 weer in de verkoop zou komen, maar toen dat gebeurde, wilde jij het niet meer hebben – Jackie wel. Die kocht het zelfs, maar jij...' *Ja. Zo zat het, dat moet wel.* 'Jij wilde het huis dat de Gilpatricks wilden, en dat was niet meer Pardoner Lane 18 – het was Bentley Grove 12.'

Onsamenhangende ideeën botsen in mijn hoofd. Wat zei Kit over dat Jackie mij opwachtte op nummer 12, in de wetenschap dat ik daar zou komen kijken? *Zodra de Gilpatricks 's ochtends weg waren...* Dus toen waren ze nog niet dood. En als Kit ze nog niet had vermoord...

'Hoe kwam Jackie aan de sleutels van dit huis?' vraag ik. 'Was ze...?' *Haar roze spijkerjack, een sleutelhanger van Lancing Damisz in de zak. Haar zwarte spinnenhandschrift op briefpapier van Lancing Damisz.* 'Zij was makelaar, hè? Heb je haar in 2003 leren kennen? Heeft zij dit huis aan de Gilpatricks verkocht?'

Kit geeft geen antwoord. Hij kijkt weg.

'Het klopt, hè? En ze heeft een kopie van de voordeursleutel gehouden.'

'We spraken hier altijd af, als zij er niet waren,' mompelt Kit, met zijn ogen naar de grond. 'Het was een stom spelletje, maar het was beter dan het echte leven dat zij voor ons wilde. Ik kon het niet meer opbrengen om dat huis aan Pardoner Lane binnen te gaan, niet toen zij het eenmaal had gekocht. Zij wilde dat ik bij haar kwam wonen, maar hoe kon ik dat nou doen? Ik woonde in Little Holling, met jou

– in Melrose Cottage.' Hij zegt het alsof ik dat niet allang wist – alsof ik een vreemde ben aan wie hij zich voorstelt. *Hij vertelt me over zijn leven.* 'Ik heb nooit van Jackie gehouden. Het enige wat ik zeker wist was dat ik mijn leven met jou wilde delen, waar ik ook woonde, maar... het spel was toen al veel te ver doorgezet. En... het was meer dan een spel. Ik wilde...' Hij schraapt zijn keel. 'Ik zag niet in waarom de Gilpatricks zouden hebben wat ik wilde. Vanaf toen ging alles mis, toen zij ons huis kochten.'

Ik wacht.

'Jackie en ik hadden vreselijke ruzies,' vertelt Kit uiteindelijk verder, zo zachtjes dat ik hem nauwelijks kan verstaan. 'Ik wilde dit huis niet echt...' hij gebaart om zich heen, '...maar het was makkelijker om te doen alsof dan om de waarheid onder ogen te zien. Jackie wist dat het bullshit was – zij bleef maar doorzeuren, bleef me maar zeggen dat de Gilpatricks heus niet meteen weer zouden verhuizen, dat dit voorgoed hun thuis was. Ze wilde dat ik toegaf dat ik het toch niet meer zou willen hebben zodra ik het kon krijgen, zelfs al zouden ze snel weer een ander huis kopen. Ze was woedend op me – hoe haalde ik het in mijn hoofd om haar Pardoner Lane 18 te laten kopen als ik niet van plan was om daar met haar te gaan wonen? De ruzies werden steeds heftiger, en toen...' Hij schudt zijn hoofd.

Dit keer kan ik het niet raden. Ik moet het vragen. 'Toen wat?'

'Toen zag jij de gps. En Jackie vond dat voorbeschikt – de oplossing van al onze problemen.'

'Hoe? *Hoe dan*, Kit?'

'Nummer 11,' fluistert hij en hij vouwt zijn handen tot een stevige bal. 'Alles wees erop. Wij noemden dit huis ook nummer 11 – herinner je je ons oude grapje nog?'

Ik bijt op mijn lip om het niet uit te schreeuwen.

'In de keuken stond een schaal en daar lagen sleutels in met een labeltje. "Selina, nr. 11," stond erop. En na de gps-ramp dacht jij dat ik het deed met iemand op nummer 11 – wat ik ook zei, niets kon jou ervan overtuigen dat het niet waar was. Op een dag vroeg Jackie of ik wel wist hoeveel groter de tuin van nummer 11 was dan de tuin bij dit huis.' Kit maakt een hoofdbeweging naar het raam. 'Ik wist niet wat ze bedoelde. Ze had een vreemde uitdrukking op haar gezicht. Ik werd er bang van. En toen besefte ik: ze was goed op weg om gek te worden.'

'Ze gebruikte de sleutels uit de keuken en liet zichzelf binnen bij nummer 11,' zeg ik.

Hij knikt. 'Ze wilde het huis zien waar ik zogenaamd een dubbelleven leidde. Ze vond het hilarisch.'

Ik kijk omlaag naar het stuk papier op de grond, en herinner me Jackies woorden: *Zelfde huis maar veel grotere tuin op het zuiden – gunstiger – ONMISKENBAAR – DIT HEEFT ZO MOETEN ZIJN!!!*

'Zij vond dat ze de perfecte oplossing had bedacht.' Kit haalt zijn schouders op. 'We konden een huis kopen dat bijna identiek was aan dat van de Gilpatricks, alleen beter, maar wel in dezelfde straat. "Dan sta je boven hen," zei ze. "Het enige wat wij hoeven te doen is die Selina ervan overtuigen dat ze het moet verkopen." Ze had het over dingen als stront door de brievenbus, afbijtmiddel over de auto... Ik zei dat ze niet zo belachelijk moest doen – zelfs al konden we de eigenaar van dat huis verjagen, dan nog zouden we ons nooit een huis aan Bentley Grove kunnen veroorloven, dit niet en nummer 11 ook niet. Ik stond op het punt om tegen Jackie te zeggen dat we zo niet door konden gaan toen...' Hij maakt zijn zin niet af.

Er komt een zwaar gevoel van rust over me, als een drug. Ik vecht tegen de drang mijn ogen dicht te doen. 'Toen zij je uitlegde hoe het precies in zijn werk zou gaan,' maak ik Kits zin af. 'Als ik op het juiste moment zou sterven, met de juiste prijs op mijn hoofd, konden jullie het je wel veroorloven. Wat was ze dan van plan? Eerst moest ik weg bij Nulli. Met alle stress die ik had sinds ik het adres in jouw gps vond – jij moest voorstellen dat ik een poosje zou stoppen met werken, en dat ik alles aan jou moest overdragen. En dan, wat dan? Nulli verkopen? Zou Jackie dan alle papieren tekenen namens mij? Oppervlakkig gezien leek ze op me – donker haar op schouderlengte, slank. Met mijn paspoort en een notaris die mij nog nooit had ontmoet...'

'Maar ik heb dat nooit voorgesteld, of wel soms?' zegt Kit bits. 'Ik heb nooit geopperd dat jij moest stoppen met werken – alles wat ik vanaf dat moment heb gedaan was erop gericht om jou te beschermen tegen... tegen die gek met wie ik ons had opgezadeld. Dat hoef je niet te geloven, maar het is de waarheid.' Hij lacht bitter. 'Jackie beschuldigde *mij* ervan dat ik gek was. Zij vond het allemaal zo voor de hand liggend, zo simpel – we verkopen Nulli, kopen Bentley Grove 11 met een gigantische hypotheek en een reusachtige levensverzekering, en zij zou zich voordoen als jou, en dan...' Kit bedekt zijn gezicht met zijn handen. Hij kreunt.

'Dan zou ze mij vermoorden, een huis krijgen van 1,2 miljoen voor tweeënhalve ton, afhankelijk van hoe weinig Selina uiteindelijk zou accepteren om snel van haar huis af te komen,' zeg ik, me bewust van de zinloosheid van mijn woorden, wensend dat het messen waren. 'Het huis waarin zij werd achtervolgd door iemand die ze niet kende, terwijl zij er verder niets mee te maken had. Dus, wat zei jij toen? Zei jij: "Nee, ik wil niet dat Connie doodgaat?" Zei jij: "Dan stap ik naar de politie?"'

'Ik kon niet naar de politie. Ik... ik deed mijn best om haar zolang aan het lijntje te houden door...'

Ik wacht.

Kit gooit het over een andere boeg. 'Trouwens, haar plan had toch nooit gewerkt,' zegt hij ter verdediging. 'Wie zou ons ooit zo'n hoge hypotheek verstrekken als we Nulli hadden verkocht en niets meer hadden?' Wil hij nu dat ik hem uitmaak voor leugenaar, of is hij Melrose Cottage vergeten omdat het hem goed uitkomt? Hij en Jackie zouden hun hypotheek best hebben gekregen – iemand zou hem wel verstrekt hebben, vooral als degene die Nulli zou kopen Kit als algemeen directeur zou aanhouden tegen een exorbitant salaris.

'Ik moest doen alsof ik instemde met het plan, alsof we het uiteindelijk zouden doen, als de details allemaal netjes geregeld waren. Jackie vond het leuk om het allemaal te plannen. We maakten geen ruzie meer. Helemaal niet meer. Soms dacht ik – hoopte ik – dat ze voor altijd gelukkig zou blijven zolang ze maar plannen kon smeden, dat ze nooit echt... een stap verder hoefde te gaan.'

'Dus jouw doel was om Jackies eeuwige geluk te garanderen?'

'Nee! Je begrijpt het niet,' snikt Kit.

'Wel,' zeg ik tegen hem. 'Ik snap het heel goed. Snapte ik het maar niet.'

Ik zie hoe hij zijn best doet om kalm te blijven.

'Jackie had mijn leven verwoest als ik nee zei. Ik moest haar iets geven om zich aan vast te klampen. Ik heb nooit van haar gehouden, Con. Ze was meer... ik weet niet, als een collega aan wie ik loyaal moest zijn. Maar zij hield wel van mij – daar twijfelde ik niet aan. Weet je dat ze... dat ze bijna twee uur heeft gehuild nadat we... gefilmd hadden.'

Heeft hij het nu over de virtuele rondleiding?

'Ze wilde per se mijn trouwring om toen we dat deden – ze wilde niet uitleggen waarom. Ze bleef maar zeggen dat het zo grappig zou zijn, maar dat was niet de werkelijke reden. Als het zo grappig was, waarom stortte ze dan in toen ik hem na afloop terug wilde? Ik voelde me nog slechter toen ik haar die ring had afgepakt dan toen ik...' Zijn mond vertrekt tot een rechte lijn, om te zorgen dat de woorden niet kunnen ontsnappen: *dan toen ik haar wurgde.*

'Hoe slecht voelde je je toen je een onschuldig gezin afslachtte? Waar zit dat ergens op de schaal van jouw schuldgevoel?'

'Ik zal jou iets vertellen wat ik nooit aan Jackie heb verteld, zelfs niet aan het eind, misschien dat je je dan beter voelt,' zegt Kit terwijl hij mijn vraag negeert. 'Ik heb wel overwogen het haar te vertellen, maar ik heb het niet gedaan. Dat zou vals zijn geweest.'

Had hij het haar maar wel verteld, wat het ook maar is, als het iets is wat haar had gekwetst. Ik wil liever niet dat hij het mij vertelt, maar ik zeg niets om hem daarvan te weerhouden.

'Dat adres in mijn gps?' Hij verheft zijn stem alsof hij bang is dat ik hem anders niet hoor. 'Dat heb ik ingevoerd.'

'Dat weet ik wel,' zeg ik, en ik begin te huilen om hoe stompzinnig dit allemaal is – dat hij me nu iets vertelt wat ik hem al een halfjaar voorhou, en hij steeds heeft ontkend.

'Dat heb ik expres gedaan,' zegt hij. 'Ik wist dat jij mijn auto die dag zou nemen. Ik *wilde* dat je erachter zou komen, Con. Ik wilde dat jij me zou tegenhouden. Waarom heb je me niet tegengehouden?'

Ik heb de Gilpatricks niet vermoord. Ik heb hen niet vermoord. Het is niet mijn schuld dat de Gilpatricks dood zijn.

Ik weet niet hoeveel tijd er voorbij is gegaan sinds Kit en ik voor het laatst iets tegen elkaar hebben gezegd. Er zit een gat in mijn gedachten en ik voel niet waar het eindigt. De vliegen gonzen nog steeds. De stank is erger.

Heb ik het me nu verbeeld, of heeft Kit me de rest van het verhaal verteld? Hij wilde dat er een eind aan kwam, aan alles. Ik kon dat niet voor hem doen, en dus vermoordde hij de Gilpatricks – de ellende waar hij in zat was hun schuld, en dus verdienden ze het te sterven. Heeft Kit dat gezegd, of verbeeld ik me dat maar?

Daarna werd het makkelijk voor Jackie – ze had hem precies waar ze hem hebben wilde. Ze kon hem helpen ontsnappen aan de vier moorden die hij had gepleegd, maar alleen als hij instemde met een vijfde moord. Alleen als hij accepteerde dat ik ook dood moest.

Jackie maakte een kopie van de sleutel van nummer 11 en ging er naar binnen met mogelijke kopers. Ze vertelde allerlei leugens over een vrouw die sterk leek op Selina's vreemde stalker die het huis te koop had gezet, en die zich had voorgedaan als Selina. Misschien deed ze nog wel meer om Selina uit dat huis te jagen – misschien heeft ze inderdaad wel afbijtmiddel over de auto gegooid. Wat ze verder ook gedaan heeft, het had het gewenste effect: nummer 11 kwam op de markt.

Maar waarom deed ze wat er toen gebeurde? Ik heb geen energie meer om het aan Kit te vragen. Ze moeten alles uit de zitkamer van nummer 12 hebben gehaald, waar het bloed lag, en daar hebben ze de spullen uit de zitkamer van nummer 11 voor in de plaats gezet. Riskant; iemand had hen kunnen zien. Ze hebben de meubels en spullen over straat moeten sjouwen. Maar niemand heeft hen gezien, anders waren die wel naar de politie gegaan. Natuurlijk zag niemand hen. Bentley Grove is zo'n straat waar mensen expres nooit iets opmer-

ken – het soort straat waar een stalker zich volkomen op zijn gemak
voelt. Overdag zie je geen kip, behalve die oude man die toch meestal
slaapt.

Jackie kon aan de juiste camera komen, en ze kon bij de website
van Lancing Damisz. Jackie ging in het bloed van de Gilpatricks liggen, en zij en Kit maakten een alternatieve versie van de virtuele
rondleiding, speciaal voor mij. Dan zou ik naar de politie gaan met
een verhaal over bloed en moord. Ik zou hysterisch zijn – ik zou me
precies zo gedragen als iemand die later een ongeluk krijgt dat misschien zelfmoord zou kunnen zijn. Kit heeft het gefilmd. Was het
de bedoeling dat Selina erachter kwam dat iemand beweerde dat er
een moord was gepleegd in haar huis, en dat ze dan helemaal rap van
haar huis af zou willen, desnoods voor een lagere prijs?

Wanneer had ik dat ongeluk moeten krijgen? Niet voordat Kit en
Jackie, die zich voordeed als mij, Bentley Grove 11 hadden gekocht. De
politie zou de gebeurtenissen snel op een rijtje hebben: ik was al sinds
2003 geobsedeerd door de familie Gilpatrick, want die hadden het
huis gekocht dat ik per se had willen hebben. Ik was zelf zo geobsedeerd dat ik Kit probeerde over te halen om Bentley Grove 11 te kopen,
recht tegenover het nieuwe huis van de Gilpatricks, zodat ik hen kon
bespioneren, maar toen bleek dat spioneren nog niet genoeg was – op
een dag ging ik door het lint en toen heb ik ze vermoord, het hele
gezin. Ik was zelfs zo gestoord dat ik de twee kinderen heb omgelegd.

*Ze bleef de politie lastigvallen met een verzinsel over een dood lichaam
op een website – iedereen wist dat het een leugen was. Er waren geen bloedsporen te vinden op de vloerbedekking – dat heeft de politie gecontroleerd.*

Ze was gek geworden door het schuldgevoel.

*Op nummer 12 is haar DNA overal aangetroffen, wist je dat? De lijken
zaten eronder.*

'Wat?' zegt Kit, en ik schrik.

Zei ik iets?

'Ik heb het haar gemakkelijk gemaakt,' zeg ik tegen hem. 'Jackie.
Ze hoefde zich niet voor te doen als mij zodat jullie nummer 11 konden kopen – ik bedacht een plan om het zelf te kunnen kopen.' Er

trekt een huivering door mijn botten als het tot me doordringt wat dat betekent. 'Daarom heb jij haar vermoord. Zodra ik... zodra wij het huis hadden gekocht, zou zij door willen met de volgende stap.'

Ik denk aan wat Kit eerder zei: *Ik heb haar vermoord om jou te redden.* Doordat ik Bentley Grove 11 zo nodig wilde kopen, heb ik mijn executiedatum naar voren gehaald. En daarmee tekende ik Jackies doodvonnis.

'Toen je zei dat jij het wilde kopen, weet je wat er toen door me heen schoot?' zegt Kit. 'Dit kan niet waar zijn, dacht ik. Jackie zei dat dit nooit zou gebeuren. Hoe sneu is dat?'

'Niemand kan alles voorspellen, zelfs Jackie niet.'

'Nee,' zegt hij instemmend. Moet je ons nu eens horen praten, niet te geloven dat we dadelijk dood zijn. Misschien gaan we wel niet dood. Kit heeft het mes al een hele poos niet aangeraakt. Tenminste, het lijkt een hele tijd. Misschien is dat het niet; misschien is het nog maar een paar minuten.

'Ze had nooit kunnen weten van de kerstboom van meneer en mevrouw Beater,' zegt hij. 'Ze kreeg er een enorme kick van om naar de politie te gaan en hen als een stel idioten te behandelen. Ze vertelde dat zij had gezien wat jij ook had gezien, maar dat was niet het oorspronkelijke plan.'

Ik begrijp niet wat hij bedoelt.

Kit ziet dat kennelijk, want hij zegt: 'De politie heeft jouw verhaal niet gecheckt, en dat hadden ze wel moeten doen – ze hadden geen reden om tegen Selina Gane te zeggen dat iemand beweerde dat ze een foto van een afgeslachte vrouw in haar huis had gezien.'

En dus was er geen reden waarom zij haar vraagprijs zou verlagen van 1,2 miljoen naar 9 ton, zoals Jackie had gewild.

'Jackies collega Lorraine legde hun uit dat het tapijt in de zitkamer van nummer 11 hetzelfde was als toen zij het huis voor het laatst had verkocht – de vlek kon dat bewijzen. Dat was dat – einde verhaal. Grint zou verder niets doen, want hij had alleen jouw woord. Zodra Jackie bij hem langskwam, bedacht hij zich – ondanks de kerstboomvlek. Nu er twee mensen waren, die niets met elkaar te maken hadden, die dezelfde dode vrouw hadden gezien, op dezelfde website, op hetzelfde moment –'

Kits verhaal wordt onderbroken door een schelle deurbel. We schrikken allebei op. Ik begin ongecontroleerd te beven. *De deurbel. Politie.* 'Hallo? Kit? Connie? Zijn jullie daar? Doe open.'

Niet rechercheur Laskey. Simon Waterhouse.

Kit pakt het mes op en richt het op mijn keel. De punt drukt in mijn huid. 'Zeg niks,' fluistert hij.

'Meneer Bowskill, wilt u alstublieft opendoen?' Dat is Sam Kombothekra.

'We gaan hoe dan ook naar binnen,' schreeuwt Simon Waterhouse. 'Dus je kunt ons net zo goed binnenlaten.'

Het horen van hun stemmen scherpt mijn verstand. Er zijn nog steeds dingen die ik niet begrijp, dingen die ik wil begrijpen nu Kit en ik hier alleen zijn. Ik weet niet wat er met ons allebei gaat gebeuren, maar wat ik wel zeker weet is dat wij nooit meer samen in dezelfde ruimte zullen zijn.

'Grint vroeg Jackie of ik degene was die zich had voorgedaan als Selina Gane en die Bentley Grove 11 te koop had aangeboden.' Mijn woorden tuimelen te snel naar buiten. 'Ze zei toen nee.'

'Als ze ja had gezegd, zou jij hebben geweten dat ze loog. Grint had geen enkele reden om aan Jackie te twijfelen toen die kwam vertellen dat ze een lijk had gezien, maar als jij hem zou vertellen dat zij een leugenaar was, zou hij misschien nader onderzoek plegen.'

'En dan zou hij achter haar band met jou komen.' Ja. Dat snap ik.

'Bowskill! Doe open! Niks doms doen. Connie, is alles goed met jou daarbinnen?'

Het mes snijdt onder in mijn hals. Daardoor realiseer ik me dat mijn lippen bloeden. Ik vraag me af hoeveel bloed ik al heb verloren. Ik voel me slap worden als ik eraan denk.

'En die jurk?' vraag ik aan Kit.

'Jurk?' Hij spreekt het woord vreemd uit, alsof het niet thuishoort in ons gesprek. Hij hoeft nu niet meer te liegen; ik denk dat hij echt geen idee heeft waar ik het over heb.

'Mijn verjaardagscadeau.'

'Dat was niets. Ik zei toch dat het niets was?' zegt hij ongeduldig. 'Ik moest een cadeautje voor je kopen, en toen heb ik ook iets voor Jackie gekocht – ik vond het een mooie jurk, meer niet. Dus ik heb er een voor jou gekocht en een voor haar.' Hij snuift, veegt zijn neus af met de rug van zijn hand. 'Het enige wat ik wilde was dat deze... *shit* goed zou aflopen – voor ons alle drie. Het was niet mijn schuld, en niet de jouwe, en ook niet die van Jackie. Wij verdienden dit allemaal niet – zij hebben dit verdiend.' Hij beweegt zijn hoofd fel in de richting van het bed. 'Wil je ze zien? Wil je hun zelfingenomen koppen zien?' Hij pakt me vast en trekt me omhoog.

'Nee!' gil ik, want ik denk dat hij me de lijken wil laten zien. In plaats daarvan sleurt hij me de trap af, de zitkamer in. Er zit een schuif op de deur, en Kit doet die ervoor. Hij legt het mes neer, loopt naar een kast en trekt die open. Hij haalt er een foto uit, die hij naar me toe gooit. Hij landt boven op Jackie, met de afdruk naar boven. *Hij landt op Jackie. Jackie die dood is.* Een man, een vrouw, een jongen en een meisje. Op een brug, terwijl ze ijsjes eten. Lachend.

Ik ken het gezicht van die vrouw. Elise Gilpatrick. Hoe kan dat? Ik begrijp het niet.

Wat ik wel begrijp? Dat Jackies lijk hier als een stuk vuil ligt – is dat begrijpelijk?

Kit komt langzaam op me af, en houdt het mes recht voor zich uit. Waar is Simon Waterhouse? Waar is Sam? Waarom hoor ik hen niet meer? Ik probeer een boodschap naar hen te sturen, al weet ik dat het geen enkele zin heeft: *Kom alsjeblieft! Alsjeblieft.* Ik kan nergens heen, ik kan met geen mogelijkheid aan Kit ontsnappen. Hij is een vuur, een vloedgolf, een wolk gifgas – hij is al het kwaad dat ooit heeft bestaan, en hij heeft het op mij voorzien. Hij kijkt me niet meer aan; zijn ogen zijn op de foto gericht, op de gezichten van zijn slachtoffers. Zij hebben nergens schuld aan – dat weet ik heel goed – maar ze zijn wel de reden voor dit alles.

Ik word vermoord vanwege een familie Gilpatrick.

Ze zijn met zijn vieren: moeder, vader, zoon en dochter. 'Elise,

Donal, Riordan en Tilly.' Kit noemt hun voornamen, alsof ik de formaliteiten zat ben en hen graag beter wil leren kennen, terwijl ik alleen maar gillend de kamer uit wil rennen. 'Riordan is zeven,' zegt hij. 'Tilly is vijf.'

Hou je mond, wil ik in zijn gezicht schreeuwen, maar ik ben te bang om mijn mond open te doen. Het lijkt wel alsof iemand mijn kaken op elkaar heeft geklemd en mijn mond op slot heeft gedraaid; er komen geen woorden meer uit. Nooit meer.

Nu gaat het gebeuren. Dit is het moment en de plek en de reden waarom ik ga sterven. Maar ik begrijp het nu tenminste. Eindelijk.

Kit is net zo bang als ik. Banger. Daarom blijft hij praten, omdat hij weet, zoals alle mensen die in doodsangst afwachten, dat als de stilte samenvalt met de angst ze een verbinding vormen die duizendmaal angstaanjagender is dan de som der delen.

'De Gilpatricks,' zegt hij, en de tranen trekken sporen over zijn gezicht.

Ik kijk via de spiegel boven de haard naar de deur. Hij lijkt kleiner en verder weg dan als ik me om zou draaien en er direct naar zou kijken. De spiegel heeft de vorm van een grote grafsteen: drie rechte zijden met bovenop een boog.

'Ik geloofde niet in hen. De naam klonk als een verzinsel.' Kit lacht en verslikt zich in een snik. Hij trilt over zijn hele lichaam, zelfs zijn stem trilt mee... 'Gilpatrick is echt zo'n naam die je verzint als je een persoon bedenkt. De heer Gilpatrick. Had ik maar in hem geloofd, dan was dit allemaal nooit gebeurd. Dan waren we veilig. Had ik maar...'

Hij stopt, en loopt weg van de gesloten deur. Hij hoort dezelfde voetstappen als ik – snel, als een stormloop. Ze zijn binnen. De politie is eindelijk binnen. Kit houdt het heft van zijn mes met beide handen vast en steekt het in zijn borst. 'Sorry,' is het laatste wat hij zegt.

PRODUCTIE: CB13345/432/29IG

Caroline Capps
Stover Street 43
Birmingham

24/12/93

Beste Caroline,

Het spijt me als je deze brief bot vindt, maar sommige mensen zijn liever rechtdoorzee dan achterbaks – jij duidelijk niet. Je zei dat je mij geloofde, maar nu hoor ik van Vicki en Laura dat je tegen hen hebt gezegd van niet – blijkbaar zei je het tegen mij alleen uit beleefdheid, en omdat je medelijden met mij hebt.

Gelukkig zit ik niet te wachten op jouw medeleven. In mijn ogen ben jij degene die medelijden verdient, en heel intensieve psychotherapie. Ik ben in mijn leven een paar keer gedumpt, en ik heb er nooit enig probleem mee gehad om dat toe te geven. En ik heb ook nóóit tientallen foto's van mijzelf aan een ex gestuurd – waarom zou ik? Denk je nou echt dat ik zo gestoord ben?

Weet je wie gestoord is? Dat vriendje van jou – hij is gek en hij is nog een leugenaar ook. Hij heeft die foto's genomen die jij hebt gevonden – hij is geobsedeerd door mij, ook al heb ik hem hooguit tien minuten gesproken in mijn hele leven. Controleer het zelf maar. Achtervolg hem maar eens een dagje – dan kom je er al snel achter dat hij achter me aan loopt door Cambridge, met een camera. Trouwens, vraag meteen even of hij daarmee wil ophouden. Zou ik erg op prijs stellen.

En ik wil nog een ding ophelderen: ja, ik zeg inderdaad dat hij mij niet heeft gedumpt, maar ik beweer niet dat ik hém heb gedumpt, zoals jij schijnt te denken. Niemand heeft iemand gedumpt. WE HEBBEN NAMELIJK NOOIT EEN RELATIE GEHAD!!! Het zou niet nodig moeten zijn dat ik je dit vertel – als je er zelf nog steeds niet achter bent dat ik jouw vriendin ben en dat hij een griezel is, is er geen hoop meer voor jou.

Elise

Vrijdag 17 september 2010

Ik zou moeten gaan zitten, me ontspannen, maar het lukt niet. Ik sta bij het raam in de zitkamer, naast de kerstboomvlek. Te wachten. Nog twintig minuten voor ze komt. Als ik een auto zie stoppen, neem ik aan dat zij het niet kan zijn. Er stapt een lange roodharige vrouw met een lange, elegante hals uit de auto, en ik denk dat zij Lorraine Turner niet kan zijn. Het moet iemand anders zijn.

Ik blijk ernaast te zitten. 'Het spijt me dat ik zo vroeg ben,' zegt ze, en ze schudt mijn hand.

'Ik ben blij dat je er bent,' antwoord ik. 'Kom binnen.'

Ze stapt voorzichtig de drempel over, alsof ze bang is dat het haar nog zal berouwen. 'Ik moet je eerlijk zeggen dat ik het niet begrijp,' zegt ze, om me de kans te geven het uit te leggen als ik dat zou willen.

Ik wil het niet. Ik glimlach en zeg niets.

'Weet je heel zeker dat je het huis wilt verkopen?' vraagt ze.

'Ja.' Ze kan niet aan me blijven twijfelen; dat zou onbeleefd zijn. Ze weet in grote lijnen wat ik heb doorstaan, en ze wil me niet van mijn stuk brengen.

Ze doet nog een laatste poging om me aan de praat te krijgen. 'Wanneer is de koop rond gekomen?' vraagt ze. Makelaarspraat.

'Gisteren. Ik heb je meteen daarna gebeld.'

Dan geeft ze het op, en gaat naar boven om foto's te nemen. Zodra ze de kamer uit is, heb ik spijt van mijn terughoudendheid. Ze lijkt me aardig, en ik moet er niet steeds van uitgaan dat iedereen onbetrouwbaar is. De meeste mensen zijn niet zoals Kit Bowskill en Jackie Napier. Niemand is Kit Bowskill en niemand is Jackie Napier – niet meer.

Als Lorraine naar beneden komt, vertel ik het haar misschien. Ik schaam me er niet voor. Ik heb Bentley Grove 11 gekocht omdat ik dat aan Selina Gane heb beloofd. Hoe kon ik haar teleurstellen nadat ik haar mijn woord had gegeven? Toen ik die belofte deed, dacht ik nog dat ik hier op nummer 11 zou kunnen wonen, omdat hier niets ergs was gebeurd – omdat het nummer 12 niet was. Misschien had het gekund, als alles anders was gelopen – als ik niet in die kamer was geweest met de vliegen en de ingepakte lichamen, hulpeloos, in doodsangst... Maar na wat ik daar heb doorgemaakt, kan ik niet aan Bentley Grove wonen. Onmogelijk.

Dus zet ik mijn nieuwe huis meteen te koop, al ben ik pas sinds gisteren de eigenaar. En als ik het heb verkocht, koop ik een huis ergens anders in Cambridge. Ik heb een paar dingen gezien op Roundthehouses die veelbelovend lijken, maar ik moet eerst wachten bij welk college ik terechtkom. Dan koop ik iets in die buurt. Fran belde gisteren en ze zei dat ze had gehoord dat er in Cambridge een college is speciaal voor volwassen vrouwen. Haar aanmoediging maakt veel goed ten opzichte van het zwijgen dat mijn ouders ertoe doen wat betreft mijn verlate universitaire opleiding.

Bentley Grove 11 is niet het enige wat ik verkoop. London Allied Capital staat op het punt om Nulli van me over te nemen, voor ongeveer de helft van de waarde, maar het geld doet er niet toe – mijn vrijheid is het enige wat mij nog interesseert. Een nieuw begin.

Ik hoor Lorraine boven lopen. Ze komt zo beneden. Ik doe de tas open die ik mee heb genomen. *Er staat me nog één ding te doen.* Ik haal de foto die Kit me zoveel Kerstmissen geleden cadeau heeft gedaan uit de tas – die van het lachende meisje op de trap van King's College Chapel. Ik laat hem in de ruimte tussen de muur en de bank glijden die Selina Gane niet heeft meegenomen. Het is een mooie foto, en ik kan het niet over mijn hart verkrijgen hem weg te gooien, ook al wil ik hem zelf niet houden. Misschien vindt de nieuwe eigenaar hem mooi. Hij of zij zal '4/100' onderaan zien staan en geloven dat het er een uit een serie afdrukken is. Net als ik, ooit.

Maar dat is het niet. Kit heeft de foto zelf gemaakt. Het meisje is de achttienjarige Elise Gilpatrick. Of Elise O'Farrell, want zo heette ze toen nog. Zij en Kit studeerden toen nog samen en zij beging de dodelijke vergissing om niet op zijn avances in te gaan.

Ik kan haar niet achter de bank laten staan; dat voelt niet goed. Ik trek de lijst weer tevoorschijn en zet hem op de schoorsteenmantel tegen de muur, waar ooit Selina Gane's antieke kaart van Cambridgeshire hing. Dat is beter.

'Dag Elise,' zeg ik. 'Het spijt me zo.'

Voetstappen op de trap. Lorraine komt naar beneden. Ik sta klaar om te glimlachen en haar thee of koffie aan te bieden.

Dankwoord

Zoals altijd ben ik Peter Straus en Jenny Hewson van Rogers Coleridge & White veel dank verschuldigd, net als Carolyn Mays, Francesca Best, Karen Geary, Lucy Zilberkweit, Lucy Hale en iedereen bij het altijd zo geweldige Hodder & Stoughton. Ik prijs mij elke dag gelukkig dat ik met jullie mag werken – maar dan realiseer ik me telkens dat geluk er niets mee te maken had: het was het lot.

Bedankt Liz en Andrew Travis omdat jullie je bedrijf hebben gewijd aan het goede doel, fictie, en jij, Beth Hocking, voor het nuttige contact dat je me hebt doorgespeeld, en Guy Martland voor het verschaffen van de nodige gruwelijke details over onwelriekende lichamen en mummificatie. Anne Grey, bedankt dat je me alles hebt geleerd wat ik weet over homeopathie. Lewis Jones, bedankt dat je iemand 'Gummy' noemde in mijn aanwezigheid. Heidi Westman, bedankt voor het vertellen over een onbeduidend voorval met je gps dat, voor zover ik weet, nooit helemaal is opgehelderd en daardoor toch nog vrij verdacht is (hoewel ik natuurlijk niemand wil belasteren...).

Mark Worden bedank ik voor het boek over Pink Floyd, en Paul Bridges voor het boek met achternamen (dat meteen openviel bij de naam 'Gilpatrick'). Tom Palmer, James Nash en Rachel Connor, bedankt voor jullie redactionele advies in een vroeg stadium van dit boek en Stuart Kelly, jou bedank ik omdat je me hebt laten kennismaken met het begrip 'voortstuwende grief' – de mijne is dat ik het niet zelf heb bedacht.

Dank aan Dan voor de kerstboomvlek (ahum) en de ideeën voor

vreemde namen voor huizen. Phoebe en Guy, jullie bedank ik voor de geweldige kaartjes en cadeautjes die ik kreeg toen ik klaar was met het boek, en voor jullie belangrijke inzichten wat betreft het computerspel *Ben 10*.

Heel veel dank aan John Jepps en Peter Bean, om de gebruikelijke redenen, en dit keer om nog een extra reden, die hen alleen duidelijk zal worden als ze het boek lezen.

Dank aan Geoff Jones, en aan de mysterieuze (en ongetwijfeld niet fictieve 'Mr. Pixley') die steeds net iets hoger bood dan ik. Hmm..

Dank aan het Jill Sturdy Centre dat de aanleiding bood tot een intrigerende mogelijkheid voor mijn plot.

Ik kan me indenken dat de makelaars in Cambridge mij goed zat zijn. Het zal hen verheugen dat ik uiteindelijk precies het goede huis heb gevonden, maar misschien beginnen ze ook wel spontaan te rillen en te grommen bij de gedachte aan mij. Hoe dan ook, toch wil ik jullie bedanken: Nick Redmayne, Chris Arnold, Oliver Hughes, George Moore, Stewart Chipchase, James Barnett, Richard Freshwater, Robert Couch, Michael Higginson, Zoe en Belinda van Carter Jonas en alle anderen. Ik beloof dat ik niet snel weer ga verhuizen.

Ik bedank mijn virtuele spirituele thuis, de website Rightmove (ik durf met mijn hand op mijn hart te zeggen dat daar geen plaatjes op staan van dode mensen, want ik heb elke plattegrond tot in detail bekeken). Ik ben niet verslaafd; ik kan er echt zo mee stoppen als ik dat wil. En trouwens, als je het met mate doet, kan het helemaal geen kwaad, en ik doe het inmiddels nog maar een uur per dag.

Ik bedank zowel Trinity College als Lucy Cavendish College in Cambridge – mijn niet-virtuele spirituele huizen.

Will Peterson bedank ik omdat hij zo geweldig en lief is, en Morgan White voor de grapjes over bankplaquettes. Jenny en Ben Almeida, bedankt voor de nieuwe oplossing voor de achternaam van getrouwde mensen.

Tot slot wil ik graag Alexis Washam, Carolyn Mays, Francesca Best en Jason Bartholomew bedanken omdat zij me zo geweldig hebben geholpen toen het fout liep met hoofdstuk 27. Zonder jullie hulp was hoofdstuk 27 nooit afgekomen.

Het gedicht 'When First My Way to Fair I Took' is van A.E. Housman.